I0676847

## Vinicius dos Santos Watzl Costa Lima

# Damocles: o início

1ª Edição

Rio de Janeiro – RJ

Edição do Autor

2015

L732d    Lima, Vinicius dos Santos Watzl Costa
            Damocles: o início / Vinicius dos Santos Watzl Costa Lima.
        1ª ed. – Rio de Janeiro: Edição do Autor, 2015.


            479p.

            ISBN: 978-85-919562-0-3


            1. Romance Brasileiro.  I. Título.


                    CDU: 821.134.3(81)-31

        Catalogação na Fonte: Kelly M. Bernini – CRB-10/1541

# DAMOCLES

## O Início

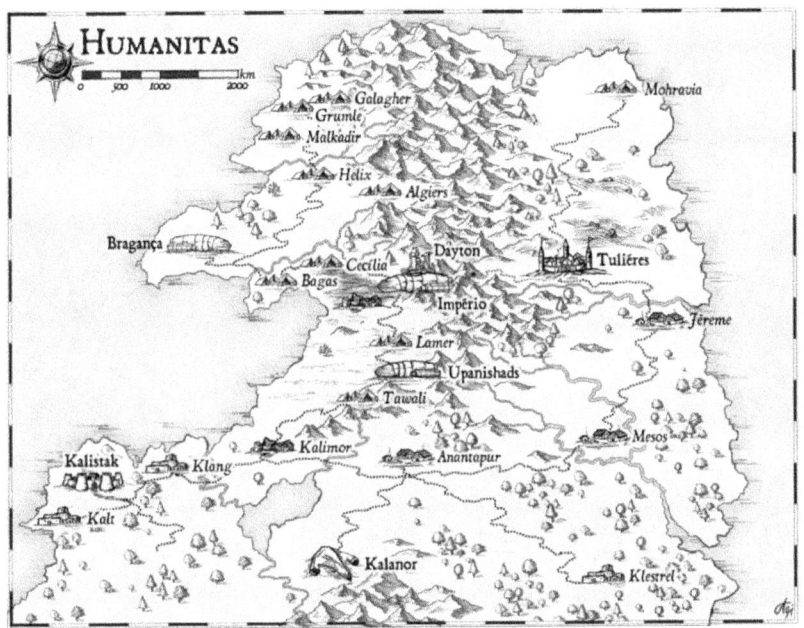

## Vinicius Watzl

1ª edição.

Rio de Janeiro

Edição do Autor

2015

VINICIUS WATZL

# DEDICATÓRIA

Dedico esse livro à minha esposa Rose, que foi a pessoa decisiva para o início dessa empreitada com seu apoio e interesse.

.

# SUMÁRIO:

# PREFÁCIO

**Prefácio:**

Esse livro começou a ser escrito em 2013, mas a ideia de sua concepção é bem mais antiga. Foi em 1996, durante a faculdade de Ciências Médicas da UERJ, que tive a ideia de jogar RPG em um mundo próprio. Eu jogava esporadicamente com meus amigos, e costumávamos jogar utilizando o sistema GURPS. Eu costumava ser o mestre das aventuras que jogávamos e, geralmente, elas se passavam em cenários prontos criados pelas empresas desenvolvedoras de jogos de RPG. Porém, desde aquela época, germinava a ideia de criar algo único. Pensei em criar um mundo que seria de alta magia, com todos os arquétipos mais comuns de fantasia, e outro, onde misturaria magia e tecnologia.

Meu grande amigo Victor Zarú, com quem conversava bastante sobre RPG e outros assuntos correlatos, se interessou bastante pela ideia e me propôs que ele escrevesse sobre o mundo de tecnologia e magia (Damocles) e eu escrevesse sobre o de alta magia (Ellan). Começamos os trabalhos e estávamos empolgados com o que se seguia, porém, num acidente informático, o Victor perdeu tudo o que havia escrito sobre Damocles, antes que eu pudesse ler, e se desanimou. O que estávamos escrevendo não era um romance, mas sim um livro de descrição de mundo para ambientação de campanhas de RPG. Ellan também se perdeu alguns anos depois em condições semelhantes.

Os anos se passaram e eu praticamente perdi o contato com o Victor, mas continuava a jogar RPG esporadicamente com outros amigos de infância, como o Renato, o Nilson, o Jorge e o Raphael, além, é claro, do meu irmão Rodrigo. Esses jogos, em virtude de nossas carreiras, tornaram-se cada vez mais raros. Por volta de 2005, chegamos a jogar uma aventura em Ellan, mas ela acabou sendo suspensa por agendas conflitantes. Em 2010, resolvi ressuscitar a ideia de Ellan / Damocles e decidi tentar jogar em Damocles que, afinal, seria uma experiência nova para todos nós.

Escrevi, então, um resuminho de alguns parágrafos sobre o mundo e mandamos ver. Foi muito interessante, mas paramos de novo. Em 2013 jogamos mais um pouco, mas aí a idade começou a pesar e percebi que estávamos todos nós esquecendo dos detalhes da aventura e nos perdendo mais uma vez com uma estória interessante que acabaria ficando só para nós. Eu recebia incentivos para que escrevesse alguma coisa pela amiga Silvia, que dizia que eu tinha ideias boas e deveria pô-las no papel.

O ponto de virada foi numa viagem, sozinhos eu e minha esposa (que não gosta normalmente desse tipo de estória, seja em filmes ou livros, e é uma pessoa bem "pé no chão"), em que conversando sobre diversos assuntos e falei sobre a estória da então aventura e do mundo onde ela se desenrolava. O que ela me falou foi inesperado e ao mesmo tempo muito encorajador:

"Por que você não escreve um livro sobre isso?"

Foi como uma descarga elétrica. Uma pessoa que não gosta de fantasia, ficção científica e "nerdices" em geral achou a estória interessante. Então, achei que a estória devia ter realmente potencial. Por isso me coloquei a escrever pra valer. Coisa que nunca fiz em tal intensidade. E a estória foi se desenvolvendo sozinha, crescendo como algo vivo por si mesma e tomando uma forma que eu mesmo achei inesperada. Tentei ser o máximo possível fiel ao jogo de RPG que estávamos jogando e acho que, na medida do possível, consegui. Espero que você, leitor, aproveite essa estória para se divertir e se emocionar. E, finalmente, dedico esse livro além de à minha esposa, que foi o estopim do início dessa empreitada louca, também aos meus amigos.

Que tenhamos ainda muitas outras aventuras.

# Parte 1

Improbabilidades se acumulam.

VINICIUS WATZL

## Aaron

– SSHHHH!

– Eu estou em silêncio.

– Eles já estão indo embora.

– Será que vamos escapar?

– Mamãe...

– Cale a boca da sua filha, senão estamos todos mortos.

– Que ruído é esse?

–Não sei, Rodrick!

– Bryan, vai lá olhar.

– Por que eu?

– Você é menor e mais difícil de se ver.

– Mas e se eles me virem?

– Aí você matou todos nós. Não seja visto!

Lentamente, o filho menor do fazendeiro se colocou por sobre a bancada que dava acesso ao quarto oculto do celeiro. De todos os lugares da vila, esse era o mais seguro, e as pessoas dessa família tinham de agradecer ao velho Malk e a sua amante Eddith, que, em tentando esconder seu adultério, haviam criado inadvertidamente o local mais seguro da vila.

O celeiro ficava nos fundos da propriedade, e o velho Malk, em suas aventuras, construiu uma sala na parte de trás da construção, com uma porta acessível somente pela bancada superior próxima ao local onde se estocava palha e comida para os animais. Como a porta era muito pequena e ficava obstruída pelo feno e outros produtos, levara muitos anos para que alguém descobrisse a existência dessa porta. Foi só quando o filho do ferreiro Brego foi levado até lá pela jovem Falia.

Se havia sido ela quem descobrira ou se Eddith lhe contara, não se sabia. Como Brego era um tanto tolo, ele espalhou a notícia do "local secreto". E, como se podia esperar, o segredo acabara por não durar muito tempo. Os jovens da aldeia de Malkadir logo passaram a usar o fundo do celeiro para suas diversões e o Velho Malk acabara perdendo seu local secreto, o que resultara em Eddith desistindo de se encontrar com ele.

No entanto, nada disso interessava ao jovem Bryan, que agora se esgueirava pela portinhola sobre a bancada e engatinhava no meio do feno, tentando ouvir o que estava acontecendo. Os sons não eram muito consoladores, pois ele ouviu nitidamente a voz de Merfina chorando, enquanto outra voz, mais grave, grunhia em um ritmo repetitivo. Havia também o gemido baixo, provavelmente do pequeno Tory, que soava meio que a um gorgolejo, quando parou num suspiro final.

Quando se preparava para voltar ao local secreto, uma luz bruxuleante chamou sua atenção e, apesar de estar com calor no meio daquele feno todo, sentiu um frio que enregelou sua espinha.

Um dos invasores estava aproximando-se com uma tocha na mão e uma das garrafas de combustível da velha bomba. Sua intenção era clara quando se via que outras casas da vila já estavam em chamas. Bryan pensou que deveria voltar para avisar os outros. Mas, se fossem vistos, ninguém sobreviveria. E, como o "lugar secreto" só tinha uma única entrada e saída, eles morreriam todos assados no incêndio do celeiro. Sem saber o que fazer, o pequeno Bryan ficou paralisado no lugar enquanto o bandido, um dos 13 que invadiram a vila para pilhar e se divertir com as filhas dos fazendeiros, conforme eles mesmos disseram, vinha se aproximando do celeiro. Chutou o pequeno Tory que jazia imóvel na porta e quase caiu ao escorregar numa poça próxima ao pescoço do menino. A tocha caiu nela e se apagou. O bandido xingou e chutou tão violentamente a cabeça, que ela foi parar longe do corpo. Em seguida, derramou o combustível na palha e voltou para seus companheiros para pegar outra tocha.

Bryan imediatamente correu para dentro do "local secreto". Se eles tinham alguma chance de escapar, essa chance era agora.

– Vamos! Eles vão queimar o celeiro! – ele avisou os demais.

– Queimar? Mas como vamos sair?

– Mamãe!...

– Cale a boca da sua filha! Senão, morreremos! Vamos tentar sair no escuro e fugir para o bosque.

– Calma, filhinha, calma, a mamãe vai te ajudar a ficar bem, mas você precisa ficar quietinha, senão os homens malvados vão nos pegar. Vamos, vamos devagar, querida, a mamãe te ama.

– Por aqui, pessoal. Vamos em silêncio. Isso, pelo feno. Se a gente chegar à porta, conseguiremos correr.

– Cuidado! Ele está voltando.

– Mamãe!

– SSSHHH!! Se esconda, filhinha. Os deuses vão nos proteger. Vamos ali. Esconda o rosto na mamãe.

– Ai, por Comuor! Ele está trazendo a tocha!

– Nós vamos morrer!

– Mamãe!...

– SShhh... Tudo vai ficar bem meu amor. Tudo vai ficar bem.

Enquanto Bryan olhava aterrorizado para a tocha que se aproximava nas mãos do mesmo bandido que tinha deixado a anterior cair no sangue do pequeno Tory, viu no bruxuleio das chamas a face cruel daquele que iria ceifar suas vidas. Uma face bruta e desinteressada, a face de alguém que viu e cometeu muitos horrores. A face que, com a barba mal feita, ostentava um sorriso de deboche. Como se dissesse: "Eu sei que vocês estão aí, e vou terminar com suas vidas miseráveis, seu bando de ratos."

Sua face apresentou subitamente uma protuberância de metal, que, num átimo, surgiu-lhe por entre os olhos, enquanto o corpo estacava e posteriormente caía ao chão, por cima da tocha, revelando na parte de trás da cabeça um machado de arremesso fincado no crânio e uma figura enorme delineada na sombra do fogo da vila que queimava por trás. Essa figura se aproximou e, sem esforço algum, puxou o cabo do machado de arremesso que ficara cravado no crânio do malfeitor.

Com um único braço, ele ergueu o malfeitor pelo cabo do machado e, sacudindo a mão, libertou a arma de onde estava presa, enquanto o corpo caía com um barulho molhado por sobre a poça de sangue que se misturava à poça do jovem Tory. A figura virou-se e caminhou calmamente em direção às chamas e ao ruído dos gemidos de Merfina. Os gemidos pararam em um som molhado, seguido de um baque surdo, como quando um melão cai ao chão, seguidos esses sons de comentários dos bandidos:

– Já acabou, Jerr? É a minha vez com essa rabudinha!

– Cadê você, Jerr? - um som gorgolejante suspendeu a próxima fala, sendo seguido de um baque.

Bryan tomou coragem e saiu de seu esconderijo para ver o que estava acontecendo. E, ao sair, deparou-se com uma cena que ia ficar gravada para sempre em sua memória infantil, e, mesmo adulto, poderia dizer: "Quando eu era pequeno, da idade de vocês, um grande herói visitou a nossa vila. Os bandidos tinham matado quase todos e estavam fazendo muitas maldades com a vovó Merfina, mas ele salvou todos nós". Bryan olhou encantado a precisão dos golpes que decepavam braços e cabeças dos bandidos, que iam sendo um por um fulminados pela fúria justiceira do herói até então anônimo.

Merfina correu daquela cena e encontrou Bryan próximo ao celeiro. Ele não a deixou prosseguir e a trouxe para mais perto de si. Pôde ver que ela sangrava em diversas mordidas pelo corpo e mais profusamente por entre as pernas. Bryan a abraçou e a levou em direção ao bosque próximo, onde pôde ver o gigante, pois ele era quase o dobro do tamanho dos bandidos, destruindo, pois essa é a palavra que melhor descrevia sua eficiência, aqueles que vieram pilhar e massacrar a vila. Um gigante bondoso, pois massacrava os bandidos e salvava os aldeões que ainda não tinham sido mortos.

Um dos bandidos correu do massacre em direção a Bryan e Merfina, que estavam escondidos. Merfina se encolheu de medo. E Bryan, tomado de coragem, gritou:

– Aqui, herói! Esse está fugindo por aqui!

– Maldito garoto! Eu vou te matar!

Quando o bandido se aproximou de Bryan com a espada em punho, mais uma vez uma ponta metálica surgiu, dessa vez do seu tórax, e o bandido amaldiçoou Bryan, enquanto caía morto no chão. O Gigante acabara de matar todos os bandidos. Bryan retirou o machado de arremesso do corpo do malfeitor e foi humildemente se aproximando do gigante.

– Senhor, aqui está o seu machado.

– Obrigado, garoto. Esse era o último deles não?

– Creio que sim, meu senhor.

– Bom, muito bom. Aquela menina que estava aqui está bem?

– A Merfina está bem, embora esteja sangrando muito.

– Não aguento esse tipo de pessoa.

– Graças ao senhor nossa vila está salva.

– Não foi nada.

– O senhor se feriu?

– Isso foi só um arranhão.

– Se eles não mataram a velha Hilda, ela pode tratar o senhor.

– Então vamos ver isso.

Eles caminharam pela vila e realmente a velha Hilda estava a salvo. Como era muito surda, estava dormindo em casa e não ouviu nada do que acontecera. Quando acordou, ficou muito triste com o que ocorrera. Pediu que lhe trouxessem os feridos e, ao rezar preces para Atal, deus da cura, uma aura rósea brilhava em suas mãos, enquanto os ferimentos iam magicamente desaparecendo.

O Gigante olhava meio assustado para a cena e murmurava: "Bruxaria".

Bryan o convenceu de que Hilda era clériga de Atal e que ela poderia ajudá-lo. Ele só acedeu depois de um olhar mais penetrante da bondosa clériga que o repreendeu falando:

– Eu não sou nenhuma bruxa, menino! Venha aqui para eu poder curar esse corte. Não quero que o nosso salvador morra de uma doença da sujeira.

Embora o Gigante fosse estupendamente forte e ágil, ele se mostrou gentil e quase infantil com a senhora Hilda que o curou e, com uma palmada leve, o mandou seguir. Embora ele tivesse aceitado o tratamento, ainda assim murmurava "Bruxaria..."

Os aldeões agradeceram muito ao herói e, após serem ajudados por ele a enterrar seus mortos – coisa que os emocionou muito, especialmente o enterro do pequeno Tory – queimaram os corpos dos invasores e o Gigante escolheu uma das armas deles como recompensa. Os aldeões decidiram dar um jantar de despedida para o herói, mas quase se arrependeram, pois ele comia muito, como só mesmo um gigante poderia fazer.

Ao sair da vila, Bryan, agradecido, perguntou-lhe:

– Como o nosso salvador se chama?

O Gigante sorriu meio desajeitado e falou:

– Aaron.

**Gusmão:**

Gusmão estava cansado. Nos últimos meses esteve empenhado em conseguir angariar fundos para a igreja de Helion. Mas mesmo essa atividade já estava começando a cansar. "Preciso me empenhar em algo mais simples.", pensou ele, enquanto caminhava pelas ruas cobertas de Bragança.

Bragança era uma das cidades capitais e, depois de Império, a cidade mais bem cuidada. Suas ruas eram limpas constantemente e as paredes ainda apresentavam as luzes dos milagres, bem diferente de Upanishads, com suas ruas estreitas em plano inclinado e iluminação por tochas. O vai e vem de pessoas era constante, com muitos vendendo suas mercadorias nos amplos corredores da cidade. O principal problema de Bragança era que não havia espaço para todos nas residências. Quando a cidade fora habitada inicialmente no tempo dos milagres, havia espaço de sobra para todos, com bastante possibilidade de ampliação para áreas desocupadas. O principal problema era que, com o tempo, foi-se perdendo a habilidade de cortar e remodelar as paredes invencíveis e a área interna acabara se estabilizando e não podia mais mudar.

A solução que os bragantinos encontraram fora inicialmente um rodízio das famílias: a cada 20 anos, aqueles que estivessem morando no interior da cidade eram realocados para o exterior e os do exterior, para as residências internas. Isso se havia mostrado uma boa solução até a invasão dos insectóides, em 1397 pela contagem Bragantina ou no ano de 10.484 pela contagem do Império, que considerava o ano zero o da chegada dos humanos a Damocles, que dizimara muitas famílias nobres. Depois disso, o sistema havia mudado e as pessoas, preocupadas, resolveram promover mudanças. Houve, então, um rearranjo das moradias com a ereção de paredes comuns de tijolos dividindo residências anteriormente bem espaçosas e desenvolveu-se um novo costume de utilização comunal das facilidades sanitárias, uma vez que essas não podiam ser movidas devido à sua natureza indestrutível, da época dos milagres.

Os habitantes de Império costumavam zombar desses arranjos, mas sem perceber que, a menos que se dispusessem a efetuar um controle de natalidade, acabariam por ter de adotar solução semelhante.

Ao chegar em casa, depois de suas atividades diárias, Gusmão sentou-se em sua cadeira favorita e retirou a cobertura da sua esfera luminosa, banhando a pequena sala com uma claridade esfuziante e, ao mesmo tempo, calmante. Mas, o mais importante, com ela ele conseguia ler. A leitura se tornara um problema recentemente e os fabricantes de lentes vitrificadas, com seu ofício de criação de óculos adequados, conseguiam amenizar esse problema, mas a leitura noturna só podia ser feita com uma iluminação adequada, e ele se perguntava se conseguiria morar no exterior e não ler à noite, ou tentar fazê-lo sob a luz de tochas. Uma perspectiva nada interessante. "Preciso melhorar essa visão.", pensou Gusmão, enquanto se dedicava à sua leitura da Palavra de Helion.

As horas se passaram e ele, mais uma vez, cobriu a esfera com o escuro pano preto que permitia que se dormisse, por reduzir a luz intensa da esfera. "Ah, com uma tocha bastava apagar...", pensou ele, enquanto se dirigia ao reino dos sonhos.

Na manhã seguinte, após acordar, Gusmão se preparou para sair e enfrentar o dia a dia novamente. Com o ir e vir das pessoas agradecidas por seus atos de bravura na última pequena invasão insectóide. Quando, sozinho, segundo alguns, ele repeliu um batalhão com milhares de insetos. "Bobagem pura", pensou ele, "não eram nem cem no grupo avançado e eu tive sorte de poder derrubar a pedra que soterrou a maioria deles no desfiladeiro.", porém as pessoas não se importavam com esses detalhes. O que viram quando chegaram lá havia sido Gusmão descansando sobre uma pilha de insetos, e, mais para trás, alguns milhares deles esmagados. "Que bom que a pedra rolou e foi esmagando os milhares que se encontravam por trás.", pensou. "Assim, só precisei lidar com uns poucos." O fato é que, devido a esse incidente, sua fama chegou a níveis estrondosos e as pessoas se juntavam para ver esse senhor de idade, herói de Bragança.

Como era da natureza das lendas, a estória já tinha aumentado muito, fazendo com que ele tivesse sozinho derrotado um exército. O que, a bem da verdade, havia ocorrido, mas por mérito de inteligência e sorte. Sua reputação já estava definida, tendo Gusmão até mesmo sido agraciado pelo Rei Pedro de Bragança (alguns queriam chamá-lo de Imperador, mas ele mesmo recusava o título: "Imperadores precisam de um império e já existe um.", ele sempre dizia) com a gema da ordem terceira do Paço Real Bragantino. A mais alta honraria civil possível. E alguns especulavam que lhe havia sido oferecido até mesmo um título de nobreza, que Gusmão, em sua modéstia, teria recusado.

Ao passar próximo à residência de Guilhermina, a dançarina do espetáculo noturno mais popular do momento em Bragança, Gusmão ouviu um chamado:

– Oi, meu herói!

– Guilhermina, como andam as apresentações?

– Você saberia se viesse à noite. Mas você nunca vem, meu querido!

– Eu sei, mas estou com idade de tomar um chá quente e ler à noite e não ficar acordado dançando e bebendo a essa horas. Embora eu sinta falta de ver você dançar.

– Posso fazer um show particular para você a hora que quiser...

– Eu imagino, mas meus velhos olhos não aguentariam tanta beleza.

– Você não tem jeito mesmo! Aonde vai a essa hora?

– Estou indo ao corredor do mercado. Soube que estão trazendo uma remessa de chá de Upanishads que é muito boa e quero ver se compro um pouco.

– Você poderia me fazer um favor, uma vez que está indo lá?

– Para você, qualquer coisa.

– Olha que eu posso pedir coisinhas mais gostosas e complicadas.

– Assim você me derrota! E eu tenho de manter minha reputação de invencível, ou então ninguém me acharia mais interessante, só um velho cansado.

– Pra mim você sempre será interessante. Mas o que eu queria te pedir é para comprar uma coisa para mim no mercado.

– Pode pedir.

– Você poderia comprar um daqueles batons que estão à venda lá? Ouvi dizer que no mercado tem um enviado de Império que tem um batom que, à luz das nossas esferas milagrosas, faz os lábios se iluminarem como se estivesses acesos. E pensei em usar isso no meu próximo número. Acho que deve ser caro, mas vai valer à pena para o número que estou pensando.

– Um batom mágico, então?

– Não sei se é mágico ou se é dos ancestrais, mas acho que, se ele existir, preciso ter um.

– Vou ver se acho. Qual o nome desse mercador?

– Pelo que sei, se chama Neil ou Nils, algo assim.

– Então estamos acertados. Se eu encontrar, vou trazê-lo à noite.

– Eu aguardo você à noite, então, para testarmos esse batom.

– Bom, você testa. Eu acho que eu não ficaria muito bonito com ele. Seja reluzindo ou não.

– Você não tem jeito.

Enquanto caminhava, Gusmão pensou: "Se eu fosse uns vinte anos mais novo, quem sabe..."

Ao chegar ao mercado, procurou brevemente o chá que precisava, encontrando facilmente o tipo desejado. Era um chá de folhas levemente prensadas e estava embalado cuidadosamente em uma bolsa que, à primeira vista, parecia ser de couro de cavalo. Junto ao chá, atestando a qualidade da mercadoria, estavam, em uma pequena bolsa de pano, cristais dessecantes ancestrais. Curiosamente, esse milagre ancestral específico nunca se havia perdido e os apreciadores de especiarias e outros produtos que se deterioravam com a umidade puderam manter seus produtos sempre bem frescos e conservados.

Ao chegar ao estande de maquiagens, Gusmão perguntou sobre o batom luminoso. E o mercador exibiu com orgulho sua mais nova aquisição. Segundo o comerciante, era manufaturado pelos koltranos e vendido aos humanos, o que deixou Gusmão intrigado, pois as mulheres koltranas (talvez fosse melhor chamá-las de fêmeas?) não possuíam um rosto nem levemente parecido com o das mulheres humanas e, com sua pele coriácea e esverdeada, dificilmente apreciariam algo como maquiagem. Contudo, era verdade que os koltranos, quando não estavam em guerra com os humanos, sabiam aproveitar as oportunidades comerciais e faziam valer os seus produtos. Curiosamente, os poucos escravos koltranos que viviam com a população de Bragança evitavam chegar perto das mulheres que usavam essas maquiagens, notou Gusmão.

– Creio que hoje não vou levar esse aí não, meu caro, talvez outro dia.

– O senhor está desperdiçando uma excelente oportunidade! Mercadorias como essa são raras e nem sempre disponíveis.

– Eu sei, mas vou me arriscar.

– O senhor que sabe.

– Até mais.

Enquanto caminhava para casa, Gusmão se colocou a pensar: "Realmente estranha a reação dos koltranos... Talvez eu deva procurar saber o porquê dela." No caminho, passou pelas "Portas Semiabertas". Nesse local, dizia a lenda, os ancestrais haviam conseguido destruir um grupo avançado koltrano, e, segundo contavam, o líder Koltrano, que possuía uma das armas ancestrais, conseguiu danificar as portas, que eram feitas do mesmo material das paredes invencíveis. E, desde então, essas portas não se moviam mais. E ficaram presas em um estado semiaberto. Algo interessante a se observar que, no local onde se causara o dano, podia-se observar durante as festividades, quando os orbes luminosos eram cuidadosamente cobertas, um pequeno brilho azulado. Nesse local, nenhum objeto conseguia passar pelo furo que ali havia, agindo como que repelido por uma força ou vento irresistível. Os Clérigos de

Onymar, diziam que o Espírito desse deus permeava as paredes e as portas e naquele local, no aniversário da invasão, podia-se ver esse espírito em ação. Os críticos questionavam que, se Onymar era realmente tão poderoso, por que as portas não se comportavam de novo normalmente? Isso deixava os clérigos furiosos, mas a resposta padrão era que os deuses eram misteriosos e seus meios mais misteriosos ainda e que os homens e mulheres não podiam sequer supor como ou por que caminhos andavam suas decisões e métodos, além do que a presença de Onymar se fazia notar nitidamente nos feriados para calar os infiéis. Os críticos não tinham muito o que responder uma vez que o milagre era patente e visível a todos nesses dias.

Ao chegar à porta de casa, Gusmão se deparou com uma cena inusitada, um rapazola, talvez de uns 15 a 17 anos, estava deitado no chão, dominado pelos guardas. Um deles, estava ajoelhado sobre a perna do rapaz, que chorava em silêncio, enquanto uma pequena multidão vociferava impropérios. Ao chegar mais perto, as pessoas abriram caminho instintivamente, pois Gusmão, além de ser uma figura conhecida, mesmo estando um pouco mais maduro, era ainda deveras imponente.

– O que houve, guarda? – perguntou Gusmão.

– Senhor Gusmão! – o guarda se levantou rapidamente de sobre a perna do rapaz, enquanto dizia: – Não esperávamos a honra de vê-lo aqui, senhor!

– O que fez o rapaz?

– Esse delinquente tentou me roubar! – respondeu uma senhora com a face visivelmente alterada pela preocupação.

– O que ele roubou, senhora?

– Eu estava caminhando quando senti um puxão na minha bolsa, ela caiu no chão e ele se abaixou para pegá-la.

– E por isso a senhora concluiu que ele a estava roubando?

– Olhe o rostinho desse safado! Com certeza é um ladrão!

– Não sou ladrão! – vociferou o rapaz, recebendo, por isso, um chute do guarda mais próximo.

– Por favor, oficiais! Não vamos ser apressados! Qual o seu nome, filho?

– Me chamo Alex, senhor.

– Alex, conte-me com suas palavras o que aconteceu. Ninguém mais vai machucá-lo aqui. – falou Gusmão, enquanto casualmente se ajoelhava para ajudar o rapaz a se sentar e, ao fazê-lo pelo desvão de sua capa, mostrou-se imponente a sua famosa espada. A espada que detivera os exércitos insetos, a espada reforjada por ordem do Rei Pedro para portar o emblema da casa real.

– Senhor, eu estava indo hoje comprar pão para minha mãe, quando vi a bolsa dessa senhora se prender ali na alça de iluminação. A bolsa, por ser frágil, rompeu-se e caiu. Eu me abaixei para pegá-la e a senhora achou que eu a estava roubando.

– Mentira! Ele tinha uma faca nas mãos! – retrucou a senhora.

– Onde está essa faca? – perguntou o velho herói.

– Quando nós chegamos, senhor, ele a jogou algo no duto de escoamento e não pudemos recuperar. A senhora vítima nos disse que era uma faca e, por isso, prendemos o rapaz.

– Entendo, podem me mostrar onde foi jogada a faca?

– Não tenho faca, senhor!

– Calma, rapaz, vamos chegar ao fundo disso.

Todos se caminharam mais alguns metros, aproximando-se da casa de Gusmão.

– Foi aqui que a faca caiu.

– Não tenho faca!

– Cale a boca, seu ladrão!

– Guardas, por favor! Vamos ver isso, certo? Como essa é a minha casa, posso abrir os dutos para verificar se há algo preso neles. Esperem um momento enquanto eu pego minhas ferramentas.

Após alguns minutos, Gusmão retornou com uma pequena caixa de madeira com instrumentos antigos guardados. Abaixou-se e, com o auxílio desses instrumentos, abriu a tampa superior do duto coletor no chão. Ali introduziu sua mão e, de lá, puxou um objeto metálico comprido e brilhante.

– Seria essa a sua faca?

Os guardas se entreolharam envergonhados, pois nas mãos de Gusmão se encontrava uma chave metálica usada para fechar portas comuns de madeira instaladas nas residências mais pobres, que não podiam contar com as portas Onymarianas das residências de luxo.

– Minha chave! Deve ter caído enquanto eu corria! – exclamou Alex.

– Vamos lá guardas, ficou claro aqui que o rapaz estava dizendo a verdade. – intercedeu o herói.

Os guardas, com as faces vermelhas, retiraram as algemas do rapaz, que se ajoelhou com dificuldade frente a Gusmão.

– Muito obrigado, Senhor Gusmão!

Gusmão colocou suas mãos nos braços do rapaz, levantando o garoto e disse:

– Não se ajoelhe, rapaz, que eu não sou o rei. Apenas ele merece esse gesto. Senhores, aprendemos uma grande lição aqui hoje. Não devemos julgar pelas aparências. Esse rapaz, embora seja humilde, não é um ladrão, e, além disso, estava ajudando a senhora em apuros. Guardas! Senhora!

– Sim, senhor Gusmão?... - respondeu a senhora, com a face vermelha e cabisbaixa.

– Creio que a senhora deve um pedido de desculpas e uma indenização a esse rapaz. Afinal, ele foi ferido enquanto a ajudava.

– Senhor...? Desculpas?...

– Claro! É o mínimo que podemos fazer por ele, que se feriu ao ajudá-la.

– Certo... Desculpe-me rapaz...

– O nome dele é Alex.

– Desculpe-me, Alex.

– Agora, quanto à reparação, acho que uma compensação financeira estaria justa, não?

– Senhor Gusmão?

– Sim, Alex?

– Isso não é necessário. Não me machuquei muito e só fiz o que precisava fazer.

– Então, está certo. Guardas! Suas desculpas?

– Desculpe-nos, garoto.

– O nome dele é Alex. – observou Gusmão.

– Desculpe-nos, Senhor Alex, a polícia se lamenta por tê-lo ferido.

– Obrigado, policiais, não há problema, vocês estavam cumprindo o dever de vocês.

Alguém, na agora não tão pequena multidão, começou um coro:

– Gusmão!

E logo outras pessoas entoavam esse coro repetidamente:

– Gusmão! Gusmão! Gusmão!

VINICIUS WATZL

**Kythor:**

Anos de escravidão. Anos de desprezo e servidão a esses olhos apagados, humanos! Anos sem o conforto de casa e sem o consolo de ver sua amada Khalia. O pequeno Khyron (caso houvesse nascido do sexo masculino, seria esse seu nome) já devia ter se tornado um grande karatarazak, mas, com certeza, não se lembrava de seu pai, seu pai que só teve a chance de ver seu maravilhoso ovo. Khalia estava apreensiva naquela noite e lhe pediu que não saísse em missão. O ovo estava chocando e, em mais alguns dias, eles saberiam se Keltr´z os teria presenteado com um guerreiro valente ou com uma brava curandeira.

Kythor se colocou mais uma vez a postos, conforme seu dever de Akl designava. E, o que era ainda pior, um akl dos humanos. Como se fosse hoje, ele se lembrava do dia da sua desgraça e queda.

Ao não ouvir sua kha, algo traduzível como esposa pelos humanos, ele se viu preso e decaído de koltraz a akl em uma noite. Tudo começara com a ordem de Kholmor para que ele e sua brigada fossem na missão de espionagem ao reino humano de Império. Eles deveriam passar pela vila de Anantapur, onde encontrariam um akl chamado Kelio e lá receberiam desse akl instruções sobre como se infiltrar entre os humanos e, se tudo desse certo, roubar algumas células de fusão nuclear usadas por eles. Humanos tolos! Desde o tempo dos ancestrais de Koltron, quando os koltranos chegaram a esse mundo, os humanos vinham perdendo sua capacidade técnica. E, por motivos insondáveis mesmo pelas melhores mentes koltranas, substituindo essas técnicas por superstições e bobagens sem fundamento técnico. Deveria ser facílimo derrotá-los, mas essas técnicas e superstições geraram algo completamente inesperado. Algo com que os koltranos não conseguiam lidar. Os humanos chamavam de magia, mas os koltranos não conseguiam fazer as leis naturais se moldarem como esses olhos apagados faziam. Foi por isso que Kythor fora capturado, suas insígnias removidas e seu decaimento como akl completado.

Naquela noite, naquela noite... Noite terrível! Kythor tinha chegado junto com sua companhia à vila humana de Anantapur. Kelio os estava esperando nas cercanias da cidade. Ele os recebeu respeitosamente como convinha a um akl ao lidar com koltrazes.

– Bem vindos, grandes e poderosos koltrazes de Kalistak!

– Sua fala não foi solicitada, Akl!

– Perdão, senhores.

Kythor viu Kalar brandir o chicote sobre Kelio, que se encolheu. Kalar parecia satisfazer-se imensamente em humilhar Kelio, que se limitava a encolher-se e manter uma expressão de ódio contido.

– Agora sim, Akl, diga-nos onde devemos nos encontrar para poder interceptar a carga?

– Com o respeito do Grande Koltraz, informo humildemente que consegui cooptar o auxílio de um mercador humano que se prontificou a arrumar o espaço para os grandiosos desde que eu lhe forneça duzentos kims de ouro.

– Ótimo, ótimo. Onde está o seu ouro então, Akl?

– Meu ouro? Mas, grandiosos, eu presumi que Kalistak faria valer as despesas, eu sou akl, não possuo ouro.

– Filho de um ramkezt! Kyman, dê-me o chicote para que esse akl aprenda que não deve pensar!

O chicote estalou e estalou diversas vezes, Kythor já não aguentava mais ver o terrível espetáculo e, pedindo a palavra, falou:

– Comandante, eu creio ter os kims necessários comigo. Não é necessário se cansar com esse akl.

– Ora, Kythor, vai gastar do seu soldo pra salvar o couro desse ramkezt?

– Se o comandante não se importar, eu me disponho a esse sacrifício por Kalistak.

– Isso vai ficar bem na sua ficha, Kythor.

Dando um chute final em Kelio, que arfava no chão com sangue brotando das chicotadas recebidas, o comandante pegou o dinheiro e falou com Kythor:

– Cuide para que esse lixo fique apresentável.

– Sim, senhor comandante.

Os Koltrazes saíram, deixando Kythor para trás. Ele ergueu Kelio com cuidado e, colocando seus ombros por sob o pobre escravo, o ajudou a caminhar até uma sombra, onde o serviu de sua própria cota de água e um pouco da ração militar de Kalistak. O resto da água ele espalhou sobre os ferimentos para ajudar a estancar o sangramento. Kelio o olhava com um olhar triste e humilhado. Finalmente, perguntou:

– Por que fez isso?

– Somos todos koltranos. Nenhum de meus pares deve ser aviltado assim. E ainda mais por um de nós. Isso é errado. Eu me manterei fiel à nossa raça mesmo que nem todos assim o façam.

– Não vou me esquecer disso, Grandioso.

– Entre nós pode me chamar apenas de Kythor.

– Kythor.

– Isso.

– Ei, ei, Kythor!

Saindo de seu devaneio, Kythor, viu seu kalakl, seu dono humano, chegando.

– Pois não, senhor grandioso Pyotr? Em que posso ajudá-lo?

– Meu amigo Kythor, eu já lhe disse que entre nós não precisa me chamar assim. Sou o velho Pyotr, seu amigo.

– Mais uma vez, Grandioso, seria desrespeitoso chamá-lo por sua designação. Sou sua propriedade, e, portanto, indigno de me considerar seu amigo.

– Vocês, koltranos, têm umas noções complicadas. Mas veja, meu caro amigo, estamos quase chegando a Mohravia, nessa vila os humanos não estão acostumados a ver criados koltranos e esperam uma invasão sempre que veem um de vocês. Assim, peço que você se coloque na parte de trás da fila, para que não os assustemos. Afinal pessoas assustadas compram menos coisas.

– Como ordenar, ó Grandioso.

– Você não tem jeito mesmo.

Enquanto caminhava para o final da fila da caravana, Kythor caiu em pensamentos novamente, mais uma vez rememorando os eventos daquela noite fatídica.

Encaminhava-se com Kelio para o local indicado para a emboscada aos humanos, quando Kythor ouviu Kalar, junto aos Koltrazes, traçando planos frente a um mapa.

– Venha aqui, Kythor. E mande esse ramkezt de volta aos humanos.

– Sim, senhor.

– Agora, veja aqui, Kyman me mostrou esse mapa da região e, conforme pode ver, os humanos terão de passar por esse terreno aqui. – dizia, indicando um ponto com o dedo. – Neste local estão essas árvores grandes, que podem esconder nossa divisão e, com isso, quando eles estiverem passando, poderemos cair sobre eles de todos os lados.

– É um excelente plano, senhor, vamos atacar à noite, certo?

– Sim, os olhos desses ramkezts não são bons como os nossos à noite e eles, pelo que o akl falou, estão iluminando o caminho com tochas. Com nossos arcos, podemos derrubar os guerreiros de guarda, antes que eles vejam o que os atingiu.

– Certamente um excelente plano, senhor. Devemos nos preparar para eventuais contingências?

– Eu tenho tudo preparado aqui comigo.

Kalar tocou na cintura a arma ancestral.

– Essa pistola pode abrir um rombo em estruturas de pedra sólida e, com certeza, pode dar conta de quaisquer humanos que sobrevivam às flechas.

– Perfeito, senhor!

– O senhor é mesmo um monstro?

Kythor mais uma vez foi despertado de seu devaneio, ao ver uma criança humana parada em frente a ele. Tratava-se um menino de uns poucos centímetros de altura, que estava em frente a ele, olhando desafiadoramente.

– Pequenino, sou koltrano, akl de Pyotr, e estou aqui para não assustar os fregueses de meu senhor.

– Por que os seus olhos brilham vermelhos?

– Meus olhos podem ver no escuro e possuem uma luz própria que Keltr'z deu a todos os koltranos.

– Por que você é verde?

– Essa é a cor de Keltr'z, a cor da aliança antiga.

– Porque seus dentes são grandes?

– Keltr´z nos dotou com grandes dentes para que as bestas Rur não pudessem nos derrotar, e os koltranos conseguimos comer todas as bestas Rur.

– Você é feio.

– Minha esposa não achava isso.

– Onde ela está?

– Em Kalistak.

– O que é Kalistak?

– A mais bela cidade koltrana nesse mundo. Onde estão minha esposa e filho.

– É verdade que vocês nascem de ovos?

– Sim, pequenino, nascemos de ovos.

– O senhor é bonzinho né seu, "koltano"?

– Sou akl, não posso ser diferente.

– Então, tchau.

– Adeus, pequenino.

– Meu nome é Jors.

A noite corria e Kythor via os humanos na vila comprando as mercadorias, dançando ao som da música de Beor, o menestrel de Pyotr, e comendo na festa que se seguia. Bem diferente daquela noite há tantos anos...

– Preparem-se, koltrazes! Ao meu sinal, disparar flechas!

Subitamente, uma luz ofuscante irrompera do meio da caravana, fazendo com que Kythor cobrisse seus olhos com dor e caísse ao chão. Ouvira os gritos de seus companheiros e o ruído inconfundível de uma arma ancestral sendo disparada, seguido de um cheiro de ozônio e carne incinerada. Pouco depois, sentira uma mão forte segurando sua boca, tentando pegar sua faca, mas aquele a quem pertencia fora dominado e amarrado. Ouve Ouviu, então, a voz de Kelio, que dizia:

– Calma, Kythor, em breve isso vai acabar.

Sentira um cheiro pungente e não via mais nada. Ao acordar mais tarde, encontrava-se nu e amarrado aos outros koltrazes, que ainda estavam vivos. Podia ver que os humanos haviam montado uma pira sob seus corpos enquanto se aproveitavam da iluminação de uma esfera de fusão para contar o ouro e os despojos dos vencidos.

– Ah! Vejo que acordou, koltrano!

Kythor olhava horrorizado para os seus companheiros mortos e, com mais horror ainda, para os vivos que estavam amarrados junto a ele.

– Vocês pensavam que éramos idiotas de trazer as águas dos deuses sem uma escolta adequada e agora vão pagar o preço de sua arrogância. Como podem ver, estão amarrados na pira da purificação e que Nyt possa limpar a mancha koltrana e recebê-los no mundo além do véu.

Kythor viu com horror que um humano vinha carregando uma tocha em direção à pira, quando Kelio interveio, ao falar com o comandante humano.

– Senhor Jorge, peço o obséquio de intervir em prol de um dos nossos prisioneiros.

– Como assim, Kelio?

– Um deles tornou possível a farsa que perpetramos e involuntariamente o sucesso da campanha do Grandioso Comandante Jorge.

– E como foi isso?

– Ao me salvar das chicotadas e pagar com seu próprio dinheiro o suposto informante humano, ele possibilitou a credibilidade da armadilha e o sucesso da missão.

– O que você pretende então que eu faça com ele? Nossas ordens são para exterminar os que tentassem nos atacar!

– Com a permissão do glorioso comandante Jorge, peço que ele seja colocado na posição de escravo e possa viver.

– Um estranho pedido vindo de um koltrano, mas certo! Vá até lá e solte aquele de quem você falou.

Kythor viu Kelio se aproximar para cortar suas amarras e sussurrou:

– Corte a dos outros para que possamos atacar juntos.

– Sinto muito, Kythor, vocês não têm nenhuma chance. Assim, pelo menos você viverá e, quem sabe, um dia poderá se vingar.

– Kythor, se você fizer isso, será um akl! – falou Kyman. – É preferível a morte!

– Vamos, Kythor, venha comigo – urgiu Kelio – é sua única chance de viver.

Até hoje Kythor se perguntava se havia tomado a decisão acertada. Kelio o retirara dali, enquanto os gritos de dor de seus companheiros soavam aos seu ouvidos e o cheiro de carne queimada impregnava o ar.

Gritos! Kythor imediatamente se colocou em alerta ao ouvir os gritos de seus senhores humanos. Assumiu posição de combate e se ocultou na relva. Podia ver um bando de malfeitores matando os aldeões e seus patrões tentando se defender. Beor caiu com uma flecha saindo de seu pescoço e Danya gritava, enquanto um bandido tentava rasgar suas roupas. Kythor se aproximou agachado da tenda montada e viu Pyotr segurando uma flecha no abdome, sentado numa poça de sangue.

– Kythor, chegue aqui, eu não tenho muito tempo.

– Pois não, glorioso senhor?

– Cuide para que eles não machuquem a nossa Danya. Eu estou morrendo e não posso fazer mais nada. Exceto... Pegue aquela minha bolsa de couro. Isso, essa mesma. – ele assentiu, ao ver que Kythor pegara corretamente o que pedira. – Aqui está. O seu certificado de alforria, com esse papel você é um escravo liberto e livre para viver sua vida. Mas, antes, por favor, prometa por sua honra que vai cuidar da nossa Danya.

– Eu prometo, Pyotr.

– Ah, Kythor, que pena que eu não pude libertar você antes. Por favor, me perdoe.

Com um suspiro final, Pyotr morreu. Kythor colocou o certificado em seu bolso e procurou uma faca que não encontrou, mas suas garras deveriam ser o suficiente para dar conta desses bandidos. Silenciosamente, ele se arrastou por trás do rufião que estava prestes a violentar Danya e, num único golpe certeiro, rompeu-lhe o pescoço, inundando a face de Danya de sangue. Ele lhe pediu silêncio e se apoderou da espada enferrujada do meliante. Havia apenas mais dois invasores, que não representavam desafio algum para um koltraz de Kalistak. Em poucos segundos, estavam ambos mortos e os aldeões se aproximaram, temerosos. Danya se agarrou a Kythor, tremendo e soluçando.

– O koltrano nos salvou!

– Pobre músico, olha só como ficou.

– Olha só a menina, ela está toda cheia de sangue.

– Senhor koltano, o senhor é um herói?

Kythor olhou para o pequenino Jors, a criança humana que o interrogara antes, e respondeu:

– Eu sou livre!

**Túlio.**

– Pela santa face de Helion! – Conduz o palestrante.

– Que sua luz sempre brilhe! – Responde a assembleia.

– Palavra Santa de Helion: No princípio havia Helion! Ele olhava para o abismo e via apenas as trevas do espaço. Enquanto Helion via as trevas, se sentiu só, e decidiu criar companhia. Assim, no espaço, surgiu por obra da Graça de Helion, a primeira esfera. Era um paraíso onde os homens eram senhores da criação e cruzavam o mundo com seus milagres. Os homens eram bons e poderosos e viviam em harmonia. Junto aos homens havia os autons, servos dos homens e seus companheiros, eles mesmos produtos dos milagres. Pelos séculos dos séculos, os homens antigos viveram, e viveram felizes em harmonia pelas graças de Helion.

– Que sua luz sempre brilhe! – continua a assembleia.

– Após séculos e séculos eis que Plutônium se sentiu sozinho. Por sua obra e vontade, os koltranos surgiram. Pelos koltranos, Plutônium se afeiçoou e para eles os milagres aumentou, lhes entregando secretamente as graças que Helion dera aos homens. Os homens antigos lutaram com os koltranos antigos e suas lutas ameaçaram a criação. Armas e poderes inconcebíveis destroçavam estrelas e planetas. Sistemas estelares queimavam nos céus. Os koltranos avançaram por sobre os sistemas. O Império Galáctico estava ameaçado. Na ameaça, surgiu o desespero, e, no desespero, a dúvida. Com a dúvida, veio a derrota, pois Plutônium sabia que os processos de movimentação universal eram incompatíveis. Mas, mesmo assim, num golpe cruel e ardiloso, trouxe os humanos e os koltranos a uma armadilha. – Continuou o palestrante.

– Oculto é Plutônium e escura a sua face. – responde a assembleia reunida.

– Na escuridão de Órion, o Caçador, na cabeça do cavalo, Barnard foi destruída, pois foi usado um conversor estelar. E as alterações no tecido da criação levaram à ruptura e à passagem de humanos e Koltranos pelo portal estelar oculto. Um portal mais antigo que os mais antigos. Um portal que somente deuses poderiam usar! Nesse momento, a Grande Nuvem ardeu e, nas forças cataclísmicas desencadeadas, o fim da criação era certo. E todos se desesperaram. Helion interveio. Com sua Graça e bondade, Helion criou Damocles e Ellan, e destinou os humanos a Ellan e os koltranos a Damocles. Mas Plutônium não estava satisfeito e desviou a queda dos antigos humanos e autons celestiais de Ellan, um novo paraíso para os humanos, para Damocles, onde eles teriam de lutar contra os koltranos, e com certeza, perderiam. Mas Helion mais uma vez interveio. Com sua Graça e Poder falou por Comuor:

"– Tu, que és pó de estrelas, às estrelas voltarás! Por minha vontade haverá uma diferença! Por minha vontade haverá esperança! Por minha vontade haverá uma saída!

"E, assim, pela Graça de Helion, Zaaldor pôde exercer e espalhar Seu Poder por todo o mundo de Damocles. E, com esse poder, os humanos tiveram algo novo. Algo que os koltranos não entendiam, e que jamais poderiam compreender. E o poder dos Deuses se espalhou e, mesmo na derrota, os humanos saíram vitoriosos, pois agora os Deuses estavam do seu lado. E mesmo Plutônium teve de se curvar à vontade dos outros e até mesmo ele hoje cede seu poder aos humanos. Graças a Helion. Graças a ele nós damos. Que Suas Graças brilhem sempre por todos os séculos dos séculos e que às estrelas voltemos!" – Continuou o palestrante.

– Graças damos a Helion que, por seu amor, aos humanos nos deu o poder. Que sua Luz sempre brilhe! – Respondeu a assembleia.

– Oremos:

" Helion, Pai de todos os deuses, pai de amor, pela humanidade guie nossas mentes, guie nossos espíritos, guie nossas almas". Iniciou embevecido o palestrante.

– Helion brilha ontem, hoje e sempre! – Respondeu novamente a assembleia extasiada.

– Helion, pai de todos os homens, pai de valor e pujança, guie nossas armas, guie nossas ferramentas, guie nossos passos. – Continuou o palestrante, em sua exposição iluminada.

– Helion brilha ontem, hoje e sempre! – Respondeu, ainda agora, a assembleia em êxtase.

– Helion, pai de todos os autons, que se sacrificaram por nós nas nossas horas mais cruéis, guie seus espíritos, guie suas mentes, traga-os de volta para nós. – Clamou do púlpito o orador.

– Helion brilha ontem, hoje e sempre! – A assembleia completou.

– Das estrelas viemos! Para as estrelas voltaremos! – Terminou o palestrante.

– Pela glória de Helion! Para as estrelas voltaremos! – Respondeu por fim a assembleia.

– Irmãos em Helion, como sabem, nossa congregação vem se preparando para a festa do retorno do Sol. Quando o Sol Sombrio passar e desaparecer, imploraremos mais uma vez pelas palavras de Helion. Que ele nos ouça e proteja. Precisamos definir com os irmãos as contribuições monetárias para que a festa possa se realizar. E, portanto, estamos pedindo aos irmãos em Helion que possamos passar a venda dos glóbulos santos. No último trimestre, não atingimos a quota mínima e a nossa igreja está precisando pagar as dívidas de ajuste com a igreja de Comuor. Precisamos de mais setecentos mil sóis dourados, mas conseguimos apenas duzentos mil e vinte e três sóis e treze ciclos escuros. O Imperador se comprometeu a nos dar mais cem mil sóis, se pudermos mencioná-lo na nossa próxima helionasse.

– Irmão Samael, não seria problemático nos empenharmos em falar sobre o Imperador? Como todos sabem, ele é fiel de Comuor e é a própria Igreja de Comuor que está nos cobrando a dívida.

– Entendo seu ponto de vista irmão Túlio, mas, se por meio dessa homenagem pudermos diminuir nossas dívidas, a glória de Helion será aumentada.

– Como sempre o irmão Samael tem razão.

– Obrigado irmão, Davidge.

– Temos ainda de decidir quem de nós irá a Bragança. O grande herói Gusmão nos informou que está angariando fundos para nossa igreja e que, em breve, deve ter bastante para nos ajudar significativamente. – Continuou Samael.

– Gusmão é realmente um grande homem e sua ajuda é sempre benfazeja. Que Helion sempre o proteja. – Intervém novamente o irmão Davidge.

– Creio que posso ajudar nesse caso.

– Como seria isso, irmão Túlio? – Perguntou Samael.

– As companhias mercantes estão indo em caravana para Bragança, e, como eu já trabalhei como carpinteiro há alguns anos, posso falar com eles e ir sem custos para a Igreja. – Respondeu Tulio.

– Excelente sugestão! Vamos preparar um documento para que você possa se apresentar a Gusmão. – Continuou Samael.

– Se me lembro bem, a caravana vai passar antes por Tuliéres. Isso seria algum problema? – Perguntou receoso Tulio.

– De maneira alguma. Peço ao irmão que aproveite para entregar essa missiva à nossa capelã, Josephine. – Respondeu Samael.

– Será um prazer. – Tulio falou corando discretamente.

– Isso decidido, passemos à revisão do orçamento da festa.

Naquela noite, Túlio estava em seu quarto na igreja de Helion, arrumando seus pertences. Dentre as coisas que considerava levar, estavam suas botas de viagem, seu robe clerical e um robe de viajante, o ícone de Helion, que ele mesmo havia criado na sua adolescência, quando ainda trabalhava como carpinteiro. Esse ícone era especial, pois fora o que o havia ajudado a se noviciar com o clérigo Gerião, que, por ter gostado muito da beleza e habilidade técnica com a qual o ícone tinha sido feito, se ofereceu para comprá-lo, sugerindo a Túlio, uma vida de apostolado clerical.

Túlio podia ainda se lembrar da dúvida quando comunicara esses acontecimentos a Budala, seu pai. Ele já trabalhava havia dois anos na loja do pai e estava aprendendo extremamente rápido a arte da carpintaria e, por uma habilidade inata, conseguia realizar obras de rara beleza. O supervisor da loja, o senhor Gangee, o aconselhara a estudar com os alquimistas de Tuliéres os segredos das alterações alquímicas, para com esses segredos conseguir criar objetos únicos. Fora em Tuliéres que Túlio conhecera Josephine, então uma noviça de Helion. Que belos olhos e sorriso! Josephine era um sonho, mas como já estava no noviciado, era extremamente difícil que desistisse de tudo por ele, um jovem aprendiz de carpinteiro artesão. Os clérigos e clérigas de Helion eram ordenados à castidade, exceto quando se casavam entre si. Os frutos desses casamentos eram extremamente festejados, e, quase invariavelmente, acabavam por engrossar as fileiras da Igreja.

Josephine. Túlio ainda se perguntava se teria escolhido o caminho que escolhera se não fosse por ela, com seu sorriso radiante e alegria de viver. Quando aprendeu algumas das técnicas dos alquimistas, voltou para Upanishads e pôs-se a se aperfeiçoar no fabrico de memorabilia religiosa. Foi esse estudo que acabou por chamar a atenção de Gerião. O seu futuro grande amigo, que comprara o ícone que ele havia fabricado, e que, posteriormente, ofereceria a Túlio a oportunidade de se juntar à Igreja de Helion.

Durante o estudo, Túlio se aperfeiçoou cada vez mais e lembrava-se até hoje da emoção que sentira quando seu mentor, o bom Gerião, o consagrou clérigo e o presenteou com seu primeiro ícone. O mesmo ícone que ele havia feito há tantos anos!

Túlio ficara mais maravilhado ainda ao sentir a santidade emanada do ícone, que aumentara seu poder de maneira inusitada. Soube depois que Gerião dedicara os anos de treinamento de Túlio à consagração paciente do ícone. Noite após noite, orando e infundindo santidade no objeto, que, hoje, irradiava, para aqueles com a capacidade de ver, uma aura muito intensa. Os poderes de Túlio aumentavam conforme ele estudava e se desenvolvia.

Depois de poucos meses, já conseguia manipular as preces de movimentação. Gerião finalmente o ensinara a prece que o permitiria andar nos céus. Essa prece seria extremamente útil para percorrer grandes distâncias em território inóspito, embora fosse extremamente perigosa e somente funcionasse em dias nublados. "Andar nas nuvens" era o nome dessa prece. Gerião ensinara também algumas preces que, a princípio, pareciam prosaicas, como a chamada prece dos pés presos, ou como os alunos a chamavam, "cola", que prendia os pés do inimigo no chão e não possibilitava o escape. Enfim, diversas preces com eficácia sobrenatural comprovada.

Túlio, portanto, estava plenamente preparado para seguir seu destino e ajudar a igreja de Helion nessa missão de localizar Gusmão. O que o preocupava era saber qual seria a reação de Josephine. Essas perguntas o deixavam ansioso, mas ele aprendera que a ansiedade somente poderia ajudar à derrocada do homem, e, em pouco tempo, com suas preces e meditação, pôde acalmar-se e focar na tarefa que teria pela frente. Deveria procurar em Upanishads, onde se encontrava a igreja de Helion, os chefes da guilda dos carpinteiros, pois, com suas habilidades, poderia facilmente seguir junto à caravana e, com isso, economizar despesas para a igreja.

Dessa maneira, preparou-se para o próximo dia, quando iria finalmente se encontrar com os carpinteiros e partir nessa, que prometia ser uma grande aventura. Sua mente se animava com a perspectiva de novos locais, novas pessoas, com a possibilidade de conhecer o grande Gusmão e de crescer dentro da igreja.

Nessa noite, Túlio sonhou com Josephine.

## Abhaya

– Protocolos de segurança aceitos. Bem-vindo ao instituto Dayton. Por favor, aguarde. Em breve, um de nossos representantes irá atendê-lo.

Fazia anos que Abhaya ouvia essas palavras ao entrar no instituto Dayton. O único local em todo Damocles onde ao menos um pouco da ciência ancestral ainda era praticada. Embora poucos ainda fossem capazes de entender o funcionamento da maioria dos artefatos deixados desde a época dos milagres, em Dayton alguém podia conseguir estudar a ciência e, especialmente, as habilidades mentais elevadas chamadas de psiquismo, que iam de simples leitura de pensamentos até a mais misteriosa de todas, a eletrocinese, que permitia a comunicação direta com os artefatos desse tempo distante.

Poucos percebiam, mas Dayton vinha decaindo das alturas aos poucos. Mesmo seu instrutor Gannon von Derick, que, para todos os efeitos preferia fingir que isso não era verdade, acabava por ter de se resignar ao fato de que, desde o tempo de Michael Holdt, o grande engenheiro mestre artesão, há 50 anos, não se entendia mais como funcionava o dispensador de alimentos central. E ele se viu na incumbência de contratar pela primeira vez um cozinheiro para o Instituto, fora ainda o fato de ele ter de comprar pela primeira vez comida nas vilas agrícolas das cercanias. Dayton se orgulhava de ser uma cidade com zero de resíduos alimentares e zero de necessidade de importação de proteína animal. Um dia Abhaya esperava saber o que essa palavra significava. Proteína. Os nomes das disciplinas científicas eram sempre muito difíceis e guardar mais do que alguns era complicado.

Verdade seja dita, foram feitas diversas tentativas de se entender o funcionamento desse dispensador, mas, mesmo com as anotações de Michael, mesmo com as explicações detalhadas que ele dava do funcionamento, mesmo com as demonstrações, nenhum estudante ainda havia conseguido compreender. E, com os anos, após a morte de Michael, o dispensador de alimentos começou a falhar. No início, não fora nada demais, um prato de carne refogada que havia vindo temperado com açúcar no lugar do sal e uma torta servida na noite das estórias que, ao invés de proteína animal preparada, apresentava em seu interior um lodo azul que, felizmente, não fora comido por ninguém. Os problemas, contudo, foram se tornando cada vez mais frequentes e as demandas sobre a unidade de dispensa de alimentos, aumentando, até que um dia alguém morreu.

Para a sorte de Gannon, o morto foi um estudante recém-chegado, o pobre Renatus, mas, mesmo assim, o conselho decidira que seria melhor desativar de vez a unidade até que se encontrasse alguém capaz de fazer a manutenção, antes que uma pessoa mais importante sofresse as consequências. Tudo bem que Gannon ressarcira a família do rapaz morto em dois sóis dourados imperiais e garantiu que a família não passaria necessidades, desde que se comprometessem a guardar segredo do ocorrido. O que sabiamente fizeram.

Abhaya agora esperava a sua vez de ir ao refeitório. Alguns estudantes preferiam as novas comidas e poucos reclamavam da piora geral na saúde e forma física daqueles que estudavam em Dayton. Malick, o colega de quarto de Abhaya, brincava, quando eles estudavam juntos, que, em breve, Dayton seria a cidade secundária com a primeira posição em estudantes obesos, posto que vinha tendo dificuldades de escolher uma alimentação balanceada para seus alunos depois que o dispensador parara de funcionar.

Ao entrar no refeitório, Abhaya viu seu amigo e instrutor Hector Klein conversando com Gannon numa mesa, enquanto se serviam de uma peça de carne que parecia ser cordeiro. Abhaya se espantou em ver como Hector havia envelhecido. Parecia que os anos o haviam tomado de assalto nos últimos tempos e seu rosto apresentava as marcas da idade de maneira mais pronunciada. Seus cabelos, outrora louros, estavam completamente brancos, a pele com aspecto ressecado, os ombros um tanto caídos e Abhaya podia jurar que o seu velho amigo estava usando uma prótese dentária. De fabrico impecável, mas nítida ainda assim. Somente seus olhos permaneciam de um azul intenso e um brilho inconfundível. Um brilho que contrastava com a nítida aparência de velhice que ele apresentava. Abhaya se perguntava quantos anos mais Hector viveria. Afinal ele, com o auxílio da cura psíquica e ciência de Dayton, já vivia há 270 anos e apresentava uma excelente forma física, mas a alimentação recente teve seu impacto em seu amigo e Abhaya podia ver claramente em todos os bicentenários de Dayton os mesmos sinais de degeneração, como se o tempo tivesse finalmente alcançado a todos.

– Abhaya! Venha aqui se juntar a nós, meu amigo! – convidou Hector.

– Querido mestre! Que seus dias perdurem! Notável Grão Mestre Gannon, que seus dias perdurem. Sinto-me honrado em presença de tão augustas mentes. Posso me banhar na glória de seus pensamentos?

– Meu caro acadêmico, seja bem vindo, sente-se conosco e que seus dias perdurem!

– Vamos, Abhaya, conte-me, como foi a viagem? Upanishads, como está? Seus pais e irmãos estão bem, eu presumo?

– Meu pai morreu no último verão, nobre professor, meu irmão está trabalhando na lavoura de arroz, minha irmã é clériga de Atala. Minha mãe anda com dificuldades de fala e acho que não deve resistir a mais um ano. Infelizmente, a casa onde moram do lado de fora de Upanishads é muito escura e mal ventilada. Sua respiração inspira cuidados. Eu apliquei as técnicas de regeneração celular e ela melhorou, mas acho que o problema é a idade. Já está muito velha, com seus 58 anos e seu corpo foi muito castigado. Espero que, com os proventos que deixei com meus irmãos, ela possa viver o resto de seus dias em paz.

– Fico triste em ouvir sobre seu pai. Pelo que sei, sua palavra foi decisiva na sua vinda para estudar aqui não é?

– Sim, nobre Grão Mestre. Meu pai sempre sonhou em ter um curandeiro na família, e, quando naquele acidente com minha irmã pude salvar sua vida, inconscientemente, é claro, pois não sabia ainda de minhas habilidades de cura, ele decidiu me colocar no treinamento dos clérigos de Atal. Quando os clérigos verificaram que eu não era um dos abençoados de Atal, ele me trouxe a Dayton para que eu pudesse treinar o que se revelariam ser meus dons psíquicos.

– Eu me lembro de quando você chegou. Ainda uma criança. Mal tinha completado seus 13 anos. Você, com certeza, foi meu melhor aluno.

– O professor é muito generoso na sua apreciação. Com certeza houve muitos jovens melhores.

Após as despedidas, Abhaya caminhou com seu antigo professor pelos corredores de Dayton e as memórias fluíram intensamente. Incidentes antigos e nem tão antigos foram lembrados e muitos risos trocados. Quando se aproximaram dos aposentos de Hector, Abhaya notou que seu amigo mancava com dificuldade e se ofereceu para restaurar algo de suas forças com seus poderes. Hector adiou o ensejo, pois comentou que tinham coisas mais importantes a tratar. Após entrarem nos aposentos, Hector se sentou e ambos ligaram o aquecedor irradiante do quarto, pois a noite estava fria do lado de fora. O sistema de som ambiente começou a tocar uma melodia antiga enquanto Abhaya ajudava seu mestre a tirar as botas de couro que calçava e iniciava o preparo de chá na unidade irradiante menor.

– Meu caro Abhaya, como foi bom vê-lo aqui. Sabe, eu me perguntei se você conseguiria chegar a tempo.

– A tempo de quê, Hector?

– De me encontrar vivo, ora essa!

– Professor, o senhor ainda viverá muitos anos, com certeza!

– Não tente me animar, meu caro. Após a quebra da unidade de sintetização de alimentos, minha saúde vem piorando, como se, mesmo me alimentando, eu sofresse da falta de algo essencial que só poderia vir de lá.

– Tenho certeza de que a saúde do mestre há de melhorar.

– Abhaya, você se esquece de meu poder? Eu posso ver claramente que seus pensamentos não condizem com suas palavras, mas vejo também a imensa gentileza com que me tem em seus pensamentos e sei que não mente para mim por mal.

– Bom, mestre...

– Caro amigo, eu pedi para vê-lo por dois motivos: um, para poder ver antes de morrer alguém que tantas alegrias me trouxe. E, dois, para lhe entregar um de meus pertences mais especiais. Eu também me sinto honrado por você ter escolhido vir me ver tendo em vista a doença e idade avançada de sua mãe. – ao dizer isso, Hector riu. – Desculpe a risada, não estou zombando de sua mãe, mas de mim mesmo. O que pensar de alguém que viveu quase cinco vezes o que hoje se considera uma idade avançada? Não, meu amigo, sua mãe não está idosa, nosso mundo é que está perdendo o brilho e creio que não teremos muitos bicentenários depois que os que estão vivos agora se forem.

– Tenho pensado nisso, mestre, as lendas falam que os antigos viviam por séculos, mas hoje apenas em Dayton um homem pode viver mais de 100 anos. E o povo se considera afortunado quando vive até os 40.

– Sim, sim, isso é culpa de nossa queda moral. Sabe, Abhaya, faz anos que o grande Michael tentava ensinar a alguém a sua arte. Eu tremo ao pensar no dia em que todos nós perderemos por completo nossa capacidade. E, então, o que faremos? Viveremos como feras na floresta? Seremos todos devorados pelos insectóides? Ou será que os koltranos vão dar cabo do sonho humano antes? Precisamos recuperar nossa herança. Antes que seja tarde demais. Nunca, em meus séculos de vida, consegui compreender as causas de nossa queda, e, veja bem, eu, com meus poderes, pude avaliar muitas mentes e verificar que, em quase todas, havia algo indefinível, algo indecifrável que tolhia todas as tentativas de se quebrar, algo que, aos poucos, embota nossa inteligência e nos impede de entender o que entendíamos. Nos impede de garantir nosso destino. E foi por esse motivo que eu o trouxe aqui.

– O mestre não deve se esforçar tanto. – Abhaya olhou horrorizado para como o esforço de falar sobre esses assuntos desgastava seu mestre, que envelhecia a olhos vistos. Com seu poder, Abhaya sentia a vida de seu mestre se esvaindo cada vez mais rápido.

– Bobagens! Veja, aqui está o motivo por eu o ter trazido aqui, meu amigo, – Hector retirou de um nicho na parede uma placa que parecia ser feita com o material das paredes Onymarianas. Nessa placa retangular branca, havia um botão inferior. Esse botão Hector pressionou e Abhaya viu, maravilhado, quando naquela placa fina se iluminava uma janela com imagens em movimento, como as telas sagradas de Comuor. Hector deslizou os dedos pela superfície da janela iluminada e as imagens se moveram ao seu comando.

– Aqui, nesse aparelho dos ancestrais, escrevi minhas anotações mais secretas. Elas contêm meus pensamentos sobre a doença que aflige a humanidade e, mais importante que isso, dentro desse aparelho dos ancestrais, estão outras informações guardadas. Michael conseguia entendê-las, mas eu não. Essas informações talvez sejam vitais para que possamos um dia crescer de novo. E isso eu lhe dou como prova de minha amizade.

– Não posso aceitar um presente de um rei, mestre!

– Pode e vai. Os reis não têm condição nenhuma de entender o que está aqui. Espero que você um dia tenha, mas não me iludo. Sempre que tento pensar nisso me canso demais. Como se algo me impedisse. Pode ser que você venha a lamentar eu ter lhe dado isso um dia.

– Mestre, muito obrigado.

– Eu apenas peço que você oculte isso. Se alguém o vir usando isso, poderá roubá-lo e nossas esperanças podem morrer. Não sei se há aí algo essencial, mas espero que sim.

Abhaya ainda ficou muito tempo com seu mestre até que ele dormiu. Retirou-se para seus aposentos e observou o artefato.

– O que isso pode me reservar para o futuro?

## Peter

– E aqui temos, rapazes, esse cão escorbútico. O que acham que devemos fazer com ele?

– Comida de peixe!

– Prancha!

– Vamos jogá-lo aos tubarões!

Peter Nord estava em maus lençóis, desde quando embarcara no Ocean's Trap. Sentiu que sua sorte poderia estar mudando, só não imaginava que poderia ser para pior. Desde que deixara Leirbag convencê-lo a embarcar nessa, percebera que o capitão Finn não estava para brincadeiras. Primeiro, fora a abordagem do Concordia, quando saquearam um butim considerável. Depois, fora o problema da divisão. Como ele e Leirbag eram novatos, ficaram apenas com 1% do saque. Até aí, ok, mas os outros marujos os colocaram com todas as barras de chumbo da carga. O peso era enorme e o valor, ínfimo. Depois, quando abordaram o Rasante dos Mares, eles acabaram ficando com a carga de panos e não com o ouro. Novamente, um volume enorme e de valor ínfimo.

Realmente uma pilhéria que os já estava cansando. Peter resolvera fazer uma troca antes de chegarem ao porto de Bragança. Durante a noite, entrou nos aposentos do capitão Finn e, honestamente, subtraíra-lhe sua parcela do butim em ouro, porém não contava com o K'leszt do capitão.

Havia muitos anos, o capitão tinha capturado e domesticado um K'leszt. Uma criatura normalmente vista com os koltranos. Tinha a aparência de um lagarto pequeno de duas pernas, sem braços e com uma cabeça enorme, com dentes afiados e uma mordida forte.

Quando Peter abrira o baú, que parecia estar desguarnecido, o animal saltara de dentro dele e o mordera. Por sorte, Peter estava usando sua camisa de seda de Upanishads, e a mordida do animal apenas rasgara sua camisa em vez da pele. Algo bem mais precioso para Peter. O problema era que o maldito continuara investindo contra Peter e, na confusão, o capitão acabara acordando e, aí, entendia-se como o pobre pirata fora parar nessa posição ingrata.

– Então, seu cão! Já fez as pazes com Concur?

– Senhor capitão, obviamente houve algum engano. O senhor sabe como esses animais são nervosos. O K'leszt me atacou quando eu fui chamar o senhor!

– Com mil koltranos armados! Como mente esse cão! Ao mar, marujo. Dessa vez, suas mentiras não vão salvar você!

Com um balanço rápido, o capitão derrubou Peter no mar, enquanto os marujos riam. Enquanto Peter se desvencilhava das cordas que prendiam seus braços, percebeu na água outra corda, que vinha se arrastando atrás do navio. Agarrando-a com sua mão livre, Peter veio segurando a corda e se aproximando do barco. Ao chegar mais próximo, viu uma rede de cordas se arrastando pelas águas. Subiu nessa escada improvisada, enquanto via sua bota de couro afundando no mar. O ruído que vinha das águas não deixou dúvidas de que algo estava seguindo o barco à espera de uma boa refeição. Peter não podia ver o que era, mas se agarrou com mais força à rede de cordas que o mantinha preso ao barco.

Damocles não tinha tubarões nativos. Os habitantes originais dos oceanos Damoclecianos eram parecidos com uma mistura de camarão gigante com lagosta. Quando os humanos da época dos milagres chegaram, não se sentiram à vontade para consumir esses animais estranhos que tinham um gosto nada palatável e, assim, com suas técnicas milagrosas, repovoaram os mares de Damocles com seres marinhos mais apetitosos. Os animais Damoclecianos originais foram em grande parte substituídos, mas alguns ainda permaneciam, especialmente em alto mar. Sem contar com os animais marinhos dos koltranos, que também competiam pelos recursos dos oceanos.

Ainda não se sabia quem ia levar a melhor nessa disputa, mas o fato é que, dessa mistura, surgira um ecossistema muito mais rico e complexo do que se poderia imaginar.

Peter não podia se preocupar no momento se o que o seguia era um tubarão ou uma dessas bestas antigas, mas tinha certeza de que não queria descobrir. Permaneceu agarrado ao redame, até a noite, quando se colocou a subir as cordas. Viu que elas saíam de uma pequena janela na parte posterior do navio. Quando chegou ali, finalmente se perguntando como faria para abrir a janela e entrar, uma mão forte o segurou. Como estava desarmado não pôde resistir ao puxão que o colocou para dentro. Mas, após cair e rolar, colocando-se de pé, acertou o dono daquela mão com um cruzado de direita, que acertou fracamente o rosto e recebeu um grande soco no estômago. Quando se preparava para atacar novamente, ouviu uma voz familiar que disse:

– Fique quieto ou ambos morreremos, seu tolo.

– Leirbag!

– Exato. Quem mais se arriscaria a salvar esse seu couro inútil?

– Obrigado, meu amigo!

– Silêncio. Agora, entre nesse barril e se acomode no meio dos meus panos, vou trazer para você uma refeição à noite. Mas não se atreva a sair durante o dia.

E, assim, Peter permaneceu no barril durante o resto da viagem. Porém, ao chegarem a Klang, e, antes de saírem do barco, o capitão ficou com um K'leszt a menos e Peter pôde recuperar seu butim. Em ouro, veja bem, pois panos e chumbo eram interessantes, mas ouro era sempre melhor.

VINICIUS WATZL

**Gusmão:**

Nesse dia, Gusmão se preparava para sair, pois ainda andava intrigado com a reação, misto de repulsa e ódio, dos koltranos aos cosméticos que Guilhermina queria comprar, mas não sabia por onde começar a investigar. Após se utilizar do seu chuveiro quente (pequeno luxo encontrado somente nas casas mais nobres de Bragança), Gusmão vestiu suas calças de escamas metálicas, presente esse dado por Fiodor, um mercador viajante, que agradeceu a sua ajuda contra bandidos numa emboscada que sofrera havia muitos anos. Eram de excelente qualidade, mas o material estava começando a desgastar-se e, com pesar, Gusmão pensou que, em breve, teria de substituí-las. Calçou suas botas de couro de Rur – presentes de um mercador koltrano, que as deu quando Gusmão aceitou acompanhá-lo em um trajeto perigoso entre Bragança e Império – e procurou por sua espada. Essa espada era a que seu pai ganhara de seu avô, que, por sua vez, a recebera como pagamento de uma dívida com a casa dos Deltrix. Era de excelente qualidade, mas não se tratava de uma arma ancestral, embora tivesse sido forjada para imitar o estilo inconfundível. Após encontrá-la, Gusmão rapidamente cobriu seu peito com a cota de malha de aço, que comprara recentemente em Império e sua capa de lã das ovelhas de Tuliéres.

Tuliéres era uma cidade interessante. Fora fundada próximo a Império por cidadãos imperiais interessados no cultivo de uva e fabricação de vinhos de qualidade. O terreno junto a Império nunca fora favorável e, depois da detonação do Canhão do Inferno para repelir a grande invasão dos insetos há 1370 anos, ficara imprestável para a colheita. As muralhas invencíveis fizeram jus ao seu nome e resistiram à detonação dessa, mas a vila de Nova Roma fora vaporizada, bem como os exércitos invasores. Alguns estudiosos se perguntavam se havia valido a pena usar o Canhão do Inferno, pois Império perdera uma região grande de seu território imediatamente, devido às nuvens venenosas que pairam no local até hoje. E, como havia perdido grandes áreas de cultivo, acabou por ter de ceder a independência a todas as cidades principais que agora possuíam seus respectivos reis. E Tuliéres, que, por sua aliança com Bragança e pouca importância estratégica, fora perdida junto, conquistando sua independência. Dayton, ao contrário de Tuliéres, sempre havia sido independente, de fato, dos poderes imperiais por sua própria natureza, mas sempre se mantivera, na palavra, ligada a Império. Tuliéres, no entanto, com o tempo, crescera e hoje abrigava uma metrópole grande, com vastos campos de cultivo de uvas e criação de ovelhas. Além disso, com o tempo, ficou estabelecida em Tuliéres a sede da guilda dos necromantes.

No início, as pessoas não aceitavam a presença dos necromantes nas cidades, porém seu valor foi garantido quando usaram suas criações, zumbis e esqueletos, para vasculhar os campos próximos a Império em busca de sobreviventes ao canhão do Inferno e recuperar os pertences daqueles que pereceram na defesa. Por esses serviços, o Imperador Cran XX garantiu o reconhecimento dos necromantes como profissão válida e, como esse reconhecimento se deu antes da independência das cidades capitais, acabou sendo reconhecida também pelos governos de todas as cidades.

Enquanto se colocava pronto a sair, Gusmão se lembrou do jovem Alex, o rapaz a quem ele ajudara quando estava procurando as maquiagens para Guilhermina. O que estaria fazendo agora? Como era uma pessoa desconhecida, talvez pudesse ajudá-lo a descobrir o porquê da aversão koltrana àqueles cosméticos...

Sim, era uma excelente ideia. Gusmão terminou de ajustar a fivela que prendia sua capa, e saiu às ruas. O próximo passo para tentar resolver essa dúvida seria achar o jovem. Enquanto caminhava decididamente para o local do tumulto no dia anterior, Gusmão se lembrou de que seu amigo, João das Pratas, tinha negociado com esses mercadores anteriormente. "Pode ser bom procurar o João para ver se posso procurar por esse lado também," pensou Gusmão.

Ao chegar ao mercado, avistou o jovem Alex caminhando com sua mãe, ou pelo menos era o que a senhora de idade que o acompanhava parecia ser, e comprava legumes numa banca da feira. Todas as semanas, nos dias de domingo, naquele ponto da cidade, montavam-se barracas de madeira com diversos tipos de mercadorias, desde artigos alimentícios até jóias (ou suas imitações). E o burburinho do mercado aumentava consideravelmente. Os mercadores estabelecidos reclamavam sempre com o Rei, que afirmava, porém, que a tradição da feira era uma tradição tão antiga que não deveria ser mudada. E, na verdade, muitos mercadores acabavam por lucrar com a feira, pois muitas pessoas aproveitavam o dia de feira para entrar nas lojas estabelecidas e comprar artigos que não podiam ser encontrados nas feiras.

Gusmão se aproximou de Alex e o cumprimentou. A mulher que o acompanhava, ao reconhecê-lo (e quem não o reconheceria?), tomou sua mão e a beijou, agradecendo.

– Obrigada, nobre Gusmão, por ter ajudado o meu filho! Sem o senhor, ele com certeza estaria preso hoje e eu, pobre de mim, não conseguiria libertá-lo.

– Minha senhora, só fiz o que o dever da justiça exigiu de mim. E fico grato em saber que, além de ajudar ao rapaz, indiretamente ajudei a uma tão justa mãe.

– A mãe de Alex não sou. Porém sou sua tia. Nívea morreu já faz dois anos e, desde então, eu sou a responsável por ele.

– Entendo e isso só faz fazer crescer a sensação de justa mulher que percebo na senhora. Porém, se me permite, gostaria de pedir a ele um favor. Se for possível realizá-lo, ficarei extremamente grato.

– Alex, venha aqui.

– Pois não, tia Alina? Senhor Gusmão! Como posso ajudá-lo?

– Veja, meu rapaz, gostaria de conversar com você em minha casa hoje mais tarde, se for possível e não o for atrapalhar.

– Será um prazer.

Gusmão, então, acertou o horário com o rapaz para o final da tarde. Agora ele tinha ainda de se deslocar pelo mercado até a loja de João, para poder tentar verificar o assunto de outro ângulo. Enquanto se dirigia para a loja de João, Gusmão pensava no encontro que teria ainda naquele dia, à tarde, com o capitão da guarda. O Rei tinha mandado pelo capitão da guarda a mensagem de que precisaria ver Gusmão em breve, mas, como estava fora, na aldeia de Algiers para a festa da colheita dos tomates, não estaria disponível pelos próximos dias. De qualquer forma, Gusmão deveria procurar conversar com o capitão sobre uma incumbência real.

Ao chegar à loja de João, Gusmão entrou e viu que seu amigo estava ocupado vendendo alguns candelabros de prata para uma mulher de aparência nobre. Um dos aprendizes veio perguntar se poderia ajudá-lo, mas Gusmão o informou que precisava conversar com seu mestre e ficou sentado, esperando. A senhora barganhou um pouco, mas acabou levando o candelabro. Enquanto João se aproximava, Gusmão reparou que a velha ferida no flanco ainda o incomodava, pois ele mancou um pouco durante o trajeto.

– Como está você, sua velha raposa?

– Estou bem, caro amigo. Vejo que o encontro em uma boa disposição! Creio que fez bom negócio com o candelabro, não é?

– Nem tanto e nem tão pouco. – respondeu o velho João, olhando meio de lado e com um riso maroto nos lábios. – Me diga, amigo, o que o traz aqui?

– É um assunto potencialmente complicado, mas provavelmente fruto de minha imaginação. Se pudermos conversar em particular...

– É claro! Marcelus! – disse, chamando um de seus ajudantes. – Por favor, fique de olho na loja que eu vou subir ao depósito com o senhor Gusmão para tratar de negócios!

Ambos subiram degraus que se abriam nas paredes como uma escada paralela, porém feitos do mesmo material indestrutível das paredes. João soube aproveitar bem o espaço extra que sua loja dispunha devido a essa escada inusitada. No local onde estava o seu depósito, diversas pratarias e utensílios estavam espalhados numa aparente desordem, o que, numa análise apressada, poderia fazer supor desleixo, mas que, na verdade, mostrava um sistema de organização baseado na probabilidade de venda dos itens mais comuns. Assim, itens mais baratos e menores se encontravam na frente e, nos fundos, do depósito estavam os verdadeiros tesouros.

– Então, Gusmão, meu rapaz. Como posso ajudar?

– O amigo já esteve no mercado recentemente? Por acaso reparou que há uma leva de cosméticos, que se afirma serem de origem koltrana, à venda. Especialmente uns batons que brilham?

– Gusmão! Na sua idade procurando batons! Não imaginava isso de você! – gracejou o comerciante.

– Deixe de bobagens! Quem me pediu isso foi a Guilhermina. Entretanto, não pude deixar de observar que as mulheres koltranas, se as podemos assim chamar, não têm necessidade alguma de maquiagem. Afinal sua pele, ou couro, é verde e diferente da nossa.

– Boa observação e me desculpe a brincadeira, mas você tem razão. Eu já havia reparado nisso. Acho que os nossos amigos estão tentando qualificar fraudulentamente sua mercadoria, provavelmente para vender mais caro uma coisa mais barata. Mas por que isso o preocupa? Está pensando em vender cosméticos?

– Não é isso, é que reparei também que os escravos koltranos que estavam próximos recuaram perceptivelmente ao ver o batom que o mercador me exibia.

– Nunca tinha reparado nisso, mas não é à toa que você é quem é. Vou ver se descubro alguma coisa e lhe informo, que tal?

– Agradeço muitíssimo ao amigo.

Ainda ficaram quase uma hora conversando amenidades e acontecimentos do passado e Gusmão comprou de seu amigo uma lanterna de mão feita de prata com uma das luzes ancestrais guardada em seu interior. O problema dessas lâmpadas de mão é que eram imprevisíveis e a luz que possuíam podia durar tanto séculos como poucos minutos. E, desse modo, a esmagadora maioria das pessoas preferia carregar tochas quando saía das cidades. Fora o fato das luzes realmente fortes já terem acabado há muitos anos e apenas as menores e mais fracas permanecerem.

Ao chegar à sessão Real, Gusmão foi parado por um guarda novo que perguntou quem era e aonde ia. Antes que pudesse responder, o capitão falou:

– Esse, meu rapaz, é o nobre Gusmão! Herói de Bragança e Tuliéres, Salvador de Algiers, amigo do Rei, e meu convidado pessoal!

– P-p-perdão senhor...

– Sem problemas, meu amigo, você estava somente cumprindo o seu dever!

– Não podemos ser molengas com esses cadetes, Gusmão! Rapaz! Qual o seu número?

– Sou o cadete 496, senhor!

– Então cadete, vá até a cozinha e nos traga um chá! O Senhor Gusmão deve estar cansado. Mas abra a maldita porta antes de sair!

– Sim senhor! Senhor!

Gusmão entrou na guarita do capitão da guarda. Ele agora se encontrava numa das poucas áreas onde as paredes invencíveis, ou pelo menos o teto dessas paredes, se abria para os céus, proporcionando uma iluminação bem agradável no amplo pátio, que antecedia a residência real. Segundo se dizia, o único lugar onde os céus se abriam em Bragança eram na altura do pátio real. Porém isso era um equívoco, pois mesmo essa área aparentemente descoberta, era protegida por uma barreira invisível. Os clérigos de Onymar pediam que se abrisse à visitação esse espaço miraculoso, onde existia uma barreira invencível que não se mostrava. Porém o rei e seus antecessores nunca haviam levado essa requisição a sério. O único lugar com um vão maior ao ar livre ficava em Império, mas lá não havia a proteção dessa barreira invisível e, assim, foram construídas, do lado de fora da cidade, no seu teto, torres de pedra. As guarnições das legiões imperiais faziam seu posto e seus treinamentos no teto de Império, protegendo, assim, o Imperador. Além disso, ao contrário de Bragança, em Império, quando chovia, o pátio se molhava.

– Então, meu amigo, em que posso ajudá-lo? – perguntou Gusmão.

– O rei me pediu para chamá-lo, Gusmão. Pelos informes que recebemos de nossos contatos mais especiais, o governo de Upanishads está passando por alguns severos problemas financeiros e nos procurou para oferecer um de seus artefatos ancestrais para vender.

– Ora, ora, ora... Quem diria!

– Como pode ver, precisamos do seu auxílio. Nosso governo não pode montar uma expedição oficial, pois poderíamos atrair a atenção de Império e isso complicaria as coisas.

– Entendo. E como devo proceder, então?

– Nos próximos dias, vai chegar aqui um enviado de Tuliéres, da guilda dos mercadores de vinhos, e ele vai servir de álibi para que você e um grupo que possa levar, vá a Upanishads e consiga trazer o artefato.

– E de quantos dias eu disponho para montar esse grupo?

– Ainda não sabemos em que dia essa pessoa vai chegar, mas, assim que ele chegar, eu vou informá-lo.

– Então estamos combinados. Vou me preparar e procurar pessoas dispostas a ir nessa empreitada, em nome do rei.

– Muito bem, Gusmão. Não seria bom se fosse dito nada quanto ao que se trata essa missão até que o grupo esteja formado completamente.

– Entendo. Vou então contratar aventureiros, alguém que esteja disposto a correr riscos por aventuras.

– Então, estamos acertados. Vamos nos encontrar assim que nosso contato de Tuliéres chegar.

– Qual o nome desse contato?

– Anton de Tuliéres

– Perfeito, então. Aguardo sua chamada.

Gusmão saiu da casa da guarda real intrigado. "Um dos artefatos ancestrais! O que será?" Com esses pensamentos e outros se dirigiu para casa e havia até mesmo se esquecido do combinado com o jovem Alex, que já o aguardava na porta de casa. Gusmão o cumprimentou e pediu-lhe para entrar.

– Seja bem vindo, meu amigo, e desculpe-me a demora em chegar, tive alguns compromissos importantes que me tomaram mais tempo do que eu esperava.

– Sem problemas, "Cascadura".

– Heh, esse apelido nem faz mais jus a mim. Faz anos que minha "casca" anda meio fraca. Estou ficando velho, sabe? O que eu queria mesmo era pedir-lhe um favor.

– Sem problemas. Peça o que precisar. Se estiver em minhas forças fazer, eu o farei.

– Obrigado, meu amigo, preciso de algumas informações. Recentemente, fui comprar para uma amiga umas maquiagens que ela havia me pedido e pude notar uma aversão a elas por parte de escravos koltranos que se encontravam nas proximidades. Isso me soou estranho, por dois motivos: o primeiro é que o mercador apregoava que seus produtos, um batom, em especial, que brilhava, era de origem koltrana. Ora, as mulheres koltranas não possuem pele como a nossa e nunca vi nenhuma utilizando pinturas faciais. Assim, acho pouco provável que essa maquiagem seja realmente produto deles, a menos que estejam desenvolvendo algo especificamente para os nossos mercados. E, segundo, a reação dos escravos me intrigou bastante. Como sou uma pessoa relativamente conhecida, não posso sair pelas ruas fazendo perguntas, sem que todos imediatamente saibam que me interessei pelo caso. Como você é um jovem ainda com pouca fama, talvez possa me ajudar verificando por aí e descobrindo o que se passa.

– Entendi perfeitamente, senhor Gusmão. Vou começar imediatamente. Agora, se me permite, posso pedir uma pequena quantia para comprar alguns desses produtos?

– Para que comprar?

– Creio que ficaria mais fácil descobrir do que se trata, se eu puder comprar um deles, e aí iniciar uma conversa com o vendedor.

– Perfeito o raciocínio. Espere um minuto.

Gusmão se levantou e pegou, numa caixa na prateleira de cima de sua cômoda, um saco com moedas imperiais.

– Aqui. Creio que com essas moedas imperiais, ficará mais fácil para você desenvolver seu esquema.

– Obrigado, senhor.

Alex se levantou e se despediu de Gusmão. Conforme o jovem saía, Gusmão ficou se perguntando se havia feito a escolha certa ao pedir ao rapaz para ajudá-lo. De qualquer forma Alex tinha mostrado ser uma pessoa inteligente e, se essa missão fosse bem sucedida, Gusmão pensava: "Talvez seja a hora de contratar um ajudante. Esses velhos ossos já não são mais os mesmos."

## Túlio

Túlio chegou à guilda local dos carpinteiros e procurou o representante. Depois de alguns minutos procurando, foi-lhe dito que encontraria Gerd, o mestre, na ala norte, rua dos artesãos. Enquanto passava pelas ruas estreitas de Upanishads, com suas diversas casas construídas de modo aparentemente aleatório e quase sempre bloqueando a visão das paredes invencíveis, Túlio não pôde deixar de pensar que, se tudo corresse bem, em breve estaria em Tuliéres, e, quem sabe, poderia ver Josephine antes de partir em direção à Bragança. As ruas se afunilaram mais e o cheiro das tochas e de excrementos animais e humanos aumentava. O sistema de esgoto sanitário de Upanishads nunca funcionou perfeitamente, pelo menos na lembrança de Túlio, e, nesse local em particular, o cheiro estava forte e especialmente nauseabundo.

Ao cruzar os pórticos da sessão indicada, Túlio se viu numa vizinhança escura. Numa casa pequena, terceira à esquerda segundo lhe falaram, estava sentado um homem de corpo jovem, mas rosto envelhecido. Alguém que, certamente, já teria vivido muitas desilusões. Esse homem tinha cerca de um metro e meio. Baixo, mesmo para os padrões de Upanishads, com um corpo musculoso e sujo, além de uma roupa de aspecto encardido. Ele se encontrava com uma perna apoiada no banco à frente e, em suas mãos, preparava um cachimbo comprido, que, numa inspeção mais rasteira, parecia ser de um pedaço de metal retorcido, mas que, na verdade, era uma peça oca de cobre, já azinhavrado em quase toda a sua extensão, exceto no bocal e na piteira, onde as mãos que o seguravam certamente davam-lhe um aspecto polido e brilhante. Os olhos desse homem eram cinzentos com uma expressão de descontentamento e cansaço. Tinha uma barba branca mal aparada e em desalinho. Na cabeça usava um lenço ou touca também de aspecto muito encardido, mas cuja cor, algo indefinível, tendia para o vermelho, ou quem sabe o verde. Não, Túlio tinha certeza de que era marrom. A face era enrugada e o bigode, grisalho. E o homem agora estava olhando fixamente para Túlio.

— Posso ajudá-lo, prelado?

— Obrigado, gentil senhor. Estou procurando o chefe da guilda dos carpinteiros e artesãos, o senhor Gerd. E me foi informado de que ele poderia ser encontrado aqui.

— Informaram certo. Eu sou Gerd.

— Muito prazer em conhecê-lo, senhor Gerd.

— O mesmo, senhor...?

— Chamo-me Túlio. E venho pela igreja de Helion, bendita seja a sua face, que me pediu para procurá-lo.

— Do que a igreja precisa?

— Estou precisando ir a Tuliéres a mando da igreja, e, como já fui um carpinteiro e artesão no passado, vim perguntar se poderia me juntar a sua caravana, pois me sentiria bem em poder viajar mais uma vez com outros que, como eu em outra época, compartilhariam de minhas habilidades.

— Entendo. E quanto a igreja estaria disposta a pagar pela sua passagem conosco?

— Eu sou pobre e nossa igreja mais pobre ainda. Se minha companhia for bem vinda, me disponho a ajudar na viagem com minhas preces e braços.

O homem olhou para Túlio com um olhar divertido. E disse:

— Entendo... Já foi carpinteiro, não é?

— Perfeitamente.

— Então, meu caro, se não for muito, precisamos de umas novas rodas para as carroças. Aqui. — disse Gerd, estendendo-lhe uma folha de papel. — Leve essa ordem de trabalho ao feitor que o colocará para trabalhar, e, se suas rodas forem boas, você poderá vir conosco sem pagar. Que tal?

– É uma oferta muito generosa. Quando partirão?

– Dentro de uma semana.

– Então devo começar imediatamente.

Túlio se despediu de Gerd e caminhou novamente pelas ruas de Upanishads em direção ao lado de fora da cidade. Desde que o sistema de filtragem de ar começou a falhar, o Xá ordenou a mudança dos ferreiros, curtidores de couro, dos abatedouros e demais profissões cujo cheiro se acumulasse, a se mudarem para o lado de fora da cidade. Os cidadãos aplaudiram a mudança, mas os guardas e os mercadores e artesãos afetados não gostaram nada. Com a mudança, eles se colocaram em um local muito mais vulnerável a ataques e perigoso, sem a proteção das paredes invencíveis. Quem gostou foram os pedreiros, carpinteiros e construtores que, por algum tempo, tiveram bastante serviço construindo casas e lojas do lado de fora de Upanishads. As áreas desocupadas foram rapidamente invadidas e um gueto acabou se formando num local outrora próspero. Os crimes aumentaram rapidamente, mas as punições foram ficando mais e mais severas. Isso, somado ao fato de que nesse local a ventilação é extremamente precária e a iluminação péssima, fez com que esse antigo distrito na cidade fosse apelidado agora de Sufoco. E, nesse Sufoco, cidadãos respeitáveis evitavam entrar. É nesse lugar, no entanto, que se estabeleceu a guilda dos necromantes. Um lugar triste, enfim, além de perigoso.

Túlio saiu de Upanishads em direção às lojas de carpintaria. Enquanto caminhava, sentia o ar se tornando mais puro e vitalizado. Realmente, era de se imaginar que as sessões mais profundas da cidade em breve estariam inabitáveis. Corria um boato de que, nas regiões mais profundas, se uma pessoa parasse para dormir, não conseguiria acordar mais. Isso certamente devia ser uma lenda, mas nunca se sabe. Quando Túlio chegou ao lado de fora de Upanishads, o cheiro de chuva o impressionou favoravelmente. Era uma mudança de ares bem interessante depois do ar pesado e enfermiço que respirara. Foi caminhando com suas botas de couro leve na lama do caminho e observando que aqueles que viviam do lado de fora aparentavam uma melhor saúde que os de dentro. Suas botas o levaram lentamente pelo caminho em direção à região das lojas de carpintaria, onde inquiriu sobre o feitor. Com razoável presteza, chegou àquele que procurava e, apresentando a ordem de trabalho, pôs-se rapidamente a executar o antigo ofício. Túlio se sentia muito bem novamente trabalhando com madeiras e o feitor, aprovando seu trabalho, que ficara pronto rapidamente, logo o colocou a lidar com encomendas mais difíceis e objetos mais complicados. Túlio, enquanto aguardava as novas ordens, se colocou a rezar sobre as rodas que havia feito, e, com certeza, Helion o ajudaria para que elas o levassem mais rapidamente para Tuliéres e para Josephine. Será que ainda deveria pensar dessa maneira em Josephine? Depois de tantos anos, não teria ela se casado e tido um bom partido com algum clérigo de Helion? Isso ele ainda não podia saber, mas sua esperança era grande, e, quem sabe, ao chegar lá, não poderia ter uma surpresa grata? Se tudo desse certo, Túlio poderia até pensar em se estabelecer em Tuliéres. Com a Graça de Helion, ele poderia dormir e sonhar com um futuro melhor.

## Aaron

– Conte-nos, herói, como veio parar em nossa vila?

– Sim, sim, por favor, conte-nos.

Aaron não sabia como se sentir. Ao mesmo tempo em que se sentia confortável por poder ter ajudado essas pessoas contra os escravagistas, sentia-se extremamente desconfortável por saber que não era nenhum herói. Ele ainda se lembrava dos fatos muito semelhantes que aconteceram em sua vila e se perguntava se lá também ele poderia ter feito a diferença. Mas agora ele ficava corando e pedia para não insistirem nesse pedido, pois, por mais feliz que se sentisse por ter ajudado essas pessoas, elas o faziam lembrar-se daquelas que viviam no local onde nasceu e nos acontecimentos daquela noite terrível.

Há alguns anos, Aaron vivia em paz em sua vila de Galagher. Junto a ele viviam seu pai Jacob, sua mãe Esthar, e sua irmã Sophia. Desde pequeno, se é que em algum momento Aaron foi pequeno, ele sentia que seus pais eram pessoas com problemas. As brigas familiares eram constantes e ele e sua irmã Sophia sofriam nas mãos de pessoas que claramente eram despreparadas para a criação de outros seres humanos. Jacob bebia muito, bem como Esthar, que era conhecida como a mulher da vila, pois se dizia que nenhum homem da vila podia dizer não a ter conhecido. Isso, no início, fazia Aaron sofrer, pois as crianças maiores da plantação zombavam e faziam chistes cruéis. Apenas sua irmã o ajudava e consolava. Sempre com uma palavra de consolo e bondade para com o menino que ia crescendo cada vez mais.

No início, Jacob batia muito no garoto, mas as surras foram se tornando mais e mais esparsas. Embora fosse um bêbado tolo, Jacob não era cego, e Aaron, com 12 anos, já tinha o seu tamanho, e, com 16, parecia ter o dobro da altura do pai. Com a idade, vieram os músculos e, com eles, o respeito, ou pelo menos o medo, daqueles que antes o humilhavam. Sophia sempre continuava a ser o anjo em sua vida. Alguém que lhe trazia não apenas conforto, mas também entendimento e amor. Talvez por causa dela ele nunca tenha estado com as mulheres e meninas de sua vila que, após o crescimento, cochichavam entre si, sempre que ele passava e o olhavam, com um misto de desejo e apreensão. Ele, no entanto, não tinha olhos para ninguém mais, pois todas lhe pareciam fúteis e sem modos quando comparadas à sua irmã. Não que ele tivesse quaisquer desejos carnais por ela. O que ocorria é que seu amor por ela era tão grande que ele não conseguia sequer pensar em outras mulheres.

Em pouco tempo, Aaron conheceu Yar, um guerreiro viajante que o ensinara a lutar no inverno de 1908, pela contagem de Bragança, o reino ao qual sua vila estava submetida, e, com esses ensinamentos e treino, que aumentaram sua força já descomunal, pôs-se a trabalhar também nas forjas, que precisavam de homens fortes e robustos, da aldeia vizinha de Grumle. Lá, o ferreiro Gritt lhe ensinou as artes de ferreiro, e ele pôde forjar para si seu primeiro machado e espada. Em pouco tempo, ele em sua vila não era mais um fazendeiro, mas o guerreiro local. Sophia estava muito orgulhosa de seu irmão e, quando Yar voltou dois anos depois à aldeia, ela o convenceu de que devia treinar com ele para se tornar um guerreiro melhor. Aaron, que sempre ouvia os conselhos de sua irmã, acedeu e juntos, ele e Yar, viveram muitas aventuras, até a vez em que Yar foi emboscado na saída de uma taverna e morreu com uma perfuração no abdome. Os seus atacantes foram dizimados, mas Aaron sentia falta de seu amigo.

Ao voltar, Sophia o consolou e ajudou a superar a perda daquele que tinha sido seu primeiro amigo de verdade. Entretanto, a perda de Yar o afetou muito e fez com que Aaron mudasse seu comportamento para com seus pais, a tolerância que antes apresentava a pedido de Sophia se desvaneceu e começou a não mais tolerar os abusos e flagelos, e, em algumas ocasiões, chegou a feri-los. Sophia, finalmente, o aconselhou a que se juntasse a um grupo aventureiro, que o acolheu com gosto, pois, além de ser grande e forte, Aaron logo se mostrou um guerreiro extremamente hábil.

O tempo passou e Aaron já era um dos principais de seu grupo. Durante uma grande campanha em terras estrangeiras, um grupo escravagista entrou na vila e rapidamente matara os poucos que tentaram resistir e fizera um ultimato às pessoas. Alguns deles seriam levados como escravos, por bem e sem resistência, juntamente com os mantimentos da vila, ou, se não aceitassem, todos seriam mortos e os mantimentos levados mesmo assim. Como não tinham defesas, os aldeões escolheram alguns dentre eles e os apresentaram aos escravagistas. Dentre os escolhidos estava Sophia. Os escravagistas admiraram logo a sua beleza e saíram com os mantimentos e alguns poucos escravos.

Meses depois, ao retornar a sua vila com o butim, que consistia em alguns sóis dourados, a moeda padrão humana, Aaron foi recebendo as notícias do que acontecera. Numa corrida louca e desesperada, chegou à sua casa e clamou o nome de sua amada irmã com todo o ar de seus pulmões. Seus pais, que lá estavam, bêbados como sempre, informaram que a escolheram para ser escrava, pois, afinal, era a mais inútil da casa. Num acesso de fúria, Aaron matou ambos enquanto gritava loucamente. Os aldeões que viram o ocorrido não tiveram coragem de tentar impedi-lo de fugir. Desde então, Aaron vagava pelo mundo procurando e indagando pela irmã perdida. Embora a possibilidade de a encontrar viva fosse mínima, ele não desistiu da busca, e todas as suas forças se colocavam para esse fim.

Assim, quando lhe haviam perguntado como viera parar onde estava, como dessa vez lhe perguntaram, ele contava sobre a irmã escravizada, embora omitisse o fato de ter matado seus pais. E nunca ficava muito tempo parado, pois sua irmã, ainda estava viva. Disso ele tinha certeza, pois essa era a única alternativa possível. Aaron sabia que um dia ia conseguir encontrar a sua irmã. Era preciso. Necessário. A única maneira...

– Foi a sorte que me trouxe aqui.

– Com certeza, herói!

As celebrações se estenderam por muitas horas, mas Aaron se desculpou e foi dormir mais cedo. A lembrança de Sophia e a dor que essa lembrança lhe trazia eram as únicas coisas que o faziam se afastar de festejos e comida. Como a pobre Sophia estaria agora? Pensando nisso, Aaron adormeceu, ficando, em sonhos, sob o olhar de súplica de sua irmã.

## Abhaya

A morte de Hector, embora já anunciada nos últimos dias pela decrepitude galopante que o assolou, abalou Abhaya Jasveer de uma maneira pela qual ele não esperava. De certo modo, Hector, em todos os anos de estudos que Abhaya teve no instituto Dayton, parecia ser uma constante, uma presença perene, de coragem, inteligência e poder psíquico. Abhaya se lembrava bem das lições de seu mestre. Das maneiras pelas quais poderia guardar seus pensamentos de mentes suspeitas e o modo pelo qual o bom Hector o estimulou a exercitar seu poder em especial, que era o poder de cura. Lembrava, ainda, das tremendas dificuldades que tivera com o aprendizado das disciplinas médicas que contrastavam de modo tão gritante com o que se ensinava em sua cidade natal de Upanishads.

A ciência médica de Dayton, embora nem de longe pudesse ser comparada com a da época dos milagres, ainda assim estava muito à frente daquela praticada pelo resto do mundo. Em Dayton era conhecida a existência de animálculos minúsculos que causavam as doenças e a susceptibilidade desses animálculos, tanto aos campos psiônicos induzidos, quanto às manipulações de ondas luminosas dos milagres. Bem como a substâncias químicas diversas que se fabricavam exclusivamente em Dayton, mas cuja eficácia vinha diminuindo ao longo das eras. O que Abhaya mais temia era o dia em que Dayton sucumbiria, como o resto do mundo, à decadência e suas técnicas se perderiam nas brumas do esquecimento.

Ele olhou pasmo para a clériga de Atala, que discorria de maneira enfadonha sobre o julgamento que se fazia daqueles que morriam e como a única maneira de se garantir uma pós-vida feliz era se render aos deuses e por seu poder se guiar. Via ainda os olhares perplexos de ódio mal disfarçado dos bicentenários de Dayton, bem como do instrutor-chefe. Ele não sabia como a clériga pôde se manter discursando de maneira tão deselegante, quando a carga psíquica no ambiente se tornava tão intensa e impactante. Entretanto, pelo que pôde ver, a clériga continuava com seu discurso. Abhaya sentia sondas psíquicas no ambiente e sua mente se fechava como Hector lhe ensinara. As sondas passaram por ele como um alvo menor e se fixaram em Jofrey, ao seu lado. Abhaya pôde ver que o rapaz suava copiosamente, apesar da temperatura amena ao redor e percebia que, se as sondas o considerassem um alvo digno, com certeza não resistiria ao seu assalto impiedoso. Jofrey resistiu, no entanto, e a clériga o olhava com desdém indisfarçável.

O povo considerava as clérigas de Atala como algumas das mais importantes do mundo, pois, com suas preces, podiam impedir os necromantes de utilizarem os corpos dos mortos para seus propósitos. Além disso, como Atala garantia a cura de diversas doenças aos fiéis, a população a procurava sempre. Em diversas oportunidades a igreja de Atala, tentara estabelecer uma base de operações dentro do instituto Dayton e, com os esforços de muitos aqui presentes, principalmente os bicentenários, nunca o conseguira fazer. Hector era um dos mais arraigados contrários a uma presença religiosa em Dayton. Que ficasse bem claro, ele nunca havia impedido qualquer pessoa de procurar o estudo em Dayton. As portas estavam sempre abertas, dizia ele bem humorado, mas podia ser para entrar ou sair, adagiava mordaz. E os poucos clérigos que tentaram estudar em Dayton, invariavelmente, acabaram saindo escandalizados pelas propostas do instituto, do poder da mente humana, e da existência de uma maneira de se entender o mundo que não dependia da revelação divina. O único clérigo que se formou pelo instituto foi Bonifácio.

Bonifácio havia sido um grande homem, diziam que lutara ao lado de Gusmão uma vez havia muitos anos, e que fora fundamental em muitas aventuras do grande herói Gusmão, o "Cascadura de

Bragança". Bonifácio, entretanto, desaparecera há muitos anos. E não se sabia se ele ainda estaria vivo. Se estivesse, com certeza seria quase tricentenário, coisa que havia muito tempo não se via no mundo.

O fato é que as igrejas sempre olharam o instituto Dayton com olhos cobiçosos e com inveja de suas realizações. Parecia que toda essa inveja e cobiça finalmente estariam alcançando seus objetivos, pois Hector era o terceiro dos bicentenários a morrer em anos recentes, e, se Abhaya estivesse certo, seria seguido de muitos outros em breve. O que poderia fazer com que o instituto caísse finalmente nas mãos das igrejas. Em especial a de Atala, que cobiçava o monopólio das curas e poderes da mente havia muitos e muitos anos.

Quando o serviço funeral terminou, os bicentenários, ajudados por seus alunos, levaram o corpo de Hector para o reciclador mor. Lá, ele foi despido de seus pertences, que foram distribuídos àqueles que o levaram. Mesmo sob os protestos de Ryhnahr, a clériga de Atala, os bicentenários calibraram os parâmetros do desintegrador para estruturas biológicas e o processo de desconstrução do corpo de Hector começou. A fúria de Ryhnahr era patente, bem como a sua curiosidade, pois ela mesma nunca tinha visto o processo a ser executado e, embora sua fé renegasse esse processo como profano e indigno, era fascinante ver uma das máquinas dos milagres em operação.

Após os parâmetros serem inseridos em uma tela luminosa com figuras e números dançantes, que lembrou Abhaya, enquanto ele não se esforçava para dominar seus pensamentos novamente, do artefato com o qual Hector o havia presenteado. Essas figuras traçavam uma bela imagem do corpo de Hector e algumas partes se colocavam destacadas na imagem com sinais, que serviam a propósitos desconhecidos a Abhaya. Dentre as partes destacadas estavam o quadril, ambos os olhos e todo o braço direito ou, pelo menos, a sua estrutura interna. Os Bicentenários se entreolharam e acionaram o processo. Uma nuvem prateada surgiu sobre o corpo de Hector e foi aos poucos se fixando em sua pele, cobrindo totalmente o seu corpo como uma estátua de prata. Depois disso, as feições de Hector foram se reduzindo como que sumindo de fora para dentro enquanto a nuvem, agora vermelha, era capturada por pequenos tubos posicionados no interior da câmara. Abhaya e todos os outros olharam maravilhados, ou indignados, quando os olhos, o interior do quadril e do braço de Hector se revelaram em seu aspecto de material Onymariano. A clériga Ryhnahr rugiu: "Blasfêmia!"

A situação poderia ter descambado para uma séria crise, mas Gannon, rapidamente, se interpôs entre os clérigos e os bicentenários. Clamando a todos os pulmões, mas com uma voz que Abhaya jamais esqueceria como a mais glacial que já ouvira:

– Cara Ryhnahr, gostaria de lembrá-la de seu status de convidada em respeito à sua Priora e aos desejos do nobre Bicentenário Hector Klein. Entretanto, – e aqui o tom gélido quase congelou o ar ao seu redor – entenda que a senhora não está em território da igreja, e Dayton, por ser independente, não tolerará afrontas aos seus costumes mais ancestrais. Se a senhora está incomodada, como diria o próprio Hector, as portas de Dayton estão sempre abertas a todos.

Um murmúrio passou pelo salão enquanto os bicentenários, alheios a tudo, separavam as partes de Hector que não haviam sido reduzidas ao nada pela nuvem prateada. Ryhnahr conteve seu ódio e se recompôs. Abhaya podia sentir a tensão no ar e, nesse momento, preferiria estar em qualquer outro lugar. Mas se perguntava o que Gannon teria querido dizer com "os desejos de Hector Klein", afinal, até onde Abhaya soubesse, Hector não gostava da igreja de Atala.

Contudo, a noite acabou sem incidentes e, após a saída de Ryhnahr, Abhaya pôde ver que os bicentenários, com seu aspecto cansado, se sentaram em frente à pequena casa de Hector em vigília e, nos olhos marejados e ancestrais, podia-se ver a tristeza e o desânimo com uma vida que já estava longa demais. A atmosfera de Dayton se tornara mais pesada e Abhaya se perguntava como faria para sair do instituto. O segredo do artefato era muito perigoso, principalmente pelo fato de Abhaya não poder legalmente possuir um artefato ancestral, pois havia já muitos anos a posse desses artefatos estava restrita a membros da nobreza das diversas cidades e Abhaya não era nobre.

Não pretendia que o artefato, que seu mestre e amigo lhe confiara, caísse nas mãos de um nobre qualquer.

Naquela noite, enquanto todos dormiam, Abhaya estudava o artefato. Sua perícia era mínima, e levou certo tempo para saber como fazer a janela iluminada ficar escura novamente. Havia nessa janela figuras que se moviam e determinadas figuras que, quando tocadas, iniciavam novas imagens ou músicas ou imagens com músicas. De outra vez, ele havia, ao tocar numa determinada figura pequena, feito iniciar uma cena em movimento, que mostrava a vida dos ancestrais, e Abhaya se maravilhara com as cenas mostrando sua vida em toda a sua glória. Os ancestrais eram como ele mesmo ou outros habitantes de Damocles, embora suas roupas fossem de tecidos indefiníveis para Abhaya e os habitantes andassem com objetos miraculosos presos junto ao corpo ou em bolsos em suas roupas. Uma coisa que Abhaya não pôde deixar de notar é que todos pareciam ser impecavelmente limpos. Havia animais também. E plantas como as que nos dias de hoje se encontravam em Damocles.

As cenas em movimento pareciam mostrar algum tipo de confraternização entre os ancestrais. Costumes realmente muito estranhos de pessoas estranhas. O pior de tudo era não ser capaz de entender a língua que eles falavam. Abhaya não encontrou outra cena em movimento como essa. Das notas que seu mentor Hector deixara, ele pôde aprender a usar uma das figuras que abria uma grade ou rede retangular. Nessa rede, de acordo com a cifra de substituições que Hector havia descoberto, poder-se-ia usar as grades para cálculos matemáticos. Realmente uma coisa muito útil. Havia outras coisas ali. Mas Abhaya temia danificar o milagre com alguma manipulação mais descuidada. Com certeza, ele levaria anos para estudar o funcionamento daquele aparelho sem ajuda.

Certa manhã, o bicentenário John Moral o chamou para conversar. Abhaya foi, apreensivo, a esse encontro pois Moral era conhecido como um instrutor severo. Ao chegar à sala de John Moral e entrar, Abhaya percebeu que ela era adornada com tapeçarias de Upanishads que cobriam as paredes e, na janela, havia um vaso de flores com uma única flor amarela de grande tamanho. Essa flor estava virada para o lado de fora da janela. No chão, um tapete com padrões geométricos intricados atestava sua antiguidade pelo desgaste aparente em uma das franjas. Na mesa de John havia uma tela de comunicação fixa virada para sua cadeira. Sentado nessa cadeira estava um homem magro de pele fina e olhos escuros O cabelo era branco e cortado rente ao crânio. O rosto era vincado de rugas e a boca estava séria. Quando Abhaya entrou, John apontou para uma cadeira e falou:

– Senhor Jasveer, seja bem vindo. Li sobre o senhor nos apontamentos de Hector e quis vê-lo pessoalmente.

– É uma honra estar aqui, Augusto Mestre Moral.

– Vou direto ao ponto, senhor Jasveer. O governo de Upanishads está com problemas financeiros graves. Eles pretendem saldar uma parte de sua dívida com a venda de um dos artefatos ancestrais a Bragança e solicitaram a presença de um representante do Instituto Dayton para acompanhar os procedimentos. Como você é originário de Upanishads, seu nome foi sugerido por nós e aceito pelo governo. Portanto, estou lhe informando de que, em dois dias, você partirá para Upanishads para se encontrar com o Senhor Gusmão.

– O Cascadura de Bragança?

– O próprio.

– Estou pronto a ajudar, mas o que devo fazer exatamente?

– Acompanhar as negociações e garantir que o artefato chegue a salvo em Bragança.

– Então, senhor, vou me arrumar, e me preparar para a partida.

– Muito bem, então. Após a sua missão completada, aguardamos seu relatório.

– Perfeitamente senhor.

Abhaya saiu da sala de Moral aliviado. Esperava alguma repreensão, como era do costume de John Moral, mas a perspectiva de encontrar um novo artefato dos ancestrais, mesmo sem poder ficar com ele, e, ainda por cima, poder encontrar a lenda viva que era Gusmão, o Cascadura de Bragança, o enchera de ânimo e ele se pôs rapidamente a arrumar seus pertences para a partida, que seria em breves dias.

**Aaron**

– Foi realmente a sorte que o trouxe a mim, meu amigo.

– Sim, eu acho que sim...

– Com certeza! Veja, eu nunca ouvi falar de ninguém parecido com sua irmã, mas conheço as rotas dos escravagistas e, embora o Rei Pedro não tolere a venda de escravos em Bragança, a passagem por lá se faz necessária para chegar a Império, e, posteriormente, a Tuliéres. Se seguirmos essa rota, imagino que, em Bragança, você poderá achar alguma pista, e, quem sabe, nas vilas no caminho possamos achar algo também. Eu, por meu lado, fico feliz em viajar com você, que me parece um grande guerreiro. Com certeza, na estrada, malfeitores pensarão duas vezes antes de nos atacar.

Aaron havia encontrado o mercador na vila que salvara, e Gerrod, esse era seu nome, o terceiro filho do terceiro filho da terceira família de Tuliéres, como ele gostava de sempre lembrar, acabou sendo uma escolha interessante para viajar. Ele levava um carregamento pequeno de poções de cura feito pelos alquimistas de Tuliéres e estava voltando naquela direção quando ficou acuado na vila atacada. A chegada de Aaron salvara a ele e a suas mercadorias de um destino incerto e ele, então, sugeriu a Aaron que caminhassem juntos para Bragança. O fator decisivo para que Aaron decidisse por acompanhá-lo foi o argumento sobre os escravagistas. Realmente, Aaron estava tendo muita dificuldade em acompanhar os passos dos escravagistas que haviam levado sua irmã. Pois, na terceira vila a qual ele havia chegado, não havia alma viva e os rastros das carroças haviam sumido na neve.

Aaron chegara à vila, ou melhor, à aldeia de Malkadir por pura sorte e, ao ouvir os sons dos ataques, achou que podia ter tido a sorte de encontrar os escravagistas que haviam levado sua irmã. Como não fora esse o caso, o fato de ter encontrado Gerrod acabou se mostrando um feliz encontro. Gerrod era um mercador bastante viajado e bem relacionado com pessoas importantes. Se ele pudesse colocar Aaron de volta na pista dos raptores de sua irmã, seria maravilhoso.

Durante as paradas nas pequenas vilas no caminho, Aaron sempre perguntava pelos escravagistas, mas a resposta era sempre negativa. Isso era cansativo e desanimador, mas pelo menos a comida com Gerrod era boa e a viagem, embora um pouco mais lenta, devido tanto às paradas para a venda das poções quanto à própria lentidão de ter de seguir com uma carroça, fazia Aaron pensar se essa teria sido a melhor escolha afinal. Gerrod era boa companhia, mas Aaron estava se cansando da demora e pensava que, talvez, devesse seguir separadamente.

Na terceira semana de viagem, desde a última parada, eles estavam se aproximando de Bragança. Aaron, embora tenha ficado impaciente, sentira que a viagem, por sua própria lentidão, fora boa para refazer as energias e, de certa forma, o ânimo para continuar sua busca por sua irmã. Gerrod acabara por se tornar, se é que Aaron poderia assim dizer, um amigo.

– Chegamos a Bragança, meu amigo! Hoje vamos descansar na taverna dos dentes de pérola e amanhã vamos à guilda dos mercadores. Quem sabe por lá não encontramos alguma pista para o seu problema? Se essas pistas nos levarem a uma jornada juntos, tanto melhor para mim. Senão, eu lhe desejarei uma boa viagem e que Helion o ajude em seu caminho, assim como Concur na perseverança de seus nobres objetivos. Mas hoje! Ah, hoje vamos comer, beber e deitar em uma cama que não é de pedras! Aqui está o pagamento que combinamos.

– Meu amigo Gerrod, obrigado por tudo. Vamos fazer como você falou. Eu quero que nossos caminhos sigam juntos. Você é uma boa pessoa.

– Nem tão boa meu amigo, nem tão boa. Mas, vamos, vamos aproveitar a noite.

Naquela noite, ambos beberam e comeram. Aaron estava satisfeito, ele pôde jogar dados com uns marinheiros que se encontravam lá. Embora houvesse perdido uma parte do dinheiro que havia ganhado de Gerrod, esses marinheiros eram tão sociáveis e agradáveis, que ele nem se importara. No dia seguinte, Gerrod o chamou e o levou para o interior da cidade. Aaron já havia ouvido falar das cidades capitais, as cidades cheias dos milagres dos antigos, mas sua mente mal podia compreender a grandeza do local.

A cidade de Bragança se encontrava à beira do mar. Nas cercanias dessa cidade, uma frota naval de pescadores e mercadores trazia riquezas e comida para alimentar uma população enorme. A cidade tinha 13 andares de altura e a parte voltada para a terra era fechada pelas paredes Onymarianas. A que era voltada para o mar, embora aberta, tinha paredes de tijolos de pedra que se erguiam nas alturas. Embora essas paredes não fossem invencíveis como as onymarianas, apresentavam uma defesa espetacular. Aaron não conseguia entender como os antigos puderam juntar pedras a tal altura. Treze andares. Algo inconcebível para os padrões dos dias de hoje. Embora as paredes fossem de pedra, elas se apresentavam polidas como vidro e brilhantes. Nunca tanto quanto as onymarianas, mas suficientemente belas para que Bragança tivesse o título de "Jóia do Norte".

A entrada da cidade se dava pelos andares intermediários (depois ele veio a saber que era o sétimo andar) e, para chegar nesse andar, subia-se uma rampa que ladeava a parede de pedra. A rampa tinha uma largura que deixava passar facilmente quatro carroças lado a lado e tinha um corrimão da mesma pedra trabalhada. Era como uma rampa para os céus. A vista era sensacional e, dos últimos andares, podiam-se ver quaisquer invasores a quilômetros de distância. O chão de pedras era reparado frequentemente, pois, com os anos, seu revestimento era gasto e as belas pedras brancas e negras que faziam o calçamento tinham de ser substituídas. Dizia-se que elas foram colocadas lá para que o trânsito de pessoas, animais e veículos não danificasse a rampa vitrificada que existia por baixo.

Quando chegaram à entrada, viram que era uma parte onde as paredes Onymarianas se juntavam com as paredes de pedra e se viam grandes portas miraculosas que, à noite, se fechavam sozinhas, abrindo-se pela manhã para receber os visitantes. Aaron via essas portas e, no seu íntimo, pensava: "Bruxaria". Após atravessarem as portas, ambos se viram num amplo espaço onde as carroças dos mercadores podiam ser guardadas, e, após guardarem as mercadorias de Gerrod, seguiram em direção à guilda dos mercadores para falar com João das Pratas, um mercador que poderia ter informações sobre os acontecimentos recentes, e, quem sabe, alguma informação sobre a irmã de Aaron.

– Meu caro Gerrod, o que o traz aqui?

– João! Que bom vê-lo. Estou aqui de passagem para re-estocar minhas poções de Tuliéres, mas aproveitei para visitar o amigo e, se possível, ajudar esse bom rapaz aqui.

– Ora. Seu aprendiz?

– Não, ele me serviu de guarda costas na viagem desde Malkadir, quando ela foi atacada por malfeitores. Ele derrotou a todos sozinho, eram muitos, mas, mesmo assim, ele os venceu. Depois disso, eu tentei convencê-lo a se empregar como meu guarda-costas, mas ele está numa missão de família.

– Que missão é essa, meu amigo? – perguntou João diretamente para Aaron.

– Minha irmã foi sequestrada por escravagistas. Eu perdi os rastros deles nas neves do norte e, desde então, tenho vagado, procurando de aldeia em aldeia, tentando encontrá-la.

– É realmente um flagelo a escravatura, no tempo dos nossos ancestrais ela não existia. Mas vivemos numa era de dores e tristezas, longe dos milagres dos antigos. Mas vamos deixar de nos preocupar com essas coisas. Vejamos... A principal companhia escravagista passou por aqui há uns dois meses. Eles não puderam entrar na cidade, pois quaisquer escravos humanos que entrem na cidade são libertados automaticamente pelo decreto do nosso bom rei. Assim, eles ficaram nas cercanias e enviaram os seus escravos koltranos para se abastecer de suprimentos e, se me lembro bem, se dirigiam a Império e depois a Tuliéres, mas não tenho certeza. Se você quiser, posso verificar e terei essa informação pela manhã.

– Obrigado.

– Não seja por isso, meu amigo. Volte aqui amanhã, que eu terei mais informações ou, se não as tiver, pelo menos poderei ajudá-lo de alguma outra maneira.

– Obrigado.

Naquela noite, Aaron ousou ter esperanças de poder encontrar sua irmã. Será que, dessa vez, com a ajuda de seus amigos, Sophia poderia ser encontrada?

VINICIUS WATZL

## Kythor

Por muitos anos desde sua libertação, Kythor bem que tentara retornar a Kalistak, mas sua entrada fora barrada. Seu status de akl não fora revogado. De nada adiantara o documento humano assinado por Pyotr. Quando Danya começou a ser olhada com olhares cobiçosos pelos koltranos da periferia da cidade de Kalistak, Kythor sentiu que era hora de sair dali. No tempo que decorreu, ele percorreu diversas vilas humanas, sempre cuidando para que os haveres de mestre Pyotr fossem bem cuidados e ele conseguiu juntar uma pequena fortuna em ouro. O futuro de Danya estaria garantido e assim, , Kythor teria cumprido as suas últimas obrigações para com seu ex-mestre e, era difícil pensar ser isso possível, amigo humano.

– Kythor?

– Sim bela Danya?

– Você acha que poderíamos parar na igreja de Helene?

– Você sabe que não costumo ser bem vindo às igrejas humanas.

– Sim, meu querido, mas eu posso entrar enquanto você aguarda do lado de fora. Você faria isso por mim?

– Nada que você me peça, se não for perigoso, posso negar e você sabe disso. Vou ficar nas redondezas e tentarei vender os tecidos que compramos em Kalt.

– Então me aguarde. Eu já volto.

Kythor não era cego e percebia claramente que a agora não tão pequena Danya estava apaixonada por ele. Isso era óbvio, mas esse amor era impossível. Primeiro, por ele ser koltrano e ela, humana; além disso ele era casado. Uma relação assim não seria possível. Em Kalistak, ela teria de ser uma escrava sua criada e seria tratada como brinquedo sexual. Aqui, nos reinos humanos, ele seria taxado de demônio corruptor de mulheres e seria executado. Embora Danya estivesse indelevelmente marcada em seu coração, Kythor não podia se dar ao luxo de pensar em quaisquer outras coisas que não uma convivência civilizada e pacífica. Ele não sabia, contudo, se Danya pensava assim. E isso o preocupava bastante. Já houvera mais de uma ocasião em que eles tiveram de fugir de uma vila por fofocas locais e pelo modo carinhoso como ela o tratava. Ele tinha sido duro com ela, mas não conseguia manter a disciplina quando ouvia seus soluços de tristeza e sempre a confortava. O contato com a pele humana era bem diferente daquele da pele koltrana e Kythor percebia que esse contato o tornava cada vez mais ligado a Danya.

– Ei, senhor! – chamou um cavalheiro, interrompendo seus pensamentos.

– Pois não?

– Quanto custa um metro desse seu tecido verde?

– Apenas dez ciclos escuros, nobre cavalheiro.

– Dez ciclos escuros?!

– Sim, meu senhor, esse tecido foi trazido de Kalt.

– E onde fica isso?

– Kalt é uma vila koltrana próxima ao mar, seus habitantes criam Klarfs que são pequenos animais que tecem fibras. Essas fibras são recuperadas e tecidas durante um ano pelas mulheres koltranas.

– É, parece seda mesmo, mas é muito caro.

– É por que não é seda. O nome desse tecido é kass, e é considerado um dos tecidos mais finos nos reinos koltranos, ele aquece naturalmente no inverno e é fresco no verão além de ser leve e macio.

– Sim, eu posso ver isso. Mas estou querendo algo mais barato.

A negociação prosseguiu por mais algumas horas e, finalmente, o humano saiu com cinco metros de kass. Kythor se perguntava o porquê dessa mania humana de negociar tão exaustivamente. Era fato conhecido deles que mercadores koltranos não reduziam seus preços por negociação. Mas os humanos sempre insistiam.

Naquela tarde, após as vendas, e à ida de Danya à igreja, Kythor trouxe os pratos para comerem no estabelecimento onde se encontravam. As poucas pessoas que se encontravam naquela taverna evitavam se sentar perto deles. Kythor havia escolhido essa taverna justamente pela baixa frequentação e pela ausência de profissionais do sexo. Danya sempre se sentia mal quando, no lugar onde dormiam, havia pessoas ligadas a essa profissão. Com razão, Kythor e ela temiam que, em virtude de eles estarem viajando juntos, fosse assumido que um ou outro poderia estar numa posição assim e isso poderia trazer problemas.

– Kythor, querido, vamos dormir? Estou cansada e preciso descansar.

– Perfeitamente, Danya.

– Você precisa sempre ser tão formal?

– Claro que sim, Danya.

Ambos subiram os degraus dos dormitórios e Kythor, após verificar o quarto para a presença de armadilhas ocultas, arrumou a cama para Danya e se colocou num saco de viagem aos pés da porta.

– Não prefere dormir aqui comigo?

– Não, Danya, isso seria inapropriado.

– Certo. Boa noite, então. – falou Danya, com expressão no rosto de contrariedade.

– Boa noite, querida. – sussurrou Kythor, após ver que ela havia dormido.

Realmente, os anos estavam tornando Danya uma fêmea humana desejável para aqueles que apreciavam essas qualidades. Kythor não podia deixar de pensar que, nos dias em que estivera em Kalistak, não pudera rever sua esposa. Teria ela escolhido outro para ser seu consorte? Certamente que estaria em seu direito e Kythor até mesmo esperava que assim houvesse procedido. O que o preocupava mais era a sua filha ou filho. O que poderia fazer? Se Khalia já estivesse consorciada a outro koltraz, ele estaria no seu direito de exigir que a prole do ex-marido fosse tratada sob as mesmas prerrogativas do pai. Ou seja, seu filho ou filha seria um akl. Esse pensamento o assombrava, e Kythor esperava que Khalia, sua esposa, tivesse esperado o eclodir do ovo para que a prole tivesse o destino assegurado pela parte da mãe e pudesse ser feliz. Mesmo se ele nunca pudesse encontrar sua família de novo, pelo menos saber que eles estariam bem o teria deixado mais tranquilo.

No dia seguinte, ambos saíram e viajaram para a próxima vila. Kythor não pôde deixar de perceber que Danya estava cabisbaixa e irritadiça. As fêmeas humanas passam por flutuações de humor mensais e Kythor já se havia habituado a elas nos anos em que estiveram juntos. Mas, pelo que ele havia percebido nos últimos anos, elas vinham se tronando cada vez mais intensas e Kythor, às vezes, ficava sem saber como proceder.

Eles seguiram com a carroça pela estrada e, no final da tarde, num ponto mais isolado, Danya pediu a Kythor para pararem.

– E por que deseja parar, Danya?

– Eu soube que, nesses arredores, há uma cachoeira e lago e eu quero tomar um bom banho.

– Não devemos sair da estrada, querida. Pode ser perigoso.

– Ora, você não é um grande e terrível guerreiro koltrano? Acho que podemos correr o risco. Ninguém se atreverá a nos incomodar com você por perto.

– Ainda acho que pode não ser uma boa ideia.

– Deixe de bobagens. Vamos! Veja se consegue me pegar.

Danya pulou da carroça e se embrenhou na mata. Kythor, parou a carroça e a desviou para uma proteção longe de olhares curiosos, e se abaixou para começar a seguir os rastros de Danya. Estava começando a escurecer e Kythor, como todos os koltranos, tinha uma excelente visão noturna. Seus olhos vermelhos brilhavam, emitindo uma fonte de luz avermelhada. Com aquela pouca luz, entraram em cena os receptores de luz mais potentes dos koltranos e a floresta como que se iluminou, ficando uma imagem muito melhor. A desvantagem dos koltranos nesse sistema era que, embora eles conseguissem ver muito melhor que os humanos à noite, seus olhos os denunciavam facilmente e qualquer pessoa que visse dois pontos de luz vermelha à noite ficava sabendo que havia um koltrano por perto.

Ele seguiu o rastro bem óbvio deixado por Danya e chegou logo a uma pequena clareira, onde existia uma fonte de água gelada que desaguava numa pequena lagoa. Nessa lagoa, Kythor pôde ver Danya nua, nadando alegremente.

— Custou para me achar, meu lagartinho.

— Não sou lagarto, querida Danya.

— Eu sei. Estou brincando com você.

— Essa água não está fria demais? Você pode ficar doente.

— Bobagem. Se eu ficar com frio demais eu me encolho junto a você. Não quer entrar na água? Você bem que está precisando. Quando foi a última vez que limpou essa pele?

— Nós koltranos não precisamos nos banhar com a frequência que vocês humanos o fazem. Nossas peles produzem uma secreção volátil que afasta insetos e maus odores.

— Eu sei disso, seu bobo. Mas se banhar comigo não seria uma coisa prazerosa a você?

— Seria.

— Então, por que não entra na água?

— Preciso me certificar que estamos completamente sozinhos. Não seria bom que fôssemos surpreendidos nessa piscina ambos nus.

— Então você vai entrar comigo?...

— Sim. Mas a segurança vem em primeiro lugar.

— Claro, claro. Só não demore.

Kythor verificou o perímetro do local onde se encontravam. Como não percebeu nenhum ser vivo exceto o ocasional rato do campo, ou coelho nas redondezas, retornou ao lago e se despiu. Danya estava nadando sossegadamente observando sua aproximação. Enquanto removia suas roupas Kythor, percebeu o ruborizar do rosto daquela humana tão peculiar que lhe havia sido confiada. O olhar dela percorreu seu corpo de maneira faminta. Ele entrou na água e se aproximou.

— Aqui estou, querida Danya.

— Você sabe nadar?

– Sim, eu sei.

Eles nadaram durante algum tempo juntos, Danya casualmente deixando seu corpo nu tocar na pele de Kythor. Ele não se atreveu a fazer quaisquer avanços. Mas a menina parecia estar com a intenção fixa de o excitar. Embora ela não fosse koltrana e, por isso mesmo, não estivesse fazendo o necessário para tal, Kythor já convivera tempo suficiente com os humanos para entender o que ela estava fazendo e sabia que uma ausência de resposta por sua parte a feriria. Ele não podia imaginar deixar isso acontecer. Essa pequena humana se tornou importante demais em sua vida, e ele sentia por ela algo que, em termos humanos, seria descrito como amor. Embora seu antigo amigo e pai de Danya, talvez pudesse ter reservas iniciais quanto a um relacionamento entre os dois, Kythor sabia que a conduta mais honrada nesse caso seria a proteção de Danya. Se isso significasse sua ligação a ela, e ele sentia que ela dificilmente aceitaria outra coisa, ele não deixaria que isso se desenrolasse de outra maneira. Ele já havia observado o que os humanos costumam fazer para excitar suas parceiras, e tentou seguir o que observou ser a maneira mais educada.

Suas mãos começaram a deslizar nos ombros de Danya, e suas garras deslizaram suavemente pelo seu pescoço e Kythor percebeu que esses carinhos eram apreciados e prosseguiu, deslizando as costas dos dedos pelo tórax na altura das costelas dessa fêmea humana. Ele percebeu que ela se curvava tocando a parte de trás de suas coxas na pelve de Kythor e arqueando o tórax de modo a expor as protuberâncias que as mulheres humanas apresentavam. Kythor aproveitou a oportunidade para deslizar suas garras levemente – com cuidado para não ferir a pele sensível desse local, mas de maneira a estimular sensações intensas – o que Danya demonstrou, pelo acelerar de sua respiração e ao se virar de frente para ele com seu rosto vermelho em chamas, os olhos com um brilho adicional e fixos nos seus. Ela gemeu seu nome enquanto, com as pernas, enlaçou Kythor e pressionou seus seios no seu peito. Kythor saiu da água e a colocou deitada na relva, passando sua língua por todo o corpo dela.

Curiosamente, em certas áreas, pareceu deixá-la mais excitada, e ele se concentrou nesses locais. As pontas dos mamilos, que nas fêmeas humanas serviam para alimentar com sua secreção seus filhotes, pareciam ser especialmente aptas a esse propósito, a parte interna da coxa de Danya também e, para seu espanto, a região onde ficava sua uretra e vagina. Kythor se perguntou se estaria fazendo o correto quando sentiu um grande estremecimento e também que Danya apertava seu rosto com as pernas enquanto gemia o nome de Kythor. Os koltranos apresentavam um órgão reprodutor bem diferente do pênis humano. Esse órgão seria descrito em termos humanos como uma tromba de elefante, ou seja, um órgão musculoso que podia ser movido pela vontade do koltrano. Durante o acasalamento entre koltranos, esse órgão era utilizado para, com seus movimentos, procurar o ovo dentro do corpo da fêmea e, então, fertilizá-lo com sua semente reprodutora através de uma injeção por um espinho ósseo oco que surgia no momento do orgasmo koltrano. As fêmeas humanas que se atreviam a procurar os koltranos só tinham elogios a fazer à sua anatomia. O que ocorria era que o ódio gerado nos machos humanos por essa preferência fazia com que qualquer relação dessa espécie fosse tratada como crime. Kythor utilizou esse órgão móvel e que obedecia a sua vontade para, durante o coito, fazer Danya sentir movimentos em seu interior que seriam impossíveis para qualquer homem realizar, o que a fez arfar e gemer de maneira incontrolável. Em um paroxismo de prazer extremo ela pareceu desmaiar. Logo depois, ele se afastou do que estava fazendo, tentando acordá-la. Ela logo acordou com um sorriso, a expressão humana de prazer, misturada a lágrimas, a expressão humana de tristeza.

– Você está bem?

– Ai... Sim... Desculpe, foi a melhor coisa do mundo.

– Mas você está chorando...

– Esquece isso, seu bobo. Eu estou me sentindo ótima. Eu nunca tinha me sentido assim antes. Foi bom demais.

– Que bom. Eu fiquei com medo de estar fazendo você sofrer.

– Pare com isso! Foi maravilhoso.

– Que bom que eu pude satisfazê-la, minha querida.

– Mas e você? Como posso satisfazer você?

– Não é necessário.

– Mas eu queria poder te dar um pouco do prazer que você me proporcionou.

– Não creio que seja aconselhável, os koltranos, no paroxismo, podem ficar muito incontroláveis, e, com minhas garras, eu poderia feri-la e não me perdoaria por isso jamais.

– Desculpe.

– Pelo quê?

– Por eu não poder ser koltrana e satisfazer você. – Danya começou a chorar.

– Por que eu iria ter de perdoar você? Você é quem você é e eu não a amo menos por isso. Danya parou de chorar e olhou nos olhos luminescentes de Kythor, com os próprios olhos brilhando no reflexo vermelho dos dele, e perguntou, tímida:

– Você me ama?...

– Sim. No início, não pude entender o que se passava comigo, pensei que se tratava apenas do dever que eu assumi perante o seu pai, que sempre me tratou de maneira justa. Porém, ao longo do tempo, pude perceber que era algo mais que isso. Nunca poderei amar você como um humano amaria, mas, se você me permitir, a amarei sempre como um koltrano amaria.

– Sim. Sim! Eu quero o seu amor para sempre!

E assim ambos se vestiram e deitaram nas peles animais para descansar na noite que se aproximava com o calor de seus corpos servindo para se aquecer no frio.

Kythor, entretanto, não podia deixar de pensar em Khalia. O que ela pensaria dele? Se ele conseguisse voltar para Kalistak, ela aceitaria Danya como sua parceira? Isso era tudo tão confuso, que Kythor teve dificuldades para dormir. O ressonar de Danya com seu hálito quente e respiração ritmada acabaram por levá-lo a um sono como havia muitos anos ele não tinha. Desde a última vez que estivera com

Khalia, para ser mais exato.

VINICIUS WATZL

## Leirbag

Quando Leirbag desembarcou com Peter, oculto no meio dos panos que eram sua parte do butim, não imaginou que se cansaria tanto com o peso do colega. Peter bem que poderia fazer uma dietinha. Claro que o peso dos lingotes de ouro que ele surrupiara do capitão após todos no barco pensarem que ele havia morrido no mar ajudava a aumentar o peso e, consequentemente, o cansaço que Leirbag enfrentava agora.

— Ei, Peter, chegamos a Klang.

— Me ajude a sair daqui. — disse Peter depois de algum esforço, desvencilhando-se do interior dos tecidos.

— Me lembre novamente: por que estamos aqui, Leirbag?

— Você morreu, certo? Precisamos vender suas coisas em território koltrano para evitar que outros bucaneiros nos vejam e percebam que trocamos o seu butim com o do capitão.

— Eu sei, eu sei. É que não queria estar em território koltrano. Você sabe que humanos capturados e escravizados não retornam jamais.

— Sim, eu sei, mas, como falei, é a nossa melhor opção para nos livrarmos dessas cargas. E, além do mais, podemos aproveitar para nos encontrarmos com Kholmor.

— Mas esse koltrano não é um dos comandantes de Kalistak?

— Sim, mas faz anos que ele se aposentou e trabalha em Klang, comprando contrabando humano. As koltranas gostam muito dos tecidos de seda humanos. Se fôssemos vender esses panos em Bragança, conseguiríamos um terço do preço que vamos conseguir aqui. Acho que você fez um mau negócio tentando trocar a sua carga por ouro.

– Você ainda não tinha me participado desse segredinho seu e, francamente, ouro é muito mais portátil.

– Eu sei. Também troquei minha parte da carga de chumbo por lingotes de ouro.

– Ora, então, como você está me criticando?

– É que eu fui inteligente o suficiente para não ser pego.

– Ora, o culpado foi aquele bicho do capitão! Como eu ia saber que estaria ali para dar o alarme?

– Exato. Depois que você se livrou dele ficou muito mais fácil para eu fazer a troca.

Leirbag olhou divertido o rosto de irritação de Peter. Ele sabia que fora pura sorte Peter ter feito primeiro a tentativa de troca do butim, mas não ia deixar o amigo perceber que ele se aproveitou disso e que estava se divertindo muito com essa irritação.

Eles compraram uma pequena carroça com um koltrano do porto e carregaram seus tecidos e outras mercadorias. Após esses ajustes, eles pegaram com o oficial encarregado do porto o salvo conduto para humanos em trânsito em reinos koltranos. Coisa que lhes custou uma das barras de ouro de Peter, o que divertiu ainda mais Leirbag, ao ver a exasperação mal contida do amigo quando trocou uma barra de ouro por um pedaço de papel como ele mesmo disse. Leirbag o lembrou de que, sem esse papel, eles poderiam ser escravizados por qualquer koltrano. E que, uma vez escravo ou akl, como eles chamavam, só poderiam ser libertados com a palavra do escravizador ou com um salvo conduto oficial. Coisa que não acontecia. Qualquer koltrano respeitava os papéis oficiais e, dificilmente, tentaria escravizá-los, pois, caso fosse descoberto, ele mesmo passaria a ser o escravo, mas aí em caráter irrevogável.

Quando chegaram à porta de Kholmor, Leirbag pôde perceber que os negócios andavam bem para o koltrano. Da última vez que ele o vira, não havia guardas armados nas portas, ou mesmo portas tão bem apresentáveis. Quem não conhecesse, julgaria que eram onymarianas (ou o equivalente koltrano delas), mas Leirbag pôde reparar que eram metálicas, com um acabamento esmaltado para ficarem esverdeadas como as paredes invencíveis das cidades koltranas. Os guardas pediram seus papéis e Leirbag os mostrou, mantendo-os em suas mãos o tempo todo. Coisa natural e esperada, de acordo com os costumes koltranos. Depois de alguns minutos esperando, o guarda, que havia ido ao interior da residência anunciá-los, retornou indicando que eles o acompanhassem.

Enquanto passavam pelo pátio, Leirbag pôde notar que diversos escravos cuidavam dos jardins, sendo que os humanos se mostravam todos, homens e mulheres, nus, usando apenas uma coleira no pescoço como único adereço. Seus olhares tristes os acompanharam e Leirbag desviou o rosto, segurando com mais força o papel que estava em seu bolso. Eles entraram na sala principal e lhes foi indicado que aguardassem em pé a chegada do anfitrião. Seria uma descortesia enorme se sentassem nas amplas poltronas acolchoadas que se encontravam na sala antes que lhes fosse indicado que o fizessem. Isso Leirbag se lembrou de informar a Peter, para que evitassem maiores dissabores.

Após algo como meia hora, um jovem koltrano entrou pela porta e eles puderam notar que seus olhos brilhavam intensamente, como todos os olhos koltranos, em vermelho, apesar da hora do dia ainda não exigir essa adaptação da fisiologia koltrana a condições de baixa luminosidade. Ele os olhava de cima a baixo e saiu sem lhes dirigir palavra. Peter olhou inquisitivo para Leirbag, que sinalizou para que ficasse quieto. Os koltranos consideravam uma grande descortesia falar antes de lhes ser dirigida a palavra por um superior. E, na condição de humanos, eles eram ali os mais inferiores exceto pelos escravos. Portanto, aguardar era necessário.

Após mais uma hora, Kholmor entrou e lhes indicou com as mãos as poltronas. Peter começou o movimento para se sentar, mas foi sutilmente impedido por Leirbag, com a mão no ombro. Kholmor falou:

– Bem vindos, humanos. Por favor, sentem-se. A sua viagem deve ter sido longa.

– Obrigado, ó glorioso Kholmor. Sua presença nos honra e

agradecemos o convite para desfrutar de sua hospitalidade.

– O convite é aberto e feito com a mão da amizade.

– Tomamos essa mão em sinal de paz.

Só depois desse ritual Leirbag se sentou, indicando a Peter que devia fazer o mesmo.

– O que traz você, meu amigo, a Klang?

– Perspectivas de negócios, glorioso amigo.

– O que estão comprando? Ou vendendo?

– Recentemente adquiri um volumoso carregamento de seda. Como sei que o glorioso lida com a venda de panos exóticos para os koltranos, decidi, em nome de nossa amizade, fazer-lhe uma visita, para que, na sua sabedoria, possa decidir, se lhe aprouver, comprar por um preço justo, como justo é o glorioso, a carga que trago, para que essa carga o encha mais ainda de riquezas, e aumente nossa amizade.

– Palavras bem faladas. Vejamos essa carga.

Kholmor tocou um pequeno sino e uma bela escrava humana, completamente nua, exceto pela pequena coleira, se aproximou e, após ouvir as ordens do dono da casa, se afastou com um bastão nas mãos indicando que ela, no momento, falava com a voz do dono, e, portanto, podia se dirigir a qualquer um, fosse humano ou koltrano, livre ou escravo, pois estaria cumprindo os desejos do amo, e, portanto, acima de qualquer reproche. Depois de algum tempo, escravos humanos e koltranos trouxeram os tecidos que se encontravam na carroça de Leirbag e Peter. Kholmor olhou os tecidos com o brilho avermelhado iluminando-os suavemente, e Leirbag soube que obteria um bom negócio. Os olhos dos koltranos adultos brilhavam, à noite, para ajudá-los a enxergar melhor e, durante o dia, quando captavam algo que os interessasse muito.

Kholmor percebeu que Leirbag vira sua agitação com os tecidos de excelente qualidade que eles haviam trazido. Mas, como eles se mantiveram parados e não demonstraram abertamente reconhecer essa fraqueza do anfitrião, ele os faria a melhor oferta justa.

– Assim, meus amigos, vejo que esses são excelentes tecidos.

Ofereço-lhes a quantia de 200 kims, por cada kalar de tecido.

– O glorioso é extremamente justo. Aceito sua oferta de bom grado e, em agradecimento pela hospitalidade, ofereço essa modesta barra de ouro.

Peter se agitou na poltrona, mas Leirbag o acalmou com as mãos nos joelhos.

– Agradeço o presente. Ofereço de minha parte o jantar na minha companhia e de minha esposa e filho.

– Sua oferta nos honra, glorioso. Retornaremos à noite para desfrutar de sua companhia.

– Que seja. Veremo-nos à noite, então.

Kholmor tocou o pequeno sino mais uma vez e a mesma escrava os acompanhou até a porta da saída. Leirbag ficou preocupado pelos olhares de Peter ao corpo escultural da escrava e sutilmente o deixou perceber que devia se comportar.

Após saírem e se encontrarem novamente na rua, Peter lhe falou:

– Por que diabos você ofereceu uma barra de ouro de presente para esse koltrano?

– Você é um idiota, Peter!

– Ei! Quem está esbanjando nosso ouro é você!

– Nosso não! O seu ouro!

– Como assim? Esse lingote tem de ser um dos seus. Eu nunca daria um presente desses pra um lagarto!

– Você é um idiota!

– Como assim!?

– É um costume oferecer um presente muito além das expectativas numa ocasião de negócios. Se você não tivesse se agitado todo, ele teria agradecido e negado. Agora ele se sentiu na obrigação de devolver o presente à altura! Vamos ter de participar de um jantar com ele e a família.

– E daí?

– Será que você não entende? Um jantar koltrano! Eles comem seus pratos principais vivos. E esperam que façamos o mesmo. Se você tivesse simplesmente ficado quieto, não haveria problemas. Mas não!

O Peter Pão Duro tinha de se agitar!

— Como eu ia saber?

— Você já devia saber que deve confiar em mim. Eu sei me virar muito bem nessas situações. Mas agora estamos com um problema. Eu mal me aguentei na última vez que comi um jantar koltrano. E se você demonstrar que está tendo problemas para engolir o jantar, quem vai sofrer será o cozinheiro e a nossa transação.

— Droga!

— Droga mesmo. Acho que vou ter de lhe dar um soco.

— Ei!

— É pro seu próprio bem. Se você estiver machucado, sob cuidados médicos, não poderá comparecer ao jantar e eu me livro desse problema por nós. 200 kims!!!

— Hã?

— 200 kims equivalem em ouro a 2 moedas e cada Kalar equivale a 33 centímetros. Faça as contas! Se eu perder essa transação eu te arrebento, Peter.

— Desculpe, Leirbag.

— Vamos lá. Vamos dar um jeito para você se machucar.

— Isso é realmente necessário?

— Preciso da comprovação do médico que você está sob cuidados. E, para você ficar sob cuidados, precisa se machucar de verdade.

— Droga.

— É...

No final eles ensaiaram uma briga, com Peter levando dois socos no rosto e caindo por sobre o braço esquerdo. O pagamento do tratamento médico ficou por conta das economias de Peter. Leirbag o deixou descansando na estalagem.

Ele se dirigiu à casa de Kholmor e aguardou à entrada. Após entrar, foi levado ao salão principal da casa, onde lhe foi oferecida uma cadeira. Como a escrava humana que o atendera portava o bastão do senhor da casa, ele se sentou e aguardou enquanto a mesa era servida. Dentre as frutas, Leirbag pôde reconhecer maçãs, que eram uma das poucas frutas humanas que os koltranos favoreciam. E diversas frutas koltranas como klorotas, que eram pequenas frutas marrons, do tamanho de uvas, com uma casca aveludada e uma semente grande no centro. Os koltranos favoreciam a amêndoa central. Ela era venenosa para humanos, mas a polpa escassa era bem doce e saborosa, embora não nutritiva. Uma coisa interessante das relações humanas e koltranas é que existiam certas variedades de comidas em ambas as culturas que eram venenosas para a outra, ou outras que eram apetitosas, porém sem valor nutricional algum. Isso levou o comércio de klorotas a ser bem rentável, principalmente entre as humanas que queriam emagrecer. Essas frutas enchiam o estômago, mas passavam intactas pelo trato digestivo humano. Como a polpa era de um verde brilhante, percebia-se facilmente, nos hospitais humanos, quando algum paciente apresentava uma eliminação esverdeada, que devia estar abusando delas. Leirbag se indagava se as maçãs teriam um efeito semelhante na fisiologia koltrana.

Kholmor entrou e se sentou com sua esposa ao lado. A esposa era uma koltrana de pele verde pálido, quase amarelo, que tinha um aspecto mais lustroso e que vestia um vestido de seda rosa com finas gravuras em fios de ouro formando padrões no bordado. Usava, ainda, uma pulseira ou bracelete que aparentava ser de ouro, que era ligada a um anel que se encontrava no dedo médio por meio de uma corrente. Os pés estavam descalços, como é de costume entre os koltranos ao jantar. Ela esboçou um sorriso ao vê-lo, os grandes olhos vermelhos observando Leirbag, que se curvou em saudação à dama, que, apesar da diferença entre as espécies, apresentava uma beleza singular. Após ela entrar, foi a vez do jovem koltrano que o observara anteriormente junto a Peter quando eles mais cedo estiveram ali para negociar os tecidos. Por fim, entraram os escravos humanos e koltranos que começaram a servir os pratos. Leirbag não deixou de notar que, ao contrário dos humanos, os koltranos se encontravam vestidos com panos simples e não apresentavam coleiras. Os escravos humanos eram predominantemente mulheres, exceto por um jovem rapaz que Leirbag pôde notar ser eunuco.

Os primeiros pratos foram servidos e Leirbag agradeceu

silenciosamente a Helene, a deusa da sabedoria, o fato de Kholmor ter preparado uma seleção de pratos humanos para ele. No primeiro prato, ele pôde comer um pão com uma pasta que tinha uma coloração alaranjada, e um gosto acre. Ele imaginou que deveria ser feita das secreções dos Ramks, um animal de pequeno porte que trocava de pele anualmente. Na muda da pele ele liberava uma secreção que era apreciada por humanos que viviam em territórios koltranos. Os koltranos consideravam a prática curiosa, mas acabaram por se render a ela. A secreção acabou por se tornar iguaria nas mesas humanas e também para alguns koltranos. Os koltranos tinham um dito popular que era: "Os humanos comem qualquer coisa". Dito esse que era considerado ofensivo pelos humanos. Entretanto, o convívio entre as raças acabou por abrir os horizontes koltranos a iguarias que eles nunca haviam tentado antes. O segundo prato foi uma sopa ou caldo de coloração meio azulada que enjoou Leirbag. Ele não pôde identificar o que era, mas a aparência era repulsiva. Os koltranos pareciam saborear. Quando chegou o terceiro prato, as aguardadas pelos koltranos e temidas pelos humanos larvas de SSzatz, um artrópode koltrano pequeno, Kholmor começou a falar:

– Então, meu amigo, tudo está satisfatório, eu presumo.

– Perfeitamente, glorioso. É muito mais do que eu mereço.

– Seu colega sofreu um acidente. Eu soube que ele esteve hoje à tarde no hospital de Klang.

– Sim. Foi uma pena que isso o tenha impedido de comparecer a essa tão maravilhosa refeição. Quem perdeu foi ele por ser tão desajeitado.

– Sim, certamente que sim. Me diga, meu amigo, você pretende viajar para reinos humanos a seguir?

– Essa é a minha intenção.

– Entendo. O amigo poderia me fazer um favor?

– Certamente, glorioso. Será um prazer.

– Eu tenho um carregamento de tintura brilhante para as sedas humanas, Mas esse carregamento é visado nas minhas vias normais e temo que seja roubado. Você me faria o favor de levar essa pequena carga e entregar a um mercador bragantino chamado Nils?

– Certamente. Ele já espera a chegada desse carregamento?

– Sim. Mas não espera que chegue por mãos humanas. Portanto, você deverá levar um documento atestando a origem da carga.

– Perfeitamente.

– Então, estamos acertados. Vou providenciar o pagamento da carga que você me trouxe e você me fará esse favor. Agora, vamos, prove as suas larvas.

Leirbag pegou as larvas gordas e vivas que se moviam em seu prato e, num suspiro imperceptível, molhou-as no caldo acre que as temperaria. Colocou um punhado delas na boca e tentou pensar na bela escrava humana nua, que o observava próxima à porta, enquanto mastigava os animais que se moviam e retorciam em sua boca.

– É interessante ver um humano comer SSzatz.

– Khalia, nosso convidado deve estar cansado.

– É verdade. Perdoe-me.

– A gloriosa não precisa ser perdoada, visto que não me ofendeu.

Após o jantar, eles completaram os arranjos para a transação comercial. Leirbag retornou e contou a Peter as notícias. Não precisariam, afinal, reduzir a margem de lucros. Antes de dormir, Leirbag ficou a cismar consigo mesmo, pensando na bela escrava dos koltranos.

VINICIUS WATZL

**Tobias:**

"Mais um maldito dia." , pensou Tobias, enquanto levantava a cabeça do toco de madeira que lhe servia de travesseiro. O céu ainda estava escuro com o grande planeta gêmeo, Ellan, iluminando parcialmente a noite com seu reflexo da luz do sol brilhante. Tobias sabia sobre esse planeta desde a sua lembrança mais longínqua, mas isso tudo, dois planetas, dois sóis, tudo isso parecia errado de alguma maneira. Ele, de algum modo, sentia a falta de uma lua prateada nos céus. De um mundo diferente, sem insetos gigantes e sem koltranos. Koltranos, esses olhos vermelhos na noite ainda o deixavam nervoso, e ele detestava sentir-se assim.

Após apagar a fogueira com sua urina, Tobias checou sua provisão de pólvora e as balas sobressalentes de seu revólver. Ele, em breve, teria de parar em algum lugar onde pudesse contratar um ferreiro para que providenciasse novas balas e teria novamente de explicar como fazer isso ao ferreiro local. Esse lugar era uma casa de loucos! Como podiam fazer coisas tão incríveis e não saber sequer como fazer pólvora?!

Pegou seu cavalo e iniciou a marcha ao povoado de Tawali. Segundo o seu contrato, Tobias deveria localizar o ferreiro local, e matá-lo, após certificar-se de que ele houvesse entendido que o mandante era Javier Bronton, o escudeiro de lorde Akhilesh de Anantapur. Ele se perguntava o que o ferreiro teria feito ao escudeiro, mas isso não importava. Um contrato era um contrato. O único problema era eliminar um ferreiro. Isso irritava Tobias sobremaneira. Ferreiros bons eram difíceis de se achar. E Tobias ainda estava por achar um que entendesse como reparar os revólveres.

Ele tinha consigo duas armas de metal. Revólveres de seis tiros cada, com uma excelente mira, porém um deles se havia danificado numa queda e nunca mais mantivera a precisão. Nenhum dos ferreiros desse lugar conseguira consertá-lo. O mais estranho era que a queda se dera quando ele fora matar aquele menino, o Arum. Ele, que desde que recuperara as armas na caixa que seu tio Roderick deixara no templo, nunca as havia visto falhar, agora lhes testemunhara uma queda. E, o pior de tudo, sentira como se houvesse recebido um safanão na mão quando fora atirar. A arma caíra e se despedaçara. Coisa muito estranha mesmo. Ele, quando fora usar a outra arma para despachar o fedelho, percebeu uma aparição de seu tio Roderick próximo ao rapaz. Até hoje não sabia se havia sido medo de perder a outra arma que o fizera parar ou se fora a surpresa de ver seu tio protegendo o garoto. Coisa muito estranha, mesmo! O fato era que, até essa data, ele nunca havia deixado de cumprir um contrato. Nunca mais encontrara o garoto. E nunca mais conseguira consertar a arma.

Enquanto cavalgava em direção a Tawali, Tobias viu, após uma curva na estrada, um grupelho de bandidos esfarrapados bloqueando o caminho. Eles olhavam para o cavalo e para Tobias com olhos cobiçosos. Ele se riu intimamente e perguntou, quando chegou a alguns metros de distância dos meliantes:

– Boa tarde, senhores. Esse é o caminho para Tawali?

– Essa pergunta tem um preço. – respondeu um dos meliantes, enquanto puxava uma adaga enferrujada do seu cinto.

– Entendo. – disse Tobias, divertido, com a perspectiva de um confronto extremamente desigual. – Quanto vocês vão me pagar por essa pergunta, e pelo privilégio de continuar vestindo as suas peles?

Isso fez o sorriso do que avançava vacilar um pouco, enquanto olhava para seus companheiros.

– Você é que vai nos pagar, animal!

Tobias sacou a arma e mirou na cabeça do mais próximo, que vacilou um pouco, pensando se tratar de uma faca e com o movimento extremamente rápido que Tobias executou.

– Última chance. Duzentas moedas por responder a pergunta e continuar respirando.

O primeiro assaltante avançou sobre Tobias, com um grunhido animalesco que se cessou subitamente quando ele caiu com uma perfuração no meio dos olhos, após um trovão e um cone de fumaça que se dissipou do revólver de Tobias. Os outros, ao verem a morte instantânea de seu companheiro, se desorganizaram. Um avançou para Tobias e encontrou o mesmo destino do primeiro assaltante. Os outros dois correram, sendo que um caiu logo por terra com uma perfuração na base do crânio, enquanto Tobias cavalgava alegremente em direção ao último assaltante, avisando:

– Hora de parar de correr e pagar.

– Piedade, senhor! Piedade! Pelos deuses, piedade!

– Você pode responder então à pergunta?

– Se-senhor?

– Esse é o caminho para Tawali? – perguntou Tobias em uma voz ameaçadora.

– Sim! Sim, meu senhor, sim!

– As moedas?

– Aqui, senhor! Tudo que possuo.

Tobias pegou a bolsa de moedas da mão do bandido e as olhou.

– Bom rapaz. Aqui deve ter ao menos umas trezentas moedas. Muito bom rapaz.

– Posso ir, então, meu senhor?

– Claro que pode, eu sempre cumpro meus contratos. Mas veja. Se eu o vir novamente não terei mais que poupá-lo. Então, espero nunca mais vê-lo, estamos combinados?

– Sim senhor! – O rapaz saiu em disparada, enquanto Tobias acendia um maço de folhas enrolado em papel tragando a fumaça resultante e cavalgava para o povoado de Tawali. "Três balas," pensou ele. "Três balas nesses merdinhas. Vamos ver se o ferreiro é bom."

Naquela mesma noite, Tobias chegou ao povoado e se estabeleceu numa estalagem, que se fosse chamada de pocilga, estaria mais bem adequada à aparência. Chamava-se Cavalo Descansado. "Pelo menos, o maldito cavalo vai conseguir descansar," pensou Tobias enquanto se ajeitava no colchão que, com certeza, tinha diversos insetos parasitas. Naquela noite, Tobias sonhou. Mais um maldito sonho com seus pais. Ele se lembrava do velho Baruch que o mandara para estudar e do prazer que sentira quando finalmente acabara com a vida do miserável:

A viagem tinha sido longa e difícil, mas finalmente havia chegado a seu termo.

A casa branca, o moinho e a mula ainda estavam nos mesmos lugares. Cavalgando a trote lento, esporeara o animal, que estugara o cavalgar. O rufar dos cascos lhe houvera trazido reminiscências que o guiaram até ali. Não havia tempo a perder.

Poucos instantes depois, chegara à soleira da porta. Tudo estava como antes. Saltara do cavalo e pusera-se de pé, apoiado no portal. O corredor era longo e reto e, ao final, havia a mesma velha mesa de madeira, já com a comida posta.

Entrara. Do fim do corredor, um velho curvado se dirigia à mesa para comer e se deparara com o estranho que se aproximava. Nenhum dos dois dissera sequer uma palavra, embora seus olhos tivessem se encontrado.

Sentaram-se. O velho pusera um pouco da comida em seu prato e esperara que o estranho se servisse. Começara a comer, sempre mantendo um olho na comida e o outro no estranho. Por fim, explodira numa fúria havia muito tempo acumulada:

– Diga-lhe que não tenho o dinheiro! E que não sei onde encontrá-lo! Tobias não respondera. Com um sorriso, pusera mais uma colherada na boca.

– Vamos, diga-lhe isso! Estou farto de todos estes anos me importunando com algo de que eu nunca sequer usufruí. Vá embora e diga-lhe isso, forasteiro!

Tobias cerrara os punhos e isso fizera o velho engolir em seco. Fora, então, que, por fim, falara:

– Nós temos contas a acertar... Pai.

E o sangue do velho congelara em suas veias.

Ainda podia se lembrar como se fosse ontem. O problema é que o sonho era falho. Não parecia real. O sonho com uma noite a céu aberto, numa planície descampada, com uma grande lua prateada, nada de mundo gêmeo no céu. Não, nada disso. Isso, sim, parecia real. Uma lua prateada de noite e um grande e único sol amarelo durante o dia. Num clima quente e seco dos desertos do interior do oeste selvagem da América.

Tobias de repente foi sacudido por um estremecimento. À sua frente estava Nyt, a deusa da noite, com sua pele pálida e seu manto de estrelas.

**– Já não combinamos, meu querido? Nada dessas lembranças! Você nasceu aqui, em Damocles. Seu pai foi Baruch. Sua mãe, Zara. Seu tio, Roderick e eu, sua deusa.**

– Deusa.

**– Nunca se esqueça disso!**

Tobias acordou suado. Não conseguia se lembrar do sonho, mas somente que sonhara com Nyt. A bela Nyt que lhe dera as armas.

– Nyt...

A noite acabou sem que Tobias conseguisse dormir novamente. No dia seguinte, pagou o estalajadeiro e foi em direção ao ferreiro. Ao chegar, encontrou um jovem extremamente forte, moreno, sem camisa, com os músculos brilhando já no início da manhã com o calor da forja. Ele estava terminando de resfriar uma espada no óleo quente antes de perceber Tobias na porta. Ele largou as ferramentas e perguntou:

– Como posso ajudá-lo?

– Primeiramente: Você consegue consertar isso? – e Tobias mostrou-lhe os pedaços do revólver quebrado.

– Creio que sim. O cano se soltou. Acho que posso unir essas partes.

Tobias foi pego de surpresa com essa resposta. Nenhum ferreiro a quem mostrara o revólver sequer entendera do que se tratava. E esse rapaz aparentava saber o que fazia.

– Quanto vai me custar o reparo?

– Cem ciclos escuros

– Muito bem. Você já viu dessas? – e Tobias mostrou-lhe as balas do revólver.

– Claro que sim! Para que serviria um revólver sem elas?

Agora, realmente estupefato, Tobias perguntou:

– E você pode fazer mais delas para mim?

– Preciso de chumbo. Aqui na loja não tenho. Mas posso conseguir.

– De quanto tempo você precisa para me conseguir isso?

– Pelo menos uma semana. A não ser que você tenha o chumbo com você. Aí serão só dois dias.

– Tenho aqui chumbo comigo.

– Ótimo, então, me passe aqui o que você tem e me encontre aqui em dois dias.

Tobias fez o que ele falou e saiu pensativo. Como ia poder eliminar alguém que lhe era tão útil? "Javier que se foda." Se esse rapaz conseguisse as balas e o revólver funcionando, Tobias ia novamente romper um contrato. Embora isso o irritasse, a perspectiva de ter um ferreiro capaz de manter um suprimento adequado de balas para suas armas e, o melhor, fazer sua manutenção quando necessário valia a ruptura do contrato. "Javier que se foda, mesmo!"

Dois dias depois, Tobias chegou ao ferreiro e encontrou suas armas prontas. Bem como as balas. Bom demais para ser verdade! Tobias pegou o seu revólver e o testou com uma das balas, matando uma e assustando um bando de galinhas, que ciscavam por perto, com o estrondo do tiro. Satisfeito, ele observou a outra arma, a que deixara consertando com o rapaz. Ela lhe pareceu melhor do que antes, se é que isso seria possível. Ele testou e atirou com a nova arma recuperada. O tiro saiu com uma precisão estupenda, deixando Tobias espantado.

– Rapaz, está melhor do que antes de se quebrar.

– Obrigado, senhor. Fiz o meu melhor. Se o senhor desejar, posso fazer o mesmo pela sua outra arma. Ou quaisquer armas que possuir.

Tobias olhou bem o rosto do rapaz e se decidiu.

– Muito bem, meu rapaz. Vamos fazer isso, então. Você me faz o outro revólver ficar como esse que você consertou e eu fico em dívida para com você.

– Dívida?

– Você terá minha gratidão. – e, nisso, Tobias o olhou com um olhar sinistro. O rapaz, intuindo algo, decidiu aceitar a oferta.

– Voltarei em dois dias.

– Perfeitamente, meu senhor.

Dois dias depois, Tobias retornou ao ferreiro e encontrou o local deserto. Numa prateleira, viu sua arma melhorada e uma bolsa de couro com mais balas. Não encontrou o rapaz e soube pelos vizinhos que ele havia desaparecido durante a noite.

– Rapaz esperto...

VINICIUS WATZL

## Túlio

O dia estava ensolarado. Os pássaros cantavam alegremente, enquanto o rangido das carroças, com seu ritmo hipnótico, tornava a viagem sonolenta durante os momentos em que ele se colocava para descansar. Sempre que era a sua vez de andar na carroça, ele aproveitava o tempo para orar a Helion por velocidade na travessia e depois descansar. Sempre que fazia suas preces, a velocidade da caravana como um todo aumentava e ele se sentia mais cansado, porém feliz em poder ajudar de outras maneiras.

Quando estava andando, olhava os campos e percebia a flora e fauna locais. Percebeu que, quando estavam próximos a Upanishads, o terreno era mais pedregoso e a vegetação, mais esparsa. Com muito pouca terra útil ao cultivo, Upanishads se caracterizava pelo cultivo de tâmaras e outras frutas de clima seco. Havia uma variedade de planta que, diziam os estudiosos, era originária dos homens inseto, que habitaram Damocles antes dos humanos. Parecia um pouco com os cactos, porém não apresentava espinhos, e sim uma espécie de armadura externa que parecia ser formada de escamas. Quando bem observadas, via-se que eram, na verdade, pequenas placas de matéria vegetal, parecidas com a casca de crustáceos, que serviam para se fazer boas armaduras pequenas, pois, enquanto as plantas estavam cheias de água, essas placas escamóides eram bem maleáveis e se moldavam facilmente ao formato de uma placa peitoral, por exemplo. O que acontecia era que essas placas, ao secarem após terem sido retiradas das plantas, endureciam e mantinham a posição fixa. Porém, se, após secarem, fossem novamente molhadas, perdiam, em poucos dias, a adesão entre essas escamas e começavam a soltá-las e a se desfazer rapidamente. As escamas, em si, permaneciam duras, mas a liga entre elas se desfazia. Não eram muito úteis, portanto, como armadura, a menos que nunca fossem molhadas. Mas os poucos nômades do deserto ao oeste de Upanishads as usavam, pois dificilmente se molhariam e esses povos não tinham muito acesso a metal para se protegerem.

Túlio se encontrava andando, quando, ao meio dia aproximadamente, o caravaneiro o chamou para que o ajudasse. Ao chegar mais à frente, Túlio pôde perceber o motivo da parada. Havia um corpo guardando outro corpo. Uma cena inusitada. À direita da estrada, estava postada uma sentinela esqueleto. Um esqueleto desses animados pelos necromantes, que portava uma espada curva, um capacete de metal e uma armadura de aço. Atrás dele, estava outro esqueleto. Esse aparentava ser o corpo do necromante morto numa pequena depressão. Nas costas desse corpo do necromante, estava cravada uma flecha, que, pelo aspecto, parecia ser dos homens inseto. O corpo do necromante tinha, junto de si, algumas joias caídas ao chão. Na frente do esqueleto armado, havia outros esqueletos. Um humano com a cabeça decepada, um koltrano com o crânio fendido ao meio e alguns de homens inseto ou insectóides, caídos a esmo. Com o aproximar da caravana, o esqueleto armado pôs-se a se mexer e isso assustou sobremaneira os animais. O chefe da caravana temia que ele atacasse se eles tentassem passar e chamou Túlio para ver se, ele, como clérigo, conseguiria fazer algo para lidar com esse esqueleto animado.

– Vejo que estamos com um problema, mestre caravaneiro. Obviamente, os corpos à frente do guardião esqueleto são daqueles que tentaram se aproximar.

– Foi o que pensei, prelado. Acho que, se o radiante puder ajudar nessa questão, poderemos seguir sem que tenhamos de nos afastar demais de nossa rota.

– Verei o que posso fazer, mas creio que precisarei de ajuda de alguns de seus guerreiros.

– Certo. Gustav! Falken! Venham aqui!

Aproximaram-se de Túlio dois guerreiros, um armado com uma grande clava de metal e o outro trazia uma espada bastarda. Túlio olhou para ambos e falou:

– Vou fazer uma prece a Helion que deve prender o esqueleto no local onde se encontra. Precisarei que vocês o destruam para que a caravana possa prosseguir.

– E aquelas joias lá atrás? – falou Falken, que lançava do alto de sua clava um olhar cobiçoso para as joias.

– Normalmente, quaisquer coisas adquiridas durante uma viagem deverão ser divididas com o mestre da caravana. Proponho que façamos o seguinte: após nos livrarmos do esqueleto, que dividamos as joias entre nós quatro de maneira igual. Se o mestre da caravana assim considerar justo.

– Sim, sim, façamos isso logo. Não podemos mais tolerar atrasos. – falou o mestre da caravana.

Dito isso, os dois guerreiros se colocaram armados aguardando o sinal de Túlio. Após concentrar-se, Túlio canalizou o poder de Helion para o chão onde o esqueleto guerreiro se encontrava, prendendo-o no lugar. Túlio, então, acenou para os guerreiros, que avançaram. Gustav foi o primeiro a se aproximar e o esqueleto se virou para enfrentá-lo, porém não conseguiu erguer os pés e se postou defensivamente. Gustav avançou com a espada, e, num golpe poderoso, arremeteu contra o esqueleto, que, num movimento rápido, aparou o golpe com sua espada recurvada. Gustav recuou um pouco, mas o esqueleto, com uma velocidade sobrenatural, estocou com a ponta da sua espada, causando um corte feio no abdome de Gustav. Enquanto isso, Falken veio por trás e acertou uma grande pancada na cabeça protegida do esqueleto. A pancada fora tão violenta, que o elmo se dobrou para dentro e ouviu-se um ruído horrível de ossos sendo quebrados.

Com a destruição do crânio do esqueleto, seu corpo desabou sobre si mesmo com os ossos se desligando uns dos outros, como se perdessem a força que os unia, enquanto um sussurro gélido e sinistro perpassava as mentes de todos aqueles que estavam próximos. Não se podia evitar sentir esse toque do além-túmulo, quando esse sussurro, como uma carícia esquecida, penetrou no mais fundo da mente levando, mesmo os guerreiros e homens mais fortes, a sentir um calafrio involuntário.

Gustav estava ajoelhado no chão, segurando a ferida que sangrava. Túlio se aproximou e o olhar de Gustav era um olhar de medo. Falken já estava sobre o esqueleto do necromante, remexendo suas posses e enchendo os bolsos. Túlio chamou o mestre da caravana, que providenciou um médico para cuidar das feridas de Gustav. Eles se aproximaram de Falken, que estava remexendo no esqueleto, a procurar mais tesouros.

– Ei, Falken. Combinamos que iríamos fazer uma divisão justa, está lembrado?

– Eu sei, senhor mestre. Estou separando as peças.

– Vamos ver isso.

Eles se aproximaram do esqueleto já totalmente remexido e destroçado pelo sôfrego Falken. Após revirar entre as roupas, encontraram quatro pequenas joias, que Túlio sentiu serem portadoras de alguma magia desconhecida. Uma grande chave de ferro meio corroída, dois frascos de poção com restos de um líquido vermelho, uma adaga de aço e um par de sapatos que deram a Túlio uma sensação péssima. A divisão ficou, então, da seguinte maneira: uma pequena joia para cada um deles, a chave de ferro ficou com Túlio, a adaga com Falken, os frascos com o mestre da caravana e os sapatos com Gustav. Isso acertado, eles se colocaram novamente em movimento e a caravana seguiu o seu rumo.

Gustav vinha piorando a cada dia com vômitos e náuseas. A ferida causada pelo esqueleto começou a adquirir uma tonalidade escura e a exalar o cheiro forte de um podre adocicado. No terceiro dia, Gustav ficou inconsciente e foi carregado pelos outros. No quinto dia após o encontro com o esqueleto, Gustav morreu. A caravana parou e eles cavaram uma cova rasa na beira da estrada, rapidamente se colocando em movimento novamente. Os pertences de Gustav passaram, com sua morte, para o mestre da caravana que, ao contrário da maioria dos artesãos não se deixava levar por superstições. O importante era o lucro. Dois dias depois, eles saíram do terreno desértico e desolado e começaram a ver sinais de gramíneas no chão. Túlio aguardou, ansioso, pela chegada a Tuliéres, porém, para que chegassem, eles precisavam ainda contornar a cadeia de montanhas e isso levaria ainda alguns dias.

Num momento de grande alegria, a mulher do terceiro caravaneiro, um artesão que estava viajando com a família para vender seus produtos em Tuliéres, deu a luz a um menino forte. Eles o chamaram Garm, conforme os costumes da família. Túlio celebrou uma pequena cerimônia para os pais e abençoou o pequenino com uma pequena moeda de Helion. A moeda apresentava em uma das faces o sol brilhante de Damocles e, na outra, o número do mês do nascimento do garoto. Essa moeda tinha um pequeno furo que podia ser usado para que ela fosse colocada em uma corrente e trazida ao pescoço. Os pais pagaram alegremente a Túlio pelos presentes e pela bênção.

Algum tempo depois, o coração de Túlio fraquejou quando viu diante de si, à distância, a cidade de Tuliéres. E, quando olhou para a cidade, apesar de se esforçar em pensar na missão da igreja, só uma palavra ocupava seu pensamento: "Josephine."

VINICIUS WATZL

## Zordak

Após fugir das masmorras de Kalistak, Zordak foi se encontrar com o seu contratante e se tratar da costela quebrada com a poção alquímica que trouxera escondida desde Império. Depois de muitos anos, essa poção ainda fazia seu efeito de maneira excelente. Pena que não recuperasse as cicatrizes, mas isso era o de menos. Já restabelecido, ele se ajustou à segunda identidade extra que trouxera. A do mercador Balga fora comprometida quando ele assassinou o chefe da guilda do Grande Martelo. Agora, ele era o barbeiro Hélio. Uma identidade pouco comprometedora e que lhe permitia entrar e sair de Kalistak sem problemas.

O xá de Upanishads solicitou a morte do Lorde Karn e ele a providenciou. Em breve, Kalistak iria cair em desarranjo e tornaria possível a invasão planejada pelo xá. Entretanto, para que ele pudesse receber o pagamento, deveria se apressar. As notícias da morte de lorde Karn não tardariam a vazar e, em breve, a cidade ficaria fechada ao tráfego humano. Muitos seriam interrogados, muitos mais seriam mortos, mas isso não era seu problema. Seu problema era sair rapidamente da cidade. Ele terminou o disfarce e se colocou na direção da saída principal. Quando se aproximava dos portões e da liberdade, viu, para seu desapontamento, que os soldados começavam a revistar os humanos que entravam e saíam. Esses malditos koltranos conseguiram passar a notícia mais rápido do que ele esperava! Com habilidade e desfaçatez, ele se desviou de sua rota e entrou por um dos becos da cidade. Tinha de pensar rapidamente. Os soldados logo estariam interrogando todos os humanos e ele teria de se esconder muito bem até poder escapar.

Numa pequena taverna frequentada pela escória da sociedade koltrana e pelos mais bem arranjados humanos, ele entrou e pediu uma bebida. Se conseguisse se manter escondido até a noite, poderia escalar as paredes novamente e sair despercebido. Mas como se esconder? Onde poderia se ocultar? Esses pensamentos o intrigavam, quando a escrava humana que servia as mesas se aproximou. Como todos os escravos humanos, ela estava nua, apresentando apenas uma coleira no pescoço. Não tinha um rosto muito bonito e o corpo parecia bem machucado, devido aos castigos a que certamente era submetida pelos koltranos. Porém ela poderia ser a solução ao seu problema de momento.

– Qual é o seu nome?

– Senhor? Não temos nomes, somos escravos.

– Que nome você tinha antes de ser escravizada?

– Eu me chamava Laila.

– Laila, você não teria um local para abrigar um pobre barbeiro cansado?

– Eu não tenho nada meu, meu senhor. Nem a roupa do corpo. Durmo junto aos outros escravos no curral dos humanos.

– Estou com pouco dinheiro e o estalajadeiro vai querer me tosquiar se eu pedir um quarto. Você poderia me esconder no seu curral? Eu ficarei quieto e somente você saberá de minha presença. Se puder fazer isso por mim, eu posso tentar te libertar e fugiríamos dessa cidade. Que tal lhe parece?

Os olhos da Escrava brilharam diante de tal possibilidade. Zordak podia ver que o medo a paralisava. Ele, portanto, disse-lhe:

– Posso te garantir que vou desaparecer lá. Mas preciso que me ajude nisso.

– Daqui a uma hora vou ter de ir lá me aliviar. O proprietário não deixa um lugar assim para humanos aqui. Se me seguir, verá onde ficamos durante a noite.

– Faremos assim, então.

No tempo previsto, Zordak percebeu que a escrava Laila se dirigia a uma porta lateral. Pagou sua bebida e saiu da estalagem. Na lateral do prédio, viu que ela o esperava ansiosa. Ao se aproximar, beijou-a no rosto. O que provocou na pobre escrava um arrepio. Ela o puxou pela mão e levou-o a um local repugnante, onde havia uns montes de palha velha e mofada empilhados nos cantos.

– Aqui é o meu canto. Se você se colocar dentro da palha vai ficar escondido. De noite, eu voltarei e poderemos tentar sair. Mas o feitor sempre tranca a porta, você pode acabar preso aqui também.

– Eu sei me virar com portas, querida. Vou aguardá-la aqui ansiosamente.

Ela sorriu timidamente e foi a um canto aliviar suas necessidades fisiológicas num buraco no chão. Depois de terminar, limpou-se com um pouco da palha e voltou para a estalagem para seu trabalho diário. Zordak aproveitou o momento a sós para colocar seus pensamentos em ordem. Ele precisaria abrir as fechaduras, o que não seria problema algum. Depois, teria de caminhar furtivamente até a parede da cidade, coisa que seria fácil. Depois, escalar. A corda já estaria dobrada e o arpéu, preso. E, finalmente, descer do outro lado. Daí, bastava uma caminhada até encontrar a próxima aldeia. Klang serviria. E, então, comprar um cavalo ou outra montaria para ir para Upanishads. Agora, descansar. Ele esperava que os soldados de Kalistak não vistoriassem as palhas. Se o fizessem, morreriam. Agora, dormir, enquanto a hora não chega.

Depois de algumas horas de sono, os sentidos de Zordak se aguçaram e ele percebeu que os soldados estavam entrando no curral dos humanos. "Esses malditos lagartos estão sendo bem completos. Pobre lorde Karn! Ele até que os treinou muito bem", pensou Zordak, enquanto preparava suas adagas de arremesso. Os soldados olharam os montes de palha e espetaram alguns deles com as espadas. Nada saiu, exceto um àkad, um pequeno animal koltrano do tamanho de um rato, que fugiu em direção ao outro guarda, que o chutou longe, provocando a hilaridade do primeiro. Os dois saíram juntos do curral.

Zordak se manteve quieto e esperou a chegada da noite. Mais tarde, os escravos humanos começaram a chegar e a se ajeitar em seus montes respectivos para dormir. Laila chegou e apalpou o monte de palha. Zordak a deixou perceber que se encontrava ali e Laila deitou-se junto a ele. O corpo da escrava estava suado e com um forte cheiro de alguém que trabalhara muito e não via banho há alguns dias. Porém isso pouco importava a Zordak, que se aconchegou junto a ela, enquanto aguardava as horas passarem. A escrava tentou, com as mãos, tocar Zordak de uma maneira sexual, mas, como ele estava vestido, ela não conseguiu. Zordak não a repeliu, mas não a estimulou. A escrava logo parou suas investidas e pareceu dormir. Por volta da décima terceira hora, a hora de Nyt, Zordak cortou suavemente o pescoço da escrava enquanto murmurava:

– Você está livre.

Após o corpo parar de se mover, ele se aproximou da fechadura e, com a ajuda de uma pequena fonte de luz ancestral, uma lâmpada que direcionava a luz num cone fechado com pouco espalhamento, ele conseguiu romper o ferrolho sem fazer ruídos. Do lado de fora do curral, havia um guarda koltrano sonolento, seus brilhantes olhos vermelhos, entreabertos. Zordak deu o impulso de suas facas de arremesso e o guarda caiu morto, com uma faca que lhe perfurou um dos olhos e rompeu o crânio do outro lado, cravando-se numa pilastra de madeira. Zordak recolheu a faca, limpando-a da substância luminosa do olho do koltrano. Após se aproximar da parede da cidade, ele deu impulso ao seu arpéu e o lançou sobre a amurada, aguardando alguns segundos para ver se não fora ouvido. Como nada ouviu, começou a rápida escalada até chegar ao alto do muro. Uma vez em cima, posicionou a corda com um nó que o permitia descer e recuperá-la ao chegar à parte de baixo. Uma grande karr (um animal voador noturno koltrano) passou voando, indo pegar algum animal que estava na vegetação abaixo. O silêncio da noite se mantinha e Zordak iniciou a descida, sem problemas. Após chegar ao solo, ele recuperou a sua corda e começou a longa caminhada noturna até Klang, e, daí, até Upanishads. Embora não sentisse nada, ele ficou curioso em pensar como poderia ter feito para passar a escrava Laila pelo muro da cidade. Com certeza, ele teria força para levá-la, mas o risco de ser descoberto teria sido grande demais. Pelo menos, a pobre não ia mais ser escrava. Enquanto caminhava, surpreendia-se consigo mesmo por dar tanta importância ao fato. "Que seja!", pensou ele. "Upanishads e a recompensa me aguardam."

VINICIUS WATZL

## Gusmão

– Gaspar! Quando você vai me trazer a minha encomenda? A minha apresentação será essa noite!

– Já disse, Guilhermina. Não pude comprar aquele batom que me pediu, mas tenho outro aqui que poderá servir. – respondeu Gusmão.

– Bom, meu querido, eu preferia ir com esse novo na apresentação. Eu, com certeza, conseguiria uns sóis dourados a mais para a sua doação.

– Eu sei, querida, mas, infelizmente, não pude comprar. Estou muito atarefado numa investigação em que me meti.

– Ah, Gaspar de Gusmão! Como você pode ter tempo para você mesmo se fica sempre resolvendo os problemas dos outros? Se não fosse assim, poderia estar resolvendo os nossos problemas.

– Mas será que você ainda pensaria assim se eu fosse mais egoísta e não tentasse consertar o mundo?

– Ah, Gaspar, você não tem jeito mesmo! Mas é por isso mesmo que eu me sinto assim por você. Só me prometa uma coisa?

– Qualquer coisa.

– Eu podia me aproveitar disso, mas vou apenas pedir que tome cuidado. Nessas suas investigações, você às vezes mexe com poderosos. Se, ao menos, você tivesse aceitado aquele título de nobreza que o nosso Imperador Pedro lhe ofereceu...

– Aí, eu estaria com muitos afazeres na corte e, certamente, não teria realizado metade do que já consegui realizar. O que me preocupa é que, se eu receber o convite mais uma vez, não terei como recusá-lo. E ele não gosta de ser chamado de Imperador...

– Bom, eu sempre quis ser baronesa. Veja lá se me consegue isso logo.

– Vou ver o que posso fazer. – responde Gusmão, risonho.

– Não se esqueça da apresentação à noite. Se você não vier, está tudo terminado entre nós!

– Mas, Guilhermina, nós não temos nada formal.

– Só por que você nunca mexeu esses seus "velhos ossos" de uma vez. Mas venha à apresentação.

– Eu virei.

Gusmão saiu do estúdio onde Guilhermina se preparava para a apresentação e foi em direção à Igreja de Helion. Fazia muitos dias que ele não assistia uma helionasse e, tendo em vista que ia em breve entregar sua doação ao portador da carta de recomendação da sede da igreja em Upanishads, seria bom ter algum conforto espiritual para sua mente.

A helionasse terminou com o adágio sempre calmante: "Das estrelas viemos. Para as estrelas voltaremos." Mesmo assim, Gusmão não conseguiu paz de espírito. Algo o incomodava. Nessa tarde, ele ia encontrar-se com João das Pratas, que deveria ter alguma informação sobre o que o incomodara nos cosméticos daquele mercador. E, à noite, Alex havia prometido trazer novas informações também. Com certeza, esse seria um dia muito agitado.

Após a helionasse, Gusmão se dirigiu novamente ao setor comercial de Bragança. Uma vez lá, logo se encontrou em frente à loja de João das Pratas. João estava no seu local habitual, nesse momento lustrando uma bandeja de prata enquanto anotava algo num bloquinho pequeno.

– Olá, meu amigo!

– João! Que bom encontrá-lo! Conseguiu algo para mim?

– Sim, a mercadoria está no andar de cima.

Quando subiram as escadas, Gusmão viu um gigante, ou melhor, um humano extremamente alto sentado numa cadeira, comendo uma perna de carneiro. João das Pratas puxou uma cadeira para Gusmão e falou ao rapaz. – Aaron, meu rapaz, você se importaria de descer um minuto? – no que o gigante se levantou e desceu as escadas.

– Seu novo ajudante?

– Não. Esse é um aventureiro que está em busca da irmã que foi raptada por escravagistas. Estou vendo o que posso fazer para ajudá-lo. Ele me foi recomendado por um amigo.

– Bom, se você quiser, posso falar com esse rapaz. Creio que, em breve, partirei numa expedição em direção a Tuliéres e preciso arrumar pessoas aptas a irem comigo.

– Se você puder levar o rapaz, isso me faria muito feliz, pois, assim, eu conseguiria ajudar esse meu amigo.

– Então, considere isso feito. Se o rapaz quiser vir, vou levá-lo comigo.

– Esplêndido. Acho que ele ficará bem feliz. Se você está procurando aventureiros, acho que posso ajudá-lo ainda mais.

– Como?

– Ontem dois piratas venderam um carregamento de tinturas brilhantes koltranas no porto e estão procurando algo para fazer que não envolva os mares. Acho que eles poderão lhe ser úteis.

– Excelente, meu amigo. Essas tinturas teriam relação com aqueles cosméticos de que tratávamos?

– Até onde sei, não. Infelizmente, quanto a isso não pude conseguir mais informações.

– Pena, realmente. Mas, pelo menos você, inadvertidamente, me resolveu outro problema.

Os amigos conversaram ainda por longas horas. Durante esse tempo, Gusmão não deixou de pensar que a sua sorte estava melhorando. Com o auxílio de João, ele conseguira ou, pelo menos, achava que conseguira, alguns aventureiros para ajudar na missão para o rei. Após se despedir de João, Gusmão se dirigiu ao gigante:

– Olá, rapaz. João me falou de sua busca.

– Senhor?

– Sua irmã que foi sequestrada, não é?

– Isso mesmo.

– Bom, meu rapaz, eu estou numa missão para o Rei Pedro de Bragança e, como passaremos em diversos lugares, creio que poderemos ter uma boa chance de achar alguma pista sobre o paradeiro dela. Que tal? Gostaria de se juntar a mim?

– Seria muito bom, demais.

– Então fique pronto, pois iremos sair em poucos dias.

Depois disso, Gusmão foi se encontrar com os piratas. Esses rapazes eram dois bufões, com roupas extravagantes e aspecto jovial. O mais velho deles parecia ser mais destemido, porém a face jovial ressaltava uma aparente falta de preocupação com as consequências. O mais novo era menos jovial, com um rosto mais circunspecto, porém com uma aparente determinação por fazer algo. Gusmão se perguntava o que seria. Ambos foram bem efusivos em seus apertos de mão e Leirbag, o mais novo, fixou em Gusmão olhos bem penetrantes enquanto discutiam a missão que o herói de Bragança tinha em mente.

– Pelo que entendi, então, senhor Gusmão, nós vamos viajar até Upanishads para trazer uma encomenda de volta para Bragança.

– Exatamente. Mas, antes de sairmos, devemos aguardar a chegada de um enviado de Tuliéres, que trará as necessárias informações sobre o que faremos e como procederemos.

– E quanto tempo esse enviado vai demorar para chegar?

– Ele é esperado nos próximos dias.

– Certo. Acho que podemos aguardar um pouco. Mas, se ele demorar demais, nós teremos de recusar a oferta e partiremos no próximo barco para o mar do oeste.

– Entendo perfeitamente. Mas acho que ele deve chegar em breve e vocês estariam desperdiçando uma excelente oportunidade.

– Também acho que deve ser uma boa oportunidade, senhor Gusmão. – falou Peter, o outro pirata. – Mas o senhor entende que o tempo que ficamos parados é um tempo de oportunidades perdidas. Assim, acho que o prazo de Leirbag é o melhor que podemos fazer.

– Então, estamos combinados.

Após apertarem as mãos, Gusmão saiu apressado da junta comercial e se apressou para casa. Alex já devia estar para chegar e, se tinha algo que Gusmão detestava, era se atrasar. O caminho para sua casa estava relativamente vazio e, como de costume, nessa hora as luzes dos milagres tinham a sua intensidade reduzida para anunciar a chegada da noite do lado de fora da cidade. Gusmão se perguntou se algum dia ia poder encontrar o responsável por tal controle. Embora fosse útil essa redução, a atividade dos ladrões era muito facilitada quando ela se fazia. Depois de mais alguns metros de caminho, Gusmão chegou em casa e viu a governanta, a senhora Ana Maria Gertrudes, se preparando para sair. Quando ela o viu, disse:

– Senhor, seus convidados chegaram, eu os servi com seu licor da vila de Bagas e os biscoitos do pote da prateleira de cima. Como não sabia a que horas o senhor voltaria, estava me preparando para sair.

– Sem problemas, dona Maria. Desculpe pelo atraso. Tive muitas atribuições e quase me atraso mais ainda hoje.

– Bom, senhor, eu vou-me indo, então. Vejo-o na próxima semana?

– Talvez. Se eu ainda não tiver partido em viagem. Se por acaso eu já tiver ido, a senhora tem a chave.

– Então, se não nos virmos, boa viagem ao senhor.

Gusmão entrou em casa e, na sala, encontrou Alex sentado virado para a porta e, de costas para ela, uma figura encapuzada. Alex quando o viu, levantou-se e aproximou-se para cumprimentá-lo. Os reflexos de Gusmão quase o traíram quando o encapuzado mirou nele dois grandes olhos brilhantes de um vermelho sangue. Ele se recompôs a tempo de evitar ofender o convidado. Esse convidado apresentava os traços típicos koltranos, com uma pele verde escura, fendas nasais pronunciadas, ausência de orelhas, dentes aparentes por entre os lábios e os enormes olhos vermelhos com seu brilho infernal. Gusmão já havia matado muitos koltranos em suas aventuras, fosse em batalhas por Bragança, fosse por rixas mais comezinhas, porém o que sempre o perturbara eram os olhos koltranos. Esses olhos alienígenas, que pareciam saídos de um pesadelo. Olhos que perturbavam e faziam os humanos sentirem os instintos mais primitivos de preservação à flor da pele.

– Olá, Cascadura.

– Alex, já falei que esse apelido é meio bobo.

– Desculpe, senhor, mas não consigo pensar de outra maneira.

– E o senhor seria?

– Chamo-me Kythor, senhor Gusmão.

– Prazer, Kythor. Presumo que Alex o trouxe aqui, correto?

– Isso mesmo Casc... Gusmão. – Alex se ruborizou ao quase repetir o apelido de Gusmão.

– Então, vamos. Sirvam-se do licor que eu vou trocar as roupas do dia.

– Se o senhor me permite, acho melhor não o fazer.

– Por quê?

– Vamos explicar. O senhor me pediu para investigar o que eram aqueles batons de aparência suspeita. Em minhas investigações encontrei o Kythor, aqui, que pôde me elucidar o caso.

– Senhor Kythor? O que o senhor sabe sobre isso, se me permite perguntar?

– Esses batons são feitos à base de olhos koltranos.

Gusmão engasgou com o licor e tossiu um pouco. Após se recompor, perguntou:

– Como pode ser isso? O que isso significa?

– Significa, Senhor Gusmão, que alguém está roubando os olhos de koltranos para fazer cosméticos. Eu pessoalmente não me sinto à vontade de deixar que essa prática continue.

– Sim, evidentemente que não pode continuar! Você tem certeza do que diz?

– Senhor Gusmão, quando cheguei a Bragança pude ver esses batons à venda em seus mercados. O brilho que apresentavam era muito peculiar e eu pude, ouvindo uma conversa entre o mercador e seu contato, deduzir a sua natureza.

– Então, temos de fazer algo.

– Exatamente, senhor. Por isso, precisamos sair agora. O mercador que está negociando os batons deve se encontrar com seu contato ainda hoje à noite e, se pudermos segui-lo, poderemos incriminá-lo e libertar os koltranos que ainda não tenham tido esse triste fim. – disse Alex, prestativo.

– Então, vamos. Vocês estão armados?

– Sim, eu estou. – disse Kythor.

– Eu não tenho armas, Senhor Gusmão.

Gusmão, então, buscou em seu quarto uma adaga que ele havia ganhado numa aposta com um mercador de vinhos em Tuliéres. Entregou-a a Alex, que a colocou no cinto. Os três saíram em seguida. Gusmão foi junto com Kythor, que estava com o capuz a esconder suas feições koltranas. Alex foi separado deles, pois era o que mais chances tinha de passar despercebido. Gusmão e Kythor andavam juntos pelas sombras e seguiam Alex à distância. Quando chegaram à parte de fora da cidade, desceram a rampa e continuaram a seguir. Já estava tarde e Gusmão tinha certeza de que perderia a apresentação de Guilhermina.

Nas ruas escuras da vila que ficava aos pés de Bragança, Gusmão já estava começando a achar difícil acompanhar o rapaz no escuro, mas o koltrano aparentemente o seguia com facilidade, os olhos brilhando sob o capuz. Os becos ficavam cada vez mais escuros e Gusmão amaldiçoava em seu íntimo a idade que já o estava deixando lento. Subitamente, Alex parou. Kythor, com a mão, suavemente desviou Gusmão para trás de uma caixa.

– Aqui meus olhos serão nossa perdição se forem vistos. Você deve usar os seus para ver o que ocorre. Em uns quinze passos, o jovem Alex parou e parecia que iria entrar naquela porta lateral. Vou fechar os olhos e acompanhar você. Quando formos lutar, eu estarei pronto. Vamos dar-lhe algum tempo para que ele volte e confirme se esse é o lugar certo.

Após esperarem cerca de dez minutos sem que Alex retornasse, ambos concordaram que era preciso avançar e os dois se colocaram a andar devagar pelo beco escuro. Sem o brilho dos olhos do koltrano, ficava mais fácil para ele enxergar, e, com a fantasmagórica luz azulada de Ellan, que brilhava nos céus do lado de fora da cidade, a guiar o caminho, Gusmão avançou. Kythor estava caminhando junto a ele, com a mão em garra em seu ombro. Cuidadosamente, Gusmão se aproximou da porta e, após um breve instante de hesitação, decidiu por não abri-la de imediato, colocando-se a ouvir. O que ouvia fez seu sangue gelar. Gritos abafados ao longe e passos que se aproximavam.

"A cautela que cuide de si mesma", pensou Gusmão numa lembrança de um ditado de sua infância. Num ímpeto, chutou a porta e entrou, com o koltrano já plenamente alerta junto a si. Seu machado estava sacado, bem como a espada de Gusmão, e eles avançaram para o pequeno escravo koltrano cego que havia vindo fechar a porta.

Kythor colocou a mão rapidamente na boca do escravo e falou com ele na sua língua clicante, com seus diversos sons de "K", algo que Gusmão não entendia, mas que o escravo respondeu de pronto. Kythor, então, disse:

– Os causadores estão aqui. Vamos pegá-los.

– E Alex?

– Não sei onde ele está.

Ambos corriam agora pelos corredores, Gusmão sendo guiado pela visão melhor de Kythor, que o levava a uma sala onde estavam guardados, para o horror de ambos, diversos jarros com olhos koltranos flutuando. Kythor se utilizou de um autocontrole que Gusmão caracterizou como super-humano para não destruir tudo. Ambos seguiram, então, na direção dos gritos. Quando chegaram a um corredor escuro, puderam ver um humano caído, com um ferimento contuso na cabeça. Gusmão pensou imediatamente em Alex. Devia ter sido por ali que o rapaz tinha vindo. Kythor passou por cima do corpo, enquanto Gusmão o amarrava e amordaçava. Logo depois, ambos se encontraram e seguiram um ruído que os arrepiava. Além do grito, o som de metal raspando em osso, seguido de um chiado de carne queimando. Mas o que mais os fez crescer em fúria vingadora eram as risadas que ouviram logo após. As risadas do mercador Nils, que parecia se deliciar com o sofrimento de quem quer que fosse. Entrando, então, pela porta, que parecia esconder a fonte dos macabros sons, um som diferente lhes chamou a atenção. Gusmão se virou e viu que Alex estava preso a uma cadeira e que o carrasco dos koltranos estava preparando o instrumento para remover o outro olho do rapaz. Nils estava dizendo: "Isso é o que você ganha por bisbilhotar, maldito. Vai ficar igual a esses animais."

Gusmão não pensou em mais nada. Com uma velocidade que o tornaria famoso além do que já era, ele avançou para o carrasco que, muito surpreso, não esboçou reação, enquanto a espada retirou-lhe cabeça dos ombros. Enquanto rolava pelo chão, o rosto da cabeça decepada parecia se dar conta de sua nova situação e pereceu num grito mudo de horror. Gusmão se aproximou do rapaz e quase perdeu ele mesmo a cabeça com um golpe, que foi habilmente aparado pelo machado de Kythor.

Havia mais dois capatazes na sala. Após aparar o golpe de um, Kythor arremessou outro pequeno machado, que se cravou no peito do segundo vilão. Gusmão olhou desolado para Alex que, desmaiado, apresentava um dos olhos removido. E a órbita, cauterizada, com um ferro em brasa próximo. Gusmão retirou o rapaz ferido, acenando para Kythor, que concordou, enquanto, numa chuva de sangue, o outro atacante caía, com uma ferida que abriu seu tronco, deixando exposto o coração, que bateu por mais alguns instantes antes de parar. Gusmão colocou o pobre Alex no colo e, paternalmente, o levou para a saída, enquanto, num movimento rápido, como quem derruba uma mosca, usou de sua espada para derrubar um novo atacante que tentou pegá-lo de surpresa pela esquerda. Quando chegou à rua, pôde ver que os ruídos já atraíam uma pequena multidão. Forçando seus pulmões ao máximo, Gusmão gritou:

– Aqui estou eu! Gaspar de Gusmão! Para lutar contra a iniquidade! Esse pobre rapaz foi vítima de malfeitores que estão atacando meu amigo lá dentro! Quem dentre vocês se responsabilizará pela saúde dele?!

Ninguém se moveu.

– Eu digo! Aquele que me ajudar será recompensado! Aquele que me atrapalhar será caçado! Você! – E Gusmão apontou apara um aterrorizado transeunte. – Chame os guardas imediatamente!

– Você! – e Gusmão apontou para uma mulher na multidão. – Cuide desse rapaz como seu filho! Agora, eu me vingarei do mal!

Depois de deixar a mulher cuidando do pobre e desacordado Alex, Gusmão entrou novamente no inferno que se tornara ainda maior após a intervenção deles. Lá dentro, Kythor estava massacrando o último dos guardas. Enquanto o mercador tentava fugir, dando de cara com Gusmão, que interceptou a sua fuga.

– Piedade, senhor Gusmão! O maldito koltrano está matando todos!

Gusmão deu um soco no vil, que caiu, desacordado. Kythor estava cansado e ofegante, mas não havia sido ferido por nenhum dos guardas do mercador. Ele estava agora junto a uns poucos escravos koltranos, que estavam num canto, soltando as amarras deles e falando em sua língua materna.

Desapontado, Kythor desabafou:

– Eles não me entendem! Não sabem quem são.

– Quem é que não entende você? – perguntou Gusmão.

– Você não me entendeu! Eles não sabem o que são! São como animais! Criados para o abate!

Gusmão olhou, perplexo, para Kythor, que resfolegava de cansaço e ódio.

– Onde está o maldito criador desses horrores?

– Está no chão. Eu o desacordei.

– Ele vai pagar pelo que fez.

– Calma! Isso será julgado pelos tribunais.

– Tribunais!? – gritou Kythor, furioso. – Venha ver o que esses malditos estiveram fazendo!

Gusmão entrou em outra sala, onde havia diversas cascas coriáceas pelo chão.

– Você sabe o que é isso? – perguntou Kythor, com a face enlouquecida. – São as cascas de ovos koltranos. Esses malditos estavam retirando os olhos de recém-nascidos koltranos e usaram aqueles coitados lá fora como reprodutores!

O choque da revelação atingiu Gusmão como um murro no estômago. Ele se sentiu mal e começou a vomitar. Kythor avançou sobre o mercador caído e, com um golpe único, fendeu-lhe a cabeça desacordada ao meio. Sangue e cérebro se espalharam no chão, enquanto o koltrano se ajoelhava.

Após aquela noite de horror, Gusmão levou Alex para o hospital. Lá, ele foi bem cuidado, mas, infelizmente, jamais recuperaria o olho retirado pelo carrasco. As autoridades tentaram abafar o caso, mas Gusmão não deixaria isso ficar dessa maneira e fez questão de apresentar o caso pessoalmente ao Rei Pedro que, horrorizado, intimou, sob pena de prisão perpétua, a quem se recusasse entregar ou fosse visto utilizando-os, a destruição de todos os cosméticos baseados nesse show de horrores. Gusmão, após mais esses dias de trabalho e desgaste, voltou para casa e encontrou Kythor sentado na sala.

– Senhor Kythor.

– Senhor Gusmão, fiquei bastante satisfeito com sua atitude impecável na condução desse caso de horror. Nossas espécies são diferentes apenas no exterior. Por dentro, somos todos monstros.

– Alguns de nós.

– Sim. Por isso decidi me juntar à sua expedição. Sei que em breve vai partir para ajudar o rei humano e me agradaria pensar que o senhor poderia contar com minha habilidade. De todos os humanos, o senhor é o mais honrado que conheci.

– Ficaria grato pela sua ajuda. Os escravos que achamos, o que foi feito deles?

– Estão a caminho de uma escola em Kalistak. Estou tentando ensinar a eles o que são e o mal que lhes foi feito.

– Fico feliz em saber que serão cuidados.

– E quanto ao rapaz que nos ajudou?

– Está em casa se recuperando. Eu o contratei como meu pajem pessoal. Vai receber um ordenado mensal enquanto eu viver, e, se eu não tiver herdeiros, herdará minhas propriedades.

– Fico feliz em saber. Esse rapaz é muito bravo e foi uma vítima infeliz dos acontecimentos.

– Sim. É verdade.

– Então, quando iremos?

– Em breve. Recebi o comunicado de que o enviado de Tuliéres chegou e poderemos sair para Upanishads amanhã ou depois.

– Então, o encontrarei amanhã aqui senhor.

– Eu aguardo a sua companhia.

Gusmão se despediu de Kythor com um aperto de mão e se sentou junto à fonte de calor irradiante de sua casa, pensando que, nessa idade, não deveria mais precisar ver tantos horrores. Guilhermina tinha razão. Talvez ele devesse se aposentar e ir morar junto dela. Será que ela o esperaria de novo? Ou desistiria e procuraria alguém mais jovem e mais disponível?

Com estalos audíveis nas articulações, Gusmão se dirigiu a sua cama, cobrindo com o lenço a esfera ancestral. Nessa noite, ele precisava do conforto da escuridão, mas imaginava que, mesmo assim, teria dificuldades para dormir. Como seria bom poder ouvir música agora. Pensando isso, ele dormiu e sonhou, para seu pesar, com bebês koltranos cegos.

## Túlio

Josephine. O nome ardia na imaginação de Túlio, quando chegou a Tuliéres. O mestre caravaneiro lhe desejou uma boa estadia e agradeceu a ajuda na movimentação. Os clérigos de Helion eram famosos por ajudar a fazer as coisas acontecerem de maneira mais eficiente. Suas preces faziam as caravanas levarem menos tempo e as jornadas eram mais tranquilas. Túlio se despediu do mestre e de Falken. E dirigiu-se pelas ruas abertas em direção à igreja de Helion. Tuliéres era uma cidade secundária na medida em que, ao contrário das cidades capitais, não possuía as paredes invencíveis, mas era uma das principais quando se considerava que, apesar de estar localizada mais remotamente que todas as demais cidades principais, ainda assim apresentava um comércio extremamente vivo e uma população rica. As ruas eram todas calçadas com pedras mineiradas das montanhas próximas, pedras essas de um granito meio azulado, que, à noite, fazia com que a cidade tivesse, sob a luz de Ellan, uma aura um pouco melancólica, porém bela. As casas eram feitas também de pedras e haviam sido erguidas havia muitos anos. Dizia-se que Tuliéres fora fundada pelo Conde Auguste de Tuliéres mais de mil anos antes, quando, vindo de uma expedição de reconhecimento de Império, viu as terras meio calcárias, meio graníticas, que se encontravam aos pés da montanha. Com o clima agradável moderadamente fresco e com as brisas que sopravam vindas do mar do leste, que não eram impedidas pela planície adiante, ele decidira que esse lugar era um bom local para se plantar uvas, e, com um édito imperial, se instalara no local com sua família e uma legião de soldados. Todos os soldados, após o fim do seu serviço, recebiam um lote de terra para cultivar e, em pouco tempo, se estabelecera que os soldados de melhor conduta seriam transferidos para Tuliéres. Com o tempo, uma indústria de vinhos se estabelecera e Tuliéres se transformara na região fornecedora dos melhores vinhos. Dayton, com seus processadores de alimento miraculosos, ainda tinha os vinhos de qualidade ancestral, que eram criados nas máquinas dos antigos, mas, com o tempo, esses vinhos foram se tornando mais difíceis de fazer, conforme a técnica para operar as máquinas a contento vinha se deteriorando. Hoje, então, podia-se dizer que Tuliéres tinha os melhores vinhos de toda Damocles, exportando para Império, Bragança, Upanishads e todas as províncias menores humanas. Os reinos koltranos de Kalistak e Kalanor compravam carregamentos esporádicos. Koltron estava distante demais para estabelecer relações comerciais.

Em Tuliéres, também, com uma reputação nem tão bem aceita, mas que pouco se comentava, estava a sede mundial dos necromantes. Após a fundação da cidade e o início do costume de se dar partes dos campos aos soldados mais bem relacionados, foi-se escassseando a mão de obra para cuidar dos vinhedos. No início, haviam sido utilizados escravos humanos e koltranos, mas, após uma grande invasão dos insectóides anos atrás, Tuliéres vira-se com um grande número de mortos e uma grande colheita de uvas que se perderia. Nesse dia, o Conde de então, Antoine Briareu, se viu num dilema: como evitar a perda de toda uma safra e, ao mesmo tempo, lidar com os corpos de quase toda a população da cidade?

Foi aí que o necromante Mejhok trouxe a ele a solução. Ele reanimaria, juntamente com seus colegas, os corpos dos mortos e os colocaria para trabalhar nos campos. O Conde Antoine vira que conseguiria resolver, assim, dois problemas e decidira aceitar a ideia, mas exigira que cada corpo reanimado pela magia sombria dos necromantes fosse ligado ao corpo administrativo da cidade, pelas magias de comando. Assim, os administradores da cidade teriam o comando dos corpos e não os necromantes que os haviam erguido. Assim foi feito e a safra daquele ano não se perdera. Os corpos dos insectóides, que não se prestavam à reanimação, foram pulverizados e utilizados como adubo, e, com isso, a safra do ano seguinte fora a melhor safra registrada. Mesmo com a oposição das igrejas, o vinho de Tuliéres se firmou como o melhor do mundo e as pessoas conseguiam colocar de lado o fato de que os vinhos que bebiam haverem tido as uvas colhidas por esqueletos animados por magia das trevas. Afinal de contas, o gosto dele era tão bom que isso se tornava irrelevante.

As únicas igrejas que existiam então em Tuliéres eram a de Comuor, tendo em vista que Tuliéres era subordinada a Império, e Helion, que se colocara lá como um desafio aos necromantes. Eles fabricavam seu próprio vinho sem o uso dos esqueletos animados pelos necromantes. Esses vinhos eram utilizados nas helionasses e vendidos a altos preços aos fiéis de Helion.

Túlio se dirigiu à sede da igreja de Helion, o coração palpitando um tanto descompassado ante a perspectiva de finalmente rever Josephine. Até mesmo as ruas pareciam mais vibrantes, o céu mais azul e as pessoas mais felizes. A igreja de Helion, com sua entrada em um semicírculo de onde torres radiais, que se projetavam em alusão a um disco solar, parecia especialmente radiosa, os reflexos amarelos da pedra da igreja pareciam iluminar o pátio ao redor. No centro desse pátio, encontrava-se um aparato com aspecto de um sol brilhante e amarelo com um retângulo escuro no centro. Dizia-se que, antigamente, Helion podia-se comunicar por essa janela, como Comuor ainda o fazia em Império, porém havia muitos anos isso não ocorria.

Todos os anos, a igreja de Helion promovia a grande festa do Sol Brilhante, quando muita comida e bebia eram distribuídas e uma grande helionasse era feita perto da grande janela dos deuses. Essa janela já havia sido alvo de uma tentativa de depredação por parte de fanáticos de Plutônium, o deus do Sol Sombrio, mas à época, as defesas onymarianas ainda eram fortes nesse painel e nada ocorreu. Desde então, a janela dos deuses encontrava-se sempre oculta com um grande mural pintado pelo soberbo pintor Aloysius, um mestre da arte que conseguira retratar a queda do homem das estrelas ao solo de Damocles. Nos dias de festas, o mural era removido e a janela dos deuses ficava descoberta. Além disso, os guardas helioninos ficavam sempre a postos vigiando o mural, dia e noite. Ela não era tão grande como a Janela de Helion em Upanishads, mas, mesmo assim, era belíssima.

Após passar pelo grande mural que, ao olhos de Túlio, demonstrava uma grande beleza, ele se dirigiu ao interior da igreja e aguardou a sua vez com enlevo e antecipação. Hoje os priores de Helion estavam celebrando uma bela helionasse em homenagem ao casamento de dois camponeses. A cerimônia prosseguiu enquanto Túlio se lembrava de quantas vezes se imaginara ali, naquele lugar, com Josephine nos braços. Unindo-se em definitivo a ela, pelas graças de Helion. Quando acabou a helionasse e os convidados se retiraram para a festa no salão contíguo, Túlio se aproximou do celebrante e disse:

– Que as graças de Helion iluminem seu caminho.

– Ele sempre nos iluminará. Seja bem vindo, irmão.

– Agradeço a hospitalidade. Venho por intermédio da igreja de Helion em Upanishads, para deliberar sobre o endividamento de nossa igreja e intermediar a doação de certa quantia por Gusmão de Bragança.

– Estamos cientes de sua vinda. O governo de Tuliéres quer aproveitar essa viagem que você fará até a Joia do Norte e vai mandar, com você, um representante oficial para tratar de assuntos outros, junto ao Governo de Bragança. Eu sei que foi difícil a sua vinda a Tuliéres e que isso representa um contrassenso em matéria de direção de viagem, mas, ainda assim, como esse representante precisaria de auxílio na viagem dele, pensamos em colocá-los juntos.

– E quem é esse representante?

– Ele se chama Anton de Tuliéres e é um membro de uma das famílias mais antigas da cidade. Ele nos encontrará hoje à noite, após a helionasse, para se apresentar e decidir os detalhes da viagem.

– Perfeito, então eu aguardarei até a noite e conversaremos.

– Sinta-se à vontade para conhecer a cidade, nos veremos mais tarde.

– Obrigado irmão, vou ficar por aqui nos territórios da igreja e admirar sua arquitetura, se não se importar.

– De maneira alguma. Até a noite.

Túlio permaneceu nos domínios da igreja de Helion, procurando discretamente ver se encontrava Josephine. Ele não sabia onde ela estava localizada e receava indagar diretamente por ela, pois essa indiscrição poderia trazer problemas. Durante todo o dia, Túlio vagou pelas dependências da igreja, chegando até mesmo a ir aos vinhedos de Helion, mas não encontrou nada. Se não a achasse hoje, amanhã perguntaria ao irmão Guillon, sobre Josephine. Afinal, ele teria de entregar a carta recomendada de qualquer maneira, mas preferia encontrá-la a sós e tentar expor seus sentimentos. Como não a encontrou, aguardou a noite para, então, no dia seguinte, encontrar-se com Josephine para entregar a carta e conversarem.

Naquela noite, Túlio dirigiu-se à residência do irmão Guillon, que o convidara para o jantar e recepção a Anton de Tuliéres. Chegando lá, foi recebido pelo próprio Guillon, que o colocou sentado na sala, enquanto ia trazer os aperitivos. Enquanto se acomodava, Túlio ouviu uma batida forte na porta e Guillon, ao abri-la, revelou a presença de um homem forte, de traços extremamente duros, com um olhar de aço, uma face magra, o nariz adunco e limpa de pelos, com longos cabelos negros de aspecto oleoso que caíam sobre ombros largos.

– Amigo Túlio, quero lhe apresentar Anton de Tuliéres.

Túlio se levantou para apertar a mão do recém-chegado, que o olhou com um olhar penetrante e desconcertante, como que avaliando sua alma. O aperto de mão se mostrou muito forte, dando a Túlio a impressão de que o visitante machucara a sua mão de propósito, o que era impressionante, dado que Túlio, em virtude de seu trabalho manual, não era particularmente fraco. O estranho apenas rompeu o olhar petrificante quando Túlio, após olhar para a própria mão, retornou o olhar ao visitante, que, num semi-sorriso velado, retirou a própria mão e o cumprimentou com uma voz forte e perturbadora.

– Bem-vindo, prelado, à nossa cidade de Tuliéres. Creio que fez boa viagem, não é?

– Sim, senhor Anton. É realmente uma bela cidade.

– Pelo que me foi dito, o senhor se chama Túlio Vinning, não é?

– Sim, exatamente.

– Então, estamos apresentados, senhor. Que nossa parceria renda bons frutos! – disse o estranho visitante com um tapa que se propunha afetuoso, mas que se mostrou doloroso nos ombros de Túlio.

– Estamos apresentados. – respondeu Túlio, que ainda não se decidira se o visitante queria humilhá-lo ou apenas não tinha noção da própria força.

– Muito bem, amigos, sentem-se e vamos comer.

O estranho Anton de Tuliéres manteve os olhos fixos em Túlio de uma maneira que o incomodava, fazendo-o instintivamente desviar o olhar, por mais que isso o irritasse. Era um olhar muito desconcertante.

Guillon sentou-se à mesa e chamou:

– Querida, você poderia trazer os aperitivos, para os nossos convidados?

Quando a esposa de Guillon chegou trazendo os aperitivos, tudo aconteceu rápido demais, mas a sequência foi essa: Túlio se levantou para cumprimentar a esposa de seu irmão de fé. Anton também se levantou, falando:

– Prelada Josephine, que prazer revê-la! – o olhar de Josephine se fixou inicialmente com um sorriso em Anton, desviando-se depois para Túlio, que, estupefato, se encontrava semilevantado. Era uma posição tragicômica, que piorou ainda mais quando Josephine perdeu o equilíbrio, deixando a bandeja de bebidas e acepipes cair sobre os cabelos e roupas de Túlio, que permaneceu na mesma posição, como que paralisado, enquanto suas esperanças deslizavam como as bebidas em direção ao solo. Guillon se levantou e ralhou com a mulher, que, desconcertada, tentou, com um lenço, limpar o rosto e roupa de Túlio, que sentiu como se seu mundo tivesse sido subitamente destruído e que sentia cada toque de Josephine como punhaladas de dor. Durante isso tudo, Anton manteve uma expressão sádica, de um aspecto de prazer mal contido. Túlio não percebeu isso. Tudo que via era Josephine tão próxima, tocando-o. Com dificuldade, pediu licença a Guillon para ir se recompor no lavatório. Guillon o levou e Túlio, uma vez sozinho, deixou as lágrimas rolarem livremente.

Ele retirou a roupa que vestia e, quase como uma máquina, tentou limpar o rosto e os cabelos. Ouviu vagamente Guillon pedindo-lhe para perdoar o acidente e oferecendo-lhe uma de suas roupas para que ele as vestisse. Lembrava-se também de haver respondido com monossílabos e, para cravar definitivamente o punhal em seu coração despedaçado, foram as mãos de Josephine que Túlio tocou quando a porta se entreabriu para lhe entregar roupas limpas. Orando fervorosamente a Helion, Túlio se vestiu e saiu para o recinto e para as provações que o aguardavam. Ao sair, já vestido com as roupas de Guillon, Túlio encontrou os olhos dele, seguidos pelos de Josephine, que os desviava, entre envergonhada e assustada. Os olhos que não viu foram os de Anton, que bebia uma grande taça de vinho, num prazer quase erótico, sentado à mesa, limpando depois a boca com o canto das mãos, e, novamente, fixando nele os olhos de aço.

Túlio se sentou à mesa e, após as desculpas de Guillon, começou a falar:

– O-obrigado aos amigos por me receberem nesse jantar hoje.

– Irmão Túlio, perdoe-nos pelo acidente. Pela manhã teremos suas roupas limpas entregues onde você dorme. Lamento que isso tenha acontecido, espero que o irmão possa perdoar a mim e à minha esposa.

– N-não poderia guardar rancores dos amigos q-que me foram tão cordiais.

– Então, Prior Túlio, é a sua primeira visita a Tuliéres? – interveio Anton, como que a tentar mudar de assunto.

– Não, já estive aqui há muitos anos quando treinava para o clericato.

– Ora! Então deve ser contemporâneo da magnífica Josephine! Diga-me: já se conheciam?

Nesse momento, Josephine derrubou uma nova bandeja que levava à cozinha. Fazendo com que Guillon a admoestasse.

– Sim, senhor Anton, já tive o prazer de conhecer Josephine há muitos anos, enquanto treinava para o clericato.

– Esplêndido! Então, certamente ambos têm histórias a compartilhar com os amigos, dessas histórias comuns e deliciosas da infância e adolescência. Diga-me, como é retornar depois de tantos anos e ver uma colega daqueles tempos bem posicionada, casada e feliz?

As palavras foram como facas no coração de Túlio, que se contorcia no íntimo para não chorar à vista de todos. Ainda assim, conseguiu responder:

– M-muito bom... Eu trouxe ainda para J-Josephine uma carta da sede em Upanishads.

Josephine se aproximou e tomou a carta das mãos de Túlio, que, com o toque dos dedos de sua outrora amada, sentiu o coração sangrar de dor, enquanto Anton descia mais uma dose da bebida servida com visível expressão de prazer.

– O-obrigada. – disse baixinho Josephine, numa voz sussurrante e mais bela que o mais belo som dos pássaros, fazendo Túlio querer que a noite acabasse logo para poder sumir dali. Josephine pegou a carta e se retirou, o que aliviou um pouco a dor de Túlio, que tinha de permanecer composto perante o marido de Josephine e seu convidado, o estranho Anton de Tuliéres.

A noite demorou a passar, com os encontros ocasionais com Josephine como agulhadas de dor. Guillon, vendo o desconforto, que atribuiu ao acidente ocorrido no início da noite, apressou a reunião e, rapidamente, todos estavam se despedindo.

Guillon se despediu primeiro de Túlio:

– Que Helion ilumine seus passos irmão.

– Que ilumine o mundo com sua luz.

– Espero que mais uma vez nos perdoe. Amanhã receberá de volta suas roupas limpas.

– Sem problemas, irmão.

– Josephine, venha aqui se despedir de nossos convidados.

Josephine se aproximou, evitando o olhar do Túlio, que também evitou os olhos dela. Ambos apertaram as mãos num momento de eletrizante desconforto e desejo, que passou rapidamente.

Anton se despediu:

– Boa noite, prelado. Foi-me uma noite extremamente agradável. A companhia de todos vocês é sempre um prazer enorme.

– Boa noite senhor, Anton. – respondeu Túlio, perturbado ainda por tudo. – Nos encontraremos amanhã.

– Sim, sim. Amanhã sairemos. Até mais, Guillon. – e Anton apertou a mão do dono da casa. – Josephine, querida, foi um enorme prazer revê-la. – e Anton beijou a mão de Josephine, que a retraiu rapidamente, com um olhar de dor.

– Perdoe-me, minha querida. Meu anel a feriu não foi? Deixe-me ver isso. – com seu lenço, Anton limpou um pequeno ferimento nas mãos de Josephine e guardou-o no bolso em seguida. – Que desastrado que fui! – disse Anton, enquanto observava o sangue nas mãos de Josephine.

– Sem problemas, amigo. – interveio Guillon, se interpondo entre os dois. – Espero que a jornada de vocês seja boa. Amanhã nos veremos para tratar dos preparativos da viagem.

Nessa noite, Túlio teve muita dificuldade para dormir e as lágrimas molharam o travesseiro, enquanto o rosto de Josephine prendia seus pensamentos até dormir.

VINICIUS WATZL

.

## Anton

Anton finalmente estava pronto para a partida. Depois de todo esse tempo, finalmente sua vontade seria feita. Com sorte, ele ia progredir bastante na sua sociedade se tudo que planejara funcionar como imaginava. Fora uma noite extremamente divertida a do dia anterior e ele esperava poder repetir a dose em breve. Mas, hoje, aos negócios!

Chegando à sede, Anton dispensou o sentinela com um aceno de mão e entrou na câmara secreta. Lá dentro, estavam Malachy e Maloriak, ambos estudando alguma coisa em livros empoeirados. Maloriak se despediu e saiu quando Anton chegou. Esse jovenzinho insolente o intrigava, mas hoje não tinha tempo para perder com discussões de temas abstratos. Hoje precisava falar com Malachy. Ele devia ter a chave sobre o que precisariam fazer.

– Como vai, Malachy? Bom vê-lo tão bem disposto.

– Anton...

– Exato.

– Diga-me. Já completou os preparativos para a viagem?

– Sim, meus suprimentos estão separados e tudo está pronto para que eu me vá. Você vai completar a sua parte?

– Não entendo o motivo da pergunta. Você sabe que eu sempre cumpro o que digo.

– Tolice minha. Vou indo agora.

– Certo... Não falhe.

– Eu já falhei?

– Todos falhamos. Por isso estamos onde estamos. Nunca se esqueça disso. Eu nunca esqueço.

Anton saiu irritado dali. O bom humor que tinha no início do dia desapareceu completamente. Agora irritado, se dirigiu para o mercado, onde ficara de encontrar com o tolo. Depois de seguir pelas ruas, as pessoas saindo da frente como era o dever delas para alguém de seu gabarito, chegou ao mercado e encontrou Túlio acabrunhado, próximo a um caravaneiro. Quando se dirigiu para ele viu a tola se aproximar do clérigo infeliz. Isso podia vir a ser interessante. Com cuidado para não ser reconhecido, colocou-se onde poderia ouvir a conversa de ambos. O que ouviu conseguiu recuperar um pouco o seu humor, em certa medida.

– Túlio...

– Josephine.

– Me desculpe...

– Pelo quê?...

– Eu não esperei você.

– Eu vi... Ele é bom marido?

– Guillon é uma excelente pessoa, bom e cuidadoso. Eu não acreditava que você voltaria. Nunca recebi nenhuma comunicação sua de Upanishads. Achei que você havia me esquecido.

– Nunca esqueci você. Sou o que sou hoje por você. Eu seria um carpinteiro ou artesão. Escolhi o sacerdócio para um dia podermos ficar juntos.

– Eu não imaginava. Eu me sentia atraída por você, mas nunca tive coragem de expressar meus sentimentos.

– Eu nunca imaginei que poderia ter qualquer coisa com você sendo como eu era, um aprendiz de carpinteiro. Por isso me uni ao sacerdócio. Para um dia poder ter você comigo.

– E agora como ficamos?...

– Não ficamos. Você tem seu marido, eu tenho minhas obrigações. Creio que não temos mais nada a ousar juntos.

– Mas eu queria ao menos ser sua amiga...

– Amiga... Você não faz ideia de como essa palavra dói. Mas ela é melhor do que nada. Eu tenho minha missão. Por favor, não me deixe falhar com ela como falhei com você.

– A culpa não foi sua.

– Foi sua, então? De quem foi?

– Éramos ambos muito jovens e tolos. Nossos erros nos deixaram separados como casal. Mas meu amor continuará sendo seu.

– E o meu seu...

Anton viu como Túlio e Josephine se aproximavam, quase se tocando, e, num chiste cruel, decidiu revelar sua presença.

– Prelado Túlio! Que bom vê-lo – e com proposital força arremeteu com a mão no ombro do pobre amante não correspondido, de maneira dolorosa e súbita.

– Senhor Anton... – retrucou Túlio, enquanto movia os ombros.

– E Senhora Josephine! Bela como sempre. Que grande homem de sorte é o nosso Guillon! Acho que qualquer um mataria pelo prazer de poder possuir alguém tão especial como a senhora ao seu lado. Não concorda, meu caro Túlio? Você não mataria pelo prazer de tê-la? – provocou jocosamente Anton, enquanto observava o rubor de Josephine e o cerramento das feições de Túlio. – É claro que tão digna dama jamais aceitaria alguém que fizesse algo assim. Uma alma de tão nobres e puros sentimentos, com certeza, odiaria alguém que fizesse isso com seu tão nobre e valoroso marido. – o rubor aumentou e Josephine não sabia onde colocar as mãos e desviou o olhar de ambos. Anton viu os punhos de Túlio cerrados, e arrematou.

– Perdoe-me, senhora. Tenho de tomar a companhia desse nosso amigo em comum. Ele e eu temos de nos preparar para uma grande viagem, mas espero vê-la bela e formosa quando voltarmos. Se decidir mudar de ideia e quiser me procurar, eu estarei sempre disposto. Mande um abraço ao senhor seu marido por mim.

Josephine se afastou visivelmente perturbada com a interlocução, enquanto Anton observava que Túlio a olhava sair, descerrando os pulsos e mantendo a expressão sombria. Eram palpáveis as emanações de sofrimento de ambos.

– Muito bem, amigo Túlio, vamos agora nos preparar. Teremos de enfrentar um grande caminho. Mas podemos cortar caminho se seguirmos por sob a montanha em direção a Império. Está me ouvindo, rapaz?!

Túlio se virou e encarou Anton com uma expressão de sofrimento e pesar, mas, com um esforço sobre-humano, se recompôs e respondeu:

– Sim. Vamos pelo caminho mais curto. Agora, me desculpe, senhor, mas vou arrumar minhas coisas. Vamos partir hoje ainda?

– Claro, rapaz! A nossa demanda é urgente, e temos de chegar a Bragança o mais rápido possível.

– Em quanto tempo o senhor poderá sair?

– Em uma hora.

– Então, estarei aqui em uma hora.

Túlio saiu rapidamente da presença de Anton, que sentia ainda o desespero do outro no ar. O dela também era muito forte. Isso ele não podia negar.

Anton chamou um escravo, a quem mandou trazer suas coisas para que saísse rapidamente. Em breve estaria a caminho e, se tudo desse certo, em breve Malachy ia ter de reconhecer que fora ele quem tivera a melhor ideia. E que, com isso, em breve seus planos iam se desenrolar satisfatoriamente.

– Será excepcional.

Anton não pôde evitar uma gargalhada ante as perspectivas. Aqueles que passavam por perto se afastaram rapidamente, temendo pelo que podia estar passando pela mente daquele que era um dos mais poderosos de Tuliéres.

Após a chegada da noite, ambos os viajantes saíram de Tuliéres e, após uma breve jornada de poucos dias sem intercorrências, se colocaram na entrada do túnel sob a montanha. Esse túnel fora criado há muitos anos pelos ancestrais para ligar Império a Tuliéres e facilitava sobremaneira o transporte de mercadorias entre as cidades. Era um túnel eminentemente reto, com algumas salas de descanso entre as entradas e apresentava um sistema de ventilação que era abastecido por Império. Esse sistema jogava ar fresco constantemente no túnel, e, se não fosse por isso, ele teria se tornado impossível de atravessar muitos anos antes. Recentemente, houvera algumas falhas nesse sistema, mas os responsáveis de Império haviam conseguido reverter os erros e o transporte de mercadorias se manteve. Porém novas restrições haviam entrado em vigor e hoje somente pessoas muito importantes podiam utilizar o túnel para abreviar a jornada. Os outros tinham de usar a rota mais longa, contornando a montanha e passando por Upanishads para só depois chegar a Império.

Anton e Túlio avançaram pelo túnel sem problemas, fazendo uma jornada enorme durar apenas três dias com paradas nos locais de repouso. Como o túnel era iluminado pelos globos miraculosos dos ancestrais, o caminho se encontrava bem tranquilo e iluminado, com uma brisa suave soprando o tempo todo. Nos locais de parada havia uma porta que cerrava a entrada por dentro e somente os viajantes, ou agentes oficiais, conseguiam abri-las, uma vez fechadas. Nesses locais, os viajantes encontravam abrigo e fontes naturais de água pura, que drenavam do coração da montanha. No local mais próximo a Tuliéres, as águas eram naturalmente gasosas. No interior mais profundo da montanha, apresentavam um gosto mineral mais rochoso e forte. O que os viajantes costumam fazer quando viajavam de Tuliéres para Império era guardar as melhores águas para, quando chegassem à segunda parada, não terem de usar as águas desse lugar. Já no sentido oposto, costumavam beber o mínimo possível na primeira parada para aproveitar as melhores águas no final. Em Império existia um mercado para as águas da montanha e os cidadãos mais abastados costumavam pagar por essas águas. Em Tuliéres não se fazia caso por elas. As duas fontes apresentavam as faces da dama da rocha, uma figura trágica do passado do mundo. As águas escorriam como lágrimas das faces dessa estátua, que parecia chorar, enquanto segurava algum guerreiro antigo caído. Interessante era que, em ambas as fontes, o rosto desse guerreiro estava desfigurado e destruído, não se podendo mais ver quem ele havia sido.

Após chegarem a Império, Anton desembaraçou-se dos guardas da fronteira e ambos se dirigiram rapidamente para a saída da cidade. Como iam para Bragança, teriam de seguir rumo norte para evitar a planície da morte. Bem em frente a Império, existia uma planície onde nada mais crescia e tudo que por lá transitava ficava doente, morrendo eventualmente. Nesse local, havia muitos anos, fora repelida a maior invasão dos insectóides de que se tinha notícia e, para impedir essa invasão, teve de ser usado o expediente de se ativar o Canhão do Inferno. Os relatos referiam que, quando essa arma ancestral fora usada, avistara-se uma luz cegante, seguida da incineração instantânea de todo o exército invasor. Os poucos que haviam ousado andar pelas planícies da morte diziam que os restos dos insectóides davam conta de animais gigantescos, com milhões de soldados menores calcinados próximo a eles. Era um lugar lúgubre e deserto onde a vida dificilmente voltaria a se estabelecer. Durante um mês ao ano, as portas de Império se fechavam e a cidade ficava isolada, pois sopravam ventos trazendo o veneno da morte das planícies e as pessoas que respiravam esses ventos adoeciam e morriam. Fora isso, as portas estavam sempre abertas com uma ou duas legiões imperiais patrulhando os arredores.

Quando chegaram mais ao norte, encontraram uma vila para passar a noite, chamada de Vila de Cecília, onde encontraram pouso numa estalagem. Anton sabia que logo estariam em Bragança. "Será que o tolo vai aguentar até lá?". Essa pergunta ficaria ainda sem resposta, enquanto a noite cobria o mundo com seu manto de trevas. Anton olhou com ódio e um desejo incontroláveis para Ellan e com desprezo para as estrelas.

– Muito em breve – pensou ele. – Muito em breve...

# Fim da parte um.

# Parte 2

O Começo da Jornada.

VINICIUS WATZL

## Bragança

Bragança era uma das três principais cidades e uma das capitais dos reinos humanos. As cidades principais tinham, todas, características bem peculiares, que as distinguiam das demais cidades humanas em aspectos muito importantes. Todas tinham os exteriores limitados pelas paredes invencíveis ou onymarianas (nome esse adotado em homenagem ao deus Onymar, considerado o protetor dessa paredes e mantenedor de sua estrutura), que se erguiam muitos andares acima do chão e alguns abaixo dele. No caso de Bragança, a cidade era composta de treze andares acima e cinco andares abaixo do solo. A altura dos andares era de cerca de três metros cada um.

As ruas de Bragança eram impecavelmente limpas. Mesmo na entrada da cidade, onde os passos dos viajantes inevitavelmente sujavam o chão, em breves instantes todas as sujeiras eram rapidamente retiradas por processos miraculosos dos ancestrais. Suas ruas eram iluminadas com as esferas eternas, ou luzes milagrosas, que eram pequenos globos mais ou menos do tamanho de maçãs grandes que possuíam uma iluminação interna de um brilho branco levemente azulado. Esse brilho variava num ciclo diário, mas, mesmo nas horas da noite, elas nunca se apagavam totalmente. Com essa iluminação constante, a taxa de crimes dentro da cidade era quase nula e as pessoas que viviam ali tinham uma vida bem tranquila.

As residências variavam de tamanho, desde as grandes e abastadas, que eram reservadas para a nobreza, até as pequenas, que apresentavam apenas dormitórios, usadas pelos trabalhadores temporários ou como depósito pelos comerciantes que trabalhavam na cidade. Como o comércio exigia muito espaço, mesmo esses dormitórios pequenos alcançavam altos preços e, recentemente, a maioria dos trabalhadores não vinha conseguido mais manter uma cama próxima ao local de trabalho.

Bragança apresentava, também, para limitar ainda mais a possibilidade de crimes, uma força policial vestida com as roupas dos milagres. Eram roupas dos tempos ancestrais que se mostravam praticamente indestrutíveis aos meios mais comuns de dano por armas, fossem armas como facas ou espadas, fossem até mesmo as raras armas de fogo. As únicas armas que podiam, com certeza, danificar essas vestes eram as armas ancestrais, sendo essas os itens mais regulados do mundo. Um guerreiro armado com uma dessas podia facilmente derrotar uma legião se tivesse tempo e se a arma funcionasse perfeitamente.

O que ocorria, infelizmente, com todos os milagres antigos, era que eles estavam acabando. Lentamente, esses milagres iam perdendo sua eficácia e os artefatos maravilhosos simplesmente paravam de funcionar. Isso tornara as armas ancestrais recursos estratégicos especiais e símbolo de poder das nações. Nos tempos do tataravô do atual monarca, os reis tinham acesso a máquinas de guerra. Essas máquinas hoje estavam expostas ao tempo e serviam em alguns lugares de moradia a poderosos. Eram, como as paredes de Bragança, indestrutíveis aos meios comuns, mas não se movem mais, nem serviam como defesa. Sua última utilização fora 150 anos atrás, durante a última invasão dos insectóides a Bragança. Diferentemente da invasão repelida por Gusmão, essa invasão havia prometido acabar com todos os humanos de Bragança. Eram incontáveis invasores, que avançaram em diversas frentes de combate, com seus monstros gigantes, cujos exoesqueletos hoje se encontravam em exposição no Museu Real Bragantino. Eles haviam vindo com o propósito de invadir e dizimar.

Nesse tempo, o então rei João IX, ordenara o uso das máquinas dos milagres. O uso do canhão do inferno, eles deixaram como último recurso, para o caso que as demais falhassem, tendo em vista o que o uso desse canhão havia causado em Império com a criação da zona mortal onde ele fora usado. Durante essa batalha, as máquinas ancestrais mostraram seu último momento de glória quando dizimaram os enxames invasores, e Santo Ruy de Lima, o então capitão das máquinas, dera sua vida para conseguir matar a rainha desses insectóides. Com essa morte, os vastos enxames ficaram sem comando e foram rapidamente dizimados. Entretanto, as máquinas que ganharam essa batalha decisiva para os humanos nunca mais funcionaram, terminando seus dias de glória numa épica luta pela preservação da humanidade. Algumas delas ainda se encontravam pelos campos, pesadas demais para serem trazidas para a cidade.

Nos dias de hoje, sob os auspícios do Rei Pedro, Bragança florescia mais uma vez, tendo tido um século e meio de paz constante.

Era sob essa égide de paz que Gusmão e seus aventureiros contratados dirigiam-se ao palácio para ouvir as palavras do capitão da guarda.

Junto ao capitão, estavam postados dois personagens que Gusmão e os outros ainda não conheciam. O capitão da guarda se aproximou do grupo e disse:

– Bem vindo de volta, Gusmão de Bragança! Sua presença e de seus amigos nos honra a todos.

– Obrigado pela confiança depositada nesse velho guerreiro. Por sua majestade, o rei Pedro, e por você meu amigo Caio. – respondeu Gusmão.

– Estes que aqui estão comigo são Túlio Vinning, clérigo de Helion da igreja de Upanishads, que veio acompanhando o Senhor Anton de Tuliéres, que é a pessoa sobre quem conversamos. – falou o capitão Caio.

O homem de longos cabelos oleosos e negros avançou e estendeu a mão para Gusmão.

– Prazer finalmente conhecê-lo, Senhor Gusmão. Todos já ouvimos muito de suas aventuras.

– É um prazer conhecê-lo, Senhor Anton. Senhor Túlio, sinto-me feliz de encontrar um membro da igreja de Helion. Eu tenho me esforçado para angariar fundos para a igreja e espero poder entregá-los em Upanishads em breve.

– Soubemos lá em Upanishads, senhor Gusmão, e fui destacado para ajudar nessa empreitada na medida do possível. – respondeu Túlio.

Anton olhou para Kythor, que se encontrava junto de Aaron e perguntou a Gusmão:

– Esses outros que o acompanham, Gusmão, são seus escravos?

Aaron ficou visivelmente ofendido, enquanto Kythor demonstrou não irritação, mas certo desprezo.

– Esses, Senhor Anton, são meus companheiros Kythor e Aaron e, com certeza, não são escravos. Eu jamais subjugaria a vontade de outra pessoa.

– Um koltrano livre, então? E seria esse outro um gigante? Não sabia que em Damocles teríamos gigantes entre nós. – ironizou Anton.

– Não sou gigante. Sou humano. – responde Aaron à pergunta feita para Gusmão por Anton.

– Claro, mas que bobagem a minha. Esses outros rapazes são mercenários, eu presumo? – perguntou novamente Anton.

– Me chamo Peter Nord. – responde um dos dois apontados por Anton – e não estamos nessa empreitada por dinheiro. O senhor Gusmão é uma lenda e fazer parte das lendas é sempre bom.

– Prazer, senhor Anton, sou Leirbag.

– Muito bem, então. – interrompeu o capitão da guarda. – Já estamos todos apresentados. Então, como o senhor Gusmão me deu o aval de todos os presentes, vamos ao posto da guarda nos organizar para a partida.

Eles se deslocaram, então, para a casa da guarda, onde o capitão expôs o motivo da missão:

– Como todos sabem, os antigos possuíam técnicas e artifícios, que não podemos igualar nos dias de hoje. Alguns desses artefatos do passado ainda funcionam e, além de serem símbolo de status, são importantes em algumas ocasiões e são alguns dos únicos que podem resolver certos problemas. O governo de Upanishads está com problemas financeiros. Eles fizeram um acordo com o nosso rei, Pedro, para que, em troca de um desses artefatos, nós os ajudemos com suas dívidas. Assim, o rei decidiu que Gaspar de Gusmão, nosso mui famoso herói, deveria ser a pessoa a transportar esse artefato ancestral de Upanishads até Bragança. O Senhor Anton de Tuliéres, foi chamado como avaliador desse artefato. Ele é um nobre mercador da guilda dos fabricantes de vinhos e, secretamente, um amante dos artefatos ancestrais. Como é um nobre, possui alguns deles para si.

– Só os nobres possuem essas bruxarias antigas? – perguntou Aaron.

– Nem sempre, mas para se possuir legalmente um deles é preciso um título de nobreza. Aqueles que não são nobres e mantém artefatos ancestrais em sua possessão têm esses artefatos confiscados. – respondeu o capitão.

– Qual é o seu título exatamente, Senhor Anton? – perguntou Leirbag.

– Não uso títulos com meus amigos, mas, se precisam saber, sou um conde. Embora espere que não usem esse título. Afinal, estamos entre amigos. - respondeu Anton.

– O governo de Upanishads está a par de nossa chegada, eu presumo. – disse Gusmão.

– Sim. Vocês são aguardados juntamente com o Conde Anton.

– Eu já consegui uma carroça para levar nossos suprimentos e cavalos para o transporte. O capitão forneceu armas e armaduras para nossa proteção e Peter e Leirbag nos forneceram nossos suprimentos para a viagem. – respondeu Gusmão.

– Permitam-me perguntar, então, senhores, se não for impertinência, qual o papel dele, então, exatamente? – perguntou Túlio apontando para Kythor.

– Recentemente, Kythor e eu estivemos envolvidos em uma aventura juntos. E ele se ofereceu para me ajudar nessa minha empreitada. Como ele se mostrou alguém valoroso e capaz, aceitei de bom grado essa ajuda. Tenho certeza de que todos verão que ele é uma pessoa extremamente capaz e apta a nos ajudar em diversos tipos de problemas. – respondeu Gusmão.

– Perdoe-me, então, senhor Kythor. Não foi minha intenção ofender. – disse Túlio.

– Não me ofendeu, Senhor Túlio. Eu entendo que você nos acompanhará até Upanishads?

– Sim. Vim para ajudar o senhor Gusmão, que ofereceu uma doação à igreja de Helion.

– Então, creio que estamos acertados?

– Sim. Vamos. E que Helion nos guie.

A reunião se encerrou e todos se levantaram. Gusmão se despediu de Caio, o capitão da guarda, com um abraço afetuoso e todos se dirigiram para o exterior, onde já tinham separada a carroça e os cavalos que levariam a todos para Upanishads. Dentro da carroça, havia uma boa provisão de víveres, com biscoitos do mar em abundância, juntamente com um presunto defumado. Uma bola de queijo bem curtido, trazidos por Peter e Leirbag, algumas garrafas de vinho, que foram cedidas por Anton, poucos pães, já que iriam se estragar em poucos dias, dois barris de água e dois de cerveja. Os de água, eles esperavam repor no caminho. Os de cerveja deviam deixar para quando a água acabasse. Fora isso, tinham separadas para si cotas de malha de aço dos soldados de Bragança, juntamente com espadas curtas. No caso de Kythor, não se separou nada especial, pois ele já tinha suas próprias armas e, no caso de Aaron, tiveram de separar umas cotas de malha extra largas, pois seu grande tamanho o impedia de usar as menores. Outra coisa, de que Aaron gostou bastante, foi que lhe fora fornecido um grande machado de duas mãos, usado originalmente em torneios de força, mas que, para ele, era como que feito sob medida. Os marinheiros Leirbag e Peter não pegaram nenhuma espada nova, mantendo em suas cinturas as curiosas pistolas, que indiretamente os identificavam como piratas, mas que davam proteção melhor que qualquer espada à distância.

Os cavalos eram animais comuns, sendo que o reservado a Kythor era um cavalo castrado e muito dócil. Os cavalos dos territórios humanos sentiam certo desconforto em carregar koltranos e, mais de uma vez, um cavaleiro assim foi desmontado. Kythor agradeceu a montaria fornecida e, com poucas horas de ligação com ele, conseguiu se fazer aceitar e ambos ficavam bem juntos. Gusmão levou um cavalo para si mui garboso, que o lembrava do seu antigo garanhão, Gandolfo, que morrera em batalha havia muitos anos. O cavalo para Aaron teve de ser um grande cavalo de batalha, que, mesmo assim, parecia sofrer um pouco com o peso do cavaleiro, tendo-se em vista que, mesmo nesse grande cavalo, Aaron quase arrastava os pés no chão.

No momento da partida, os heróis se voltaram para o parapeito do rei, e puderam ver o monarca bondoso da sacada, olhando para eles e acenando boa viagem. Todos sabiam que isso era provavelmente para Gusmão, mas, mesmo assim, a importância da missão em que se envolveram pareceu aumentar. A aura de liderança e bondade do rei Pedro era palpável e quase todos se sentiram mais motivados a seguir nessa missão.

VINICIUS WATZL

**Planícies.**

O ar das planícies era extremamente agradável, com um aroma que misturava o salgado do mar com o cheiro terroso dos grandes campos de gramíneas. A carroça e os cavalos faziam um bom tempo pela trilha. As estradas entre as cidades eram relativamente bem movimentadas, mas, como a missão era secreta, Gusmão optou por se utilizarem de trilhas secundárias. O terreno não seria tão favorável, mas, como não teriam de passar por estradas mais movimentadas, não corriam o risco de terem seus movimentos reportados. Enquanto cavalgavam, podiam ver que o terreno ia aos poucos subindo numa inclinação suave.

Como se mantinham relativamente próximos à costa, os aromas do mar sempre traziam lembranças a Peter e Leirbag, que entraram nessa empreitada com o objetivo de estabelecer relações entre os mais abastados das cidades de Bragança e Upanishads. Como Anton estava junto deles, as possibilidades de se envolverem com Tuliéres também eram animadoras. Quem sabe até com todas essas conexões, conseguissem estabelecer rotas comerciais com Império, e, aí, se tudo desse certo, se tornassem uma grande força comercial no mundo. Com todas as riquezas que isso traria. Aaron parecia sempre faminto, e Gusmão teve de ser firme com a ordem de não comerem demais, para que não tivessem de caçar ou abastecer as provisões rapidamente. Kythor mantinha-se reservado, evitando conversar com todos, mas respondia às perguntas que lhe eram feitas. Ele parecia estar sempre rememorando o passado, como se estivesse sempre com uma ou mais dores indefinidas, de algo que passou, mas não totalmente. Anton parecia estar entediado. A pessoa com quem ele conversava mais quando chegou, Túlio, estava absorvido em preces constantes, para acelerar a marcha do grupo, de forma que não podiam conversar. Quanto a Gusmão, sua mente estava sempre alerta à frente e guiando o caminho.

Conforme seguiam, viram pequenos animais, como marmotas, que dominavam as planícies. Ao longe uma manada de impalas seguia despreocupada, comendo as gramíneas, e pássaros voavam muito alto, provavelmente abutres ou outros animais de rapina. Kythor observou esses animais e comentou com Aaron:

– Creio que houve alguma morte de animal próximo.

– Por quê?

– Aves de rapina sobrevoando. – apontou Kythor.

– Verdade. Deve ser essa a causa.

– Ou então há algum perigo iminente e elas estão esperando que morramos.

– Não creio que nada possa nos matar tão facilmente.

– Elas podem estar esperando que matemos algo para elas.

– É, pode ser. Eu queria caçar um daqueles bichos chifrudos ali.

– Pelo que me lembro, eles correm muito.

– Mais que os cavalos?

– Não sei se o seu cavalo correria o suficiente com você em cima.

– Verdade. Mas ainda continuo com fome.

– Vamos ver se, à noite, quando pararmos para descansar, caçamos juntos algo próximo ao local onde acamparmos.

– Bom. Mas como vamos achar algo no escuro?

– Eu vejo perfeitamente bem à noite.

– Então podemos fazer isso se chegarmos perto duma dessas manadas.

– Vamos ver.

– Sobre o que os amigos estão falando? – interveio Anton.

– Estamos pensando em caçar à noite. – explicou Kythor.

– Mas não vão se cansar?

– Acho que vai ser rápido. – respondeu Aaron.

– Precisam de ajuda?

– Acho que o senhor conde poderia descansar e deixar o trabalho perigoso para nós. – respondeu Kythor.

– A decisão é de vocês...

Naquela noite, enquanto Peter estava de guarda, Aaron e Kythor se afastaram um pouco. Kythor foi à frente com facilidade, seus olhos koltranos brilhando com sua chama vermelha na noite, enquanto Aaron seguia surpreendentemente silencioso atrás. Os caçadores seguiram silenciosamente um rastro de impala pela planície, por dentro do mato alto em volta. Kythor começou a diminuir a velocidade, seguindo mais lentamente e se abaixou, falando por sussurros a Aaron:

– Eu vejo os animais a poucos passos de distância. Estão em sua maioria dormindo. Se eu me aproximar mais, meus olhos vão denunciar nossa posição. Então vou reduzir seu brilho ao máximo, mas não poderei ver normalmente. Conto então com você para se guiar pela luz de Ellan nos céus e encontrá-los. Vamos ser o mais silenciosos possível e emboscar um deles.

– Certo. – Aaron viu o brilho vermelho diminuir para menos que a chama de um vagalume, enquanto Kythor dava a vez a ele e começava a segui-lo.

Poucos passos depois, Aaron conseguiu ver os impalas dormindo. Um deles, de vez em quando, levantava a cabeça, deitando-a logo depois. Aaron estava quase em cima de um dos animais, quando Kythor pulou e se atracou com esse animal, sendo seguido por Aaron, que o subjugou com o machado na cabeça. O que se seguiu foi uma explosão de animais por todos os lados, com impalas subindo e pulando para longe dos caçadores e debandando em um grande estrondo no estouro da manada. Os animais pulavam muito longe muito rápido e, se eles não tivessem conseguido pegar o animal que mataram dormindo, dificilmente o pegariam de outro modo. Embora esses animais não corressem como os cavalos, eles se desviavam em um padrão de ziguezague com grandes saltos.

Ambos os amigos carregaram a caça para o acampamento para que pudessem retirar a pele e assar a carne junto à fogueira. Quando chegaram, o sentinela já era Leirbag, que se admirou da caça que traziam. Peter já estava roncando. Os três limparam o animal, retiraram a pele, e enterraram os órgãos para evitar atrair predadores. Em poucos minutos, improvisaram um espeto para colocar as postas de carne. Leirbag sempre carregava consigo sal marinho, que usaram para temperar a carne, junto com algumas ervas aromáticas que eles pegaram nas coisas de Peter, que acabou por acordar com a movimentação e se juntou a eles. Em poucos minutos, Gusmão e Túlio foram acordados para o jantar extra e aproveitaram para pegar um dos vinhos de Anton, que acordou mal humorado, trocando a garrafa que os amigos pegaram por outra. Túlio se juntou a todos e ofereceu uma prece a Helion antes de comerem o belo animal que, após assar na fogueira por algumas horas, já estava bem apetitoso. Embora tivessem dormido pouco naquela noite, todos se regozijaram com o jantar inesperado, Aaron comendo mais que todos, e bebendo um pouco da provisão de cerveja. Até mesmo Gusmão relaxou um pouco e não se importou com esse excesso. Todos começaram a contar estórias e Peter pediu:

– Vamos ouvir alguma estória! Gusmão! Acho que você deveria começar. O herói mais famoso de mundo, com certeza, tem mais coisas a contar que todos nós juntos.

– Acho que devemos deixar o melhor pro final. – interveio Leirbag. – Comece você, Peter.

– Eu? Por que eu?

– Devemos ir da menos interessante para a mais interessante sempre, certo?

– Leirbag, seu palhaço. Vou contar a maior aventura dos sete mares!

– Duvido.

– Você vai ver, Leirbag. Tudo começou há uns dois anos mais ou menos. Eu estava sozinho numa ilha deserta.

– Como você foi parar lá? – Perguntou Leirbag.

– Não atrapalhe a estória. Como eu falei, eu estava nessa ilha deserta há dois anos, sem comida ou água.

– Como você sobreviveu dois anos sem comida?

– Senhor gigante, é óbvio que eu conseguia minha própria comida e água na ilha! Vocês não vão me deixar continuar?

– Prossiga, amigo.

– Obrigado, padre. Pois bem, como eu estava há dois anos nessa ilha, eu comecei a ficar meio louco. Era difícil comer sempre coco e peixe cru. Mas eu ia me virando. O pior era não ter ninguém com quem manter uma conversa inteligente. Só podia falar comigo mesmo.

– Jamais sairia uma conversa inteligente daí mesmo. – disse Leirbag, para a hilaridade geral.

– Leirbag, você prefere contar a estória você mesmo?

– Claro que não. Continue, adoro ver você se enroscar.

– Pois bem, quando terminei de circular a ilha, percebi que ela tinha só na parte onde eu me encontrava vegetação comum com árvores e outras plantas. Do outro lado, era meio desértica com umas escarpas muito inclinadas. Eu vi, numa dessas escarpas, uma gruta. Eu não sabia o que poderia encontrar lá, mas, como a falta do que fazer nessa ilha estava me enlouquecendo, decidi investigar. Foi difícil escalar sem equipamento essa escarpa, mas, com habilidade e sorte, consegui chegar na entrada da gruta e lá dentro encontrei dois esqueletos. Um humano e um koltrano, que pareciam estar lá há muitos anos. Com os esqueletos, achei alguns artefatos ancestrais, que não funcionavam mais, e uma faca. A faca estava cravada no peito do esqueleto koltrano. Investigando mais no fundo da caverna, vi que esses dois tinham empilhado lenha seca mais no fundo e consegui fazer uma fogueira e me abrigar do vento bem melhor do que na praia. Os dias passavam e eu conversava com os dois esqueletos, quando, numa noite, vi uma luz no mar. Acendi a minha fogueira na borda da caverna da escarpa e fui visto pelos marinheiros que passavam por ali. Após ser resgatado, eles me contaram que havia uma lenda do mar sobre o humano e o koltrano que se perderam, dizem que viveram em paz pela necessidade e que aprenderam a conviver bem. Eu acho que eram esses dois esqueletos que eu achei, mas não sei se viveram bem no final. Com a faca cravada no peito do koltrano e tudo o mais. Todos ficaram se entreolhando por alguns instantes, quando Aaron perguntou:

– E aí o que aconteceu?

– Fui resgatado e vivi para contar essa estória.

– Só isso?

– Só isso? Fiquei dois anos naquela ilha sozinho!

– Peter, suas estórias são muito chatas. – disse Leirbag. – Vamos ouvir uma com aventura! Alguma estória interessante.

– Eu sei uma. – disse Aaron. – Mas não é minha, é uma lenda sobre os frios no norte.

– Frio do norte? – perguntou Túlio.

– Os frios, aqueles que vivem no gelo.

– Como é essa estória? – perguntou Leirbag.

– Minha irmã me contou que, há muitos anos, os humanos que vieram das estrelas passaram a se expandir em todas as direções. Lá no norte, perto da nossa casa, eles ficaram presos depois de uma nevasca muito séria e tiveram de sair, mas não conseguiram. Os seus servos, frios, tentaram salvá-los, mas não conseguiram. Eles morreram nessa nevasca, mas os servos não morriam. Então, muitos anos depois, quando nosso povo se estabeleceu naquele lugar, foram encontrados alguns desses frios e eles ajudaram a construir as casas, limpar o terreno, e faziam tudo o que pedíamos. E as nossas vilas ficaram muito bem cuidadas, mas eles, aos poucos, foram parando, como os velhos que morrem dormindo, e nosso povo os enterrou.

– E onde ficam essas tumbas? – perguntou Anton, interessado.

– Ninguém vivo se lembra mais. Isso foi há muitas gerações.

– Pena. Gostaria de ver um desses frios.

– Eles desapareceram no tempo. Mas a estória que eu queria contar é do grande guerreiro Sigmund Hudson.

– Quem é esse guerreiro? Nunca ouvi falar. – disse Gusmão.

– Ele trabalhou junto com os frios no passado e ajudou a expulsar todos os insetos gigantes da região norte.

– Ah, e como foi isso?

– Dizem que, naquele tempo, as aldeias formadas estavam sempre sob o ataque dos insetos gigantes, que saíam dos seus esconderijos e atacavam as pessoas e animais de criação. Os guerreiros locais os venciam, mas sempre vinham mais. Quando, num dia, Sigmund Hudson estava encurralado numa geleira e os insetos já tinham matado todo o seu grupo. Ele havia escapado ao escalar uma parede de gelo e entrar em uma caverna congelada, quando, no fundo da caverna, encontrou os frios. Segundo a lenda, eram homens de metal que dormiam juntos num canto. Havia uns esqueletos humanos próximos a eles e Sigmund sentiu muito medo. Quando se preparava para sair, ouviu o som dos insetos que entravam na caverna. Ele decidiu se arriscar com os homens de metal dormindo e se escondeu bem no fundo da caverna, mas ouviu o ruído dos insetos se aproximando como que o farejassem.

"Enquanto se preparava para a morte, ouviu um som que o assustou mais. Era o som de gelo quebrando bem próximo a ele. Os frios despertaram de seu sono e olharam para ele. Sigmund estava paralisado pelo medo, mas os homens do gelo não o atacaram. Ele apontou para os insetos e eles, ao se virarem, compreenderam. Com movimentos rápidos, os homens do gelo atacaram os insetos com as próprias mãos e os derrotavam facilmente, não se ferindo com seus ataques. Sigmund se juntou à batalha junto aos seus aliados e eles conseguiram derrotar todos os insetos.

"Após a luta, Sigmund tentou falar com eles e dizer para que fossem com ele para a vila, mas eles não entendiam o que ele dizia. Eles seguiram Sigmund e, quando chegaram nas proximidades da aldeia dele, viram que os guerreiros lutavam contra insetos que tentavam invadir. Sigmund e os homens frios atacaram os insetos e foram decisivos na sua derrota. Quando todos os insetos morreram, Sigmund entrou na vila e contou a estória dos Homens Frios. Lá de dentro, as pessoas vieram admirar aqueles que os salvaram. Sigmund e seus novos amigos frios viveram muitas aventuras, até o dia em que derrotaram a mãe de todos os insetos do norte. Desde então, nunca mais os insetos atacaram no norte e os frios puderam descansar".

Todos olhavam admirados para Aaron, o tímido gigante, que contara essa estória com a emoção de uma criança que se lembrava de sua infância. Entretanto, foram desequilibrados pelo riso irônico de Anton, que disse:

– Ora, fábulas e lendas! Esses homens frios onde estão?

– Não são fábulas. – respondeu Aaron irritado. – São a história do povo do norte.

– E onde estão eles, então?

– Depois de muitos anos vivendo no meio do nosso povo eles sumiram e disseram que voltariam quando os homens do norte mais precisassem deles. Outros pararam, como eu falei, e foram enterrados.

Mais um riso inconsequente de Anton, que reparou que Aaron segurava o cabo do machado.

– Ora, ora, meu amigo gigante! Isso são estórias de monstros e heróis. Os insetos só podem ser vencidos com um exército!

– Negativo! –exaltou-se Túlio. – Estamos aqui com a prova viva que um único homem, se ele for abençoado dos deuses, pode derrotar uma multidão de invasores! Ou o senhor se esqueceu, que está na presença do Grande Cascadura de Bragança?

– Amigos... Isso foi há muito tempo... – observou Gusmão.

– Por favor, senhor Gusmão, conte-nos a estória de um herói. Conte-nos como derrotou sozinho um exército.

– Isso são exageros. – protestou Gusmão.

– Seus feitos são conhecidos até mesmo em Kalistak, senhor. Eu nunca acreditei neles, na verdade, nunca acreditei na existência de um humano tão espantoso assim. As autoridades de Kalistak sempre disseram que o senhor era mera propaganda humana. Mas eu atesto que eu vi como ele luta. E ele luta como um grande koltraz!

– Obrigado, Kythor. – respondeu Gusmão.

– Espere. Antes de ouvirmos a estória melhor, que tal ouvirmos outra? Já que o koltrano falou, que tal nos dar uma estória de sua terra? – pediu Leirbag.

– Se desejam assim, vou contar uma estória. – respondeu Kythor.

– Há muitos anos, próximo a Kalistak, existia uma vila chamada Kalimor. Nessa vila, viviam famílias de koltranos que eram, em sua maioria, fazendeiros ou artesãos. Dentre as pessoas, existia um koltrano chamado Kroltar, o gigante paciente. Kroltar tinha esposa e dois filhos: Kymar e Kythor.

– Igual ao seu nome! – interveio Túlio.

– Sim, meu nome foi escolhido por minha mãe que gostava especialmente dessa estória antiga. Um dia em que a névoa fria cobria a vila e a grande maioria dos aldeões dormia, um pequeno grupo de escravagistas humanos invadiu o local, massacrando os aldeões. Kroltar lutou bravamente, mas foi distraído quando os invasores começaram a atacar sua família, sendo, assim, morto na frente de Kythor e seu irmão Kymar. Ambos os jovens foram escravizados e, junto com outras crianças sequestradas, forçados a trabalhar nos reinos humanos.

"Com o passar dos anos, Kythor cresceu e, assim como havia sido com Kroltar, ficou conhecido como o gigante paciente. Não importava qualquer tipo de humilhações que ele sofresse de seus captores, ele sempre se mantinha extremamente calmo. Quando completou 22 anos, foi separado de seu irmão. Durante muitos anos, manteve-se a serviço dos humanos, mas as saudades de seu irmão o torturavam por dentro. Quando finalmente conseguiu sua liberdade, vagou pelas cidades e reinos humanos à procura de Kymar, só o encontrando cinco anos depois. Entretanto, o encontrou acorrentado e moribundo. O seu mestre humano o tratava como objeto e, com o passar dos anos, Kymar sucumbiu aos maus tratos. Kythor, então, enterrou o irmão e jurou que os humanos pagariam por todo o mal que haviam feito. Em alguns anos, conseguiu, com o dinheiro que juntou, formar um grande bando de mercenários que tomou de volta a vila onde seu pai morrera, bem como uma considerável parte do território de Upanishads. Com essas vitórias, mesmo ele sendo akl, conseguiu se tornar um koltraz.

– O que significam essas palavras? – perguntou Peter.

– Akl significa escravo e koltraz é um guerreiro de elite koltrano.

– Então esse é o nome do koltrano que tomou vários territórios de Upanishads? – perguntou Túlio.

– Sim. E por ele ser considerado pelo meu povo um herói, minha mãe me deu esse nome.

– Bom, espero que você não tenha uma estória tão humilhante, então, koltrano. – atalhou Anton, com um sorriso desdenhoso.

– A estória de Kythor não é considerada humilhante pelo meu povo. É uma estória de superação e vitória.

– Mas ele era um escravo! Que eu saiba não existe pior humilhação para um koltrano, que ser escravizado. – falou Anton mais uma vez.

– Bom, creio que contarei agora minha estória. – intercedeu Gusmão para apaziguar os ânimos.

– Isso! Vamos ouvir a melhor estória agora! – pediu Leirbag.

– Não sei se será a melhor, mas contarei a minha estória assim mesmo. – respondeu Gusmão.

– Vocês sabem que uma vez derrotei uma invasão dos insectóides.

– Claro! Quem não conhece a estória de como você sozinho derrotou um exército deles. – interrompeu-o Leirbag.

– Bom, o que talvez vocês não conheçam é a estória antiga, da época dos milagres, de quando os primeiros bragantinos enfrentaram uma invasão dos insetos. Nessa época, as técnicas milagrosas ainda funcionavam completamente e Bragança estava se ajustando e se estabelecendo como cidade. Dizem as lendas que a cidade se alojou sobre uma antiga colônia dos insectóides e que, esporadicamente, havia invasões quando eles irrompiam do solo e atacavam as pessoas nas ruas do lado de fora da cidade. Isso foi se intensificando, e ficando cada vez mais problemático com os insectóides matando animais de criação e pessoas. O governo da época decidiu por enviar uma expedição exterminadora. Dizem que, dos cem homens enviados, apenas dois retornaram, mas as histórias que trouxeram foram de terror e medo. Quando finalmente chegaram ao fundo da colônia dos insectóides, encontraram um monstro enorme, que era a rainha de todos os insectóides bragantinos. Com suas armas e técnicas, os antigos derrotaram os guerreiros insectóides que a protegiam e mataram essa rainha. Com sua morte, o próprio clima de Bragança mudou, pois as pessoas passaram a viver mais felizes sem a influência mental dessa rainha, que trazia um grande peso sobre todos os que ali moravam. Bragança, então, pôde crescer melhor e mais próspera. Durante anos, diversas invasões de insetos tentaram retomar os túneis perdidos, mas nunca conseguiram. Todas as entradas foram fechadas pelos antigos e os túneis encontram-se desertos até hoje, pelo que dizem.

– Realmente, uma boa estória Gusmão. – disse Anton. – Pena que, naquela época, não possuíam um herói como você, ou não precisariam perder noventa e oito homens. Pena, também, que os tempos que vivemos não voltam mais e que nossa juventude se esvai. Como deveria ser bom poder ser imortal e não precisar se preocupar com a decrepitude!

Gusmão olhou para Anton com uma expressão curiosa e apenas respondeu:

– A imortalidade seria um peso muito desagradável. Poder ver uma sequência de eventos passando, sabendo que, no final, você teria sempre que viver mais um dia de desespero. Acho que a nossa mortalidade é uma bênção. É a certeza de que, mesmo que as coisas estejam difíceis, um dia elas acabarão e poderemos descansar. Eu tenho pena de um eventual imortal.

Para a surpresa de Gusmão, suas palavras acabaram por retirar o sorriso irônico de Anton. Gusmão até esperava que sua zombaria para com a intervenção desconcertante de Anton fosse deixar o estranho conde perplexo, mas Gusmão logrou perceber, além da perplexidade, um brilho velado de ódio nos olhos estranhos de Anton. O que isso significaria? Seus pensamentos foram interrompidos pela intervenção de Peter, que falou:

– Ainda acho a minha estória a melhor da noite!

– Isso é por que você não tem finesse Peter. – disse Leirbag.

– Amigos. – interveio Túlio. – Creio que já está tarde e, depois dessa excelente refeição, acho que devemos dormir. Temos uma longa jornada pela frente e precisamos estar preparados.

Todos se acomodaram, então, para dormir. A luz de Ellan nos céus fez com que a noite transcorresse tranquila. E todos dormiram um sono sem sonhos. A próxima etapa da jornada, todos assim esperavam, deveria ser ainda melhor.

Mas como estavam enganados...

## Subterrâneos

As pilhas de corpos se avolumavam adiante, Gusmão e Aaron mantinham a linha bravamente, mas não parecia haver limite no número de monstros que se aproximava. Leirbag e Peter recarregavam as pistolas freneticamente. Os dois mortos reanimados lutavam com eles, seus membros já haviam sido decepados, no entanto, eles lutavam com o próprio torso, se colocando à frente dos atacantes e retardando o massacre. Kythor, um pouco mais atrás, lutava bravamente com eles. Anton estava na retaguarda ainda se concentrando. Gusmão estava se preparando para iniciar a retirada. Se não fosse a prece de Túlio, que prendia aqueles que pisavam na sua área de atuação, eles com certeza já teriam morrido todos.

O ataque fora muito rápido e completamente inesperado. Num minuto, estavam seguindo por túneis escuros, guiados pelos olhos vermelhos de Kythor; no outro, uma legião os atacou sem remorso ou cansaço. E pensar que a viagem estava indo bem! Se nada fosse feito, com certeza morreriam ali. Esses pensamentos passavam na cabeça de Gusmão, enquanto mais um braço encouraçado era decepado. Uma mão em garra tentou prender seus pés, mas um rápido movimento de Kythor impediu-a de o ferir. Aaron já contava com vários cortes em sua armadura e sangrava em diversos pontos. Kythor olhou e viu que um deles estava quase caindo em cima de Peter, que, num movimento certeiro, descarregou a sua pistola num novo estrondo ensurdecedor no corredor apertado onde se encontravam. A entrada nesses túneis fora um erro, mas Gusmão tinha de entender o que acontecera com as pessoas da vila. Anton gritou:

– Agora! Recuar! Recuar!

Mas eram muitos, inumeráveis, que os seguiam. As preces de Túlio o estavam exaurindo e Leirbag e Peter o ajudaram a correr, apoiando o peso do clérigo. Quando finalmente puderam ver a luz do dia novamente, perceberam Anton saindo do buraco onde se haviam metido, seguido de Peter e Leirbag. Junto a Túlio, Kythor e Aaron faziam a última linha de resistência e, num instante louco, todos ouviram subitamente um som, como o urro de milhões de demônios, seguindo um relâmpago de escuridão que perpassou o enxame que os atacava. Após isso, foi como se a própria terra entrasse em colapso com todo o mundo girando nas forças terríveis liberadas naquele momento. O seu mundo escureceu num turbilhão de terra, sangue e terror, quando sentiu uma mão forte que o puxava. Kythor começou a pensar então em como ele e seu grupo acabaram por ficar nessa situação. Tudo começara havia menos de um dia, mas parecia que havia já uma vida.

Naquela tarde, enquanto seguiam em direção a Upanishads, eles chegaram às cercanias de uma vila. Gusmão, que seguia à frente, percebera que algo estava muito errado. O local estava deserto. Não parecia haver vivalma no local. Uma inspeção mais cuidadosa confirmara que a vila estava deserta, porém Peter mostrou no chão sinais de luta recente. Como não havia chovido nos últimos dias, a lama estava ressecada, mostrando pegadas inequívocas de insectóides.

– Precisamos ver onde estão os aldeões. – dissera Túlio.

– Será que ainda há alguém vivo? – perguntara Peter.

– Insetos malditos. – resmungara Aaron.

– Ora vamos! Esses que aqui moravam com certeza já morreram. – interviera Anton.

– Pode ser que sim, mas precisamos ter certeza. Além disso, esses insectóides podem estar se multiplicando e vir a se tornar uma ameaça à Upanishads. Kythor! Você consegue seguir os rastros deles? – completara Gusmão.

– Posso tentar. Mas imagino que o nosso amigo Peter seja o mais apto a fazer isso.

– Peter sabe seguir muito bem os rastros. – dissera Leirbag.

– Deixem comigo.

Com uma habilidade prodigiosa, Peter fora aos poucos seguindo rastros de lutas e pegadas de insectóides. Todos o seguiram por algum tempo até que encontraram uma entrada de caverna para onde os rastros pareciam seguir. Essa caverna estava totalmente escura e, das profundezas, um cheiro de podridão e morte subia em lufadas de um vento quente e úmido, um cheiro que revoltava o estômago e fazia as partes mais antigas de suas almas desejarem estar em qualquer outro lugar. E rápido.

– Kythor, seus olhos koltranos conseguem enxergar nessa escuridão? – perguntara Gusmão.

– Perfeitamente. Acho que devo ir à frente, guiando os outros.

– Eu tenho aqui comigo uma lanterna ancestral, mas acho que devemos reservá-la para quando os olhos de Kythor não puderem mais nos guiar. Aaron, acho que você deve seguir na frente, junto a Kythor. Eu vou junto logo atrás e os outros nos seguem. – completara Gusmão.

– Posso fazer luz através de uma prece a Helion, mas acho que devemos reservar isso para depois.

– Então você vem logo atrás de mim, irmão Túlio.

– Eu e Leirbag iremos em seguida, mas para servirmos de alguma maneira precisaremos de luz para atirar.

– Eu, então, vou no fim da fila. – terminara Anton.

Com esses procedimentos acertados, o brilho vermelho dos olhos de Kythor aumentara consideravelmente, iluminando até mesmo para os fracos olhos humanos alguns passos à frente do caminho. Esse brilho infernal despertava nas mentes humanas um terror involuntário, mas todos eram bravos e seguiram sem receios.

Os primeiros metros mostraram um terreno plano com uma leve inclinação para baixo. Esse terreno estava coberto com o que parecia ser uma resina muito dura e que proporcionava um bom atrito para as botas dos heróis. As paredes eram de terra recoberta com uma substância parecida, que escurecia a terra e a tornava reflexiva ao brilho vermelho dos olhos do koltrano. Com os passos e o lento andar de todos, esses reflexos iam formando desenhos de aspecto sombrio; algumas vezes, rostos violentos, outras vezes, expressões de dor. A sensação geral era muito opressiva, e o cheiro de morte, vindo de adiante com seu calor pegajoso, fazia com que logo todos os humanos suassem copiosamente, sentindo as roupas se emplastrarem e empestearem. A breve momentos, eles chegaram a uma bifurcação. À direita, o cheiro de morte era mais pronunciado, à esquerda, no entanto, havia um som como o de goteiras, ou um tremor indefinido no ar, além de uma sensação de perigo. O cheiro nessa passagem não chegava a ser nauseabundo, mas era de um tipo indefinível, como couro velho misturado com argamassa. Literalmente um cheiro muito alienígena para todos. Após deliberarem um pouco, eles decidiram seguir pela passagem da direita, que, embora fosse mais quente e fétida, passava uma sensação menos ruim para todos.

Conforme desciam por essa passagem, os reflexos das paredes aos poucos passaram a parecer cada vez mais reflexos de dor. Até que Kythor lhes chamara a atenção:

– Acho que os amigos precisam ver o que vejo.

Túlio fizera uma prece e uma luz divina passara a iluminar o corredor, porém mesmo as trevas seriam melhores para evitar que vissem os horrores que testemunharam. Nas paredes estavam presos, nas mais diversas posições, corpos humanos como que tivessem sido colados com a resina. Seus rostos distorcidos revelavam a dor terrível que deviam ter sentido ao morrerem. Muitos estavam aos pedaços, com as partes destroçadas, e um caminho de um líquido brilhoso se arrastava das feridas em direção às câmaras mais abaixo. O cheiro de morte era forte nesse local e essas pessoas já estavam mortas havia alguns dias.

– Vocês têm certeza de que querem prosseguir? Esses aí já viraram comida de insectóides. – dissera Anton.

Como que respondendo a essa pergunta, todos ouviram um gemido vindo das profundezas, numa voz claramente humana. A esse som, os heróis se prepararam e extinguiram a luz divina. Seguiram novamente guiados pelos olhos em brasa de Kythor. Aaron deixara seu machado pronto, bem como Gusmão, a sua espada. Anton resmungava algo enquanto procurava alguma coisa na bolsa que trazia a tiracolo. Os piratas mantinham suas armas prontas para disparar ao menor sinal. Túlio permanecia em prece. A presença de Helion nesse local era extremamente fraca. Talvez fosse um teste para sua fé, afinal.

Após seguirem mais alguns metros, Kythor lhes pedira para pararem novamente. Dessa vez, Gusmão acendera a lanterna dos ancestrais e o que viram embrulhara seus estômagos ainda mais. Uma mulher estava presa à parede e, de seu corpo inchado, podia-se ver movimento por sob a pele, como uma dança macabra que fazia moverem-se os membros em sentidos estranhos. Parecia que algo rastejava logo abaixo da pele. Mas o pior fora quando eles ouviram um novo gemido. E, para o horror de quase todos, esse gemido saía dos lábios dessa mulher, que abrira os olhos embaciados, de onde escorreram gotas de lágrimas avermelhadas. A expressão no rosto dela era de uma dor insuportável e de esperança ao ver outras pessoas ali.

– Pelos deuses, me matem. – gemera a mulher.

Aaron, que estava especialmente perturbado com a situação, sacara seu machado e cortara a cabeça da pobre mulher, não dando a Gusmão tempo de falar com ela.

– Entendo o que fez, meu amigo, mas precisamos falar com outras pessoas se queremos ter esperança de salvar alguém. – dissera Gusmão a Aaron.

De dentro da mulher começaram a sair animais como larvas de moscas, só que grandes como ratos gordos. As cabeças eram triangulares e vermelhas, com dois grandes olhos pretos nas laterais e, conforme saíam do corpo da pobre mulher, eles rastejavam em direção ao fundo do túnel. Kythor pegara uma pequena adaga e espetou um deles. De dentro do corpo da larva saíra um líquido amarelado e grosso como pus. No momento em que fora perfurada, todos sentiram como que um baque mental, mas o pior fora o ruído de um zumbido ensurdecedor que vinha de todos os lugares ao mesmo tempo. Com isso, todos começaram rapidamente a correr de volta para a entrada. Quando chegaram à bifurcação, o som se tornou mais próximo e todos viram uma legião de insectóides que vinha logo atrás deles. Os amigos se postaram para a defesa de suas posições e, a breves instantes, começaram a golpear os insectóides que avançavam sem parar. As garras conseguiram romper parte da armadura de Aaron, enquanto Kythor decepava o braço que a comandava. Túlio se concentrava numa prece poderosa enquanto ouviam-se ruídos ensurdecedores das explosões dos tiros dos piratas. Anton gritara:

– Não ataquem os esqueletos!

Para o espanto de todos, esqueletos formados com os ossos dos corpos de aldeões começaram a se erguer e se juntaram à luta ao lado de nossos heróis.

Mais um insectóide caíra, espalhando seu sangue amarelado e grosso por sobre o rosto de Kythor, que, com uma das mãos, limpara os olhos, enquanto com a outra, fendera a cabeça de um soldado insectóide, que caíra.

– Agora amigos! Vou prendê-los no chão. – dissera Túlio.

Com isso, os insectóides começaram a ficar presos no chão. A prece de Túlio a Helion prendendo seus pés no chão do túnel.

Numa nova prece, o corredor se iluminara e todos puderam ver, para seu horror, as legiões que se avolumavam, vindas das entranhas da terra. Alguns, já presos ao chão, outros tentando passar por seus companheiros presos pela prece de Túlio. Para o horror de todos, alguns insectóides começaram a se prender às paredes. E a avançar. Certamente não ficariam presos ao chão.

– Helion, nos ajude.

Gusmão decepava uma cabeça de um novo insectóide, enquanto Anton gritava para todos:

– Agora! Recuar! Recuar!

Todos correram uma carreira desabalada, enquanto o esqueleto animado era brevemente sobrepujado e destruído pelas hordas que os perseguiam. Peter e Leirbag ajudaram Túlio, que precisou sair carregado, enquanto Aaron e Kythor mantinham os monstros recuados. Anton, então, se aproximou da boca do túnel e jogou, o mais longe que conseguiu, duas jóias negras, que em seu interior apresentavam um brilho demoníaco. Com um relâmpago de trevas e um som de urro e risadas infernais, o túnel colapsou, enterrando Kythor e Aaron próximos à boca da saída. Aaron saiu facilmente e, com a ajuda de Gusmão, retirou Kythor dos escombros. O chão tremeu em seguida com o colapso dos túneis, e os amigos esperaram mais algumas horas para verificar que nenhum inseto saía dos túneis. Para o alívio de todos, nenhum deles se feriu gravemente, porém todos olharam para Anton, que estava sozinho num canto, olhando para o interior de sua bolsa, com uma expressão pensativa.

Gusmão olhou para todos e fixou seu olhar em Anton pensando: "Mercador de vinhos... E eu sou um mercador de tolices. Tolo que sou."

VINICIUS WATZL

## Upanishads

– Aguarde a sua vez.

Foi assim que Abhaya recebeu a resposta que procurava. Ele se colocou sentado na fileira de bancos que se encontrava em Upanishads e tentou novamente ler o velho livro que Hector havia lhe presenteado com suas anotações sobre o funcionamento do antigo artefato que lhe confiara. Entretanto, Abhaya não era nenhum Michael Holdt. Droga, ele não era nem mesmo do calibre de Hector que analisara por um século o milagre! Claro que ele percebia que as anotações mais completas se encontravam no início do livro. Abhaya se perguntava se Hector teria tido a ajuda de Michael na elaboração desse tomo. Os últimos capítulos eram completamente ininteligíveis para Abhaya. Se não conhecesse seu mestre há anos poderia jurar que ele estava louco quando escreveu o final do livro. O que não era o caso. Parecia, no entanto, que, conforme o assunto se aprofundava, as ideias de quem estudava se tornavam mais confusas, com termos estranhos e difíceis de conciliar numa sequência lógica de raciocínio.

Abhaya não vinha a Upanishads desde a morte de seu pai e ele e seus irmãos aguardavam sentados o desenrolar da doença de sua mãe. Em Upanishads, os clérigos e clérigas de Atala tinham o monopólio das curas e sua mãe se encontrava no interior da cidade, num dos centros de cura designados. Seu irmão Pariket Jasveer, estava com ele no centro de cura.

– Abhy. Você acha que a nossa mãe vai se salvar?

– Meu irmão, nossa mãe é velha. E sofreu muito. Creio que esses devem ser seus últimos dias aqui em Damocles. Se ao menos esses clérigos me deixassem me aproximar dela eu poderia aliviar seu sofrimento.

– A Nishtha está junto dela. Se Atala permitir, ela deverá ficar ainda conosco muitos anos.

– Como está essa nossa querida irmã? Completou seu noviciado com os clérigos de Atala?

– Sim, a Nish está ungida pelo espírito de Atala e agora pode finalmente oficiar. O que foi bom, pois agora ela pode ficar junto à mamãe.

– Verdade, se eu puder usar meus poderes também seria bom.

– Cuidado, meu irmão. Aqui não é Dayton. Você pode ser linchado.

– Por isso, espero encontrar a maninha lá para me ajudar. – sorri Abhaya num ricto triste.

Era realmente uma pena que houvesse esse cisma entre as curas realizadas pelos clérigos de Atala e pelos membros do instituto. Uma pena mesmo, pois, se juntassem as forças, com certeza poderiam melhorar a vida de muitos. Mas as vaidades de ambos os lados impediam essa união. O pior era que, com a queda progressiva de Dayton, em breve a igreja de Atala dominaria tudo e a ciência – sim, essa palavra ele conseguira reter – dos ancestrais acabará por se perder de vez.

– Jasveer. – anunciou a atendente. Abhaya e seu irmão levantaram.

– Só um pode entrar.

– Vá você, Abhy, eu espero aqui.

– Obrigado, Pari.

– Venha por aqui. – A atendente guiou Abhaya até a entrada das câmaras dos doentes. Ao entrar, Abhaya sentiu ganas de tampar o nariz, tal era o cheiro infecto que permeava o ambiente. Diversas pessoas estavam em camas altas, colocadas em aparente desordem. Alguns estavam separados dos outros por cortinas improvisadas, mas muitos se encontravam nus, com feridas expostas. Os clérigos e clérigas banhavam os doentes com águas santificadas, mas a maioria se beneficiaria de mais ventilação. "Que diferença das enfermarias refrigeradas e climatizadas de Dayton!", Abhaya se pegou desejando que a mãe perecesse logo para poder sair desse lugar deplorável.

– Abhaya! – ele pôde ver sua irmã Nishtha, junto a uma velha mulher que a muito custo conseguiu identificar como sendo a sua pobre mãe.

– Querida irmã. Como está?

– Bem, na medida do possível. A mamãe está dormindo o sono dos deuses.

– Já está em coma?

– Não use essas palavras profanas aqui, irmão. Você está na presença de uma clériga de Atala e deve respeitar a minha posição.

– Eu sei que estou na presença de minha irmã, a quem salvei no passado da morte certa e agora no leito de morte da minha mãe. – respondeu Abhaya enfurecido, porém logo se arrependeu e falou: – Perdoe-me, minha irmã, estou muito nervoso com a doença da mamãe. Desculpe-me por desrespeitar a sua fé.

– Tudo bem, irmão. Desculpe minha exaltação anterior. Eu também estou muito nervosa com a situação da mamãe.

– Você pode encobrir o que farei com uma de suas preces?

– Como assim?...

– Preciso me comunicar com a mamãe.

Nishtha olhou horrorizada para o irmão, porém viu tanta dor nos olhos dele e tanta súplica, que pediu perdão a Atala e começou uma prece. Abhaya não perdeu tempo. Com o auxílio de seus poderes mentais conseguiu se alinhar à mente de sua mãe. Sentindo-lhe o corpo, sentindo-lhe a vida e, ao aprofundar essa ligação, percebendo a fraqueza generalizada que ela apresentava. Ele poderia com seus poderes restaurar parte dessas forças. Mas se perguntou se valeria à pena. Sem a ciência dos ancestrais, seria impossível salvá-la. Dizia-se que os clérigos de Atala podiam pedir intercessão divina e conseguir uma cura plena das maiores doenças, mas esses episódios eram cada vez mais raros, tendo sido o último oficialmente reconhecido ocorrido havia já quase duzentos anos. Abhaya não podia deixar de pensar em Hector e, ao lembrar-se de seu mestre, que certamente estivera vivo quando o último desses milagres divinos ocorrera e que agora era nem mesmo pó, pois seu corpo fora totalmente reaproveitado em Dayton, não podia deixar de desejar que ele estivesse aqui para ajudá-lo. Abhaya anunciou para sua irmã.

– A mamãe está prestes a morrer. Por favor, chame o Pariket.

– Você tem certeza?

– Rápido, irmã. Eu estou segurando-a aqui. Sinto que ela gostaria de falar com nós três.

Nishtha foi rapidamente falar com uma das atendentes, que correu para fora. Em instantes, Pariket entrava e postava-se junto aos dois. Abhaya se concentrou novamente e, num esforço enorme, infundiu uma vitalidade adicional ao velho corpo de sua mãe, que abriu os olhos e olhou para os três filhos.

– Queridos filhos, Comuor me ajudou. Estou vendo vocês três novamente antes do fim.

– Mamãe. – chorou Pariket.

– Mãezinha. – chorou também Nishtha.

– Calma, meus queridos, que eu sinto minha vida se esvaindo. Mas a dor sumiu. Estou em paz. Pari, cuide sempre bem da fazenda de seu pai, mas não se esforce tanto quanto eu. Você terá uma vida dura e, se tiver sorte, poderá ter bons filhos como vocês todos o foram para mim.

Pariket chorava, agarrado às mãos da mãe.

– Nish, minha querida, Atala a acolheu em seu seio. Guarde sempre essa lembrança da mamãe e cuidado. A deusa é uma coisa, a igreja é outra. Não se deixe enganar e confundir por aqueles que se acham maiores do que os outros.

Nishtha chorava, agarrada às vestes de sua mãe.

– Ah Abhy, que orgulho você me dá! Seu poder está grande e pôde me proporcionar esses momentos finais. Eu jamais poderei agradecer por isso, então, agradeço agora da única maneira que posso. Passando-lhe todo o meu amor. Antes de me casar com seu pai, podia ver coisas que mais ninguém via. E, quando você nasceu, pude perceber que com você também seria assim. Meu querido, a mamãe sempre te amou, mesmo à distância. Eu e seu pai sempre soubemos o quanto você é especial e o quanto esse mundo precisa de você. Tome cuidado com os malignos. Eles se escondem nas sombras e com belos rostos. Agora vá com minha bênção e meu dom.

Abhaya desfaleceu ao lado de sua mãe, sentindo uma nova força se infiltrando em sua mente. Quando acordou, algum tempo depois, deu-se conta de que estava numa cela. Era um cubículo pequeno e desprovido de adornos. Abhaya sentia-se feliz pela sorte de ter deixado o artefato de Hector em casa antes de ir ver sua mãe. Se ele estivesse em sua posse, com certeza, já teria sido tomado. Enquanto aguardava na cela, tentava repassar o que teria acontecido. Ele se lembrava de ter revigorado os caminhos cerebrais de sua mãe para que pudesse se despedir dos filhos e sabia que esse esforço provavelmente ser-lhe-ia fatal. Mas, como percebeu que era essa a vontade dela, foi o que fizera. No final, lembrava-se de que sua mãe falara algo sobre os malignos. O que seriam eles? Abhaya não tinha ideia. Mas o que o intrigou fora o "dom" a que ela se referira. Abhaya não tinha ideia do que se tratava, mas, em poucos minutos, acabou por descobrir, quando começou a sentir uma sensação de perigo iminente. Perigo esse que se personificou na simpática clériga que o olhou pela cela. Essa sensação era nova e impossível de precisar, mas se manifestava como um mal estar intenso direcionado a ele.

– Senhor Jasveer. Vejo que já acordou.

– Sim. Obrigado, com quem tenho o prazer de falar?

– Sou chamada Réia, clériga de Atala. Vim ver como você está.

As sondas psíquicas o atingiram quase que de surpresa, mas, com o treinamento e, isso Abhaya pensaria depois, o dom de sua mãe, não conseguiram penetrar nas suas defesas rapidamente erguidas. O que pareceu irritar a clériga, pois a sensação de perigo aumentou consideravelmente. Mais uma vez direcionado a ele.

– Vejo que o senhor se sente melhor. – disse a clériga, com uma expressão neutra, mas com um olhar de aço. – Então, queira fazer o favor de me seguir.

– E para onde estaríamos indo, irmã Réia?

– Precisamos discutir os acontecimentos. – a sensação de perigo tornou-se mais pessoal e intensa.

– Perfeitamente.

Abhaya seguiu a clériga por corredores mal iluminados. As luzes eternas dessa parte de Upanishads havia muito que já se tinham apagado. Seus corredores eram iluminados com tochas, que davam um aspecto tenebroso a suas ruas. O ar era pesado e sufocante. Abhaya, no entanto, tinha dúvidas se realmente se encontrava no interior da cidade. As paredes do corredor eram feitas de pedras comuns. O ar do local onde se encontrava era opressivo, carregado dos odores de secreções e excreções humanas. Ele nunca estivera ali, mas tinha certeza de que, se estivesse ainda em Upanishads, estaria no local designado por "Sufoco". Pelo que podia perceber, estava subindo conforme seguia a clériga. Após mais alguns passos, encontraram uma escada de pedra, que subiram, chegando à entrada gradeada e entendeu que estava em uma masmorra. Sentia-se feliz por ter saído, mas preocupava-se com o que ia acontecer em seguida.

Réia abriu uma porta de madeira antiga e ambos entraram em uma sala pequena onde havia um homem velho que passou a Abhaya novamente uma sensação de perigo, mais indefinido, porém também direcionado a ele. O velho apresentava uma longa barba branca de aspecto sujo; os cabelos curtos e de um branco oleoso estavam parcialmente cobertos por um curioso chapéu que Abhaya reconheceu ser um xurba, um tipo de chapéu cerimonial usado pelos altos clérigos de Atala. Esse chapéu era curto com um cone cortado, mas com as laterais enfeitadas com passagens das escrituras de Atala; o topo era plano, onde se poderia ler o símbolo que representa o nome do clérigo. Esse nome ficava oculto aos inferiores a ele, mas podia ser lido por seus superiores. Somente os clérigos mais elevados tinham o direito de usar o Xurba. Os menores deviam cobrir as cabeças com véus ou panos, ou mesmo turbantes.

Réia o deixou a sós com o velho, que permaneceu um longo tempo escrevendo num livro seboso. O bruxulear das chamas dava à cena um aspecto lúgubre, como se Abhaya estivesse sendo julgado por um juiz muito inflexível. O velho exalava uma aura de perigo e poder. Abhaya suava no calor daquele cômodo pequeno, sentindo sua roupa colar ao corpo. Coisa que parecia não incomodar o velho. Depois de longo tempo, que Abhaya não pôde precisar quanto seria, o velho fechou o livro e olhou nos olhos de Abhaya. O assalto mental foi tão repentino e violento, depois de todo o tempo em que o velho ficara só escrevendo enquanto Abhaya lutava contra o tédio, que suas defesas mentais quase desmoronaram. Mas o treinamento de Hector fora muito bom. Abhaya manteve as defesas. Fato que pareceu enfurecer o velho, enquanto dizia:

– O senhor Abhaya Jasveer é acusado de usar procedimentos pecaminosos para com uma nossa fiel de Atala, a fiel Neeraj Jasveer.

– Minha mãe.

– É, além disso, acusado de acelerar a morte dessa fiel com esses procedimentos pecaminosos e, portanto, acusado de assassinato.

– Quero ver o senhor Mrityuhsudhana, representante do Xá. Estou em missão oficial e responderei a todas as perguntas, porém somente após a liberação de Mrityuhsudhana. Os interesses do Estado assim me ditam.

Isso pegou o velho de surpresa e Abhaya pôde sentir que o seu perigo pessoal aumentara consideravelmente. O velho pareceu ponderar durante algum tempo e tocou um sino. Réia entrou novamente e retirou Abhaya para a masmorra.

Durante sua nova estada na masmorra, Abhaya pôde pensar e concluiu que o que afinal fizera havia sido melhor escolha. A igreja de Atala era muito forte em Upanishads, mas não tão forte a ponto de desafiar a vontade do Xá. À noite, ou assim ele imaginava, visto que não havia janelas nessa masmorra úmida onde ele se encontrava, ele recebeu, por uma portinhola abaixo da porta, uma tigela de metal com uma lavagem para se alimentar. Ele comeu, enojado, e logo depois fez suas necessidades fisiológicas num canto da cela, que parecia ser o local designado pelos ocupantes anteriores para essa finalidade. Abhaya sentia que, se o que dissera não fizesse com que as autoridades o retirassem desse local, ele certamente morrerá ali. Esse sentimento de inevitabilidade o fazia lembrar de Hector e da maneira como, mesmo tendo vivido cinco vezes mais do que ele mesmo, encarava a morte de maneira pacífica. A única coisa que incomodava realmente Abhaya era a certeza de que, com sua morte, não teria nenhuma chance de entender o funcionamento do artefato de Hector e, portanto, nunca poderia cumprir a última vontade de seu mestre.

Após algum tempo, que novamente Abhaya não pôde precisar, a porta da masmorra foi aberta. Um carcereiro o levou para fora e, dali, foi levado a uma sala. Lá encontrou suas roupas limpas e foi-lhe dito que estava livre. Ele ficou sem entender o que tinha havido, mas imaginou que o fato de estar em missão oficial provavelmente o salvara da masmorra. Agora, antes de ir completar sua missão, tornava-se necessário procurar seus irmãos.

Saiu da masmorra com uma grande apreensão. Indagou na igreja, ao sair, sobre a sua irmã, mas ninguém lhe deu informações. Como percebeu que ali não ia conseguir o que precisava, saiu em direção ao pequeno sítio de sua família, que ficava na aldeia de Lamer. Ao chegar lá, encontrou pessoas estranhas tomando conta da terra.

– Desculpem-me a pergunta, mas essas não são as terras dos Jasveer? – perguntou
Abhaya a um dos homens que estava trabalhando na terra.

– Moço, eu fui mandado aqui pelo Grão Clérigo Avinash. Esse sítio é da igreja de Atala.

– Entendo. Vocês não sabem quem morava aqui antes? – perguntou Abhaya desolado.

– Não, senhor.

– Havia alguma coisa na casa do sítio? – perguntou novamente Abhaya, apreensivo com a provável perda do artefato.

– Estava vazia quando chegamos.

– Certo.

Abhaya saiu em direção à fazenda da família de Balachandra, a velha matrona que cuidava de uma fazenda próxima ao sítio dos Jasveer. Seus pensamentos estavam em conflito. Não sabia o que acontecera com seu irmão. Não sabia o que acontecera com sua irmã. Não sabia, tampouco, o que acontecera com o artefato. Tudo que sabia era que provavelmente a sequência de eventos que haviam gerado os acontecimentos recentes foram decorrentes de sua intercessão junto à sua mãe. Abhaya chegou à casa de Balachandra e encontrou a velha matrona à porta.

– Com licença, nobre senhora.

– Abhaya! – a velha pareceu realmente surpresa com a presença dele. Levantou-se com dificuldade e o abraçou.

– Oh, Abhaya, que horrível o que fizeram com seu irmão!

– O q-que fizeram com meu irmão?

– O pobre foi espancado por fanáticos e pereceu. O sítio passou para a sua irmã, que o passou para a igreja de Atala.

– Entendo. E os fanáticos, foram presos?

– Sumiram na noite. Nunca mais foram vistos. Seu irmão deixou comigo seus pertences na noite anterior ao acontecido. Não se preocupe, eu escondi bem tudo quando vieram procurar suas coisas aqui. Não acharam seus tesouros.

– Não tenho como pagar a bondade que me fez. Minha irmã?

– A pobrezinha foi em peregrinação. Não sabem, ou não querem nos dizer para onde.

– Entendo. Pelo visto perdi todos, não foi? – Abhaya chorou discretamente no ombro da matrona.

– Meu querido, guarde sempre os ensinamentos dos seus pais no coração. Isso ninguém pode tirar de nós.

– Sim. É verdade. Agora preciso sair. Temo que minha presença aqui seja potencialmente perigosa para a senhora.

– Antes, pegue seus tesouros. Vamos, a vovó sabe que você precisa deles. Mas mantenha tudo oculto. Os tempos estão cada vez mais sombrios.

Nesse momento, a porta da casa se abriu e Abhaya viu entrar o velho Rutajit, o ancião da vila, cego havia alguns anos, desde que voltara de um período em que vivera como eremita, próximo à zona da morte, em frente a Império. Diziam que Rutajit já vivera em Dayton havia muitos anos. Abhaya nunca ouvira falar dele por lá, mas indagações feitas a Hector mostraram seu antigo mentor relutante em falar sobre o ancião. Pelo que Abhaya soubesse, Rutajit era um dos bicentenários. Mas, como ele sobrevivia ali, tão longe dos cuidados de Dayton, ele não sabia.

– Olá de novo, Abhaya.

– Rutajit. Como vai meu amigo?

– Meus pêsames pela sua perda. Sua família sempre foi muito querida aqui. Todos sentimos muito por esses dias tristes pelos quais você passa.

– Obrigado, amigo. Realmente os tempos são sombrios.

– Neeraj foi sempre alguém muito importante para todos nós. "Vejo" que você esteve com ela no momento de seu desenlace corporal.

– Como?...

– Ela também lhe deixou um... presente...

Abhaya olhou estupefato para o ancião. Rutajit se aproximou para tocar em seu rosto.

– Permite-me? Posso "ver" você?

Abhaya permitiu-lhe tocar seu rosto. O toque das mãos antigas era reconfortante e, ao mesmo tempo, elétrico. Abhaya sentiu que seu rosto apresentava um leve calor enquanto Rutajit falava:

– Seu rosto está mais maduro desde a última vez em que nos vimos, querido amigo. Mais forte também. Posso perceber o dom de sua mãe em você. Ela deu a você o maior presente que qualquer um de nós poderia dar. Uma pequena parte de sua alma. Uma parte de seu ser vive em você hoje, fortalecendo-o e tornando-o mais do que era. Posso "ver" ainda as correntes do destino se desenrolando para você meu amigo. Há duas possibilidades em seu futuro no momento. Infelizmente, todas elas virão com sofrimento, mas posso dizer que nem sempre tudo é o que parece ser. As aparências da visão normal podem enganar. O seu dom dificilmente errará, mas você precisará treiná-lo antes. Enquanto não o treinar, a percepção que você terá dos perigos iminentes será errática. Às vezes funcionará, às vezes não. Não se culpe quando falhar, mas se esforce pra treinar esse dom que poderá salvá-lo muitas vezes. Cuide sempre de escutar essa nova intuição. E, mesmo se a aparência externa o fizer pensar o contrário, ouça mais essa nova voz interna.

Rutajit retirou suas mãos do rosto de Abhaya, seus olhos cegos e leitosos parecendo seguir o seu rosto. Suas feições o lembraram Hector. Seu velho mentor também tinha esse ar de bondade e esperança. Rutajit falou:

– Peço à amiga Balachandra que me permita ter a companhia desse jovem em minha casa hoje para o jantar. Temos o que conversar e, se você não se importar, Abhaya, gostaria de saber mais de suas aventuras.

– Perfeitamente, amigo.– respondeu-lhe Balachandra. – Acho que Abhaya pode crescer bem mais com os conselhos do senhor, que é mais sábio que todos nós.

Abhaya se despediu da velha amiga. Precisava agora, mais do que tudo, achar Gusmão e dar início a sua missão. Hector e Balachandra tinham razão. Os tempos estavam cada vez mais sombrios. E, com sua nova habilidade, ele esperava que pudesse se prevenir desses perigos sombrios.

**Kalanor**

"Malditos lagartos."

Tobias estava irritado mais uma vez. Já tinha gasto uma considerável quantidade de balas desde a última vez que conseguira reabastecer-se de munição com aquele garoto esperto. Agora, numa emboscada koltrana, acabara de gastar doze balas. Doze malditas balas! Esses lagartos infernais o fizeram perder tempo e dinheiro preciosos. Agora, como havia perdido o rastro do garoto, teve de se contentar com um novo contrato. Javier teria de esperar. Enquanto não achasse o rastro do garoto, não poderia receber o pagamento combinado no contrato.

O dia estava muito quente enquanto ele se aproximava de Kalanor, vindo do norte. Segundo seu contrato mais recente, ele tinha de entrar na cidade e, lá dentro, achar um koltrano chamado Klaus ou Klaustro. "Ou qualquer outra porra de nome com K." Ele teve de contratar um intérprete e isso o irritava muito. Mas aprender essa língua infernal era algo a que ele não estava disposto. O problema de entrar nos territórios dos koltranos era que eles consideravam humanos como animais. E ele tinha de ficar muito mais atento do que o normal para evitar ser escravizado. Pelo menos, com esses lagartos que matara, conseguira uma quantidade de dinheiro razoável e poderia repor munição, isso se achasse alguém que pudesse fabricá-la. Caso contrário, teria de achar uma forja ou algo assim e fabricá-la ele mesmo. O que, certamente, tomaria mais tempo.

Kalanor era uma das cidades principais dos koltranos. Assim como as cidades humanas, era feita de material ancestral, embora fosse material de características diferentes daquele que formava as paredes das cidades humanas. Suas paredes eram de um verde oliva e apresentavam luzes eternas, tanto no interior como no exterior da cidade. Embora as luzes exteriores servissem mais para a patrulha. Alguém que tentasse invadir na calada da noite teria sérios problemas. Encontrava-se mais ao sul do reino humano de Upanishads e ao leste da cidade koltrana de Kalistak. Seus habitantes eram predominantemente koltranos, com alguns escravos humanos e pouquíssimos comerciantes humanos. O risco de ser escravizado em Kalanor era muito grande. Todos os humanos eram obrigados a apresentar, a qualquer koltrano que o solicitasse, o certificado de liberdade. Sem esse documento, eram presumidos escravos e, se fossem pegos sem um dono claro, passavam a ser propriedade do Estado. Humanos que visitassem Kalanor deviam providenciar o documento em uma embaixada antes de entrar na cidade. Tobias não sabia desse documento ou não teria aceitado o contrato. Agora, além de ter de pagar o intérprete, tinha de pagar o maldito documento.

– Senhor Tobias?

– Fale.

– Trouxe aqui comigo o documento de Onakl.

– Me deixa ver isso aqui. Não dá pra entender nada, mas, pelo seu bem, espero que esteja tudo em ordem. Tenho de ir logo lá para Kalanor.

– Pois não, senhor. Uma vez lá, o senhor deseja ver a cidade ou vai logo se recolher?

– Preciso achar primeiro um lugar para dormir. Amanhã vamos ver as coisas que viemos ver.

– Perfeitamente, meu senhor.

Eles seguiram por algum tempo andando pela sombra que a cidade projetava nas cercanias. Ao entrar na cidade, Tobias teve uma sensação desagradável de claustrofobia. Embora a cidade apresentasse ruas limpas, a sensação de aperto na respiração era palpável. "É uma merda de um trabalho esse.", pensou ele, enquanto se dirigia ao setor reservado aos humanos não escravos de passagem. As paredes de Kalanor eram indestrutíveis como as dos reinos humanos, mas a iluminação geral era muito mais reduzida e as luzes eram avermelhadas. Como as paredes eram verde-escuras, a combinação de uma iluminação baixa e vermelha produzia a ilusão de se estar caminhando num lugar com paredes negras, porém, quando se desviava o olhar, percebiam-se as diferenças de tom de cor. Os koltranos, obviamente, ficavam bem confortáveis nessa iluminação. Porém o efeito nos humanos era extremamente depressivo, combinado ao fato de a circulação de ar ser mínima. O fato de a temperatura estar sempre regulada para algo como trinta ou trinta e dois graus Celsius fazia com que muito poucos humanos se sentissem confortáveis ali. O fato de poderem ser feitos de escravos a qualquer momento também não ajudava em nada.

Tobias estava tendo dificuldade em dormir. O calor e o abafado do cubículo onde se encontrava não o ajudavam a pegar no sono. A escrava humana que arrumaram para que ele usasse também não, pois fedia muito e ele desconfiava que ela estava infestada de sarnas pela maneira como se coçava. Ele tentou fazer com que ela saísse. Mas ela não entendia a sua língua. Ele acabou apontando para um canto distante no cubículo e ela entendeu que devia ficar longe. O que foi bom, pois, durante a noite, Tobias viu uma sombra entrar e procurar por entre as trouxas de pano perto de onde ela se encontrava. A escrava ameaçou gritar e teve sua boca tampada com algo, sendo silenciada rapidamente. Tobias pegou sua arma e apontou para a figura oculta, calmamente acendeu um cigarro e, quando o fez, percebeu os dois olhos vermelhos se virando para ele. Com um sorriso diabólico, ele mostrou o metal reluzente das armas e viu o brilho rubro dos olhos se reduzir enquanto lentamente se afastavam em direção à porta. Ele pôde sentir que a escrava saíra junto, pois o fedor do quarto se reduziu consideravelmente. Tobias olhou com a luz do cigarro o documento que trazia consigo e mais uma vez pensou: "Trabalhinho de merda."

Na manhã seguinte, seu intérprete o estava esperando na porta da estalagem, conforme o combinado.

— Espero que tenha tido uma boa noite de sono, senhor. A fêmea foi de seu agrado?

– Foi você que mandou aquela mulher para o meu quarto?

– Não, senhor. Essa casa conta com esse serviço para os humanos em trânsito e o preço que o senhor pagou dá direito a esses serviços.

– Sei... Muito bem, então, vamos lá, me mostre onde encontro esse tal de Klaus.

– Perdoe-me senhor, mas o nome que o contrato determinava é Klestrom.

– Certo...

Ambos seguiram pelas ruas de Kalanor. Os koltranos se surpreenderam com a presença de um humano vestido e andando lado a lado com um koltrano. Tobias caminhava nesse ambiente, excessivamente escuro e opressor, e percebeu que, sem o guia, dificilmente conseguiria se localizar na cidade. E, mais, quase com certeza não conseguiria cumprir o contrato. Primeiro, porque não falava a língua deles e, segundo, porque mesmo se falasse, pôde perceber que os poucos humanos que viviam ali, o faziam como animais. Pior do que qualquer escravo em terras humanas.

Aproximaram-se de uma entrada onde havia dois guardas koltranos na porta. Ambos apresentavam nas mãos armas ancestrais cruzadas no peito, mas quando o guia falou-lhes algo em sua língua, eles abriram as portas. O interior desse local também era escuro, mas menos opressivo. As luzes não eram vermelhas, mas sim brancas, dando ao tom, normalmente esverdeado das paredes, a cor natural, e não aquela mistura de verde e vermelho que tornava a cidade tão soturna. Tobias sentia que estava numa armadilha, mas não conseguia agora pensar numa maneira de sair. Esse contrato não estava mesmo valendo à pena.

Um koltrano trajando roupas mais imponentes se aproximou. Tobias deixou a mão próxima à arma para um eventual saque rápido. O guia falou algo com o koltrano. O koltrano olhou com seus olhos incandescentes para Tobias, que sorriu de maneira sinistra.

– Bem vindo, Senhor Tobias. Soube que está aqui para me matar, não é assim?

Isso desconcertou um pouco Tobias, que mesmo assim, perguntou:

– Se sabia disso, por que me deixou entrar armado aqui?

– Acredite-me, Senhor Tobias. Não temo suas armas. Nosso instituto nos informou de sua chegada há dois dias. Eu estou preparado. Mas, me diga, o senhor não se sente furioso de estar sendo manipulado?

Isso fez com que o próximo movimento da mão de Tobias parasse antes de se concretizar.

– Manipulado, você disse.

– Sim, manipulado de diversas maneiras. Ainda não sabemos todas as maneiras pelas quais isso se opera, mas vamos lá. O senhor não achou meio estranho ter aceitado um contrato tão absurdamente ruim? Suas chances de completá-lo são praticamente nulas. Veja. Mesmo se conseguisse me matar, como pretendia conseguir sair da cidade? Na melhor das hipóteses, o senhor seria apenas escravizado. Mas o mais provável é que fosse torturado e morto.

– E quem seria esse manipulador?

– Ora, eu mesmo, além do seu contratante, é claro. – nesse momento, a porta se abriu e, por ela, entrou o koltrano que teria contratado a morte de Klestrom.

– Mas que diabos...

– Olá, Senhor Tobias. Perdoe-me a encenação e tudo o mais. O seu contrato está nulo. Como pode ver, Klestrom é meu companheiro no instituto e, por meio de nossas pesquisas, tomamos conhecimento de seus sonhos.

– Meus sonhos? – observou Tobias, agora completamente estupefato.

– O senhor não tem sonhos com uma bela humana envolta em um manto de sombras e noite?

– Como sabem disso? Nunca comentei com ninguém.

– Alguns de nós do instituto temos propensão a possuir poderes mentais bem desenvolvidos. Percebi essa presença em sua mente, por acaso, há dois meses, quando o senhor comprou chumbo em minha loja. Após algum estudo e comunicações com nossos pares, deduzimos que há uma comunicação direta de seu cérebro com a entidade que os humanos chamam de Nyt.

– Então, ela está na minha cabeça?

– Isso não sabemos. O senhor gostaria de nos ajudar a saber?

## Lamer

Gusmão finalmente chegou à cidade de Império. Embora Bragança fosse extremamente bela, Império era uma joia rara no mundo. Localizava-se no pé do monte Juliano (uma das maiores montanhas de Damocles) e apresentava sua entrada principal ao nível do solo, com grandes portas que, por meio do milagre ancestral, se moviam quando necessário. Nos últimos anos elas tinham estado sempre abertas, exceto durante os meses dos ventos que sopravam dos campos da morte e o bairro de Hagar, o primeiro bairro visível quando se passava pelas portas, apresentava-se de dia iluminado pela luz solar e, à noite, iluminado pelas esferas de luz dos ancestrais. Esse era chamado então de "o bairro que nunca dorme" e, realmente, a qualquer hora do dia ou da noite, pessoas podiam ser vistas circulando por suas ruas. Ele apresentava uma estrutura aberta num enorme semicírculo com lojas ao nível do solo construídas de materiais comuns e lojas que estavam embutidas nas paredes onymarianas desse semicírculo. As lojas dos níveis mais baixos eram normalmente frequentadas pela população de mais baixa renda, enquanto as dos níveis mais elevados o eram pelos clientes mais abastados. Os preços variavam muito de acordo com o nível das lojas, podendo-se encontrar nas superiores o mesmo artigo das inferiores por até cinco vezes o preço. Claro que os nobres e pessoas mais importantes jamais sonhariam em serem vistos comprando nas lojas dos níveis inferiores.

– Não devemos perder muito tempo aqui, amigos. Império é uma bela cidade, mas, se souberem de nossa missão, poderemos ter problemas. O Imperador tolera fracamente a ideia de que outros que não sejam ele possam ter artefatos ancestrais.

– Nisso vocês humanos são muito estranhos, Gusmão. Nós koltranos possuímos esses artefatos antigos também, mas, se o governo decide que eles devem ser restritos, eles são restritos.

– Os koltranos, então, obedecem sempre cegamente ao governo? – perguntou Leirbag.

– Todos os koltranos devem obediência ao Kal, o líder supremo koltrano que vive em Koltron. Aqueles que desobedecem são feitos akls.

– O que é isso mesmo? Acho que você já explicou. – perguntou Túlio.

– O equivalente humano seria escravo ou servo. Perdem-se todos os direitos e a pessoa torna-se propriedade do Estado, podendo ser utilizada como moeda de troca. Se o que ocorreu foi decorrente de algum crime grave, a própria família do acusado pode ser tornada akl.

– Foi isso que aconteceu com você? Você traiu o seu governo? – perguntou Anton, num leve ricto de escárnio, que, para Kythor, passou despercebido, mas que os olhos sagazes de Gusmão puderam perceber.

– Não. – falou Kythor pausadamente. – O que me aconteceu é que eu fui traído e emboscado. Sendo por isso vendido a humanos como escravo.

– Só os tolos são traídos! – gracejou Anton.

– Conde Anton, creio que esse comentário não se justifica. – interveio Gusmão, que se mostrava com os punhos cerrados inconscientemente.

– Ora, valha-me, Gusmão! Você obviamente não é tolo!

– Creio que o Conde deve desculpas a nosso companheiro Kythor.

– Desculpas? – perguntou Anton num olhar de ódio muito mal contido.

Nesse momento muitas coisas aconteceram. Um rapazola se apoderou da bolsa de Anton, que se virou em surpresa. Uma carroça quase atropelou o rapazola em fuga e se virou em direção à comitiva formada por nossos amigos. Anton ignorou a ameaça e correu rapidamente atrás do ladrão. Peter correu junto dele, enquanto os outros tentavam controlar os cavalos que, desgovernados, ameaçavam as pessoas.

Anton correu muito rápido atrás do rapaz, que se ocultou atrás de uma pequena cerca de madeira. Anton o perseguiu, seguido de perto por Peter. Após chegar atrás da cerca, Anton foi violentamente atingido no rosto pelo rapaz em fuga. Peter viu, então, num urro de ódio incontido, Anton se mover sobrenaturalmente mais rápido do que o ladrão e bradar:

– Como ousa me atacar? Sua escória imunda! Vocês são gado! E gado serve apenas de alimento!

O rapaz tentou atacar novamente, mas foi surpreendido quando, num único movimento, Anton arrancou o coração ainda batendo de seu peito. Numa risada demoníaca o mostrou ao rapaz, que morreu rapidamente enquanto Anton mordia o órgão numa fúria animal.

Peter estava petrificado. Nesse momento, Anton o viu ali parado e a satisfação doentia com a qual comia o coração pulsante do morto foi substituída por um olhar de dúvida e ódio. Num rápido movimento, ele se aproximou de Peter, que tentava sacar a arma e disse por entre palavras místicas ininteligíveis:

– Não veja isso.

Momentos depois, Gusmão e os outros chegaram e encontraram Anton caído ao chão juntamente com Peter e o ladrão com o peito empalado numa das madeiras da cerca. Todos estavam muito sujos de sangue.

Gusmão olhou aquela cena de horror e aproximou-se de Peter, que fala:

– Ele pintou a cerca de vermelho! Ele estava só pintando.

Anton acordou e gritou:

– Cuidado, garoto! Onde, onde está ele? Droga, ladrãozinho, não precisava se matar! E quase me mata!

– O que aconteceu aqui? – perguntou Gusmão.

– O rapaz caiu e espetou o peito na cerca. Que morte horrível!

– Ele pintou a cerca de vermelho!

Logo começaram a se aproximar populares. Anton falou:

– Temos de sair logo daqui, se os guardas nos virem, teremos de explicar muitas coisas, é melhor sairmos.

Gusmão ainda estava olhando horrorizado para a cena quando alguns populares olharam para Kythor e falaram:

– Olha lá! O assassino! Maldito lagarto!

– Vamos queimar esse lagarto do inferno!

– Vamos nos vingar!

Gusmão fez valer de sua liderança e puxou os companheiros para longe da cena. O populacho estava se aglomerando cada vez mais. Eles rapidamente montaram nos cavalos e fugiram da cidade. Uma multidão os perseguiu um pouco, mas desistiu rapidamente. Logo estavam em campo aberto, novamente em direção a Upanishads. Gusmão, embora tivesse aceitado a versão de Anton dos acontecimentos, estava preocupado com Peter, que não conseguia pensar no assunto sem falar sobre a cerca vermelha. À noite, no caminho, enquanto descansavam, Gusmão percebeu que Leirbag o chamava discretamente para próximo de onde se encontrava encostado numa árvore raquítica.

– Você não conhece Peter como eu conheço, Gusmão, mas, embora eu zombe frequentemente de suas habilidades, a verdade é que Peter é a pessoa mais hábil que eu conheço. E posso garantir que ele não ficaria emocionalmente abalado com uma cena de carnificina, mesmo uma cena tão escabrosa como aquela.

– Eu mesmo me pergunto que azar gigantesco faria uma pessoa acostumada a roubar e correr pela cidade a se matar de forma tão violenta num acidente tão improvável.

– Eu me pergunto a mesma coisa. Esse Conde Anton me dá arrepios. Pois, além de ser alguém extremamente inconveniente e desagradável, me parece ser uma pessoa completamente sem limites.

– Realmente. É algo para se pensar. Eu questionaria a sabedoria de se andar com essa pessoa, não fosse o fato de ter ele sido apontado pela inteligência real bragantina para a missão como o mais apto a nos ajudar.

– Sem querer questionar o senhor, senhor Gusmão, mas será que foi a inteligência bragantina que o trouxe a nós mesmo?

– Imagino que sim, mas pretendo vigiar mais cuidadosamente nosso "amigo" Anton.

– Eu também. Essa foi uma parada extremamente penosa. Além dos problemas que tivemos, não conseguimos reabastecer nossas provisões e água. Creio que teremos de racionar nossos víveres. O Gigante não vai gostar nada disso.

– Acho que Aaron, embora pareça ser um pouco limitado, consegue compreender as necessidades do grupo.

– Eu não falei que ele não ia compreender, só que não iria gostar.

– Isso é verdade. Vou dormir agora, Leirbag, esses meus velhos ossos precisam de repouso.

– Fique à vontade. O próximo turno é do Kythor. E, aqui entre nós, acho que devíamos instituir turnos duplos. Não quero pensar em dormir sendo vigiado pelo conde.

– Excelente ideia. É assim que faremos e eu faço questão de fazer meus turnos noturnos junto dele.

– Não se preocupe, tenho o sono leve. Se precisar de mim, estarei a postos.

– Obrigado, Leirbag. Boa noite.

– Boa noite, Gusmão.

A noite passou sem intercorrências. No dia seguinte, todos foram informados de que deveriam racionar as provisões, o que previsivelmente fez com que o humor do grupo ficasse pior. Aaron, em especial, ficou taciturno e irritadiço. Peter parecia normal, mas qualquer tentativa de conversar sobre o que ocorrera em Império fazia com que ele repetisse sobre a "cerca vermelha". Logo todos desistiram de perguntar. Anton estava mais calado e não brincava mais com os outros. Gusmão e Leirbag o observavam discretamente.

Após mais alguns dias de viagem, a comitiva chegou ao pequeno povoado de Lamer, que havia sido estabelecido na base das montanhas. Com o deserto a oeste, o pequeno povoado se mantinha através da criação de cabras e kelgs, além de ter uns poucos sítios e uma fazenda. Era um povoado misto, com uma população humana e koltrana vivendo e se ajudando. Quando pararam, um garoto koltrano se aproximou e ofereceu queijo de cabra e ovos de Kelgs.

– Olá, meu amigo, me chamo Gusmão. Eu e meus companheiros estamos a caminho de Upanishads. Você poderia nos dizer se o seu pai ou outra pessoa daqui nos poderia oferecer pouso pela noite?

– O senhor quer queijo?

– Eu quero. – falou Aaron, se aproximando.

Enquanto faziam as compras, um pastor humano chegou vindo por trás de uma pequena elevação e chamou:

– Kilton! Vamos pra casa!

– Tudo bem, pai. – respondeu o garoto koltrano.

Kythor olhava a cena e o brilho incandescente de seus olhos koltranos parecia mais intenso.

– O que querem aqui, forasteiros?

– Chamo-me Gusmão e gostaria, além de comprar eventuais provisões que os senhores possam nos fornecer, pagar pelo pernoite. Estamos viajando a caminho de Upanishads e precisamos de comida, bebida e repouso para refazer nossas energias.

– Não temos muita coisa para vender, mas se quiserem queijo de cabra e alguns ovos de Kelgs, podemos ajudá-lo.

– E o pouso?

– Vou ter de falar com o líder. Peço que me esperem aqui.

O fazendeiro se afastou. Aaron estava com um grande pedaço de queijo de cabra na boca, e comia com prazer, enquanto bebia alguns goles de vinho do odre que carregava na sela do seu cavalo. Anton olhava para o sol brilhante e batia os pés, impaciente. Após mais ou menos uma hora, um homem velho veio se aproximando, ajudado por dois jovens. Ao chegar, foi fácil notar que ele era cego. Estava usando um chapéu largo de palha, que protegia um rosto muito enrugado. Os olhos leitosos ficavam abrindo e fechando pausadamente. Tinha uma barba extremamente rala, cobrindo partes do rosto e as mãos calejadas se apoiavam num cajado retorcido. Ele vestia uma espécie de manto, como se fosse um lençol enrolado ao corpo. Após chegar, os jovens colocaram um pequeno banquinho no chão e o velho se sentou e respirou com dificuldade.

– Vocês precisam dormir aqui hoje?

– Obrigado por vir nos ver. Senhor?...

– Chamo-me atualmente Rutajit.

– Senhor Rutajit, sou Gaspar de Gusmão, esses são meus companheiros e estamos indo para Upanishads. Precisamos de um lugar para dormir, além de provisões. – ia dizendo Gusmão, que não pôde deixar de notar uma semelhança enorme do velho Rutajit com seu antigo companheiro de aventuras, o Bonifácio. Só que isso seria impossível. Eles se conheceram na juventude de Gusmão e Bonifácio tinha, então, mais de duzentos e cinquenta anos. Se esse fosse a mesma pessoa, teria uns trezentos anos e não se conhecia ninguém que tivesse vivido tanto assim desde os tempos mais antigos. O máximo que os homens viviam hoje em dia era cerca de duzentos e trinta anos aproximadamente e, mesmo assim, apenas em Dayton.

– Gaspar... Um nome importante... Antes de deixar que durmam aqui, preciso "ver" seus rostos.

O velho estendeu as mãos para tocar no rosto de Gusmão.

– Um rosto de quem já viu muito. Alguém nobre e valoroso. Teme não poder fazer tudo o que precisa antes de seu tempo acabar. Não tema. Creio que você está destinado a grandes coisas, velho amigo.

Ele retirou a mão e solicitou o próximo, Aaron se apresentou.

– Um rosto com muita dor no passado, muita esperança no futuro. Cuidado com a fúria, ela já o traiu antes e pode trair de novo.

Túlio se aproximou.

– Um rosto triste, grande possibilidade de crescimento. Escute esse velho que o adverte. Deixe o passado morrer. Olhe para o futuro. As possibilidades são enormes. Você precisa escolher sabiamente para crescer.

Peter se pôs na frente do ancião. Leirbag reparou que Anton estava cada vez mais impaciente. As expressões do rosto de Kythor não eram inteligíveis para um humano, mas, por empatia, Leirbag achava que podiam ser um misto de apreensão e tristeza.

– Um rosto novo! Tanto potencial, mas você sofreu uma violação muito recente. Não consigo ver como. Peço que tenha cuidado. Não tente morder mais do que pode comer. Alguém esteve perto de feri-lo seriamente.

O velho retirou a mão e Leirbag se aproximou. Anton estava com a respiração acelerada. E aparentava mal conter a irritação.

– Um rosto jovem! Mas uma mente madura. Sua perspicácia pode levá-lo longe. Mantenha o cuidado por seus amigos. Isso é um traço muito importante.

– Vamos aqui ficar perdendo tempo com esse charlatão de vila? – perguntou Anton, furioso, enquanto Leirbag se afastava do velho.

– Acho que o conde está muito agitado. – falou Gusmão, enquanto todos se voltavam para Anton.

– Estamos perdendo tempo. Eu me recuso a me submeter a sacripantas. – Anton se afastou do grupo.

– Peço perdão por nosso companheiro. – disse Gusmão.

– Eu entendo. – tranquilizou-o o ancião. – Há mais alguém?

– Kythor? Você vai permitir que o líder da vila o "veja"? – perguntou Leirbag.

– Se não for incomodar, prefiro que não. Não me sinto tão à vontade com humanos para permitir toques tão íntimos em meu rosto.

– Entendo. Então eis o que farei. Permito que todos fiquem na casa do pastor. Ela fica próxima ao curral das cabras. Lá tem um poço, podem restaurar suas provisões de água à vontade. O pastor Sanjog vai lhes vender o que precisarem de queijo de cabra e ovos de kelgs. Radhika vai trazer alguns pães pela manhã. Que a luz de Helion os acompanhe sempre. Podem seguir na frente. Esses velhos ossos precisam de tempo para chegar em casa.

Enquanto a comitiva saía, o velho Rutajit era ajudado pelos jovens que o haviam trazido. Ele caminhava apoiado no cajado. Gusmão, seguido de Aaron e Leirbag, passou por ele em direção ao povoado. Logo após foi a vez de Peter e Túlio. Kythor passou também e Anton era o último da fila. Quando ele estava passando, o velho se desequilibrou e, para não cair, se apoiou na perna de Anton. Com o toque, os rapazes que o apoiavam o soltaram, como se uma descarga elétrica os houvesse atingido. O velho Rutajit, caiu ao chão. Com o rosto contorcido pela dor. Anton o olhou do alto do cavalo e falou por entre os dentes:

– Não tente isso de novo, seu tolo.

Rutajit olhou assustado na direção de Anton. Seus olhos leitosos como que fixados em direção ao rosto maligno. Gusmão, que ia à frente, percebeu a comoção e perguntou:

– Está tudo bem aí atrás?

– Sem problemas! Nosso ancião aqui tropeçou, mas já foi amparado pelos rapazes. – respondeu Anton.

Rutajit não teve mais o que fazer, senão concordar.

Naquela noite, a comitiva toda dormiu bem e se refez do cansaço da viagem. Eles foram postos para descansar num estábulo e seus cavalos, amarrados do lado de fora. Suas bolsas foram cheias de queijos de cabra e ovos cozidos de kelgs. Pela primeira vez em vários dias, eles dormiram sem fazer turnos. Isso em teoria, pois Leirbag e Gusmão ficaram acordados uma parte da noite, observando o movimento. No dia seguinte, o velho Rutajit se aproximou, acompanhado de um homem que aparentava mais idade do que os rapazes que o acompanharam no dia anterior. Ele trajava roupas simples e um turbante vermelho. Seu rosto era mais escuro, porém sem ser negro. A pele apresentava o aspecto de uma pele que só recentemente vira muito sol e estava se recuperando de queimaduras solares. Tinha ainda um bigode amplo e olhos perspicazes. Quando eles se aproximaram, Rutajit falou:

– Bem amigos, obrigado por dormirem em nossa vila. Quase todos vocês apresentam um destino importante à frente. Infelizmente, só posso falar por aqueles que me deixaram ver os seus rostos. Aqui comigo, senhor Gusmão, tenho um rapaz de minha confiança que é um amigo de família. Seu nome é Abhaya Jasveer e, no momento, acho que ele poderia ser útil em sua empreitada.

– Muito prazer, senhores.

– Muito prazer, Senhor Jasveer. Sou Gaspar de Gusmão. Em que o senhor acha que nos poderia ser útil?

– Vou deixá-los a sós, amigos, para que possam discutir seus procedimentos. – disse Rutajit, enquanto se afastava, fechando a porta.

– Eu fui encarregado pelo governo de Upanishads para acompanhar a troca do artefato ancestral. Sou cidadão de Upanishads e treinado pelo Instituto Dayton. Estou obrigado a testemunhar a troca, mas, se me permite, sua reputação me é conhecida, e, como imagino que contratou pessoas para ajudar nessa empreitada, quero me colocar a seus serviços quando terminar de cumprir minhas obrigações para com o governo de Upanishads. Sou versado nas artes da cura psíquica e recentemente comecei a me tornar apto a pressentir perigos iminentes. Esse dom, no entanto, ainda preciso treinar para que se torne mais útil.

– Entendo, Senhor Abhaya. Tenho certeza de que o simples fato de o senhor saber de nossa missão o coloca em posição de ser quem diz ser. Quando chegarmos a Upanishads, veremos se isso é de fato verdade e se o contrataremos. Pelo que entendi, o senhor está a serviço de seu governo e pode não conseguir sair imediatamente desse serviço.

– Sim. Espero, entretanto, que possa vir a ser útil.

– Uma pergunta. Como o senhor sabia que estaríamos vindo por essa rota? Como veio nos encontrar aqui?

– Foi uma coincidência. Vim aqui para resolver assuntos relacionados ao falecimento de minha mãe  e Rutajit me informou sobre a presença de vocês. Como eu teria de encontrá-los em Upanishads de qualquer maneira, aproveitei para me apresentar de uma vez.

– Meus pêsames pela morte de sua mãe. Tenho certeza de que agora ela está descansando junto aos deuses num mundo melhor.

– Obrigado, Senhor Gusmão. Minha mãe era excelente pessoa e sua morte me afetou de muitas maneiras. Mas acho que saberei superar essa perda.

– Vamos, então, conhecer os outros.

Ambos apertaram as mãos e saíram da cabana rústica. Lá fora

estavam Rutajit e Balachandra conversando. Ambos sorriram para Abhaya e Gusmão. Mais à frente estava Kythor conversando com um koltrano, que parecia estar de passagem na vila. Aaron estava comendo uma grande tigela de guisado, Túlio, fazendo uma prece sincera para Helion para alguns aldeões, que o ouviam. Leirbag e Peter estavam sentados a uma mesa, aparentemente jogando cartas com alguns aldeões e rindo bastante. Anton estava sentado próximo à carroça, bebendo uma garrafa de vinho.

Quando olhou para Anton, mesmo de longe, Abhaya foi tomado de uma sensação de perigo incalculável. Suas pernas fraquejaram e ele olhou fixamente para o conde mercador de vinhos. Rutajit segurou rapidamente em seu braço, apertando com uma força insuspeita, o que fez com que Abhaya desviasse o olhar bem no momento em que Anton olhava para eles. Rutajit se esforçou para sorrir e falou num sussurro por entre os dentes:

– Cuidado, Abhaya, não o deixe perceber que você sabe.

– Quem é ele?

– Creio que Gusmão e seus amigos correm perigo. Você deve avisá-los quando puder, mas tome muito cuidado com esse falso mercador. Ele é a pessoa mais perigosa que já vi em toda a minha vida.

Anton se levantou e veio caminhando em direção a eles. O coração de Abhaya acelerou-se pelo choque de medo que essa presença cada vez mais próxima causava, mas a disciplina de Hector prevaleceu e, quando o mercador chegou próximo a eles, o rosto de Abhaya era uma máscara perfeita de calma e compostura.

– Então? Já estamos suficientemente perto de Upanishads, Gusmão! Vamos logo terminar a primeira parte de nossa viagem. – disse Anton, numa expressão jocosa, mas ao mesmo tempo ameaçadora.

– Perfeitamente, Conde Anton, estava apenas pagando pelas provisões e pela nossa estadia. A propósito, esse é Abhaya Jasveer, um representante do governo de Upanishads, ele estava aqui por coincidência resolvendo assuntos familiares e vai nos acompanhar de volta a Upanishads. Está a par de nossas instruções e vai viajar esse trecho que falta do caminho conosco.

– Como sabe que pode confiar nele? - perguntou Anton, enquanto olhava para Abhaya com um olhar desdenhoso.

– Saberemos assim que chegarmos a Upanishads. Se ele não for quem diz ser, certamente será preso pelo governo.

– Que seja. Mas quero que ele fique sob vigilância. Até onde eu sei, ele pode ser um assassino, ou ladrão.

– Que bom que o senhor se voluntariou, Senhor conde. Espero que mantenha os olhos bem abertos. Afinal, se o senhor tem medo dele, acho que deveria ficar atento. – respondeu Leirbag, que vinha por trás deles. O olhar que Anton lhe dirigiu era algo extremamente desconfortável, mas Leirbag, apesar de um leve recuo de um passo no início do olhar, se manteve firme.

– Eu não tenho medo, senhor pirata, mas não sou um imbecil. Vou vigiá-lo. E vou estar de olho em você e seu amigo também. Gusmão pode achar que um fora da lei pode ser confiável, mas eu já tive minha cota de piratas nas minhas transações comerciais e conheço a sua laia. – Anton se virou e saiu num passo firme e apressado, jogando a garrafa vazia no monturo próximo.

– Espero não estar causando problemas demais, Senhor Gusmão.

– De maneira alguma. Nosso conde tem estado cada vez mais nervoso ultimamente. Creio que ele deva estar sob muita pressão.

– Diga-me, rapaz, qualquer um que cause antipatia ao nosso conde deve ser uma pessoa simpática. Qual o seu nome? – perguntou Leirbag a Abhaya.

– Chamo-me Abhaya.

– Eu sou Leirbag, aquele lá é o Peter perdendo nas cartas, e o koltrano é o Kythor. O padre é o Túlio, o gigante ali é o nosso Aaron. Vamos lá, você sabe jogar cartas?

– Não creio já ter jogado.

– Perfeito. Vamos, então.

Leirbag se afastou com Abhaya em direção a Peter e Gusmão terminou a transação com o velho Rutajit. As compras de mantimentos saíram por um preço bem menor do que Gusmão esperava e ele sentia como que se Rutajit estivesse genuinamente querendo ajudá-los. Agora era partir para Upanishads. A primeira parte da jornada estava terminando e Gusmão achava que finalmente poderiam cumprir o que se haviam proposto a fazer. Esse novo rapaz, o Abhaya, parecia ser uma pessoa de bem e seus velhos ossos não costumavam se enganar. Pena que tinha de trazer Anton junto com eles. De alguma forma, Gusmão achava que a missão seria bem mais simples sem ele. Mas política era política. Se o imperador achava que precisava de olhos nessa transação e se o rei Pedro não se importava em permitir, que assim fosse.

Próxima parada: Upanishads.

VINICIUS WATZL

## Império

Zordak não gostava muito desse negócio de guilda dos necromantes. Ele preferia que seus trabalhos tivessem um tom definitivo. Esse negócio de reanimar os mortos o deixava de certa forma irritado, como se alguém prejudicasse o resultado de seu trabalho. No final das contas, parecia ser um problema de ética profissional mesmo. Os que ele assassinava deveriam ficar mortos para sempre. E isso ele ainda não sabia como fazer. Dizia-se que os clérigos e clérigas de Atala podiam garantir que os mortos ficassem mortos. Mas o trabalho de achar um que fosse permeável à maneira de ganhar o pão que Zordak tinha sempre fora problemático. No momento, ele estava parado à porta da guilda dos necromantes. Um esqueleto estava ali para recepcioná-lo. Um esqueleto. Um esqueleto animado. Definitivamente, Zordak não gostava desse lugar.

Após alguns minutos de espera, um necromante, ou pelo menos Zordak assim o identificou, o chamou para segui-lo. Andando por corredores escuros dominados por tochas, eles adentraram na parte rochosa da cidade.

Império era a principal das cidades ancestrais e, como tal, contava com paredes invencíveis voltadas para o exterior, mas, ao contrário de Bragança, que tinha uma face voltada para o mar, a parte posterior de Império estava alinhada com a face oeste da montanha dos ventos. A principal cadeia de montanhas desse continente em Damocles se erguia cerca de oito a nove quilômetros acima do nível do mar. Era uma cadeia de montanhas de granito sólido e o monte Juliano, a "Montanha dos Ventos", era a mais alta. Dessa forma, Império estava sempre bem abrigada de quaisquer invasões, fosse pela frente, com suas paredes invencíveis e com seus dois canhões do inferno, fosse por trás, por bilhões de toneladas de rocha sólida.

A guilda dos necromantes estava localizada nessa parte mais profunda da cidade. Com o tempo e o crescimento da população, houvera uma expansão da cidade com a construção de túneis e passagens na rocha granítica, criando uma cidade dentro da cidade. Seus corredores, ao contrário da parte frontal, eram iluminados por tochas e o aspecto geral era de um lugar bem escuro e frio. Os elementos criminosos e os pobres acabaram por morar nessa parte da cidade. Os necromantes, que tinham o aval imperial para atuar como guilda escolheram essas partes por outros motivos, como o fato de que era ali que havia menos vigilância do governo, menos policiamento. E as pessoas que ali desapareciam tendiam a continuar desaparecidas.

Após seguir por um corredor mal iluminado, Zordak se encontrou numa sala ampla, onde havia cadeiras, como numa igreja, e uma espécie de altar. Atrás do altar, sentado num trono, estava uma figura imóvel. Mesmo sob a iluminação precária, Zordak pôde notar que parecia ser um corpo, já esqueletizado ou mumificado. Ele escolheu ficar de pé, com as costas apoiadas na parede. O silêncio da sala só era quebrado pelo leve crepitar das chamas nas tochas que iluminavam o ambiente. O frio no local era úmido e o cheiro de terra e pedra não era de todo desagradável, mas havia uma sensação estranha no recinto. Zordak não conseguiu localizar sua origem e isso o incomodou muito. Não havia como saber a causa dessa sensação. A sensação era como se alguém andasse por cima de sua tumba onde seu corpo jazesse há muitos anos, ou se houvesse olhos observando-o no escuro.

Havia uma espécie de corrente de ar, que fazia as chamas bruxulearem de modo enervante. Uma corrente fria que parecia penetrar nas roupas e esfriar os ossos. O som de cânticos distantes promovia ainda mais a atmosfera lúgubre. Subitamente, o corpo do trono moveu a cabeça. Zordak percebeu esse movimento e, instintivamente, pegou suas adagas de arremesso. Olhos de um azul fantasmagórico brilhavam sob o capuz que cobria a cabeça do corpo. Uma voz que parecia vir de muito longe e de muito tempo atrás falou com Zordak, emanando daquele corpo:

— *Seja bem vindo. Pode se aproximar.*

Zordak se aproximou cautelosamente do altar e pôde observar que os olhos apresentaram uma redução do brilho espectral. Apenas ao chegar ao pé do altar percebeu nitidamente que a voz vinha daquele corpo decrépito.

— *Faz algum tempo que venho monitorando sua vida. Na infância, você foi abusado por seu pai. Sua mãe não resistiu aos espancamentos diários. A única pessoa que você amou, Eliete, foi tirada de você por Guilherme. A guilda dos assassinos o acolheu e tornou-o o que é hoje. Claro, você não deixou Guilherme deixar de pagar pelo que fez, ele, seu rival, que ousou ficar entre você e seu amor. Mas, ao se vingar dele, perdeu Eliete em definitivo. Afinal, como ela poderia um dia vir a amar o homem que matou seu marido? Recentemente, você esteve em Kalistak, seu trabalho lá foi muito interessante. Então, eu o chamei aqui.*

Zordak não sabia bem o que fazer quando começou a ouvir a estória de sua vida. Seu primeiro impulso fora o de cravar a adaga entre os olhos do corpo, mas a curiosidade o impediu. Ele finalmente falou:

— Por que esse interesse em minha vida e quem é você?

— *Chamo-me Maloriak. E, como disse, venho acompanhando sua vida com interesse. Creio que você pode me vir a ser útil. Então, tenho uma proposta a lhe fazer.*

— Que proposta é essa?

— *Eu possuo grandes meios e grandes potenciais. Mas me faltam operativos que não possuam outros interesses. Pessoas sem vida que possam viver para me ajudar a cumprir minha missão.*

— Estranho ouvir isso de alguém sem vida, vindo de um corpo...

Houve uma pausa, enquanto o brilho doentio dos olhos do corpo sentado no trono diminuía até quase se apagar, mas logo depois esse brilho voltou com uma intensidade ainda maior. Quase iluminando o altar, como duas lanternas acesas. O corpo riu numa gargalhada sepulcral, que fez Zordak se esforçar muito para não tremer de um medo intenso e involuntário.

– *Excelente! Excelente! Creio que não poderia ter falado melhor. Minha "vida" como você bem falou já terminou há muitos milhares de anos, mas a minha missão me prende aqui. Quero que essa seja também a sua missão. E, se não for possível que seja, que, pelo menos, você se dedique de corpo e alma a mim. Pois, assim, mesmo sem a adesão de sua vontade à minha causa, eu terei ao menos a sua genialidade para me auxiliar.*

– Qual é essa causa?

Por longas horas, Zordak escutou as explicações de Maloriak. Conforme o tempo passava, ele ia sentindo-se ultrajado pelo que acontecera e desejoso de ajudar esse estranho personagem. Embora Zordak sempre tivesse seguido seus instintos e vivido somente para si durante esses anos todos, as explicações de Maloriak o deixaram sentir uma coisa além do medo e frio que emanavam do corpo a sua frente, uma sensação de lealdade. Então, quando Maloriak falou sobre o procedimento a que pretendia submetê-lo para que pudesse ser de maior serventia, embora tivesse afirmado que as chances de sucesso não seriam maiores do que cinquenta por cento, Zordak decidiu tentar e se submeter ao teste.

A dor era insuportável, ele sentia como que se todas as partes de seu corpo estivessem em chamas, mas a nuvem prateada que o envolvia criava uma aura de calor e Zordak podia sentir seu corpo sendo remoldado. O procedimento não terminou sem consequências. Seu rosto e corpo agora tinham um aspecto hediondo, mas Zordak sentia um novo poder em si. Uma ligação a algo maior e mais forte.

O poder de gerar projéteis e lançá-los à distância, mesmo se estivesse completamente desarmado. Na sua linha de trabalho, essa nova habilidade com certeza seria extremamente útil. Agora Maloriak o apresentou a Denton, um associado que lhe ensinou o uso das armas antigas. Zordak aprendeu facilmente esse uso. A manutenção e reparo de tais armas estava além de seu controle e Zordak foi afastado desse treinamento tão logo Maloriak percebeu, com pesar, que ele não podia aprender essas coisas. Como a esmagadora maioria das pessoas.

O tempo passou e Zordak treinou tanto o uso das armas ancestrais quanto o uso de seu novo dom. E, em pouco tempo, estava escalado para a guarda pessoal de Maloriak. Nesse posto, aprendeu diversos segredos e pôde perceber a política oculta dos reinos humanos. Maloriak tinha razão. Algo precisava ser feito.

VINICIUS WATZL

## Upanishads

Gusmão chegou a Upanishads. Aaron, que nunca viera para essas regiões, estava interessado no contraste entre riqueza e pobreza que se observava na cidade. Ao mesmo tempo em que suas paredes onymarianas atestavam seu status de cidade reino, as condições de vida da população eram por demais abjetas para se entender como isso era possível.

– As pessoas daqui vivem muito pior do que as pessoas nas vilas.

– É verdade, Aaron. – respondeu Túlio.

– Eu entendo que prefiram viver numa grande cidade, numa vida de reis como Bragança ou em Império. Mas aqui? Por que querem viver aqui?

– Eu sou daqui, meu amigo. As pessoas não imaginam uma vida melhor. Upanishads e arredores já foram muito atacados pelas invasões dos insetos e, então, as pessoas foram se aglomerando na cidade. E agora todos vivem aqui. Aglomerados.

– As pessoas são estranhas.

– Sim. É verdade.

Gusmão se dirigiu, então, ao local onde se concentrava a guarda da cidade. Nesse local, encontraram oficiais e soldados descansando numa sala iluminada por uma janela. A luz de esferas ancestrais praticamente não existia em Upanishads e, as que existiam, reservam-se aos nobres de mais alto escalão.

– Quem são vocês e o que querem? – perguntou um sentinela postado à porta da sala.

– Chamo-me Gaspar de Gusmão e venho em missão oficial representando o Rei Pedro de Bragança, juntamente com meus companheiros para uma audiência com o Xá.

O guarda rapidamente se aprumou e, solicitando que aguardassem ali, foi rapidamente ao interior falar com seu superior. Em poucos instantes, um homem de meia idade com um abdome volumoso e roupas mal ajustadas, se aproximou, com uma prancha de madeira nas mãos e, na outra, um estilete de metal.

– Olá, senhor, como disse que era o seu nome?

– Sou conhecido como Gaspar de Gusmão.

– E o que exatamente é essa missão?

– Infelizmente não estou em posição de discutir as minúcias da missão. Minhas instruções foram de que somente o Xá deve ouvir os detalhes.

– E como pretende chegar ao Xá? Preciso saber a natureza de sua missão para poder fazer chegar a ele pelos canais competentes.

Nesse momento, Abhaya, que estava por perto, se aproximou e falou:

– Capitão Uttam! Que bom que o encontrei aqui.

– Abhaya? Eu pensei que você estivesse preso. Aquele nobilíssimo e santo homem, o grande Vikrant da igreja de Atala, o libertou mesmo?

– Sim. Eu estou em missão oficial para o governo e, se você confirmar minha presença junto ao senhor Gusmão com Mrityuhsudhana, poderá se certificar do que falamos.

O capitão Uttam olhou pensativo para Abhaya e Gusmão. Depois de alguns minutos de consideração, finalmente falou:

– Aguardem aqui. – e saiu pela mesma porta posterior por onde havia entrado.

Gusmão olhou Abhaya de maneira curiosa. Não sabia ainda o que pensar sobre ele. Depois de algum tempo, o capitão Uttam voltou e os liberou para irem ao palácio do xá com um documento de liberação.

Quando chegaram ao setor da cidade reservado aos aposentos palacianos, os guardas liberaram a passagem da comitiva pela apresentação do documento. A carroça de Anton ficara guardada junto com a guarda da cidade. As ruas que levavam ao palácio do Xá eram as únicas ainda iluminadas pelas esferas ancestrais, mas, mesmo ali, elas parecia estar com o brilho reduzido. O palácio, entretanto, apresentava-se em toda a sua  suntuosidade iluminado em plena força. As paredes eram limpas e apresentavam o brilho discreto característico das paredes onymarianas. Os guardas estavam vestidos com roupas ancestrais e portavam armas ancestrais consigo.

A comitiva chegou junto ao pé de uma abertura maior com portas ancestrais abertas e filigranas douradas adornando-lhes o umbral. Lá de dentro saiu um homem pequeno de aparência atarracada, vestido com um manto de seda tingido com um matiz koltrano iridescente. Leirbag pôde perceber que o soberano apresentava-se usando um cinto curioso de aparência ancestral. Os olhos koltranos de Kythor conseguiam ver, mesmo sob a luz das esferas ancestrais, uma discreta aura envolvendo o monarca, pois era isso que esse curioso personagem era. O Xá de Upanishads. Descendente direto de uma longa linha de soberanos que sempre haviam governado a cidade; desde o antigo Vyomesh, Senhor dos Céus, até o atual Xá Tulasidas, o Servo do Manjericão.

Dizia-se que sua mãe, Tilak, certa vez adoecera gravemente e os clérigos e clérigas de Atala não conseguiam fazê-la melhorar. Durante a doença de sua esposa preferida, o então Xá Shandar oferecera uma grande recompensa a quem trouxesse a cura para sua amada. Porém a morte para quem falhasse. Poucos tentaram. Desses, quase todos foram executados. O jovem Pyotr, estudante do instituto Dayton, trouxera consigo ramos de manjericão, uma planta apreciada na cozinha de Upanishads e considerada levemente medicinal. Com o uso do manjericão (na verdade, de seus poderes psíquicos de cura), ele fora capaz de curar a mãe de Tulasidas, que, então, se decidiu por adotar esse nome. Outra consequência desses acontecimentos fora o enfraquecimento da igreja de Atala, sendo permitida desde então a prática das habilidades de Dayton nos limites da cidade, bem como no resto do reino, além de um estreitamento de relações entre Dayton e Upanishads. Os clérigos principais de Atala, líderes da igreja, não gostaram disso, mas não puderam fazer muita coisa durante o reino de Shandar. O fato era que isso permitira que, anos depois Abhaya, tivesse podido estudar no Instituto.

O xá se sentou numa almofada colocada ao chão e indicou aos seus convidados que fizessem o mesmo. Todos se sentaram e o xá olhou curiosamente para Kythor. Uma travessa de nozes e tâmaras com folhas de manjericão foi colocada à mesa para que eles degustassem. Havia ainda pequenas klorotas e uvas noutra travessa. Vinho tinto de Tuliéres foi aberto e servido a todos. Quando terminaram de comer a modesta refeição, o Xá tomou a palavra:

– Bem vindos, representantes de Pedro. Sua presença muito me alegra.

– Somos gratos ao Rei Pedro por ter-nos confiado a missão em que estamos e muitíssimo gratos ao grande Xá Tulasidas por nos receber. – respondeu Gusmão.

– Seus feitos o precedem, Gusmão. E hoje posso ver que não exageraram a sua bondade. Permite que mesmo os escravos sentem-se à mesa e comam junto de vocês como iguais. – respondeu o xá, apontando para Kythor, que permaneceu impassível.

–Peço perdão a vossa alteza, mas Kythor não é nosso escravo e, sim, nosso companheiro, que tem se mostrado extremamente valoroso durante nossa viajem para sua magnífica cidade.

– Entendo. Um koltrano valoroso! Realmente, o Senhor Gusmão é um homem de muitas surpresas! Então, vamos aos negócios?

O xá bateu palmas e dois eunucos trouxeram um objeto envolto em panos de seda muito fina. Ajoelharam-se junto ao xá, tocando a fronte ao chão, e depositaram sobre seu colo o pacote, retirando-se ajoelhados de costas. O Xá Tulasidas abriu a seda que envolvia uma caixa de material onymariano. Ao abrir a caixa, podia ser vista em seu interior uma das armas ancestrais descansando sobre uma cama de espuma. E, ao lado dela, dois pequenos cartuchos que aparentavam ser repositórios de energia dos antigos. A arma encontrava-se em seu estojo original e os cartuchos pareciam nunca terem sido usados. O xá a pegou e mostrou à comitiva. Todos observaram encantados o objeto trazido das lendas do passado. Não era, em definitivo, como as armas ancestrais que os soldados atualmente usavam nas defesas dos palácios. Essa arma era uma relíquia original e apresentava um leve brilho. O xá perguntou:

– Onde está o seu avaliador?

– Estou aqui – respondeu Anton.

– E o nosso? – novamente perguntou o xá.

– Aqui estou. – foi a vez de Abhaya responder.

– E qual é o seu veredicto, senhores? – inquiriu o xá.

Anton se aproximou e pediu para tocar na arma. O xá fez um leve movimento com a outra mão em direção ao cinto que usava, movimento quase imperceptível, mas que não escapou aos olhos de Leirbag e Kythor. Entregou, então, a arma nas mãos de Anton, que apresentou um brilho incomum nos olhos. Suas mãos traçaram as linhas da arma e ele a observou em todos os ângulos. Por fim, apontou-a a um dos potes de manjericão que se encontrava nas proximidades e atirou. Um raio de uma luz coerente azulado saiu da ponta da arma, atingindo o pote de manjericão, que se desintegrou. Anton olhou sorridente para o xá, que o observava com uma expressão de ódio mal contido. Todos olhavam espantados para Anton, que entregou displicentemente a arma a Abhaya para que a observasse. Abhaya pegou-a, tomando especial cuidado para não tocar as mãos de Anton. Após observá-la com cuidado, ele a devolveu ao xá, que a pegou novamente e a guardou na caixa, batendo a tampa com força. O rosto de Anton apresentou um leve sorriso indefinível e o de Gusmão apresentava uma expressão de raiva para com Anton.

– Imagino que estejam satisfeitos com a demonstração. – constatou, sério, o xá, olhando para Gusmão.

– Extremamente desnecessária. Peço perdão pela empolgação de nosso conde. – desculpou-se Gusmão.

– Onde estão os créditos, então?

Gusmão retirou de um bolso um pequeno tablete de material ancestral. Esse tablete consistia de um retângulo de cerca de 15 cm por 5 cm por 1 cm. Gravado nele, de forma inalterável, estava escrita a soma de 10 bilhões de créditos imperiais. Uma soma pra lá de considerável. E que poderia reduzir enormemente as dívidas de Upanishads com Império. O Xá sorriu, satisfeito, e se levantou.

– O Rei Pedro é realmente alguém muito generoso. Gostaria que passassem a ele o meu agradecimento e, solicito que entreguem, quando o forem encontrar, os documentos que o meu vizir e conselheiro Lokesh vai lhes entregar.

Todos se curvaram perante o xá, que se retirou. Um eunuco que se encontrava mais para trás se aproximou e informou:

– São bem vindos a permanecer essa noite no palácio. O Xá Tulasidas, abençoado seja sempre por Alando, o guerreiro maior de todos, os honra com essa noite palaciana.

– Agradecemos a honra. – respondeu Gusmão.

A comitiva, então, se separou, cada um em seu quarto.

Gusmão entrou nos aposentos que eram guarnecidos com portas onymarianas. Pelo lado de fora, o eunuco que o acompanhava tocou-as com a palma de sua mão. As portas se abriram, ambos entraram e Gusmão pôde ver que, pelo lado de dentro, havia um local para que se tocasse com a palma da mão, de maneira a abri-la. O eunuco lhe explicou que o aposento estava equipado com um sistema de som ambiente pré-programado (palavra estranha) para uma sequência de músicas antigas que deveriam detectar quando o convidado fosse dormir. Havia uma tela ancestral mostrando cenas do mundo. Os rostos de governantes antigos passavam na tela enquanto uma narração se fazia ouvir nos ouvidos de Gusmão quando ele se concentrava na tela. As palavras lhe eram ininteligíveis, mas algumas ele entendia quando mostrava algum objeto ou coisa comum nos dias de hoje. Havia um banheiro com água corrente e de temperatura agradável. Entretanto, a cama era algo que Gusmão nunca experimentara. Quando se deitou nela, o colchão cedeu ligeiramente ao peso de seu corpo e ele se sentiu inteiramente mais leve, como se estivesse numa piscina ou voando. A sensação, embora inusitada, era extremamente prazerosa e Gusmão, após se banhar, não custou a cair no sono.

Leirbag encontrou um quarto parecido com uma cama equivalente, porém o seu não apresentava a tela ancestral, ao invés disso, uma das paredes parecia um mosaico de figuras antigas, como que suaves pinturas do passado. O mais interessante, no entanto, era que, quando Leirbag a olhou de novo, elas pareceram ter se movido. Porém nunca quando ele as olhava diretamente. Leirbag estudou o panorama um pouco, mas logo se cansou, tomou um banho e dormiu, não sem antes fazer o que Gusmão lhe pedira.

Peter entrou num quarto idêntico ao de Leirbag. Procurou algo para comer, achando num armário refrigerado umas klorotas guardadas. Ele as comeu e foi dormir.

Túlio entrou num quarto que apresentava um grande ícone do Sol brilhante. Nesse local, certamente, havia sido feita uma capela para Helion. Ele agradeceu mentalmente aos anfitriões e, antes de descansar, se colocou em prece, acariciou o ícone que trazia consigo e, por mais que desejasse o contrário, não conseguiu deixar de sonhar com Josephine.

Kythor entrou num quarto modesto. Havia uma cama de madeira com um pequeno colchão. Ao lado da cama, havia uma escrava koltrana em pé. Kythor olhou surpreso para ela e perguntou em idioma koltrano:

– Qual o seu nome?

– O nome que o meu senhor desejar.

– Você é akl há muito tempo?

– Desde que nasci, senhor.

– Então nunca conheceu mais nada?

– Não, meu senhor.

– Então, eu vou chamá-la de Danya... Digo, Khalia.

– Khalia é o meu nome. Como posso satisfazê-lo?

Kythor se deitou com a koltrana, pela primeira vez em muitos anos com uma fêmea de sua raça, mas, apesar de estar sentindo os prazeres que só uma fêmea koltrana podia proporcionar a um macho koltrano, não deixava de se perguntar por que usou primeiramente o nome da sua outrora dona e posteriormente amante humana. As feridas desse tempo ainda demorariam muito para cicatrizar e Kythor gostaria muito que pudesse voltar e fazer várias coisas de modo diferente. No entanto, isso não era possível. Ele agora só podia seguir adiante, para o destino que o aguardava...

Abhaya entrou no quarto que lhe fora reservado e encontrou um livro de Atala na mesa. Ele se perguntou se a colocação desse livro fora por acaso ou se isso fora feito por algum inimigo. Como Abhaya não sabia se a Igreja de Atala ainda o considerava perigoso ou se apenas o fato de terem matado seu irmão, desaparecido com sua irmã e tomado suas terras fora o suficiente. De qualquer maneira, Abhaya não dormiu essa noite. Vigiava cuidadosamente a porta.

Aaron entrou no seu quarto e lhe explicaram com funcionava a água para o banho e a música ambiente. Ele pediu, meio assustado, para o eunuco que a música parasse. O eunuco o olhou, divertido, e perguntou se ele precisava de alguém para dormir com ele essa noite para não ficar com medo, se insinuando de maneira bem explícita. Aaron, que jamais passou por uma situação parecida, nem sequer cogitou a oferta do eunuco, e pediu apenas que a porta ficasse fechada. Quando ele se deitou na cama e se sentiu flutuar levemente deu um salto, caindo no chão. Olhou para a cama, desconfiado, e murmurou assustado:

– Bruxaria...

Nessa noite, Aaron dormiu no chão do quarto.

Anton encontrou seu quarto montado e pronto. A cama era de seu agrado e a tela ancestral ele desligou rapidamente, pois o incomodava. Antes de o eunuco sair, ele lhe perguntou se, dentre as ofertas do xá, estaria a oferta de um companhia para a noite. O eunuco sorriu e perguntou-lhe se ele tinha alguma preferência. Anton lhe disse que tanto fazia. Só precisava de um corpo quente. O eunuco sorriu e avisou que ia providenciar.

Mais tarde, enquanto descansava, Gusmão, que tinha o sono leve, percebeu uma abertura nas extremamente silenciosas portas onymarianas de seu quarto. Uma figura furtiva estava se aproximando de seu leito. Gusmão podia perceber um leve brilho metálico na mão desse visitante misterioso. Ele estava mexendo nas roupas e pertences de Gusmão. Por fim, se aproximou-se do velho guerreiro, que, num salto, se pôs em guarda e, num rápido movimento, acendeu as luzes do aposento. O que se passou, então, foi muito rápido. O eunuco que entrou no quarto tentou acertar Gusmão com a adaga, mas Gusmão se esquivou facilmente. Quando Gusmão sacou sua espada, o eunuco tentou fugir em direção à porta, mas foi bloqueado e então, sem alternativa, cortou o próprio pescoço com a adaga.

Gusmão chamou a guarda do palácio, que logo veio ajudar. Eles levaram o corpo do eunuco rapidamente, trocando Gusmão de quarto. Uma coisa que ele pôde perceber era que o corte deixara sair muito pouco sangue. E, pensando bem, o eunuco estava muito pálido quando entrou no quarto. Gusmão que passou o resto da noite acordado.

Anton aguardava, mas o eunuco não retornou. Pelo visto, ele não conseguira surpreender Gusmão. Com certeza, esse escravo mental já estava morto. Que fosse. Pelo menos, o sangue desse inútil servira para alguma coisa, pensou Anton, enquanto lambia os lábios muito rubros. Ele, então, dormiu tranquilo, sabendo que haveria outras oportunidades.

No dia seguinte, todos acordaram e foram levados para a saída do palácio. Os guardas estavam visivelmente contrariados. O eunuco morto era o responsável pela guarda palaciana. Se eles estivessem em outra situação, com certeza, seriam presos e averiguados. Entretanto, o xá aceitara a palavra de Gusmão sobre o ocorrido.

Após saírem do palácio, rapidamente a comitiva se dirigiu para a igreja de Helion. Afinal, Gusmão ainda tinha de entregar os donativos angariados por ele em Bragança. Túlio estava feliz por poder rever seus pares e os levou diretamente à igreja. Enquanto estavam a caminho, Gusmão e Leirbag conversavam discretamente.

– Foi realmente uma boa ideia deixar a arma comigo, Gusmão. Embora eu não esperasse um ataque tão rapidamente, creio que devemos nos manter atentos. – comentou Leirbag.

– Sim. Como esse Anton já cumpriu com suas obrigações, creio que devemos nos separar dele rapidamente. – assentiu Gusmão.

219

– Concordo. Mas como o faremos? Se ele realmente é algum tipo de espião ou o que quer que seja, como faremos para nos separarmos dele sem que isso fique óbvio demais? – quis saber Leirbag.

– Ainda não sei. Preciso pensar.

– Com licença amigos, creio que não irei com vocês à igreja, tenho de encontrar uma pessoa aqui em Upanishads. Espero encontrá-los em breve. – interrompeu-os Kythor.

– Sem problemas. Encontraremo-nos de novo mais tarde. – respondeu Gusmão.

Após andarem mais um pouco pelas ruas escuras de Upanishads, a comitiva se aproximou da igreja de Helion. A igreja de Helion em Upanishads foi a que se estabelecera primeiro. Estava localizada no setor A37 (segundo as antigas demarcações ancestrais) e se colocava num espaço amplo com muitas áreas para o culto de Helion. A comitiva se aproximou e Túlio disse, feliz:

– Aqui estamos, amigos. Espero que possamos receber as bênçãos de Helion.

– Se os amigos não se importam, vou ter de sair agora. – interrompeu Anton. – Preciso encontrar um colega mercador e encontrarei com vocês em breve.

– Aguardaremos o seu retorno, conde. – respondeu Leirbag.

Anton se virou e saiu rapidamente do local. Gusmão e Leirbag trocaram um olhar rápido, mas foram interrompidos pelas portas onymarianas da sede de Helion em Upanishads. Elas se abriram, revelando um local muito mais bem iluminado. Não com as luzes ancestrais, mas com ícones de Helion colados às paredes, dos quais emanava um brilho dourado. Leirbag pôde perceber que não eram feitos de ouro, mas de um material algo transparente e que apresentavam uma fonte de luz interna.

– Sejam bem vindos, amigos! Especialmente o grande Gusmão! A igreja de Helion agradece a todos a dedicação e auxílio. – anunciou um clérigo de Helion, que veio do fundo da igreja.

Ele estava trajando o robe dourado dos altos sacerdotes, e, como no caso dos clérigos de Atala, apresentava um xurba na cabeça.

Diferentemente dos clérigos de Atala, os xurbas de Helion não eram cones, mas círculos armados que davam aos clérigos o aspecto de terem uma auréola de luz atrás da cabeça. Os xurbas de Helion eram reservados aos clérigos de mais alta patente e os clérigos menores andavam com as cabeças descobertas. Quando atingiam o nível intermediário, podiam usar o colar de Helion, uma espécie de colarinho que apresentava no pescoço um disco dourado (os mais ricos usam um disco de ouro) e, finalmente, quando eram sagrados sacerdotes plenos, podiam usar o xurba. Somente o sumo sacerdote de Helion em Império podia usar o xurba ancestral. Esse ornamento era um xurba como os outros, porém apresentava uma iluminação ancestral interna, o que dava ao sumo sacerdote um ar místico e de poder. Túlio, por exemplo, por ser um clérigo intermediário, tinha o ícone de Helion e o colar de Helion. O colar era simples, com um pequeno disco de bronze polido fazendo as vezes de colar de Helion. O ícone, também de madeira e bronze, como já foi dito anteriormente, fora feito à mão por Túlio logo no início de seu aprendizado e infundido com a presença de Helion por seu mentor. Embora fosse um ícone simples em seu aspecto, era extremamente poderoso, carregando em si energias imensas.

– Obrigado pela recepção. Sou Gaspar de Gusmão e essa é a nossa comitiva. Túlio, o senhor já conhece. Esse grande amigo aqui se chama Aaron e vem das terras do norte. Aqui temos Abhaya, que se juntou a nós recentemente, vindo daqui mesmo de Upanishads. Talvez o senhor já o conheça.

– Ainda não tive o prazer.

– Temos também em nossa comitiva um mercador de vinhos chamado Anton que não pôde comparecer, um koltrano chamado Kythor que, por outros, motivos também não pôde vir.

– Um koltrano?

– Sim, um amigo confiável que viaja conosco desde Bragança. E, finalmente, temos Leirbag e Peter. – ia dizendo Gusmão, ao se surpreender repentinamente. – Peter? Onde está Peter?

Todos olharam entre si para onde achavam que Peter estaria e, estupefatos, perceberam que ele não estava mais entre eles.

– Leirbag? Onde está Peter? – perguntou-lhe Gusmão.

– Eu... Eu não sei, podia jurar que estava conosco... Gusmão! Nossa demanda sumiu.

– O quê?! Mas estava com você?

– Creio que fomos ludibriados!

– Amigos, posso ajudá-los? – perguntou, preocupado, o clérigo de Helion.

– Senhor, pedimos desculpas, mas precisamos nos ausentar imediatamente! – respondeu Gusmão.

Todos saíram rapidamente pela porta da igreja e, ao chegarem ao lado de fora, puderam ver Kythor correndo e trazendo Peter nos ombros. Quando ele os alcançou, colocou-o no chão e disse:

– Perdoem-me a demora, encontrei Peter vagando a esmo, vindo das partes mais profundas da cidade. Ele não me respondeu e parecia estar sob algum tipo de transe. Não lutou quando o coloquei nos ombros e o trouxe para cá.

– Deixe-me vê-lo. – disseram simultaneamente Túlio e Abhaya. Abhaya cedeu a vez e Túlio examinou os olhos de Peter.

– Ele parece ter sido drogado. Ou estar sob alguma maldição. Vamos levá-lo para o interior da igreja.

Rapidamente, os amigos levaram Peter para o interior e os clérigos trouxeram um pouco da água santa de Helion. Ao ser despejada na fronte de Peter, ele deu um grito de horror e desmaiou. Uma espécie de líquido negro saiu de seus olhos e nariz e a respiração dele começou a melhorar. Abhaya estava próximo e tocou o rosto de Peter, que começou a melhorar ainda mais.

– Ele vai ficar bem, mas sua mente sofreu um assalto terrível. Se você não o tivesse trazido a tempo, creio que seria difícil recuperarmos nosso amigo. – disse Abhaya.

– Onde você disse que o encontrou? – perguntou Túlio.

– Nas partes mais profundas da cidade. Ele estava vindo dessa direção.

– Necromantes... – falaram ao mesmo tempo Túlio e Abhaya.

– Onde está Anton? – perguntou Kythor.

– Já desconfiei desse Anton desde que o encontrei. Desculpem-me se ele é amigo de vocês, mas eu recentemente adquiri a capacidade de perceber o perigo e sinto mais perigo do que jamais senti quanto quando vejo esse conde mercador. – disse Abhaya.

– Sim eu e Leirbag já desconfiávamos disso, mas não tínhamos como fazer nada. Ele está em missão oficial e, portanto, tem de nos acompanhar.

– Mas e se ele fez alguma bruxaria com o Pirata? – perguntou Aaron.

– Creio que você esteja certo, Aaron. Anton, definitivamente, parece ser mais do que aparenta. Precisamos encontrá-lo. Kythor, você pode nos levar para onde encontrou Peter? – perguntou-lhe Gusmão.

– Sim.

– Túlio, será que podemos contar com o auxílio da igreja de Helion para com nosso amigo? – mais uma vez interpelou Gusmão.

– Não é necessário nem perguntar. Claro que ele será bem cuidado.

– Então, vamos caçar esse necromante. – disse Leirbag, com um olhar selvagem.

A comitiva correu pelas ruas escuras de Upanishads seguindo Kythor, que avançava pela multidão que o aviltou com xingamentos, mas parou rapidamente quando viu que seguindo-o estava o resto da comitiva. Conforme avançavam, respirar ia se tornando cada vez mais difícil. E a quantidade de pessoas nas ruas, bem como a iluminação diminuía acentuadamente. Kythor não parecia perceber o ar abafado e fétido. Os outros respiravam com alguma dificuldade. Aaron, em especial, devido ao seu porte e ao peso que carregava em armas, pedia para descansarem para tomar fôlego. Após alguns minutos, os amigos perceberam que estavam num local muito escuro. As ruas estavam desertas e todos podiam ver que já haviam passado do nível das paredes onymarianas. Estavam agora no leito de rocha do fundo da cidade. O ar ali era abafado e frio, como o ar de altas altitudes. Porém sem o cheiro de montanha. Na verdade, o cheiro ali era um cheiro de morte. Todos se recuperaram um pouco e prosseguiram. Logo chegaram a um salão escavado na rocha. O salão era escuro e somente os olhos vermelhos de Kythor iluminavam um pouco à frente. Os companheiros hesitaram em acender tochas ou outras fontes de luz que revelassem a sua posição. Kythor sussurrou:

– Posso ver alguma formas humanoides se movendo à distância. Não parecem ter percebido nossa presença. Não me arrisco a intensificar minha visão para não chamar a atenção deles.

– São muitos? – perguntou-lhe Gusmão.

– Parecem ser uns oito ou dez aproximadamente.

– Acha que conseguiremos chegar ao prédio no centro do salão sem que nos vejam?

– Creio que sim, mas vocês devem fazer silêncio total e só andar quando eu andar.

Passo a passo, a comitiva avançou lentamente pelo salão, dirigindo-se ao prédio central que permanecia com alguma iluminação de tochas. Quando chegaram perto o suficiente para ver as portas, as figuras das trevas já haviam ficado para trás. Ao se aproximarem da porta, ela se abriu e um esqueleto humano os aguardava no umbral. De dentro das órbitas vazias uma leve luz azulada, como que um eco de vida de um passado distante, iluminou fantasmagoricamente o semblante sepulcral. O sorriso sem expressão da caveira os observava, expectante. Aaron já estava a avançar, murmurando "bruxaria" enquanto preparava o machado, quando Leirbag o segurou levemente pelo ombro. Gusmão, então, disse:

– Leve-nos a Anton.

O esqueleto abriu a porta e os deixou passar, seguindo logo após pelos corredores escuros. Dentro do prédio, os amigos podiam ver que as paredes eram iluminadas por candelabros adornados por velas feitas de gordura de algum animal que eles preferiam não imaginar qual seria, posto que, ao queimar, deixavam um cheiro de porco torrado. As paredes apresentavam quadros estranhos de uma arte de gosto muito duvidoso, com diversas cenas de absoluta depravação. Conforme os companheiros seguiam por essa via escura e soturna, a sensação de aperto e claustrofobia aumentava, enquanto a surrealidade da situação oprimia seus sentidos e pensamentos. Como condenados que seguissem em direção à execução, eles forçaram as pernas a se arrastar pelos corredores sombrios. Os passos leves do esqueleto animado à frente ecoavam de maneira sobrenatural. Aaron, especialmente, estava tenso, seus músculos fortes tensos como cordas, além dos dentes trincados, que deixavam escapar num sussurro rouco a palavra "bruxaria".

Os olhos koltranos de Kythor estavam brilhando de maneira especialmente intensa, como se até mesmo seus sentidos apurados estivessem tendo uma especial dificuldade em devassar a atmosfera carregada. Gusmão estava a seu lado, seguindo de perto o esqueleto, com a espada em punho e os olhos bem abertos tentando discernir o caminho. Túlio estava logo atrás, junto com Abhaya. Ele carregava o símbolo de Helion e seus lábios se moviam em preces mudas, que tinham o efeito de reduzir o terror, mas esse efeito parecia restrito a apenas ele mesmo. Abhaya estava com uma expressão atenta, de alguém que percebia o perigo intenso que os envolvia de todos os lados. Atrás deles encontrava-se Leirbag, que seguia os amigos mantendo os olhos atentos na retaguarda. Aaron, que apresentava mais dificuldade de se controlar estava mudando constantemente de posição, ora à frente ora na retaguarda, porém nunca perto do esqueleto.

Enquanto eles prosseguiam, uma porta se abriu na lateral, revelando a presença de uma figura encapuzada. Na luz bruxuleante das velas que queimavam com sua luz insana e fraca, Aaron, que estava mais próximo, pôde ver um humano de estatura média, que, comparado a ele, era pequeno, vestindo um manto de um vermelho escuro velho, como sangue coagulado. O rosto não era visível por sob o manto, mas a surpresa se tornou evidente quando ele estacou seu movimento e tentou retornar rapidamente pela porta por onde entrara. Aaron rapidamente entrou junto com ele, segurando seu braço com uma das mãos e, com a outra, tampando a boca para evitar que ele gritasse. Os companheiros rapidamente entraram, seguindo a comoção, e se encontraram numa pequena sala. Dentro dessa sala, que parecia ser um quarto de estudo, encontrava-se Aaron segurando facilmente o necromante – pois era isso que ele parecia ser efetivamente – que se contorcia, tentando livrar-se das mãos de aço que o prendiam. Quando o rapaz pálido e esquelético viu o restante do grupo entrar, perdeu a vontade de lutar, colocando-se muito quieto.

Peter fechou a porta após entrar, deixando o esqueleto animado do lado de fora. Gusmão acendeu a sua lanterna dos ancestrais, iluminando a cela imunda como provavelmente jamais fora iluminada, revelando uma bancada de estudos com um livro ensebado e fuliginoso aberto numa página que continha um diagrama de um corpo humano cortado. Logo acima havia uma das malcheirosas velas queimando lentamente e enchendo o local com sua fuligem preta e amaldiçoada. Além do livro grande havia papéis espalhados na mesa, que demonstraram ser anotações. As paredes eram de pedra escura coberta com uma camada de graxa criada por séculos de velas queimando. Pareciam nunca terem sido limpas. Havia ainda duas camas, cujos colchões sujos de diversos fluidos se encontravam em desalinho. O odor de perversão no quarto era grande, associado a um odor de imundície e desleixo. O aspecto do jovem necromante era o de um doente e ele olhava com olhos assustados para o grande grupo que o acossava agora no local onde tantas vítimas haviam sido acossadas no passado por seus próprios semelhantes.

– Entenda, rapaz, estamos aqui de passagem. Precisamos encontrar Anton, você sabe onde ele está? – perguntou Gusmão, que não pôde deixar de reparar que a menção ao nome de Anton levara a um estremecimento do rapaz.

– Vamos deixar você falar, mas, entenda, se gritar, nosso amigo pode rapidamente quebrar seu pescoço. – disse Kythor, que se aproximou com o brilho característico de seus olhos, deixando a expressão doente do rapaz ainda pior.

Aaron, a um sinal de Gusmão, afastou a mão da boca do rapaz, que tossiu, escarrando um pouco de sangue aos pés de Kythor, que estava logo à frente.

– Quem são vocês? Como entraram aqui? O que querem com

Anton?

Um rápido movimento de mão de Aaron sacodiu o topo da cabeça do rapaz, que se assustou com a agressão.

– Nós fazemos as perguntas. – respondeu Kythor. – Agora responda.

Num olhar de terror extremo, o rapaz balbuciou:

– É melhor morrer. Ele vai devorar suas almas! – e começou a entoar o que pareciam ser palavras mágicas. Um golpe rápido do cabo do machado de Aaron na cabeça do necromante silenciou o poder das trevas que se acumulava antes que o feitiço pudesse ser completado. O ar carregado, que aumentou em perigo enquanto o rapaz tentava seu feitiço, foi subitamente aliviado com a inconsciência dele.

– O que faremos, então? – perguntou Túlio.

– Parece óbvio que Anton não é o que diz ser. E se ele realmente está com a arma ancestral, é preciso que seja encontrado rapidamente. Não é possível imaginar o que ele está fazendo. Mas posso ter certeza de que não queremos que consiga fazê-lo. – respondeu Gusmão.

– Creio que devemos prosseguir pelo corredor. – disse Kythor.

– Amigos creio que estamos lidando com forças das trevas especialmente poderosas. Peço que, antes de prosseguirmos, façamos uma pequena prece a Helion. Vamos juntar nossas vontades e implorar pela sua ajuda. Creio que precisaremos de toda a ajuda que pudermos conseguir. – pediu Túlio.

Túlio, então, ofereceu as mãos a Gusmão e a Aaron, que seguraram as mãos de Leirbag, que segurou as mãos de Abhaya. Kythor não se colocou no círculo de oração, ficando atrás da porta, ouvindo atentamente possíveis passos ou outros sons que denunciassem a presença de mais inimigos.

– Helion, pai da luz, ajude-nos em nossa hora mais escura, que Plutônium seja afastado pelo seu poder. Se nossa hora estiver próxima, que possamos partir com bravura pelas mãos de Alando. E que possamos nos reunir novamente nas estrelas. Pois assim está escrito: "Das estrelas viemos, para as estrelas voltaremos."

Os amigos julgaram perceber um formigamento nas mãos quando a prece se encerrou. A escuridão não parecia mais tão sombria e a atmosfera se encontrava mais leve. Todos olharam emocionados para o símbolo de Helion, que brilhava suavemente com uma pequena luz dourada no peito de Túlio. Seus olhos estavam infundidos do mesmo brilho. A imagem logo desapareceu, sendo seguida por um retorno da escuridão que era rompida apenas pela lanterna de Gusmão. Todos pareciam mais aliviados e aptos a lutar contra uma força das trevas maior do que eles jamais haviam imaginado. Um dos poderes mais antigos do mundo de Damocles. Kythor olhou para eles com uma expressão neutra, seus olhos koltranos brilhando com um brilho fosco.

Finalmente os amigos abriram a porta e se viram novamente acolhidos pelo sorriso inexpressivo da caveira que os observava com as órbitas vazias. Novamente solicitaram que fosse levados a Anton, após terem amarrado e amordaçado o necromante no quarto de onde haviam acabado de sair. O esqueleto se virou e recomeçou a sua marcha tétrica em direção às profundezas da fortaleza do mal.

Conforme os companheiros se aprofundavam no local, podiam perceber que as paredes continham decorações ainda mais macabras, havendo agora tochas para iluminar o caminho e, ao chegarem ao final dele, encontraram uma grande porta dupla entreaberta. De dentro eles podiam ouvir o som de cânticos insanos num baixo volume, mas que tornavam os pensamentos difíceis. O esqueleto parou em frente à porta e estendeu a mão para abri-la. Leirbag rapidamente disse:

– Pare. Responda com um sim ou um não: Anton está atrás dessa porta?

O esqueleto move a caveira num movimento vertical lento e ritmado, dando a entender que Anton se encontrava logo atrás da porta.

– Obrigado por sua ajuda, pode voltar ao seu posto na entrada. – completou Leirbag.

O corpo iniciou seu movimento de retorno, seus passos leves fazendo sons quase inaudíveis nas pedras do chão. Logo estavam todos sozinhos novamente.

– Vamos entrar rapidamente. Eu, Aaron e Kythor na frente, Leirbag logo atrás. Túlio e Abhaya na retaguarda. Vamos dar a ele uma tentativa de desistir. Se fizer qualquer movimento estranho, atacamos. Estão prontos?

Todos assentiram, preparando suas armas e poderes para o provável embate que se seguiria.

As portas foram abertas violentamente pelos pés de Aaron, que as chutara com o vigor de um gigante, quase arrancando as portas de madeira das dobradiças. Dentro da câmara, a comitiva pôde ver Anton vestindo um robe de necromante, com o capuz descoberto. Esse robe apresentava-se inteiramente negro, exceto por alguns reflexos que pareciam ser reflexos de uma energia vermelha, como pequenas serpentes de uma luz doentia, que circulava o robe e se acumulava nas mãos e olhos de Anton. Ele estava atrás de um altar de pedra, onde estavam depositados objetos que nenhum dos membros da comitiva conseguia ver pela elevação em que se encontrava o altar. Ao lado de Anton, estavam dois outros necromantes que pareciam estar ajudando no ritual em curso. Os padrões energéticos oscilavam como uma corrente de sangue que era drenada dos auxiliares em direção a Anton. Os rostos deles estavam encobertos. Nas paredes, havia diversas pessoas penduradas pelas mãos, como que crucificadas, com os abdomes abertos e as entranhas caindo pelo chão. O sangue dessas vítimas fluía por pequenos canais escavados no chão, que pareciam se dirigir através de um padrão místico complicado em direção ao altar central, onde se misturavam uns com os outros numa piscina vermelha. Dessa piscina, erguiam-se filamentos de energia em direção aos assistentes, que os repassavam a Anton. Quando a porta se abriu, os três necromantes olharam estupefatos em direção ao estrondo da abertura.

Nesse momento, Gusmão gritou:

– Renda-se, Anton! Você não tem saída.

Anton gargalhou e pegou um objeto que estava sobre a mesa. Nesse momento, diversas coisas aconteceram. Leirbag, que já estava com as pistolas engatilhadas e preparadas, atirou num dos necromantes, matando-o instantaneamente. O ícone dourado de Helion no peito de Túlio emitiu uma luz forte. Aaron arremessou o seu machado em direção a Anton, que estava erguendo a arma ancestral da mesa. No entanto, nesse momento, por um milagre de Helion, a arma se soltou da mão de Anton, emitindo um raio desintegrador que traçou um largo sulco no chão, aniquilando o outro necromante no processo, enquanto rodava pelo ar, caindo finalmente aos pés de Gusmão.

O machado arremessado atingiu seu alvo, decapitando Anton cuja gargalhada foi interrompida, sendo seguida de um ruído gorgolejante no momento em que a expressão de triunfo em seu rosto, que rolava pelo ar, era substituída por uma de surpresa e, finalmente, por uma de ódio, enquanto a cabeça voava para longe do corpo rijo, que começava a deixar escapar uma grande quantidade de um sangue negro e grosso enquanto se debatia, primeiramente em pé e, posteriormente, no chão. As energias místicas do local foram desviadas e infundiram corpo e cabeça de maneira intensa, como se uma grande força as puxasse para o interior dessas duas partes numa tempestade de trevas e relâmpagos vermelhos.

Os corpos nas paredes gritaram num urro assustador e, após um espasmo intenso, ficaram quietos. A cabeça rolou pela poça de sangue e, para o horror de todos, a língua de Anton procurou inutilmente lamber o sangue que se espalhava em seu rosto, enquanto seus olhos, agora sem a energia das trevas, se reviravam num último espasmo de ódio. O ícone de Helion brilhava agora com uma luz mais forte e a cena se acalmou com o desaparecimento das forças das trevas. Enquanto Gusmão se abaixava para pegar a arma ancestral, m Aaron pegou seu machado e, num tremor suave, murmurar: "Bruxaria!"

Após esses acontecimentos inusitados, todos relaxaram e se aproximaram da mesa do altar. Nela puderam ver, juntamente com implementos necromânticos diversos, uma cópia exata da arma ancestral dentro da caixa onde a arma que receberam do xá estivera. Leirbag chamou a atenção de todos para o corpo de Anton.

– Vejam só isso. As mãos dele mudaram! Têm mais um dedo!

– E não é só isso! – exclamou Kythor. – Vejam os olhos dele!

Os amigos viram que, para o espanto deles, os olhos de Anton não eram mais humanos. Apresentavam uma cor vermelha com bordas amareladas e as pupilas eram verticais como as das cobras. As sobrancelhas também aparentavam estar mais espessas e arqueadas para cima, as orelhas, ligeiramente pontudas e os dentes, pontudos como presas. Todos afiados.

– Irmãos, esse Anton nunca foi humano! – exclamou Túlio, com as mãos agarrando o ícone de Helion.

– Também não é Koltrano. – falou Kythor, suavemente.

– Nunca ouvi falar dessas criaturas. – declarou Abhaya, intrigado.

–Creio que estamos diante de algo novo. – disse Gusmão.

– Ou algo muito velho. E oculto. – encerrou Leirbag.

Os companheiros se apressaram em retirar as armas – tanto a original quanto a cópia, tendo o especial cuidado de fechar a caixa onde essa se encontrava sem tocá-la – e os pertences dos corpos dos necromantes e de Anton. Em breve tempo, estavam já saindo novamente e Gusmão apressou a todos, para que se fossem rapidamente desse local de necromancia.

"Creio que nossos problemas apenas começaram.", pensava Gusmão, enquanto a Comitiva partia em direção à igreja de Helion.

# Fim da parte dois

# Parte 3

Deuses e Máquinas.

VINICIUS WATZL

## Synthia

As explosões ecoavam por toda a nave. Synthia corria para conseguir chegar rapidamente ao seu amado James. Os campos de integridade estrutural estavam aguentando, mas os estabilizadores inerciais podiam falhar a qualquer momento. Synthia não sabia se essa pane dos sistemas estava relacionada a algum ataque koltrano ou se o gerador de improbabilidade fora de algum modo danificado. O fato era que se isso ocorrera, tudo se tornava possível, e, se tudo podia ocorrer, seu cérebro certamente teria dificuldade em relacionar a rota mais segura a seguir para salvar os tripulantes. Tendo isso em vista, ela correu em direção a James Walker.

Nos infinitesimais instantes que existiam entre seus passos, Synthia pôde acessar as memórias mais antigas de sua existência, e, embora se lembrasse de todos os detalhes com perfeição, a memória do dia em que encontrara James Walker pela primeira vez sempre a levava a um palpitar de potenciais diferentes. Parecia que havia sido ontem. Embora já estivessem juntos havia 127 anos solares padrão, o dia em que se encontraram ficara guardado para sempre em sua memória.

Ela era uma jovem estudante no Instituto de Pesquisas Espaciais e James fora o professor do seu último período- eles se encontraram no campo de holoimagens e James parecera se interessar em especial por ela. Suas mãos deslizaram suavemente pelos controles enquanto as holoimagens gravavam de maneira indelével conceitos sobre a microestrutura fina da realidade e o teorema de Mykrantz sobre a natureza íntima das funções probabilísticas da ancestral Mecânica Quântica. Fora muito difícil para ela aprender sobre como as funções de probabilidade davam origem à matriz material do universo, enquanto observava James com seu sorriso encantador olhando para o seu rosto e deslizando a mão pelos controles de ajuste de tempo relativo. Mykrantz podia ser interessante no seu salto de gênio que havia aberto o universo à exploração humana, mas os olhos azuis de James, para ela naquele momento, apresentavam um azul mais belo do que a beleza de qualquer função de onda probabilística.

Synthia se desviou de uma parede que subitamente perdeu a integridade estrutural. Ela ia ter de falar com Onymar para que, se sobrevivessem, conseguisse reparar os danos causados. Por sorte, os campos de força impediam a saída da atmosfera para o vácuo, mas, por um instante, Synthia conseguiu ver o cruzador de combate koltrano engajado em combate feroz com a ISS Bragança. A pequena nave parecia que levaria a pior, mas seus compensadores probabilísticos garantiram que não fosse acertada enquanto desferiam golpe após golpe no cruzador koltrano. A presença dos koltranos ali fora uma surpresa. O oficial de ciências William Walker, irmão de James, estivera bastante excitado com a possibilidade de encontrarem um dos antigos portões estelares. Mas os koltranos, ao que parecia, também haviam captado as assinaturas características desses buracos de minhoca e o encontro dos antigos inimigos acabara se mostrando inevitável. Afinal, quem poderia dizer para onde esse portal levaria?

Synthia passou pela porta da academia e sua memória a colocou novamente junto a James, no dia em que estavam embarcando na nave. Embora ela não precisasse se exercitar, adorava acompanhar James em seus exercícios e o estimulava a manter a sequência sugerida por Atal, o auton responsável pela saúde de todos os tripulantes humanos. As outras mulheres olhavam para James com desejo e a certeza do desejo de James por ela, por Synthia, a fazia sentir a maior felicidade possível, mesmo com o desconforto causado por se sentir um obstáculo àquelas que desejavam James. A infelicidade causada a elas era compensada pela possibilidade de infelicidade muito maior causada a James, caso ela, Synthia, cedesse seu lugar a uma das outras. Lembrava-se das noites de amor que haviam tido juntos e do prazer que essas noites lhes haviam proporcionado. Ela, além do prazer físico em si, havia sentido mais ainda um prazer imenso em seus potenciais emocionais em poder agradar àquele a quem decidira devotar sua existência.

O dia de sua união com James havia sido muito festejado. Embora seus familiares não tenham podido estar presentes fisicamente, a cerimônia fora realizada numa holosuite que recriava a Paris clássica do final do século 21, antes da grande catástrofe e ainda apresentando as estruturas ancestrais preservadas, como o Arco do Triunfo ou a Torre Eiffel. A cerimônia se realizou na Pirâmide do Louvre. Os pais de James, embora estivessem em Alpha Centauri em missão, puderam participar com seus avatares em transmissão supra luminal padrão. Synthia, no início, ficou preocupada com os custos a que James estaria se submetendo para conseguir fazer essa celebração tão suntuosa de seu casamento, mas o sorriso de felicidade e amor que ele havia apresentado na ocasião a dissuadiram de todo.

As portas do centro de comando estavam emperradas. Muito provavelmente, com os impactos das armas koltranas, houvera uma perda dos campos de contenção. Synthia sabia que a nave onde se encontravam provavelmente estava condenada. Com sua força sobre-humana, ela conseguiu forçar a entrada na ponte e viu que estavam todos mortos. Seus escudos pessoais não haviam tido tempo de se ativar e os corpos estavam carbonizados. Ela olhou com horror a cena e se virou numa lentidão angustiante para qualquer pessoa, enquanto seus potenciais ameaçavam entrar em conflito definitivo e paralisar suas ações. Com um choque de alívio indescritível, ela pôde ver James caído sobre o console de navegação, seu corpo coberto pelo brilho dourado do campo de força pessoal. Ele estava salvo!

Com toda a delicadeza do mundo, ela ergueu seu amado nos braços e seguiu pelos corredores em direção às cápsulas de fuga. Como James estava desacordado, ela teria de ir junto para poder garantir a sobrevivência dele. Se ele estivesse acordado, ela teria de deixá-lo ir e tentar salvar outros, mas não era o caso. Enquanto se dirigia para as cápsulas de fuga, toda a nave sofreu um forte estremecimento.

Synthia sentiu seus átomos serem virados ao avesso, e percebeu que haviam acabado de fazer uma viagem pelo universo. Embora as características dessa viagem tivessem um padrão diferente.

Pela janela do corredor, Synthia pôde ver um grande sol amarelo se afastando rapidamente com o característico desvio do comprimento de onda da luz causado pelo padrão koltrano de viagem, que era o de dobrar o espaço-tempo. Ela ficou intrigada pelo disco negro que bloqueava a visão do sol, porém sem as distorções lenticulares de gravidade que seriam esperadas pela presença de um buraco negro. O que seria esse disco escuro, ela não sabia dizer. A viagem prosseguia enquanto ela sentia a nave onde se encontravam ser arrastada pela distorção espacial em direção a um planeta duplo. As paredes da lateral do corredor se romperam, expondo Synthia e James ao vácuo do espaço. Ela se agarrou com um braço a uma alça próxima na parede oposta à que se rompera, enquanto com o outro braço mantinha James junto ao seu corpo. Ainda bem que o campo de força pessoal de James não se rompera! Ou ela não conseguiria salvá-lo. Como a gravidade artificial também havia parado de funcionar, Synthia calculou rapidamente os vetores direcionais e a força que devia imprimir nas suas pernas para, num salto, enquanto carregava James, conseguir se aproximar da cápsula de fuga que estava rapidamente se afastando das paredes rompidas da nave.

Embora sua atenção estivesse fixa no seu objetivo, ela não podia deixar de notar com satisfação que a nave koltrana parecia estar sofrendo avarias graves também, com rupturas estruturais ocorrendo em diversos setores. Com o impulso calculado e a precisão do vigoroso salto que imprimira em suas pernas, Synthia se lançou ao vácuo do espaço, seguindo a trajetória agora impossível de ser modificada em direção ao módulo de fuga que aparentava ser o mais bem conservado de todos. Enquanto flutuava por entre as estrelas e as explosões de plasma e fluido improbabilístico, Synthia se deixava devanear, lembrando-se do seu primeiro passeio em gravidade zero.

James a levara na lua de mel à Lua, mas mesmo a visão das primeiras pegadas dos seres humanos fora do berço terrestre não se comparava à sensação de gravidade zero que experimentara no cruzeiro a Titã. James, que havia pensado em tudo, escolhera esse cruzeiro justamente pela possibilidade de poderem voar. James fora sempre um grande romântico e ela sempre ria com gosto das acrobacias loucas e piruetas desconcertantes que ele realizava em gravidade zero. Ela, apesar de seus reflexos perfeitos e sobre-humanos, sentia prazer em se colocar em situações em que James tivesse de vir resgatá-la. Quando chegava a hora do descanso, ambos seguiam para a suíte reservada onde, então com gravidade, podiam se entregar aos prazeres mútuos. Eles bem que tentaram uma vez reduzir a gravidade da cabine para zero, mas o processo ficou tão atrapalhado e cômico que, aos risos, haviam tido de retomar a gravidade para poder, enfim, se amar. Dormir, no entanto, era melhor flutuando na cabine como num sonho.

Com destreza, Synthia agarrou a lateral da cápsula e empurrou o corpo desacordado de James para o seu interior, tendo logo depois ela mesma deslizado suavemente e se colocado no lugar do piloto. Podia ver agora pela tela que se iluminava que as explosões haviam danificado os sistemas de navegação da cápsula. Ela não teria dirigibilidade atmosférica, no planeta abaixo. As leituras indicavam que o planeta tinha uma atmosfera rica em oxigênio, além da temperatura correta para a vida humana. Synthia agradeceu intimamente ao gerador de improbabilidade por terem chegado a um planeta habitável. Com cuidado, ela reforçou as baterias dos campos estruturais e escudos de impacto. Segundo seus cálculos, a probabilidade de sobreviverem à queda era pequena, mas Synthia abriu os coletores e conseguiu coletar bastante fluido de Mykrantz para alterar as chances de maneira favorável, ou assim ela esperava.

Na primeira vez que ela e James viajaram numa nave improbabilística, James explicara brevemente o que Mykrantz, com sua genial percepção, havia criado. Pelo que ela, à época, pudera entender, as naves interestelares humanas utilizavam um tunelamento quântico modificado, para, através do princípio de Mykrantz do emaranhamento universal, fazer com que todos os átomos da nave e de seus habitantes passassem instantaneamente de um ponto a outro no espaço, sem precisar percorrer todo o espaço entre esses pontos. Mykrantz, com seu fluido improbabilístico, havia tornado a incerteza quântica inerente a esse processo controlável através de manipulação de probabilidades. Assim, o impossível se tornou corriqueiro, exatamente como o amor que ela sentia por James, um amor que, apesar de altamente improvável, se tornara real. Ela só discordava de James quanto ao corriqueiro. Estar junto dele era sempre uma surpresa e uma alegria, nunca rotina.

A atmosfera do planeta abaixo queimava os escudos de reentrada. Os leitores de oxigênio confirmavam uma atmosfera respirável. Tudo estava indo muito bem, quando os circuitos de navegação explodiram numa nuvem de faíscas. Os sistemas de proteção a incêndios entraram em ação e impediram que ela e James fossem queimados vivos. A queda prosseguiu descontrolada, levando-os a um pequenino lago num dos continentes do mundo abaixo. Numa queda espetacular, os compensadores inerciais e estruturais se sobrecarregaram, transferindo a energia cinética do interior da cápsula de fuga para o exterior, o que, somando-se à energia cinética e térmica da nave em queda, a fez penetrar no espelho d'água, que se vaporizou, e entrar no fundo de lama macia, perfurando muitos e muitos metros até atingir um banco rochoso sob os sedimentos. Toda a cápsula foi rapidamente coberta por esses sedimentos que, com o calor gerado, derreteram e posteriormente se solidificaram, recobrindo a cápsula com toneladas de rocha. Nesse momento, os sistemas da nave cessaram seu funcionamento e tanto Synthia quanto James ficaram imersos em trevas.

Synthia pôde perceber James ao seu lado e sentir sua respiração. Seu campo de força pessoal ainda estava ativo, gerando uma leve aura dourada em seu corpo, dando-lhe o aspecto de um anjo de luz naquele lugar de trevas. James finalmente abriu os olhos.

– Onde estamos?

– Calma, meu amor, nossa nave foi atingida pelos koltranos. Eu consegui trazer você a uma cápsula de fuga e nós caímos num planeta.

– Mas nós não estávamos próximos a nenhum planeta. Onde estão os outros?

– Ninguém sobreviveu. Eu pelo menos não vi ninguém vivo.

– Malditos koltranos! Ai...

– O que foi, meu amor?

– Creio que, mesmo com o campo de força, algo me machucou. Acho que estou sangrando.

– Não vejo nenhum sangramento.

– Essa cápsula tem algum equipamento médico?

Synthia se levantou e, para seu desalento, viu que os equipamentos médicos estavam danificados além da sua capacidade de reparo.

– Creio que estamos sem nada.

– Você consegue se comunicar com alguém?

– Vou tentar.

Synthia tentou inutilmente iniciar um canal de comunicações. Mas, mesmo transferindo parte de sua energia pessoal para os sistemas da nave, a transmissão não teve potência para alcançar ninguém.

– Acho que estamos presos aqui. Com certeza houve outros sobreviventes. A ISS Bragança deve estar procurando. Acho que iremos conseguir ser encontrados. – disse James.

– Vou tentar abrir as escotilhas.

Para sua extrema dor, as portas não se abriram, estando bloqueadas por toneladas de rochas.

– Não consigo abrir as portas! - exclamou Synthia com um tom de dor na voz.

– Tudo bem, meu amor, venha, fique aqui comigo. Me deixe ver o seu rosto.

Synthia se aproximou, e, mesmo sob a aura dourada que envolvia James, pôde perceber que ele estava extremamente pálido. Sem equipamentos médicos ele não tinha chances de sobreviver.

Enquanto aguardava no escuro, ela se perguntava como poderia viver se James não estivesse com ela. Por quanto tempo a sua existência ia se resumir a um sarcófago de metal num túmulo de pedra sólida?

Como poderia ver James morrer?

## Helion

Após chegarem novamente à igreja de Helion, a comitiva foi recebida pelo mesmo clérigo de antes. Rapidamente as portas foram fechadas e o clérigo os apressou para que entrassem em uma sala reservada. Após entrarem todos, ele lhes indicou cadeiras para se sentarem. A sala era apertada, apresentando na parede uma tapeçaria mostrando a cidade de Upanishads de antigamente. Na mesa havia uma pequena cesta com pães e o clérigo se ausentou por alguns instantes, indo buscar água. Aaron aproveitou para comer dois pães. Quando todos acabaram de se sentar, o clérigo retornou com dois jarros de água e uma bacia nas mãos, além de toalhas penduradas nos antebraços. Ele pediu licença aos convidados e começou a limpar o sangue escuro de suas vestes e armaduras. Gusmão tentou intervir, falando que isso era desnecessário, mas o clérigo terminou a limpeza sem falar uma palavra. Indicou os copos com água do outro jarro e sentou-se junto à mesa.

– Bem-vindos de volta. Chamo-me Samael, seu amigo Túlio me conhece.

– É bom revê-lo, Irmão Samael.

– Igualmente, Irmão Túlio. Imagino que tiveram sorte na recuperação do que lhes foi roubado?

– Sim, conseguimos recuperar, mas essa ação foi cheia de surpresas. Precisamos sair de Upanishads rapidamente, pois temo pela nossa segurança e daqueles que porventura nos acompanharem. – respondeu Gusmão.

– Entendo perfeitamente. Irmão Túlio, creio que você deverá acompanhá-los. Tendo em vista que Gusmão ajudou tanto nossa igreja, acho justo liberá-lo de suas obrigações clericais para que o auxilie no que for necessário.

– Estou feliz com isso. Era meu desejo prosseguir na companhia de Gusmão e ajudá-lo no que for necessário.

Gusmão agradeceu a Samael e entregou-lhe a soma arrecadada dos sóis dourados que conseguira juntar. Samael agradeceu a doação e lhes disse:

– Muito em breve partirão peregrinos em direção a Império. Eles irão sair de Tuliéres. Acho que vocês devem ir junto com eles.

– Mas isso não seria um contrassenso? Tuliéres fica para o leste e Império para o norte. Estaríamos indo praticamente na direção contrária! – retrucou Peter.

– De modo algum. Entre Tuliéres e Império existe um túnel antigo feito pelos ancestrais que permite uma viagem mais rápida sem ter de se escalar a montanha ou circundá-la, passando por Upanishads. Assim, saindo daqui de Upanishads, vocês poderão fazer o caminho que lhes indico nesse mapa. Primeiro, uma pequena subida na parte mais ao sul da cordilheira principal e, depois, na descida, ir seguindo a borda da cordilheira e chegar a Tuliéres pelo sul. De lá podem seguir pelo caminho antigo por sob a montanha e chegar a Império. Esse, eu penso, seria o caminho menos esperado que seguissem.

– Então, vamos. – disse Kythor.

Os membros da comitiva partiram ainda na calada da noite em direção a Tuliéres. As preces de Túlio ensejaram que a viagem corresse sem percalços e rapidamente. Gusmão levava uma carta para entregar aos peregrinos de Tuliéres, explicando o motivo da viagem e todos seguiram em marcha acelerada. O disco de Ellan brilhava no céu, como a desejar uma viagem célere e sem percalços. As estrelas brilhavam com incomum clareza desde que Anton não estava mais com eles e a ausência dele fazia com que a jornada se tornasse mais leve e menos inquietante. Gusmão se perguntava se Anton seria o único ou se haveria outros de sua laia espalhados pelo mundo. O fato de estarem indo a Tuliéres, local de onde Anton se originara, gerava certa preocupação, porém como estavam seguindo muito rapidamente, as chances da notícia da morte de Anton chegar antes deles eram pequenas. Mas Gusmão não ia deixar nada por conta da sorte. Felizmente ele havia preparado desde Bragança alguns disfarces que agora os companheiros usavam.

Ele esperava que a ideia de Leirbag de colocar Aaron na carroça para serem menos chamativos, desse certo. Aaron não reclamou, pois estava descansando enquanto todos corriam durante as noites, porém era o único a montar guarda nos momentos de descanso. Kythor estava quieto e sem vontade de conversar. Leirbag e Peter conversavam alegremente entre si, os chistes e brincadeiras alegrando a todos. Túlio encontrava-se em oração constante, suas preces de movimentação concedendo uma celeridade enorme à empreitada. Gusmão podia ver claramente que ele, embora se mantivesse em prece, estava com a mente absorta em outras ideias.

Túlio não podia evitar pensar que, indo a Tuliéres, poderia ter algum vislumbre de Josephine, embora certamente não pudesse parar para ver mais uma vez o amor de sua vida. A dor que a visão desse amor nos braços de outro causava só era atenuada pelo próprio amor que sentia por ela. Quem sabe após o fim dessa jornada, que era a vida, pudessem ficar juntos finalmente na paz e luz de Helion?

Abhaya usava o artefato ancestral sempre que podia, coisa que no início surpreendera a todos, principalmente ele mesmo, pois se pegara confiando completamente em Gusmão e nos companheiros. Kythor ainda o desconcertava um pouco, mas ele atribuía isso ao fato de ele ser koltrano e suas maneiras formais e alienígenas o fazerem destoar tanto dos outros. Nesse uso do artefato, Abhaya começara a entender sua operação, embora se configurasse extremamente difícil de aprender. E isso intrigava Abhaya novamente, pois ele podia perceber que o aparelho havia sido feito pensando-se em ser intuitivamente fácil de ser utilizado, mas algo, alguma coisa que ele não conseguia definir, criava como que uma teia que entorpecia seu raciocínio e tornava o aprendizado de qualquer coisa relacionada aos ancestrais extremamente difícil. Ele percebera isso quando ainda estava em Dayton com Hector e achara que tinha alguma explicação possível para esse fato, mas, sempre que pensava nisso, sua mente se entorpecia. Ele desejava pensar em outra coisa, ou sentia sono, fome ou o que fosse. Somente com muito, mas muito esforço mesmo, ele conseguia se concentrar.

Os companheiros chegaram a Tuliéres extremamente cansados, mas em um tempo mínimo. Ao chegar, foram rapidamente ao local onde se encontravam os peregrinos e, conforme haviam combinado com o irmão Samael em Upanishads, procuraram o irmão Jacques. Túlio entregou a carta de Samael e eles foram rapidamente conduzidos ao interior da igreja, onde lhes foram fornecidas roupas de peregrinos para usar por sobre as suas roupas normais, assim ocultando parcialmente suas identidades. Para Aaron foi fornecido um robe que não cobria totalmente suas pernas, ficando com as canelas à mostra, coisa que Peter achou muito cômico. Aaron timidamente não retrucou. Para Kythor foi fornecido um manto com um capuz grande que cobria quase totalmente o seu rosto. O efeito, no entanto, era prejudicado, pois, com o contraste escuro, seus olhos koltranos brilhavam como dois sóis vermelhos sob o capuz. Leirbag sugeriu que ele andasse de olhos fechados, apoiando-se nele, assim ficando menos evidente. Os outros foram também vestidos de peregrinos e Gusmão ficou com um capuz como o de Kythor, para evitar ser reconhecido.

– Agradeço ao irmão Jacques a possibilidade de acompanhá-lo nessa jornada. – disse Gusmão a Jacques.

– Sou eu quem agradece a Helion a possibilidade de poder ajudar ao Grande Gusmão em sua demanda.

– O que vocês vão fazer em Império? – perguntou Kythor.

– Além de estarmos indo à festa do dia do Sol brilhante, estamos levando esses recipientes ancestrais para repor a água dos deuses, que está acabando em Upanishads.

– Água dos deuses?

– Sim, os ancestrais deixaram esses fluidos miraculosos para nós e hoje ainda os usamos para fazer funcionar seus milagres.

– Como ela é feita?

– Ninguém sabe. Somente a Igreja Central de Comuor consegue produzi-lo e suas propriedades nos são desconhecidas. Dizem que aqueles que se molham nelas são para sempre mudados, mas hoje em dia esses fluidos são colocados em vasilhames ancestrais e transportados seguramente entre os reinos.

– Então sem isso os milagres ancestrais param de funcionar?

– Sim.

– Interessante.

– Graças aos deuses, nunca tivemos uma verdadeira falta dessas águas, embora em momentos de tensão entre os países tenhamos tido racionamentos. Em Upanishads, alguns dos milagres pararam de funcionar depois disso e muitos nunca mais foram os mesmos.

– Pelo que eu entendi as igrejas ficaram responsáveis por essa distribuição.

– Sim.

– Obrigado.

Todos se puseram a caminho e, em poucos dias, todos os peregrinos se aproximaram da face da montanha. E puderam ver que grandes portas onymarianas estavam sendo abertas. Os peregrinos iam se aproveitar desse momento para passar por esse antigo caminho.

O caminho da montanha havia sido criado havia muitos milênios pelos ancestrais para ligar Império a Tuliéres e facilitar o fluxo de bens e serviços entre as duas cidades, fazendo com que uma jornada de meses contornado a montanha pudesse ser feita em apenas três dias. O corredor comportava uma fila dupla de carroças, sendo o chão formado com a pedra granítica da montanha. Extremamente liso, porém com ranhuras cinzeladas na rocha para aumentar a tração das rodas das carroças. As paredes eram totalmente lisas, como que polidas, e o granito apresentava um aspecto vitrificado, como se um calor incompreensível tivesse perfurado e derretido a rocha circundante. Essa vitrificação gerava um efeito estranho nas luzes carregadas, fazendo com que mil reflexos se espalhassem pelas paredes, dando a impressão de que mais gente estava a caminho do que realmente estava. Como Império estava numa altitude maior que

Tuliéres, o caminho em direção à principal cidade humana de Damocles era uma suave subida, mas que, após algumas horas de caminhada, fazia com que todos sentissem o cansaço da jornada. Como estavam todos indo junto a clérigos de Helion, a subida acabou por não ser tão cansativa assim. Embora todos estivessem fatigados, logo chegaram à primeira parada.

Na parede direita da subida, encontrava-se uma porta onymariana. Ao chegarem, a porta se abriu e todos puderam entrar com as carroças num grande espaço aberto na rocha pelos mesmos poderes ancestrais, onde encontraram um amplo salão de pedra com nichos nas paredes, nos quais os viajantes anteriores haviam deixado víveres não perecíveis, como biscoitos e frutas secas. No fundo, havia uma fonte de água esculpida na própria rocha, mostrando uma cena antiga, agora já desgastada, das carruagens dos deuses vindo dos céus para Damocles. A água jorrava de uma fenda na rocha, que se misturava à imagem da escultura, gerando o efeito de uma mulher chorando. Alguns diziam que essa era Atala, mas o rosto era completamente diferente daquele que se encontrava na praça dos deuses em Império. Outros sussurravam que podia ser o rosto de Nyt, mas, como não se conhecia o seu rosto, o consenso geral era de que se tratava de alguma personalidade ancestral do passado, cujo nome se havia perdido no tempo. As águas dessa fonte eram consideradas extremamente fortificantes, vindo do coração da montanha e escoando para profundezas desconhecidas, poeticamente se convertendo em lágrimas para a estátua anônima nesse local escondido.

Todos os companheiros aproveitaram a parada para descansar e repor as energias bebendo a água da dama na rocha e comendo as provisões deixadas pelos peregrinos que haviam passado anteriormente. Aqueles que o fizeram, substituíram tais víveres com suas próprias provisões de frutas secas ou outros itens não perecíveis, mantendo assim o estoque para futuros viajantes do túnel.

À noite, o som da água da fonte era hipnótico, com seu suave murmúrio, levando os membros da caravana de peregrinos a dormir.

Por simples rotina, os peregrinos fecharam as portas onymarianas que protegiam esse refúgio. Kythor não pôde deixar de sentir uma grande angústia enquanto olhava por sob o capuz para a estátua da dama da rocha. Ele não sabia por quê, mas a visão da estátua era difícil de se manter e ele rapidamente parou de pensar nela, mas, de algum modo, se fortalecera as difíceis resoluções que havia tomado. Aaron sonhou com sua irmã. Desde a neve até o deserto ela chamava por ele e pedia sua ajuda, mas seu sono inquieto foi suavizado pelo borbulhar calmante das águas da fonte. Peter sonhou com os mares e com a fortuna que faria após essa missão. Leirbag dormia com o sono leve, como aliás era de seu feitio. Gusmão estava na carroça, tendo escolhido se deitar não na pedra lisa do chão, mas na forração do veículo, tendo dito de si para si que os seus velhos ossos mereciam um repouso um pouco melhor nessa noite sem perigo, coisa rara em sua longa vida. Abhaya esperou todos dormirem e sacou o artefato que Hector lhe havia presenteado.

Quando apontou para a estátua, na pequena janela iluminada do milagre em suas mãos, ele viu símbolos estranhos que cruzavam a tela conforme apontava o aparelho para cada pessoa na caravana, ou para as carroças, itens alimentares, ou outros objetos. Ao apontar para a fonte, a estátua apareceu iluminada e um pequeno retângulo com um texto ininteligível apareceu. Por suas manipulações anteriores do aparelho, Abhaya podia ver que esse retângulo estava fazendo uma pergunta. Abhaya tocou com o dedo numa das respostas possíveis e, para seu espanto, viu a imagem da caverna mudar, não só na tela, mas também ao redor de si. Ele ainda podia ver os outros, mas eles eram como fantasmas na imagem principal que tomou sua visão.

Abhaya viu a câmara onde se encontravam ele e seus amigos, além dos peregrinos, com pessoas vestidas com algumas das roupas dos ancestrais. Podia ver que eram aparentemente os trabalhadores que haviam criado a caverna, os quais, com aparelhos de mão que emitiam uma luz concentrada, iam esculpindo as paredes e também pôde ver o momento em que um deles, que parecia ser o chefe da expedição, utilizou uma aparelho, parecido com o que Abhaya agora carregava, e, com suas mãos no ar, moldou a imagem da dama da rocha. Quando ele se deu por satisfeito, usou o aparelho para direcionar uma das fontes de luz concentrada e essa fonte de luz foi desgastando a rocha no local da fonte e gerando a escultura que hoje estava lá: a da dama da rocha e ela segurava alguém enquanto chorava. Abhaya podia ver que era um koltrano velho, com o rosto coberto por um tapa-olho que escondia uma cicatriz parcial que vincara-lhe o rosto de alto a baixo. Era uma face que parecia familiar a Abhaya, mas cujo rosto não saberia precisar. Após o escultor terminar sua obra, abriu um frasco, de onde uma névoa prateada se desprendeu, névoa essa que Abhaya achou idêntica à que se levantara dos restos de Hector quando ele fora processado em Dayton após sua morte. Essa névoa na imagem se solidificou no ar, numa espécie de vara de condão, que o escultor pegou e utilizou para tocar nos olhos da estátua.

A vara, então, desapareceu e a névoa ressurgiu, flutuando em direção à estátua e desaparecendo em seus olhos. Após o quê a água começou a jorrar dos olhos da estátua, deixando-a como se encontrava hoje, exceto pelo koltrano, que nos dias de hoje não estava mais visível. E ela parecia chorar para uma pedra disforme.

A imagem sumiu e apareceram duas novas janelas, uma com o escultor e outra com a pessoa que provavelmente havia sido a modelo para a estátua. Abhaya tocou, então, no rosto da mulher que servira de modelo. Ao fazê-lo, a imagem mudou, revelando uma guerreira que comandava os exércitos dos antigos em uma batalha impressionante. Abhaya pôde ver que, nessa batalha entre humanos e koltranos, muitos milagres haviam sido utilizados dos dois lados, havendo perdas intensas e uma grande carnificina. Os koltranos certamente teriam sido dizimados, mas havia um deles que se apresentara como um estrategista, trazendo consigo um artefato que Abhaya nunca vira antes. A imagem mudou novamente para a humana, que gritava palavras de ordem aos exércitos humanos e de autons. As armas koltranas desestabilizaram a legião e as humanas dizimaram muitos koltranos, quando o general koltrano abriu seu artefato e tocou em algumas pequenas fontes de luz no seu interior. Após o fazer isso, o artefato emitiu um pulso de um tremeluzir na realidade, algo que fez com que a imagem tremesse conforme o pulso se espalhava. Todos os autons caíram como mortos ao chão. E as armas dos dois exércitos pararam de funcionar. Nenhum dos dois lados soube o que fazer com essa perda de funcionalidade e os exércitos se retiraram do campo de batalha. Os humanos que permaneceram encontraram o koltrano velho abraçado ao dispositivo. Ele respirava com dificuldade e foi levado à presença da comandante dos humanos. Ela teve um sobressalto ao vê-lo e se ajoelhou na posição em que se encontrava a estátua, enquanto o koltrano, com a mão, lhe fazia um carinho suave no rosto.

A imagem sumiu e Abhaya percebeu que ele mesmo estava emocionado. Guardou, então, o artefato e se deitou para dormir.

No dia seguinte, todos se levantaram e seguiram seu caminho pelo corredor ancestral. Conforme andavam, sentiam-se, no início, revigorados pela boa noite de sono e a marcha seguiu sem dificuldades. Após aproximadamente seis horas de viagem, Abhaya começou a sentir uma sensação de perigo e essa sensação foi aumentando conforme prosseguiam. Ele comunicou isso a Gusmão, que remanejou a caravana, postando-se junto com Aaron, Kythor e Leirbag na frente e deixando Abhaya, Túlio e Peter atrás. Os clérigos e peregrinos começaram a rezar silenciosamente e solicitaram aos outros peregrinos que mantivessem o silêncio.

Após mais ou menos uma hora nessa configuração, a sensação de perigo aumentou, vindo também de trás. Gusmão ordenou que aumentassem a velocidade da marcha, pois, se conseguissem chegar ao segundo ponto de parada, teriam uma posição defensável. Conforme todos aceleravam, começavam a sentir um cheiro de morte vindo do túnel à frente. Os peregrinos se assustaram e Gusmão falou em voz alta e clara:

– Atenção! Juntem-se no meio de nós. Seremos atacados. Aqueles que puderem se defender nos ajudem e protejam os outros. Precisamos de luz!

Com presteza, os clérigos presentes criaram fontes de luz adicionais às esferas ancestrais. O que essas luzes revelaram era assustador para os peregrinos e mesmo os heróis sentiram que teriam muita dificuldade em sobreviver. Vindos da direção de Império, para onde se dirigiam, hordas de zumbis se aproximavam, vindos de trás outros tantos. Estavam cercados!

– Rápido! Peter! Mire na cabeça deles! – gritou Leirbag.

Os dois piratas dos mares descarregaram suas pistolas ininterruptamente, derrubando os zumbis cujas cabeças eram atingidas. Os outros continuavam a andar em direção ao comboio. Na parte da frente, Gusmão, Aaron e Kythor se preparavam para defender os peregrinos.

– Aaron! Vamos bloquear a passagem deles! – gritou Kythor.

– Bruxaria maldita! – gritou Aaron enquanto decapitava seu primeiro zumbi.

Túlio, em prece a Helion, conseguiu colar no chão os zumbis que se aproximavam e que, então, começavam a cair, sendo pisoteados pelos outros que, com mais dificuldade, subiam por sobre seus companheiros caídos e avançavam em direção ao grupo.

Abhaya se aproximou de Gusmão e pediu a arma ancestral. Ele lhe entregou o pacote e se virou rapidamente para se defender de uma garra podre, que quase arrancou seu olho. Na parte de trás, Peter e Leirbag esgotaram as balas, lutando agora apenas com as espadas. Um jovem peregrino se juntou a eles na batalha e foi ferido no braço por um zumbi armado com uma espada. Abhaya usou seu poder de cura para ajudar o lutador improvisado e impediu que ele caísse ante o assalto dos mortos vivos.

Túlio iniciou uma nova prece, fazendo com que uma nova área de cola se sobrepusesse ao chão, agora funcionando contra os zumbis que vinham de trás. Abhaya apontou seu artefato para a arma dos antigos e olhou rapidamente as imagens mostrando como fazê-la funcionar. Teve de parar, pois um zumbi acertou Gusmão na perna, rasgando a cota de malha e cravando a arma enferrujada na perna de nosso herói. Um rápido movimento de Kythor arrancou a cabeça desse zumbi, bem no momento em que se preparava para morder Gusmão. Abhaya, então, se concentrou em seus dons de cura e conseguiu impedir que a espada destruísse o movimento da perna de Gusmão. Ele ia precisar de curativos, mas iria viver.

Os corpos se empilhavam à frente da comitiva. Vindo da direção de Império, ouviam-se as vozes de dois necromantes, rindo com ódio enquanto falavam:

– Isso é por Morkhal! Seus malditos. Vocês o destruíram!

Uma flecha atirada por um dos peregrinos acertou o braço de um desses necromantes, que urrou de dor e, juntamente com seu companheiro, se ocultou por trás da horda. Um crânio fantasmagórico gritando passou voando por eles, indo atingir em cheio o pobre peregrino que disparara a flecha. Gusmão viu que o pobre rapaz tentou se proteger do ataque com as mãos, mas o espectro demoníaco penetrou em seu corpo. Para seu horror, viu que o rapaz colocava as mãos no peito, como se em dor intensa, enquanto revirava os olhos para cima, caindo morto ao chão. O crânio gritante, então, saiu de dentro do peito do rapaz, atravessando-o como um fantasma, trazendo à boca um coração pulsante, que desapareceu, enquanto virava seus olhos de um azul mortiço e brilhante na direção de Túlio.

Gusmão gritou: – Os necromantes! Eles são os mais perigosos!

O crânio se deslocou pelo ar, gritando, o que gerou medo em todos os presentes, indo em direção ao peito de Túlio. Um dos peregrinos enlouqueceu com o medo e, fugindo em louca e desabalada carreira, caiu nos braços dos zumbis da retaguarda, que o dilaceraram. Túlio ergueu o símbolo de Helion para se defender do Crânio espectral, que avançava indomável em sua direção. Gusmão gritou:

– Cuidado, Túlio!

Quando o crânio espectral estava por tocar seu peito, o símbolo de Helion brilhou em sua luz dourada, fazendo o crânio se chocar com esse brilho, tornar-se sólido e cair ao chão ainda gritando, sendo prontamente pisoteado por Túlio, o que fez com que se quebrasse, deixando escapar, numa fumaça azulada, um espírito capturado, que saiu do crânio com um rosto de alívio antes de desaparecer. Túlio agradeceu a Helion por tê-lo salvado da morte certa e por tê-lo impedido de tentar procurar Josephine antes de entrarem no túnel. Ele precisaria avisá-la para que tomasse cuidado e não o procurasse mais, pois aqueles que estavam tentando vingar Anton, com certeza, iam tentar matá-la.

Abhaya finalmente ligou a arma ancestral e a apontou para a horda da parte de trás, que estava ganhando terreno e gritou para Peter e Leirbag:

– Cuidado! Saiam da frente!

Os piratas pularam para o lado, quando uma rajada de um raio destruidor varou os corpos dos zumbis, desintegrando-os como se fossem fumaça no vento e atingiu outros necromantes na parte de trás, que morreram num uivo horrendo enquanto pequenos raios vermelho e púrpura tomavam conta da parte posterior do caminho. Os zumbis da parte de trás do caminho caíram ao chão, sem movimento, sem o controle de seus mestres retornando ao estado de corpos sem vida. Abhaya, então, virou a arma dos antigos para a frente e pôde ver que Gusmão, Kythor e Aaron estavam tendo de recuar novamente. Peter e Leirbag aproveitaram a pausa na luta na retaguarda do corredor para recarregar as suas pistolas com pólvora e balas.

Kythor, numa mancha verde de sangue koltrano, foi puxado para trás por Gusmão, no momento em que quase perdera a própria cabeça quando um zumbi armado com uma espada larga o atingira no pescoço de raspão, a ajuda de Gusmão impedindo um destino pior. A bala de Peter atingiu o olho do necromante ferido no braço, matando-o. Uma pequena nuvem negra com raios avermelhados se ergueu do corpo, atingindo alguns zumbis antes de se dissipar. Metade dos zumbis ainda ativos caiu ao chão com a morte de seu mestre. O outro necromante, desesperado, gritou de ódio enquanto tirava de uma sacola um novo crânio, que começou a brilhar azulado enquanto ele o jogava em direção a Aaron. Nesse momento, Abhaya atirou com a arma ancestral, atingindo o crânio, que gritou, explodindo-o onde se encontrava e desintegrando o necromante que ainda atacava e que morreu sem os raios e nuvem negra, sua morte fazendo cessar o avanço dos zumbis remanescentes.

Gusmão veio mancando em direção a Abhaya, que lhe devolveu a arma, e disse:

– Muito bem, meu amigo.

Túlio se aproximou do rapaz morto pelo primeiro crânio e, olhando em seus olhos sem vida, fez uma prece a Helion. Peter e Leirbag se aproximaram risonhos pela excelente vitória alcançada. Abhaya, utilizou novamente seu poder de cura em Gusmão, que sentia a perna doendo. Aaron estava tenso, olhando para frente com o machado em punho e murmurando baixo:

– Bruxaria.

Os peregrinos separaram os restos do corpo do rapaz que se aterrorizara e fora desmembrado pelos zumbis e os colocaram juntos num saco de pano para evitar que se misturassem aos restos dos zumbis. O corpo do jovem atingido pelo crânio foi colocado junto a esse saco numa das carroças. A Gusmão foi dada uma poção de cura de uma peregrina de Atala, que fez que sumissem os sintomas restantes do ataque na perna. Abhaya agora usava seu poder de cura em Kythor, que sofrera apenas um corte superficial, graças à ajuda de Gusmão no momento crítico onde certamente teria perdido a cabeça decepada pela espada do zumbi.

Gusmão se aproximou, então do corpo do único necromante que não havia sido desintegrado pela arma ancestral. No rosto, estava o olho perfurando pela bala da arma de Peter e o outro, aberto, apresentava uma cor verde com uma pupila como de uma cobra. As mãos tinham seis dedos cada, sendo eles mais longos, como as patas de uma aranha. Na bolsa havia algumas moedas de sois dourados e outro crânio humano, que apresentava um leve brilho azulado nos olhos. Esse crânio foi posto no chão e Aaron o despedaçou com seu machado, liberando, num sussurro, um agradecimento do espírito assim libertado. Dentro, ainda havia um frasco como o de vinho que Anton carregava sempre, que, para o horror dos companheiros, estava cheio de sangue. Havia ainda um medalhão com inscrições indecifráveis. Abhaya usou o seu artefato ancestral para tentar reconhecer os símbolos, mas o objeto não pareceu reconhecer as inscrições. Túlio disse que deveriam destruir esse amuleto do mal. Gusmão não tinha certeza, mas, antes que pudesse fazer qualquer coisa, Aaron derrubou o amuleto ao chão e o destruiu com uma machadada certeira, enquanto falava: – Não vamos andar com nenhuma bruxaria conosco.

Os companheiros se refizeram da surpresa e empurraram os corpos dos zumbis para os lados do corredor. Quando chegassem a Império teriam de avisar as autoridades para que alguém viesse limpar o caminho. Eles não se atreveram a queimar os corpos, pois a fumaça não teria para onde ir e todos se intoxicariam.

A caravana seguiu para a segunda parada, se encontrando em uma nova sala protegida por portas onymarianas, onde novas provisões os aguardavam, assim como uma nova fonte de água. Todos dormiram sobressaltados, apesar da proteção de Onymar, pois não sabiam se teriam de enfrentar mais necromantes.

No dia seguinte, bem cedo, saíram e logo chegaram às portas de Império, que se abriram  e Gusmão perguntou aos guardas do portão:

– Boa noite, senhores. Alguns zumbis entraram por aqui e nos atacaram no corredor.

– Zumbis? Impossível. Aqui por essa porta não passaram zumbis. Apenas caravanas e caravanas e caravanas. – respondeu o guarda, com a face meio confusa como a de Peter ficara na vez em que seguira o ladrão atrás de Anton quando haviam estado em Império anteriormente.

– Entendo. – falou Gusmão, intrigado. – Houve uma batalha nos corredores e há muitos corpos lá atrás. Vocês devem avisar as autoridades para que providenciem a limpeza do corredor.

– Vamos falar com o serviço de limpeza. Eles vão tirar os cor, corp, c-c-cor, lixo e sujeira dos corredores. Sejam bem vindos à Império.

Gusmão, então, fez uma nota mental para investigar depois esse estranho comportamento do guarda.

Os peregrinos se despediram da comitiva, abraçando-os e agradecendo pela ajuda nos túneis, que os salvara da morte certa. Gusmão doou as moedas do necromante ao chefe dos peregrinos, para que pudessem providenciar o enterro dos que morreram e ele se despediu, dizendo:

– Adeus, Gusmão. Que Helion os guarde.

***

Dia de Helion. Esse dia era comemorado pela Igreja de Helion em todas as cidades humanas de Damocles e ocorria quando o Sol Sombrio (o sol símbolo de Plutônium) era totalmente oculto pelo Sol Brilhante (o sol símbolo de Helion). O Sol sombrio apresentava uma órbita estranha ao redor do sol brilhante, ficando totalmente oculto apenas uma vez por ano. Essa data coincidia ainda com o início da plantação e, em todos os locais, era comemorado. Bênçãos a Helion eram pedidas para que as coisas continuassem seguindo bem, que os vegetais crescessem, e que o ano fosse de fartura. Crianças nascidas nesse dia eram geralmente aceitas como pessoas que viriam a produzir grandes realizações e quaisquer contratos firmados nesse dia eram considerados auspiciosos, pois a lei imperial determinava que quaisquer contratos firmados no dia de Helion que, a *posteriori* se verificassem serem injustos, eram anulados sem prejuízo para os injustiçados. Isso gerava uma grande procura aos notários imperiais, que trabalhavam intensamente nesse dia, porém os dez dias posteriores a esse eram considerados de descanso, devido a esses profissionais, que, dentre os cidadãos, eram os únicos que gozavam desse período de descanso remunerado.

Quando os amigos chegaram à cidade, os preparativos para as festas nas ruas de Império estavam a toda pressa, com diversos vendedores vendendo suas mercadorias, pessoas colocando as faixas simbólicas que se ligavam às luzes ancestrais como fitas coloridas presas aos globos iluminados e crianças dançando. Enfim, uma grande algazarra de vozes e vida que tornavam esse dia especial.

O ponto alto da festa ocorria quando os clérigos de Helion,

auxiliados pelos clérigos de Comuor, traziam uma das janelas dos deuses para a praça do panteão, onde estavam imobilizadas as efígies dos deuses humanos. Antigamente, os deuses se comunicavam diretamente por essas janelas, falando com o povo e dirigindo a ele mensagens encorajadoras e de esperança. Mas havia muitos anos as janelas não respondiam mais. No primeiro ano em que isso acontecera, todas as pessoas presentes entraram em pânico, mas os clérigos presentes conseguiram acalmar o povo e, desde então, essas aparições dos deuses eram extremamente raras. A última reportada tendo ocorrido há mais de quinhentos anos. Com exceção de Comuor, que se comunicava diariamente com seus clérigos, organizando as finanças da Igreja, bem como as de Império, e coordenando a organização dos reinos. Suas mensagens, no entanto, eram cada vez mais crípticas e frequentemente necessitavam da interpretação dos clérigos que, utilizando-se do Livro do Código, interpretavam as mensagens e as passavam a quem era devido.

Quando chegaram à praça da divindade, puderam ver que estava tomada de pessoas. As efígies divinas circundavam a praça, exceto pelas estátuas correspondentes a Trask, deus dos ladrões, que, diziam, havia roubado a própria estátua, e a de Nyt, deusa da morte, que nunca tivera uma estátua na praça. Nesse dia do Sol Brilhante, a estátua de Plutônium era coberta pelos clérigos de Nyt com o manto da noite, um tecido ancestral que escurecia o local onde a estátua se encontrava, tornando-a invisível. Isso era feito em respeito a Plutônium, pois esse era o seu dia de fraqueza e em respeito a Helion, pois esse era o seu dia de força. Nesse dia, os fiéis de Plutônium também podiam conseguir bênçãos de seu deus, mas precisavam ficar à vista de todos, próximos à estátua invisível sob o manto, e jejuar de todas as festividades em curso. Aqueles que conseguiam fazê-lo recebiam a bênção do deus sombrio e por todo o ano tinham a sua proteção. Mas tinham de demonstrar publicamente seu apego à necromancia, que, embora não fosse ilegal, não era bem vista.

Os necromantes haviam sido legalizados há muito tempo e usavam seus talentos para criar mão de obra gratuita para trabalhos que ninguém queria fazer. Afinal, mesmo os escravos custavam alguma coisa. Os necromantes tinham lucros que só cresceram ao longo dos anos, pois, como se haviam organizado, puderam passar o controle de suas criações para gerações posteriores de necromantes e alguns temiam que, em pouco tempo, possuíssem um exército invencível. Já houvera tentativas de se regular o tempo máximo de uso dos corpos pelos necromantes, mas, como eles mesmos detinham o quase monopólio das funções que ninguém estava disposto a realizar, ficava muito difícil forçá-los a qualquer coisa que não quisessem. Antigamente, quando a humanidade ainda tinha o auxílio dos autons, talvez. Hoje isso era praticamente impossível.

Gusmão foi recebido pelo Alto Prelado de Helion da cidade. Seu nome é Gamaliel. Ele se apresentou trajando o manto amarelo de Helion e seu xurba apresentava o halo brilhante do sol de Helion iluminando a passagem e tornando difícil olhar diretamente para seu rosto, pois, com a intensa luz do halo, os olhos tinham de se fechar parcialmente para poder olhá-lo diretamente. Somente Kythor, com seus olhos koltranos, conseguia olhar diretamente o rosto de Gamaliel, e o que via era o rosto de um humano idoso, com rugas nos cantos dos olhos, cabelos louros começando a encanecer e um rosto sem barba visível. Os olhos eram amarelos, coisa que Kythor nunca vira num humano. A boca ficava num sorriso constante e a expressão era de bondade, mas de uma inteligência intensa trabalhando por trás desse rosto. No peito, Gamaliel carregava um ícone de Helion, com o Sol Dourado brilhando suavemente. O amuleto aparentava ser de ouro e, pelo modo que Gamaliel se curvava, devia ser pesado. As mangas do manto amarelo apresentavam nas bordas algumas filigranas como que pequenas chamas tecidas com fios de ouro e a barra do traje apresentava essas mesmas filigranas, porém numa linha alaranjada, parecendo ser seda tingida. Não era possível visualizar seus pés, pois estavam ocultos pelo manto.

– Querido amigo Gusmão! Fomos avisados da sua vinda! Venha, fiquem conosco, você e seus amigos. Hoje teremos a celebração máxima de Helion. E, se Ele quiser, ouviremos sua mensagem.

– Fico feliz que eu tenha podido chegar aqui a tempo das festividades. Eu e meus amigos agradecemos a oportunidade de participar. Você sabe que temos conosco um devoto de Helion?

– Irmão Túlio, não é?

– Sim, Sua Santidade. – respondeu Túlio, ajoelhando-se.

– Meu irmão, somos todos iguais aos olhos de Helion. Por favor, não se ajoelhe diante de mim, que sou apenas seu irmão.

– Obrigado, Santidade. – levantou-se Túlio, enquanto mantinha a cabeça baixa.

Gamaliel tocou no ícone de Túlio, que brilhava por entre seus dedos.

– Belíssimo trabalho, ouvi dizer que você mesmo o fez.

– Sim, Sua Santidade. Antes de me tornar clérigo, eu era carpinteiro e, com minhas próprias mãos, fiz esse ícone em madeira e bronze.

– Realmente um excelente trabalho. – ele se voltou novamente para Gusmão e perguntou: – E quem são seus outros companheiros?

– Esse é Leirbag, um navegador dos mares do Oeste. Ele e Peter se juntaram a nossa expedição a Upanishads como mercenários, mas se mostraram extremamente confiáveis e bons companheiros.

– Sua Santidade. – inclinaram-se, ao mesmo tempo, Leirbag e Peter.

– Esse é Aaron, que me foi apresentado por um amigo comerciante em Bragança e se juntou a nós em busca de sua irmã que foi escravizada em sua terra, no extremo norte do continente.

Aaron olhou timidamente para o homem santo e, em seu íntimo, ficou pensando se Helion não o poderia ajudar a encontrar sua irmã. Os olhos amarelos de Gamaliel penetraram seu pensamento e, mesmo ele tendo de olhar para cima devido à altura física do nosso gigante gentil, sua altivez moral o colocava num patamar extremamente elevado e Aaron não conseguiu sustentar esse olhar.

– Esse é Abhaya. Ele se juntou a nós próximo a Upanishads e tem sido de grande valia em seu auxílio. Estudou em Dayton e está junto de nós nessa demanda.

– Sua Santidade. – Abhaya se curvou em frente ao representante máximo de Helion em Damocles e, quando ele tocou seu ombro, sentiu uma sensação inversa daquela de perigo: uma sensação de grande paz. Coisa inusitada para Abhaya. Esse novo dom que sua mãe lhe dera parecia ser relativo à percepção de perigo, mas, por esse breve encontro, Abhaya percebeu que talvez fosse mais do que isso.

– E esse é Kythor, um escravo koltrano liberto que me ajudou já no passado em uma aventura anterior e tem se mostrado um companheiro fiel e grande amigo.

Kythor manteve a postura, olhando diretamente para o rosto de Gamaliel, que o observou por alguns segundos, o sorriso diminuindo um pouco, mas logo se restabelecendo.

– Então, estamos apresentados. Convido-os a aproveitar a festa e ficar conosco para a celebração da palavra.

– Agradecemos e aceitamos.

Gamaliel se afastou e todos se separaram para aproveitar as barracas montadas com comidas locais e quitutes especiais do dia santo. Um desses quitutes era chamado de pequeno sol e consistia-se de uma massa semicrocante com uma leve untuosidade interna em formato de pequeno prato recheada com um doce feito de gemas de ovos. Todo esse conjunto era assado e, após estar pronto, aparentava ser um pequenino sol dourado. O gosto era muito bom, porém extremamente calórico. Outros quitutes que se comiam eram espigas de milho cozidas e amanteigadas com seus pequeninos grãos lembrando o sempre presente tema solar. Havia também laranjas em profusão, tanto as frutas como o suco, e biscoitos em formato de sol cobertos com geleia de damascos. Havia outras coisas, mas o tema predominante era o sol brilhante.

As outras religiões estavam presentes com pequenos estandes próximos às efígies dos Deuses e apresentavam iguarias com temas relacionados à respectiva fé de cada um deles. A de Plutônium apresentava seus clérigos ajoelhados em prece em frente à estátua coberta e não participava das festividades. Havia um encanto que criava uma área de silêncio no círculo reservado a Plutônium e aqueles cansados do burburinho da festa às vezes iam descansar ali, bastando para tanto colocar uma moeda de ciclo escuro na caixa localizada à entrada. Podiam permanecer o tempo que desejassem, e qualquer coisa dita nesse local não podia ser ouvida no exterior.

Onde se encontrava a estátua de Trask, as pessoas podiam ir e vir à vontade, mas era aconselhável que não entrarem nesse local com pertences valiosos, pois qualquer furto ou roubo realizado ali não podia ser punido pelas autoridades. Ninguém costumava ficar ali, exceto como bravata. Rufiões exibiam moedas nas mãos e desafiavam quem as pudesse surrupiar. Algumas vezes esses rufiões saíam sem essas moedas mesmo não se tendo visto ninguém mais ali.

No local onde Nyt era venerada, havia dois esqueletos animados por uma necromante, que se encontravam ali para, no final da festa, retirarem o manto de Nyt da estátua de Plutônium e levá-lo de volta ao templo. Geralmente, esse local e a área onde se encontrava o nicho onde deveria estar a estátua da deusa apresentavam-se vazios e eram evitados pelas pessoas da festa. As mães costumavam assustar os filhos desobedientes com os esqueletos animados, e muitas crianças haviam tomado o rumo da obediência nessa observação macabra.

Aaron estava comprando guloseimas nas barracas da festa, enquanto Peter e Leirbag estavam negociando com um mercador algo sobre uma remessa de tecidos. Abhaya estava junto de Túlio, conversando sobre a vida no instituto, enquanto Túlio lhe falava sobre as virtudes clericais. Kythor não estava à vista e Gusmão encontrava-se agora próximo à irmã Ethel, clériga de Helion, que, absorta, ouvia sobre suas aventuras antigas. Nesse momento, vindo do centro onde se encontrava a estátua de Comuor, uma grande parede móvel foi trazida, ladeada pelos clérigos desse deus, e apresentava-se ligada a alguns fios grossos de cor escura que saíam da base da parede onde se encontrava a janela divina, e eram colocados em pequenas reentrâncias numa das paredes onymarianas laterais. Quando esses fios foram ligados à parede, a janela se iluminou com uma luz etérea. Diziam as pessoas que ela nos permitia olhar para o reino dos deuses. O que todos viam era uma imagem azul com névoas brancas passando ao redor. Gamaliel, o Sumo Sacerdote de Helion, iniciou sua pregação:

– Irmãos! Sejam bem vindos à grande festa do Sol Brilhante! Nesse dia feliz, lembramos do nosso passado e olhamos para o futuro. Que as graças de Helion caiam sobre nós. – dizia ele, enquanto seu xurba brilhava mais ainda, iluminando a praça com sua luz dourada.

O Sumo Sacerdote continuou sua pregação, dizendo:

– Amado Helion, fazei com que a Aurora ilumine a Humanidade e que as sombras desapareçam. Fazei com que uma manhã fulgurante venha alegrar os corações. Fazei com que o mundo olhe com amor cada pequeno raio de sol. Fazei com que uma tarde de trabalho venha abençoar as almas e que, ao findar-se o dia, a chuva caia consolando as dores. Nós rogamos, amado Helion, que a noite não seja tenebrosa, mas que ela caia, docemente, sobre nossas cabeças.

– Que sua luz brilhe sempre. – respondeu a multidão.

– Palavra santa de Helion: Quando da grande queda, ficamos à mercê das trevas. As forças do mal tentaram destruir a semente humana, trazendo os monstros insetos à noite para roubar nossos filhos. Com a ajuda dos autons, servos de Helion, pudemos expulsar esse grande mal. Mas o Mal não desaparece nunca. Somente desaparecerá no dia de Helion, o dia final, quando em sua luz todas a trevas serão destruídas. – Iniciou o sacerdote.

– Que sua luz brilhe sempre. – Falou a assembleia.

– Os autons, em seu desvelo por nós, se sacrificaram, e destruíram as sete cabeças do mal. As sete rainhas, as sete bestas. Hoje dominamos a terra e com as graças de Helion veremos novamente as estrelas. – Continuou o sacerdote.

– Das estrelas viemos, para as estrelas voltaremos. – Falou novamente em uníssono a assembleia.

– Oremos: Helion, pai de luz, mantenha nossos cérebros livres da sedução das trevas. Limpe nossas ideias, mantenha o poder de sua luz esclarecedora sobre nós. Que possamos recuperar nossa herança. Helion, cuja face faz crescer as plantas, cuja vontade põe o mundo em movimento, cujo poder vence o mal, nesse momento nos colocamos de mente aberta, nós, que aqui estamos, nos colocamos livres das amarras da vaidade, livres das amarras do orgulho, livres das amarras do mal, e nos colocamos em súplica. Venha a nós e nos ilumine com vossa luz.

Nesse momento, toda a multidão pôs-se em silêncio. Todos com as faces voltadas para a janela divina. Diziam as lendas que, nos seus dias de poder, os deuses se comunicavam com os fiéis por elas e todos aguardavam com os olhos vidrados por um sinal. Muitas vezes alguns pensavam ver nas névoas representadas, os rostos de seus entes queridos que já se foram, sorrindo e abençoando-os, como a dizer que perseverassem. Outras vezes viam possibilidades de sucesso em empreitadas futuras. Na maioria dos casos, não viam nada.

Só que esse dia iria ficar na memória de todas as pessoas por gerações. Pois, nesse dia, a face de Helion se manifestou de maneira incontestável, o rosto dourado aparecendo na janela exatamente igual à estátua próxima. Quando o rosto surgiu, algumas pessoas desmaiaram de emoção. Outras correram a socorrer os que haviam desmaiado. Gamaliel se aproximou timidamente, olhando para a janela dos deuses e vendo o rosto d'Aquele a quem dedicara sua vida. Quando ele se aproximou, o seu xurba foi perdendo o brilho até se apagar, enquanto a luz da janela se tornava mais intensa. Helion falou:

– AARON DAS TERRAS DO NORTE E GUSMÃO DE BRAGANÇA, APROXIMEM-SE.

Extremamente surpresos, Gusmão e Aaron levantaram-se de onde se encontravam e se dirigiram à janela brilhante. Toda a multidão esperou em silêncio pelas palavras de Helion. Conforme os heróis se aproximavam da tela, a luz parecia iluminar a praça num banho dourado de poder.

– POR SUA BRAVURA E CORAGEM, GUSMÃO DE BRAGANÇA, SEU DESEJO SERÁ ATENDIDO.

Gusmão se viu banhado em uma luz dourada, enquanto sentia um formigamento em seu corpo. Uma sensação indefinida de força e vitalidade renovou suas forças e, pela primeira vez em muitos anos, Gusmão se sentiu jovem.

– POR SUA HUMILDADE E PUREZA DE INTENÇÃO, AARON DAS TERRAS DO NORTE, SEU DESEJO SERÁ ATENDIDO.

Aaron sentiu suas pernas fraquejarem conforme se ajoelhava perante a tela onde o rosto do Deus do Sol Brilhante se encontrava sorrindo. De seus olhos, lágrimas de esperança brotaram, caindo ao chão como centelhas douradas na luz de Helion.

A imagem do Deus, então, se dirigiu à multidão:

– A VOCÊS, MEUS FIÉIS, DEIXO MINHA BÊNÇÃO. OS DIAS SOMBRIOS AINDA NÃO TERMINARAM. MAS A ESPERANÇA DE UM FUTURO PARA A HUMANIDADE NÃO ESTÁ MORTA. HUMANOS! DAS ESTRELAS VIERAM! PARA AS ESTRELAS VOLTARÃO!

Dizendo isso, a imagem de Helion desapareceu da janela dos milagres, enquanto a luz do xurba de Gamaliel retornava e um urro de alegria perpassava por todos os reunidos nessa assembleia. A multidão se uniu num cântico a Helion, enquanto todos sentiam a presença d'Ele em si. A certeza de que para as estrelas voltariam!

Conforme as pessoas saíam ao final da festa, após mães piedosas trazerem seus filhos para que Gusmão e um Aaron absolutamente vermelho de vergonha os abençoassem, Gamaliel chamou os membros da comitiva para que se juntassem a ele em seus aposentos na sede da Igreja de Helion em Império. Quando entraram, foram todos recebidos, especialmente Gusmão e Aaron, por serviçais da Igreja que lhes trouxeram bebidas como o hidromel sagrado e alguns pães do sol. Gamaliel pediu, então, aos companheiros que se sentassem enquanto retirava o xurba cerimonial. Ao fazê-lo, a luz em seu rosto se reduziu, permanecendo brilhando em amarelo apenas os seus olhos.

– Hoje minha vida se tornou plena e agradeço a vocês, meus amigos, pela graça que me trouxeram, ao me fazer ver e ouvir a voz do Luminoso. Vocês sempre terão guarida em todas as igrejas de Helion. Sempre terão onde descansar em suas viagens. – um serviçal se aproximou e entrega a Gamaliel uma caixa. Ele a abriu e retirou dali pequenos anéis dourados, simples e sem adornos, exceto por um pequeno sol feito de topázio. – Por favor, recebam esses anéis, que os identificam como abençoados por Helion.

Gusmão e Aaron colocaram os anéis em seus dedos. Aaron com alguma dificuldade, mesmo tendo usado o maior dos anéis. No dia seguinte, os companheiros partiram de Império, em direção à Bragança. Evitaram sabiamente a zona da morte em frente à entrada de Império e seguiram dessa vez por uma rota mais ao norte, evitando, assim, a vila morta por onde haviam passado na vinda com Anton e onde haviam enfrentado os insetos.

Naquela noite, Leirbag alegrou a todos com uma dança dos piratas, acompanhando uma música cantada por Peter. Kythor permaneceu calado sem sorrir, mas a sua maneira koltrana de agir já não perturbava mais os companheiros. Gusmão, alegrado pelo hidromel que haviam recebido de presente de Gamaliel, se soltou mais, contando uma de suas antigas aventuras, quando, junto com Manoel Fernando, um grande explorador bragantino de outrora, exterminara uma colônia de insetos que se havia estabelecido numa vila ao sul de Bragança. Aaron contou que estava muito feliz em poder ter a ajuda não só da igreja de Helion em procurar a sua irmã, mas a do próprio deus. Túlio perguntou a Gusmão o que ele desejara, e Gusmão sorriu, dizendo que apenas desejara o melhor para a humanidade. Abhaya mostrou aos companheiros cenas do passado dos ancestrais no seu artefato. Não mostrou, contudo, as cenas da dama na rocha, pois as considerara muito tristes, e preferiu mostrar-lhes os costumes inusitados das eras dos milagres. Todos ficaram maravilhados ao ver que os humanos já haviam podido dispor de poderes fabulosos. Kythor olhou interessado para as imagens do passado, mas não as comentou. Nessa noite dormiram tranquilos pois sabiam que, muito em breve, chegariam a Bragança e entregariam a demanda solicitada pelo Rei Pedro. Concluindo, então, essa missão que os unira.

***

Bragança, a Cidade mais bela em seus corações! Ao avistá-la, puderam sentir, ao mesmo tempo, felicidade e tristeza. Felicidade, pois a certeza do cumprimento do dever os alegrava bastante, mas também tristeza, pois certamente acabariam por seguir rumos diferentes após essa jornada. E o companheirismo que haviam adquirido os fazia desejar que essa etapa demorasse a acabar. Os laços da amizade forjados e fortes.

Quando entraram na cidade, logo foram recebidos pelo capitão da Guarda.

— Gusmão! Sejam bem vindos meus amigos! O rei os aguarda.

— Caio! Que bom revê-lo.

— Soubemos de algumas de suas aventuras. É verdade que você foi abençoado diretamente por Helion?

Gusmão mostrou o anel no dedo, fazendo com que o capitão caísse de joelhos diante de si.

— Meu amigo, levante-se, isso não é necessário!

— Perdoe-me, é que sou devoto de Helion e a sua bênção sobre você me traz extrema alegria.

— Meu amigo Aaron também foi abençoado.

— Só a notícia da bênção ao grande Cascadura chegou aqui. — e, virando-se para Aaron, pediu: — Posso ver o sinal da sua bênção?

Aaron mostrou timidamente o anel que portava, fazendo Caio novamente se ajoelhar e corando sobejamente a face de Aaron dum vermelho tímido.

— Agora, vamos, meus amigos. O Rei Pedro os aguarda.

Os companheiros novamente atravessaram os corredores iluminados pelas luzes ancestrais enquanto se aproximavam dos aposentos reais. As cores dos quadros iluminados trazendo boas lembranças, enquanto uma música suave tocava nos corredores. As portas onymarianas se abriram e os amigos se viram na presença do bom monarca.

— Bem vindos, meus amigos! Soube que completaram sua missão. — falou o rei.

— Majestade. — ajoelhou-se Gusmão. — Trouxemos o artefato antigo, mas nossa missão não foi sem percalços. Sofremos uma traição no caminho.

– Conte-me, Gusmão.

– Anton provou ser um conspirador. Ele surrupiou o artefato após o termos recebido do xá e levou-o para as profundezas da cidade, onde se escondem necromantes. Lá, ele planejava substituir a arma por uma réplica, na qual estava concentrando seus poderes malignos.

– Posso ver o artefato?

Gusmão mostrou a arma ancestral original e também, numa caixa, a réplica feita pelos necromantes. Advertiu ao rei para que não tocasse a segunda.

– Realmente é de um grande perigo que você e seus companheiros me salvaram. Vou mandar meus ministros analisarem essa cópia e guardar a original do xá comigo. Eu já tinha planejado a recompensa que lhes daria, mas isso muda tudo! Vocês salvaram a minha vida. E isso exige uma recompensa à altura.

O rei se afastou e conversou com seu ministro. Ele indicou aos companheiros que se sentassem à mesa e se retirou. Quando retornou, vinha acompanhado de seu primeiro ministro, que trazia consigo papéis para assinarem e uma caixa.

– Como testemunha, trago o Primeiro Ministro de Bragança, o nobre Aloysius dos Vinhedos. – falou o rei Pedro. – Toda a corte e o reino ficam agora sabendo que, por meu decreto real, a partir dessa data e como recompensa por seu serviço, e pelo desmascaramento de um plano para minha morte, todos os membros da comitiva ora presentes, recebem o título de Senhor, estando, portanto, livres para responderem por si e por artefatos ancestrais em sua posse. Como recompensa por salvarem a minha vida, como recompensa por seus serviços, ficam livres para guardarem quaisquer produto que tenham obtido nessa missão, bem como receberão de minha guarda real armaduras ancestrais. Sendo uma para cada um, para que, assim como protegeram a minha vida, elas os protejam.

Gusmão, então, falou:

– Majestade, bem o sabeis que sirvo à coroa de Bragança, mas sempre de todo o meu coração, jamais solicitei quaisquer recompensas.

– Gusmão, dessa vez você não me escapa! Sei que no passado

recusou títulos pelos seus feitos, mas, por salvar a minha vida, eu exijo que aceite este. – falou o bom rei, divertido ante a modéstia de Gusmão.

– Como Vossa Majestade desejar.

Aaron timidamente se dirigiu ao Monarca.

– Senhor rei?

– Sim, meu amigo?

– Posso pedir uma coisa?

– Claro! Peça o que precisar ou desejar.

– Eu queria pedir que o senhor trocasse minha recompensa.

– Como assim? – franziu, divertido, o sobrolho, o bom monarca.

– É que eu trocaria qualquer coisa do mundo para poder encontrar a minha irmã.

– Ela está desaparecida?

– Ela foi sequestrada por fazedores de escravos e, desde então, eu a procuro.

O pedido era tão sincero e inocente, que os olhos azuis bondosos de Pedro se encheram de lágrimas.

– Meu amigo, sua busca é justa! Você pode manter o seu título, mas tem a minha palavra de que o governo de Bragança vai fazer tudo em seu alcance para localizar sua irmã.

Aaron se ajoelhou, então, e agradeceu ao monarca. Terminadas as formalidades, cada um dos companheiros recebeu o anel símbolo de sua nobreza. O ministro só vacilou um pouco quando ia colocar o anel no dedo de Kythor, mas, a um olhar do rei, prosseguiu e a todos indicou que seguissem o capitão da Guarda ao depósito real.

Caio, o capitão da guarda, estava extremamente feliz e os levou sem demora ao depósito real, cujas portas era vigiada por dois guardas vestindo as roupas antigas dos milagres e portando armas ancestrais em suas mãos, em frente aos quais se posicionou. Após se identificar para eles e identificarem a ordem do rei, eles permitiram a passagem de todos. Caio se posicionou às duas portas onymarianas e colocou sua palma da mão numa placa de vidro escuro, que se iluminou com uma luz azul. Depois, pressionou rapidamente em alguns botões uma sequencia e colocou seu olho numa protuberância na parede, de onde uma luz verde o iluminou rapidamente. Após todos esses procedimentos, as portas se abriram, permitindo a entrada de todos. Uma vez lá dentro, os companheiros tiveram um vislumbre de máquinas e artefatos ancestrais num salão enorme, que abrigava em seu interior até mesmo as grandes criações de guerra ancestrais, gigantes onymarianos parados encostados nas paredes, mesas repletas de janelas como o artefato de Abhaya. Nas paredes, armas, e, após abrir uma gaveta, eles puderam ver que Caio lhes mostrava roupas antigas, com seu tecido leve e poderoso.

– Aqui estão as armaduras ancestrais.

– Isso são roupas. – falou Aaron, surpreso.

– Me empresta o seu machado? – perguntou, divertido, o capitão.

Aaron entrega seu machado de arremesso ao capitão Caio. Ele colocou a roupa em cima de uma das mesas e, erguendo o machado de Aaron, acertou um golpe com toda a força. O machado perdeu o fio e a lâmina se quebrou numa leve explosão de uma luz azulada muito tênue na roupa.

– Meu machado! – exclamou Aaron.

– Eu lhe darei outro, isso foi apenas para demonstrar. Essas roupas têm a proteção ancestral ativa. Podem receber golpes e proteger quem as veste de todo o dano. – ao dizer isso, retirou a roupa, revelando a maça, que não se mostrou nem ao menos arranhada. – Quando a força ativa do milagre se esgota, elas ainda assim fornecem proteção. Mas um golpe cortante consegue carregar sua força de esmagamento, embora não consiga romper o tecido. – terminou de explicar Caio.

– Fascinante. – disse Kythor.

– Quanto tempo dura essa proteção? – perguntou Leirbag.

– Não sabemos. A ciência de criar essas armaduras e mantê-las se perdeu há muito tempo. Não temos como saber quando a carga do milagre se esgota. Mas, pelo que vimos, parece se esgotar mais rapidamente com quanto mais dano ela previne.

– E, quando ela se esgota, mantém a sua proteção passiva?

– Sim.

– São roupas bem leves. – observou Peter.

– Sim, são facilmente utilizáveis por baixo de outras armaduras, se o desejarem. Essas roupas protegem toda a área coberta por elas, mas é só. Não protegem áreas descobertas. – respondeu Caio.

Após todos vestirem suas novas proteções, sendo que a de Aaron apresentou alguma dificuldade a Caio, Leirbag e Peter mostraram a Caio as gemas explosivas que tomaram do corpo de Anton.

– Realmente, são pedras extraordinárias essas. Valem muito dinheiro. – disse Caio.

– Quanto? – quis saber Leirbag.

– O suficiente para não precisarem mais trabalhar pelo resto da vida.

– O suficiente para comprarmos um navio? – perguntou Peter.

– Com toda certeza. – respondeu Caio.

– Então, creio que desejamos vendê-las ao governo.

– Creio que posso arranjar isso sem problemas. – respondeu Caio.

Os arranjos foram feitos e Caio entregou um novo machado de melhor qualidade a Aaron, que o examinou satisfeito.

– Meus amigos, pois considero os amigos de Gusmão e salvadores de meu rei meus amigos, foi um prazer poder assisti-los. Espero que voltem ao palácio sempre que puderem. Deixo-os a sós, pois o dever da guarda real me chama.

– Meu amigo Caio, agradecemos a sua ajuda e espero vê-lo em minha casa em breve.

– Assim que me for possível, vou visitá-lo Gusmão.

Os amigos Gusmão e Caio se abraçaram e Gusmão, virando-se para os companheiros, lhes disse:

– Espero poder contar com todos ainda hoje à noite em minha casa.

– Certamente que iremos, Gusmão. – respondeu Kythor.

Todos se separaram, indo cuidar de seus afazeres. Peter e Leirbag foram em direção ao porto tratar de negócios. Kythor saiu, prometendo voltar à noite. Abhaya foi procurar a biblioteca da cidade. Túlio foi para a igreja de Helion em Bragança e Aaron dirigiu-se a uma taverna fazer o taverneiro muito feliz com a venda de muita comida.

Ao chegar em casa, Gusmão encontrou, à porta, Alex, que, ao vê-lo com seu olho bom, cumprimentou-o afetuosamente:

– Meu senhor Gusmão! O senhor voltou bem de sua missão! Todos na cidade já estão falando de como o senhor salvou a vida do rei.

– Bem, foi apenas a minha obrigação. Você sabe.

– A Senhora Guilhermina me pediu para avisá-la de quando o senhor chegasse.

– Eu posso lhe pedir que adie esse aviso, meu amigo Alex? Creio que preciso dormir um pouco para descansar meus velhos ossos.

– Ela foi enfática, Senhor Gusmão.

– Tudo bem, mas eu lhe peço adie um pouco a sua ida. Dê-me uma hora de sono ao menos.

– Farei como me solicita, senhor.

Gusmão retirou as suas botas e se deitou, vestindo as roupas presenteadas pelo rei, caindo num sono profundo. Teve o sono agitado pela visão de Anton sendo decapitado e uma figura cadavérica o observando das sombras. No sonho, Gusmão se viu indo em direção ao corpo, que o olhava de maneira inquisitiva, com grandes luzes azuis brilhando nas órbitas ocas. A figura abriu a boca e ele pôde ouvir a sua voz cadavérica dizendo:

– Gusmão, querido, senti tantas saudades!

Gusmão acordou num sobressalto, encontrando Guilhermina na sua cama ao seu lado. Seu corpo nu, levemente iluminado pelo discreto brilho azul da roupa ancestral que ele vestia.

– Não está feliz em me ver?

– Guilhermina? Desculpe-me. Eu tive um pesadelo, mas como você entrou?

– Bobinho, eu sempre acho um jeito de me deitar com você.

– Alex...

– Aquele bobo foi lá em casa me avisar da sua chegada. Eu acho que ele deve demorar algum tempo. A Falina me contou que ele gosta muito dela e então eu pedi que ela fizesse companhia ao bobinho enquanto eu me arrumo. – disse Guilhermina num risinho divertido.

– Você é impossível mesmo.

Gusmão, então, se virou para abraçar Guilhermina, que retribuiu o abraço, beijando-o sofregamente, enquanto enlaçava com as pernas os velhos ossos de Gusmão. Em pouco tempo, esses ossos estalavam e protestavam pelos movimentos exacerbados, mas, pela primeira vez em muito tempo, Gusmão estava sem se importar com seus os estalos e gemidos e só conseguia sentir o cheiro, o gosto, o calor de Guilhermina, que o fazia se sentir jovem de novo.

Nessa noite, Gusmão estava com Guilhermina, sentado no sofá da sala. Alex preparou junto com Falina uma refeição para Guilhermina, Gusmão e seus amigos. O primeiro a chegar foi Kythor, que cumprimentou a todos com cortesia. Falina, ao vê-lo, deixou cair a bandeja com os canapés que trazia, mas Kythor se levantou e a ajudou com as coisas, deixando a pobre serviçal de Guilhermina completamente ruborizada. Quem chegou depois foi Abhaya, seguido logo depois por Túlio. Aaron bateu a cabeça no portal quando entrou e recebeu uma compressa de gelo aplicada por Guilhermina enquanto Abhaya pensava sobre a sua ferida, utilizando de seus poderes mentais e melhorando o estado dela. Por último, chegaram Leirbag e Peter com novas roupas que cobriam as roupas milagrosas que haviam recebido do rei. Ambos estavam felizes e ostentavam chapéus de marinheiro, sendo que Peter usava o chapéu de capitão.

– Vejam vocês, eu fui perder a aposta para o Peter e agora ele é o capitão.

– Capitão de quê? – perguntou Abhaya.

– Do nosso navio.

– Vocês compraram um navio? – perguntou Kythor.

– Sim, agora somos finalmente donos de nosso próprio barco. E, em breve, estaremos fazendo bons negócios por todos os mares.

– Fico feliz por vocês amigos. – disse Túlio. – Qual é o nome?

– Nós decidimos chamá-la de "a Comitiva" em homenagem a nossas aventuras como comitiva real. – respondeu Leirbag.

– Fico feliz que tenham conseguido realizar o sonho de vocês.

Espero que nos visitem de vez em quando. – disse Gusmão.

– Bragança é uma excelente cidade comercial. Espero que ganhemos bastante vendendo nossas mercadorias aqui. – respondeu Leirbag.

– Então nos veremos sempre, eu espero. – respondeu Gusmão.

– E quais são os planos de vocês? – perguntou Peter.

– O Gusmão deve sossegar um pouco. – respondeu Guilhermina, apertando o braço de Gusmão enquanto colava o corpo ao dele, levando um leve rubor à face do velho herói.

– Eu pretendo retornar a Upanishads. Creio que a missão que me foi solicitada acabou com a entrega ao rei. – falou Túlio.

– Não poderia pedir uma transferência para cá? – perguntou Gusmão.

– Não sei se seria atendido, mas posso tentar.

– Quanto a mim pretendo utilizar os contatos da cidade para tentar localizar na igreja de Atala a minha irmã. – respondeu Abhaya.

– Eu vou procurar a minha irmã também. – disse Aaron.

– Eu vou me estabelecer nessa cidade. – disse Kythor.

– Excelente notícia, meu amigo! – respondeu Gusmão.

– Sim, mas os humanos ainda não estão habituados a um nobre koltrano, ainda bem que já providenciei um guarda-costas.

– Mas você não precisa de um guarda-costas. – falou Leirbag.

– Você se engana. Há muito preconceito quanto a nós koltranos aqui e um guarda-costas pode vir a ser muito útil. Creio que é ele chegando.

Alex, então, deixou entrar uma figura estranha. Vestia uma calça de um tecido azul, camisa azul clara e um colete de couro. Na cabeça apresentava um chapéu de couro de formato inusitado e trazia à boca um pedaço enrolado de papel em cuja ponta estava acesa uma pequena brasa, que queimava uma erva escura no interior do rolo, deixando um cheiro desagradável no ambiente. Os olhos eram negros como a mais escura das noites e o rosto tinha uma aura de ferocidade inaudita, que, no entanto, era aparentemente controlada por uma vontade de ferro. As rugas no rosto demonstravam que a expressão que trazia muito raramente era um sorriso, mas frequentemente um ricto de ódio. No momento, entretanto, apresentava um sorriso cínico de quem "gostaria de te matar e ver a sua agonia". Ele ostentava ainda um bigode, não tão pronunciado como o de Gusmão, mas escuro, salpicado aqui e ali com alguns fios que seriam brancos, mas que estavam amarelecidos com a fumaça que exalava. Com as pontas dos dedos da mão direita ergueu a aba do chapéu e cumprimentou:

– Boa noite.

– Esse, meus amigos, é Tobias, meu guarda-costas. – apresentou-o aos amigos Kythor.

– Um prazer, Senhor Tobias. – disse educadamente Gusmão. – O senhor é o Tobias de Império, que se tornou o pai dos centuriões imperiais?

– Não. Eu sou apenas um filho.

– Filho dos centuriões?

– Não. De meu pai.

– Be... Seja bem vindo então à minha casa. Sente-se, por favor.

– Com licença.

Leirbag pôde ver que Tobias carregava consigo pistolas de aspecto parecido com a que ele mesmo usava. O estranho se sentou numa cadeira mais distante de todos, não participando da conversa, mas se colocando num canto mais escuro da sala, onde bebia água em um copo e observava, por entre as baforadas, a conversa.

Abhaya mantinha para si a impressão de perigo latente que o estranho trazia. Nada imediato, porém algo indefinido, como uma perversidade oculta. Ele se perguntava se Kythor havia feito a melhor escolha de guarda-costas.

Após o jantar, em que fora servida uma bacalhoada com batatas e azeite, as despedidas foram breves e os companheiros saíram na noite. Gusmão se perguntou se os encontraria novamente.

–Vamos, meu lindo herói, você precisa matar as minhas saudades.

– Guilhermina, estou velho. E os velhos precisam dormir.

– Você não me pareceu velho hoje à tarde, meu querido. Eu diria que tem o vigor de um homem de uns vinte anos. Preciso ver se consigo

gastar um pouco desse vigor todo...
– Ah, Guilhermina...

## Nyt

Zordak acordou com dores em todo o seu corpo. Desde que aceitara submeter-se ao experimento de Maloriak, nunca mais tinha conseguido ficar sem dores, mas o poder que adquirira compensava essas dores de maneira estupenda. Conforme a orientação de Maloriak, ele finalmente conseguia gerar em suas mãos os projéteis cinzentos que surpreendiam as vítimas mais bem preparadas. Com a ajuda do morto-vivo, Zordak se tornara o assassino perfeito, mas desconfiava que Maloriak pretendia usá-lo contra Malachy. Essa perspectiva o deixava com uma sensação que dificilmente já havia experimentado, o medo. Malachy sempre andava pelos corredores dos necromantes com uma pose afetada, sempre sem guardas, sempre senhor de si. Quando ele cruzava o caminho dos outros, mesmo dos necromantes mais poderosos, mesmo de Maloriak, todos se curvavam em respeito. E, quando ele passava, uma aura de dor e desespero o acompanhava. Maloriak, com sua aparência hedionda, não gerava tanto terror como esse rosto de uma simpatia feroz, de uma perspicácia demoníaca, um rosto que Zordak aprendera a evitar, pois os olhos como os de uma cobra olhavam dentro da sua alma nua e viam seus pecados, e, ao vê-los, pareciam sentir-se deliciados com eles, como quem lambe um doce, como um amante no clímax, como a morte em vida.

Zordak andava pelos corredores sombrios no interior da montanha que flanqueava Império. Diferentemente de Upanishads, esses corredores cavados na rocha se apresentavam bem cuidados e iluminados por tochas. O ar era reciclado de maneira eficiente e não tinha o peso que as profundezas causavam. Mas, mesmo assim, a atmosfera era lúgubre e, no interior da montanha, viviam apenas os mais pobres. Os grandes salões de rocha haviam sido escavados pelos ancestrais havia muitos anos. Seu propósito à época não se conhecia mais, porém alguns apresentavam ainda esculturas belas e incrustações dos milagres ancestrais aqui e ali. No entanto, eles eram agora utilizados primariamente como depósitos e armazéns. Os dos mais ricos apresentavam portas onymarianas, o que dava uma segurança impenetrável. Quer dizer, impenetrável pelas portas, mas mais de um armazém já havia sido saqueado por túneis cavados na rocha sólida. Assim, mesmo os com as portas onymarianas, havia guardas postados o tempo todo a proteger o conteúdo lá guardado.

A guilda dos necromantes tinha sua sede nos recônditos mais profundos da montanha, e os mortos caminhavam livremente pelas ruas amplas dos salões rochosos. Os habitantes de Império evitavam entrar nesse "reino" oculto sob seu império. Os necromantes providenciavam serviços de limpeza para a cidade quando das horas noturnas e também cuidavam de algumas plantações no exterior da cidade que eram utilizadas, no geral, para a sua própria subsistência. Os únicos produtos consumidos regularmente pelos habitantes dos Reinos que eram produzidos pelos trabalhos dos mortos eram a cerveja Beijo da Morte, produzida em Império, e o vinho "dernière gorgée", que vinha de Tuliéres. Ambas as bebidas eram de excelente qualidade, mas a população em geral as evitava, exceto aqueles que gostavam de bravatear. O vinho "dernière gorgée" era utilizado nas cerimônias dos clérigos e clérigas de Nyt e Plutônium.

– Zordak? – uma voz o chamou. Zordak virou-se e viu Jean Pierre, o acólito mais novo de Malachy, aproximando-se.

– Pois não?

– Seu mestre Maloriak me pediu para encontrá-lo.

– Ele quer me ver agora?

– Sim. Por favor, me acompanhe.

Zordak seguiu o acólito, não podendo deixar de reparar na compleição pálida com rosto doente, olhos fundos como os de quem não dorme bem há muito tempo e uma pele áspera e seca. O rosto do rapaz devia já ter sido bonito, mas agora tinha um aspecto geral de doença e fraqueza. Os cabelos se mostravam ralos, as bochechas encovadas e as mãos tinham manchas amareladas na pele pálida. A respiração era um tanto ofegante. Zordak se perguntou se o poder na necromancia valia essa deterioração generalizada, mas então se lembrou de si mesmo e da desfiguração que sofrera com os experimentos de Maloriak, da dor que sentia constantemente e dos poderes que adquirira. Zordak já havia cometido muitos erros, mas, na busca por poder, ele cria que os cometeria de novo. Então, podia entender o rapaz.

Eles caminharam pelos corredores, as tochas bruxuleando conforme passavam. Chegaram finalmente a um prédio com portas duplas que era guardado por dois esqueletos animados pela necromancia, com aquelas luzes azuis doentias no fundo das órbitas vazias. Após uma palavra de comando do jovem acólito, eles viraram seus sorrisos eternos para o lado, enquanto liberavam a passagem dos dois. Zordak se viu novamente no salão da dor, onde eram realizadas as cerimônias de consagração. Ele nunca entendera como os clérigos de Nyt não eram bem vindos a integrar o ranking dos necromantes. Afinal, superficialmente, ambos lidavam com os mortos. Mas parecia haver alguma rixa entre os dois lados que tornava a aliança impossível. Enquanto caminhavam agora pelos corredores, podia ver a entrada do seu particular salão da dor, através da qual ouviu os gritos dos que estavam sendo experimentados no momento. Essa lembrança de seu próprio sofrimento, o fez tremer involuntariamente e ele notou o sorriso mal disfarçado de deboche do acólito. Zordak guardou na memória essa reação. Talvez, no futuro, esse rapazola pudesse aprender um pouco sobre a dor.

– Aqui estamos, Zordak. O mestre Maloriak o aguarda.

Zordak assentiu com a cabeça e se viu deixado numa sala ampla, onde podia ver ao fundo um grande trono de pedra próximo a uma mesa, no qual encontrava-se um corpo mumificado de aspecto aterrorizante parado, olhando uma das janelas ancestrais. Esse corpo se apresentava vestido com um robe grande e puído, por sob o qual podia-se ver uma roupa ancestral. O curioso é que por sob seus trajes notava-se o contorno de membros humanos numa espécie de aura tênue e dourada, fazendo volume como se um humano vivo estivesse ali. Mas, embora se movesse e falasse, Maloriak com certeza não estava mais vivo. Pelo menos não como se entendia um ser vivo. Apesar de sua bravura, Zordak ainda não se havia acostumado a essa estranha visão. Esse morto vivo. Esse Lich como ele mesmo se intitulara.

– *Entre.*

A voz espectral parecia vir de muito longe e de um tempo diferente, era uma voz fria, com uma cor de tristeza permanente, mas um timbre de determinação inabalável.

– Aqui estou.

– *Eu o chamei aqui para averiguar seu treinamento.*

– Acho que o senhor já sabe que estou me esforçando para dominar meus novos poderes. Mas quero que essa dor constante suma.

– *A dor faz parte da vida. Eu mesmo que não vivo há milênios sofro diariamente. Mas eu sei o que é a dor. Você poderá conseguir alívio para a sua dor em Dayton.*

– Por que Dayton?

– *Lá ainda existe uma maneira de aliviar seus sintomas, mas esse alívio terá um preço.*

– E que preço é esse?

– *Com o alívio da dor, virá um enfraquecimento do poder que lhe dei. Você não o perderá, mas ele não será mais tão eficiente como antes.*

– Então, tenho a sua permissão para me livrar dessa dor?

– *Não sou Malachy. Eu vejo o valor daqueles que me servem. Se você assim o desejar, poderá fazê-lo. Mas, antes de o fazer, terá de completar as missões que tenho designadas para você.*

– E que missões são essas?

– *Existe nas terras do norte uma pessoa que foi tocada por Nyt. Essa pessoa deve ser encontrada.*

– Quem é essa pessoa?

– *Seu nome é Danya, a humana que amou o koltrano.*

– Farei todo o possível.

– *Você deve voltar em breve.*

– Mesmo se eu não a encontrar?

– *Sim. Preciso da sua presença aqui em dois meses. Receberei visitas e você precisa estar aqui para recepcioná-las.*

– As terras do norte são bem distantes. Talvez não consiga retornar a tempo.

– *Você terá de resolver isso também. Preciso que esteja lá e de volta outra vez.*

– Então, sairei imediatamente.

Zordak foi aos estábulos do lado de fora de Império e escolheu o melhor cavalo que encontrou, partindo imediatamente em direção às terras do norte.

Pelo que se lembrava de sua educação quando mais novo, os "reinos" do norte eram aldeias e vilas de nômades humanos que viviam em condições muito precárias. Eles não tinham acesso a nenhum dos artefatos ancestrais, pois se encontravam muito longe desses artefatos. Apresentavam geralmente a pele clara e a compleição forte. Os diversos clãs nunca se haviam organizado em qualquer tipo de governo central, sendo o governo regido pelos "reis" locais com punho de ferro. Para os povos mais ao sul, eles não passavam de bárbaros. Mas mantinham tradições bem antigas e conheciam as histórias dos ancestrais. Quaisquer koltranos encontrados eram mortos sem piedade. Necromantes eram temidos, sendo suas criações e eles mesmos regularmente caçados. No extremo norte do continente, os insetos estavam em maioria e os humanos aprenderam com o tempo a não incomodar esses vizinhos. Diziam os mercadores de escravos que os humanos do extremo norte haviam conseguido uma espécie de trégua com os insetos, mantendo-se restritos a certas regiões e não se aventurando em invadir as regiões dos insetos. Havia rumores de que haveria uma grande civilização de insetos subterrânea ali. Mas ninguém nunca havia conseguido confirmar isso.

Zordak lamentava não ter podido trazer consigo uma das armas ancestrais. Mas Maloriak fora taxativo. Essas armas não saíam de perto dele.

Após algum tempo de cavalgada, Zordak se encontrou num terreno diferente. Pôde ver que as árvores eram mais escassas. E havia uma espécie de vegetação estranha, com caules e folhas roxas e grandes, que se apresentavam ingurgitadas como se retivessem água como os cactos dos desertos. O que intrigou Zordak era que essas plantas pareciam seguir o sol brilhante nos céus como os girassóis. O chão era recoberto por uma trama vermelho-alaranjada, que aderia ao solo como que drenando a umidade e parecia-se com uma cola derramada. O cavalo estava desolado sem ter grama para comer e, quando tentava mordiscar a trama vermelha no chão, rapidamente cuspia, como que revoltado. Começava a nevar e Zordak alimentou o cavalo com a aveia que trouxera consigo do sul. O mapa lhe dizia que ele já devia estar chegando ao seu destino. Ele juntou pedaços das plantas roxas caídas ao chão como galhos secos e acendeu uma fogueira na trama avermelhada. O cheiro que subia dessa vegetação era nauseabundo, algo como cabelos e unhas queimando, mas, ainda assim, o calor da fogueira era bem-vindo e necessário. Zordak podia ver que as plantas roxas vivas estavam agora voltadas em direção à fogueira, como que tentando absorver o calor. Zordak adormeceu na relva avermelhada e sonhou.

No seu sonho Eliete, a mulher que ele havia amado se encontrava junto a ele. Havia uma sensação de felicidade. Ele podia ver seus filhos brincando junto à lareira em uma casa de madeira ao sul de Tuliéres. Quando olhou pela janela, pôde ver que era noite escura, as estrelas brilhavam fracamente e a luz de Ellan não se via nessa noite. O manto das estrelas o envolvia com suavidade e Zordak podia sentir que o frio da noite era uma bênção. Mas algo estava errado. A lareira cheirava a cabelos queimando e Zordak abandonou o abraço da noite e se voltou para dentro de casa.

Viu Eliete queimando na lareira. Próximo a ela, Malachy estava rindo. Maloriak era um esqueleto preso ao chão, com uma trama vermelha encobrindo-o, o brilho azul dos olhos apagado. Subitamente, ele viu seus braços presos ao chão e acordou, sentindo seu corpo drenado. Ele podia se ver e viu que algumas das tramas vermelhas estavam tentando recobri-lo, sem sucesso. O seu cavalo estava morto, completamente recoberto pelas fibras. A fogueira apagou-se e ele se levantou com muita dificuldade, pois as fibras estavam tentando prendê-lo ao chão. Com a força do poder incutido nele por Maloriak, gerou um projétil em suas mãos e o utilizou para cortar as tramas que o prendiam, pegou rapidamente suas coisas e pôs-se em movimento.

Agora ele conseguia ver com clareza. Nos lugares onde havia a trama vermelha, nenhuma árvore das terras humanas crescia. Apenas a vegetação roxa. E parecia haver um perímetro de solo intocado pela trama vermelha em volta de cada árvore. Zordak decidiu não se arriscar e só iria dormir no dia seguinte quando encontrasse uma grande árvore. Um carvalho talvez, onde aparentemente a trama vermelha não conseguia chegar. E, mesmo assim, ia se deitar num dos galhos mais altos.

Passou uma péssima noite se equilibrando nos galhos, mas, por volta da meia-noite, poderia agradecer à sorte por estar ali. Bem quieto, viu formas escuras passando perto das árvores. Eram milhares de insetos que estavam se movendo, não insetos comuns, pequenos, mas insetos gigantes, alguns do tamanho de cachorros, outros do tamanho de cavalos e, em meio a esses, alguns maiores, que andavam eretos como os homens, mas que eram diferentes de tudo o que ele já vira. Zordak observava quase sem respirar enquanto essas criaturas passavam. Podia ver que alguns dos insetos pareciam ser utilizados como animais de carga, pois possuíam grandes presas na boca e traziam objetos que ele não adivinhava o que seriam, mas cujos movimentos, por sob um casulo resinoso, indicavam que, o que quer que fossem, ainda estavam vivos. Quando o enxame, ou manada, passou, Zordak ponderou que precisava achar rapidamente uma montaria, pois, se ele estivesse ao solo quando esses insetos passaram certamente teria morrido.

No dia seguinte, após um brevíssimo desjejum, ele se pôs novamente na jornada. Se Maloriak não fosse tão convincente e aquilo que ele buscava não fosse tão importante, Zordak certamente já teria abandonado essa busca e procurado um local para se esconder e lucrar com suas novas habilidades. Mas aquele morto tinha mais energia que muitos vivos! E conseguira inflamar a mente de Zordak. Estranho, ele, que nunca tivera quaisquer pensamentos heroicos antes, havia se deixado empolgar por essa caveira falante!

A vila adiante apresentava paliçadas no chão, espaçadas regularmente. A grama crescia no solo por entre as rochas e, em alguns pontos, podia-se ver a trama vermelha no chão, mas, pelo aspecto geral, ela parecia estar sendo substituída pouco a pouco pela vegetação humana. Pelas explicações de Maloriak, Zordak sabia que, quando os humanos chegaram a Damocles, todas as formas de vida existentes eram do tipo dos insetos. Durante os primeiros anos, os humanos, através de seus milagres, criaram novas formas de vida, florestas, animais e tudo o mais, fosse na terra, fosse nos mares, e povoaram o mundo com as formas de vida particulares das terras dos humanos. Os koltranos aparentemente haviam feito o mesmo e essa invasão fizera desaparecer as formas de vida originais onde elas se encontravam. Os insetos, na verdade, estariam defendendo seu mundo de invasores. Isso não fazia Zordak sentir pena deles, mas dava uma melhor dimensão aos fatos.

Quando entrou na vila, viu aldeões assustados, que o observavam por frestas das portas. O ferreiro local estava batendo seu martelo numa bigorna e observava disfarçadamente Zordak, enquanto o homem que parecia ser o chefe da vila se aproximava. Ele era um homem de aspecto velho, com olhos cinzentos, os cabelos igualmente cinzentos, quase brancos. O rosto cravado de rugas atestava uma vida bem difícil. Ele vinha apoiado num cajado e trazia a cada lado de si dois homens fortes, talvez seus filhos, que vinham, apesar do frio, com os peitos descobertos, como se desejassem intimidar o forasteiro estranho com seus músculos. Nas mãos de cada um havia barras de ferro.

– O que deseja, forasteiro, aqui na nossa vila?

– Em que vila me encontro? – quis saber Zordak.

– Você está na vila de Helix. Eu me chamo Aldous Watson e sou o responsável pelo bem estar de todos. As suas intenções são pacíficas?

– Venho em paz. Meu cavalo foi comido pela grama vermelha e fiquei sozinho. Estou indo em direção aos territórios dos povos do norte. E pretendo depois voltar em direção a Dayton. – Zordak viu com o canto dos olhos que o ferreiro parara momentaneamente de martelar a bigorna, como se estivesse prestando muita atenção à conversa.

– As terras dos povos do norte são perigosas, se eu puder convencê-lo a não ir você acabará por me agradecer.

– Estou numa missão e preciso ir.

– Se é uma missão, eu não oporei resistência. Na verdade, vou ajudá-lo. Não tenho os melhores cavalos, mas posso vender-lhe um dos nossos por dez sois dourados. Se você retornar por nossa vila, me comprometo a recomprar o cavalo por dois sóis dourados. Assim, você terá uma boa montaria e, se retornar por aqui, pode reaver parte de seu dinheiro.

Zordak considerou que o preço estava justo e a aura de bondade do ancião o fez se decidir por aceitar. Seu plano original era simplesmente descansar a noite e roubar os cavalos que precisasse pela manhã. Mas, quem sabe, talvez tivesse de passar por ali de novo. Era melhor assim, menos trabalho.

– Aceito sua proposta, Aldous Watson. Há algum lugar onde eu possa descansar essa noite?

– Pode dormir na minha casa, forasteiro. Meus filhos vão cuidar de seus pertences.

– Senhor Aldous? – interrompeu o ferreiro.

– Sim, meu rapaz?

– Creio que o forasteiro poderia ficar melhor alojado na minha casa. Além do mais, o senhor sabe que anseio por estórias do sul e gostaria de poder conversar com alguém sobre notícias.

– Se o forasteiro não se importar.

– Desde que eu consiga dormir, não me importo. – declarou o viajante.

– Então, está acertado. Amanhã traremos o seu novo cavalo. Descanse essa noite, forasteiro.

Zordak, então, dirigiu-se ao ferreiro, que empacotou o que estava fazendo e lhe disse:

– Por favor, me acompanhe, vou lhe mostrar a minha casa.

Zordak seguiu o rapaz pela estrada de lama e logo chegaram a uma choupana onde, ao entrar, havia uma mesa de madeira com diversos objetos, alguns metálicos outros de madeira, alguns se parecendo com instrumentos que Zordak vira junto a Maloriak. Já outros eram-lhe inéditos.

– O que são essas coisas?

– São experimentos que eu faço. Desde muito tempo tento aprender como os milagres antigos funcionam e nunca tive a oportunidade de estudar de fato. Foi, na verdade, por isso que eu pedi que dormisse aqui.

– Não entendo.

– Eu não pude deixar de ouvir que você vai a Dayton na sua volta. Eu gostaria muito de poder ir para lá, e, se possível, estudar no instituto. Estou disposto a lhe pagar o que for preciso se eu conseguir chegar a Dayton.

– Garoto, eu não conheço ninguém em Dayton. Apenas o contato para quem me devo reportar ao completar a minha missão. Mas se você quer tanto assim vir, quando eu passar na volta, podemos ir juntos.

– Eu agradecerei eternamente, senhor.

– Certo. Agora me mostre onde posso dormir.

No dia seguinte, Zordak acordou e encontrou o café da manhã pronto. Ao lado da refeição havia um pacote e um bilhete, que dizia:

"Obrigado por me aceitar como companhia de viagem.

Como prova de minha boa vontade estou lhe presenteando com essa luz dos antigos. Espero que ela seja útil ao senhor. Eu mesmo a consertei.

Aguardo o seu retorno.

Gawin Smith "

Zordak abriu o pacote e encontrou uma das lanternas dos ancestrais. Ela projetava um cone de luz muito forte que podia varar a escuridão.

Ele guardou o presente e se preparou para sair. Conforme o combinado, Aldous o aguardava com um cavalo na saída da vila. Zordak lhe pagou as moedas e se pôs novamente a caminho.

Conforme ia para o território do norte, a paisagem foi mudando, os bolsões da grama vermelha tornando-se cada vez mais esparsos, as plantas roxas também cada vez menos frequentes e algumas já se encontravam no solo nu, sem a trama vermelha em volta. Essas, em especial, eram mais mirradas, com um aspecto mais frágil. A grama verde também era esparsa, aparecendo aqui e ali por entre as pedras. O terreno era de rochas cinzentas. Por sorte ele repusera as provisões de aveia para o cavalo, pois havia muito pouco para que ele se alimentasse.

Consultando o mapa, Zordak seguiu a estrada perpendicular ao rio Skall, que serpenteava vindo das montanhas do norte em direção ao sul. Seguindo essa estrada, ele esperava chegar à aldeia de Galagher onde, segundo as informações de Maloriak, deveria encontrar o que buscava. Antes de chegar lá, ele precisaria passar pela aldeia de Malkadir. Em pouco tempo, ele poderia descansar.

Embora a vegetação rasteira estivesse cada vez mais esparsa, a vegetação de floresta estava cada vez mais exuberante, com diversas árvores coníferas e outras árvores adaptadas ao frio. E como estava frio! Ele estava vestido com um casaco de pele de urso que lhe tinha sido fornecido por Maloriak quando partira de Império. Além disso, usava botas de couro de Rur, que o protegiam do frio sem serem excessivamente pesadas, e luvas grandes de pele. Se ele tivesse de lutar, teria de retirá-las, pois dificilmente conseguiria manusear suas facas com essas luvas enormes. Além do casaco, usava ainda uma capa com um capuz que cobria seu rosto. Isso, aliado aos panos que sempre usava para ocultar as deformações geradas pelo processo que lhe havia dado os poderes, acabava por fazer com que somente seus olhos aparecessem. Essa roupa lhe dava a aparência de algum grande animal e a neve que caía compunha o efeito de modo ainda mais ameaçador.

Conforme andava, Zordak pôde perceber ainda algumas pegadas de animais e trilhas de mateiros. À distância pôde ver o que, pelo mapa, seria a vila de Malkadir. Ela apresentava algumas marcas de um pequeno incêndio recente. Os aldeões, à medida que ele se aproximava, olhavam-no assustados. Após saltar do cavalo, Zordak se aproximou de um rapaz que estava próximo à entrada e perguntou:

– Ei, rapaz, essa é a aldeia de Malkadir?

– Sim, senhor.

– A que distância fica Galagher?

– Mais uns seis dias de viagem a cavalo, senhor.

– Qual o seu nome, rapaz?

– Bryan.

– Aqui nessa aldeia tem onde eu possa descansar essa noite?

– No celeiro do velho Malk, o senhor pode guardar o seu cavalo e o senhor Colborn pode lhe dar guarida.

– Obrigado.

Zordak se dirigiu ao local apontado pelo menino. Chegando lá, encontrou um homem velho com o rosto vincado de rugas, atestando a dura vida daqueles que viviam nessas terras. O velho portava uma foice grande nas mãos e olhou a aproximação de Zordak com aparente desinteresse, como se estivesse com o pensamento perdido em outros tempos, o vento fazendo ondular levemente os longos cabelos brancos.

– É aqui que eu consigo guardar meu cavalo e um lugar para dormir?

– Sim. Cinco ciclos escuros pela noite.

Antes de dormir, Zordak repassou mentalmente o plano de Maloriak. Ele devia encontrar na vila de Galagher uma mulher chamada Danya. Pelo que ele pudera entender, ela era importante para alguma feitiçaria do Lich, logo, deveria ser protegida a todo custo. Essas terras do norte eram desoladas demais, pensou Zordak. O quanto antes saísse dali, melhor.

À noite, ele escutou alguns ruídos na entrada do celeiro e preparou a sua faca de arremesso para qualquer eventualidade. O que viu foi um casal de jovens entrando sorrateiramente. Zordak fingiu dormir para ver o que fariam. Eles se dirigiram a uma bancada superior e desceram por uma abertura oculta. Os sons que se seguiram definiam claramente o que eles estavam fazendo. Após algum tempo, eles saíram do esconderijo e do celeiro, pensando que não haviam acordado o forasteiro. "As pessoas daqui são inocentes demais", pensou Zordak. "Não entendem o perigo que correram." Mas isso não importava. Em breve ele chegaria a essa aldeia, acharia a mulher e poderia retornar.

No dia seguinte, Zordak saiu da vila de Malkadir ao nascer do sol e seguiu na direção indicada no mapa para chegar à vila de Galagher. Segundo vira em seu mapa, teria mais algumas noites ao relento antes de chegar ao destino de Maloriak. O dia seguia frio, o sol brilhante, oculto nas nuvens, enquanto o sombrio "brilhava" nos céus. Zordak vira o sol sombrio toda a sua vida, mas havia nele algo que o perturbava. Dele emanava algum tipo de escuridão que penetrava o corpo. No lugar onde ele se encontrava nos céus, havia um escurecimento e perda da cor, como se tudo o que era importante fosse levado para longe. Dizia-se que os clérigos de Plutônium, o deus do sol sombrio, usavam essa sensação de deslocamento para criar portas entre os lugares. Zordak nunca as vira, mas sabia que mais que uma sombra escura, na verdade, era um caminho de um lugar para outro. Geralmente, esses lugares não eram "saudáveis", por assim dizer. E os que cruzavam esses portais inadvertidamente, quando retornavam, voltavam mudados, ou com lapsos de memória, ou mesmo nunca mais retornavam.

A neve caía e o cavalo sofria para continuar o caminho. Embora esse fosse um dia de primavera, quando se estava tão ao longe no norte, a neve era uma ocorrência quase diária. As árvores coníferas já alcançavam grandes alturas e Zordak sentia a solidão do caminho de gelo. Conforme avançava, podia ver as nuvens de vapor de sua respiração e da do cavalo marcando o caminho como uma trilha no ar. A neve estava fofa e o cavalo lutava para vencer o terreno macio no qual suas patas afundavam. Após andarem mais algum tempo, Zordak decidiu parar para que o cavalo descansasse e para se aquecessem com um almoço rápido. Acendeu uma pequena fogueira com gravetos do local e logo esquentou um pouco de neve para beber. Alimentou o cavalo enquanto descansavam. A árvore lhes proveu um abrigo improvisado da neve que caía. Após comer e dar de comer ao cavalo, ele se preparou para partir e uma sensação de perigo o assaltou. Ele tinha a nítida sensação de ter ouvido uma voz no vento das árvores, que parecia dizer: "Saia rápido."

Zordak montou no cavalo e, quando se punha em marcha, sentiu o chão tremer. Definitivamente, algo estava errado. Açoitando o cavalo, ele se afastou rapidamente das brasas da fogueira enquanto o chão tremia novamente. Olhando para trás, Zordak pôde ver que, no local onde ele havia parado para descansar, alguma coisa enorme se erguera do solo, engolindo a fogueira. Logo depois, o ser, que parecia um verme ou centopeia gigante, cuspiu as brasas e balançou as antenas no ar frio. O cavalo, sentindo o perigo, relinchou e tento avançar mais rapidamente. O ser das profundezas da terra pareceu localizar o cavalo, que se afastava. E saiu de seu buraco, deslizando sobre a neve em direção a Zordak.

Zordak desmontou e forçou com sua vontade o aparecimento dos projéteis cinzentos que conseguia criar após o experimento de Maloriak. Conforme o monstro avançava, foi atingido na lateral da cabeça. O projétil perfurou-a e fez sair a partir da perfuração um líquido amarelo, espesso como se fosse pus. O animal ainda avançava e Zordak se esquivou para o lado, enquanto arremessava outro projétil. Esse errou o alvo e a besta ferida atacou o cavalo, que a escoiceou. Com as facas de arremesso, Zordak atingiu o olho da criatura, que se afastou do cavalo e se dirigiu a ele. Conjurando o último projétil, Zordak conseguiu atingir a grande boca da criatura, que se preparava para atacar. Quando ela foi atingida, parou o seu avanço, iniciando um movimento em círculos ao redor de si mesma e, finalmente, parou de se mover. Zordak retirou a faca de arremesso, que se apresentava coberta pelo lodo amarelo que aparentava ser o sangue da criatura. E limpou-a na neve. Os projéteis foram reabsorvidos pela pele de Zordak em uma nuvem prateada que se formou quando eles se desfizeram. O cavalo já estava longe, mas

Zordak, com assovios e chamados, conseguiu fazê-lo se reaproximar e, novamente, se pôs em marcha.

Em mais alguns dias, ele encontrou as cercanias da aldeia que, pelo mapa, devia ser Galagher e aproximou-se. Conforme foi chegando, algumas crianças que brincavam ali perto correram para dentro das casas e rapidamente alguns homens fortes armados com machados se colocaram na estrada, interrompendo o caminho.

– Quem é você, estranho?

– Sou um viajante e procuro uma pessoa nessa aldeia, uma mulher, forasteira como eu.

– Por que chega à noite?

– Não tive opção. Fui atacado por um inseto gigante e tive de continuar a caminhar durante a noite.

Os homens se entreolharam e um deles disse:

– Eu sou Gandrer. Qual o seu nome?

– Zordak. Posso me aproximar?

Os outros homens se afastaram e o chamado Gandrer, se aproximou.

– Pode entrar. Temos umas forasteiras aqui. Talvez a que você procura esteja aqui.

Zordak se aproximou, mas se manteve alerta quanto aos homens armados. Eles se aproximaram de uma casa mais recuada e com a porta trancada.

– Elas estão aqui. Vai querer ver agora ou amanhã?

– Pode abrir. Eu sei quem eu procuro.

O homem abriu a porta da casa e o cheiro de excrementos humanos atingiu o rosto de Zordak em cheio. Lá dentro havia três mulheres, duas deitadas e uma sentada. Quando a porta se abriu, a mulher sentada pulou para o fundo da casa e uma das deitadas levantou-se, tonta de sono e medo. A outra permaneceu imóvel no chão.

– Procuro Danya.

As mulheres olharam para a que permanecera deitada e Zordak perguntou:

– Ela está morta?

Um dos homens que seguravam a porta entrou no covil e se

aproximou da mulher caída. Moveu o seu rosto de um lado para o outro e ela não se mexeu.

– Acho que nós acabamos com ela ontem, Gandrer! Essa putinha nem respira mais direito.

Zordak desmontou e se aproximou. Tocou o rosto da mulher caída ao solo e pôde perceber que ela ainda estava viva. Nesse momento, a porta começou a se fechar, enquanto o homem que havia entrado no covil corria rapidamente para fora. Zordak nem se preocupou enquanto era trancado junto das mulheres e ouviu as risadas do lado de fora. Pegou na sua mochila a poção que Maloriak lhe dera para o caso de a mulher estar doente ou se ferir na viagem. Ele ergueu o rosto dela e derramou um pouco do líquido vermelho nos lábios da moça. Um leve brilho róseo preencheu o lugar, conforme as feridas dela cicatrizavam e seus olhos se abriam. Vendo o rosto deformado de Zordak, ela se afastou com medo.

– Calma, garota. Estou aqui para salvá-la. Você acha que está se sentindo melhor?

Ela balançou afirmativamente a cabeça e Zordak tirou da mochila uma roupa de frio para cobri-la. Ele se levantou, então, e se dirigiu à porta.

– O que pretendem com isso?

Ouviu risos do lado de fora quando os homens responderam:

– Seu cavalo é bom. Vamos ficar com ele. Suas armas também. Podemos esperar. Quando você se cansar da fome e da sede, coloque as armas devagar pelo vão da porta e depois vamos ver se esse rosto feio sabe fazer alguma coisa.

Zordak se afastou da porta e se aproximou das mulheres, que o olhavam, curiosas.

– Acho que não vão nos importunar hoje à noite. Vou descansar. Amanhã partimos.

Danya olhou para ele de modo incerto. As mulheres se entreolharam. Zordak arrumou o feno num canto mais limpo e chamou Danya para se deitar junto a ele. Ela o olhou cabisbaixa e se preparou para se despir. Ele a impediu e falou:

–Não vou usar o seu corpo. Estou aqui para resgatá-la. Fique ao meu lado para que eu possa proteger a sua vida.

Eles passaram a noite, Zordak dormindo o sono leve dos ladrões e Danya um sono pesado e profundo. No dia seguinte bem cedo, Zordak a acordou e perguntou:

– Você sabe onde fica o estábulo?

– Não sei. – respondeu Danya.

– Alguma de vocês sabe? – perguntou ele para as outras mulheres.

– Eu sei. – respondeu a mais velha.

– Quando sairmos, você vai me levar até ele.

– Podemos fugir com vocês?

– Não. Não tenho como alimentar vocês. Se quiserem nos acompanhar podem vir, mas não tenho obrigação de defender vocês.

– Como vamos sair, então? – perguntou Danya.

– Deixe isso comigo.

Zordak se aproximou da porta e, retirando um pequeno vidro da mochila, derramou um líquido na corrente que fechava a porta. O líquido corroeu a corrente, derretendo-a e fazendo a porta ficar livre.

– Esperem até eu falar, antes de saírem.

Zordak abriu a porta e cortou a garganta do guarda que cochilava encostado na parede. Movendo-se silenciosamente, pôde ver que o caminho estava livre. Chamou as mulheres e Danya, que se aproximaram.

– Mostre-me o estábulo. – ordenou à mais velha delas.

Todos os quatro seguiram pelas ruas ainda desertas em direção aos estábulos, onde Zordak rapidamente matou o guarda com uma de suas facas de arremesso, retirando-a, depois, da testa do rapaz. Em silêncio, ele montou no seu cavalo, com Danya atrás. E saiu. As mulheres montaram rapidamente em outro cavalo juntas e pegaram alguns cobertores no canto para se protegerem do frio. Eles cavalgaram em silêncio pelas ruas da vila e, em poucos minutos, já estavam a caminho. Conforme se afastavam da vila, as mulheres olhavam assustadas para o caminho que se estendia adiante.

– Devemos seguir sem demora. Não podemos parar para descansar.

– disse Zordak.

Os cavalos seguiram com dificuldade pelo terreno coberto de neve. Mas, por sorte, não estava nevando e eles puderam fazer um ritmo muito melhor. Conforme avançavam, o caminho foi ficando mais fácil. E os cavalos passaram a fazer um bom trote. Com a chegada da noite, todos pararam e Zordak evitou acender fogueira, mantendo-se aquecidos com o calor dos corpos uns dos outros. Nessa noite, não foram importunados por nada.

Em poucos dias, imprimindo um bom ritmo, eles chegaram à aldeia de Malkadir. Lá pernoitaram todos no celeiro do Velho Malk e, no dia seguinte, saíram em jornada novamente. As mulheres já estavam mais animadas, pois haviam ganhado na aldeia umas roupas da clériga de Atala, e conversavam entre elas, animadas. Danya permanecia muda, como que perdida em pensamentos. Zordak não conversava com as mulheres, que falavam sem parar na viagem. Conforme avançavam, encontraram as pequenas plantas roxas e a vegetação rasteira avermelhada. Zordak avisou-as para não pararem nessa vegetação. E manteve o grupo em movimento. À noite, queimou uma clareira na vegetação vermelha antes de se colocar para dormir. Uma das mulheres reclamou, falando que a grama vermelha era bem mais macia para se dormir do que o chão duro. Zordak a ignorou.

No dia seguinte, a mulher havia desaparecido e Zordak avisou que não iria procurá-la. Danya falou pela primeira vez na viagem.

– Não podemos deixá-la aqui. Ela pode estar em perigo.

– Não é um problema meu. Minha missão é a sua segurança. Temos de partir.

Nesse momento, um grito foi ouvido. Zordak se dirigiu à fonte dos gritos e encontrou a outra mulher apontando paralisada para uma forma na grama vermelha. Lá estava a mulher que reclamara do chão duro, recoberta pela grama vermelha, como se um cobertor vermelho estivesse recobrindo o corpo completamente. Um pé, que havia ficado sobre uma pedra ainda estava descoberto e podia-se ver que ele estava pálido, o sapato atirado ao longe e parcialmente coberto pela grama.

– Vamos. – disse Zordak.

– Por que você não a avisou desse perigo? – perguntou Danya, indignada.

– Elas não são problema meu. Você é. Agora vamos.

Danya olhou estarrecida para o corpo da mulher e para Zordak, que se afastava. A partir desse momento, ela cavalgou apenas no cavalo da outra mulher. Zordak ignorou isso, mas se manteve alerta aos perigos do caminho. Danya o evitava ostensivamente e conversava apenas com a outra mulher. Após mais algum tempo, os três chegaram à vila de Helix. Lá, foram recebidos por Aldous, que, conforme o combinado, pagou a devolução do cavalo. Zordak se preparou para dormir no mesmo lugar onde havia dormido quando estivera ali anteriormente. Lá, o ferreiro o aguardava.

– Vejo que voltou, senhor.

– Sim. Pretendo sair amanhã.

– Posso, então, seguir viagem junto com vocês? Preciso ir a Dayton.

– Por mim, tanto faz. Mas não espere que eu proteja você.

– Entendo, senhor. Estarei pronto para sair pela manhã.

No dia seguinte, pela manhã, Zordak chamou por Danya, que se colocou para viajar junto à outra mulher. Cavalgando um burrinho, veio o rapaz, trazendo consigo uma maleta de ferramentas, além de algumas provisões.

– Bom dia, senhoras. Peço permissão para acompanhá-las nessa viagem.

Danya olhou surpresa para o educado rapaz.

– Ele – disse Danya, apontando para Zordak – vai levá-lo?

– Disse que não haveria problema em acompanhá-las. Como se chamam?

– Eu sou Danya.

– Sou Tatiana.

– Prazer, senhoras. Chamo-me Gawin Smith.

– Prazer, senhor Gawin.

– Vamos. – disse Zordak, cortando as amenidades.

Conforme cavalgavam, Gawin e Danya conversavam bastante e

Tatiana demonstrou interesse pelo rapaz. Zordak se manteve em silêncio. A viagem seguiu sem maiores incidentes, até que chegaram ao ponto onde, na vinda Zordak, ele fora quase atacado pelos insetos gigantes. Ali, desmontaram e Zordak orientou a que todos subissem nas árvores mais próximas. O jovem ferreiro, com algum custo, subiu as ferramentas.

– Eu não sei subir em árvores! – exclamou Tatiana.

– Então, você vai acabar morrendo.

– Como assim? – exclamou a jovem, horrorizada.

– Já viu um ataque de insetos gigantes? – perguntou Zordak.

– É horrível. Eles não param por nada e dilaceram as pessoas... – parou de falar Tatiana, o entendimento pareceu brotar subitamente nos olhos da mulher, que se esforçou para subir. Gawin desceu e ajudou-a. Zordak não se moveu e Danya o olhou, horrorizada. Quando começou a descer para ajudar a pobre Tatiana, Zordak avisou-lhe:

– Meu trabalho é você. Se preferir ser amarrada na árvore para não descer, por mim tudo bem.

Os olhos frios e sem emoção lançaram-lhe um olhar de ferro.

Gawin e Tatiana logo conseguiram subir e Danya falou:

– E os cavalos?

– Vai ser uma pena, mas se os insetos vierem, teremos de andar. – respondeu Zordak.

– Plutônium o carregue! – Disse Danya, enquanto saltava ao chão e batia nos cavalos, espantando-os. Zordak, segundos depois, estava ao lado dela, segurando seus braços com um aperto de ferro.

– Por que fez isso, garota idiota?

– Assim, eles têm uma chance. – gritou Danya no rosto de Zordak.

– E agora, com certeza, teremos de andar. Eu devia amarrar você.

– Ela não fez nada demais. – disse Tatiana do alto da árvore.

Nesse momento, uma protuberância cinzenta apareceu no meio da testa da mulher e ela tombou do alto da árvore, caindo de cabeça ao solo. Uma poça vermelha se formando ao chão, se misturando à mancha vermelha da vegetação rubra, que pareceu se mover, como se procurasse a nova fonte de alimento que se apresentou com a queda da pobre Tatiana. Danya gritou:

– Seu monstro!

– Quer que o rapazinho ali também caia? – disse ele, enquanto reabsorvia a nuvem prateada do projétil, que se desfez de entre os olhos da pobre mulher.

Danya calou-se e Gawin olhou assustado para Zordak, que subiu a árvore em silêncio com Danya.

– Nunca mais faça algo estúpido assim. Agora aguardamos e depois vamos prosseguir sem cavalos.

A noite chegou e eles a passaram em claro, aguardando nos ruídos da noite o prenúncio de novos perigos. Com a madrugada, milhares de pequenos passos foram ouvidos à distância. Zordak fez sinal de silêncio absoluto para todos. Mesmo Danya, por mais que tivesse começado a odiar seu salvador, manteve-se quieta. A perspectiva da proximidade dos insetos gigantes era um pesadelo maior do que esse pesadelo que a olhava por entre as nuvens de vapor de sua respiração. Maior até mesmo que os seus pesadelos internos. Como ela desejava que Kythor estivesse ali! Ele saberia salvá-la desse monstro e dos insetos. Que falta sente dele! Será que ainda estaria vivo? Será que se lembrava dela? Será que ainda a desejava? Danya sofreu calada e não pôde evitar as lágrimas que caíam pelo seu rosto. Lágrimas que escorreram no frio da noite, quentes como a lembrança dos prazeres perdidos em tempos idos. Como a tristeza que acabara por se tornar o peso dos seus dias.

Ao alvorecer, os três desceram e notaram que o corpo da pobre Tatiana estava já coberto pela vegetação vermelha, que parecia florescer especialmente na ferida aberta de onde, horrivelmente, brotara uma pequena planta arroxeada, abrindo o crânio da pobre mulher com suas raízes e deformando o rosto já coberto com a grama rubra.

Zordak apontou para onde eles deveriam seguir e todos assim o fizeram sem conversar. À medida que iam se aproximando do sul, os pontos com a grama vermelha iam desaparecendo, sendo ela substituída pela bela grama verde dos territórios humanos. Os locais foram ficando mais povoados e muitas pessoas caminhavam pelas estradas. Embora a presença de Zordak ainda fosse uma mancha de temor na paisagem, Danya não podia evitar sentir que seu ânimo melhorava. O pobre Gawin não parecia saber o que fazer. Ele demonstrava querer fugir de Zordak, mas, ao mesmo tempo, parecia não conseguir sair ao olhar para Danya. Ela achava isso um comportamento bonito, mas, apesar da nobreza do rapaz, ela não conseguia deixar de pensar que já tivera a sua cota de humanos por uma vida. Se ao menos ela pudesse encontrar Kythor...

Ao longe, os três avistaram Império, a maior cidade e capital do maior reino humano e, anexado à grandiosa e gigantesca metrópole, uma pequena estrutura, se comparada com Império, mas que, mesmo vivendo à sombra da glória da maior cidade humana, tinha a característica de ser aquela onde os milagres antigos ainda existiam em melhor estado.

Dayton, que não se chamava "cidade", mas sim "instituto", apresentava-se localizado ligeiramente ao norte de Império. Era o único local no mundo além das cidades capitais onde as paredes onymarianas protegiam o interior. Abrigava uma população de, principalmente, estudantes e professores. Qualquer pessoa que quisesse seguir carreira e não fosse nobre tinha duas opções (na verdade quatorze, mas Dayton falava que as outras treze são na verdade uma só) juntar-se ao instituto ou às igrejas dos deuses. O problema era que o número de pessoas que podiam entender o funcionamento das maravilhas dos antigos estava caindo vertiginosamente e ninguém sabia como fazer para repor as perdas. Quando o último dos bicentenários se fosse, Dayton certamente seria tomado por alguma das religiões e o conhecimento antigo se perderia de vez. Mas isso ainda não era hoje. A esperança ainda existia.

Conforme cavalgavam em direção à magnífica estrutura, puderam se maravilhar com o colossal tamanho de Império. Se Bragança era a joia do norte, Império era a jóia do mundo. Suas paredes onymarianas cintilavam com um branco ofuscante à luz do Sol

Brilhante. Mesmo a sombra do Sol Sombrio não conseguia ofuscar o brilho das paredes. A proximidade com o instituto Dayton fizera um bem enorme a Império. Por todos os trinta andares da cidade, as ruas eram bem cuidadas, as passagens amplas, as habitações grandes e o povo limpo. Havia muitos dos artefatos antigos em uso até o momento e os milagres dos ancestrais ainda se viam o tempo todo. Mas o destino de Danya não era Império e sim Dayton.

Dayton era menor, muito menor que Império, apresentava apenas três andares e era um grande prédio com paredes onymarianas. Segundo a história, fora construído pelos antigos apenas três anos depois do estabelecimento de Império e mantinha, desde as guerras dos insetos que levaram ao estabelecimento da Zona da Morte em frente a Império, uma relativa independência. Relativa, pois, embora fosse tecnicamente independente, na prática, era como um micro Estado vassalo. A palavra do Imperador era importante em Dayton, mas o cargo máximo era do Reitor. E era ele quem provisionava tudo na cidade-instituto.

Nos últimos anos, a igreja de Atala tentava com o Imperador assenhorar-se de uma presença obrigatória no instituto, com a justificativa de que as curas deviam ser abençoadas por Atala, mas, na prática, o que a igreja realmente queria era o controle dos artefatos antigos e o controle das ideias e pensamentos daqueles que estudavam no instituto. Como a filosofia do instituto sempre fora a da liberdade de pensamento e de ação, havia entrado em atrito com as igrejas, principalmente a de Atala, que, apesar de ser a igreja da deusa da cura, tinha como característica principal o controle do pensamento e a opressão daqueles que pensavam por si mesmos. Isso porque, embora Atala fosse a deusa da cura assim como seu irmão Atal, também era aquela que julgava os vivos e os mortos.

Zordak, Danya e Gawin chegaram às portas do instituto. As portas externas estavam sempre fechadas e, para entrar, era necessária a apresentação de alguma identificação. Zordak sacou da mochila um pequeno artefato antigo que lhe havia sido entregue por Maloriak, que se parecia com uma pequena placa de um material flexível mas resistente, e aproximou esse artefato de uma reentrância da porta. Com isso, as portas se abriram e uma voz declarou: "Bem vindo, capitão Highguard. Sua última visita ao instituto Dayton ocorreu há vinte e cinco mil quinhentos e sessenta e sete meses, seis dias e quatorze horas, o instituto Dayton agradece a sua visita e espera que seja proveitosa."

Com essa fala curiosa, a porta se abriu e os três entraram no instituto. Ao entrarem, encontraram olhares estupefatos daqueles que lá estavam. Um rapaz, que parecia ser um estudante, saiu correndo enquanto os outros os observavam. Zordak não fez nenhum movimento. Após alguns minutos, guardas armados com as armas antigas se aproximaram e se colocaram defensivamente, apontando-as para os recém-chegados. Um homem velho se aproximou, mancando discretamente e, ao chegar perto dos três, perguntou:

– Como entraram por essa porta?

– Com essa credencial que me foi fornecida. – respondeu Zordak

– E quem forneceu?

– Um homem morto.

O idoso pareceu firmar a visão nos olhos perturbados de Zordak e depois perpassou essa visão para Danya e, posteriormente, para Gawin. Zordak observou que a expressão do idoso se alterava quando observava os dois. Mas não sabia ler o que essa nova expressão facial significava. Apreensão? Medo? Cobiça? Difícil dizer.

– Vocês são bem-vindos. Mas eu preciso ficar com essa credencial do morto. E o pacote que ele lhe confiou.

Zordak se movimentou para abrir a mochila e percebeu os guardas erguendo as armas em desafio, sendo essas armas posteriormente abaixadas com um aceno de mão do ancião. Pegou uma bolsa de couro, que enrolava algo do tamanho aproximado de um ladrilho, porém oculto aos olhos de todos. O ancião pegou o pacote e indicou que o acompanhassem.

Todos seguiram o ancião, que abriu as portas internas do instituto conforme prosseguiam. A breve instantes, chegaram a uma sala grande, onde encontrava-se o que parecia ser o refeitório. O ancião disse:

– Por favor, sentem-se. Podem comer os pães da mesa. Vou garantir que não sejamos incomodados.

Não muito depois, o ancião retornou e sentou-se à mesa, próximo a Zordak, Danya e Gawin. Abrindo um sorriso, ele falou:

– Então, você veio fazer a entrega. O que o nosso amigo em comum lhe falou?

– Apenas que eu deveria achar a mulher que amou o koltrano.

Danya olhou para Zordak, surpresa, e corou intensamente.

– Perdoe-nos, minha querida. Não foi minha intenção criar uma situação que a deixasse envergonhada. – voltando-se novamente para Zordak, o ancião perguntou: – E esse rapaz?

– Ele escolheu nos acompanhar. Falou que precisava vir a Dayton. Como não me atrapalhou, permiti. Se ele sabe demais posso eliminá-lo agora, se for o seu desejo.

Gawin empalideceu subitamente, enquanto Danya colocou-se na frente do garoto. O ancião abanou a mão e falou:

– Calma! Não há necessidade de eliminar ninguém. O rapaz é aparentemente muito útil. Não se preocupe com ele. Eu vou ajudá-lo no que ele precisar.

– Então, temos uma última coisa a decidir. Me informaram que aqui conseguiria alívio para as minhas dores.

– Eu recebi essa informação junto ao pacote que me entregou, porém o tratamento que é requerido vai exigir que você permaneça aqui por longos meses. E você é requisitado para o próximo mês. Quando terminar a sua próxima missão, poderá retornar e tentaremos tratá-lo.

– Então, terminei por aqui.

Zordak se levantou e, sem olhar para trás, se afastou de Danya e Gawin, que olhavam para ele com horror. O ancião também olhava a terrível figura se afastando e se voltou para aos jovens:

– Não guardem mágoas em seus corações. Apesar de ser ele alguém tão imerso em egoísmo e maldade, ele foi instrumental para que vocês pudessem chegar aqui. Temos aguardado a chegada da senhorita há muitos anos e a chegada concomitante do senhor foi muito alvissareira.

– Como assim? Por que me aguardam há anos? De onde me conhecem? – perguntou Danya.

O ancião tirou de uma dobra na túnica que vestia um artefato antigo. Nesse artefato, que parecia ser um pequeno ladrilho rígido, uma janela dos ancestrais se abriu, mostrando uma imagem do passado longínquo. Na imagem, ela viu uma mulher liderando exércitos e essa mulher parecia ser sua irmã mais velha. Ou sua mãe. Ou – e Danya tremeu ao pensar nisso – ela mesma...

Gawin olhou para o artefato completamente embevecido. Como uma criança que via o melhor brinquedo de sua vida. Danya se mostrou extremamente confusa. E o ancião olhou para os dois, divertido.

– Suas dúvidas em breve serão solucionadas. Por favor, sintam-se em casa. Dayton esperou muitos anos por vocês.

Os jovens se entreolharam e seus pensamentos foram facilmente lidos pelo instrutor Gannon, o bicentenário que os acompanhava. Mesmo na confusão mental em que se encontravam, Gannon von Derick podia ver que eram as pessoas certas na hora certa contra uma onda de improbabilidades avassaladora. Lucio estava certo, mais uma vez. Gannon jamais poderia supor que era ele quem seria o responsável pelo destino da Humanidade.

## Synthia

Bragança! A joia do norte. Túlio sentia que os dias passavam monótonos nessa cidade à beira-mar. Os serviços no templo local de Helion eram reconfortantes e as energias benfazejas da prece recarregavam suas forças e os poderes do ícone de Helion. O ícone da sua juventude ainda trazia boas lembranças e, de certa forma, fora instrumental na derrocada de Anton. Embora Nyt fosse a deusa associada à sorte e destino, bem como à noite, Helion, nas crônicas do livro sagrado, sempre a favorecera e, por tê-la muito amado, agradecia a Plutônium quando o seu disco sombrio o ocultava, fazendo uma noite no dia. Nesses momentos, contavam as estórias, que os dois tinham a oportunidade de se encontrar, mas Nyt nunca o procurava, sempre obcecada com a perda do seu primeiro amor. Essa estória ecoava especialmente na mente de Túlio, que não deixava de traçar o paralelo do amor impossível entre ele e Josephine. Como seria bom se houvesse ao menos um equivalente a Plutônium em sua vida para que ele pudesse, ao menos tentar, encontrar seu amor! Mas esses pensamentos o enchiam de tristeza. E era imerso nesses pensamentos que Rafael Carlos, o ministro de Helion da cidade de Bragança, o encontrava.

– Irmão Túlio! Que bom vê-lo aqui na igreja!

– Irmão Rafael. Fico feliz em o ver.

– Foi-me dada uma missão para lhe passar, irmão.

– Agradeço sempre a oportunidade de servir.

– Venha comigo.

Os dois caminharam pelos salões iluminados da igreja de Helion onde os afrescos mostravam diversas cenas em movimento do livro de Helion, sua luta nos campos da morte, sua busca por Nyt e a resplandecência da luz do mundo. Ambos entraram numa sala fechada. Rafael retirou o seu xurba e puxou uma cadeira para Túlio, dizendo enquanto fechava a porta:

– Sente-se, meu caro irmão.

– Em que posso servir à igreja?

– Como você sabe, a sede de Upanishads mandou pelo caminho ancestral uma remessa de receptáculos especiais para as águas dos deuses.

– Sim. Nós acompanhamos essa remessa.

– E, graças a vocês, os peregrinos sobreviveram. Então, a igreja cogita: você e seus companheiros de viagem estariam dispostos a escoltar os receptáculos, agora cheios, para o retorno a Upanishads?

– Eu sempre estou disposto a servir à igreja de Helion, mas preciso conversar com Gusmão quanto à possibilidade de os outros do grupo seguirem conosco. Afinal, foi ele quem juntou e organizou o grupo. Posso dizer, no entanto, desde já, que dois de nossos membros com certeza não vão participar.

– E por que seria isso, meu irmão?

– Peter e Leirbag. Com a recompensa que receberam do Rei Pedro, compraram um barco e já estão em aventuras marítimas. Não temos como contatá-los.

– É realmente uma pena, mas e os outros?

– Creio que estejam todos aqui em Bragança ainda. Posso tentar falar com Gusmão para que possamos ir nessa missão para a igreja.

– Agradeço seus esforços. A igreja vai abençoar sua jornada.

Túlio se despediu do irmão Rafael e pensava em seu íntimo que, se seguissem pelo mesmo caminho, poderiam ter a chance de parar com mais calma em Tuliéres e, assim, quem sabe, ele pudesse finalmente rever Josephine.

Andando pelas ruas limpas e iluminadas de Bragança, Túlio se aproximou da residência de Gusmão. Ao chegar ao lar do grande herói, viu que o rapaz Alex estava à porta com sua mãe, cuidando de um pequeno jardim. Os jardins do interior da cidade eram coisas curiosas. As plantas que se adaptavam a condições de muita luz eram aquelas que melhor viviam aqui no interior da cidade onde a luz era eterna. Afinal, os únicos lugares de Bragança onde não havia iluminação perene eram os quartos de seus habitantes. Lá, esses cidadãos podiam se utilizar de duas maneiras para diminuir as luzes: ou através de comandos de voz que diminuíam a luz através dos meios milagrosos dos antigos, ou, na eventualidade de morarem num local onde esses meios já estavam inoperantes, podiam simplesmente ocultar as esferas de luz com bloqueios, como cortinas ou outros anteparos. Deviam apenas tomar cuidado, pois anteparos colocados diretamente sobre as esferas tendiam a aquecer muito, podendo entrar em combustão e, com as chamas, danificar a propriedade ou pôr em risco a vida do ocupante da residência. É claro que as luzes da cidade eram reduzidas normalmente à noite, mas essa redução nunca era total, mantendo-se a cidade sempre iluminada.

–Olá, Alex.

– Senhor Túlio, como o senhor está?

– Estou bem. O senhor Gusmão se encontra?

– Ele deve estar voltando em mais ou menos uma hora. Foi ajudar o senhor Kythor a comprar uma residência aqui perto.

– Posso aguardar o retorno dele aqui, então?

– Por favor, Senhor Túlio, a casa é sua. Vou preparar um café ou chá se o senhor preferir.

– Não precisa se preocupar.

Túlio entrou na residência de Gusmão e se sentou num estofado bem aconchegante. À sua frente havia uma pequena mesinha de centro com alguns objetos, junto aos quais havia um pequeno livro com as palavras de Helion. Túlio reconheceu-o como a versão reduzida dos ensinamentos divinos. Essa versão havia sido compilada havia cento e trinta e três anos pelo clérigo Tomás de Bragança e era uma versão resumida e comentada dos apontamentos feitos pela igreja de Helion. Túlio sabia que, desde a aventura que haviam tido recentemente, os livros seriam todos revisados, e clérigos já deviam estar colhendo a estória dos acontecimentos com Gusmão e Aaron, que haviam sido agraciados com a bênção de Helion. Quando as novas versões finalmente chegassem para o povo, Túlio desconfiava que Gusmão ia perder o pouco da paz que tinha, pois todos os citados por Helion em seus apontamentos, invariavelmente, tornavam-se foco de peregrinação. Como a última vez que alguém havia sido citado nominalmente, fora muito tempo antes, as pessoas estariam ávidas por poder se aproximar de alguém tocado pelo seu Deus. Mas ainda devia demorar pelo menos mais um ou dois anos antes do livro revisado chegar a todas as partes dos reinos.

Enquanto folheava o livrinho, Túlio pensava na sua juventude e como, através de um livrinho parecido, iniciou seus estudos. Naquela época, a perspectiva de poder estar com Josephine definia suas ações e sua vontade de crescer na igreja só aumentava. Enquanto a sua mente vagava por essas conjecturas, Túlio mal notou a entrada de Alex, que trazia um forte café bragantino acompanhado de uns bolinhos de chuva. Especialidade da cozinha bragantina e em especial de Ana Maria Gertrudes, criada de Gusmão. Ele agradeceu os quitutes e saboreou o café com gosto. O calor da bebida afagando seu íntimo com a promessa de um calor maior no futuro. Ah, Josephine! Como lidar com a distância e com a impossibilidade de a ter para si?

– Túlio, que prazer vê-lo aqui. – o clérigo ouviu repentinamente a voz de seu amigo.

– Gusmão! – exclamou ao vê-lo e, ao reparar em quem acompanhava o dono da casa, completou: – É muito bom poder encontrá-lo também, Kythor. Helion me ajudou, trazendo ambos juntos.

– O que o trouxe aqui, meu amigo? – perguntou-lhe o anfitrião.

– Venho da parte da Igreja. Kythor, será que o seu guarda costas poderia aguardar? O assunto é delicado.

– Não vejo por que, afinal Tobias me acompanha em tudo, mas, se desejar, eu peço para que saia.

– Sem problemas, chefe. Padre. – disse Tobias, enquanto, com um brilho doentio no olhar, abaixou a aba do chapéu olhando para Túlio, os olhos parecendo destilar um ódio mal contido.

306

Após a saída de Tobias, Túlio falou:

— Meus amigos, recebi uma incumbência da igreja de Helion e gostaria de lhes pedir um favor.

— Fale, Túlio, como podemos ajudar?

— O que ocorre, Gusmão, é que, como você se lembra, viemos disfarçados junto com os peregrinos quando saímos de Upanishads através do caminho oculto desde Tuliéres...

— Sim, eu me lembro disso.

— Pois bem, esses peregrinos trouxeram receptáculos das águas dos deuses e, agora, após recarregarem os vasos das águas dos deuses, têm de retornar a Upanishads e a igreja, tendo em vista o ataque que sofreram na vinda, teme por um ataque na volta. Fui instruído pelos meus superiores a procurar você e nossos amigos para que possamos escoltar esses peregrinos na volta e garantir sua segurança.

— Você sabe, meu amigo, que estou sempre disposto a ajudar a igreja de Helion. Vou chamar Aaron e Abhaya e ver se estão interessados. Você virá, Kythor?

— Meu amigo, creio saber você que não precisa nem pedir. No que eu puder ajudar, pode sempre contar comigo. — respondeu Kythor.

— Então, estamos acertados. Vou ver se encontramos Aaron hoje à tarde e amanhã pela manhã poderemos tentar sair. Eles ainda estão em Império? — Respondeu Túlio

— Pelo que sei, sim. Vou me inteirar dos detalhes e nos encontramos aqui amanhã.

Túlio se levantou e se despediu de Gusmão e Kythor com um abraço. Ao sair, se deparou com o pistoleiro guarda-costas de Kythor, que estava sentado numa cadeira com os pés sobre a mesa, enquanto observava a mãe de Alex trabalhando.

— Padre...

— Até breve senhor, Tobias.

Lá dentro, Gusmão e Kythor conversavam, enquanto Gusmão se preparava para sair novamente.

— Fico feliz que você tenha decidido nos acompanhar, Kythor. A igreja de Helion com certeza vai apreciar toda a ajuda possível.

– Faço isso por você, meu amigo. Não consigo entender esse conceito humano de deuses.

– Mas você não viu por si mesmo a aparição de Helion quando estivemos no festival?

– Tudo que vi foi uma máquina. Na verdade, a imagem de uma máquina numa das telas antigas.

– Então, vocês koltranos não têm deuses?

– Não acreditamos em uma força sobrenatural. Temos as nossas lendas antigas como a de Keltr'z, o da Antiga Aliança, mas o que observamos é que, na natureza, tudo tem uma explicação.

– Mas você não vê o nosso amigo Túlio, por exemplo? Ele não demonstra poderes divinos? Ou, no caso dos necromantes, não consegue ver que um corpo morto foi reanimado? Isso não é sobrenatural para você?

– Confesso que os humanos apresentam poderes que nós, koltranos, não conseguimos reproduzir. Mas deve haver outra explicação que não essa que vocês nos dão.

– Meu amigo, essa é a única explicação que temos. Em Dayton parece que há uma linha de pensamento mais afinada com os seus valores koltranos.

– Sim, mas mesmo lá eles se utilizam de coisas que fogem à lógica padrão. Vocês, humanos, são mestres em subverter as regras.

– Então, os koltranos ainda mantêm os milagres antigos deles funcionando?

– Eu bem que gostaria que fosse assim. Mas a verdade é que as gerações sucessivas têm deteriorado a mente koltrana. Não somos nem sombra do que fomos. Nossos melhores pensadores têm muita dificuldade em manter e entender os artefatos ancestrais. Há alguns séculos ainda éramos capazes de os manufaturar e estávamos apenas esperando a derrocada final humana. Afinal, vocês perderam suas capacidades muito antes de nós. Só que esperamos demais. Vocês substituíram suas capacidades perdidas por novas. E, essas, nós não conseguimos entender.

– Eu sei que nossos povos são inimigos, mas eu nutro a esperança de que possamos eventualmente chegar a um acordo que nos faça viver juntos em harmonia nesse planeta.

– Você é um idealista. Eu acho ingênuo da sua parte acreditar nisso. Mas minha convivência entre vocês me ensinou que a ingenuidade aparente dos humanos esconde uma capacidade oculta para realizar o impossível. Então, aguardo e vejo. Gostaria muito que a sua visão fosse a que finalmente vai se realizar, mas tenho certeza de que a esperança é uma qualidade humana que eu não possuo. Embora possa dizer que gostaria de a possuir.

– Você é incapaz de ter esperança? Todos os koltranos são assim? Ou isso é uma característica sua?

– Todos os koltranos são realistas. Quando há os que não seguem as regras esses são os que acabam por liderar as comunidades. Como eles conseguem improvisar e surpreender, são colocados em posições de comando. Justamente por, em fazendo o inesperado, mudarem o rumo de um destino traçado.

– Mas você nunca teve sonhos? O que o faz desejar continuar o seu dia a dia?

– Nós não sonhamos como vocês. Embora utilizemos as horas da noite para recarregar as energias do corpo, não apresentamos o fenômeno que vocês caracterizam como sonho.

– Eu entendo, mas não foi isso que eu perguntei. Eu quis dizer: Vocês não têm desejos para o futuro? Não aspiram a nada?

– Nós planejamos a nossa vida. Na verdade, a temos planejada por nossos genitores. Quando chegamos à idade adulta, até podemos escolher o rumo de nossas vidas, porém é um escândalo quando o jovem koltrano não escolhe o que seus pais traçaram para ele.

– E, você, o que era na sociedade koltrana?

– Você me conheceu como escravo liberto. Eu me tornei akl quando meu koltrazdam foi traído por um de nós.

– Um koltrano traiu vocês?

– Sim. E vivi muitos anos como akl de um humano chamado Pyotr. Depois de algum tempo, ele me libertou.

– Entendo, meu amigo. Desculpe trazer à tona essas lembranças tristes.

– Não há problema, meu amigo. O passado é imutável. Somente podemos tentar mudar o futuro. E, assim, controlarmos nosso destino.

Gusmão e Kythor foram até a sede do governo, onde Aaron estava conversando com o corpo da guarda. Como o rei ordenara que as forças palacianas o ajudassem a localizar a sua irmã, Aaron estava com um perito do instituto Dayton, que estava extraindo de sua mente a aparência de sua irmã para que ela pudesse ser procurada em todos os territórios humanos com mais facilidade. Com a chegada de Gusmão e Kythor, o perito terminou o seu trabalho.

O perito mostrou para Aaron a imagem de Sophia, a sua irmã, que apareceu na tela ancestral que o especialista carregava, fazendo o gigante chorar suavemente, enquanto murmura muito baixinho: "Bruxaria..."

O especialista, aparentemente satisfeito com o retrato assim conseguido, saiu, deixando Aaron, que se recompôs. Olhando para Gusmão e Kythor, que se aproximavam, falou:

– Olá, senhor Gusmão.

– Aaron, meu rapaz! Pelo que vejo, o rei vai colocar a guarda real para ajudar na busca de sua irmã.

– Sim, essa bruxaria que esse moço fez vai pintar um retrato dela em vários lugares.

– Sim. Com isso, se alguém a vir, vai ficar mais fácil reportar e, com as graças de Nyt, ela será encontrada.

– O senhor não gosta mais de Helion?

– Sim, meu amigo, mas Nyt, embora seja a deusa da noite, é também a deusa da sorte. Com sorte, poderemos encontrá-la.

– Verdade.

– Mas o motivo pelo qual viemos aqui é outro. Eu e Kythor nos comprometemos a ajudar a igreja de Helion. Você gostaria de vir?

– Se eu posso ajudar eu vou, meu senhor.

– Esplêndido! Eu vou agora procurar o nosso amigo Abhaya e, com sorte, partiremos amanhã.

– Vou ficar pronto.

– Encontre-nos na minha casa amanhã.

– Sim, senhor.

Gusmão e Kythor saíram, agora em busca de Abhaya. Pelo que souberam, ele estava na biblioteca da cidade tentando entender o funcionamento de seu artefato ancestral. Quando chegaram à biblioteca, Gusmão pôde ver uma grande sala abarrotada de livros em papel e uma pequena estante guardada por guardas, onde se encontravam os livros ancestrais. Os livros em papel haviam sido escritos ao longo dos séculos através dos estudos de diversos sábios que dedicaram suas vidas a estudo dos milagres antigos. Eram livros muito herméticos e de difícil compreensão. Mas eram livros através dos quais Abhaya havia avançado bastante na compreensão do funcionamento de seu artefato ancestral. Uma coisa que Gusmão notou que o estudo desse artefato estava envelhecendo Abhaya rapidamente. Linhas de idade no rosto, olhos fundos e os cabelos embranquecendo prematuramente. Isso o deixava preocupado. Abhaya era relativamente jovem, mas estava começando a se parecer com ele próprio.

– Abhaya, meu amigo!

Abhaya mal levantou os olhos do livro que estava estudando. Mas, ao fazê-lo, apresentou uma aparência de alguém cansado além de seus anos.

– Olá, Gusmão, Kythor. Como estão?

– Estamos bem, meu amigo, você é que me parece muito cansado.

– Realmente estou, Gusmão. Quanto mais estudo essas coisas, mais difícil isso se torna. Acho que foi esse estudo que drenou as forças vitais de meu mentor, Hector, no instituto. É absurdamente difícil estudar esses textos. Só fica fácil quando são textos alegóricos, mas, aí, depois de estudar, eu vejo que eles não têm nenhuma relevância.

– Que tal umas férias desses estudos? Para recuperar suas forças? – falou Kythor.

– O que pretende?

– Gusmão, Aaron e eu iremos fazer uma escolta dos peregrinos, que vieram pegar as águas dos deuses, até Upanishads.

– Aqueles mesmos peregrinos com quem viemos?

– Sim. – respondeu o Koltrano.

– Então, acho que irei com vocês. Vai me fazer bem e será bom poder estudar novamente aquela "dama da rocha"

– Como?

– Você não viu, Kythor? Quando estávamos no caminho entre Tuliéres e Império, no fundo daquele túnel, encontramos um local de descanso onde havia uma escultura de uma mulher que chorava. E ela era a fonte de nossa água ali. – perguntou Abhaya.

– Não reparei, meu amigo.

– Quando estivermos lá, vou lhe mostrar.

– Então, você virá conosco?

– Sim, Gusmão. Quando pretendem sair?

– Amanhã, meu amigo. Por favor, encontre-nos em minha casa.

– Além de nós, quem mais vai?

– Apenas Aaron, Túlio e Tobias, o guarda-costas de Kythor. Peter e Leirbag estão em alto mar e não conseguimos localizá-los.

– Então, até amanhã, meu amigo.

– Até amanhã, Abhaya.

Os amigos se dirigiram à casa de Gusmão. Lá chegando, encontraram Alex com o jantar pronto e Guilhermina sentada, tamborilando os dedos no braço do sofá. Sua expressão não era das mais amigáveis.

– Olá, Senhora Guilhermina.

– Senhor Kythor. Gaspar, que bom que chegaram.

Gusmão olhou meio ressabiado para a expressão de Guilhermina, que se encontrava férrea. Kythor não aparentava perceber diferenças. As sutilezas das expressões faciais humanas perdendo-se ante seus olhos de fogo. Tobias parecia estar se divertindo, embora não comentasse nada. O jantar seguiu em silêncio e Alex trouxe os pratos. A entrada era constituída de uma pequena cestinha de pães bragantinos, que eram pães que apresentavam a casca dura e o interior mole (as más línguas já os haviam apelidado de "gusmões"), com manteiga de boa qualidade e suco de klemistra (um suco de uma planta koltrana que apresentava uma cor de vinho, mas um gosto meio leitoso e amanteigado, que era muito apreciado na culinária bragantina). Após os pãezinhos, foi servida uma posta de bacalhau com azeitonas acompanhada de arroz. Kythor não comeu as azeitonas, pois eram indigestas para os koltranos. E, para a sobremesa, foi servido um pudim de claras, Especialidade Bragantina desde havia muitos anos e que foi saboreada por todos. Kythor, em especial, repetiu a sobremesa, que lhe pareceu estranhamente inebriante, quase como um vinho para um humano.

Guilhermina não falava nada, mas mantinha-se cordial à mesa, respondendo às perguntas e evitando novos assuntos. Tobias mantinha um sorriso nos lábios e olhava para Gusmão, divertido. Quando o dono da casa apreendeu os olhares do estranho guarda-costas, ficou com o rosto vermelho. Após a sobremesa, Kythor se levantou, agradeceu pelo jantar e chamou Tobias para saírem. O dia seguinte prometia e ele queria chegar cedo, para poderem iniciar mais essa jornada. Tobias se despediu com o mesmo sorriso cínico nos lábios. Túlio e Aaron saíram juntos, também para se prepararem para o dia seguinte. Abhaya, mesmo apresentando ainda seu olhar cansado, já parecia ter melhorado muito e se despediu afetuosamente de todos. Após todos se retirarem, Alex perguntou se necessitariam de mais alguma coisa. Guilhermina respondeu antes de Gusmão, dizendo que ele podia se retirar. Após a saída de Alex, Gusmão olhou para Guilhermina sem saber o que esperar, mas o que aconteceu o entristeceu mais do que qualquer coisa, pois ela desabou em lágrimas.

– Guilhermina, o que houve?

– Você! Por que você não pode sossegar?

– Eu não entendo...

– Por que você foi aceitar essa missão?

– Como assim, Guilhermina? Do que você está falando? De ir ajudar os peregrinos? Isso vai ser muito perigoso para eles. Eles precisarão de ajuda. Da última vez fomos atacados e não sabemos se os necromantes estavam atrás deles ou de nós.

– Eu sei disso! – gritou Guilhermina em meio aos soluços. – Não quero que você vá, Gaspar.

– Mas eu já dei a minha palavra, já recrutei nossos amigos e os peregrinos, sem a nossa ajuda, podem morrer.

– Gaspar, eu tenho medo de você morrer. – chorou Guilhermina, inconsolável.

– Calma, minha querida, não vai me acontecer nada. – Gusmão abraçou a pequena mulher com ternura.

Guilhermina abraçou Gusmão e o beijou com sofreguidão, retirando apressadamente as roupas do velho guerreiro. Após alguns momentos de paixão desenfreada nos quais os velhos ossos de Gusmão foram postos a trabalhar intensamente, Guilhermina falou:

– Me desculpe, meu amor. É que, desde que começamos a ficar juntos, sempre que você sai para fazer seus heroísmos, eu me preocupo.

– Não se preocupe. Eu voltarei. Desde que você começou a ficar comigo, meus velhos ossos estão mais jovens e sinto que posso conquistar todo o mundo.

– Você nem pense nisso. Quero apenas meu Gaspar aqui, comigo, para me aquecer.

– Você me parece bem quente...

– Você que me esquentou, meu herói.

Gusmão dormiu muito pouco essa noite e, mesmo cansado, conseguiu acordar cedo para encontrar seus amigos e partir em mais uma aventura. Ele se postou do lado de fora de casa, já arrumado com sua vestimenta habitual e preparado para a viagem. Viu, vindo pelos corredores iluminados de Bragança, Túlio se aproximar, acompanhado de Abhaya. Poucos minutos depois, Kythor e Tobias chegam. E nem sinal de Aaron.

– Aaron virá também, Gusmão? – perguntou Túlio.

– Ele me garantiu que sim. Talvez não tenha acordado.

– Se vocês pretendem sair logo desses corredores, é melhor achar esse gigante. – falou Tobias, enquanto soltava fumaça pela boca. Ele tinha esse hábito absolutamente bizarro, de enrolar algumas ervas de cheiro estranho num pedaço de papel e, colocando uma das pontas na boca, acender a outra ponta respirando a fumaça assim liberada e soltando baforadas de um cheiro desagradável.

– Creio que o guarda-costas está certo. Aaron provavelmente não acordou.

Os amigos partiram em direção ao local onde Aaron costumava dormir e, no meio do caminho, encontraram-no vindo, com a boca cheia de pães, e ajeitando a roupa.

– Dormiu muito, meu amigo? – perguntou Abhaya, divertido.

– MMMfff. – respondeu Aaron com a boca cheia de pães, para a hilaridade de todos. Exceto Tobias, que somente fumava seu cigarro (nome pelo qual ele chamava o estranho papel de ervas).

Em poucos minutos, todos saíam pelas portas onymarianas de Bragança. Enquanto desciam a rampa de pedras brancas e pretas, todos puderam ver o litoral. Como ainda era cedo, apenas a luz refletida em Ellan iluminava as ondas. O mundo irmão pairava nos céus como uma bênção àqueles que viajavam, iluminando como o azul de seus mares e o branco de suas nuvens, pelos caminhos de Damocles. Na rampa, mercadores já começavam a subir, trazendo o produto do seu trabalho. Alguns, pães cheirosos. Outros, peixes frescos, frutas ou vinhos. O dia que começava trazia o início da vida bragantina e o cheiro salgado do mar fazia com que todos se sentissem rejuvenescidos, mas os amigos não conseguiam deixar de pensar em Peter e Leirbag. Por onde andariam os dois? Com certeza vivendo aventuras inusitadas.

Gusmão traçou uma rota parecida com a que utilizaram para chegar a Império da outra vez. É claro que evitando passar pela vila onde encontraram aqueles insetos. Gusmão não tinha certeza se os soldados já haviam efetuado uma limpeza no local, mas não queria ser forçado a lutar novamente com os insetos. Principalmente agora, que eles não tinham Anton com eles. Pois, embora ele fosse um traidor e muito perigoso, havia sido fundamental para que escapassem dos insetos quando lá estiveram.

Nos dias que se seguiram, os companheiros avançaram rapidamente. Em poucos dias, se encontravam próximos a uma pequena aldeia. Os aldeões estavam cultivando algumas verduras e, coisa inusitada, utilizavam um artefato antigo para a colheita. Ele se parecia com uma grande carroça de metal. Embora não fosse de metal onymariano, suas paredes reluziam ao sol brilhante, apesar da sombra do sol sombrio refletida na carroceria. Podiam-se ver ainda algumas manchas de ferrugem ou sujeira em alguns pontos. As rodas eram grandes e feitas de um material escuro e flexível. Quando os aldeões avistaram a comitiva avançando, rapidamente deslocaram a máquina para o interior de um armazém e se postaram defensivamente, com grandes homens bloqueando o caminho. Os companheiros foram recebidos com as palavras rudes de um dos aldeões, que disse:

– Quem são vocês?

– Chamo-me Gaspar de Gusmão, também conhecido como o Cascadura de Bragança. E esses são meus amigos. Estamos em viagem para Império.

Os rapazes se entreolharam e cochicharam entre si. O que falara com eles primeiro disse:

– Como vamos saber se isso é verdade? Ninguém vai para Império por esse caminho vindo de Bragança. Vocês podem ser ladrões.

– O caminho usual sofreu com um ataque dos insetos. Por isso, estamos usando essa rota alternativa. Não queremos problemas, se não se importarem, vamos simplesmente continuar nosso caminho.

Os rapazes novamente conversaram entre si. Abhaya falou para Gusmão:

– Eles estão decididos a nos atacar. Pressinto perigo.

O rapaz que falar anteriormente avançou junto com os outros e tentou se aproximar, machado na mão.

Tobias sacou o revólver, Aaron, o machado, Túlio iniciou uma prece e Gusmão sacou a espada. Ao ver os viajantes tão bem armados, houve uma hesitação por parte da pequena turba que avançava sobre a comitiva. Gusmão falou:

– Como eu disse, sou Gusmão, o Cascadura. Se pretendem nos atacar, pensem nas possíveis consequências. Afinal, já devem ter ouvido algumas estórias. E, eu lhes afirmo, elas são apenas contos. A realidade é muito mais afiada. – ao acabar de dizer isso, Gusmão levantou a espada em posição de ataque.

Os rapazes cessaram o avanço. Alguns retornaram, mas um deles começou a avançar em direção a Kythor com uma foice em punho. Conforme avançava, ouviu-se um pequeno trovão e, enquanto o atacante caía, uma pequena poça de sangue começava a se formar, saindo do pequeno furo que se abrira no meio da testa do pobre tolo. A fumaça ainda saía do cano da arma de Tobias. Os outros rapazes correram de volta ao campo. Gusmão olhou para Tobias e para o rapaz caído e falou:

– Isso não era realmente necessário. – disse Gusmão para o pistoleiro.

– Não sei se o velho senhor percebeu, mas ele atacou. – respondeu Tobias, com um sorriso cínico.

– Nós poderíamos ter dado conta de todos sem a necessidade de matar ninguém. – disse Gusmão.

– Talvez. Mas ele era jovem. Assim como os outros. Esse não ganhou nada. Os outros, experiência.

Gusmão embainhou a espada e fez menção para que continuassem o caminho. O caminhar é silencioso agora. E o antigo espectro que sentiam, quando da presença de Anton, pairava novamente sobre todos. Gusmão se perguntava se esse pistoleiro guarda-costas não era só mais outro Anton.

À noite, a luz de Ellan brilhava azulada sobre o campo. A grama ali crescia algo esparsa. A rota que tiveram de traçar os levava às proximidades do campo da morte. Essa região era uma grande área onde nada crescia. Segundo contava a história, era uma área onde houvera uma grande vila às portas de Império, mas, durante uma grande invasão dos insetos com muitos milhares de invasores, cuja população fora tomada. Com o avanço dos monstros, o governo de Império utilizara sua mais letal arma, o Canhão do Inferno. A arma, com um único disparo, destroçara todo o exército invasor, mas, na destruição assim produzida, também gerara uma área enorme de terreno amaldiçoado. Nesse local nada crescia. Quem se atrevia a atravessar a região reportava diversos corpos de pessoas, animais, e muitos, mas muitos corpos de insetos, sendo, dos menores, de tamanho praticamente humano, e até mesmo dos maiores, que eram do tamanho de casas. Todos os que atravessavam essa região maldita morriam poucos dias depois com chagas e ferimentos por todo o corpo, os cabelos caindo, bem como os dentes. Nenhuma cura, fosse a dos clérigos e clérigas de Atala, fosse dos psiônicos de Dayton, conseguira reverter a morte certa. Apenas adiá-la. Aqueles que cuidado dos corpos desses infelizes também haviam adoecido, mas, com as curas, haviam podido ser salvos. As tumbas desses sofredores localizavam-se em áreas restritas dos cemitérios. E seus corpos eram proibidos de serem reanimados pelos necromantes através de um édito imperial. No local onde estavam enterrados, nada crescia. Todas as estradas que passavam por essa região, agora maldita, estavam com placas de aviso em todas as línguas humanas e – isso era até inusitado, mas demonstrava o perigo da região – nas línguas koltranas também. Era crime capital danificar as placas.

A noite que passaram foi mais vazia, sem os cantos dos animais noturnos. Dizia-se que os animais que conseguiam viver próximos à zona da morte ao longo dos anos tinham se alterado e se tornado cada vez mais vorazes. Então, muito antes de chegarem às regiões onde estavam as placas, alguns viajantes eram atacados por bestas selvagens. No caso da comitiva, como eram muitos, a probabilidade de serem atacados era pequena. Mas, ainda assim, existente.

Nessa noite, Túlio terminou o seu turno e acordou Aaron.

– Aaron, é o seu turno.

– Já? Tudo bem, Túlio, pode ir dormir.

Aaron estava sozinho na noite azulada. O vento nas árvores gerava uma quase expectativa. Os sons das planícies eram poucos. E os campos da morte se apresentavam especialmente silenciosos. Ellan estava bem baixo nos céus, o que fazia com que a noite fosse especialmente escura, no entanto, as estrelas atestavam sua presença mais perceptível. Havia poucas nuvens no céu e da boca de todos a condensação dos vapores gerava pequenas nuvens brancas. O ar estava parado como se o mundo aguardasse uma decisão. Aaron viu um pequeno brilho azulado se aproximando. Ele sacou seu machado e ficou a postos para acordar todos, caso fosse necessário. O brilho parou a muitos metros de distância e circundou os companheiros, não se aproximando de Aaron. Após alguns instantes de observação, se retirou numa velocidade insana em direção aos céus. Aaron permaneceu atento a qualquer movimento estranho por mais algum tempo, mas logo depois relaxou. Como não houvera qualquer tentativa de ataque, o Gigante não deu maior importância ao acontecimento e não o informou a ninguém.

Após se afastarem novamente dos campos da morte, a comitiva prosseguiu seu caminho para Império.

Conforme iam se aproximando da capital máxima humana, o número de viajantes que encontravam pelo caminho aumentava. Alguns claramente eram malfeitores, mas não se atreveram a atacar a comitiva com pessoas tão bem equipadas e imponentes. Gusmão aceitou a companhia de uma caravana de mercadores e reforçou, de certo modo, a segurança de todos. Quando chegaram à entrada da cidade, mesmo tendo partido havia tão pouco tempo, a suntuosidade e magnificência da capital os impressionou. Bragança era enorme, mas Império era muito maior. A cidade se confundia com a montanha sobre a qual repousava. Embora a montanha fosse a maior de Damocles, os andares superiores da cidade se perdiam nas nuvens acima. As grandes portas estavam abertas, em um entra e sai de mercadores, cidadãos, veículos, animais, um burburinho incessante, enfim.

– Para onde vamos agora? – perguntou Aaron.

– Temos de ir para a igreja de Helion novamente. – respondeu Túlio.

– Eles nos aguardam, correto? – perguntou Kythor.

– Sim. Vamos lá para traçarmos o plano de viagem. – respondeu Gusmão.

– Não vamos seguir o mesmo caminho, então?

– Precisamos minimizar as chances de uma nova emboscada. Da última vez, conseguimos superar as dificuldades, mas, se formos novamente atacados por necromantes, não sabemos o que pode acontecer.

– Então, vamos escoltar os peregrinos por um caminho aberto. Sem passar por Tuliéres? –perguntou novamente Kythor.

– A última mensagem que recebi me dizia assim. – respondeu Gusmão.

Gusmão viu que Túlio parecia triste com a notícia de que não chegariam a ir a Tuliéres, mas guardou silêncio.

Quando chegaram à sede da Igreja, encontraram-se com Samael, que havia vindo ajudar os peregrinos em sua viajem de volta.

– Bem vindos, amigos! Que Helion sempre os proteja.

– Irmão Samael, que bom poder vê-lo! – respondeu Túlio.

– Como estão os preparativos para a partida? – perguntou Gusmão.

– Creio que todos estaremos prontos para partir amanhã.

– Hoje, então, iremos descansar na igreja, certo? – perguntou Gusmão.

– Sim. Se puderem aguardar aqui, será melhor.

– Amigos, preciso, antes de partirmos, me encontrar com um amigo meu, koltrano, na cidade. – falou Kythor.

– Tudo bem, meu amigo, mas não demore. – respondeu Gusmão.

Kythor se afastou, levando Tobias consigo.

Os amigos assistiram a uma helionasse celebrada por Gamaliel, mantendo-se todos semiocultos na penumbra da parte mais posterior da igreja. Túlio, em especial, se beneficiava muito com essa helionasse, recarregando as forças de seu ícone e a paz interior que o serviço religioso lhe trazia.

Gusmão também participava ativamente do culto, embora de maneira discreta. Abhaya se mantinha numa posição de respeito ao lado de Aaron, que, pela dificuldade de acompanhar o que se falava, estava quase dormindo.

Com o fim do serviço religioso, os amigos se dirigiram para o interior da igreja. Uma vez lá dentro, foram recebidos por Gamaliel, que falou:

– Obrigado, amigos, pela ajuda. Que Helion os proteja sempre.

– Não fazemos mais que a nossa obrigação em ajudar à igreja que tanto nos ajudou. – respondeu Gusmão.

– Então, o que precisamos é de uma escolta para a volta para Upanishads. Como vocês foram atacados junto aos peregrinos na vinda, optamos por passar a informação de que vocês iriam junto aos peregrinos por um caminho fora do túnel secreto. Seguindo a estrada sul até Upanishads. – continuou Gamaliel

– Estamos prontos para seguir jornada. – atalhou Gusmão entusiasmado.

– Agradeço a prontidão, mas dessa vez faremos algo diferente, vocês seguirão pelo túnel. E mandaremos um destacamento de soldados com uma carga falsa da água dos deuses pelo caminho falso. – advertiu o pontífice.

– Então, o que devemos fazer? Ajudar os soldados? – perguntou Abhaya surpreso.

– Não. Vocês irão pelo túnel ancestral junto a um carregamento de cereais para Tuliéres, que, na verdade, será o carregamento da água dos deuses. E, uma vez lá, seguirão imediatamente para Upanishads. – confidenciou Gamaliel

– Os soldados é que poderão sofrer a emboscada, então? – perguntou, surpreso, Gusmão

– Temo que sim, mas eles estão preparados. – resignou-se o bom clérigo.

– Então, quando partimos? – perguntou Aaron.

– Imediatamente. – respondeu, convicto, Gamaliel.

– Onde estão Kythor e Tobias? – perguntou Túlio.

Nesse momento, as portas se abriram e Kythor com Tobias entraram na sala.

– Estávamos falando de você, meu amigo. – falou Gusmão

– Desculpem o atraso. Estou pronto agora.

– Então, vamos. – completou Gusmão.

A comitiva vestiu robes com capuzes dos monges zaaldorianos. A igreja de Zaaldor era interessante. Seus clérigos se intitulavam monges e se dedicavam ao estudo da magia damocleciana. Pelo que eles diziam, Damocles era um planeta com uma magia muito poderosa, mas que apresentava uma corrupção severa, com a tendência de que a magia do bem tinha de falhar e a magia do mal, necromântica ou outras das trevas, de serem bem sucedidas. Havia inúmeras teorias mágicas para isso. O fato era que os magos verdadeiros, ou seja, aqueles não ligados a nenhuma religião, eram pouquíssimos. Na sua maioria, eles se juntavam ao clericato de Zaaldor, podendo, com as bênçãos desse deus, suplantar a tendência natural do mundo para as trevas e o mal. Existiam pouquíssimos clérigos de Zaaldor que não eram magos, assim como existiam pouquíssimos magos que não eram clérigos de Zaaldor.

Devidamente disfarçados, a comitiva foi se dirigindo para o interior da cidade em direção à montanha e às portas onymarianas que bloqueavam o acesso ao túnel secreto. Após alguns minutos, Kythor se aproximou de Gusmão e falou:

– Me desculpe, mas não estamos seguindo para o lado errado?

– Calma, meu amigo. Estamos indo para o lado certo. Não vamos sair em céu aberto e, sim, vamos voltar pelo túnel em direção a Tuliéres.

– Mas por que vamos fazer isso? – perguntou Kythor, num tom de voz um tanto abalado.

– Você ainda não tinha chegado, mas ficou decidido que um destacamento de soldados vai seguir disfarçado de peregrinos e servir de isca para eventuais atacantes.

– Todos são soldados?

– Sim. Eles estarão seguros, não se preocupe. Quem quer que os ataque estará em séria desvantagem.

Kythor não podia deixar de notar o cínico sorriso de Tobias, que estava próximo. Seus olhos koltranos brilhavam levemente enquanto ele ocultava seu rosto novamente sob o capuz.

Quando chegaram às portas do túnel, encontraram novos guardas fazendo a patrulha.

Samael apresentou os documentos, que liberaram a entrada no túnel. Uma vez dentro, os companheiros se dirigiram rapidamente para a primeira parada. Lá, encontraram novamente água e provisões para passarem a noite. As portas invencíveis que guardavam esse recesso no corredor lhes deram o conforto de uma noite de sono. Mas Gusmão insistiu em manter uma dupla de guarda. Kythor pediu para ser o primeiro e foi acompanhado por Gusmão, que se voluntariou junto. O que irritou Gusmão foi a risadinha que Tobias deu quando ele se prontificou a acompanhar Kythor. "O que há com esse pistoleiro?", se perguntou o Cascadura de Bragança. Os outros turnos correram sem intercorrências e, no dia seguinte, bem cedo, todos saíram já refeitos e bem dispostos em direção a Tuliéres.

Conforme avançavam, Gusmão comentou com Kythor:

– Creio que foi mais ou menos aqui que lutamos com aqueles necromantes.

– Creio que sim.

– Não vejo nenhum sinal de nossa luta. O corredor encontra-se como novo...

– Será que os times da limpeza de Império são tão eficientes? – perguntou, ensimesmado, Abhaya.

– A reação do guarda quando falamos sobre a batalha aqui dentro me intrigou muito. Acho que quem quer tenha feito o serviço ou trabalha para os necromantes, ou foi afetado por alguma magia como a que afetou o Peter naquela vez com o Anton. – falou Gusmão.

– Vamos nos manter atentos. – respondeu Abhaya.

– Sim. Eu proponho que nos mantenhamos sempre num grupo mínimo de três pessoas. Assim evitamos que alguém seja dominado sem que os outros percebam.

– Boa ideia, Abhaya. Ficamos assim divididos: Eu, Kythor e Tobias, formamos um grupo, e você, Aaron e Túlio formam outro. Desse modo creio que estaremos mais seguros, mesmo que descansemos menos.

– Excelente. Vamos fazer assim, então.

Quando os companheiros chegaram à parada onde se encontrava a estátua da dama na rocha, seguiram a sugestão de Gusmão e Abhaya. Nessa noite dormiram pouco, mas esperavam no dia seguinte conseguir chegar a Tuliéres sem problemas.

Antes de dormirem, Abhaya chamou Kythor para olhar a estátua. E se surpreendeu com a reação dele.

– Esta tudo bem, Kythor? – perguntou Abhaya.

– Sim. – respondeu o koltrano, enquanto a luz de seus olhos se apagava completamente. – É apenas uma dificuldade passageira, eu espero...

– Nunca vi seus olhos se apagarem completamente...

– Eu não estou conseguindo ver. Alguma coisa está bloqueando a minha visão.

– Você está cego?

– Sempre que olho para essa estátua não consigo ver.

– Que fenômeno estranho! Será que se você...

– Se eu?

– Não sei... Estranho. Eu podia jurar que tive uma ideia para resolver esse problema, mas ela sumiu...

– Que problema?

– Problema? Não sei do que você está falando.

– Acho melhor eu ir dormir.

– Você tem razão, Kythor. Eu vou ficar acordado no meu turno agora. Durma bem, meu amigo.

– Obrigado.

Abhaya olhou para o koltrano, que adormeceu mais rapidamente do que nunca, ele mesmo, Abhaya, sentindo-se um pouco confuso. Não conseguia se lembrar do que estava pensando havia alguns instantes, mas, por algum motivo, rapidamente se esqueceu disso. E voltou a estudar o seu artefato, enquanto aguardava o tempo de também ele poder desfrutar dos sonhos.

Sem maiores problemas, no dia seguinte, chegaram a Tuliéres. Agora deviam se apressar para chegar a Upanishads antes que seu engodo fosse descoberto. Túlio se esforçou para não pensar em o quanto Josephine estava próxima, pois a urgência da missão, mais uma vez, impedia qualquer tentativa de que ele pudesse novamente se aproximar dela.

Com grande velocidade, eles se puseram em movimento. Os peregrinos se esforçaram para conseguir acompanhar a marcha. A paisagem passou ao redor numa velocidade alucinante, enquanto todos os clérigos de Helion se esforçavam para, com suas preces de movimentação, acelerar a marcha de todos.

Nyt e Helion pareciam estar ajudando, pois não encontraram nenhum perigo ou percalço enquanto avançavam para Upanishads. As portas estavam abertas e a comitiva entrou novamente na cidade ancestral, se dirigindo à sede da igreja. Os peregrinos entregaram as águas dos deuses aos clérigos superiores para que fossem distribuídas pela cidade conforme a necessidade.

– Parece que conseguimos, amigos. – falou Gusmão.

– Espero que os soldados não tenham sofrido nenhum mal. – desejou Túlio.

– Eu também. – concordou Aaron.

Quando estavam saindo do templo, foram abordados por uma figura estranha, que tinha o corpo coberto por uma roupa de couro e o pouco que aparecia do rosto mostrava diversas cicatrizes. Os olhos mal apareciam, mas se mostravam com as escleras vermelhas de sangue, como quem houvesse levado dois socos nos olhos. A boca estava coberta com um lenço. O corpo era magro e os ralos cabelos eram compridos e estavam em desalinho.

– Procuro Gusmão. – anunciou a figura.

– Sou eu. – apresentou-se Gusmão. – A quem me dirijo?

– Me chamo Zordak. Tenho uma mensagem para Gusmão e a comitiva que o acompanha. São vocês?

– Pode falar. Somos nós.

– A mensagem é: Se querem saber sobre Anton, sigam meu mensageiro.

Todos se entreolharam. Aaron segurou o cabo do machado. Tobias, percebendo a tensão no ar, moveu quase imperceptivelmente as mãos na direção das pistolas. Túlio pareceu concentrado e Abhaya olhou curioso para o estranho Zordak. Ele se aproximou de Gusmão e cochichou:.

– Não sinto perigo para nós, pelo menos não perigo imediato.

Gusmão, então, declarou:

– Pois bem. E se nos recusarmos?

– A minha instrução diz que, se recusarem, devem partir ilesos, mas devo completar dizendo que, se não tiverem todas as informações, podem sofrer as consequências nas mãos dos cúmplices de Anton. É só isso que me foi ordenado que dissesse. Qual a decisão de vocês?

Gusmão olhou para Abhaya, que assentiu com a cabeça.

– Pois bem, nós iremos, então.

– Sigam-me.

Zordak virou-se e começou a andar em direção à parte mais profunda da cidade, onde, não fazia muito tempo, tiveram sua luta contra Anton. Todos os membros prepararam as suas armas e sentiram-se seguros sabendo que estava protegidos pelas roupas ancestrais que haviam recebido como presente do Rei Pedro quando completaram a sua missão anterior. O ar foi ficando mais pesado. As luzes ancestrais já não brilhavam nessa parte de Upanishads, tendo os corredores a sua iluminação feita por tochas. A fumaça empesteava o ar com o odor de gordura queimada e a fuligem manchava as paredes brancas com uma capa preta imunda. Muito poucas pessoas conseguiam ficar ali. Só os mais pobres ou mais desesperados.

Logo, eles suplantaram a região das paredes onymarianas e encontraram-se novamente nas profundezas, onde os necromantes e suas criações habitavam. Conforme andavam pelos corredores escuros e sombrios, as chamas bruxuleantes faziam as sombras dançarem nos rostos apodrecidos das criaturas dos necromantes. Embora esses zumbis se aproximassem, Abhaya parecia manter-se tranquilo, o que deixou Gusmão mais calmo. Zordak continuou a seguir cada vez mais para as regiões profundas e, em instantes, se encontravam num local que parecia ter sido escavado na rocha mais antiga da montanha. Grandes portões de pedra bloqueavam a entrada e esqueletos armados estavam a postos. Quando Zordak se aproximou, apenas pronunciou a palavra "Morquist" e os esqueletos abriram as portas de pedra, que pareciam ser estranhamente leves.

Uma vez lá dentro, a comitiva encontrou um salão amplo de pedra onde necromantes diversos caminhavam, seguidos ou não por suas criações. E, ao fundo, viram o que parecia ser uma porta onymariana. Conforme andavam percebiam os olhares surpresos dos necromantes em direção a eles, mas, ao verem Zordak à frente, deram de ombros e seguiram em seus afazeres. Zordak se aproximou da porta onymariana e, com um movimento de um objeto que retirara da sua roupa de couro, a porta se abriu, revelando um salão grande, com diversas pilastras, arrumado como um grande templo. No fundo do templo, havia um trono meio obscurecido por haver pouca luz e, sentado nesse trono, uma figura imóvel. Zordak apontou o trono e se retirou pela porta por onde haviam entrado.

A comitiva ficou aguardando ali naquele lugar durante algum tempo. As chamas de tochas nas paredes fazendo jogos de luz e sombra na penumbra. O frio do local se acentuava enquanto uma névoa discreta rolava suavemente pelo chão. Os minutos passavam e todos começavam a se sentir inquietos. Gusmão manteve os olhos em Abhaya, que parecia concentrado. Aaron se mantinha trocando o machado de mão em mão. Subitamente, todos ouviram uma voz que se localizava na figura sentada no trono, mas que parecia vir de uma distância muito maior:

— *Bem-vindos.*

Todos se sobressaltaram quando perceberam que a figura do trono erguera a cabeça, deixando ver um rosto descarnado onde brilhavam, em azul, duas luzes no lugar dos olhos, como se de um tempo antigo viessem ondas de lembranças. Olhar para aquelas luzes era como olhar para os olhos do tempo, olhar para o passado distante numa sensação fria de antiguidade. Aaron levantou o seu machado e falou: "Bruxaria." Mas, antes que atacasse, Gusmão o segurou com uma das mãos, pedindo calma e falou:

— Foi você que nos chamou aqui?

— *Sim.*

— E quem é você?

— *Chamo-me Maloriak. E os chamei aqui para lhes falar sobre Anton. E sobre o mundo em que vivemos.*

— Foi por isso que viemos.

— *Então, antes de começarmos, preciso que me respondam a algumas perguntas, a depender das respostas, poderei ou não dar as informações de que precisam.*

— Como assim? Viemos aqui pelas respostas.

— *Preciso ter certeza de que vocês as merecem.*

— Então, faça logo as suas perguntas.

— *Considere um viajante. Ele está dirigindo uma carroça. À sua frente, malfeitores estão espancando uma criança. Esse viajante pode se utilizar de sua carroça para atacar os malfeitores sem aviso, tendo certeza de que os matará, para defender a criança?*

— Não se deve atacar sem aviso. Emboscadas são para os covardes.

— *Um homem está preso numa caverna no frio com seus dois filhos. Um forte e saudável o outro muito doente e fraco. Ele sabe que não tem alimentos suficientes para todos sobreviverem. Se matar um dos filhos, certamente o outro vai viver. Se não, certamente vão morrer todos. O que ele deve fazer?*

— Nunca matar. Não há como ter absoluta certeza. Se um deles vier a falecer será a vontade dos deuses.

— *Você está num barco à deriva no oceano. Seus companheiros têm fome. Foi decidido entre vocês que um deve morrer para alimentar os outros. Se você for o escolhido pela sorte, deve se submeter à vontade da maioria e aceitar a morte pacificamente? Ou deve lutar pela sua vida?*

— Essas situações são todas extremas e irreais. Se um dia eu estiver numa situação de tamanha necessidade, vou lutar por outros meios. Nem sempre a saída mais óbvia é a melhor. Enquanto houver vida, há chance. Eu não aceitaria morrer a não ser que tivesse absoluta certeza de que seria a única maneira possível de salvar a todos.

— *Você é o líder de um reino. Seu povo está sitiado e com fome. O seu inimigo garante a libertação de todos, se apenas você se entregar. E isso é certo. Você sabe que o rei inimigo é homem de palavra e que cumprirá a promessa.*

— Se eu precisar me sacrificar para um bem maior, eu o farei, mas apenas se meu sacrifício for realmente ajudar. Se não for assim, nunca.

— *Uma última pergunta: Você se sacrificaria anonimamente para salvar alguém que é seu inimigo pessoal, mas que pode fazer um grande bem para seu povo ou outros seres humanos em geral?*

– Todas as suas perguntas parecem girar em torno do sacrifício ou, então, no caso dessa última, do poder ou da fama. Não sou melhor do que ninguém. Procuro tentar seguir a justiça e a verdade. Se isso me obrigar ao sacrifício, irei me sacrificar, caso contrário, pretendo lutar como sempre.

Nesse momento, Abhaya colocou as mãos na cabeça e falou com dificuldade:

– Gusmão...

Todos os membros se armaram e começaram a avançar para o corpo no trono. Mas Abhaya falou:

– Parem! Eu estou bem.

Com todos tendo parado, Gusmão perguntou:

– O que houve?

– Senti as minhas defesas mentais serem rompidas, mas, no final, percebi que as intenções não foram hostis. Desculpem pelo susto.

Gusmão virou-se para o corpo que os observava, imóvel, com suas órbitas vazias iluminadas pela luz do fogo azul antigo. Ele abaixou sua espada e falou:

– Muito bem, Senhor Maloriak. Creio que, pelo visto, o senhor nos estudou muito bem. E então? Vai nos dar as respostas? Ou sairemos daqui agora?

– *Vocês são puros de coração. Não consigo avaliar a mente do koltrano, mas, se todos confiam nele, posso deduzir que seja confiável. Muito bem, então. Vamos começar do princípio.*

Maloriak levantou um braço e, ocultos por trás das pilastras, saíram diversos homens armados com armas ancestrais, inclusive Zordak. Eles se dirigiram respeitosamente a Maloriak e foram saindo. Exceto por Zordak, que permaneceu. Gusmão e todos perceberam que o tempo todo haviam estado sob a mira invisível de armas ancestrais que, certamente, os teriam afetado mesmo com as roupas dos antigos que estavam usando. Abhaya, em especial, percebeu que seu poder não funcionara adequadamente. O treinamento se fazia muito urgente. Maloriak falou:

– *Peço perdão pelos guardas ocultos, mas precisava ter certeza das suas intenções antes de prosseguirmos. Zordak vai ficar aqui, pois ele precisa ouvir o que falarei.*

Gusmão assentiu com a cabeça e viu que Zordak estava trazendo cadeiras para todos. Todos se sentaram e Maloriak começou:

– *Vocês viram as armas ancestrais, fazem uso de roupas ancestrais e vivem nas cidades dos antigos, mas já se perguntaram quem eram realmente esses antigos habitantes? De onde tiraram tanto poder e por que o perderam?*

– Algumas escolas dizem que os antigos eram os filhos dos deuses, ou os autons, que viviam junto deles. – respondeu Túlio.

– *Sim eu sei disso, mas eu lhes digo: os antigos eram humanos como vocês.*

– Tolice. Todos sabem que os humanos jamais poderiam fazer os milagres dos antigos. – falou Kythor.

– *Os humanos, assim como os koltranos, vieram de outros mundos. Por um acidente, numa guerra ancestral entre humanos e koltranos, fomos arremessados para longe dos nossos mundos e viemos parar aqui em Damocles.*

– Em que mundo os koltranos e humanos guerreavam?

– *Os antigos guerreavam no espaço entre os mundos. Nos céus infinitos.*

– Eles eram do céu, então, os antigos? – perguntou inocentemente Aaron.

– *Sim. No sentido de que vieram desses céus, mas não no sentido de serem muito diferentes de vocês mesmos. Eu lhes afirmo: os humanos e koltranos são os que fizeram os milagres antigos.*

– Como pode ter certeza disso? – perguntou Abhaya.

– *Eu sou um deles.*

Essa afirmação fez com que todos olhassem abismados para o corpo morto e animado que lhes falava.

– Você é uma coisa de bruxaria. Não é uma pessoa. – falou Aaron.

– Desculpe nosso amigo simples, mas ele tem razão em um ponto. Você parece um pouco diferente de um humano normal. Desculpe a franqueza. – completou Gusmão.

– *Eu sei. Tive de me sacrificar muito para poder permanecer nesse mundo. Eu existo nessa condição há mais de dez mil anos e essa foi a única maneira pela qual pude me manter e tentar ajudar a Humanidade.*

– Contra os koltranos? – perguntou Kythor.

– *Os koltranos são tão vítimas nessa situação em que vivemos como os humanos. Sempre achei essa guerra uma imbecilidade e vi que a única saída é a paz. Humanos e koltranos devem aprender a conviver juntos ou a guerra acabará por destruir e escravizar a todos.*

– Se não é contra os koltranos que você luta, então é contra quem? – perguntou Gusmão.

– *Agora chegamos ao ponto chave. Eu os chamei aqui para lhes falar sobre Anton. Quando ele morreu, imagino que tenham percebido que ele não era nem humano nem koltrano, estou certo?*

– Ele era um bruxo do mal. – falou Aaron.

– Ele apresentava após a morte algumas características estranhamente diferentes. Os dedos das mãos eram maiores, e ele tinha um dedo adicional. Os olhos pareciam ser de cobra e tinha dentes como presas em toda a boca. – lembrou-se Gusmão.

– *Sim. Exatamente. Eu me pergunto como vocês conseguiram eliminar Anton. Isso não deveria ter sido possível. Vocês não tinham como saber, mas, ao fazê-lo, eliminaram um dos maiores poderes das trevas desse mundo. Foi por isso que minha atenção se voltou para vocês. O problema é que não foi somente a minha. Há outros seres como Anton nesse mundo e agora eles viram que vocês são uma ameaça. Não posso deixar que vocês sejam destruídos e pretendo usá-los para conseguir mudar o rumo da história e livrar nosso mundo desses parasitas abjetos.*

Conforme o corpo falava, todos puderam ver as luzes nas órbitas vazias se acendendo com uma força incomensurável, como se uma vontade de aço as inflamasse.

– E quem são então esses parasitas? Esses "Antons"? – perguntou Gusmão.

– *Antes de os humanos e os koltranos virem para cá, esse era o mundo dos insetos. Eles eram os habitantes originais daqui.*

– Esses malignos, então, vieram como os humanos e koltranos das estrelas? – perguntou Abhaya.

– *Não. Eles têm uma origem bem mais próxima. Ao longo dos anos consegui, me infiltrando e trabalhando junto deles, as informações que preciso para a sua derrota. Eles vieram de Ellan. O mundo gêmeo do nosso.*

– Então Ellan é um mundo de trevas? – perguntou Túlio.

– *De maneira alguma. Eles eram a treva do mundo. Os habitantes de lá conseguiram, com muito esforço, bani-los. De lá eles saíram e foram transportados para Damocles. E, por milhares de anos, não tiveram ninguém mais a quem parasitar que não aos insetos. Eles escravizaram todos os insetos e viviam aqui na sua miséria. Pois esses malignos dependem do sangue de seres conscientes para viver, e, sem ele, acabam por enfraquecer. Eles subsistiam com o sangue dos insetos, tentando de todas a formas retornar para Ellan. Quando finalmente houve o acidente que trouxe os humanos e koltranos para cá, esses parasitas acharam que agora poderiam retornar. Mas há um problema. Quem quer que tente invadir Ellan, se não for um habitante de lá, é destruído, seja a sua viagem por meio de um portal, seja através de uma nave, ele a tem destruída.*

– Nave? – perguntou Abhaya.

– *Sim. Os antigos humanos e koltranos tentaram, sob a influência dos malignos, colonizar Ellan também, mas todas as naves, ou seja, os veículos antigos que os ancestrais usavam para se locomover no espaço, eram destruídas por um campo mágico que foi erguido pelos habitantes de lá. Eles foram em naves menores, não as grandes e titânicas naves que caíram aqui e hoje são as cidades onde vocês habitam.*

– Como assim? Nossas cidades?... – perguntou Gusmão, confuso.

– *Suas cidades são as naves originais que caíram nesse mundo. Elas foram danificadas na guerra e na passagem pelo portal dos verdadeiros antigos, e nunca mais puderam sair do planeta. Então, foram reaproveitadas como moradia pelas gerações de humanos que se seguiram.*

– Verdadeiros antigos? – perguntou Túlio, também confuso.

– *Vocês já devem ter visto nos céus o nosso sol sombrio. Ele não é um sol, mas sim um instrumento construído por uma raça muito mais antiga que os humanos e koltranos, que desapareceu há muito. Para resumir, esses artefatos são máquinas gigantescas, maiores que mundos, e que podem gerar portais entre pontos do universo. Essas máquinas eram o motivo principal de disputa entre os humanos e koltranos.*

– Então... As instruções de Helion de que viemos das estrelas querem dizer literalmente isso? – perguntou Túlio.

– *Quando eu criei os deuses, minha intenção original era manter os conhecimentos da Humanidade sob uma forma que os malignos não percebessem.*

– Como assim criou os deuses?! – Túlio indignou-se.

*– Os humanos precisavam de algo para manter suas mentes. Os malignos têm uma influência poderosíssima e as gerações de humanos foram progressivamente perdendo sua capacidade de aprender e manipular as ciências ancestrais. Por isso, criei os programas que se tornaram os deuses. Eles serviriam para manter o conhecimento e manter as cidades e as tecnologias, que nos tornavam ainda inconquistáveis, funcionando. Mas, então, houve a última grande guerra e muitos dos mais antigos entre nós morreram. Causando uma perda irremediável do conhecimento. Agora, a deterioração da humanidade é progressiva, e eles, esses parasitas estão cada vez mais fortes.*

– O que são programas?! Você está louco, seu cadáver? Como pode ousar dizer que criou os deuses? Então de onde vêm os poderes que possuímos? Os clérigos dos deuses? – encolerizou-se Túlio.

*– Isso foi uma coincidência feliz. Nesse mundo há regras em jogo que não ocorrem no resto do universo. Em meus anos pensando sobre isso, creio que o que ocorreu é que o acidente original nos jogou em alguma realidade paralela onde as regras são outras. Assim, aqui, com a magia que permeia o ambiente, os deuses evoluíram de máquinas para muito mais. Hoje podem ser considerados realmente deuses. Mas evoluíram pela crença da humanidade. Isso atrasou muito os planos dos malignos. Agora, no entanto, conforme as cidades vão falhando e a humanidade vai perdendo sua habilidade, eles podem acabar ganhando. E isso eu não posso permitir.*

– Não acredito em você, cadáver! Helion é muito maior do que uma máquina! – esbravejou Túlio.

*– Meu amigo, eu não discordo de você. No entanto, isso não muda o fato de que foi assim que ele começou.*

– Você mente! Meu deus não é uma máquina!

*– Ele é muito mais do que isso. Hoje é um deus de verdade.*

Túlio olhou contrariado para o corpo animado, mas sentiu seu símbolo começar a brilhar suavemente, enquanto a voz de Helion falava em sua mente:

– MEU FILHO, ESSA É A VERDADE. ESSE QUE AÍ SE ENCONTRA É O MEU CRIADOR. VOCÊS SÃO A ÚLTIMA

ESPERANÇA DA HUMANIDADE. OUÇAM-NO.

A voz de Helion cessou-se na mente de Túlio, que, daí para frente, se mostrou quieto e pensativo.

– E como você está aqui até hoje? E desse jeito? – perguntou Abhaya.

– *Eu prolonguei minha vida o mais que pude utilizando das técnicas da ciência humana, porém tive a ideia de usar os meios deles mesmos, os malignos, contra eles. Há muitos anos eles começaram a recrutar humanos para suas finalidades, e eu me infiltrei. Aprendi suas magias e me tornei o que sou hoje. Sacrifício. É isso que significa a palavra. Sacrifiquei tudo, para tentar salvar a humanidade. Hoje estamos por um fio. Mas creio que descobri como resolver isso de vez.*

– E como seria isso? – perguntou-lhe Gusmão.

– *Localizei uma das antigas naves menores. Ela está enterrada desde a queda, mas dez mil anos depois está por ser achada. Com ela, poderemos recrutar ajuda em Ellan.*

– Você não disse que quem tentou ir para lá era sempre destruído?

– *Sim, mas eu tenho um trunfo agora. Eu sei de um habitante original de lá que está aqui. Com ele na nave, poderemos ir lá e conseguir ajuda.*

– Por que está nos contando tudo isso?

– *Por que vocês conseguiram derrotar Anton. Isso não deveria ter sido possível. Como eu falei, ele era um dos poderes mais antigos e mais assustadores dos malignos. Creio que o grupo de vocês tem condições de vencer. Por algum motivo que me escapa, as coisas mais impossíveis se tornam corriqueiras perto de vocês.*

– Você parece muito confiante, bruxo! Por que nós deveríamos confiar em você? – perguntou Aaron.

– *Tudo o que lhes disse é verdade. Pela primeira vez em muitos milhares de anos posso falar abertamente sobre essas coisas.*

– E essa armadilha? Por que nós estávamos encurralados? – continuou Aaron.

– *Eu não vivi por dez mil anos sem ser cuidadoso, precisava me certificar de suas intenções. Agora, após ouvir as respostas de seu líder e sondar as mentes de todos vocês, posso ver que têm as intenções puras. Não posso ler a mente do koltrano, elas nunca pareceram legíveis para mim. Mas, como todos os outros são bons, estou, como direi, fazendo um salto de fé.* – falou o lich, enquanto dava uma risada que gelou os ossos de todos.

– Eu não acredito em você, bruxo! Mas vou acreditar. Você falou que tem fé. Prove! – a palavra saiu num grito quase ensandecido. – Coloque-se à nossa mercê sem barreiras! Ajoelhe-se aqui e se prepare para morrer! Se estiver falando a verdade você não tem o que temer. Se estiver mentindo, arranco a sua cabeça de morto. – Gritou Aaron para o lich que falava, suas palavras surpreendeu a todos os da comitiva, tanto pela sua complexidade, como pela intensidade da sua reação.

O lich parou durante algum tempo. O brilho nas órbitas vazias quase se apagou. Então, lentamente, levantou-se do trono. Zordak avançou para intervir, mas foi impedido pela mão esquelética. Ele despojou seu manto e sua roupa ancestral, ficando sem adornos. Uma figura patética, se não gerasse a aura de medo que sobrenaturalmente enregelava os ossos de quem a observava. aproximou-se e ajoelhou-se perante Aaron, que ergueu o machado. Todos estavam paralisados. Zordak não ousava se mover devido ao comando de seu mestre, os membros da comitiva também não se moviam, mas se mantinham preparados. Aaron abaixou seu machado e disse:.

– Você parece ser verdadeiro, bruxo. Vou confiar em você.

– *Obrigado.* – foi tudo que o Lich disse, enquanto se levantava.

Ele recuperou sua dignidade se vestindo novamente. Sentou-se no trono de pedra e falou:

– *Então, eis o que faremos.* – disse Maloriak, recuperando a sua voz de comando e autoridade. – *No caminho próximo a Kalistak, os koltranos estão fazendo uma obra de construção de uma estrada. O que eles não sabem é que estão se aproximando do local onde a nave antiga está. Se eles descobrirem a nave, não teremos chance de recuperá-la e a perderemos. Preciso que vocês cheguem a ela antes deles. E impeçam-nos de avisar a cidade da descoberta. Vou lhes entregar alguns suprimentos que lhes permitirão pilotar a nave e trazê-la a um local onde poderemos iniciar a segunda parte, quando resgataremos o prisioneiro e tentaremos salvar o mundo.*

– Quando sairemos? – perguntou Gusmão.

– *Imediatamente. Zordak vai acompanhá-los para ajudar nessa missão.*

Os companheiros então se juntaram a Zordak e foram levados para fora da cidade por rotas alternativas, saindo pela borda da montanha. Uma vez lá, receberam cavalos e rapidamente se puseram a caminho. A viagem era longa de Upanishads até Kalistak. Sendo impossível fazerem-na sem dormir. Então, cavalgavam durante o dia, as preces de Túlio ajudando a encurtar o tempo necessário para a viagem e, à noite, dormiam exaustos nos acampamentos. Conforme haviam combinado, mantinham-se em turnos de três pessoas. Sendo que Túlio não participou desses turnos para poder descansar e, no dia seguinte, emprestar a maior velocidade possível para os cavalos. Túlio chegou a considerar com Gusmão:

– Gusmão, tenho ao meu dispor uma prece para utilizar em situações de emergência. Ela nos deixaria passar pelas nuvens a uma velocidade muito maior, mas ela me cansaria muito, principalmente levando a todos nós. E, quando chegarmos ao nosso destino, estarei inútil de tanto que terei me esforçado.

– Meu amigo, acho melhor reservarmos essa carta para uma emergência. Maloriak garantiu que conseguiríamos chegar a tempo cavalgando, então, por favor, poupe-se.

– Estranho como uma figura tão trágica e aterrorizante pode nos infundir tanta lealdade. Você também se sentiu impelido a ajudar no que fosse possível? Eu me senti assim. A voz de Helion falou em minha mente e me colocou disposto a confiar nele.

– Sim. Isso me assustou um pouco, mas agora não me perturbo mais com isso.

– Mais alguém chegou a comentar esse sentimento?

– Não. Mas não acho que devamos nos preocupar com isso.

Abhaya, que observava em silêncio a conversa, pensava: "Esse Maloriak apresenta uma aura psíquica fortíssima. Nunca vi ninguém com uma aura tão poderosa, nem mesmo em Dayton, mas sinto que posso confiar nele".

Kythor dormia. Aaron também. Tobias estava acordado com um daqueles papéis enrolados e acesos na boca soltando uma fumaça cinzenta. Zordak observava os que estavam acordados em silêncio e disse:

— Não sei quanto a vocês, mas Maloriak se apresenta para mim como a única esperança do mundo.

— Por que diz isso? – perguntou Gusmão.

— Não sei. Nunca fui leal a ninguém, mas ele me inspira lealdade. Vocês ainda não viram o que enfrentamos. Ou melhor, viram, mas ele estava disfarçado.

— Está falando de Anton? – perguntou Abhaya.

— Sim, vocês conheceram o que é pior do que muitos, mas eu já vi o pior de todos.

— E quem é esse?

— O nome não significaria nada para vocês. Mas espero que não o encontremos como nosso inimigo. Não temos nenhuma chance se o enfrentarmos diretamente.

— Bom, Anton acabou não se mostrando tão formidável assim. – troçou Gusmão.

— Não seja tolo, herói, vocês tiveram muita sorte. Ele deveria ter dominado a todos vocês e drenado o sangue de seus corpos ainda vivos. Mas morreu.

— Então esses malignos parasitas como Maloriak os chama drenam o sangue de inocentes?

— Sim. Mas antes se divertem com eles. Para eles, o sangue é alimento, mas o que lhes dá realmente prazer é o sofrimento. Ele, quando esteve com vocês, deve tê-los feito sofrer pequenas misérias sempre, não foi assim?

— Sim. A viagem junto a ele foi anormalmente desagradável e irritante.

— Ele estava se contendo muito. A missão devia ser importante demais, caso contrário vocês já seriam apenas sombras do que são. Ele os teria dobrado e destruído, e, depois, se alimentado.

— Você parece ter certeza disso. Chegou a enfrentar um deles?

— Você não os enfrenta. Eles destroem a esperança e a vontade de lutar. Maloriak tem de vencer. Ou, em breve, seremos todos escravos dos prazeres doentes deles.

– Mas nós derrotamos outro desses nos túneis que levam de Tuliéres para Império e ele caiu facilmente.

– Vocês enfrentaram um imbecil novato. Ele agiu por conta própria. Ele teve muita sorte de morrer nas mãos de vocês. Se tivesse voltado vivo e sem ter destruído vocês, ele preferiria mil vezes a morte.

– Então essa não foi a retaliação dos necromantes pela morte de Anton?

O som que se seguiu era um misto de tosse rasgada com couro velho raspado. Gusmão deduziu que era a risada de Zordak.

– Tolos. Vocês atrapalharam planos de seres muito poderosos, Eles têm olhos em todos os lugares. A minha única esperança é que consigamos fazer o que Maloriak propôs, pois, se falharmos, eu estarei irremediavelmente perdido. Bem como vocês e suas famílias.

– Se tem tanto medo deles, por que aceitou vir conosco?

– Não tenho medo deles. Tenho ódio do domínio deles. Maloriak conseguiu me infundir isso. E agora não descansarei enquanto eles existirem.

A noite passou alternando-se os turnos e a comitiva, juntamente com Zordak, cavalgou novamente durante o dia. A paisagem foi aos poucos mudando. Conforme iam-se aproximando dos territórios koltranos, a vegetação familiar ia dando lugar a uma vegetação diferente. As folhas das árvores eram negras e elas se apresentavam com aspecto estranho. Havia algumas variedades de plantas verdes conhecidas, mas o terreno, a vegetação e até mesmo os animais apresentavam um novo padrão. Gusmão, que já se aventurara por esses territórios antes, conseguiu reconhecer um bando de aves Kraxx voando por sobre o lago enquanto mergulhavam subitamente para pegar algum animal aquático, talvez altaks ou almiraks.

Os altaks eram animais de corpo totalmente negro e coberto por um couro rugoso que apresentava-se bastante sedoso ao toque. Porém não eram comestíveis por humanos. Os poucos que haviam tentado, se arrependeram. A sua carne, mesmo cozida, apresentava um gosto desagradável e era tóxica. Já os almiraks eram pequenos animais que costumavam nadar perto da superfície. Apresentavam o corpo fusiforme e olhos vermelhos brilhantes como os dos koltranos. Poucos animais das terras koltranas apresentavam essa característica dos olhos vermelhos brilhantes. No caso dos almiraks, certamente era uma desvantagem no meio aquático e era difícil encontrá-los. Os koltranos os criavam em fazendas aquáticas nos lagos em suas terras e, às vezes, alguns escapavam e competiam com os peixes das terras humanas nos lagos. Como os almiraks se guiavam pela visão dada pelos olhos vermelhos, em lagos onde havia muitos peixes das terras humanas, havia muito poucos ou nenhum almirak. Eles costumavam sobreviver apenas em águas mais profundas, onde a escuridão conferia uma vantagem e seus olhos, mais bem adaptados à escassa luminosidade, lhes davam vantagem.

– Amigos, estamos chegando ao território pertencente a Kalistak. Devemos nos manter atentos. – falou Gusmão.

– O koltrano não pode vir a ser um problema aqui? – perguntou Zordak, enquanto apontava uma adaga que limpava entre os dedos para Kythor.

– Kythor, pelo que me lembre, você é originário daqui de Kalistak. Isso poderá ser um problema? – perguntou Abhaya.

– Não tenho no momento nenhuma lealdade a Kalistak. Eu sou meu próprio dono há muito tempo. Daqui, ninguém tentou me recomprar.

Tobias soltou nuvens da fumaça, que insistia em produzir dos infernais cigarros, que acendia esporadicamente. Seus olhos cintilavam atrás dessas nuvens e os cantos da boca apresentavam um riso sardônico.

A comitiva avançou bem cautelosamente pela trilha e, em pouco tempo, começaram a ouvir sons de vozes adiante. Consultando o mapa fornecido por Maloriak, eles perceberam que estavam próximos ao local onde estava enterrada a nave. Com cuidado, amarraram os cavalos em um pequeno toco de madeira e aproximaram-se silenciosamente, subindo, agachados, uma pequena elevação do terreno. Quando chegaram ao topo, viram que havia doze kunakls, koltranos feitores de escravos, forçando aproximadamente uns cinquenta humanos nus, de ambos os sexos, com coleiras nos pescoços, a realizarem a escavação do que certamente era a estrada que pretendiam construir.

– Abhaya, há algum perigo imediato?

– Não pressinto perigo. Acho que não fomos vistos.

– Então, eis o que iremos fazer... Aaron? Onde ele está indo?

Todos olharam Aaron avançar em direção aos kunakls, brandindo o seu machado e gritando:

– Malditos fazedores de escravos!

Todos se mobilizaram rapidamente, indo ajudar o gigante que não havia esperado  montarem uma estratégia. Gusmão ergueu a espada, se dirigindo aos feitores estupefatos. Tobias sacou suas armas e avançou com um sorriso nos lábios. Zordak apresentou uma faca nas mãos e Abhaya veio atrás dos guerreiros. Kythor gritou alguma coisa no idioma koltrano para os feitores, que jogaram os chicotes ao chão. Logo depois, gritou aos companheiros:

– Eles se rendem. Não são koltrazes!

Gusmão gritou então para Aaron:

– Pare, Aaron! Eles se renderam.

O gigante parou a poucos centímetros do kunakl de escravos mais próximo e o fuzilou com o olhar, enquanto mantinha o machado à mão.

– Calma, Aaron. Esses estão derrotados. Vamos ver os escravos. – falou Abhaya, tentando afastar o gigante dos koltranos, que tremiam de medo.

– Kythor, vá ver se, do caminho que vem de Kalistak virão reforços. Mas, antes, por favor, explique a esses feitores que serão eles agora os que irão continuar cavando onde ordenarmos. Os humanos, vamos libertar a todos.

Kythor falou no idioma koltrano com os Kunakls, que mantiveram expressões de medo, enquanto eram levados por Zordak e Tobias ao local onde a nave se encontrava. Na verdade, a muito poucos metros do local onde encontraram o grupo de construção. Após falar com os koltranos, ele se afastou e foi para a estrada vigiar, caso chegassem reforços koltranos ou alguma mensagem de Kalistak.

Aaron olhou nos rostos dos escravos e escravas humanas e perguntou se algum deles teria visto a sua irmã. Ninguém tinha informações, o que o deixou frustrado e cabisbaixo. Os kunakls koltranos começaram o trabalho de escavação no local determinado por Zordak, que se utilizava de um artefato cedido por Maloriak para localizar no terreno onde a nave se encontrava.

Após algumas horas de trabalho, os kunakls koltranos, agora sentindo na pele o trabalho de um escravo, atingiram algo sólido. Uma grande rocha ígnea se encontrava rachada ao meio, como se as convulsões do terreno ao longo do tempo tivessem partido essa rocha fundida, que se parecia com uma concha protegendo uma pérola de material onymariano. Com algum esforço, os Kunakls revelaram parte da nave enterrada. Havia o que parecia ser a porta. Os companheiros se aproximaram dela e viram que Zordak levara o aparelho entregue por Maloriak ao encontro de uma placa. Luzes ancestrais apagadas havia milênios se acenderam e as portas se abriram, trazendo de dentro o cheiro do ar pela última vez respirado há dez mil anos. Gusmão se aproximou e Aaron se juntou a ele. O Gigante, embora temesse as "bruxarias", sentiu uma estanha atração pela abertura e, destemidamente, se postou para defender Gusmão, que penetrava o interior do veículo antigo.

– Vamos, com cuidado, Aaron. Venha junto de mim, meu rapaz.

– Parece com as paredes da cidade.

– Sim. É verdade. Cuidado agora.

Conforme os heróis entravam na nave, a escuridão era total. Gusmão tinham consigo uma das lanternas dos antigos e avançou cuidadosamente pelos corredores intocados havia milênios. A nave era pequena, mas a arquitetura se parecia demais com a de Bragança e, rapidamente, ambos chegaram a uma câmara maior, onde viram uma cena muito estranha. Sentado numa cadeira estava um cadáver mumificado, vestindo uma das antigas roupas miraculosas dos antigos. Ele não apresentava elmo na cabeça, mas uma espécie de capacete estava numa mesa à sua frente. Ele tinha as órbitas vazias e a boca aberta. Ainda podiam-se ver os cabelos na cabeça. Abraçado a ele estava a coisa mais estranha que Gusmão havia encontrado em sua longa vida. Uma mulher belíssima, pálida, vestida com as mesmas roupas dos antigos. Os cabelos eram levemente cacheados e escuros, o rosto era o de um anjo que parecia dormir suavemente abraçada ao cadáver. O corpo era feminino e perfeito, com curvas esculpidas de maneira ideal, seios ideais. Sua roupa ancestral era colada ao corpo, mostrando suas formas sem revelar nada diretamente, mas sem deixar a imaginação com muito por fazer. Quem a visse diria se tratar de uma deusa. Aaron, especialmente, ficou meio abobado observando-a. Quando Gusmão se aproximou mais, algo estranho aconteceu. Eles sentiram em seus corpos como, se das roupas, um fluxo de energia passasse suavemente vindo deles em direção à mulher dormindo. A luz ancestral que Gusmão carregava começou a falhar e, em breves instantes, ambos estavam na escuridão. Por sorte, Gusmão trouxera consigo uma tocha e imediatamente a acendeu, iluminando com o bruxuleio das chamas a câmara antiga. Os olhos vazios do cadáver antigo os observavam da morte e ambos observaram assombrados que ele não estava mais abraçado à deusa pálida. Ouviu-se um choro delicado e Gusmão moveu a tocha e pôde ver, a um canto da sala, a mulher segurando o capacete que estava no painel. O herói avançou cautelosamente, enquanto ela abraçava o capacete, chorando baixinho. Quando eles se aproximaram mais, ela ergueu o rosto e os olhos marejados brilharam à luz das tochas como a perguntar silenciosamente "por quê?"

– Quem é você, minha jovem? – perguntou Gusmão.

A bela mulher olhou para ambos com um olhar de perplexidade e falou algo ininteligível.

– O que ela disse? – perguntou Aaron.

– Não sei. Mas acho que ela está perdida aqui. Precisamos ajudá-la.

Gusmão entregou a tocha para Aaron, que a segurou com a mão esquerda, enquanto mantinha o machado de duas mãos a postos na mão direita. Gusmão, então, aproximou-se devagar da menina e estendeu sua mão num gesto universal de quem oferecia ajuda. A bela dama olhou para a mão estendida e para o capacete e estendeu a sua própria mão, o toque galvanizando em Gusmão uma sensação de força indescritível, associada a uma suavidade infinita. Ela se ergueu e o abraçou, como uma criança assustada. Gusmão hesitou por um momento, mas, em seguida, abraçou-a, consolando-a com pequenos tapinhas nas costas, como se estivesse a ninar uma criança. O choro dela parou e o rosto sorriu, mostrando a Gusmão o mais belo sorriso de sua vida. Aaron quase deixou cair a tocha ao ver esse sorriso. E diminuiu a pressão no machado. Gusmão a puxou delicadamente para a saída e os três logo estavam do lado de fora da nave antiga. Ao saírem, encontraram Abhaya e Túlio do lado de fora. Abhaya estava muito intrigado, pois o artefato que sempre consultava ficara sem funcionar. Zordak estava tentando operar o equipamento fornecido por Maloriak, aparentemente também sem sucesso.

Os kunakls de escravos koltranos, agora escavadores, estavam próximos, respirando cansados. Um deles olhou para o grupo que agora saía da nave e seu rosto desapareceu subitamente numa explosão de sangue, enquanto a mão da mulher que saíra da nave já estava, com um golpe rápido do braço, afundando o crânio de outro koltrano próximo. Quando os companheiros que haviam saído junto com ela se deram conta, ela já se movera de novo, mais rápido do que os olhos, matando com as mãos outro koltrano, que nem teve tempo de gritar. Tobias já havia sacado seu revolver e atirou no rosto da recém-chegada, as balas resvalando numa pele incrivelmente resistente. Após matar mais dois koltranos próximos, a mulher olhou confusa para Tobias e avançou na direção do pistoleiro, que descarregou o revolver na mulher, sem a parar.

Abhaya, que estava próximo, colocou-se entre os dois e ergueu os braços, num gesto como que a pedir que parasse o assalto desenfreado, enquanto Aaron e Gusmão se aproximavam com as armas erguidas. Quando a mulher olhou para Abhaya e percebeu sua posição, um olhar de dúvida passou por seu rosto, fazendo-a desacelerar e perguntar algo na sua língua ininteligível, enquanto apontava para os koltranos, que, agora com seis deles mortos em três segundos, se esforçavam para se afastar rapidamente. Gusmão, percebendo a mudança na atitude da recém-chegada, segurou Aaron, que ainda avançava. Tobias não abaixou a arma enquanto falava:

– Puta do inferno! O que foi isso?

– Calma. Calma. – pediu Gusmão. – Ela está confusa. Nós a encontramos dentro da nave.

– Como essa piranha do inferno fez isso?

– Você nos entende? – perguntou Abhaya.

O olhar da mulher mostrou sinais de quem não estava entendendo nada. Zordak se aproximou e falou:

– O comunicador de Maloriak parou de funcionar.

A mulher estendeu a mão para o artefato e Zordak, relutantemente, entregou-lhe o comunicador. Ela olhou para o instrumento e o tocou suavemente. O aparelho ganhou vida novamente e a face descarnada de Maloriak apareceu, assustando a mulher, que falou algo ininteligível novamente. Ao ouvi-la falar, Maloriak parou subitamente o que perguntava e começou a falar na língua da mulher. Os dois travaram um diálogo ininteligível e a mulher, então, fixou seu olhar no aparelho durante alguns segundos e depois falou:

– Agora vocês me entendem?

– Bruxaria.

– Acho que eles ainda não me entendem, comandante. – falou a mulher para o aparelho e Maloriak respondeu:

– Eles a entendem perfeitamente. – e acrescentou algo no idioma ininteligível sendo por ela respondido. E, então, a mulher se dirigiu aos membros da comitiva:

– Perdão pelas minhas ações agora há pouco. Da última vez que vi koltranos, eles estavam nos atacando, e James... – Seus olhos se encheram de lágrimas, enquanto se voltava para a nave.

– James seria aquela pessoa morta dentro da nave? – perguntou Gusmão.

A mulher, ainda com a cabeça baixa, assentiu com um movimento muito sutil, em uma afirmação tímida.

– Perdão, minha querida. Temo pensar que vocês fossem íntimos.

A mulher caiu em prantos ao chão, enquanto a comitiva observava, perplexa, a fragilidade patente de alguém, que, com força e velocidade sobre-humana, acabara de matar com as próprias mãos nuas os kunakls koltranos.

Nesse momento, Kythor retornou de seu patrulhamento na estrada que levava à Kalistak e, vendo a cena dos koltranos mortos, bem como a recém-chegada, perguntou entre os dentes:

– O que aconteceu aqui?

– É, "chefe"... A piranha ali matou seus amigos lagartos. – respondeu Tobias entre baforadas.

– Desculpe-nos, Kythor. Nós a encontramos no interior da nave e ela se mostrou muito rápida, matando os kunakls antes que pudéssemos reagir. – falou Gusmão, enquanto consolava a mulher, que chorava em seu ombro.

– Vim para avisar que um contingente de operários virá aqui amanhã. Hoje falei com um mestre de obras que estava vindo trazer o recado da troca dos turnos, e verificar se necessitaríamos de mais escravos. Eu o enganei e o fiz voltar para a cidade. Vocês já libertaram a nave?

– Conseguimos abri-la, mas não sabemos como ligá-la. – respondeu Abhaya.

– Maloriak mandou que usássemos os recipientes de energia ancestral que ele enviou conosco para fazer a nave funcionar. Vou imediatamente resolver isso. – falou Zordak.

Enquanto Zordak entrava na nave para o abastecimento de energia, Aaron terminava, com a ajuda dos humanos libertos, de cavar uma cova para colocar os kunakls koltranos mortos. Numa cova ao lado foi colocado o antigo cadáver de James. Túlio disse uma prece encomendando a Atala que levasse sua alma para o encontro de Helion.

A mulher ouviu as preces estranhas e falou suavemente.

– James. Não sei como farei para viver nesse mundo estranho sem você. Você sempre foi minha luz e razão para minha existência. Enquanto eu existir, guardarei a lembrança de você e de seu amor. Adeus.

A mulher chorava novamente e novamente Gusmão a consolou. Nesse momento, Zordak saiu da nave e falou:

– Não adianta. Todas as fontes de energia que trouxemos estão esgotadas, creio que até as roupas ancestrais perderam seus poderes. Precisamos falar com Maloriak.

– O seu comunicador voltou a funcionar?

– Sim. É a única coisa que funciona.

– Então vamos a ele.

Após alguns momentos, a comitiva conseguiu o contato com o lich, e a face descarnada mais uma vez surgiu.

– *Então? Tiveram sucesso em restaurar a nave?*

– Infelizmente, não. Todas as fontes de poder ancestral que trouxemos estão esgotadas.

– *Então, vocês não têm outra escolha. Devem ir a Kalistak e roubar ou comprar algumas dessas fontes, mas eu duvido muito que consigam comprar. O koltrano está com vocês?*

– Kythor está aqui. – respondeu Gusmão.

– *Então, levem-no para que lhes mostre a melhor maneira de conseguirem o que precisam.*

A imagem desapareceu. Gusmão chamou Kythor para traçarem os planos.

– Kythor, precisaremos ir a Kalistak e teremos de roubar alguns contêineres koltranos de energia ancestral. Eles existem na cidade?

– São usados na manutenção dos artefatos das tropas. Kalistak não é uma das cidades principais koltranas e não possui muitos artefatos ancestrais.

– Você acha que conseguiríamos comprar essas fontes de energia?

– Diria ser impossível. Elas são reservadas às tropas.

– Teríamos como roubar algumas?

– Creio que sim, mas eu precisaria levar um grupo comigo. Entretanto, como vocês não possuem os documentos para a qualificação de não escravos, teriam de se portar como se fossem meus escravos humanos.

– Teríamos de andar sem armas e nus, certo?

– Exatamente.

– Quem você acha que poderia ser melhor para essa missão? Não quero deixar a nave desprotegida.

– Você está fora de questão. Os escravos humanos em território koltrano não costumam viver muito além dos vinte anos. Eu levaria Aaron, Túlio e Zordak comigo, deixando meu guarda costas, Abhaya e você aqui para a proteção da nave. Não vou andar junto dessa estranha mulher e não me sinto confortável perto dela depois do que ela fez.

– Eu entendo, meu amigo. Eu acho que você tem razão. Essa seria a melhor escolha realmente.

Com isso, o plano foi apresentado aos outros, que concordaram. Zordak deu uma ideia:

– Acho que seria prudente levarmos nossas armas e armaduras ocultas nessa carroça. Assim, não estaríamos completamente despreparados ao chegarmos lá.

– Não sei se será útil. Se formos pegos, será mais fácil convencer os guardas se não tivermos nada oculto.

– Eu já estive em Kalistak algum tempo atrás e sei como podemos nos mover silenciosamente para não sermos descobertos e acharmos o que procuramos.

– Que seja, então. Vamos logo.

Abhaya observou seus amigos partindo rumo à cidade koltrana e não pôde deixar de sentir algo um tanto indefinido, como a sensação de perigo que sentia normalmente, mas como se estivesse abafada por alguma coisa. Era-lhe muito difícil pensar nisso.

Logo depois, retornou para perto de Gusmão e da mulher, que estavam sentados conversando. Tobias vigiava os kunakls. Os escravos humanos foram libertados e foi-lhes dito para caminharem em direção a Upanishads. Gusmão entregou-lhes as armas dos kunakls e um documento redigido de próprio punho, recomendando-os à igreja de Helion. Assim, Gusmão esperava que eles pudessem recuperar-se. Ele havia ficado na dúvida se deveria mandá-los para lá ou trazê-los junto de si. Mas, embora Maloriak tivesse exigido silêncio, o tempo que eles levariam para chegar a Upanishads somado à condição em que se encontravam, desestimularia que contassem histórias. Para reforço disso, Abhaya lhes disse que, se contassem a alguém os acontecimentos que haviam presenciado, provavelmente seriam novamente escravizados. Isso deveria ser suficiente. Além do mais, a comitiva não tinha como alimentar a todos.

Abhaya se aproximou, então, de Gusmão e da mulher e falou:

— Perdoe-me, mas ainda não sei o seu nome.

— Eu sou Synthia.

— Eu me chamo Abhaya. Venho de Upanishads.

— Não conheço. Gusmão me falou de suas cidades e povo, mas quase todos esses nomes não me são familiares.

— É. Eu imagino que deva estar sendo muito estranho para você. Mas também está sendo estranho para nós.

— Eu imagino.

— Diga-me. Você realmente vem do tempo dos milagres?

— Não sei do que você fala, mas pelo que Gusmão me falou, acho que você pode considerar como sendo sim a minha resposta.

— Como era viver nessa época? Eu tenho aqui comigo um artefato antigo dessa época. — Abhaya puxou então, de dentro da roupa, o artefato que Hector lhe havia presenteado. — Mas ele, desde que chegamos a essa nave, parou de funcionar.

— Deixe-me ver.

Abhaya entregou o artefato a Synthia e ela exclamou.

— Uma estação científica portátil! Vou restaurar sua energia. — com isso, ela faz alguma coisa que Abhaya não conseguiu definir. Filamentos de energia pareciam sair de sua mão para o artefato, que novamente estava funcionando.

— Obrigado. Isso foi o presente de um grande amigo meu, que me pediu que eu o estudasse. Eu temia que ele estivesse perdido para sempre.

— Não foi nada. Você sabe usar o aparelho?

— Não. Estou há muito tempo tentando aprender, mas seu funcionamento me escapa.

– Mas é tão simples! Veja.

Abhaya passou horas observando Synthia mostrar o funcionamento do aparelho. Ainda teve muitas dificuldades em aprender o que ela falava, como se uma barreira invisível se colocasse entre eles. Como a paciência dela era aparentemente infinita, ele acabou aprendendo bastante. O artefato podia ser usado para controlar portas onymarianas, podia traçar um mapa tridimensional dos arredores, e, o mais impressionante, podia localizar seres presentes e mostrar esses seres no mapa. Abhaya reparou que eles apareciam de maneira diferente no mapa. Gusmão aparecia como uma figura azul na grade esverdeada formada. Ele mesmo aparecia como uma silhueta azul. Os kunakls koltranos apareciam todos como silhuetas vermelhas. Tobias, embora também aparecesse azul, apresentava uma "aura" dourada que o envolvia como um manto. Essa aura era especialmente mais forte nas suas armas e apresentava um padrão difuso, como se estivesse em fluxo constante. Synthia aparecia totalmente dourada. Com uma beleza singular que o fazia lembrar-se da forma com a qual Helion se apresentou quando o haviam visto quando Gusmão e Aaron foram abençoados. Essas manobras de uso do artefato foram fáceis de aprender. Contudo, quando Abhaya tentava usar outras funções, se confundia e parava numa barreira invisível que travava seu pensamento. Synthia o olhava de modo curioso.

– O que foi? – perguntou Abhaya.

– É estranho. Sempre que eu tento ensinar a você qualquer coisa mais teórica, é como se uma sombra passasse pelos seus olhos e algo o impedisse de aprender. As partes práticas você aprende com rapidez, o que me mostra que não é um déficit de inteligência, mas alguma outra coisa.

– Eu sempre fui um dos melhores alunos no instituto Dayton. Mas mesmo os mestres não conseguiam aprender certas coisas. Parece uma maldição. A humanidade está sendo aos poucos destituída de sua herança. Pelo menos, é assim que Hector falava. Segundo ele, os antigos podiam realizar milagres inimagináveis para nós hoje e podemos apenas fazer uma pálida ideia do que eles conseguiam fazer anteriormente.

– Deve haver algum motivo para isso. Quando pudermos, quero tentar descobrir a causa.

– Maloriak disse que os malignos parasitas inimigos da humanidade teriam feito alguma coisa que estaria nos destruindo aos poucos. Nós enfrentamos um deles e o derrotamos. Isso fez com que Maloriak nos procurasse. Por isso chegamos a você.

– Quem são esses malignos?

– Nós mesmos não sabemos quem são eles. Só não são nem humanos nem koltranos, nem insetos embora possam se disfarçar perfeitamente de humanos.

– Insetos?

– Além dos humanos e koltranos, nosso planeta é habitado por uma raça de insetos gigantes que, segundo Maloriak, seriam os habitantes originais desse mundo. Espero que o plano dele funcione.

– E qual é o plano de Maloriak?

– Com essa nave, poderemos recrutar ajuda lá. – e Abhaya apontou para Ellan nos céus.

– Entendo. E lá ele acha mesmo que poderemos obter essa ajuda?

– Ele acha que sim. Mas precisamos resgatar um dos habitantes de lá, que está preso com esses parasitas.

– E você acha que, com isso, conseguiremos libertar a Humanidade desses que a querem destruir?

– É estranho, mas, por algum motivo, eu consigo acreditar completamente nele.

– Mesmo ele tendo essa aparência tão bizarra?

– Sim. Embora a proximidade dele me gere um temor quase religioso, as palavras geram confiança.

– Entendo. O que você me diz de seus companheiros?

– Eles parecem acreditar também. Gusmão é nosso líder e um grande herói. Se ele acredita, eu acho que há alguma chance.

– E o koltrano?

– Kythor sempre se mostrou confiável. Mas é muito reservado. Fala muito pouco conosco e muitas vezes se ausenta de nossa companhia.

Mas eu acho que é pela própria natureza diferente dele que isso ocorre. Além disso, pelo pouco que conversamos e pelo que Gusmão falou, ele já foi escravo. E não deve se sentir muito à vontade com os humanos.

– É muito estranho esse mundo onde eu acordei. Muita nobreza e muita vilania. Como se forças antagônicas batalhassem.

– O mundo onde você vivia não era assim?

– Ah, não. A Terra já foi um mundo parecido com esse, onde os fortes dominavam os fracos, onde o mais poderoso era sempre o mais certo, onde a desigualdade imperava. Mas, na época em que eu vivi, já não era mais assim. Não havia mais doenças, nem guerras, nem desigualdades. Nós tínhamos o controle das leis da natureza. E o poder de moldar a realidade.

– Não sei a que Terra a "madame" está se referindo, mas eu nunca vi nenhum lugar assim. – falou Tobias, que se aproximava com Gusmão. – Só os mais fortes é que sempre controlaram os mais fracos. Sempre foi assim e sempre será assim.

– Você está errado, Tobias. A Humanidade tem o potencial para ser muito mais do que é. Veja como os ancestrais viviam. – disse Gusmão.

– Você é um tolo idealista, velho. O único poder real é a força. O mais forte sempre domina o mais fraco.

– Não precisa ser assim. O mundo onde eu e James vivíamos era um mundo de felicidade, onde as pessoas podiam atingir seu pleno potencial.

– Você vive no mundo da lua, "madame". Isso é impossível.

– Lua? O que é isso Tobias? – perguntou Abhaya.

– Estranho. Agora que você falou, não me lembro mais...

– Abhaya, me empreste a sua estação científica, por favor.

– Pois não.

– Computador, me mostre a Lua da Terra.

O artefato criou uma projeção tridimensional de uma bola branca marcada por crateras e luzes das cidades que a colonizavam.

Tobias começou a suar.

– Isso é estranho. Não sei o que... mas acho que já vi isso, mas não tinha essas luzes todas.

– Computador, me mostre a Lua da Terra antes da colonização.

A imagem mudou. Desapareceram as luzes e a bola branca brilhante cresceu na projeção tridimensional.

– Puta que pariu! É a Lua!

Nesse momento, Tobias agarrou a própria cabeça como se estivesse com dor. Synthia desligou rapidamente a projeção e o acudiu.

– Por favor, me desculpe! Você está bem? – perguntou ela, angustiada.

Tobias gemeu, segurando a cabeça. Abhaya se aproximou e usou seus dons psíquicos de cura para ajudá-lo. Ele, então, começou a dormir. Synthia perguntou, temerosa:

– Ele vai ficar bem?

– Sim. Acho que foi alguma espécie de choque para ele. Eu percebi uma grande confusão em sua mente.

– Mas ele vai ficar bem? – perguntou novamente Synthia, preocupada.

– Sim. Tenho certeza que sim.

A resposta pareceu acalmá-la um pouco, mas essa noite ela não conseguiu desgrudar os olhos do pistoleiro. O pensamento de que pudesse ter sido a causa de sofrimento para ele, danificando seus potenciais, tornando-lhe difícil pensar. Se ele não acordasse bem no dia seguinte, ela não sabia se conseguiria sobreviver.

A noite se passou sem intercorrências e, no dia seguinte, Tobias acordou sem nenhuma lembrança dos acontecimentos da noite anterior. Synthia, Gusmão e Abhaya acharam melhor não mencionar nada sobre o que havia acontecido.

Gusmão estava começando a ficar preocupado com o grupo que havia ido para a cidade koltrana, quando, vindo dos céus em uma descida das nuvens, chegaram Aaron, Túlio e Zordak, trazendo os contêineres das energias koltranas.

– Onde está Kythor? – perguntou Gusmão.

– Acho que foi capturado. – respondeu Túlio, triste.

– Temos de resgatá-lo! – urgiu Gusmão.

– Então vamos! Ele pode estar sendo torturado! – concordou Aaron.

– Esperem. Vamos usar a nave. – sugeriu Abhaya. – Você pode pilotá-la, Synthia?

– Sim. Sem problemas.

– Então, amigos, vamos! Pelo nosso amigo! Por Kythor! E pela vitória! – exclamou Gusmão.

## Nyt

Fazia muitos anos que Kythor não se via numa cela. Um akl! Novamente um akl! Despido de suas roupas ancestrais, ganhas como presente pela missão em que salvara o rei humano Pedro, ele se sentia como o menor dos escravos humanos. Nu, ele se encontrava sentado no fundo da cela, a luz de seus olhos quase apagada. Kythor pensava na enorme sequência de eventos que o levara a novamente estar nessa situação. Suas lembranças o levaram novamente à sua infância, sob o olhar de seu kell (seu pai) e sua ka (sua mãe); transportando-o de volta aos momentos felizes de sua vida.

– Kythor?

– Sim, ka?

– Você já terminou de fazer seus deveres?

– Sim, ka. Hoje o professor Klim nos passou muitos deveres e exercícios, mas eu acho que os completei todos. Posso ir me divertir com Kholmor?

– Sim, meu filho.

O pequeno Kythor dirigiu-se à praça central de Kalistak. Lá, encontrou-se com seu amigo Kholmor.

– Olá, Kythor!

– Olá, Kholmor. Keltr'z o proteja sempre.

– Você ainda acredita nisso?

– Minha ka me disse que devo acreditar nas estórias antigas até minha adolescência, portanto acredito nelas.

– Eu também recebi essa instrução, mas você não considera meio absurdo isso?

– Não entendo, meu amigo.

– Recebemos essas orientações de nossos genitores, mas sabemos que não passam de estórias antigas sem fundamento na realidade. Eu, por mim, não acredito nelas.

– Fomos instruídos a acreditar nelas e isso basta para mim.

– Você não é capaz de ter um pensamento seu, Kythor?

– Você sabe que devemos o respeito aos nossos superiores em todos os momentos, isso faz de nós koltranos.

– Entendo. Então, como nos divertiremos?

– Acho que uma boa fonte de diversões seria nos exercitarmos e competirmos numa corrida. O que acha?

– Vamos fazer isso. Quando eu contar o três, partimos. Um, dois... até mais seu tolo!

– Você não falou três! – Kythor correu em desvantagem atrás do pequeno Kholmor, mas, mesmo tendo começado depois, acabou por ganhar a corrida. A expressão de cansaço de Kholmor era evidente. E ele evitava olhar nos olhos de Kythor, que, melhor exercitado e preparado, o vencera sem dificuldades.

– Mais uma vez você me venceu, Kythor.

– Deveras, se você se esforçasse em sua cota de exercícios diários, você com certeza conseguiria me vencer, Kholmor. Suas pernas são mais compridas que as minhas e, em condições de treinamento igual, você teria vantagem.

– Verdade. Isso nem sempre será assim, meu amigo. Eu ainda vou vencer.

Kythor foi acordado de seu devaneio pelo guarda que, batendo na porta da cela, lhe entregou a refeição. Uma ração que normalmente se servia apenas aos akls humanos. Ela até podia ser comida pelos koltranos, mas era muito indigesta e ruim. Kythor agradeceu o prato de comida e começou a comer. Desejaria poder contar com talheres, mas os humanos não os recebiam e ele temia que sua condição atual o tornava ainda pior do que eles. Mais abaixo do que um akl... E pensar que há tantos anos tudo parecia ser muito melhor, antes de sua queda... Kythor se lembrou da primeira vez que vira Khalia. Havia tantos anos, numa memória distante.

– Qual o seu nome?

– Chamo-me Kythor, senhora.

– Prazer, Kythor, sou Khalia, a filha do lorde Karn, o chefe da Guilda do Grande Martelo.

– Tenho o prazer de já ter visto o grande lorde Karn, senhora Khalia, mas nunca tive o prazer de encontrar a sua filha. Realmente as histórias são verdadeiras.

– Que histórias, Soldado Kythor?

– As que contam que a beleza da filha de lorde Karn são proporcionais à honra desse lorde entre os koltranos. Lorde Karn é o maior entre nós. Ao vê-la, pude notar que as estórias são verdadeiras.

– O soldado me lisonjeia. Está destacado para a minha guarda pessoal?

– Keltr'z assim o permitiu.

– Você ainda professa crenças infantis?

– Não, senhora. Apenas mantenho o hábito. Minha ka me pediu para manter sempre os ensinamentos de Keltr'z no coração e, em memória dela, eu os mantenho.

– Você realmente deve ser um koltrano leal.

– Todos o somos, minha belíssima senhora. Ou não seríamos koltranos.

– Me diga, então, Kythor, como conseguiu essa posição junto a mim?

– Eu sempre me esforcei para ser o melhor possível. Creio que esse esforço foi recompensado com a possibilidade de estar junto à mais bela de nós.

Kythor se lembrava do discreto sorriso de Khalia e sentiu saudades dos momentos que sempre tivera junto a ela. A refeição de ração terminou. E Kythor colocou o prato junto à porta e, em seguida, sentou-se novamente ao fundo da cela. Ao olhar pela janela, pôde pensar em dias mais felizes. O céu de Damocles, mesmo sendo dia, permitia ver Ellan nos céus e o planeta gêmeo trazia-lhe à memória o dia de seu casamento com Khalia.

– Kythor!

– Olá, Lorde Karn.

– Meu jovem, hoje é o dia de seu casamento com minha filha.

– O dia mais feliz da minha vida, senhor.

– Fico feliz em saber que foi aceito como koltraz.

– Sim. Treinei durante muitos anos para isso e espero estar à altura da função.

– Meu rapaz, no que depender de mim você poderá crescer na sua função muito rapidamente. Quem sabe um dia não possa até mesmo me substituir na Guilda do Martelo?

– Jamais seria capaz de chegar aos pés de sua sombra, meu grande lorde.

– A partir de hoje quero que você me chame de kell.

– Não mereço tamanha honra.

– Se você se casa com minha Khalia, não é uma honra, mas apenas algo natural, meu filho.

Kythor se lembrava do momento em que as portas se abriram, revelando Kholmor, que seria a testemunha do enlace matrimonial de Kythor e Khalia.

–Meu amigo Kholmor!

– Kythor. Lorde Karn.

– Ainda bem que veio, rapaz! Desde que o nosso Kythor ficou órfão, você tem sido como a família dele. Sei que você se interessava pela minha Khalia, mas acho muito bom que tenha sido capaz de entender os desejos dela e, portanto, os meus nesse sentido.

– A sua palavra é lei, Lorde Karn, e eu sou koltrano.

– Kholmor, espero que isso não tenha deixado ressentimentos entre nós, meu amigo, mas Khalia gosta de mim e eu dela. Espero que o meu melhor amigo possa entender isso.

– Perfeitamente, Kythor.

– Então, vamos, rapazes, que o celebrante de Keltr'z está impaciente. Khalia já deve ter chegado.

As lembranças voaram novamente enquanto Kythor podia ver-se entrando na grande fileira koltrana, apoiado por seu melhor amigo, Kholmor, que se mantinha calmo e silencioso. Khalia estava linda. O verde pálido de seu rosto radiante no vestido de tecido humano de seda vermelha. As luzes colocadas nos antigos pedestais iluminavam o tecido, criando, aos olhos koltranos, um padrão de cores alternantes. Kythor não conseguia se lembrar das palavras do celebrante. Só se lembrava do rosto de Khalia. Radiante. Seus olhos numa luz que tingia seu semblante de um vermelho belíssimo. A refeição de pudins de claras que Lorde Karn mandara fazer para o casamento junto com as bebidas levara os convidados ao êxtase.

Kythor lembrou-se, então, do momento a sós. Do momento da grande união, quando Khalia finalmente provaria de sua semente e ou o aceitaria ou o rejeitaria como seu marido. Enquanto os convidados se refestelavam nos acepipes, o jovem casal se retirou para o quarto do encontro. Kythor conseguia lembrar-se da excitação que sentira quando Khalia removera suas vestes, revelando a ele seu corpo esverdeado, a penumbra do quarto iluminada pela excitação de ambos gerando uma atmosfera vermelha de paixão. Kythor se lembrava de a tomar em seus braços e acariciar seu corpo com ternura, enquanto Khalia, algo selvagem, rasgara as roupas de seu consorte, procurando sofregamente pelo sexo de Kythor, que, em ondas de excitação, se movera em direção ao sexo de Khalia. No encontro de ambos, os movimentos amplos e ritmados de Kythor no interior de Khalia romperam com facilidade a proteção dos canais ovulares. A onda de prazer experimentada por ela com isso a fizera urrar com o grito primal das koltranas plenamente satisfeitas. Esse grito fora seguido de gritos de vivas dos convidados que aguardavam ansiosamente esse momento. Khalia agora era a fêmea de Kythor. Aquela de quem o em breve Koltraz, conseguiria os ovos que garantiriam o futuro de sua família.

– Por que fez isso, Kythor?

A pergunta do capitão Keldon o pegou desprevenido, fazendo Kythor sair de suas doces lembranças e retornar para a dura realidade do presente.

– Perdoe-me, capitão?

– Por que nos traiu?

– Capitão. Não traí os koltranos. Eu trouxe aqui aqueles que poderiam nos dar os meios de derrotar os humanos. Nós seríamos os únicos a portar uma das naves ancestrais.

– Poupe-me de suas mentiras! Nós vimos o que aconteceu. Você trouxe seus amigos humanos e eles mataram todo um pelotão dos nossos melhores koltrazes.

– Eu avisei que eles eram formidáveis, capitão. Seria necessário cuidado extremo com eles.

– Você é menos do que um akl! Eu não queria acreditar no que Kholmor disse, mas não tenho outra escolha.

– Kholmor?...

– Não sei por que ele quer falar com você, animal. Mas eu não vou mais me contaminar com a sua presença.

O capitão da guarda da cidade de Kalistak saiu, deixando entrar a figura de Kholmor, o antigo amigo de infância de Kythor.

– Olá, Kythor.

Kythor olhou o rosto envelhecido de seu antigo amigo Kholmor. Os koltranos, ao envelhecerem, apresentavam manchas escuras pela pele verde. Variando desde o cinza claro até o negro. Os olhos perdiam um pouco da luz característica e o rosto ficava mais encovado, com os ossos da face fazendo um relevo mais intenso sob a pele. O rosto de Kholmor se apresentava verde escuro, com várias manchas cinzentas no topo do crânio. Os olhos apresentavam um tom vermelho muito escuro, quase vinho, e a luz se concentrava em seu centro. Kholmor estava trajando um traje nobre de chefe de guilda e olhava para Kythor numa expressão indefinível.

– Olá, meu amigo.

– Não sou seu amigo há muito tempo, Kythor.

– Um chefe de guilda jamais seria amigo de um akl.

– Sabe, Kythor, às vezes eu me pergunto se você é mesmo um idiota ou se a convivência de todos esses anos com os humanos destruiu a sua capacidade mental.

Kythor olhou estupefato para aquele que já havia sido seu amigo, sem entender o sentido dessas palavras.

Kholmor fechou a porta do corredor para não serem interrompidos, puxou um banquinho e sentou-se próximo à cela de Kythor. Ele, então, falou:

– Kythor, você sabe que será executado, não sabe? A traição tem esse preço. – e ele deu uma estranha risadinha. – E como houve traição nessa sua vida, não é?

Kythor observou o rosto de Kholmor se deformar numa máscara de loucura.

– Você sempre foi o certinho, o leal, o seguidor das regras. Eu era sempre o segundo, o volátil, o que devia seguir o exemplo do nobre Koltraz! Eu me cansei de viver à sua sombra, seu monte de merda! Mas, no final, você acabou vindo aqui e fazendo essa cagada! Eu nem pude acreditar quando ouvi as notícias! Era bom demais para ser verdade! E agora você está aqui! Pronto para morrer!

– Kholmor, eu não entendo... O que fiz para merecer tanto ódio?

– Você nem consegue ver, não é, seu maldito?! A humilhação máxima foi ter perdido Khalia, a filha do grande Lorde Karn, para você! Se fosse qualquer outro koltrano, eu talvez aceitasse, mas você de novo, não! Eu jurei que me vingaria e teria a sua mulher para mim!

– Kholmor...

– Sim, seu monte de merda! Quem satisfaz Khalia todos esses anos à noite sou eu! Eu! Enquanto você se divertia com sua humana de estimação, eu me deliciava com Khalia, seu tolo! A melhor coisa que fiz foi arranjar para que você fosse morto. Não sei por que não foi morto com os outros na emboscada, mas, ter sido feito escravo, acabou se mostrando mais recompensador para mim, que agora posso ver a sua morte de perto!

– Foi você que traiu meu pelotão há tantos anos?

– Sim, Kythor. Fico muito feliz em poder dizer a você isso! Esfregar nessa sua cara deslavada que você foi derrotado por mim! Você, dessa vez, perdeu, maldito! Eu ganhei!

– Kholmor. Meu filho! Onde está? Você o feriu também?

– Khalia sempre vigiou muito bem o filho maldito de vocês. Mas agora eu terei um prazer especial. Ele será o seu executor! Mas não se engane, "meu amigo". A hora dele vai chegar em breve e vocês poderão apodrecer juntos.

Kythor avançou em direção às grades, tentando agarrar o pescoço de Kholmor, mas, mesmo ele estando velho, conseguiu sair do alcance e pôs-se a rir de Kythor, que recuou a passos lentos.

– Não adianta, tolo! Eu sempre vou estar à sua frente! Você nunca mais vai me ganhar! Seu filho vai matar você e depois eu vou matá-lo!

Kholmor se afastou, gargalhando, enquanto Kythor se ajoelhou ao chão e, de maneira estranha, copiou um gesto muito humano, liberando uma secreção escura pelos olhos, enquanto soluçava desconsolado. Se um humano pudesse vê-lo agora, acharia que estaria louco, pois os koltranos não choravam, mas Kythor inconscientemente repetiu o gesto que tantas vezes vira a pobre Danya fazer. Onde estaria ela? Enquanto se encolhia sobre si mesmo, abraçando as pernas, Kythor relembrou o passado, como numa tentativa de se livrar da dor do presente.

Danya...

Kythor relembrou a primeira vez que a vira. Após ter sido feito escravo e não morto, graças à interferência de Kelio. Ele se encontrava no mercado de escravos de Upanishads. Diferentemente de Bragança, Upanishads apoiava a escravidão e tinha um grande mercado de escravos nas portas da cidade. Kythor estava junto de Kelio no mercado, sendo exposto como um belo exemplar de koltrano, apto ao trabalho duro e leal ao seu mestre.

– Quanto custa esse koltrano?

– Perdão senhor? Com quem falo?

– Sou Pyotr Marassiovitch, mercador. Com quem falo?

– Eu sou Naresh, o mercador de escravos.

– Estou procurando um escravo koltrano que possa servir de guarda-costas. Ouvi dizer que eles são completamente leais aos seus donos, é verdade?

– Senhor Marassiovitch, o senhor ouviu bem. Os koltranos são escravos excepcionais e servem muito bem para guarda-costas. São leais e obedecem a todas as ordens. É um tipo de mentalidade deles, sabe? Parece que foram feitos para serem escravos!

– Foi o que ouvi. O que me diz, então? Tem algum que me possa servir?

– Sim, tenho aqui um belo exemplar. Ele se chama Kythor e era um guerreiro koltrano. Um membro da elite dos soldados. Veja só os músculos! Com certeza, aguenta muita carga. Veja as garras! Vai protegê-lo de bandidos e feras! Veja os olhos! Brilham com a ferocidade dos koltranos!

– Se ele é assim tão feroz, como posso ter certeza de que não vai me matar e fugir quando tiver a chance?

– Senhor, um koltrano prefere a própria morte a trair seu dono. Quando ele é escravizado, se torna propriedade e, devido à sua honra, torna-se completamente obediente ao seu dono.

– Foi o que ouvi... Kythor, você sabe falar?

– Sim, eu sei.

– Me diga, você odeia os humanos?

– Sou propriedade dos humanos atualmente e não posso odiar o meu dono.

– Preferiria ser livre?

– Qualquer pessoa sempre prefere a liberdade quando essa escolha lhe é dada.

– E essa escolha pode vir a qualquer preço?

– Só há um preço que não é pagável.

– Qual é esse preço?

– A honra. É tudo que nos impede de sermos animais.

– Gostei de você, meu rapaz.

– Naresh, por quanto podemos acertar a compra de nosso amigo koltrano?

– Um koltraz! Veja bem meu senhor, por apenas vinte sóis dourados.

– Muito caro, Naresh. Não devo pagar tanto assim. Se os koltranos são tão eficientes assim, o que me impede de comprar outro mais barato? Esse outro aí do lado, por exemplo?

– Esse é Kelio. Foi criado antes de ser escravo. Não sabe lutar. Se o nobre Marassiovitch deseja um guarda-costas, eu não poderia manter minha consciência tranquila lhe oferecendo nada menos que um guerreiro comprovado.

– Se ele é um guerreiro assim tão bom, por que foi capturado?

– Ele foi emboscado. Todo o seu grupo morreu, mas ele foi salvo por Kelio.

– Isso é verdade, rapaz?

– Sim, senhor.

– Então vamos fazer o seguinte, Naresh, eu aceito comprar o rapaz, mas ofereço treze sóis e oitocentos discos escuros. E ainda lhe vendo essa remessa de elixires de Atala.

– O que fazem esses elixires?

– São usados para a cura de feridas. Deixe-me mostrar. Kelio, posso ver que sua pele está ferida. Qual a causa?

– Chicotadas, meu senhor.

– Aqui, rapaz, beba isto.

– Pode beber, Kelio.

– Viu, Naresh? Não é impressionante?

– Pelos deuses! Ele brilhou em rosa e suas feridas sumiram! Aceito a sua proposta, Marassiovitch!

– Perfeito. Vamos, Kythor, meu rapaz.

Kythor se lembrou, então, de caminhar pelo mercado com seu novo dono e futuro amigo pelas ruas de Upanishads, saindo da cidade e encontrando, do lado de fora, uma carroça, onde um menestrel cantava suas músicas para algumas pessoas e uma menina muito pequena, talvez com seus seis anos, estava sentada no fundo dessa carroça. Danya, a filha de Pyotr. Belíssima criança humana, que, naquela época, não parecia a Kythor ser diferente de qualquer outra, mas a quem Kythor aprenderia a amar em alguns anos. Com a chegada de Pyotr, os ânimos da festa instantaneamente melhoraram e, em breves momentos, o chapéu do menestrel estava novamente cheio de ciclos escuros e até de alguns sóis dourados. Após o final da apresentação musical, viera a contagem das moedas e a divisão dos lucros. Danya estava sempre escondida atrás do pai, olhando fixamente para Kythor, que, impassível, aguardava em pé a possibilidade de se sentar. Pyotr, após a contagem, olhara para

Kythor e, parecendo corar, falara:

— Meu rapaz, por que não se sentou?

— Não me foi ordenado, ó glorioso.

— Ai, ai. Não sou glorioso. Eu comando que, desde agora e para sempre, você se sente sempre que sentir vontade, meu amigo.

— Obrigado, senhor.

— Glorioso Pyotr! — rira-se o menestrel.

— Beor...

— Ainda bem que aquela Víbora de Atala, o velho Praninath não o viu aqui. Será que ele ainda está vivo? Desde que você salvou o xá, há tantos anos, temo sempre que voltamos aqui.

— Realmente, mas eu me mantenho meio anônimo e nunca fico muito tempo aqui. Só que dessa vez uma estranha compulsão me fez vir. Acho que foi um sonho. Nyt me apareceu e, coisa curiosa, se parecia com você, minha Danya. Ela disse que eu deveria vir a Upanishads mais uma vez e trazer um guarda-costas koltrano. Nunca tive um sonho tão real. Então, tive de vir.

— Eu sei, Pyotr, mas acho que já estamos abusando da sorte com ou sem Nyt.

— É verdade. Amanhã vamos sair ao nascer do dia.

Kythor se lembrou das viagens que haviam feito, passando por vários caminhos, evitando estradas principais. O negócio de Pyotr consistia em tocar músicas e vender bugigangas e elixires nas pequenas vilas e povoados. Danya estava tentando aprender malabares e apresentava muita dificuldade no seu treino. Ele se lembrava da primeira vez que ela lhe falara alguma coisa. Ela já tinha oito anos. Numa tentativa de treino particularmente difícil, ela arremessara os malabares longe.

— O que foi, pequenina?

— Não consigo fazer isso. É muito difícil!

— Posso tentar?

— Duvido que você consiga.

Kythor se lembrava de pegar os malabares e, nas primeiras tentativas, fazê-los cair estrondosamente em todas as direções, levando a muitas risadas de Danya, que não conseguira se conter. Por mais que fosse vexatório para Kythor errar, a felicidade da pequena humana gerava nele uma grande satisfação.

Os anos se passaram e Kythor aos poucos ia tornando-se cada vez mais próximo de Danya. Beor, embora fosse mais novo que Kythor, era bem mais velho que Danya, que agora não tinha mais do que doze anos, mas tentava investir seu charme na filha do patrão ainda assim. Pyotr o havia instruído a impedir quaisquer investidas mais diretas do menestrel. Kythor ficava, portanto, sempre atento, mas não se preocupava demais, por Danya aparentemente não demonstrar muito interesse no bardo, que, aos poucos, fora-se cansando daquele jogo e passara a cortejar as mulheres das vilas.

– Muito bem, senhor Kythor. Kholmor me informou de que você confessou a ele o crime de traição.

Kythor acordou do devaneio, olhando o capitão Keldon parado em frente à sua cela.

– Nunca traí ninguém.

– Suas mentiras não vão salvá-lo. Sua execução está marcada para amanhã. As famílias dos guardas que você condenou estarão aqui para assistir a isso. Com a sua confissão, não há nada mais a dizer. Adeus.

Kythor pensou que, embora não tivesse traído ninguém, o que estivera prestes a fazer com seus amigos humanos certamente seria considerado traição por eles. Mas a possibilidade de voltar a encontrar Khalia e seu filho fizera valer os velhos preconceitos e, embora fosse amigo de Gusmão e dos outros, sua família nesse caso teria prioridade. Só que agora ele não tinha mais nada. Nem família, nem amigos, nada. Só lembranças. A dor da memória o levou novamente a caminhos sombrios que havia trilhado em sua vida. Como o segundo momento de maior dor que tivera. Quando Danya fora levada pelos escravagistas humanos e Kythor perdera novamente a razão de sua vida. Alguns anos após a morte de Pyotr, Kythor havia continuado como guarda-costas de Danya e, com os anos, ambos se haviam apaixonado e, após algumas dificuldades anatômicas iniciais, além, é claro, das dúvidas da consciência do koltrano, haviam consumado seu amor naquela noite no lago. Desde então haviam mantido essa rotina secreta. De dia, Kythor posava como guarda-costas, além de malabarista para Danya, que vendia seus produtos nos diversos lugares por onde passavam. À noite era seu marido e amante, e eles faziam amor nos caminhos secretos, onde outras pessoas não os veriam. A vida parecia bem tranquila até a noite em que ela sumira.

Naquela noite, após fazerem amor, Kythor e Danya dormiam na carroça que era de Pyotr. Ellan não brilhava nos céus e a noite era bastante escura. Danya teve de se levantar no meio da noite para urinar e Kythor, como sempre fazia, foi acompanhá-la. Ele nunca soube de onde veio o golpe que o desacordou. Quando acordou, Danya não estava mais com ele. A carroça estava incendiada, tudo perdido. Imediatamente, seus instintos de caçador se puseram em alerta. Com os olhos brilhando como dois pequenos sois vermelhos ele seguiu o rastro dos sequestradores. Por dias e noites correu, mas o rastro se misturou com o de diversos outros humanos mercadores e ele perdeu o rumo. Por anos tentou encontrar Danya. Viajando de cidade em cidade. Nunca a encontrando. Perdeu a sua pista completamente e os anos o endureceram mais.

A dor da sua segunda perda o queimava. Ele não podia nem voltar a Kalistak, pois, quando anos antes tentara estabelecer-se lá com Danya, vira que provavelmente seria escravizado novamente. E agora nem ao menos a tinha mais junto a si. Durante suas buscas por mercadores de escravos, se deparou-se com uma rede clandestina que traficava escravos koltranos para a cidade humana de Bragança. A perda de Danya já aceita o deixou seguir esse rumo, que o levara finalmente ao encontro do herói humano Gusmão. E, nesse ponto, a dor do seu erro ao tentar se agarrar ao passado ficou mais forte, pois, ao se lembrar de seus amigos, Kythor deplorava as escolhas que havia feito.

Kythor se ajeitou na sua cela. A noite já ia alta e ele se lembrou, sentindo o cheiro do mar, da primeira vez que estivera em Bragança. Naquela época, havia tão pouco e ao mesmo tempo tão no passado,

Kythor estava procurando um lugar para se restabelecer.

Chegando a Bragança, vira a cidade imponente, com sua rampa de entrada trazendo visitantes de todos os lugares. Desde o sul, onde os koltranos dominavam, até o norte gelado, terra de quase ninguém.

Bragança, a joia do norte. Kythor se lembrava de entrar na cidade e seguir pelos seus corredores amplos e bem iluminados. A massa da Humanidade, passando por ele e, diferentemente das massas menores nas vilas humanas, não lhe prestando mais atenção do que prestaria a qualquer humano. Essa cidade lhe parecera bem diferente da norma das cidades humanas por onde passara anteriormente. Se Kythor fosse dado a especulações mais filosóficas, diria que ela apresentava uma "aura" de esperança.

Ele perguntara pelos lugares reservados aos koltranos e ficara surpreso ao saber que não havia estratificação racial. Todos viviam onde pudessem pagar. Havia, sim, uma estratificação social. Os ricos geralmente viviam nos andares mais altos da cidade, ou seja, nos andares superiores, e os pobres nos mais baixos. Não era de se surpreender que os koltranos que viviam na cidade morassem nos estratos mais baixos, mas havia aqueles que moravam nos estratos médios e tinham uma vida confortável. Ao contrário das paredes de Kalanor (cidade ancestral koltrana que Kythor visitara com seu pai quando criança) as paredes daqui não eram verdes, mas sim de um branco ofuscante e impecavelmente limpo, sempre iluminado pelos orbes de fusão que se encontravam espalhados por toda a cidade. Kythor havia tomado conhecimento que o preço de moradias dentro da cidade era muito alto, proibitivo mesmo para ele e muitos outros.

Do lado de fora da cidade, aos seus pés, uma enorme vila humana se espalhava ao seu redor. Essa vila não era adornada com os materiais da cidade, mas sim construída com substâncias mais prosaicas, como pedras ou madeira. A iluminação da vila ao redor e do interior das casas se fazia com tochas, embora o simples reflexo da iluminação exterior da cidade à noite fosse suficiente para iluminar a vila com uma luz acolhedora para os humanos. Ao visitar o interior da cidade, Kythor foi ao mercado bragantino. Ele ali não poderia vender suas coisas, visto que o mercado era regulado e recém-chegados teriam de se associar antes de pode vender. No mercado, ele pôde ver itens diversos, desde pequenos artefatos ancestrais tais como lanternas ou pequenos brinquedos, que eram vendidos apenas para os portadores de títulos de nobreza, até comidas de todos os cantos do continente. Fosse dos territórios de Humanitas (a parte do continente habitada predominantemente pelos humanos) fosse dos territórios de Koltrania (a parte habitada predominantemente pelos koltranos), havia artigos de vestuário de todas as partes, bem como especiarias e artigos femininos, fosse para as humanas, fosse para as koltranas. E foi nessa observação que Kythor pudera ver algo que lhe chamara a atenção de maneira desagradável. Nas bancadas de um mercador humano extremamente concorrido pelas humanas, que compravam seus cosméticos peculiares, havia um que o chocara. Um pequeno bastão (que, depois ele viria a saber, era usado pelas fêmeas humanas para deixar seus lábios mais vermelhos) que brilhava no mesmo padrão dos olhos koltranos.

Os olhos koltranos. Kythor lembrava-se de suas aulas, na infância, de que os olhos koltranos funcionavam de maneira muito diferente dos olhos humanos. Eles apresentavam em seu interior uma substância que os humanos chamavam de koltranina, uma molécula naturalmente luminosa, que podia ser estimulada pelos impulsos elétricos do cérebro koltrano e era ativada pelo calor do corpo. Enquanto ela recebesse calor, brilhava, desaparecendo o seu brilho no frio da morte. As mulheres humanas deliciavam-se observando as suas bocas brilhando como os olhos koltranos. Para Kythor e qualquer koltrano, a cena era por demais grotesca. Ver "olhos" koltranos vazados e com dentes na parte inferior das faces das humanas era enojante e revoltante. Kythor se aproximou do mercador, percebendo que sua aproximação afastava as humanas, que o olhavam assustadas. O mercador, ao vê-lo chegar, perguntara:

– Posso ajudá-lo?

– Pode. Diga-me, senhor mercador. Onde conseguiu os materiais para a confecção desses seus cosméticos?

– Ora, ora! Veja só! Um koltrano! Deseja comprar alguma coisa?

– Gostaria que me respondesse a pergunta, por favor.

– Meus materiais são importados de Kalanor. Agora, por favor, me dê licença. Se não vai comprar nada, preciso trabalhar e há clientes esperando.

Kythor olhara o humano dar-lhe as costas e recomeçar a sua ladainha de anúncio e venda dos cosméticos.

Após esse breve interlúdio, Kythor havia saído da cidade e se dirigido à vila circundante. Retornara para a estalagem onde se acomodara e pensara que deveria procurar investigar melhor esse mercador, mas, antes, ele tinha de tentar atualizar junto às autoridades koltranas, seu status de koltrano livre. Kythor pensara que, se conseguisse isso, poderia retornar a Kalistak, para ao menos ver sua família, ou, se não fosse possível, a Kalanor ao menos, para poder viver sua vida como mercador.

No dia seguinte, ele se dirigira primeiro ao embaixador koltrano. Ele vivia no interior da cidade, num dos estratos mais elevados. Ao chegar às portas da embaixada, Kythor pudera perceber que, mesmo estando o koltrano encarregado das relações diplomáticas entre Kalanor e Bragança muito bem acomodado, ele estava localizado numa das menores salas desse andar.

– Por favor, senhor, aguarde a sua vez.

A koltrana que o atendera, lembrava-se Kythor, era muito bela, e, embora naquele momento não lhe tivesse dado maior atenção, após a aventura com Gusmão e os outros, quando lhe fora concedido o título de nobreza, o havia procurado na sua nova acomodação. Isso foi apenas depois do título, quando ele havia recebido novo status. No momento dessa lembrança, ela o olhara como quem olhava alguém muito inferior. E, para todos os efeitos, enquanto o governo de Kalanor não passasse a informação de sua libertação do status de akl pelo humano Pyotr, ele ainda era um nada.

– Preciso que essa minha carta de alforria seja protocolada e enviada a Kalanor.

– Já falei. Aguarde.

Kythor se lembrava do momento que mais uma vez acabara por selar seu destino. Não tivesse ele chegado ali, naquele exato momento, tudo poderia ter sido muito diferente. Agora ele, entendendo o que Kholmor fizera, perguntava-se onde estaria se tivesse acordado uma hora mais tarde.

– Kythor?

– Klerio?

– Kythor, é você! Ouvi dizer que tinha sido feito akl pelos humanos!

– Sim, meu amigo, isso aconteceu realmente.

– Eu me lembro de você na Academia Koltraztzak. Você era um dos melhores de nós! Como foi capturado?

– Fomos emboscados e traídos por nosso contato. Todo o meu grupo foi morto. Eu fui escravizado.

– Seu mestre humano está aqui na cidade? Eu não sei o quanto ele me cobraria, mas, se me for possível, compro a sua liberdade, meu amigo.

– Agradeço a Keltr'z um amigo tão leal. Mas isso não se faz necessário. Eu já recebi minha liberdade. Estou aqui para protocolar essa libertação e poder voltar a viver entre koltranos em Kalanor ou Kalistak.

– Fico muito feliz em ouvir isso! Com certeza, Kholmor vai ficar feliz em saber disso. Ele deve readmiti-lo aos koltrazes. Ou, pelo menos, fazer força para que isso ocorra. Eu sei que, com a sua queda para akl, sua esposa foi liberada dos compromissos com você e Kholmor a tomou por esposa. Ela, com certeza, vai ajudá-lo também.

– Obrigado, meu amigo, nunca mais consegui ir a Kalistak, pois temia ser escravizado lá. Meu documento humano não tem nenhum valor, vim a descobrir depois. Por isso, estou aqui, tentando torná-lo oficial.

– Vou fazer o que estiver ao meu alcance para que Kholmor saiba do seu caso. Ele e a esposa estão aposentados em Klang.

– Aposentados? Mas ele é muito novo.

– Kholmor se feriu na perna e não podia mais exercer suas atividades de koltraz, mas foi aposentado com honras e vive uma boa vida à beira mar.

– Entendo. Estou feliz pelos dois. Espero que a vida deles esteja bem.

– Você, quando voltar, pode me procurar em Kalistak.

– Obrigado, meu amigo.

Kythor se lembrou da despedida de Klerio e de como o amigo parecia realmente interessado em seu futuro. Ele hoje não devia culpá-lo. Afinal, como ele poderia saber da traição de Kholmor? Foi uma ferramenta do destino e o destino tinha sido cruel com ele.

– Kythor?

Ao retornar de suas lembranças, Kythor se confundiu um pouco ao ver Klerio mais uma vez ali. Mas agora do lado de fora de sua cela. O passado e o presente estavam-se juntando de uma maneira muito peculiar e Kythor temia estar ficando louco. Mas não... Esse ali na frente era realmente Klerio.

– Klerio?

– Kythor, é você! Ouvi dizer que tinha traído Kalistak para os humanos!

– Não, meu amigo, eu não traí Kalistak.

– O que houve, Kythor? Da última vez que ouvi falar de você, você tinha sido agraciado com um título de nobreza pelos humanos. Salvou o rei deles. Por que não ficou lá? Sua vida estava arranjada! Bastava viver lá, feliz. Por que veio nos trair?

– Eu não traí Kalistak. Minha tentativa era trazer uma das naves ancestrais dos humanos para cá. Com ela, Kalistak teria uma vantagem incalculável.

– Nave? Do que você está falando? Um navio? Está louco? Por que nos traiu? Eu fiz tudo por você! Falei com Kholmor! Tentei conseguir que você viesse de volta para a academia. E agora, por sua culpa, meu irmão está morto!

– Seu irmão?

– Um dos guardas que seus comparsas humanos assassinaram era o Klem. Você se lembra dele seu assassino?

– O pequeno Klem?

– Ele era maior do que você jamais será! Seu akl imundo! Se eu pudesse voltar no tempo, eu teria matado você quando nos vimos em Bragança, maldito! Mas, pelo menos, meu irmão será vingado amanhã. Espero que você sofra, Kythor! Que sofra muito!

Com isso, Klerio saiu e Kythor mais uma vez se encolheu e chorou. Seus olhos falhando na luminosidade, conforme o desespero tomava conta de seu ser. "Se eu pudesse voltar no tempo. Ah se eu pudesse voltar no tempo...", pensava Kythor enquanto rememorava Bragança, quando descobrira a conspiração dos humanos que vendiam cosméticos feitos com olhos koltranos e se ligara a Gusmão.

Kythor lembrava-se de quando recebera a notícia de Klerio. Naquele tempo, ele estava acomodado na vila aos pés de Bragança, enquanto aguardava a resposta do governo quanto ao seu status de akl e quando poderia retornar às terras koltranas. Dentre os diversos personagens peculiares da estalagem onde estava hospedado, havia aqueles que, de maneira mais indelével, se haviam fixado em sua memória. O rapazola humano, Arum, era o seu nome, como ele ouvira ter sido dito, sempre junto de outro humano, que só poderia ser descrito como seu guarda-costas. Uns marinheiros que jogavam dados, com um humano Gigante de costas. O anão com sua pele enrugada e barba enorme e trançada com o semblante amarrado. Mas quem realmente havia sido relevante para Kythor fora o mercador Nils. O fatídico mercador que vendia os batons de extremo mau gosto. Esse mercador sempre vinha à noite para a estalagem beber e se divertir. Kythor lembrava que, quando bebia, falava demais e isso fora o que o havia feito investigar o caso dos batons.

– Vamos lá! Greldig! Mais uma cerveja!

– Sem problemas, Nils.

Kythor observava o mercador bebendo a sétima cerveja da noite. Enquanto ele bebia, dois homens mal encarados entraram na taverna e se aproximaram dele.

– Nils.

– Por Concur! Até aqui? Me deixem em paz. Conversamos de negócios amanhã.

– Precisamos conversar agora.

– Qual o problema? Os lagartinhos não estão nascendo?

– Precisamos discutir outra coisa. E fale mais baixo.

– Eu falo do jeito que eu quiser, está me ouvindo? Você não manda em mim.

– Você está nervoso. Vamos embora, Ivan. Amanhã à noite voltamos para falar com esse imbecil.

– É melhor irem embora mesmo... Ei, quem é imbecil?

Kythor viu que, na demora de raciocínio do bêbado, ele só havia registrado o insulto depois dos estranhos personagens terem saído. Ele olhara meio abobado para o vazio, dera de ombros e recomeçara a beber. Nesse momento, Kythor vira um rapaz jovem aproximando-se do mercador. De onde estava, podia ouvir a conversa facilmente.

– Olá, mercador Nils! Posso lhe pagar uma cerveja?

– Olá?... Nós nos conhecemos rapaz?

– Eu sou Alex. Comprei hoje pela manhã um batom com o senhor. A minha Falina ficou extremamente feliz com o presente, então eu gostaria de agradecer.

– Ora, tudo bem... Greldig! Mais uma cerveja e por conta desse rapaz dessa vez!

– Então, me diga, eu fiquei muito curioso em saber. Como o senhor consegue esse brilho maravilhoso nesse batom?

– Segredos de profissão, meu rapaz. – rira o mercador, enquanto tomava mais um gole.

– Eu entendo, mas adoraria poder descobrir o que é esse segredo.

– Acredite, rapaz, é melhor não saber como as salsichas são feitas. Seus olhos podem não aguentar a revelação. – e o mercador gargalhara sonoramente.

Kythor, para o seu horror, conseguira, então, juntar as peças do quebra-cabeças. Lagartinhos: como os humanos chamavam as crianças koltranas. Olhos: os olhos koltranos. Kythor se lembrara de suas aulas em Kalistak, os olhos funcionavam através da emissão de luz e recepção dessa luz refletida. Os olhos mantinham essa luminosidade, desde que estivessem na temperatura do corpo koltrano, que era a mesma do corpo dos humanos. Então, se alguém retirasse os olhos de koltranos e os drenasse de seus fluidos, esses fluidos brilhariam em contato com um corpo humano. Era por demais horrível de se imaginar, mas essa parecia ser a solução do mistério. Kythor observara que o mercador havia caído no sono de bêbado e o rapaz, antes amigável, apresentava agora uma expressão de asco. Ele olhara para o bêbado e afastara-se devagar. Kythor decidira seguir o rapaz. Após alguns minutos seguindo-o, Kythor observara que o rapaz parara próximo a uma patrulha humana e o observava diretamente. Kythor avançara devagar em direção a ele.

– Por que está me seguindo, koltrano?

– Eu ouvi a sua conversa com o mercador. Acho que sei a resposta para a sua pergunta.

– É mesmo? Que pergunta?

– Qual o ingrediente secreto dos batons.

Kythor se lembrava do modo peculiar com o qual o rapaz o observara. E, então, se lembrou de ter se sentido satisfeito por poder perceber que, apesar da diferença de espécies, ele parecia ter confiado nele.

– Então, me diga, qual é esse ingrediente?

– São olhos de crianças ou bebês koltranos.

Kythor se lembrava que a expressão do rosto do rapaz mudara de curiosidade para revolta.

– Preciso consultar meu chefe quanto a isso, mas quero que você me encontre nesse endereço amanhã. Se isso for realmente verdade, ele vai querer ouvir da sua boca.

– Eu irei.

Kythor, então, se lembrou de como o garoto saíra rapidamente em direção à cidade e da sua surpresa ao encontrar Klerio na taverna.

– Klerio, o que faz aqui?

– Kythor, vim vê-lo pessoalmente. Me desculpe, mas Kalanor não aceitou protocolar seu documento.

A certeza, então, de ter o seu destino destruído fizera Kythor desabar numa cadeira.

– Calma, meu amigo, nem tudo está perdido. Eu estou vendo com alguns amigos meus. Se você conseguir fazer algum serviço de monta para o governo, talvez eles mudem de ideia.

– Que serviço? Vou vender panos de qualidade?

– Calma. Vamos conseguir isso de alguma forma.

– Obrigado, meu amigo, mas essas notícias são terríveis. Você se importa se eu ficar sozinho um pouco?

– Claro, sem problemas.

Kythor se lembrou de como se sentira vendo Klerio se afastar. Uma sensação de desespero e incapacidade enormes, mas nem de perto como a que sentia agora, nessa cela de Kalistak, enquanto aguardava sua execução. E pelas mãos de seu filho. Será que Khalia ia permitir isso? Será que ela...

– Kythor?

– Khalia?

A visão de Khalia nessa masmorra era como a visão da luz por alguém que houvesse estado cego por muitos anos. Mas as palavras dela cortaram seu coração de maneira terrível.

– Por que fez isso, Kythor? Por que nos traiu a todos?

– Ah, Khalia, eu não traí ninguém.

– Kythor, eu senti tantas saudades! Todos esses anos imaginando se algum dia você voltaria para mim.

Kythor se ajoelhou novamente na cela e, de seus olhos, saiu novamente o líquido escuro.

– O que é isso? Você está tão ligado aos humanos que até o seu corpo está se comportando como o deles?

– Khalia...

– Guarda! Deixe-me entrar nessa cela.

– Senhora, o prisioneiro é perigoso. Não acho aconselhável.

– Eu sou a kha de lorde Kholmor! Eu ordeno que abra a porta.

– Tudo bem, senhora, mas eu antes vou ter de prender as mãos dele no arnês da parede.

– Que seja.

Kythor observou enquanto o guarda o prendia na parede pelos pulsos, impedindo qualquer possibilidade de fuga. Após isso, Khalia entrou na cela e ordenou que o guarda os deixasse a sós.

– Não posso fazer isso, senhora. Ele é perigoso.

– Ele não vai me machucar.

– Senhora, tenho ordens para não sair e não sairei.

Kythor viu quando Khalia olhou com ódio para o carcereiro, mas entrou mesmo assim na cela.

– Kythor... – O toque das mãos de Khalia em seu rosto fez com que um choque de tensão passasse por todo o seu corpo. Kythor não pôde reprimir um gemido enquanto mais "lágrimas" escorriam dos seus olhos.

– Nunca vi isso. Você está fazendo igual aos humanos. Chorando. Não sabia que isso era possível. Diga-me a verdade, Kythor. Como sua antiga companheira, eu exijo. É verdade o que Kholmor me disse? É verdade que nesses anos que esteve longe daqui você arranjou para si uma humana para satisfazer seus desejos carnais?

Kythor olhou para o rosto de Khalia e sabia no íntimo do seu ser que não poderia mentir para ela.

– Sim.

– Então, é verdade. Você se deitou com esses animais! – Khalia esbofeteou o rosto de Kythor, a garra perfurando seu olho direito, tal a força do golpe. Um líquido brilhante começou a escorrer da ferida enquanto a luz desse olho ia-se apagando lentamente. Apesar da dor extrema, Kythor só pensou em justificar-se.

– Me desculpe, Khalia, eu fiquei tantos anos sozinho.

– Você é desprezível! Seu animal imundo! Não passa de um brinquedo dos humanos. Eu ficarei feliz em ver nosso... Não... Meu filho! Arrancar essa cabeça imunda de seus ombros.

Khalia saiu da cela e Kythor olhou desolado com o olho que lhe restava para o brilho incandescente que ia se formando no chão, conforme os fluidos de seu olho perfurado escorriam por seu rosto, pingando no chão de pedra da masmorra. Se, ao menos, ele não tivesse ouvido as sugestões de Klerio e daquele maldito Kalimã, hoje ele estaria com os humanos e não teria de sofrer todas essas humilhações. Mas, no final das contas, essas humilhações eram justas, pois o que ele estivera prestes a fazer com seus amigos humanos era a verdadeira traição. Se ele deveria sofrer por alguma traição, que fosse por essa.

Tudo começara logo antes de encontrarem aquele maldito parasita Anton. Klerio o chamara para conversar antes da partida dele com Gusmão.

– Kythor!

– Olá, Klerio.

– Quero lhe apresentar Kalimã. Ele é um contato meu no governo de Kalanor e pode vir a ser útil para que você consiga de volta a sua cidadania.

– Olá, Kythor.

– Senhor Kalimã, é uma honra estar na presença de alguém tão glorioso.

– Ei, rapaz, não fale mais assim. Você não quer ser akl para sempre não é?

– É claro que não.

– Então, comece a mudar de postura! Vamos lá! Eu soube que você está partindo numa missão do governo de Bragança, não é mesmo?

– Sim. Ainda não tenho os detalhes dessa missão, mas, por que a pergunta?

– Veja bem, se essa missão puder trazer alguma informação valiosa para Kalanor, quem sabe não conseguimos adiantar alguma coisa no seu caso?

– Entendo. E que tipo de informações seriam interessantes?

– Use a cabeça, rapaz. Qualquer coisa relativa a segredos de governo ou tecnologia ancestral humana seria interessante.

– Entendo. Se eu lhe trouxer essas informações, eu conseguiria que o governo me aceitasse de volta?

– Quem sabe? Se elas valerem a pena mesmo...

– Vou me esforçar para conseguir essas informações, então.

– Ótimo, ótimo. Pelo que soubemos, vocês vão a Upanishads. Quando chegarem lá, fale com o meu contato. Ele está na embaixada de Kalanor de lá. Seu nome é Kestrel.

– Eu o farei.

– Muito bem, meu rapaz. Acho que vamos conseguir bons frutos dessa nossa parceria...

– Espero que sim, meu senhor.

Kythor se lembrava da primeira viagem que realizaram, das piadas dos dois piratas (Peter e Leirbag), do nobre e altivo Gusmão, da caçada aos impalas que ele e Aaron haviam feito e dos comentários sobre a escravidão koltrana de Anton. Esse Anton, desde o começo, já demonstrava sutilmente que era alguém perigoso e instável. A maneira especialmente cruel como ele se referira à escravidão koltrana parecia ter sido feita sob medida para levar Kythor ao sofrimento. Hoje, com o que ele sabia desse Anton e sobre o que ele era na verdade, ele entendia que era exatamente essa a intenção dele, mas, quando dos acontecimentos originais, ele ainda não fazia ideia.

Será que esses parasitas também estavam infiltrados entre os koltranos? Kythor nunca havia pensado nisso. Ele se lembrava agora de quando chegaram a Upanishads. Da visita ao xá e de como na noite em que dormira no palácio havia tido a experiência mais estranha, até então, da sua vida. Quando se colocara a dormir, experimentara uma mudança estranha na sua consciência. Ele, pelo que havia conversado com os humanos, entendia que o que experimentara seria o que os humanos chamavam de sonho. Se eles tinham esse presente todas as noites, eles deviam ser realmente melhores que os koltranos, pois, por um milagre como esse, qualquer koltrano venderia a sua honra. E Kythor o recebera sem precisar fazer nada.

Naquela noite, estava no quarto com a escrava koltrana que lhe havia sido fornecida pelo xá. Ele, após, pela primeira vez em muitos anos, fazer amor com uma koltrana, a observara adormecer e, ele mesmo, em poucos momentos, adormecera. O que se passara era difícil até para lembrar, pois havia sido uma experiência única na vida de Kythor. Subitamente, ele se percebera acordado, mas confuso quanto ao local onde estava. A ilusão era tão perfeita que ele se sentira novamente na carroça de Pyotr. E, olhando ao seu lado, via Danya dormindo. Danya não era humana, mas sim koltrana e Kythor a observava embevecido, apesar de sua razão estar gritando, dizendo que isso não podia ser real.

A Danya do sonho acordara, abrindo belíssimos olhos brilhantes e falara em idioma koltrano com ele.

– **Olá, meu amor.**

– Danya? Como é possível?

– **Calma, meu querido. Estamos num sonho.**

– Koltranos não sonham. Eu devo estar perdendo a razão.

– **Não. Não é nada disso, meu amor. Você está nesse estado por minha vontade. Seja paciente. Seu caminho ainda será muito difícil de trilhar, mas eu o terei junto a mim novamente.**

– Como assim, Danya? Do que está falando?

– **Você não precisa entender, meu amor. Aqui, nesse local ancestral, pude me colocar em comunicação direta com você. Eu o fiz para que você, na próxima vez que nos encontrarmos, não duvide da minha presença. Eu queria poder mudar o que vai acontecer, mas não posso. Muita coisa depende disso. Fique feliz, meu amor. Nós ficaremos juntos no final.**

– Danya...

Kythor se lembrava de suas forças fraquejarem completamente e ceder o controle de seu raciocínio àquela presença de Danya. No sonho que se seguira, ele fizera amor com aquela Danya koltrana, finalmente não precisando conter-se e, com isso, sentira-se ligado a ela mais do que tudo. Ao acordar, ela não estava mais do seu lado, mas sim a escrava koltrana. Kythor se havia perguntado o que teria sido isso, mas, em seu íntimo, agradecera a possibilidade de ter tido essa experiência. Agora ele teria de falar com o seu contato na cidade. Kestrel. Esse era o nome.

Kythor se lembrava de, antes de todos acordarem, sair do palácio em direção à embaixada koltrana. Lá se encontrara com Kestrel.

– Você é Kythor, correto?

– Sim, eu falo com o glorioso Kestrel, eu presumo?

– Sou Kestrel. Meu contato em Bragança me avisou de sua vinda. E então? Tem alguma informação útil para mim?

– Sim. A missão de meus companheiros humanos é o transporte de uma arma ancestral em estado imaculado de volta a Bragança. Para esse fim, uma grande soma de dinheiro foi trazida a Upanishads para o pagamento.

– Entendo. E vocês vão partir agora?

– Ainda não sei de nossa movimentação futura.

– Muito bem, muito bem. Você bem que pode vir a ser útil. Vou mandar contatos para saber do seu paradeiro onde você e sua comitiva pararem. Assim, poderemos fazer uma emboscada e pegar essa arma para Kalanor.

– Meus amigos serão feridos?

– Isso faz diferença? Você não quer deixar de ser akl?

– Não se eles precisarem se ferir.

– Então, você honra esses humanos?

– Como koltrano a honra é tudo.

– Muito bem, então. Se for possível, eles não serão feridos.

– Então manterei o fluxo de informações sempre que for possível.

– Meus contatos vão se encontrar com você. Precisamos de uma palavra chave para nos reconhecermos.

– Apenas qualquer koltrano que falar a palavra Danya. Eu reconhecerei como seu agente.

– O que essa palavra significa?

– Significa alguém do passado.

– Muito bem, então.

Kythor se lembrava de retornar ao palácio e da incrível sorte que tivera. Pois o palácio estava em comoção. Um eunuco havia sido morto por Gusmão enquanto tentara roubar a arma. Na confusão, ninguém percebera sua saída e retorno. Quando, mais tarde Kythor, ao invés de ir para a igreja de Helion com os outros, afastara-se para se encontrar com Kestrel e acertarem os detalhes da emboscada, o fato de ter encontrado Peter andando meio abobado na parte mais profunda da cidade, onde ficavam os necromantes, o havia feito parar e não completar essa parte da missão para Kestrel. Kythor se lembrava de ter tentado fazer Peter acordar de seu transe, mas nada que fizesse conseguia reverter o quadro. Então, Kythor se lembrava de carregar Peter nos ombros e levá-lo para a igreja de Helion, onde Túlio e Abhaya haviam podido ajudá-lo. Então, todos foram confrontar Anton e as revelações daquele momento. O fato de que ele era um ser de outra raça, disfarçado como humano, e que pretendia a morte de Pedro. Tantas revelações e tantas dores!

– Você se pergunta sobre Anton, não é, Kythor?

Kythor olhou com seu único olho para o carcereiro que o observava pelas grades. O fluxo de memória subitamente cessado por essa interrupção inusitada.

– Responda, akl.

– Como sabe disso?

Para seu horror, Kythor viu que as portas da masmorra fecharam-se e o carcereiro, conforme se aproximava, tinha suas feições koltranas alteradas, como uma figura de cera que derretia, revelando um ser de aspecto grotesco, os olhos de cobra como os de Anton, os dentes como presas, as mãos enormes, mas um rosto de velho. De alguém que já deveria estar morto há muitos milhares de anos.

– Eu faço as perguntas aqui, akl. Você me trouxe uma nutrição extremamente saborosa nessas horas que permaneceu aqui. Acho que vou até relevar a petulância daquela koltrana. – ele falou isso, enquanto colocava um dos dedos compridos no olho perfurado de Kythor, que urrou de dor enquanto via com o outro olho o abjeto ser lambendo os fluidos brilhantes que escorrem da ferida.

– O que é você? – perguntou Kythor em meio a sua dor.

– Você já encontrou outros do meu tipo quando mataram Morkhal. Ou Anton, que é como o conheciam.

– Você é um deles?

– É obvio, não é? Sabe, vocês koltranos têm um gosto muito ruim. Só não são piores do que os insetos, mas o que fizeram com os seus escravos humanos! Que delícia! Vocês os levam ao desespero mais absoluto e os tornam ainda mais apetitosos! Ainda bem que muito poucos sabem dessas delícias. – e o estranho personagem mordeu com suas presas Kythor no pescoço. Preso como estava, ele não pôde fazer nada.

– Então, vocês também estão manipulando os koltranos?

– Seu tolo, vocês todos são comida. Assim que os humanos caírem, vamos nos livrar de vocês também. Delicioso o seu gosto, bem temperado de desespero. – falou o monstro, enquanto lambia os lábios do sangue de Kythor que se esvaía pela ferida aberta. A fraqueza o dominava. A perda de sangue o impedia de pensar com mais clareza, e Kythor, antes de desmaiar, pensou ouvir.

– Você ainda não morre agora, seu tolo. Eu quero saborear o desespero da sua mulher e filho amanhã. Portanto durma. Vou me banquetear amanhã.

Kythor não pôde evitar perder os sentidos e, em meio ao turbilhão de pensamentos que o assaltavam, suas memórias o levaram para quando teve o segundo encontro com Kestrel.

– Estou desapontado com você, Kythor. Se tivéssemos conseguido essa arma ancestral, com certeza teríamos agora como fazer para que você deixasse de ser akl. No entanto... Agora acho muito difícil que você consiga.

– Preciso de outra chance. Tivemos muitas intercorrências e isso me impossibilitou de avisá-lo sobre a partida.

– Claro e isso lhe trouxe um título de nobreza humana, não é mesmo? Estou começando a achar que você, na verdade, prefere ficar com os humanos mesmo.

– Quero voltar ao meu povo.

– Será que quer mesmo?

– Você sabe que sim, Kestrel.

– Sem "glorioso", nobre Kythor?

– Perdoe-me. Estou nervoso, glorioso.

– Muito bem, vamos lhe dar uma nova chance. Pelo que você me falou, vocês partirão com as "águas dos deuses", não é?

– Sim. Pelo que me foi informado vamos partir de Império com essa carga, direto para Upanishads.

– Muito bem, então vamos usar o mesmo grupo de mercenários que da outra vez voltou de mãos vazias. Espero que dessa vez eles voltem com a carga esperada.

— Acho que tudo isso vai funcionar, Kestrel.

— Vamos ver...

O fluxo de memórias pulou mais uma vez. Agora para o momento em que, já em Bragança, Kythor fora confrontado por Klerio.

— Kythor!

— Klerio.

— Como isso foi acontecer? Kestrel está irritadíssimo com você. Os mercenários foram todos mortos ou capturados e, mais uma vez, você falhou.

— Mais uma vez as coisas fugiram do meu controle. Não tinha como prever a troca do caminho.

— Ele recomendou que todas as suas tentativas de se restabelecer como koltrano fossem negadas daqui em diante.

— Eu... Entendo...

— Mas você tem uma sorte muito estranha, meu amigo.

— Como assim?

— Recebi uma comunicação direta de Klestrom.

— O grande klion?

— O próprio. Ele me informou que você deve andar, a partir de agora, acompanhado de um humano.

— Não entendi, meu amigo. Primeiro, o que o grande klion, do instituto de desenvolvimento mental de Kalanor, quer comigo e, depois, o que é essa coisa de andar com um humano?

— O que ele quer, eu não sei. Mas o humano em questão é um muito estranho. É chamado Tobias. Ele vai posar de seu guarda-costas e deve andar sempre junto de você.

— Não preciso de um guarda-costas.

— Se você tem qualquer esperança de algum dia reaver seu status koltrano, é isso que você vai fazer. O grande klion não brinca. Ele deve ter algum motivo para fazer o que fez.

— E onde está esse humano?

— Venha comigo.

Kythor caminhou nas lembranças pelo corredor escuro e, entrando numa sala escura, percebeu que não estava apenas se lembrando, mas sim, como da outra vez, sonhando. Sentado numa poltrona estava um humano vestido de maneira muito estranha. Uma calça azul de um tecido indefinido, botas de couro, com pequenas estrelas de metal presas por trás delas, uma camisa amarela e uma jaqueta de couro escuro. Além disso, um chapéu de couro claro. Na boca, havia um rolo de papel com a ponta em brasa, enquanto o personagem respirava a fumaça Os olhos malignos observavam Kythor entrar. Mas o que o alertara para o fato de estar sonhando não foi isso, e sim o fato de que Danya estar sentada ao lado de Tobias, ligada a ele por uma aura dourada. Enquanto Kythor observava a si mesmo se apresentando ao personagem inusitado que solta baforadas da fumaça mal cheirosa em sua direção, Danya se levantou e veio ter com ele mesmo, Kythor. Não o do sonho, que estava falando com o guarda costas, mas sim ele mesmo, o que estava do lado de fora do sonho, e preso na parede da cela, observando essa lembrança por seu único olho.

– **Meu amor.**

– Danya.

– **Eu o avisei de que você me encontraria em um sonho novamente e aqui estou.**

– Mas como pode ser isso? Koltranos não sonham. Eu estava me lembrando do meu passado e das escolhas erradas que fiz.

– **Calma. Há muito o que acontecer ainda com você, meu amor. Mas eu preciso que você seja forte. Você ainda sofrerá muito. Mas isso é indispensável. Acredite, se me fosse possível, eu o pouparia de tudo isso.**

– Não entendo Danya, meu... amor...

– **Ah, Kythor. Como eu desejava ouvir isso de você!**

Kythor podia ver a Danya dourada chorando como antigamente. Ele tentou abraçá-la, mas seus braços presos não lhe permitiram fazê-lo. Ao mesmo tempo em que via isso, ele via a cena misturada dele mesmo saindo com Tobias para ir encontrar-se com Gusmão, antes de se encontrarem com Maloriak pela primeira vez.

**– Não se preocupe comigo, meu amor. Eu fico bem. Apenas se preocupe em não morrer. Se achar que vai conseguir escapar, lute. Não posso ajudá-lo mais do que isso. Mas tenha certeza. Eu estou sempre do seu lado.**

Ela o beijou com seus lábios dourados, enquanto, em suas memórias, Kythor falava com o estranho lich que era Maloriak. O entendimento de sua missão e da importância para o futuro do mundo tornava ainda mais difícil o acordo que havia feito com o capitão Keldon. Enquanto a Danya dourada desaparecia, Kythor pensava nos acontecimentos dos últimos dias, em especial esse último longo dia que estava vivendo.

Kythor se lembrou de quando veio contatar o Capitão Keldon.

– Capitão Keldon, obrigado por me receber.

– Olá, Kythor. Você me foi recomendado pelo klion Klestrom. Estranho. Mas em que lhe posso ser útil?

– Vim informar que estamos na cidade eu e alguns companheiros humanos para roubar o fluido facilitador de fusão.

Kythor se lembrava de como o capitão o olhara enquanto falava.

– Por que está me contando isso? Você não está louco. Certamente sabe que terei de prender você e seus companheiros.

– Sim, eu o sei. Espero que isso aconteça, realmente. Mas isso não é o mais importante.

– Como assim? – dissera o capitão, agora meio desconfiado.

– O que aconteceu foi que encontramos uma das naves ancestrais humanas e queremos abastecê-la. Ela está funcional, mas sem combustível. Por isso, vim avisá-los. Se Kalistak capturar essa nave, terá uma carta imbatível. Que eu saiba, não existem outras operacionais nos dias de hoje.

– Entendo. E por que está me contando isso?

– Quero que seja revogado meu status de akl para que eu possa voltar a viver como koltrano. E acho que não haveria serviço maior que fosse possível realizar para toda a espécie koltrana.

– Entendo. Se isso se mostrar verdadeiro, você com certeza terá essa recompensa. Onde estão seus companheiros?

– Estão na estalagem do K'leszt gritador. Estão aguardando a noite para poderem sair e tentar roubar essas provisões.

– E por que você está aqui? Por que eles o deixaram sair?

– Eles esperam que eu faça o reconhecimento do terreno e prepare o caminho para o roubo.

– Então, você os está traindo?

Kythor se lembrava da dor moral que sentira quando lhe fora feita essa pergunta. Sim. Essa seria a verdadeira traição. Ele iria trair os seus amigos para que pudesse recuperar seu status. A compreensão final do que ele realmente fizera o fez entender que, mesmo tendo ele servido a pátria, ele acabara por trair a única família que o acolhera sem se preocupar com raça ou passado. E, finalmente, nessa cela escura, ele compreendia o quanto havia errado.

O maldito carcereiro retornou, já metamorfoseado em koltrano novamente, junto com soldados. Eles o retiraram de suas algemas nas paredes e o arrastaram para a praça da cidade. O carcereiro sussurrou em seu ouvido:

– Pena que sua mulher forçou Kholmor a voltarem para Klang. Acho que a sua dor seria maior com ela aqui, mas, pelo menos, seu filho vai ser o seu executor.

Kythor foi levado para o centro da praça. Onde havia um bloco raramente usado para a decapitação dos prisioneiros. Lá, ele viu um rapaz forte e grande portando o machado. Seu filho! Como seria bom poder abraçá-lo! Agora a morte o levaria desse mundo de dor e ela viria pelas mãos de seu filho. Kythor não conseguia prestar atenção ao que o mais alto lorde da Guilda do Machado estava falando. Algo sobre traição. Ele só conseguia olhar com seu olho bom para o rapaz e, vendo-o forte e saudável, conseguiu sentir o orgulho de ser o pai de alguém tão forte e digno. Ele esperava que o rapaz, cujo nome ignorava, mas esperava contra todas as possibilidades fosse o que haviam escolhido, ele e Khalia, há tantos anos, tivesse mais sorte que ele tivera na vida. Assim que a preleção terminou e Kythor foi colocado no local designado, a multidão o vaiou e chamou de traidor, enquanto o carcereiro se colocava bem próximo para, com certeza, melhor "saborear" sua dor.

Conforme seu filho se aproximava, portando o machado que seria o seu fim, Kythor só conseguia pensar em Danya. A bela humana que o amara.

Nesse momento, uma grande explosão se ouviu. A multidão cessou as vaias e olhou, estupefata, para os céus. Kythor, de sua posição, não conseguiu ver o que havia, mas a voz que ouviu devolveu ao seu coração, como que numa onda de calor, a esperança.

– Aqui quem fala é Gaspar de Gusmão, o Cascadura de Bragança. Vocês capturaram um amigo meu. Pois bem, eu exijo que ele seja libertado imediatamente. Vocês viram o que um tiro de aviso pode fazer. Imaginem se liberarmos todo o poder de fogo que possuímos? Portanto, eu digo: tragam Kythor aqui.

Os guardas o soltaram do local de execução e Kythor pôde ver, com seu olho que ainda brilhava, a nave que haviam desenterrado flutuando suavemente. Enorme como a vida e ameaçadora como a morte. Suas luzes a iluminavam, destacando as belas paredes brancas que reluziam à luz do sol brilhante de Damocles.

Rapidamente ele foi levado para a nave, que pousou suavemente. Ao seu lado, estava o capitão Keldon. Por baixo da nave, uma porta se abriu e uma escada desceu trazendo, vindos da luz interior do veículo, que, mesmo à claridade solar, ofuscava os olhos, Gusmão e Aaron que desciam nobremente, se colocando próximos a ele. Kythor viu que Gusmão o olhava preocupado, mas Aaron o olhava com nojo.

– Por que se deram ao trabalho de tentar resgatar esse traidor? – perguntou o Capitão Keldon.

– Traidor? – perguntou Gusmão.

Kythor observou Aaron fixando-o com firmeza e, quando o Capitão Keldon ia falar, decidiu pular em sua direção para impedi-lo de espalhar ainda mais a sua vergonha, mas, com uma súbita pancada de dor na parte de trás da cabeça, tudo escureceu e ele não via mais nada.

## Synthia

As condições do pequeno reator de Mykrantz estavam boas, apesar de todos os milênios de inatividade. Synthia pensava agora que fora bom ter tomado as aulas de física dos fluidos improbabilísticos quando estivera na universidade junto com James havia tantos anos. Na verdade, seu cérebro estupendo podia calcular a probabilidade de, de acordo com as equações de Mykrantz, ela se encontrar numa situação tão impossível como essa em que se encontrava agora. E esse cálculo hexadimensional levava bem alguns minutos para ser completado enquanto suas sub-rotinas automáticas mantinham o plano de voo traçado anteriormente.

O capitão Highguard, mesmo em sua atual forma monstruosa, fora bem claro. Eles deveriam retornar imediatamente. Synthia pudera contrariar essa ordem somente devido à enorme quantidade de vidas humanas em risco na escravidão dos koltranos. Desde quando haviam libertado os escravos, tanto em Kalistak quanto em Klang, ela vinha fazendo esse cálculo, utilizando-se de seu subprocessador matemático. Mais e mais rotinas computacionais foram-se tornando necessárias conforme o cálculo começava a alcançar o infinito, contornável normalmente por Mykrantz por seus artifícios trigonométricos. Só que aqui, mesmo esses artifícios, estavam se provando difíceis. Synthia pensava se os cálculos afinal se mostrariam infinitos e se teria de se utilizar de um comando de parada, quando a solução apareceu na tela de seu pensamento. Agora, essa solução era tão absurdamente improvável que ela pensou o impensável. Que deveria ter errado nas contas... Isso era obviamente impossível por sua própria natureza. Só que os cálculos mostravam o impossível, e, no entanto, lá estava. Claro como o sol. O impossível manifesto.

Synthia havia encontrado uma falha na matriz da realidade. Essa falha fora ativada pela combinação da contração do espaço tempo com o uso simultâneo do gerador de improbabilidade dentro do túnel dos ancestrais. Agora estava claro. Eles não estavam mais sujeitos exatamente às mesmas leis físicas. Havia diferenças. No seu conjunto, essas leis se mostravam iguais às do universo dela, mas com algumas sutilezas imponderáveis. Ela, quando conseguissem resolver os problemas graves que afligiam a humanidade desse mundo, que afinal era a sua diretriz operacional principal, iria dedicar-se a esse estudo. Quem sabe ela conseguisse, como Mykrantz havia feito tantos milênios e a um universo de distância. O salto de gênio que abriria as portas da realidade para todos. Só que, agora, eles voavam celeremente por sobre o continente.

Seu deslocamento pelos ares certamente pressagiando um trovão do estrondo sônico que sua passagem gerava, indo em direção ao local adequado para se encontrarem novamente com Highguard. O koltrano ainda estava desacordado no chão, o golpe de Aaron fora provavelmente forte demais. Synthia não tinha como checar os monitores médicos, que estavam danificados desde a queda com James havia tanto tempo, mas bastava olhar para perceber que ele havia sofrido muito. Com um olho rompido, além de uma aparentemente grande perda de sangue. As negociações sobre ele passavam como um relâmpago em sua memória perfeita. Nas suas memórias de relâmpago, o que ela via, em uma fração de segundo, podia-se resumir assim:

– Traidor? – perguntara Gusmão.

O koltrano Kythor observara Aaron e tentara pular para atacar o capitão koltrano Keldon, sendo atingido na parte de trás da cabeça pelo cabo do machado e perdendo instantaneamente a consciência.

– Por que fez isso, Aaron?

– Ele nos traiu. Ele deve morrer. Foi por causa dele que fomos atacados!

– Ele traiu a todos. – declara o capitão Keldon.

– Aaron, veja se você consegue, aproveitando que estamos aqui, achar algum sinal da sua irmã. – falara Gusmão.

Enquanto Aaron se afastava para falar com os escravos humanos, Gusmão continuava a conversar com o capitão Keldon.

– Por que fala que ele é traidor? Ele traiu vocês?

– Esse akl traiu a todos nós. Não entendo o que pretendia, mas, quando vocês chegaram aqui, ele nos alertou de sua presença e enviamos um pelotão munido de armas ancestrais para os prender ou matar.

– Sabemos que enviaram esse pelotão. Sua emboscada quase teve sucesso na taverna, mas, com a prece de nosso clérigo, conseguimos escapar.

– Vocês humanos e seus deuses. Se eu não tivesse observado em mais de uma vez a eficácia comprovada do impossível que vocês realizam, só teria a zombar. Mas reconheço que, de algum modo que me é impossível compreender, vocês possuem uma vantagem que nós não possuímos. Com isso, escaparam e mataram nosso pelotão. Devem estar orgulhosos.

– Meu amigo, nossos povos podem estar em estado de guerra há milênios, mas eu não desejo mal algum a vocês ou à sua cultura. Entretanto, certas coisas são intoleráveis. O modo como tratam os humanos nas suas cidades é uma dessas coisas. Os escravos da sua espécie não são tratados assim em nenhum de nossos reinos. Essa é a nossa superioridade moral aqui.

– Superioridade moral de amigos de traidores? Me diga, por que eu deveria fazer qualquer coisa por vocês e simplesmente não ordenar um ataque, suicida eu sei, contra vocês e essa nave?

– Primeiro porque seria suicida, como você mesmo afirmou. E, segundo, porque estamos dispostos a poupar a todos na cidade, apesar do que fizeram a nosso amigo e aos escravos humanos. Mas exigimos a libertação de todos os escravos. Além da promessa de honra de que não os perseguirão.

– Isso você conseguirá de mim se eu tiver a promessa de honra de que não atacarão a nossa cidade, nem os nossos habitantes.

– Feito, então, capitão Keldon. – Gusmão estendera-lhe a mão.

– Você é um humano muito peculiar, Gusmão. Quem sabe nos encontremos de novo em situação melhor?

– Espero que sim.

Aaron viera com a informação de que sua irmã talvez estivesse em Klang. Gusmão ordenara, então, a todos que entrassem na nave e, em minutos, eles sobrevoavam a cidade de Klang. Ali, Gusmão repetira, de certa forma, a sua fala anterior:

– Atenção a todos. Aqui quem fala é Gaspar de Gusmão, o Cascadura de Bragança. Exijo falar com o líder da cidade.

Em breves instantes, de uma das casas, saíra um koltrano um tanto envelhecido, mas andando a passos decididos.

– Você é o responsável pela cidade? – perguntara Gusmão, já em terra.

– Me chamo Kholmor.

– Muito bem. Estamos em busca de uma escrava humana em particular. Mas devo informá-lo que, por virtude moral, estamos libertando todos os escravos humanos daqui.

– Virtude moral?...

– A maneira como são tratados os escravos humanos é imoral. Como conseguimos os meios de fazer valer esse fato, estamos impondo essa realidade a vocês.

– Entendo...

– Sophia!

Gusmão virara-se e vira Aaron abraçado a uma humana. O velho coração de Gusmão dera uma batida fora do compasso ao ver o gigante, como uma criança, abraçado à irmã que chorava junto com ele. Voltando-se novamente para Kholmor, que os observava, temeroso, Gusmão falara:

– Muito bem, então. Podemos contar com a sua cooperação?

– Sim. Não há outra coisa que eu possa fazer.

– Ótimo.

Gusmão vira Aaron se aproximando com o machado, em direção a Kholmor, e falando:

– Então, foi esse que escravizou você?

– Sim, meu irmão, mas ele sempre me tratou bem, por favor, não o mate.

Aaron parara diante de um Kholmor, que tremia levemente ao observar a lâmina do machado empunhado pelo imponente gigante.

– Não quero que aqui tenha mais escravos.

– Se-seu companheiro já me informou disso.

– Ótimo. Todos estão livres. Se vocês tentarem persegui-los, nós voltaremos.

Gusmão mais uma vez orientara os escravos na direção de Bragança. Se eles pudessem levar todos na nave, certamente o fariam, mas isso era impossível. A urgência de sua missão os impedia de tentar fazer qualquer outra coisa por essas pobres pessoas.

– Aaron, como está a sua irmã? – perguntara Gusmão ao gigante, que acabara de ajudar a pobre Sophia a se vestir com umas roupas dos ancestrais, que estavam guardadas na nave.

– Ela está bem, senhor Gusmão. Coloquei a minha irmã para dormir. O Senhor Abhaya disse que o melhor para ela era que dormisse e descansasse.

– Fico feliz em ouvir isso. Acho que, afinal, fomos realmente abençoados por Helion naquele dia não é meu amigo?

– É verdade. – nesse momento uma lágrima caiu do olho do gigante.

– Se não estivéssemos nessa missão, eu nunca teria encontrado a minha irmã.

– Como está Kythor?

Aaron desviou o olhar antes de responder.

– Acho que o koltrano ainda não acordou. Se ele realmente tiver nos traído, vou acabar com ele.

– Calma, meu amigo, não devemos julgar apressadamente. Ele podia estar sob alguma pressão que desconhecemos. Mas, me diga, na pressa toda e nos acontecimentos que passamos, não tive a chance de perguntar, o que aconteceu a vocês lá em Kalistak?

– Bom, chegamos à cidade e o Kythor nos levou para uma hospedaria. Quando chegamos lá, ele falou para ficarmos no quarto, pois tentaria ver como faríamos para poder pegar as águas dos deuses.

– E o que aconteceu?

– O Zordak decidiu que sairia antes dele retornar, pois sabia onde poderia haver dessas águas.

– E foram essas que ele pegou que vocês trouxeram para a nave?

– Sim.

– E como ele pegou essas águas?

– É melhor perguntar para ele.

Gusmão se aproximou, então, de Zordak que observava Synthia pilotando a nave. Era difícil para Gusmão perceber se ele observava os movimentos para aprender ou se também está extasiado com a beleza da mais nova integrante do grupo.

– Zordak?

– Sim?

– Posso lhe perguntar uma coisa?

– Já perguntou, senhor, mas imagino que vá perguntar outras. Pode prosseguir.

– Certo... Quando estavam na cidade, por que decidiu você mesmo pegar as águas dos deuses?

– O koltrano me parecia meio ansioso. Achei melhor eu mesmo providenciar para que a missão fosse bem sucedida.

– Como procedeu?

– Dentre minhas habilidades, está a arte da furtividade. Eu saí sem ser visto pelos koltranos e me dirigi à filial do Instituto Klion deles.

– O que é isso?

– O instituto seria algo equivalente ao instituto Dayton. Lá, nessa filial, consegui matar os guardas sem ser visto e roubei nossa carga.

– E o que houve, então?

– Retornei para a estalagem, para aguardarmos o retorno do koltrano. Uma vez lá, fomos emboscados por koltranos portando armas ancestrais. Eles atiraram primeiro e fizeram perguntas depois. Por sorte, não fomos atingidos. Consegui matar alguns deles e o gigante matou outros. Quando vimos que seríamos dominados, o clérigo fez alguma magia que nos levou a voar pelas nuvens. Com isso, pudemos escapar enquanto eles se reagrupavam. Acho que o clérigo pode explicar melhor a magia que fez.

– Obrigado.

Gusmão observou Zordak voltar sua estranha face para a piloto da nave. E se perguntou se, apesar da sua eficiência, seria algum dia possível esse estranho personagem ser considerado um amigo como os outros. Aproximando-se de Túlio, Gusmão falou:

– Irmão Túlio.

– Meu irmão Gusmão.

– Posso interromper as suas preces?

– Sim, meu amigo, sem problemas, em que posso ajudar?

– Pode me falar como fizeram para escapar com as águas dos deuses de Kalistak?

– É claro, meu amigo. Helion nos ajudou e pudemos sair de lá no momento exato em que uma rajada destruidora das armas dos koltranos pôs o prédio abaixo.

– Eu soube pelo Aaron e Zordak que houve luta.

– Sim, meu amigo, tivemos de lutar contra os koltranos que nos atacaram. Aaron e Zordak mataram alguns dos atacantes, mas quando as rajadas destruidoras começaram, eu percebi que era a hora de orar a Helion por uma fuga rápida.

– E como fizeram isso? Quando chegaram, vocês vieram pousando dos céus como se viessem pelas nuvens.

– Sim, foi exatamente isso que fizemos.

– Como?

– Uma das preces de movimentação mais poderosas que eu conheço é aquela que me permite e a outros a andar nas nuvens. Com saltos muito rápidos podemos passar de nuvem em nuvem e rapidamente chegar ao nosso destino.

– Entendo, por que nunca usamos essa prece antes?

– Ela é especialmente cansativa para mim. Eu me torno inútil após utilizá-la muitas vezes, necessitando de meditação e descanso para recuperar minhas forças.

– Entendo. Não vou perturbá-lo, meu amigo. Pode descansar.

– Obrigado. Vou ver se consigo dormir um pouco.

Gusmão saiu, então, à procura de Abhaya. Ele o encontrou junto à irmã de Aaron, que dormia. Com suas mãos, tocava o rosto da mulher e, com os olhos fechados, parecia estar concentrado. Quando percebeu a presença de Gusmão, retirou rapidamente as mãos da menina e perguntou:

– Gusmão, como posso ajudar?

– Abhaya, Túlio me falou que está muito cansado depois da fuga que efetuaram. Assim, pensei em falar com você para que preste especial atenção para onde vamos, pois, se houver perigo, creio que, sem Túlio, podemos estar em desvantagem, principalmente contra mortos- vivos.

Nesse momento, a voz de Synthia ecoou pelo ambiente.

– Senhores, acabo de receber uma mensagem de Maloriak. Ele foi atacado e me passou novas coordenadas para um novo ponto de encontro. Devemos seguir para lá?

– Abhaya, vou falar com ela, me desculpe. Vá descansar e recuperar suas forças, creio que vamos precisar de todos para poder completar nossa missão.

Gusmão, então, saiu e foi encontrar-se com Synthia, que aguardava sua presença.

– Então, o que faremos? Vamos ao novo ponto de encontro?

– Creio que, se ele está sob ataque, é melhor seguirmos o que falou.

– Perfeito, capitão. Estou colocando as novas coordenadas para nosso destino.

– Não sou capitão, Synthia, só um velho soldado.

– O senhor comanda essa nave, então é o nosso capitão.

– Vou ver Kythor. – riu Gusmão.

– Sim, senhor capitão. – respondeu Synthia, com um sorriso meio brincalhão.

"Ah os jovens. Se bem que ela, pelo visto, é muito mais velha do que eu mesmo. Seria bom achar alguma maneira de corrigir essa minha decrepitude incipiente. Talvez falando com Maloriak..." pensava

Gusmão, enquanto se aproximava do quarto onde o seu amigo estava desacordado.

Abhaya havia colocado um curativo para cobrir o olho destruído de Kythor, mas observara que não sabia se ele ia conseguir sobreviver. Aparentemente, pelo que seu artefato pôde ver, ele havia perdido muito sangue e se encontrava a um passo da morte. A pancada na cabeça que Aaron lhe dera também não ajudara em nada e Gusmão temia que Kythor pudesse morrer sem que eles soubessem o seu lado da história.

"Pobre Kythor.", pensava Gusmão. "Quais terão sido as dificuldades e tentações pelas quais ele passou?" Enquanto Gusmão observava o koltrano desacordado, pôde ver que Tobias se encontrava ao lado dele, sentado numa cadeira e com as botas de couro apoiadas num banquinho, o chapéu parecendo encobrir os olhos doentios. Embora não parecesse preocupado, pois ele mantinha uma postura aparentemente desleixada, aos olhos experientes de Gusmão revelava uma atenção alerta.

– Você leva seu trabalho de guarda-costas bem a sério, não é, Tobias?

O chapéu se moveu com a mão de Tobias, mostrando-o acordado e alerta. E ele respondeu:

– Eu sempre honro meus contratos. Exceto quando não os honro.

– E o seu contrato era para proteger Kythor, não é?

– Sim. Enquanto ele não me dispensar, ou não morrer, tomo conta da vida dele.

– Ele está pagando muito, Senhor Tobias?

– Estou sendo extremamente bem pago. Então, prefiro ele vivo.

O guarda-costas retornou à sua posição anterior e Gusmão deixou a sala. Foi-se colocar ao lado de Synthia, que, incansável, estava pilotando a nave.

– Olá, capitão.

– Olá, navegadora.

O pequeno chiste arrancou um risinho quase infantil de Synthia.

– Estamos chegando em mais uma a duas horas, capitão. O senhor deveria descansar para se preparar para o que os aguarda.

– Esses meus velhos ossos precisam mesmo de descanso.

– Quantos anos o senhor tem, capitão?

– Tenho cinquenta anos.

– O senhor é um jovem!

– Estou velho, minha querida. E cansado.

– James tinha cento e quarenta e cinco anos quando nos casamos.

– Ele era quase um bicentenário, então?

– Bicentenário?

– É como chamamos os homens de Dayton que, por seus artifícios, conseguem viver mais que duzentos anos.

– Qual é o tempo de vida médio de um humano aqui?

– Na média vivemos algo em torno de cinquenta anos. Então, eu já sou muito velho.

– Cinquenta anos... – ela parou, pensativa e, virando-se para Gusmão, falou:

– As condições de vida aqui devem ser realmente terríveis.

– Nas cidades, as pessoas vivem mais. Mas é raro alguém com mais de cem anos. Exceto em Dayton.

– Isso precisa mudar!

– Creio que é por isso que Maloriak luta. Eu me pergunto o que poderia fazer alguém abdicar de sua humanidade, da maneira como ele fez. Creio que estamos do lado certo nessa luta. Por mais estranho que ele pareça.

– A imagem que vi era de um corpo animado. Como um boneco grotesco.

– Aqui existem pessoas que possuem o poder da necromancia. Por meios mágicos, eles conseguem animar corpos e fazer com que sigam as suas ordens. Pelo que entendi, Maloriak fez isso no seu próprio corpo. De certa forma se tornando imortal embora morto.

– Magia. Sempre achei que isso não passava de estórias antigas de um tempo onde a ciência não era bem entendida. Talvez esse Maloriak não seja o que aparenta.

– Você viu as preces do irmão Túlio em funcionamento. Embora não sejam ligadas à magia do mundo, são um tipo de magia ligada aos deuses. Maloriak disse que ele criou os deuses no passado, a partir das máquinas dos ancestrais, mas que esses deuses evoluíram e se tornaram mais. Deuses de verdade.

– Tudo isso é muito confuso para mim. Não nego que os efeitos físicos que observei foram reais, mas eu precisaria fazer experimentos antes de aceitar essa explicação.

– Eu entendo a sua confusão. Mas, pelo que posso sentir, ela é oposta à que nós sentimos.

– Como assim?

– Veja o Abhaya por exemplo. Ele estudou em Dayton, possui um artefato ancestral e, mesmo assim, refere que alguma coisa o impede de avançar. Sempre que tenta, encontra uma espécie de barreira ao seu entendimento que só a muito custo pessoal consegue vencer e nem sempre consegue.

– Todos os habitantes do mundo sofrem disso?

– Pelo que eu sei, todos sofrem. Os koltranos, um pouco menos, aparentemente. Mas todos sofremos disso.

– Preciso descobrir a causa disso. A Humanidade não pode viver aqui para sempre com seu potencial máximo tolhido.

– Creio que não poderia haver missão mais importante.

– Descanse agora, capitão. Eu o acordo quando estivermos chegando.

Synthia observou Gusmão ir deitar-se e sua mente vagou pelos estudos que fizera havia milênios. Ela tentou traçar paralelos com os fenômenos observados (poucos, era verdade) com os conhecimentos que ela já possuía. Eram necessárias mais observações para que se pudesse traçar uma hipótese mais conclusiva sobre tais fenômenos e, por enquanto, "magia" podia explicar isso tão conclusivamente quanto qualquer coisa que ela pudesse pensar. Nas poucas horas de que ainda dispunha para pensar, enquanto se dirigiam para o novo roteiro traçado por Maloriak em sua última transmissão, Synthia checou os sistemas da nave, suas próprias reservas internas e arquivou para futura referência o fato de que, em breve, iam precisar de recarga. Dayton parecia ser o lugar mais provável para conseguirem isso e ela achava que deveriam procurar economizar, na medida do possível, as reservas dos fluidos de Mykrantz.

Conforme seguiam, Synthia podia ver pelos monitores que estavam se aproximando da costa leste de Humanitas, o continente predominantemente habitado pela Humanidade. O céu estava tempestuoso, com uma neve fria caindo ao redor da nave. Os ventos fortíssimos tentavam em vão desviar o seu curso, mas os compensadores inerciais estavam funcionando bem e não havia nenhum solavanco no interior da nave. Synthia avisou pelos auto falantes que estavam chegando ao seu destino e pediu a todos que se apresentassem à ponte. Embora essa nave fosse pequena para os padrões colossais aos quais Synthia estava acostumada, ela, ainda assim, era bem grande, pois, embora tivesse sido utilizada por ela e James como módulo de fuga, na verdade se tratava de um pequeno explorador designado para incursões atmosféricas, e, portanto, apresentava uma pequena ponte, além de uma sala de máquinas onde se alojava o reator principal, uma enfermaria e um quarto de alojamentos para os passageiros. A capacidade nominal desse módulo explorador era de seis passageiros, mas ela poderia carregar mais dois facilmente sem sobrecarregar os sistemas de suporte de vida.

Gusmão e os outros chegaram à ponte de comando, e puderam ver pela tela que Synthia estava manobrando a nave em direção à parede rochosa que limitava a terra com o Mar do Leste. Nessa parede, havia, numa reentrância meio oculta, um par de portas onymarianas que se abriram à aproximação da nave. A um olhar de Synthia, Gusmão acenou com a cabeça positivamente e a nave entrou na caverna oculta por trás das portas, que silenciosamente se fecharam atrás dela. Todos os membros da comitiva estavam na ponte de comando olhando a tela, exceto Kythor, que ainda se encontrava desacordado, e Tobias, que não havia saído de junto dele.

A nave flutuou por mais alguns metros e se aproximou de um salão grande, onde, ao fundo, se encontrava um trono de pedra com um corpo sentado nele. Nesse momento, a tela mudou e todos puderam ver a face descarnada de Maloriak enquanto ele falava:

*– Bem vindos. Por favor, pousem a nave e desliguem o campo de força para que possamos conversar sobre o futuro.*

Nesse momento, Abhaya colocou as mãos na cabeça e falou:

– Temos de sair daqui! Estamos em grave perigo!

– Synthia tire-nos daqui. – Gusmão urgiu.

Pela tela, todos viram a face de Maloriak se metamorfoseando num rosto magro, com olhos de cobra, os cabelos oleosos e negros, fazendo-os lembrarem-se de Anton. E, conforme aquele ser falava, puderam ver uma nova transformação se operando. O rosto se achatara e começara a ficar escuro, como se ele estivesse tornando-se uma sombra no chão.

*– Seus tolos! Eu os tenho ago*ra onde quero! Maloriak vai pagar por essa traição!

Conforme a sombra deslizava pelo chão em direção à nave, das paredes laterais dois enormes monstros, como centopeias gigantes, romperam as rochas e atacaram a nave, que recuou. Synthia atirou com os canhões da nave, destruindo uma das criaturas. A outra bateu, violentamente sendo repelida pelo campo de força da nave, mas o golpe havia sido tão forte, que os compensadores inerciais falharam um pouco, fazendo com que todos fossem sacudidos no interior da ponte.

Quando chegaram à entrada da caverna, as portas onymarianas brilharam com seu brilho branco azulado, mostrando-se impossíveis de destruir. A sombra do falso Maloriak se aproximou mais, enquanto a outra criatura mais uma vez atacava. Dessa vez, os reflexos sobre-humanos de Synthia fizeram a nave manobrar para fora do caminho e a própria nave, ou melhor, seu campo de força, esmagou a criatura contra as rochas abaixo.

– Não podemos sair. – exclamou Abhaya.

– As portas estão fechadas. – constatou Gusmão.

– A bruxaria da sombra está chegando. – exclamou Aaron, enquanto agarrava o cabo do machado.

– Helion, nos proteja dos céus! – rezou Túlio.

Synthia olhou para Gusmão e ambos exclamaram:

– Para cima!

Com um hábil movimento, Synthia moveu o nariz da nave em direção ao teto da caverna e atirou. A explosão de rochas caiu por sobre a nave, desviando no campo de força. A nave subiu, enquanto a avalanche caía sobre a sombra, que quase chegara a eles. Pelo visor de ré, eles puderam ver que ela saltava pelas rochas que caíam, tentando, em vão, alcançar a nave, que acelerava rumo aos céus de Helion e à liberdade. Com uma explosão final, na qual a neve que caía foi subitamente afastada e, por momentos, subiu numa nuvem de vapor que saía do chão, a nave rompeu a última barreira, saindo livre do túmulo de rochas e dirigindo-se aos céus, onde não podia ser alcançada pela sombra, que urrou, impotente, no solo.

Gusmão falou:

– Rápido! Vamos ao ponto original! Maloriak pode estar em perigo.

A nave voou em direção à pequena clareira de bosques cercados de montanhas ao norte de Dayton, o ponto de encontro que originalmente havia sido estabelecido por Maloriak. Poucas horas haviam-se passado e ninguém conseguira descansar nesse meio tempo, enquanto observavam as nuvens passando. Túlio se colocou em prece, para dar celeridade à nave, que respondeu movendo-se ainda mais rapidamente.

Em pouco tempo, conforme haviam combinado anteriormente, puderam se ver sobrevoando a grande montanha que protegia Império ao leste e, descendo celeremente as encostas nevadas, chegaram ao bosque oculto. Tanto Dayton quanto Império estavam para trás, embora suas luzes ainda fossem visíveis nas nuvens que, numa grande tempestade, choviam sobre as cidades. O bosque era como uma clareira mágica oculta nas montanhas. As árvores eram altas, com grandes copas e, no centro dessa clareira, uma pequena torre de pedra encontrava-se oculta. Ao lado da torre, puderam ver um terreno plano, coberto com um calçamento escuro com linhas amarelas pintadas indicando uma espécie de alvo.

– É aqui que pousamos. – disse Synthia.

– Espere. – falou Gusmão. – Abhaya, você sente algum perigo aqui como o que enfrentamos na caverna?

Abhaya se concentrou um pouco, mas não percebeu nada, comunicando isso a todos.

A nave pousou e as portas de descida foram abertas. Synthia desceu na frente, acompanhada de Aaron e Abhaya que, para seu espanto, viu um rosto muito familiar.– Instrutor Moral?

– O koltrano está vivo?

– Kythor? – respondeu um perplexo Abhaya.

– Sim. Ele está vivo?

– Sim.

– Não temos tempo a perder. Tragam-no aqui.

Aaron olhou para Abhaya meio confuso, mas esse olhou para Gusmão, que perguntou:

– Quem é o senhor?

– Chamo-me John Moral. Sou instrutor em Dayton e o koltrano é essencial. Precisamos mantê-lo vivo.

– Ele está à beira da morte. – falou Gusmão. – Perdeu muito sangue e não sabemos se sobreviverá.

– Preciso vê-lo.

Abhaya moveu afirmativamente a cabeça, para Gusmão que entrasse com o instrutor na nave. Enquanto isso, o resto do grupo em solo viu Maloriak conversando com uma mulher humana, que, vestida com roupas ancestrais, parecia estar contrariada, mas saiu, juntamente com um rapaz jovem para o interior da torre. Maloriak, então, dirigindo-se ao grupo, falou:

– *Bem-vindos, ainda temos pouco tempo e precisamos nos preparar para a próxima fase da missão.*

– Fomos atacados e enganados. – falou Abhaya.

– *Como foi isso?* – perguntou Maloriak, as luzes azuis em suas órbitas vazias diminuindo consideravelmente de intensidade.

Abhaya explicou, então, sobre a comunicação falsa mudando o ponto de encontro, o ataque que haviam sofrido na caverna, as centopeias gigantes, e o falso Maloriak, que se metamorfoseou primeiro num dos malignos e depois numa sombra.

– *Essa sombra chegou a tocar a nave?* – olhou Maloriak, ansioso, para a nave. As luzes azuis fraquíssimas, porém ocupando toda a cavidade vazia das órbitas. Como se fossem grandes olhos arregalados.

– Não. Conseguimos explodir o teto e fugir antes que ela nos alcançasse.

– *Então ainda temos chance!* – Maloriak se virou enquanto falava:– *Zordak! Leve-os para o salão principal! Preciso explicar-lhes a fase final rapidamente.* – Zordak chamou os outros, que ainda estavam saindo da nave, e deixou Kythor e Tobias irem com o instrutor John Moral para outra parte da torre.

Quando os companheiros chegaram ao salão principal, viram que uma grande mesa apresentava um mapa dos antigos brilhando. Maloriak moveu as mãos pelo mapa, fazendo-o retrair-se e aumentar em algumas posições, enquanto na outra mão segurava um artefato parecido com o de Abhaya.

– *Vejam isso. Vocês precisam entender o que precisam fazer.*

Todos se aproximaram da mesa/mapa e observaram Tuliéres. Maloriak moveu as mãos e falou:

– *Aqui está Tuliéres. Essa cidade é quase totalmente dominada pelos necromantes. Tenho alguns operativos lá que me reportam os acontecimentos. Malachy, o ser que vocês encontraram na caverna, esconde aqui seu maior segredo. E a chance de nossa vitória.*

O mapa mudou e todos puderam ver os contornos da cidade sendo desenhados como numa grade tridimensional por sobre a mesa.

– No centro de Tuliéres, encontra-se a igreja de Helion. A minha central de espionagem.

Túlio olhou assustado para o mapa, pensando no que isso significaria para Josephine. Ele se lamentou não ter podido avisá-la sobre o perigo que corriam enquanto estiveram lá nas outras vezes.

– *Vocês devem se encontrar com Guillon. Meu espião. Ele lhes fornecerá os meios para entrarem na guilda dos necromantes, e trazerem o nosso prêmio.*

O nome de Guillon foi como uma faca no peito de Túlio. Então, o marido de Josephine estava trabalhando para o lich. Eles dois estavam em sério perigo. Se os necromantes os achassem, com

certeza seriam escravizados e mortos, ou mortos e escravizados.
Túlio tomou coragem e perguntou a Maloriak:

– Senhor Maloriak, eu conheço o irmão Guillon. A esposa dele, a senhora Jo-Josephine, também á sua espiã?

– *Eu sempre falo para meus operativos que evitem laços emocionais. Nossas missões são perigosas demais. E entes queridos são um peso quando são capturados ou mortos. A esposa de Guillon não sabe de nada. E provavelmente, como vocês mesmos, morrerá se vocês forem descobertos.*

Túlio sentiu o aperto ainda mais forte no coração. Mas isso aumentara a sua determinação. Ele faria de tudo para que tivessem sucesso e, dessa vez, nada o impediria de avisar Josephine do perigo.

– Senhor Maloriak? – perguntou Aaron timidamente.

– *Pois não?*

– Eu consegui achar a minha irmã. Eu preciso protegê-la. Mas não quero abandonar meus amigos nesse momento de maior necessidade. O senhor poderia protegê-la?

– *Eu terei dificuldade de proteger a mim mesmo. Mas em respeito ao enorme auxílio que estão me dando nesse momento crucial, farei todo o possível para que ela fique segura.*

– Obrigado.

O gigante abraçou a sua irmã e conversou baixo com ela, explicando que mesmo a bruxaria do morto vivo podia ser boa se usada para melhorar as coisas. Sophia olhou com medo para o lich, que continuava a explicar os planos:

– *Como falei anteriormente, Malachy e os de sua raça dependem do sangue de seres inteligentes para sobreviver. Malachy, quando foi originalmente expulso de Ellan, trouxe consigo um escravo. Esse escravo o manteve com seu poder no máximo por todos esses milhares de anos. Se conseguirmos resgatá-lo, além de podermos conseguir ajuda em Ellan, enfraqueceremos Malachy e aí teremos chance de derrotá-lo.*

– E onde iremos encontrá-lo? Você falou que ele está em Tuliéres. Mas se ele é tão importante assim, com certeza deve estar sendo muito protegido. Seu homem lá, o Guillon, será que ele poderá nos ajudar?

*– Eu lhes fornecerei os meios ancestrais para que consigam entrar no local onde ele está sendo mantido prisioneiro. Porém, para chegarem lá a tempo, precisaremos do auxílio de Plutônium.*

Túlio se espantou com a sugestão e perguntou:

– Como assim?

A comitiva podia ver aproximando-se uma mulher negra, vestida com um manto cinzento. O rosto parcialmente coberto pelo manto de Plutônium.

*– Esta é Tulala, clériga de Plutônium.* - disse Maloriak. *– Ele lhe forneceu o poder que necessita para gerar um portal negro entre onde estamos e Tuliéres.*

– Mas estamos a muitos quilômetros de distância. Será que ela vai conseguir?

– Maloriak me garantiu que eu conseguiria fazer. Eu acredito nele. – respondeu Tulala.

Os clérigos de Plutônium costumavam usar mantos escuros com desenhos intricados lembrando padrões geométricos. Os altos clérigos vestiam mantos feitos com tecidos ancestrais, não os tecidos indestrutíveis, quais os que a comitiva recebera de recompensa do rei Pedro, mas sim tecidos decorativos, cujos padrões geométricos variavam em um movimento lento e contínuo, gerando um efeito um tanto hipnótico em quem os observava.

*– Então, estamos acertados. Vamos ao portal dimensional.*

– E quanto a Kythor? – perguntou Gusmão.

*– O destino dele não está mais nas suas mãos. Há outros poderes em atuação aqui, além dos meus. E Kythor, agora eu vejo, é necessário em outro lugar.*

– Como assim? –perguntou Gusmão, enquanto andavam pelos corredores da torre.

*– A deusa Nyt me requisitou o amigo de vocês. Ela precisa dele para outros propósitos fundamentais na derrocada dos inimigos de nosso mundo.*

– A deusa falou com você? – perguntou Gusmão, um tanto estupefato.

*– Vocês se lembram que eu afirmo que criei os deuses. Assim, tenho, de certa forma, algum contato privilegiado com eles. Nyt está numa cruzada fundamental para o nosso sucesso e Kythor é peça-chave disso. Não posso divulgar mais*

*informações a respeito disso.*

– E ele vai ficar bem? – perguntou Gusmão, preocupado.

*– Seu corpo está sendo tratado agora. Ele foi muito afetado enquanto esteve preso por um de nossos parasitas malignos. Os koltranos não estão livres da influência deles. Oh, não! Muito pelo contrário. Agora sua mente está sendo tratada pelo instrutor John Moral. Espero que consigam salvá-lo.*

Gusmão pareceu ficar satisfeito com a resposta e perguntou-se se voltariam a ver Kythor algum dia.

Todos chegaram a uma sala grande, com um arco de pedras entalhado, que ia do chão até quase tocar o teto. Ele era grande, permitindo a passagem de duas pessoas de cada vez. Mesmo Aaron podia passar por ele sem dificuldades. Tulala, então, falou:

– Muito bem, amigos, estamos agora aqui, reunidos, para tentar, com as bênçãos de Plutônium, a passagem dimensional. Esse é o ritual mais difícil que conhecemos. Podemos fazê-lo entre locais conhecidos com maior facilidade, porém o que vou tentar agora só é possível com a ajuda direta de nosso deus. Precisarei das preces de cada um de vocês. Sim, mesmo de você, irmão Túlio. Eu sei que os clérigos de Helion não apreciam muito o meu deus, mas, sem a sua ajuda, creio que não conseguiremos.

– Acredite-me. Isso não é permitido pelas leis da minha fé, mas, tendo-se em vista a urgência de nossa missão, creio que Helion não se importará. Mas, tenha certeza, Tulala, eu não estou me convertendo do Senhor do Sol Luminoso para o Senhor do Sol das Trevas. Helion continua sendo o meu deus e, por ele e com ele, das estrelas vim e para as estrelas voltarei.

– Nós de Plutônium, não temos inimizade com vocês de Helion, mas entendemos que nossa arte pode ser sempre mal vista. Obrigada, irmão Túlio, pela confiança.

Tulala, então, pediu a todos que se dessem as mãos em volta dos pilares no centro da câmara de Maloriak. Até mesmo o lich se juntou ao ritual. Aaron estava desconfortável com a "bruxaria", mas vendo que todos, mesmo Túlio, estavam se juntando, não se negou a participar. Um sussurro como um canto distante começou a se ouvir e todos olharam para a clériga, percebendo que ela cantava suavemente:

– Pai das trevas, vós que fostes traído e traístes, pedimos a vossa ajuda. Nesse momento de dúvida e incerteza, sabemos que Koltron se sente ameaçado. Nós juramos por vosso nome escuro, Koltron sobreviverá! Com os humanos, saberemos nos alinhar. Pelo alinhamento celeste, pela força da escuridão, pedimos: Ajude-nos a fazer o impossível. Ajude-nos a formar o vínculo de trevas. Que possamos deste lugar ir para onde nosso destino nos aguarda. Por Koltron. Por Plutônium.

Todos, um tanto estupefatos frente às palavras da clériga, sentiram-se murmurando as palavras: "Por Plutônium".

Então, em seus corpos sentiram formigamentos involuntários, enquanto, com uma grande fraqueza que se apoderou de todos, um ponto negro se formou no centro do arco de pedra. Esse ponto foi-se aumentando. Como um buraco na realidade, as bordas do arco foram tocadas pelas trevas, que cresceram, e, nessas bordas, uma leve névoa azulada se formou, como se limitasse o contato entre a escuridão e a matéria ordinária do arco.

– Estamos prontos, Plutônium! Dê-nos a sua bênção!

As mãos de todos se soltaram umas das outras e todos puderam, apesar de se sentirem cansados, perceber que haviam obtido sucesso.

– *Rápido. Esse portal não permanecerá por muito tempo. Depois desaparecerá. Vocês precisam ter sucesso. Vão agora!* – falou Maloriak.

Gusmão, impetuosamente, foi na frente, entrando nas trevas do portal aberto. Por um instante, sentiu mais frio do que em toda a sua vida, como se estivesse no coração do próprio frio, mas a sensação durou uma fração de segundo e, ao sair, pôde ver que estava num lugar escuro, onde a respiração era bem mais difícil. Logo que se acostumou com a escuridão, chegaram atrás dele, vindos do portal, Túlio e Abhaya, que logo foram seguidos por Zordak e Aaron, sendo as últimas a entrar Synthia e Tulala, que os chamou para se ocultarem nas trevas.

A comitiva se encontrava numa adega. Diversas garrafas de vinhos descansavam nas prateleiras. Aaron pegou uma das garrafas e a abriu antes que alguém pudesse dizer qualquer coisa, bebendo o vinho direto do gargalo.

– Estamos agora na adega do espião de Maloriak. Precisamos ter certeza de que estamos sozinhos. – falou Tulala.

– Zordak, por favor verifique isso. – pediu Gusmão.

Zordak subiu silenciosamente as escadas, retornando pouco tempo depois.

– Há apenas uma mulher na sala. Não vi o espião. Creio que essa é a mulher dele.

O coração de Túlio batia agora mais apressado. Ele falou:

– Eu a conheço. Deixe-me falar com ela a sós, vou saber de Guillon, seu marido, e voltarei com informações. Por favor, não saiam antes de eu retornar.

Túlio abriu, então, o alçapão de entrada da adega e se dirigiu à sala, onde, para sua maior ansiedade, Josephine estava sentada lendo um livro.

– Josephine...

– Túlio?! O que está fazendo aqui? Como entrou?

– Calma. Eu preciso avisar você.

– Avisar? Avisar o quê?

– Você e seu marido correm grave perigo.

– Como assim, Túlio?

– Josephine, você sabe que eu sempre amei você, mas nunca pudemos consumar nossa união. Agora, no entanto, seu marido e você estão em perigo mortal. Seu marido trabalha como espião contra os necromantes e eu e meus companheiros vamos lhes desferir um golpe muito grande. Vocês precisam fugir e se esconder.

– Como assim, Túlio, que golpe será esse? Guillon sabe desse ataque de vocês?

– Sim. Eu esperava encontrá-lo para podermos nos preparar.

– E o que vocês pretendem fazer?

– Josephine, se seu marido não lhe contou, acho melhor que você não saiba. Ele deve ter feito isso para protegê-la.

– Túlio, se ao menos pudéssemos ficar juntos... Temo que essa missão vá ser perigosa demais. Você não pode me falar mais nada dela?

– Josephine, você sabe que meu coração é seu. Mas, por te amar demais, não posso lhe dizer mais nada. Seria perigoso demais.

– Entendo. Nesse caso, creio que ficarei com seu coração, então.

Túlio ficou perplexo enquanto via as mãos de Josephine se moverem rápido demais. Em poucos segundos, seu rosto se modificou num sorriso de escárnio, enquanto ela segurava em suas mãos algo vermelho que pulsava. Túlio, para seu horror, enquanto era acolhido pela morte, pôde entender que o que ela segurava era seu coração, arrancado diretamente de seu peito. A última imagem que ele viu antes de morrer foi o rosto de Josephine, mordendo o coração que tanto a amara. "Helion, nos salve...", pensou, por fim, Túlio.

## Plutônium

Gusmão estava ficando preocupado. Túlio estava demorando demais a voltar. E algo estava muito errado. Ele deveria, ao menos, ter retornado para avisá-los caso houvesse algum problema. Com essa angústia e esse pensamento, Gusmão decidiu:

– Synthia, vamos sair. Túlio está demorando demais.

– E nós? – Perguntou Abhaya.

– Vamos por enquanto só Synthia e eu. Acho que há algo errado.

– Eu ainda não senti nada aqui. Talvez o perigo esteja mais longe. – respondeu Abhaya.

– Vamos ver. Se eu não retornar em cinco minutos, vocês devem sair e nos procurar.

– Abhaya, me empreste a sua estação científica. – pediu-lhe Synthia.

Com um rápido movimento, ela fez algo na tela, os dedos se movendo na velocidade do relâmpago.

– Pronto. Agora, você pode nos alcançar. Basta seguir o ponto no mapa. Ele está ligado a mim. E vai me localizar onde estivermos.

– Então, vamos. – instou Gusmão.

Gusmão saiu pelo alçapão da adega, seguido por Synthia. Logo chegaram a um corredor e ouviram passos e o som de alguém arrastando algo. Synthia se colocou na frente de Gusmão, apesar dos protestos mudos dele, e ambos seguiram em direção à fonte dos ruídos. Abrindo silenciosamente a porta da sala, puderam ver Josephine, com as roupas manchadas de sangue, empurrando o corpo de Túlio para uma arca. Quando ela percebeu que a porta se abrira, abriu um sorriso maligno e avançou. Gusmão mal teve tempo de sacar a espada quando Synthia se interpôs entre ele e a atacante, que tentava avançar. O ataque foi bloqueado, fazendo com que ela se voltasse para Synthia, que novamente bloqueou o ataque, agora dirigido ao seu peito, com um golpe de braço. Gusmão avançou, erguendo a espada e atacando.

Josephine se esquivou de maneira sobrenatural e se afastou rapidamente dos dois, e, abrindo com um soco, que estilhaçou uma porta de um armário, pegou dentro dele um crânio. Synthia avançou para tentar impedi-la, mas, com um safanão, foi desequilibrada e jogada ao chão.

As órbitas vazias do crânio emitiram um brilho azulado e um espectro imaterial, como uma caveira sem corpo, gritou na sala apertada, fazendo Gusmão instintivamente tampar os ouvidos, largando a espada que caiu ao chão. Josephine gargalhava loucamente enquanto o espectro avançava, gritando para Synthia, que se erguera do chão.

Josephine avançou, então, em direção a Gusmão, que estava caído no chão, tentando pegar a espada. Synthia estava tentando se mover, mas o espectro a circundava, impedindo, de certa forma, seu movimento.

Quando Josephine chegou perto de Gusmão, ele ergueu a espada, bloqueando um ataque que ela fazia com os braços. O bloqueio de Gusmão cortou alguns dedos da atacante, que urrou de dor, e Gusmão sentiu um frio mortal enregelar seu braço da espada e o tornar mole, como que sem vida. Ele, numa hábil esquiva para alguém da sua idade, desviou-se do outro braço da atacante, que passou no vazio.

Synthia saiu de dentro do espectro, que não apresentou outra reação que não gritar e permanecer no lugar onde estava. Josephine olhou com ódio para ela e, em suas mãos, um ponto de fogo cresceu.

Gusmão tentou, novamente, levantar-se, mas, com um chute de Josephine, novamente se desequilibrou. O espectro avançou novamente contra Synthia, que teve seus movimentos prejudicados pelo ataque. A esfera de fogo, agora enorme na mão de Josephine, brilhava, iluminando o rosto que se apresentava com uma expressão de loucura, acentuada pelo queixo que pingava o sangue que escorria da boca.

Gusmão, com mão que ainda conseguia mover, pegou a espada e preparou-se para atacar. Josephine lançou a bola de fogo em direção a Synthia, que tentou livrar-se do espírito da caveira. Nesse momento, Gusmão atacou, ferindo gravemente a perna de Josephine, que caiu de joelhos no chão. Synthia recebeu a explosão de fogo na frente de seu corpo. Essa explosão danificou a sua pele perfeita, que queimou, revelando um interior brilhante, com um crânio que parecia ser feito de material onymariano. As roupas ancestrais foram danificadas, mas não destruídas. O olhar de Josephine mudou de loucura para medo, quando viu Synthia se levantar após a bola de fogo.

Nesse momento, a porta se abriu e Aaron entrou, seguido de Abhaya e Tulala. Zordak estava logo atrás deles e, de sua mão, começou a aparecer um projétil prateado. O espectro da caveira se moveu de Synthia para a direção de Aaron, que arremessou o seu machado. Tulala criou um pequeno portal de trevas, que fez o espectro desaparecer antes de tocar Aaron e reaparecer em outro local indo em direção a Josephine. Gusmão ergueu a espada enquanto um projétil prateado perfurava um dos olhos de Josephine e o machado se cravava em seu peito, fazendo jorrar um sangue negro e viscoso enquanto Josephine gritava. Abhaya se aproximou, tentando desferir um soco em Josephine, quando a espada de Gusmão acertou-a, separando a cabeça do corpo, fazendo-a cair nas mãos de Abhaya, que instintivamente a pegou. O rosto de Josephine se distorceu num esgar de ódio, enquanto relâmpagos vermelhos saíam de seu corpo e uma fumaça escura formava-se de seu sangue, como uma tempestade autocontida.

Abhaya, para seu horror, viu o olho restante de Josephine se transformando nos olhos de cobra dos inimigos e esse olho se fixou nos dele numa última tentativa de vencer. O assalto mental foi intenso e desconcertante. Mas algo dentro de Abhaya lutou contra esse assalto e ele pôde sentir a presença de sua mãe enquanto desmaiava, ainda segurando a cabeça da inimiga que se fizera passar por Josephine.

Os relâmpagos e fumaça cessaram, sendo reabsorvidos pelo corpo que agora quedava inerte no chão. O espectro da caveira, com a morte de sua senhora, desapareceu num murmúrio de agradecimento, enquanto o crânio que o continha desfazia-se em pó.

Gusmão ergueu-se do chão ainda sentindo o braço dormente, mas num formigamento que ele esperava que pudesse significar não estar completamente inutilizado.

– Esses malditos estão em toda parte!

– Bruxaria maldita! – resmungou Aaron, enquanto recuperava seu machado do corpo agora modificado de Josephine.

– Onde está Túlio? – perguntou Tulala.

– Ele está morto. Synthia, você está bem? – perguntou-lhe Gusmão.

– Sim. Desculpem não poder ter sido mais eficiente. Se eu tivesse certeza de que ela era uma dessas coisas, eu poderia ter ajudado mais. – falou Synthia enquanto sua pele iniciava um processo que poderia ser descrito como regeneração. O rosto ainda estava "descarnado", mostrando o interior metálico.

Aaron olhou para ela e murmurou: "Mais bruxarias".

Ela se aproximou de Abhaya, que estava caído ao chão, desacordado, e retirou a cabeça hedionda de suas mãos, jogando-a a um canto. Pegou o artefato de Abhaya e, com rápidos comandos, mudou os parâmetros do artefato, checando suas leituras, enquanto olhava para Abhaya. Se seu rosto ainda estivesse inteiro, sua expressão seria de preocupação.

– Como ele está? – perguntou Aaron, mantendo certa distância.

– Ele vai ficar bem. Suas leituras vitais estão em ordem, mas sua mente parece estar em algum processo de adaptação psiônica. Não conheço muito desse processo, mas acho que ele vai conseguir melhorar.

– Aaron, me ajude aqui. – pediu-lhe Gusmão.

Com algum esforço, eles retiraram o corpo de Túlio do interior da arca e perceberam, para seu pesar, que ele estava além de qualquer ajuda.

– Tulala. Precisamos levar Abhaya e o corpo de Túlio para fora daqui. Não podemos deixar que ele seja utilizado por esses necromantes. O portal para Maloriak vai funcionar? – perguntou-lhe Gusmão.

– Sim, mas precisamos ser rápidos.

Aaron carregou o corpo de Túlio no ombro, enquanto Synthia carregava Abhaya. Abhaya foi colocado sob os cuidados da equipe de Maloriak do outro lado do portal e todos retornaram.

Uma vez de volta a Tuliéres, na casa de Guillon, Gusmão pôs-se a procurar pelo espião de Maloriak, que deveria estar em casa. Contudo, frente aos acontecimentos recentes, eles decidiram ir todos juntos. Se Guillon também fosse um desses inimigos, eles não seriam pegos de surpresa como certamente o fora o pobre Túlio.

Quando chegaram à sala onde haviam lutado, viram que Guillon estava olhando o corpo caído daquela que havia sido a cópia de sua esposa. Ele se voltou para a comitiva e, com uma besta de mão armada, falou:

– O que houve aqui?!

– Por favor, acalme-se. Somos enviados de Maloriak e também sofremos uma perda. Nosso amigo Túlio foi morto nessa sala.

– Túlio? Maloriak? E a minha esposa?! Quem fez isso com ela?

– Calma, senhor. Se observar bem, verá que não é a sua esposa. Mas sim uma das parasitas malignas que enfrentamos. – para comprovar o que estava afirmando, Gusmão chutou a cabeça decepada, revelando o rosto grotesco para Guillon.

– E onde está Josephine?

– Desculpe-me, mas creio que ela foi assassinada e substituída por esse monstro há algum tempo.

Guillon caiu ao chão e chorou de dor. Zordak tomou a palavra:

– Não temos tempo para isso. Se você quiser vingar a sua esposa, precisa nos ajudar a entrar na guilda dos necromantes, conforme o plano de Maloriak. Ele falou que você tem um meio.

Guillon levantou o rosto, com os olhos marejados fixando-se no rosto deformado de Zordak.

415

– Você tem razão. Eu vou levá-los. Esses malditos vão me pagar. Sigam-me.

Ele se levantou e foi seguido pela comitiva. Saindo pela porta de trás da casa de Guillon, todos se dirigiram pelas ruas, na escuridão da noite, para um ponto afastado. A noite estava escura e Ellan, muito baixo nos céus. As estrelas eram as únicas testemunhas da passagem da comitiva. E o silêncio da noite só foi quebrado pelos passos rápidos, porém cuidadosos de todos. Chegando perto das muralhas da cidade, Guillon disse:

– Aqui, nessa parede, há uma porta falsa. Ela os levará ao interior do covil desses monstros. Lá dentro, há uma sala maior guardada por centenas de zumbis. Se eu estiver certo, é lá onde encontrarão o prêmio de Maloriak. Eu já vi, quando estive lá disfarçado, o grande inimigo, aquele chamado Malachy, entrando nessa sala e saindo como quem estivesse restabelecido. Creio que é lá onde vocês acharão a quem procuram.

– Então, vamos.

– Eu irei com vocês.

Abrindo a porta secreta, todos desceram por uma escada de pedra que levava a um túnel que corria por baixo da cidade. O túnel se encontrava vazio. Os únicos ruídos presentes eram os passos da comitiva e o crepitar das chamas das tochas que iluminavam fracamente o local. Esse túnel mostrava-se reto, aparentemente tendo sido cavado na terra há muitos anos. A umidade no ar tornava a respiração de todos visível com névoas se formando nas bocas de todos, inclusive Synthia. Aparentemente, esse túnel seria usado como uma rota de fuga. Ou de invasão...

No momento, o túnel estava deserto e escuro. Tulala falou:

– Estamos agora nas masmorras que existem sob Tuliéres. Daqui em diante, precisaremos ter cuidado. Se formos vistos, seremos atacados e estamos em muito menor número aqui.

– Eu já estive aqui nesse lugar. Mais à frente o túnel termina em uma grande sala. Essa sala parece ter sido construída originalmente pelos insetos, mas agora está tomada pelos necromantes. Precisamos entrar nela e, depois, seguir pelo corredor da direita. – explicou Guillon.

– Se ao menos Kythor estivesse aqui, teríamos a vantagem de poder contar com sua visão koltrana para nos guiar nessa escuridão sem precisar acender tochas. – lamentou-se Gusmão.

– Eu pensei nisso. Trouxe comigo uma poção alquímica de nossa igreja. Todos devem tomar uma dose. Teremos a visão koltrana, mas nossos olhos, como os deles, brilharão em vermelho, portanto precisamos de cuidado. – disse Tulala.

– Acho que seria melhor apenas um de nós tomar a poção. – interveio Guillon. – Se todos estivermos com os olhos brilhando, seremos alvos mais fáceis. Em último caso, se formos descobertos, podemos nos utilizar das lanternas dos ancestrais que possuímos.

– Acho excelente a observação. – concordou Gusmão. – Creio que o mais indicado a se mover furtivamente aqui seja Zordak. Se ele aceitar, poderia ser a melhor escolha para usar a poção.

Zordak estendeu a mão tomando a poção que a clériga trazia e, ao bebê-la, todos observaram seus olhos começarem a brilhar em vermelho como duas pequenas brasas. Após alguns instantes em que ele ficara abrindo e fechando seus novos olhos vermelhos, falou:

– Estou pronto. Sigam-me.

Todos andaram furtivamente atrás de Zordak que, não fosse pelos olhos vermelhos brilhando, seria completamente invisível para eles.

Após andarem alguns metros pelos corredores escuros, Zordak parou e avisou:

– Há dois necromantes na próxima sala. Creio que posso matá-los antes que nos percebam aqui. Mas preciso saber: vamos precisar interrogar alguém, ou um de vocês sabe o caminho que precisamos seguir?

– Eu sei o caminho. Não precisamos interrogar ninguém. – assegurou Guillon.

Zordak, então, virou-se e, em um segundo, ambos os necromantes caíram mortos ao chão. Synthia, para o seu horror, viu que esses eram necromantes humanos e não parasitas como Josephine. Aaron arrastou os corpos para um canto da sala, cobrindo-os com um tapete velho. Ele retirou os robes dos necromantes, entregando um a Gusmão e outro a Guillon, que os vestiram silenciosamente. A sala onde se encontravam parecia ser um depósito de alguma coisa. Nas paredes, havia jarros em prateleiras. Após se arrumarem e esconderem da melhor maneira possível os corpos, todos saíram da sala e andaram novamente pelos corredores. Guillon falou:

– A próxima sala é um dormitório. Talvez encontremos disfarces para todos nós ali.

Zordak entrou nessa sala e fez sinal para que todos entrassem. Havia robes espalhados por cima das camas, que foram vestidos por todos os que se encontravam sem disfarces. Aaron ficou com o seu aberto e extremamente apertado. Todos seguiram pela porta traseira do dormitório, entrando em um novo corredor. Tulala falou para não abrirem nenhuma das portas e fazerem silêncio. No final do corredor, encontraram escadas. Essas escadas desciam para as profundezas.

As escadas pareciam ter sido feitas para a conveniência de necromantes, pois as paredes apresentavam ainda a resina dos insetos que havia sido utilizada como material de construção, mas as pedras no chão atestavam trabalho organizado para a construção da escada. A comitiva desceu por essas escadas, tomando cuidado para não fazer barulho. O ar estava cada vez mais frio e uma névoa cobria o chão. Adiante avistaram um salão grande, com centenas de zumbis e esqueletos parados. O cheiro de podridão nessa sala era-lhes impossível de descrever.

– Precisamos passar por eles. Mas eles vão nos atacar se entrarmos na sala sem falar as senhas adequadas.

– Eles precisam perceber nossa presença para iniciar o ataque, certo? – perguntou Zordak.

– Sim. – respondeu-lhe Tulala.

– Quantos de nós serão necessários para esse resgate?

– Quem quer que consiga passar, precisará fazê-lo em silêncio. O nosso alvo está preso na próxima sala. Eu só consegui chegar até aqui. Não sei o que se encontra lá dentro. – disse Guillon.

– Precisamos traçar um plano de ação. Guillon, quantos corredores chegam a essa sala? – perguntou-lhe Gusmão.

– Pelo que pude ver, são apenas dois corredores. O corredor onde nós estamos e o corredor mais ao fundo. Por quê?

– Creio que devemos criar uma distração em outro local para podermos atrair os zumbis, enquanto resgatamos o prisioneiro. – explicou Gusmão e, virando-se para Synthia perguntou-lhe: – Synthia, pelo que pudemos ver minha querida, você é aparentemente uma das Autons dos ancestrais correto?

– Sou uma androide humaniforme. Fui construída pela empresa Acompanhantes Robóticos, mas, mesmo sendo uma máquina, sempre me considerei viva...

– Eu também a considero assim, minha querida. Mas suas habilidades já se mostraram várias vezes como superiores às nossas em questão de força física e agilidade. Se você for para o outro corredor, acha que pode atrair os zumbis para lá enquanto avançamos por esse lado?

– É uma excelente ideia. Acho que vale a pena tentar. Esses que aí estão não são mais humanos, certo? Não são como Maloriak.

– Pelo que entendemos, eles são como marionetes dos necromantes, seguindo cegamente suas ordens. Não têm consciência de si mesmos.

– Então, são apenas corpos. De maneira alguma seres humanos.

– Sim, acredito que seja esse o caso. – respondeu-lhe Gusmão.

– Então, podemos prosseguir. Aqui, capitão, fique com esse comunicador de Maloriak. Eu poderei falar com vocês e alertá-los de perigo ou pedir ajuda caso necessário.

Gusmão sorriu ante à brincadeira feita pela androide e pegou o comunicador.

– Acho que eu deveria ir junto dela. – falou Zordak.

– E por quê? – quis saber Gusmão.

– Até agora, não a vi matar ninguém que não fosse koltrano. Se ela não matar os necromantes que encontrar pelo caminho, certamente seremos descobertos.

– Synthia, você poderia matar os necromantes que encontrar no caminho? – perguntou-lhe Gusmão.

– Se forem seres humanos, não. Na verdade, eu teria de impedir que

Zordak o fizesse.

– Merda. – xingou Zordak. – É melhor eu ir sozinho, então.

– Você não conseguirá conter uma horda de zumbis invadindo sozinho...

– Eu vou com ele. – falou Aaron.

– Meu amigo, mesmo você junto com ele teria extrema dificuldade em lutar contra tantos. Lembre-se, não temos mais a prece de Túlio que os prendeu no chão das outras vezes.

– A madre, ali, não pode fazer isso? – perguntou Aaron, apontando para Tulala.

– Sou clériga de Plutônium. Nossas preces e poderes são muito diferentes. Mas acho que eu deveria ir com vocês. Eu preciso marcar esse lugar onde estamos. Enquanto vocês lutam, eu posso criar um portal entre esse lugar onde nos encontramos e o outro corredor. Assim, se tudo começar a dar muito errado, poderemos fugir por ele.

– Isso é uma outra boa ideia! Então, vamos fazer assim: Tulala, Zordak e Guillon vão para o outro corredor e criam a distração. Synthia, Aaron e eu ficamos aqui e vamos avançar após a luta de vocês começar. Quando tivermos o prisioneiro em nossas mãos, vocês devem usar o portal e nos encontrar aqui. Vamos avisá-los pelo comunicador.

– Ué? Não era eu que ia lá? – perguntou Aaron, confuso.

– Acho melhor Guillon ir, visto que ele conhece os caminhos. – respondeu-lhe Gusmão.

Tudo acertado, eles aguardaram enquanto Tulala "marcava" o local onde se encontravam. Ela pegou um estilete e, numa sombra da parede, escreveu um símbolo. Ele brilhou levemente em vermelho, desaparecendo logo depois. A sombra que Tulala escolheu se adensou e se tornou mais escura, ficando completamente negra. Após isso, Tulala, Zordak e Guillon saíram pelos corredores. Gusmão e os outros aguardaram a comunicação.

– Guillon, mostre o caminho. – pediu-lhe Zordak.

– Sigam-me, com cuidado.

Os três refizeram o percurso que haviam feito anteriormente, retornando a uma sala antes da descida pelas escadas. Ao avançarem, puderam ver que os novos corredores não apresentavam mais as paredes de resina dos insetos, mas paredes de tijolos de pedra. Essa parte onde caminhavam agora devia ser uma adição recente. Zordak ainda apresentava os olhos vermelhos, podendo enxergar facilmente na escuridão. Guillon se guiava pelas tochas e por sua excelente memória. Tulala acompanhava os dois, segurando a barra do robe necromante que Guillon vestia. Quando chegaram à borda de um corredor adiante, Zordak fez sinal para que parassem. Adiante, estavam dois necromantes conversando no corredor. Ao lado deles, encontravam-se dois esqueletos.

– Você acha que pode matar um deles com sua besta?

– Sim.

– Eu cuido do outro, então.

Tulala ficou parada, escondida nas sombras, e observou os dois avançarem lentamente, mirando nos necromantes. A um sinal de Zordak, ambos os necromantes caíram ao chão, com perfurações em suas cabeças. No da direita, um virote de besta perfurou a lateral da cabeça. No da esquerda, um projétil prateado destruiu a parte posterior do crânio. Os esqueletos se viraram, olhando para seus mestres, que desabavam, e avançaram na direção de ambos. Zordak lançou adagas de arremesso, que feriram muito pouco os esqueletos. Guillon sacou a espada e avançou.

O esqueleto mais próximo desferiu um golpe em direção a Guillon, que se desviou, acertando-o com a espada, que o feriu muito pouco, retirando-lhe parte das costelas. O esqueleto não estava armado, mas tentou atacar novamente. O golpe dos ossos feriu Guillon no braço, mas o dano foi mínimo, sendo parcialmente absorvido pela roupa que ele usava. Zordak avançou, sacando uma adaga de combate, com que feriu o esqueleto no rosto. O golpe retirou parte de uma órbita, mas isso pareceu não fazer maior efeito nele.

Tulala, do lugar onde estava oculta, atacou com projéteis de sombras. Os projéteis pareciam afetar a movimentação dos esqueletos como se houvessem drenado suas forças. Guillon atacou novamente. Com um golpe de espada, despedaçou o crânio num golpe decisivamente bem sucedido. Zordak recuou mais um pouco, criando em suas mãos os projéteis prateados. Quando o esqueleto avançou para o ferir, ele lhe lançou os projéteis com grande precisão, despedaçando o crânio descarnado, o que fez com que esse esqueleto também tombasse inerte.

– Precisamos ter cuidado. Golpes de arremesso parecem não funcionar muito bem com eles. – alertou Tulala.

Zordak recolheu as adagas e reabsorveu os projéteis prateados. Sem falar nada, avançou mais um pouco no corredor. Um necromante estava sentado numa cadeira, de costas para os que avançavam nas trevas. Zordak avançou sorrateiramente e cortou-lhe a garganta, arrastando, depois, o corpo para uma sala que se encontrava deserta.

Em breve momentos, eles entraram numa nova sala. Ao entrarem, seus problemas aumentaram sobremaneira, pois parecia estar acontecendo o equivalente a uma aula. Alguns dos necromantes voltaram-se para eles. E o professor indicou que se sentassem. Zordak raciocinou rapidamente e indicou aos outros que continuassem sem ele. Nem Tulala nem Guillon pareciam ter sido notados. Eles continuaram em frente, deixando-o para trás. Em instantes, chegaram a uma parte mais fria das cavernas e túneis por onde passam. Guillon indicou a Tulala o túnel adiante, que se parecia com o túnel onde aguardavam Gusmão e os outros e que descia às profundezas. Esse túnel, no entanto, estava guardado por dois necromantes, que pareciam estar bastante atentos às redondezas. Tulala, com suas preces a Plutônium, criou uma região de escuridão maior, que os ocultou dos olhos dos necromantes.

– O que vamos fazer agora? – perguntou-lhe Guillon.

– Creio que podemos dar conta dos dois, mas não antes que deem os alarmes. Isso pode nos dificultar bastante as chances de escapar.

– Precisamos de Zordak. Com ele, podemos matar os dois antes que tomem conhecimento de nossa presença.

– Vamos voltar.

– Isso não é necessário. – disse uma voz conhecida.

— Como você saiu daquela sala com os necromantes? – perguntou Guillon, perplexo, ante a aparição súbita de Zordak junto a eles.

— Eu esperei e, na distração de todos, me esgueirei furtivamente. Não sei se virão me procurar. Precisamos agir rapidamente. Aquele é o túnel?

— Sim. Se nos coordenarmos, posso matar o da esquerda e você o da direita antes que consigam dar qualquer aviso.

Eles miraram e Tulala pôde ver que, com precisão, os dois guardas caíram mortos com perfurações na cabeça.

Rapidamente, os três correram para a entrada e puxaram os guardas mortos para as escadas que desciam às profundezas frias.

Colocando os corpos de lado, eles desceram pelas escadas, colocando-se, então, em uma posição equivalente àquela em que se encontravam Gusmão e os outros.

— De quanto tempo você precisa para fazer o portal? – perguntou Zordak à clériga.

— Fazê-lo não é o problema. Mas ele durará apenas cinco segundos, uma vez aberto. Esse portal é um portal rápido marcado. Pode nos levar a todos de volta, mas não dura muito tempo.

— Então, vamos avisar aos outros que a distração vai começar. – decidiu-se Guillon.

Aaron estava impaciente. Os outros tinham saído já havia algum tempo e eles estavam ali, os três apenas aguardando. Ele estava especialmente desconfortável com a presença de Synthia, cujo rosto desfigurado pela bola de fogo lançada pela maligna disfarçada de Josephine ainda não completara o processo, para Aaron aterrorizante, de regeneração. "Bruxaria, por toda parte", pensava ele, enquanto olhava de soslaio para os diversos zumbis que estavam a poucos metros deles. Gusmão conversava com Synthia:

— Nenhum sinal ainda?

— Até agora nada, capitão. Mas os sinais vitais dos três estão estáveis. – mostrou-lhe Synthia no artefato de Abhaya, que ficara com ela para ser usado como monitor.

— Você consegue vê-los nesse artefato?

– Vê-los, não, mas infundi os três com um marcador que permite à estação científica monitorar suas funções vitais. Eles estão os três juntos e bem, aparentemente.

– Realmente, nunca me canso de me surpreender com os milagres dos ancestrais. Que digo eu?! Estou falando com um deles!

– Eu espero que a revelação de minha condição não nos afaste, capitão. Não sei o que as pessoas desse tempo pensam sobre os androides.

– Nós os chamamos de autons, pois, assim me parece, nos escritos de Helion, eles seriam vocês.

– Creio que isso seja o caso. Fico pensando onde estariam os outros.

– Pelas lendas, vocês se sacrificaram para nos salvar no passado até que não restasse mais nenhum de vocês.

– Isso é muito triste. Eu estou sozinha nesse mundo, então.

– Nunca, minha querida. Você tem a mim e a meus amigos.

– Fico feliz em ouvir isso, capitão.

– Pode me chamar de Gaspar.

– Gaspar.

Synthia tocou o rosto velho de Gusmão com a sua mão perfeita e tentou sorrir. O resultado não era muito bonito, devido à exposição do material que ficava por sob a pele dela e do metal de seu crânio indestrutível. "Pobre Synthia, parece ela mesma um dos zumbis da sala ao lado." – pensava Gusmão, enquanto Aaron, que observava tudo, murmurava baixinho: "Bruxaria..."

– Gaspar, eles se separaram!

– Estão todos bem?

– Estão os três vivos, mas um deles se separou dos demais.

– Será que devemos ir ajudar? – perguntou Aaron, enquanto começava a preparar o machado.

– Acho melhor esperarmos. Precisamos ter certeza, ou então teremos uma horda de zumbis atrás de nós. – respondeu-lhe Gusmão.

– Se eles não responderem ou se os sinais vitais fraquejarem, vou ter de ir atrás deles.

– Calma, Synthia. Tenho certeza de que eles estão bem. Vamos esperar mais um pouco. Se eles precisarem de ajuda, com certeza vão nos contatar.

A androide ficou agitada, olhando intensamente o artefato de Abhaya, como se estivesse em um dilema interno muito difícil. Depois de alguns momentos, quando ela se decidiu por sair, e já estava levantando, Gusmão falou:

– Veja, o que ficou separado está indo ao encontro dos outros.

Synthia viu aliviada que os três pontos pareciam juntar-se novamente. E, agora, seguiam o plano traçado anteriormente.

– Zordak chamando Gusmão. – ouviu-se a voz de Zordak no aparato.

– Gusmão aqui.

– A distração vai começar. Fiquem preparados. Esperem que a maioria dos Zumbis venha em nossa direção e iniciem a sua incursão. Não se preocupem conosco. Assim que as coisas ficarem muito difíceis, vamos ativar o portal de Tulala e nos encontraremos com vocês.

– Certo. Estamos aguardando.

Gusmão sacou a espada e Aaron, o machado. Synthia não precisava de outra coisa que não suas mãos. Gusmão falou:

– Synthia, assim que começarmos, você tente ir ao ponto onde está o prisioneiro e liberte-o. Aaron e eu daremos cobertura.

– Vocês precisam ser protegidos.

– O prisioneiro é mais importante. Se Maloriak estiver certo, ele é a chave para a libertação da Humanidade do jugo desses parasitas.

Esse argumento pareceu convencer Synthia do curso a ser seguido. Em poucos segundos, eles puderam ver a maioria dos zumbis se dirigindo para o outro corredor.

– Vamos esperar um pouco e dar tempo a eles.

No outro corredor, Zordak começou a atirar as facas de arremesso. Os ferimentos no corpo dos mortos vivos pareciam não surtir maior efeito. Tulala estava a postos para realizar a prece do portal que os salvaria dos zumbis. Guillon começou a atirar com sua besta.

– Eles são muitos, Zordak! Minha besta só os detém quando acerta a cabeça.

– Mas são lentos. Mire apenas na cabeça deles, então!

Tulala tentou se concentrar enquanto as hordas avançavam lenta, mas inexoravelmente, em direção a eles. Ela observou que Guillon sacou a espada, a besta inútil com todos os virotes gastos. Com destreza, cortava os braços dos zumbis, que avançavam lentamente.

Zordak usou suas adagas com maestria, destruindo os pescoços dos zumbis. A sua armadura o protegia da maioria dos ataques. Ele sabiamente destruiu os zumbis armados primeiramente com suas adagas de arremesso, os projéteis prateados já esgotados.

Guillon derrubou num só golpe dois zumbis, cortando-lhes as pernas. Esses, no entanto, continuaram a avançar, arrastando-se pelo chão. Como não sentiam dor, os mortos vivos continuaram a avançar até terem a cabeça destruída. Um dos que haviam caído agarrou o pé de Guillon, que, num golpe rápido de espada, decepou a mão que o tentara prender, mas recebeu um golpe no rosto que lhe causou um corte feio. Tulala gritou:

– Cuidado, Guillon!

Guillon se desequilibrou com mais zumbis, que o prenderam e derrubaram. Ele não usava roupas dos ancestrais. Ao cair, sentiu as mordidas dos zumbis nas pernas, levando a espada loucamente a tentar repelir os ataques. Um braço forte agarrou o seu braço da espada e outros agarraram o outro braço. Com a força da morte, Guillon sentiu uma dor lancinante, enquanto seus braços eram arrancados do corpo, seu sangue molhando os zumbis, que agora avançavam para sua cabeça. Guillon só esperava que os outros conseguissem completar a missão. Seu último pensamento enquanto os zumbis começavam a comer o seu rosto foi que Gusmão era um grande herói! E ele ia conseguir vingá-los. A ele e a Josephine.

Antes disso, Synthia avançara juntamente com Gusmão e Aaron pelas fileiras muito diminuídas dos mortos vivos que haviam permanecido na retaguarda. Quando os viram, alguns dos zumbis mudaram de direção e começaram a avançar. Gusmão exclamara:

– Por Damocles!

Seguido de um grito de fúria de Aaron, que dizia:

– Bruxaria!

Gusmão avançou sobre os mortos vivos, decepando cabeças e membros, enquanto Aaron, com seu machado de combate, cortava as fileiras de mortos como uma faca quente na manteiga. Synthia se mantinha em direção à cela, jogando longe os zumbis que tentavam pará-la com sua força incomum. Eles foram arremessados à distância enquanto ela avançava até chegar a poucos metros da cela. Ali, as hordas estavam mais compactas. E ela começou a destruir cabeças de zumbis, que caíam como moscas ante a sua agilidade. Eles eram muitos, no entanto, e alguns começaram a reduzir o seu movimento. As armas que portavam se partiam em pedaços ao atingir a pele dela, super resistente, sem realmente feri-la muito. Os zumbis que tentavam mordê-la tinham seus dentes quebrados. A onda de mortos vivos atuava nela como melado numa colher, dificultando o movimento, mas não o impedindo.

– Cuidado, Gusmão! – gritou-lhe Aaron, enquanto despedaçava a cabeça de mais um zumbi próximo.

Gusmão se virou a tempo de ver o zumbi armado com uma espada, que o atacava por trás. Com um rápido giro do braço bom, ele usou sua espada para aparar a investida e, num contragolpe, cortou a cabeça do atacante. Se, ao menos, seu outro braço já estivesse bom... Gusmão podia senti-lo fraco, mas vivo, só que ainda incapaz de segurar uma espada.

Aaron recebeu uma mordida no braço e o zumbi que o mordera, um soco que o deslocou do braço de Aaron para o chão, onde uma pisada do gigante quebrou-lhe o crânio.

Synthia finalmente conseguiu chegar à porta da cela. Num golpe titânico, arremessou um grupo de três zumbis por sobre os outros que avançavam, o que lhe deu tempo de fazer duas coisas. Uma, olhar rapidamente para o artefato de Abhaya e constatar, para seu desespero, que só havia agora dois pontos com sinais vitais. Alguém morrera e ela não pôde fazer nada para ajudar. Isso desestabilizava um pouco seus caminhos neurais e dificultava a outra coisa que precisava fazer.

Entretanto, com a rapidez que lhe era peculiar, Synthia se conectou à porta da cela. A cela apresentava-se como uma cápsula de fuga ancestral, não como a nave em que ela e James haviam .fugido, mas uma pequena cápsula individual. As portas, no entanto, são onymarianas e nenhum humano conseguiria destruí-las ou forçá-las. A defesa final da cela era impenetrável por meios normais. Por sorte, Synthia era muito mais do que normal. Ela fez interface com o antigo computador da cápsula e conseguiu, ao lhe fornecer os protocolos de segurança adequados, que se abrissem as portas, sem problemas.

O interior da nave mantinha o suporte de vida, mas o cheiro ao entrar era nauseabundo. Synthia desligou seus sensores olfatórios e se deparou com uma câmara de torturas. Havia correntes nas paredes, o chão estava com uma camada de excrementos e, no centro desse local, havia uma pessoa amarrada numa cruz deitada, como um "X". Essa pessoa tinha cabelos cor de prata cobrindo o rosto, o corpo estava nu e apresentava em diversos locais marcas de mordidas e um pouco se sangue coagulado. A cruz estava inclinada para trás, de modo que a pessoa conseguisse respirar sem precisar manter o peso do próprio corpo, mas Synthia percebeu que ele estava inconsciente. O rosto sujo era belíssimo, como ela jamais havia visto, porém apresentava algumas características não humanas. As sobrancelhas eram elevadas e as orelhas, pontudas. Synthia se lembrou das estórias sobre os elfos, seres mitológicos da antiga Europa. Nesse mundo de improbabilidades, ela se perguntou se teria encontrado uma lenda.

Ela se aproximou do elfo, que dormia um sono conturbado e tocou levemente o seu rosto com as pontas dos dedos. O prisioneiro abriu seus olhos com medo. Olhos de um azul impossível em humanos. E, ao vê-la, pareceu recuperar um pouco de brilho no olhar. Ele falava algo em uma língua desconhecida para Synthia, que apenas deu de ombros e lhe indicou silêncio com os dedos nos lábios. Com facilidade, ela quebrou com as mãos as algemas que prendiam o prisioneiro pelas mãos e pés e o levantou com facilidade da cruz de seu suplício. Ele estava fraco demais para protestar, mesmo que quisesse, mas essa pareceu não ser a sua vontade. Ele tentou abraçar a androide, que o abraçou, reconfortando-o. Synthia abriu, então, o canal de comunicação com Gusmão.

– Achei o nosso prisioneiro. Vocês estão bem?

– Sim, estamos.

– Alguém morreu na outra passagem.

– Eles já devem estar voltando. Há mais zumbis indo em sua direção. Saia rapidamente!

Enquanto isso, no outro corredor, Zordak chutou para longe o zumbi que o havia prendido. Ele avançava para onde estava Guillon, porém, ao ver que os zumbis o estavam devorando, recuou em direção a Tulala, que terminara o ritual do portal. Na parede, uma sombra ficou mais escura, com uma borda azulada, que desapareceu, deixando apenas uma sombra escura. Tulala entrou pelo portal, seguida de Zordak. Ao chegarem ao outro lado, se depararam com Aaron, recuando juntamente com Gusmão, e Synthia, que vinha logo atrás, carregando alguém nu nas costas.

– Onde está Guillon? – perguntou-lhes Gusmão.

– Ele foi morto pelos zumbis no outro corredor.

Todos correram de volta pelo caminho que haviam feito anteriormente, chegando aos muros da cidade. Conforme saíam pela passagem secreta, podiam ver que, de diversos canos de drenagem, os mortos estavam saindo às ruas. A população, que acordava, começou a fugir dos mortos vivos que arremetiam contra a cidade.

– Preciso ajudar! – falou Synthia, entregando o prisioneiro aos braços de Aaron.

– Synthia! Precisamos de você! Só você pode pilotar a nave!

Todos viram a androide parando o seu curso de ação, como que paralisada entre decisões muito difíceis. Ela se voltou novamente para a comitiva e, com lágrimas nos olhos, acompanhou-os.

Rapidamente, eles chegaram à casa de Guillon, na qual os servos estavam se preparando para fugir. A entrada da comitiva os assustou ainda mais e eles fugiram, enquanto os gritos das pessoas na cidade aumentavam. A comitiva se dirigiu para a adega por onde, atravessando o alçapão, chegaram ao local onde o portal os esperava. Após passarem por ele, viram o rosto descarnado do lich, que os esperava. Quando ele viu o elfo carregado por Aaron, suas órbitas brilharam como duas estrelas azuis enquanto ele exclamava:

– *Finalmente! Depois de tantos milênios! Não temos tempo a perder. Vamos à nave.*

Todos seguiram Maloriak, que os levou novamente à nave, que, completamente abastecida e preparada, os aguardava.

– Não devemos tratar do prisioneiro primeiro? Ele parece estar muito fraco. – sugeriu Gusmão.

Maloriak chamou um serviçal, que lhe entregou uma poção rósea. Ele a entregou ao elfo, que a bebeu, sendo envolto por uma aura rosada e parecendo recuperar as forças assombrosamente.

– *Vocês deram o primeiro passo para a libertação de nosso mundo. Agora a aventura de vocês ficará mais difícil. Vocês devem ir a Ellan. Uma vez lá, devem requisitar a ajuda de seus habitantes. Eles, os que vocês precisam encontrar, têm a aparência desse prisioneiro. Tomem muito cuidado. Eles são extremamente orgulhosos e poderosos. Não os irritem. Precisamos do auxílio deles se quisermos ter alguma chance de libertar nosso mundo.*

– O que acontecerá com nossos entes queridos aqui? A esposa de Guillon foi assassinada e substituída por um desses parasitas. – perguntou-lhe Gusmão.

– *Vou fazer tudo ao meu alcance para protegê-los. Mas, se vocês não tiverem sucesso, temo que eu mesmo pereça nessa contenda. Malachy já sabe de minha traição e, certamente, tentará me destruir. Vocês precisam agir rapidamente. Dentro da nave, coloquei todas as provisões possíveis. E um carregamento extra das águas dos deuses para que possam retornar. Gusmão, esse é o momento em que você precisará ser o maior herói de todos. O destino do mundo está nas mãos de vocês.*

Gusmão olhou para todos e disse:

– Amigos, estamos partindo no que provavelmente é a missão mais importante da história de nosso mundo. Nossos esforços serão necessários para vencer um mal que há milênios subjuga a humanidade. Alguns de nós não começamos essa jornada desde o início. Alguns de nós se foram, e alguns de nós se sacrificaram para que nossa missão pudesse ser bem sucedida. Portanto, em nome daqueles que não estão mais entre nós, daqueles que sofreram, daqueles que se sacrificaram eu digo: Por Helion! Por Túlio! Por Guillon! Pela Humanidade! Pela vida! Avante! Para a vitória!

A comitiva entrou na nave, preparando-se para o que seria uma nova e difícil etapa na jornada. Maloriak os observava enquanto partiam. A nave subindo em direção à esperança azul. Para Ellan, que brilhava suavemente nos céus.

## Fim do primeiro Tomo.

VINICIUS WATZL

## Epílogo 1:

John Moral olhava para o casal que se preparava para a viagem mais complicada que já fora tentada desde que os ancestrais haviam cruzado os espaços siderais em direção a Damocles. Ele sabia que Maloriak estava certo em mandar a comitiva para Ellan, mas a sua preocupação agora era outra. O koltrano Kythor estava melhor do sofrimento que passara em Kalistak. Danya, a "mulher que amou o koltrano", não saíra de perto dele desde que chegaram os técnicos de Dayton, em especial o jovem Gawin, que em muito pouco tempo mostrara ter a grande aptidão para as tecnologias ancestrais do finado instrutor Michael Holdt. Se tudo funcionasse a contento, ele poderia ser fundamental para reativar a glória de Dayton. Mas, antes, precisava estudar muito. Hoje, no entanto, a máquina estava pronta. John Moral se aproximou da tela, de onde Nyt o observava.

– **Muito bem, John. Acho que eles já estão prontos.**

– Sim. Eu creio que sim.

– **E o gerador?**

– Está funcionando. Foi realmente muita sorte podermos encontrar esse rapaz. Ele conseguiu resolver o problema do alinhamento dos pithanoitômetros. Agora os cronogeradores devem ficar perfeitamente funcionais. O pistoleiro está pronto?

– **Eu adormeci a sua mente. Ele já acumulou carga improbabilística o suficiente. Podemos drená-la agora em segurança.**

– Ainda não sabemos como você conseguiu trazê-lo até aqui, de tanto tempo atrás.

– **Um dia vocês saberão. Agora preciso que você faça a sua**

**parte e modifique as memórias dos dois.**

– A humana Danya não será problema. Agora o koltrano Kythor possui algum tipo de resistência que não consegui romper até agora.

**– Eu sei. Ele tem essa resistência inata. Eu irei atuar em você, John Moral. Vou tornar mais provável que consiga romper as barreiras dele para que faça o que precisa ser feito. Além disso, você terá outra ajuda.**

– Então, vamos a ele.

John Moral andou pelos corredores da torre do morto-vivo. De todos os lugares onde o experimento poderia ser realizado, esse era o mais improvável. Talvez, por isso mesmo, pudesse ter sucesso. Finalmente chegou à sala reservada para o experimento final. O cronotransporte. Se tudo funcionasse, os dois, Danya e Kythor, seriam transportados para o tempo devido. Lá, finalmente cumpririam o seu destino. Ele não sabia, entretanto, qual seria o destino do pistoleiro. Podia ser que morresse no processo, mas, de qualquer maneira, o destino do mundo dependia dessa intervenção. Se pudesse tomar o lugar dele, John Moral tomaria. Mas isso era impossível. As coisas tinham de ser como tinham de ser.

Danya já estava adormecida, com sua mente preparada para a reprogramação. John se sentou na cabeceira da cama e começou.

Tanta dor. Tantas desilusões e sofrimentos. Uma vida muito dura. John separou essas emoções. Elas seriam úteis na nova vida que ela viveria. As lembranças específicas de pessoas e situações foram alteradas. Nomes, mudados. John fez questão de colocar a memória de que Maloriak era confiável, posto que era o único que já estava vivo naquela época e poderia fornecer-lhes a ajuda necessária.

As perícias de combate eram mais difíceis. John usou todo o seu poder para recuperar essas perícias da mente do guerreiro, que se encontrava aqui justamente para isso. Com seu poder, John conseguiu traçar os padrões de pensamento e motricidade necessários para executar os feitos de combate necessários. Esses dons, ele os forneceu à mente de Danya. Havia ainda a estratégia. John usou de seu próprio potencial para imprimir esses dados na mente de Danya.

Aproveitou também para inserir as memórias históricas dos pontos cruciais pelos quais ela passaria para que, sob a forma de inspirações, pudessem sugerir caminhos a serem traçados. Essas sugestões viriam nos momentos cruciais e de maneira muito forte, caso John tivesse feito seu trabalho direito – e não havia outro modo pelo qual John Moral fizesse seus trabalhos. Após um dia inteiro de reprogramação mental, John dormiu, sentindo o poder de Nyt fortalecendo-o para o feito mais difícil que seria a reprogramação do koltrano.

No dia seguinte, Kythor estava adormecido e John colocou-se à sua cabeceira. Seu corpo estava recuperado. Seu olho não pôde ser restaurado, pois os registros históricos apontavam para um general de um olho só. Mas, de resto, ele dormia o sono acalmado pelo poder de Nyt. John, com muita dificuldade, conseguiu romper as barreiras psíquicas do koltrano. Uma vida de escravidão e revolta. A mente koltrana era especialmente difícil de se ler por psiônicos humanos. Seus caminhos neurais eram tão diferentes! John se colocou na difícil tarefa de tentar modificar as memórias de uma mente completamente alienígena para ele. Por sorte, ele tinha a ajuda de Klestrom. O grande klion se colocara ao lado de John, penetrando sua mente e, através dela, ambos conseguiram fazer as alterações de memória necessárias. O processo estendeu-se pela noite e manhã do dia seguinte. Quando terminaram, tanto John quanto Klestrom estavam exaustos.

Mas o trabalho estava feito. Kythor estava reprogramado. As memórias de sua vida real contidas numa esfera mínima de memória. A lealdade a Maloriak fora implantada. Agora, viria a parte mais difícil. A inserção de ambos no tempo previsto, Nyt seria fundamental nisso. E, por estranho que parecesse, Plutônium também. Esse deus, que quase nunca se comunicava com seus fiéis, dessa vez estava comunicando-se facilmente. Fora com a sua ajuda que Tulala havia conseguido fazer o portal à distância enorme até Tuliéres. Agora, esse deus se colocava ao lado de Nyt para que ambos conseguissem o impossível novamente.

Gawin estava monitorando os potenciais cronais de Tobias, que estava inconsciente na mesa próxima ao gerador. O pistoleiro, mesmo dormindo, apresentava a expressão de ódio que lhe era característica. Qual seria o seu destino após esse dia, era difícil dizer.

Kythor e Danya estavam igualmente inconscientes. Os deuses manifestavam-se na sala como duas sombras escuras. John não pôde deixar de notar que ambos estavam de mãos dadas.

O processo iniciou-se. A sala tremeu com as energias liberadas. John pôde ver que, de Tobias, uma aura dourada estava sendo drenada aos poucos, infundindo os corpos de Danya e Kythor. Gawin monitorava o processo atentamente, tomando notas. Dos dois deuses, filamentos de energia fluíam para o aparelho. E o aparelho, que ocupava boa parte da sala, vibrava com as energias acumuladas.

Fragmentos de realidades possíveis passaram pelas vistas de todos. John pôde ver-se com Zulima, a clériga de Atala que amara em sua juventude. Casado e com filhos. Em outra visão, ele estava acorrentado, enquanto seu sangue era drenado lentamente para um copo, do qual era sorvido por um dos malditos parasitas. Noutra visão, um enorme inseto gigante comandava a ele que entrasse num ovo junto com um koltrano (aquele seria Klestrom?). O ovo foi fechado e ele sentia a sua mente se fundindo com a de Klestrom. Em mais outra visão, um exército de belos seres invadia o mundo, matando todos os malditos. Eles se utilizavam da magia do mundo, tornando-o um paraíso.

As visões cessaram quando os corpos de Danya e Kythor desapareceram. Os deuses Nyt e Plutônium desapareceram também. O único que permanecera fora Tobias. Ele permaneceu desacordado e foi retirado pelos técnicos. John pôde ver, na escuridão reinante, apenas as luzes azuis das órbitas vazias de Maloriak e os olhos vermelhos brilhantes de Klestrom. Teriam tido sucesso nessa empreitada louca? Isso só o tempo diria.

## Epílogo 2:

Arum aguardava o retorno de seu guarda-costas. Desde que se havia encontrado com Snorri Syntymätön, sua vida ficara, ao mesmo tempo, mais simples e mais complexa. Desde criança, Arum se lembrava de ter habitado as fronteiras da zona da morte. Seu mentor, o eremita Rutajit, era eremita só no nome. Ele viajava frequentemente para a aldeia de Lamer. Dizia ter muitas coisas a resolver por lá. No entanto, ele nunca havia levado Arum para visitar essa aldeia. As provisões que trazia, sempre que vinha de lá, deixavam o jovem Arum de água na boca. Sempre pensando em como conseguir ir para lá ver de perto as delícias e o lugar maravilhoso que deveria ser essa vila. Rutajit, no entanto, sempre estava um passo à frente de Arum. Ele parecia ler seus pensamentos (na verdade Arum depois acabara descobrindo que era exatamente isso que ele fazia) e as tentativas de expedições que ele montava sempre acabavam descobertas.

Arum tinha então sete anos e, sob os cuidados de Rutajit, aprendera a recolher os musgos das rochas e a ordenhar as cabras que desciam das montanhas. Ele sempre perguntava a Rutajit sobre o porquê de viverem tão isolados. Arum, desde muito cedo, conseguia ouvir pensamentos distantes, percebendo a aproximação de pessoas e animais. Os pensamentos dos animais eram sempre extremamente simples. E os das pessoas, complexos e difíceis de entender. Ele, no entanto, nunca conseguira ouvir os pensamentos de Rutajit, que se mantinha como um vazio fechado na tela de sua imaginação. Com isso, ele sempre conseguia surpreendê-lo com presentes especiais no seu aniversário, como quando ele lhe trouxera um cesto inteiro de ovos. Ele mesmo os decorara, pintando belas cenas do passado distante.

Arum aprendera desde cedo que Helion era o deus do sol brilhante e que ele era o escolhido dele para mover o mundo. Quando ele era pequeno, com cerca de seis anos, tentou mover o mundo, conforme Rutajit lhe contara nas histórias. Mas, para seu espanto, o mundo se havia mostrado grande demais. A montanha, no entanto, havia descido numa avalanche, destruindo a casa de Rutajit, que estava em Lamer nesse dia. Arum ficara extremamente preocupado e com medo da bronca que levaria quando ele voltasse. Decidiu, nesse dia, esconder-se na caverna. Ele se lembrava até hoje da grande angústia no rosto de Rutajit ao ver a casa destruída e, agora, ele reconhecia o que havia sentido, os pensamentos poderosíssimos do ancião varrendo o local à sua procura. O fato era que Arum estava com tanto medo que, sem saber como, se colocara invisível aos pensamentos de Rutajit. Ele agora sabia realizar esse feito, se protegendo daqueles que o queriam ferir. Naquela época, no entanto, foi por puro instinto que o fizera. Ele se lembrava, ainda com uma dor no coração, do rosto de tristeza absoluta de Rutajit, que chorava, dizendo: "Helion! Perdoe-me! Eu falhei! Pobre Arum! Com certeza morreu!"

Ao ouvir isso, Arum arrependeu-se de ter-se escondido e, correndo, dizia: "Rutajit! Rutajit! Desculpe! Eu não morri, não! Desculpe!"

A felicidade que invadira sua mente naquele momento fora tão grande e tão intenso o amor que Arum percebera que Rutajit sentia por ele, que ele jurara para si mesmo que iria sempre ser bonzinho e obedecer ao que Rutajit falasse.

Os anos se passaram e Rutajit, aos poucos, ia ensinando Arum a controlar seus poderes e praticar seu potencial. Ele sempre dizia que ele possuía poderes muito grandes, mas que precisaria ter muito cuidado, pois no mundo haveria sempre aqueles que desejariam usá-lo para o mal. Ele também lhe ensinara a história do mundo e de como os humanos vieram das estrelas para Damocles. Ele lhe falara dos koltranos, dos insetos e, esse era o maior dos segredos, dos malignos. Esses seres viviam disfarçados entre os outros, geralmente como necromantes, e, se algum dia o pegassem, certamente o matariam. Arum ficava com medo, mas Rutajit lhe falava que Helion e os outros deuses o protegeriam.

Arum sempre lhe perguntava sobre seus pais. Rutajit falava-lhe sobre sua mãe, santa mulher que morrera ao dar-lhe à luz. Sobre seu pai, ele não falava, mas lhe dizia que fora alguém muito maligno, mas que seria usado pelos deuses, mesmo em sua malignidade, para o bem. Arum se perguntava se algum dia o encontraria. No seu décimo terceiro aniversário, Rutajit lhe trouxera um presente especial. Um bolo. Ele falou que esse bolo havia sido feito especialmente para ele pela velha Balachandra. Foi nesse dia que Snorri Syntymätön havia chegado. Ele era muito alto. Devia ter mais de dois metros de altura, com um rosto muito branco, contrastando com o rosto moreno de Arum, mas lembrando de certa forma o de Rutajit. Tinha olhos azuis e cabelos louros. O corpo era excessivamente forte. Arum pôde imediatamente perceber, com seus dons, que ele não era como ele mesmo nem como Rutajit. Sua mente parecia ser diferente. De uma maneira que Arum não conseguia precisar. Ele entrou e se dirigiu a Rutajit:

— Você é o Bonifácio?

— Faz muito tempo que não ouço esse nome.

— Venho por Alando. É esse o menino?

— Preciso que me prove o que diz. Se você realmente é quem diz ser, não se oporá.

— Faça o que precisa fazer.

Arum observara a mente de Rutajit abrindo-se e engolfando a mente do estranho. Os corpos de ambos estavam parados na tenda, mas suas mentes se avaliavam, como num combate.

Rutajit avançara com um golpe certeiro, que fora desviado pelo estranho com um contragolpe que arrasaria o ancião, se estivessem lutando realmente no plano físico e não no mental. Rutajit desviara desse golpe sorrindo. Sua imagem mental de si mesmo não era a de um velho, mas a de um jovem forte e destemido. Os movimentos eram rápidos e a destreza de Rutajit era impressionante. Mas o estranho era inimaginável! Suas perícias o faziam mover-se como o vento, desferindo golpe mental atrás de golpe mental em Rutajit. Quando parecera que o velho eremita pereceria, Arum, não podendo aguentar mais, interferira. Seu grito mental fora tão forte que o estranho e Rutajit caíram juntos ao chão. Arum correra para socorrer seu velho vovô (como ele o chamava), colocando-se desafiadoramente à frente de um gigante com o triplo do seu tamanho. Snorri Syntymätön se erguera fisicamente e, enquanto Arum se preparava para atacar, o velho Rutajit falara:

– Calma, Arum. Esse homem vai nos ajudar.

– Como assim, vovô?

– Ele será o seu guardião contra os perigos do mundo. Eu estou velho demais para isso. Se me fosse possível, eu acompanharia você, mas acho que chegou a hora de você viajar pelo mundo.

– Mas, vovô! Eu não quero deixar o senhor aqui, sozinho.

– Bobagens. Eu vou ficar bem. Vou voltar a Lamer e descansar um pouco. Você me deu muito trabalho para criar, menino! Calma, seu bobo. Eu também vou sentir saudades. Venha aqui, me dê um abraço.

Rutajit abraçara o pequeno Arum. Ele sabia que dificilmente o veria novamente, mas antes que ele fosse, ele o chamara e falara:

– Arum, você já está grande e, em breve, será muito importante para o mundo. Lembre-se do que eu lhe ensinei todos esses anos. Tome cuidado com seus pensamentos. Viaje pelo mundo, conheça nosso continente. Conheça o dos koltranos também. Se as profecias se concretizarem, você precisará da ajuda deles também. Você está com o seu bichinho, o Grobaster?

– Sim. – respondera Arum, mostrando o pequeno animal semelhante a uma lagarta.

– Tome conta dele. Eu sei de seu carinho por ele. Mas não posso levá-lo para Lamer. Ele seria morto pelos aldeões pensando se tratar de uma larva dos insectóides.

Arum acariciara a pequena criaturinha. Ele a encontrou quando se havia escondido na caverna aos seis anos. Ao contrário dos animais normais, os pensamentos dele eram complexos e ele parecia ser consciente.

– Vamos então, garoto. – falara Snorri.

Arum se despedira do ancião e, junto a Snorri, dirigira-se para Tawali, uma vila mais ao sul. Próxima a Upanishads. Que novas aventuras lhe estariam reservadas?

VINICIUS WATZL

## Epílogo 3:

Celemiellia estava caminhando pelos bosques imortais. A festa de Lady Llewela havia sido muito bela. Desde que completara duzentos e cinquenta anos, Celemiellia sabia que era apenas uma questão de tempo até que fosse convidada. Ela, uma jovenzinha impertinente, aos salões reais da senhora Halraelen! A festa de Lady Llewela, com certeza, seria um passo importante para que Celemiellia subisse na hierarquia social. Ela poderia fazê-lo pelo estudo da magia élfica ancestral, ou então pelas perícias de combate, mas tudo isso dava demasiado trabalho. O irmão de Llewela, Fwayhir, era belo. Um pouco mais maduro, com seus mil e quinhentos anos de idade, mas, com certeza, ainda sentia o vigor da juventude em si.

Celemiellia andava despreocupada, recolhendo pequenas alteias pelo caminho. De todas as coisas que os humanos haviam trazido quando chegaram há milênios, as flores eram o mais belo de tudo. Celemiellia desconfiava que fora o presente de flores entregue pelo servo dos humanos Grimnir a Halraelen que lhes conferira o ensejo de permanecerem em Ellan. Isso e a traição de Elthrathas. O elfo temia a perícia de Grimnir e o assassinara, enquanto ele entregava o presente a Halraelen. O local onde o servo caíra ainda era volátil em magia caótica. As perícias que os humanos haviam trazido, somadas à magia de Ellan, acabaram por gerar conflitos e esses conflitos levaram Elthrathas ao seu gesto impensado e covarde.

Os anões de Dar-Zâddril, haviam sido rápidos em oferecer abrigo às crianças humanas. Com a morte de Grimnir, essas crianças haviam ficado sem seu mentor e o potencial de sua técnica se perdera. Elas eram pequenas demais para saber como operar as máquinas de onde haviam vindo. Zakkeh, o líder dos anões, rapidamente os acolhera em seu reino aos pés da montanha e impedira que os elfos se aproximassem novamente. Com a traição de Elthrathas, nenhum elfo tivera coragem de questionar essa decisão. Os anões haviam conseguido, assim, exclusividade dos materiais trazidos pelos humanos. Mas, sem Grimnir, rapidamente haviam perdido os meios de produzir mais.

Celemiellia lembrava-se disso tudo enquanto recolhia as alteias. E foi grande a sua surpresa quando viu uma luz vinda do céu, como as estrelas cadentes de Llawin, o deus dos céus. Mas essa estrela era diferente. Ela rapidamente parou de incandescer e desceu suavemente na clareira adiante. Celemiellia se aproximou, cautelosa. Não sabia o que esperar desse acontecimento estranho. Conforme se aproximava, podia ver que uma porta se abrira no inferior da estrela e, de dentro dela, desciam pessoas. Humanos! Mas como podia ser isso? Junto aos humanos, desceu um elfo. Celemiellia olhou para ele, desconfiada. Quem seria? Ele se ajoelhou no chão verdejante, cheirando o capim dourado (que tinha esse nome por mudar de cor no outono de Ellan) e pareceu chorar. Os humanos estavam em volta dele. Será que ele era algum prisioneiro?

Celemiellia resolveu retornar rapidamente e avisar Nimdruiel. O capitão da guarda certamente se interessaria por esse acontecimento. Sim, fossem quem fossem esses humanos, eles não podiam fazer um elfo de prisioneiro!

*** 

Gusmão respirou o ar puro do novo mundo em que se encontravam. O pobre Elthresin – esse era o nome do prisioneiro que haviam resgatado de Malachy – estava chorando de felicidade. Pela primeira vez em muitos anos, Gusmão se sentia realmente jovem. Esse era um belo lugar! Era uma pena que Guilhermina não tivesse podido vir com ele. O ar refrescou seu ser e Gusmão percebeu que Aaron também parecia sentir-se perfeitamente bem. Agora que haviam chegado ali, precisavam encontrar os elfos – como se chamavam os seres da raça de Elthresin. Se tudo desse certo, conseguiriam libertar

Damocles das garras do mal que havia tanto tempo dominava o seu mundo. Foi com grande espanto que viu Synthia se mover novamente mais rápida que o olhar e agarrar no ar uma flecha que, por muito pouco, não perfurou sua cabeça, o único lugar desprotegido na roupa ancestral. Ela gritou:

– Rápido! Para a nave! – enquanto pegava as flechas que vinham em direção à comitiva. Gusmão ajudou Elthresin a se levantar e levou-o para dentro da nave. Aaron entrou logo depois, as flechas resvalando sem danos na sua roupa ancestral. Synthia se preparou para ir ao encontro dos atacantes, mas Gusmão gritou:

– Não, Synthia! Entre na nave. Precisamos de você.

Com a velocidade do pensamento, ela também entrou e a porta fechou-se.

"Mas que recepção...", pensa Gusmão. "Será que tudo vai ser assim tão difícil aqui também?"

***

Nimdruiel olhou para a estranha carruagem dos céus e perguntou-se se fizera a coisa certa ao atacar. Celemiellia garantira que tinham um prisioneiro elfo, mas, quando se colocaram protegendo-o das flechas que não chegariam a acertá-lo jamais, Nimdruiel achara que talvez ele tivesse feito o errado. Se seus olhos élficos não o estavam enganando, e eles nunca se haviam enganado, eram humanos. Mas que humanos seriam esses? E como teriam dominado a arte mágica do movimento a tal ponto de conseguirem pegar flechas no ar?

Definitivamente, havia muitas coisas a relatar... Ele não podia deixar de estremecer ao pensar no que o grande Glórion ia falar quando soubesse do ocorrido. "Que Llawin o proteja!".

VINICIUS WATZL

**Agradecimentos:**

Agradeço a todos os meus amigos que durante todos esses anos compartilharam comigo de diversas aventuras. A convivência com vocês tem sido excelente e não posso deixar de agradecer àqueles que me ajudaram na revisão do texto. Meu pai, Aloísio Watzl, meu irmão, Rodrigo Watzl, e meus amigos Nilson Doria e Renato Carneiro.

Um agradecimento especial a Daniel Mendes Ortolani, que me impediu de cometer erros graves.

Aos artistas Jereme Peabody e Anne Mohr que fizeram o excelente trabalho da ilustração da capa e do mapa respectivamente. O trabalho deles pode ser encontrado nos sites:

Jereme Peabody: http://jjpeabody.deviantart.com/

Anne Mohr: http://luned.deviantart.com/

À, minha, revisora, Nívea, Doria, que, matou, meus, erros, especialmente, com, as, vírgulas, malditas!

À amiga Silvia Souza que começou a me instigar a escrever, mas, em especial, à minha esposa, que, mesmo não gostando de RPG, ou estórias fantásticas, me ouviu naquela doce viagem. E que, justamente por não gostar dessas coisas, e por me falar claramente que a estória era interessante e que eu deveria escrever, foi a pessoa mais essencial para que esse livro se tornasse realidade.

Eu te amo, Rose.

Rio de Janeiro, 09 de Junho de 2015.

VINICIUS WATZL

# Glossário:

## Nomes dos Deuses:

### Deuses Humanos:
**Alando:** Deus da batalha, invocado antes de lutas.

**Atal:** Deus da cura.

**Atala:** Deusa, irmã de Atal, responsável pelo julgamento dos que morrem.

**Cálix:** Deusa do amor e das bebidas.

**Comuor:** Principal divindade reverenciada em Império. É considerado o deus da informação. Seus clérigos podem usar magias de luz e informação. É a única divindade que responde diretamente aos altos clérigos do Império nas câmaras centrais da Assembleia de Comuor.

**Concur:** Deus da perseverança e dos oceanos.

**Helene:** Deusa da Sabedoria.

**Helion:** Deus do Sol Brilhante e da energia. Segundo deus mais reverenciado em Império. Responsável por manter as coisas em andamento.

**Nyt:** Deusa da noite e da sorte.

**Onymar:** Deus das muralhas invencíveis.

**Plutônium:** Deus do Sol Sombrio. Responsável pela necromancia e portais.

**Trask:** Deus dos ladrões. Não há clérigos oficiais de Trask.

**Zaaldor:** Deus da magia. Os clérigos de Zaaldor são conhecidos como monges. São diferentes dos (poucos) magos. Os magos usam a magia de Damocles, porém sem necessidade da intervenção divina.

### Deus Koltrano:

**Keltr´z:** Um deus da antiga mitologia koltrana, na qual mais nenhum representante desse povo acredita. Dessa forma, não há clérigos dentre os koltranos, tampouco se conhecem magos de origem koltrana.

# Nomes de Pessoas:

**Aaron, o "Gigante gentil":** Aaron é um humano de dois metros e vinte centímetros de altura. Nativo da Vila de Galagher, teve uma infância terrível com pais inadequados. A única pessoa que o amava era sua irmã Sophia, que foi entregue a escravagistas por seus pais, a quem ele matou num surto de raiva furiosa. Desde então, ele vaga pelo mundo tentando encontrar a sua irmã. Por esse motivo, junta-se ao grupo de Gusmão.

**Abhaya Jasveer:** Membro formado do Instituto Dayton. Portador de poderes de cura, além de poderes de percepção de perigos.

**Arum:** Criança que recebeu os cuidados de Rutajit. Atualmente está viajando com Snorri.

**Aldous Watson:** Líder da vila de Helix.

**Alex:** Alex Lima é um jovem pobre da vila residencial aos pés de Bragança e junta-se a Gusmão num golpe de sorte, tornando-se seu empregado após uma aventura.

**Alina:** Tia de Alex, que o cria desde que seus pais morreram.

**Anton:** Mercador de vinhos e conde em Tuliéres.

**Avinash:** Clérigo supremo da igreja de Atala em Upanishads.

**Balachandra:** Matrona que mora em Lamer. Amiga da família Jasveer.

**Baruch:** Pai de Tobias.

**Bonifácio:** Antigo amigo de Gusmão, que participou de muitas aventuras com ele na sua juventude.

**Cadete 496:** Cadete que interpela Gusmão. É conhecido por seus amigos e familiares como "o maior do mundo".

**Caio:** O Capitão Caio é responsável pela guarda do Rei Pedro e é amigo de longa data de Gusmão.

**Danya:** Humana filha de Pyotr, que se apaixonou por Kythor.

**Falina:** Criada de Guilhermina.

**Gamaliel:** Alto prelado da igreja de Helion.

**Gannon von Derick:** Grão Mestre do Instituto Dayton.

**Gaspar de Gusmão, o "Cascadura de Bragança":** Gaspar de

Gusmão é atualmente o herói vivo mais famoso do mundo. Ele viveu diversas aventuras na juventude, com seus amigos aventureiros, que incluíam Bonifácio, dentre outros. Foi o responsável por deter a pequena invasão dos insetos há vinte anos e pela captura de Lúcio, "o adivinho". Tem um relacionamento informal com a dançarina Guilhermina, e, recentemente, apadrinhou o jovem Alex.

**Gawin:** Ferreiro extremamente habilidoso.

**Guilhermina:** Guilhermina de Bagas. Nasceu na vila de Bagas ao sul de Bragança e muito jovem iniciou carreira na real companhia de dança bragantina. Hoje sendo a melhor dançarina da cidade e, talvez, do mundo.

**Guillon:** Clérigo de Helion. Casado com Josephine, vive com a esposa atualmente em Tuliéres.

**Hector Klein:** Instrutor do Instituto Dayton. Amigo de Abhaya e detentor de um artefato ancestral além de uma vida de anotações sobre o seu funcionamento.

**Highguard:** Antigo capitão humano.

**Imperador:** O imperador atual é Cran XXIII.

**James Walker:** Antigo amor de Synthia.

**Javier Bronton:** Escudeiro de Lorde Akhilesh de Anantapur.

**João das Pratas:** Mercador bragantino, que lida com todo tipo de mercadorias e não apenas artigos de prata. Grande amigo de Gusmão.

**John Moral:** Severo instrutor do instituto Dayton. Responsável pela avaliação dos estudantes e perfeccionista ao extremo.

**Josephine:** Clériga de Helion. A grande paixão de Tulio. Atualmente, contudo, está casada com Guillon.

**Kalimã:** Contato de Klerio junto ao governo de Kalanor.

**Karn:** Lorde koltrano, pai de Khalia.

**Zordak:** Assassino profissional extremamente eficiente.

**Keldon:** Koltrano, Capitão da guarda koltrana em Kalistak.

**Kelio:** Um escravo koltrano que era o contato de Kythor quando ele era um koltraz.

**Kestrel:** Contato de Kalimã na embaixada koltrana.

**Khalia:** Esposa de Kythor, sua Kha.

**Kholmor:** Ex-líder de um pelotão de koltrazes, agora aposentado.

**Khyron:** Filho de Kythor com Khalia.

**Klem:** irmão de Klerio.

**Klerio:** Koltraz que encontrou Kythor quando ele foi procurar o embaixador koltrano em Bragança.

**Klestrom:** Koltrano psiônico, Grande Klim (ver: Klim) do instituto do desenvolvimento mental em Kalanor.

**Kythor:** Ex-escravo koltrano que se juntou ao grupo de Gusmão, por admirar a honra e o modo justo do proceder do herói bragantino.

**Leirbag:** O passado de Leirbag e seu amigo Peter não é muito conhecido. Ele se juntou a um navio de piratas e vem comerciando bens e artigos entre os territórios koltranos e os territórios humanos. Junta-se ao grupo de Gusmão por ver uma oportunidade de conseguir contatos e novos mercados.

**Lúcio:** também conhecido como "o Adivinho", foi um criminoso no passado. Hoje é membro do Instituto Dayton.

**Mrityuhsudhana:** Representante do Xá de Upanishads, contato de Abhaya.

**Malachy:** Um necromante poderosíssimo.

**Maloriak:** Alguém extremamente poderoso e que parece estar por trás de muitos acontecimentos no mundo.

**Maria Gertrudes:** Criada de Gusmão.

**Michael Holdt:** Último instrutor do Instituto Dayton a compreender o funcionamento das máquinas ancestrais

**Mykrantz:** Pesquisador que descobriu a manipulação dos fluidos probabilísticos.

**Naresh:** Humano mercador de escravos em Upanishads.

**Neeraj:** Mãe de Abhaya.

**Nils:** Mercador que vende os batons iluminados.

**Nishtha:** Irmã de Abhaya.

**Pariket:** Irmão de Abhaya.

**Pedro:** Rei de Bragança, filho do Rei João antes dele. É um bondoso monarca que está tentando terminar com a prática da escravidão de humanos. Ainda não conseguiu a abolição da escravidão de koltranos, no entanto. Apesar de não ser tolerada dentro de Bragança, o rei ainda não conseguiu o apoio necessário para acabar com ela em todos os seus domínios.

**Peter:** Peter Nord. Assim como Leirbag, seu passado é pouco conhecido. Embora, às vezes, seu pensamento imediatista o coloque em desvantagem, é um brilhante avaliador de caráter e juntou-se a Gusmão pelo mesmo motivo de Leirbag.

**Praninath:** Alto clérigo de Atala. Morreu há anos.

**Pyotr:** Humano, pai de Danya (ver: Danya).

**Rafael Carlos:** Ministro de Helion em Bragança.

**Réia:** Clériga de Atala em Upanishads.

**Roderick:** Tio de Tobias.

**Rutajit:** Velho ancião de Lamer. Parece estar cego; cuidou do menino Arum por muitos anos.

**Ryhnahr:** Clériga de Atala. Cobiça consolidar o poder da igreja de Atala em Dayton.

**Samael:** Clérigo de Helion da sede em Upanishads.

**Sophia:** Irmã de Aaron, desaparecida desde que foi vendida como escrava por seus pais.

**Snorri Syntymätön:** Guarda-costas de Arum.

**Synthia:** Há muitos anos presa, vai se juntar ao grupo de Gusmão.

**Tulasidas:** Xá de Upanishads.

**Tulio Vinning:** Clérigo de Helion. Foi carpinteiro na juventude e atualmente é clérigo em Upanishads.

**Tulala:** Clériga de Plutônium.

**Uttam:** Capitão da Guarda em Upanishads.

**Vikrant:** Interrogador da igreja de Atala.

**Zara:** Mãe de Tobias.

VINICIUS WATZL

# Nomes de Lugares:

**Damocles:** Mundo onde habitam os humanos, os koltranos e os insectóides. Segundo as lendas, os insectóides seriam os habitantes originais e, num acidente nas guerras dos antigos, os humanos e koltranos vieram habitar Damocles, deslocando os insectóides de suas habitações e terraformando o planeta para suas necessidades (ver Terraformação).

**Ellan:** Mundo gêmeo de Damocles, que é visível no céu como um grande disco azul. Os estudiosos especulam que deve ser habitado, pois pode-se ver à noite, no lado escuro, pequenos pontos iluminados em alguns locais nos continentes.

**Humanitas:** Metade norte do continente principal de Damocles, onde habitam os humanos predominantemente.

**Koltrania:** Metade Sul do continente principal de Damocles, onde habitam os koltranos predominantemente

**Sufoco:** Região de Upanishads onde a ventilação é muito precária. Nesse lugar se encontram malfeitores e a guilda dos necromantes.

**Zona da Morte:** Grande região que se encontra diretamente a frente de Império e é a região que foi afetada pela detonação do Canhão do Inferno (ver: Canhão do Inferno) que gerou um terreno onde nada vive, e onde a simples aproximação gera doenças e morte.

### Cidades Humanas:

**Anantapur:** Vila humana que se encontra no cruzamento das estradas entre os reinos humanos e koltranos.

**Bragança:** É uma cidade capital que está localizada próxima ao mar, é ponto de visita constante dos cidadãos ricos de Império e outras cidades, chamada de "A Joia do Norte". Ainda possui as luzes eternas e seu Canhão do Inferno é bem cuidado. Vive basicamente da pesca e comércio. Possui uma marinha bem aparelhada, a única do mundo conhecido que conta com os localizadores definitivos. Seus capitães nunca se perdem, mas podem, ainda assim naufragar. A cidade ainda tem centenas desses localizadores, mas eles somente são cedidos aos capitães de comprovada bravura e desenvoltura, já que não há meio conhecido de duplicá-los, pois são artefatos dos antigos. É governada pelo Rei Pedro (ver: Pedro), que é um bondoso rei que mantém seus cidadãos bem comportados e felizes.

**Dayton:** É uma cidade periférica de grande porte. É famosa por conter a sede do Instituto Dayton, local onde se desenvolvem pesquisas na área dos poderes psíquicos. O instituto, na verdade, pode ser considerado como a cidade propriamente dita. É o local onde a ciência ancestral se mantém mais desenvolvida.

**Galagher:** Vila no norte, local onde nasceu Aaron. As pessoas nesse lugar têm uma vida muito dura e acabam por traficar escravos (especialmente mulheres).

**Império:** O reino principal. Está localizado numa encosta de montanha que protege os flancos e as laterais da cidade. As habitações encontram-se em salões internos, divididos em corredores. Toda a cidade é iluminada pelas "luzes eternas" pela parte de dentro. Na parte de fora, existem adendos de pedra colocados para prover iluminação, através de tochas. É a única cidade que tem dois Canhões do Inferno apontados diretamente para a planície em frente. O local próximo a eles é estéril e nada cresce há muitos anos, desde a última invasão dos homens formiga. O governante de império chama-se Imperador Cran XXIII e é o último de sua linhagem, não tendo filhos. Espera-se que seja sucedido pelo Barão Olívarus, que as más línguas acusam de ser um necromante e de ter envenenado o imperador.

**Jèreme:** Vila humana pesqueira situada ao leste, próxima aos penhascos costeiros.

**Lamer:** Aldeia humana.

**Malkadir:** Vila no norte que foi salva por Aaron.

**Mesos:** Pequena cidade humana entre os grandes rios ao leste.

**Mohravia:** Vila humana no nordeste gelado.

**Tawali:** Vila humana, onde, em momentos diferentes, passaram Gawin, Abhaya, Tobias e a Comitiva.

**Tuliéres:** é uma cidade de grande porte que se especializou em cultivo de uvas e fabricação de bebidas para todas as cidades principais. Tem nela a sede da guilda dos vinhedos e localiza-se na montanha atrás de Império, apresentando temperaturas amenas o ano todo, exceto no inverno, quando a neve cai e as temperaturas ficam frias. É ainda a cidade onde se encontra a sede da guilda dos necromantes.

**Upanishads:** Reino humano localizado bem mais ao sul de Império. Apresenta-se, como Império, ligada à grande cadeia de montanhas, que corta o continente de Humanitas e Koltrania de norte a sul. Também possui um canhão do Inferno, sendo que não é usado há muito anos e parece estar em péssimo estado de conservação. A cidade não apresenta no interior as luzes eternas e, por esse motivo, precisa de iluminação constante. Por sorte, apresenta janelas recortadas nas paredes invencíveis, que providenciam alguma ventilação. O palácio do Xá é o único lugar realmente bem iluminado e ventilado. Tem como principal atividade econômica a mineração nas montanhas. É governada pelo Xá Tulasidas.

## Cidades Koltranas:

**Kalanor:** Cidade que humanamente seria classificada como reino, porém, como todas as cidades koltranas, encontra-se sob o domínio central. Não se sabe o nome do seu governante. ou sua principal atividade econômica.

**Kalimor:** Vila koltrana em ruínas.

**Kalistak:** Responsável pela fabricação de armas de guerra e treinamento de soldados.

**Kalt:** Vila koltrana próxima ao mar onde se criam Klarfs

**Klang:** Vila koltrana que comercia clandestinamente com os reinos humanos.

**Klestrel:** Vila koltrana.

**Koltar:** Cidade da periferia que é responsável pelo fornecimento de suprimentos.

**Koltron:** Capital do domínio koltrano, nunca foi vista por olhos humanos.

## Palavras Koltranas:

**Àkad:** Pequeno animal dos territórios koltranos, é quadrúpede e apresenta os pequenos olhos com o brilho vermelho parecido com o dos olhos dos koltranos.

**Akl:** Escravo koltrano.

**Almirak:** Animal aquático das terras koltranas, que apresenta os olhos brilhantes como os koltranos.

**Altak:** Animal aquático das terras koltranas, preto, cuja carne é tóxica para humanos.

**K'leszt:** Animal das terras koltranas frequentemente visto como animal de estimação. Parece um lagarto pequeno de duas pernas, sem braços e com uma cabeça enorme, com dentes afiados e uma mordida forte.

**Ka:** Mãe.

**Kalakl:** Dono de escravo koltrano

**Karatarazak:** Koltrano adulto de posse de sua liberdade.

**Karr:** Animal voador noturno dos territórios koltranos.

**Kass:** Tecido muito fino, semelhante à seda, que é derivado das fibras geradas pelos Klarfs (ver: Klarfs), essas fibras levam um ano inteiro para poderem ser tecidas, mas os resultados são muito belos e esse tecido é cobiçado em territórios humanos.

**Kha:** Esposa.

**Kell:** Pai.

**Klarfs:** Pequenos animais marinhos que criam fibras que são usadas pelas mulheres koltranas para tecer o tecido chamado kass (ver: kass)

**Klemistra:** Planta koltrana, cujos frutos dão um suco parecido com o vinho, mas de consistência leitosa e amanteigada, utilizado na cozinha de Bragança

**Klim:** Nome que se dá ao koltrano psiônico.

**Klorotas:** Pequenas frutas marrons, do tamanho de uvas, com uma casca aveludada e uma semente grande no centro. Os koltranos favoreciam a amêndoa central. Ela é venenosa para humanos, mas a polpa escassa é bem doce e saborosa, embora não nutritiva para os humanos.

**Koltraz:** Guerreiro koltrano.

**Koltrazdam:** Grupo de Guerreiros koltrazes (Ver: koltraz)

**Koltraztzak:** Nome da academia que forma os koltrazes em Kalistak.

**Kraxx:** Ave de rapina das terras koltranas.

**Kunakl:** Título que se dá ao koltrano que comanda akls.

**Ramk:** Animal de pequeno porte que troca de pele anualmente. Na muda da pele, ele libera uma secreção que é apreciada como comida por humanos que vivem em territórios koltranos.

**SSzatz:** Pequeno artrópode dos territórios koltranos, suas larvas são apreciadas como comida pelos koltranos e são comidas vivas.

**Ramkezt:** Animal de carga koltrano conhecido por sua estupidez e imundície. É também utilizado como xingamento entre koltranos ("filho de um ramkezt!")

**Rur:** Bestas rur. Feras da mitologia koltrana. Segundo a lenda, os koltranos viviam amedrontados nas cavernas escuras. E as bestas rur atacavam à noite comendo os pequeninos. Mas Keltr'z deu aos koltranos os olhos iluminados que, com eles, passaram a conseguir caçar as bestas rur e comeram-nas todas, ficando com sua força e poder. Na verdade, não foram todas destruídas de todo, sendo hoje caçadas nas regiões koltranas. São animais ferozes e de grande porte. Sendo o seu couro usado para fazer botas, sapatos e armaduras, que, além de confortáveis, protegem do frio.

# Curiosidades do mundo:

**Aquecedor Irradiante:** Artefato ancestral que permite a elevação da temperatura de um ambiente sem o acendimento de uma fogueira.

**Artefatos Ancestrais:** São os mais diversos tipo de artefato, que contam com os poderes dos antigos. Podem ser, desde coisas simples, como fontes de luz ou lanternas (que, embora sejam como todos os artefatos ancestrais restritos aos nobres, acabam por ser utilizados por muitos, até por alguns pobres) até armas ou armaduras ancestrais restritas às forças armadas.

**Autons:** Seres da mitologia humana, que seriam arquétipos perfeitos da humanidade, seus guardiões e protetores. Segundo as lendas desapareceram há muitos anos.

**Barnard:** Estrela que foi destruída nas guerras entre humanos e koltranos.

**Bicentenários:** Alguns membros do Instituto Dayton que conseguem, através de técnicas ancestrais, estender suas vidas, chegando a viver mais de duzentos anos. São altamente respeitados tanto dentro quanto fora do instituto.

**Cabeça do cavalo:** Local onde vivia Órion (ver: Órion). Local da Estrela de Barnard (ver Barnard). Hoje não se conhece o que significam esses nomes.

**Cálculo Hexadimensional:** Ramo da matemática utilizado por Mykrantz para aperfeiçoar a sua teoria.

**Canhão do Inferno:** Arma gigantesca que se encontra protegendo a entradas das cidades de grande porte, tanto humanas como koltranas. A detonação do Canhão do Inferno de Império foi o suficiente para dizimar um exército invasor de insectóides, mas também aniquilou a vila de Nova Roma (que ficava próxima a Império) e inutilizou uma grande faixa de terreno, que se tornou impróprio para a vida, a chamada Zona da Morte (ver: Zona da Morte). E levou, em última análise, à crise que gerou a independência dos reinos humanos.

**Cronogerador:** Equipamento ancestral que se utiliza de fluido improbabilístico de Mykrantz.

**Cronotransporte:** Meio pelo qual se pode vencer a barreira da relação de causa-efeito. Banido há muito, vai ser tentado de novo.

**Dia de Helion:** Esse dia é comemorado pela Igreja de Helion em todas as cidades humanas de Damocles e ocorre quando o Sol Sombrio (símbolo de Plutônium) está totalmente oculto pelo Sol Brilhante (símbolo de Helion) O Sol Sombrio apresenta uma órbita estranha ao redor do sol brilhante, ficando totalmente oculto apenas uma vez por ano.

**Documento de Onakl:** Documento fornecido pelas embaixadas koltranas a humanos que estejam em viagem pelos reinos koltranos. Sem esse documento, eles são presumidos escravos e presos. Qualquer koltrano pode exigir ver o documento de qualquer humano dentro dos territórios koltranos.

**Esferas de iluminação ou esferas luminosas ou esferas dos milagres:** São fontes de luz portáteis ou não, que se distribuem pelas cidades ancestrais humanas. Elas apresentam um forte brilho branco azulado, podendo iluminar um ambiente de maneira bem satisfatória. Nos dias de hoje não se conhece o princípio pelo qual elas funcionam, Os antigos chamavam esse milagre de fusão.

**Fluidos Improbabilísticos:** Ou fluidos de Mykrantz, são a fonte de energia principal dos artefatos ancestrais humanos. Algumas tecnologias humanas podem funcionar com fusão nuclear, mas esse processo é muito ineficiente em certas aplicações.

**Frios do norte:** Seres da mitologia dos povos do norte, que se parecem com os humanos, mas têm a pele fria, seu corpo parece ser feito de metal ou gelo. Há muitos anos não se vê nenhum.

**Guilda do Grande Machado:** Guilda dos construtores koltranos.

**Guilda do Grande Martelo:** A guilda dos guerreiros koltranos.

**Grande Nuvem:** Local onde vivia o cavalo (ver cabeça do cavalo). Os detalhes da religião de Helion (ver Helion) são confusos.

**Helionasse:** Cerimônia religiosa da igreja de Helion. É feita todos os dias. Porém espera-se que os fiéis a acompanhem apenas uma vez por semana.

**Hora de Nyt:** A 13ª hora. Os dias de Damocles têm vinte e seis horas. E são divididos pelos humanos em dois turnos de treze horas cada. A décima terceira hora, é chamada de "a hora de Nyt", pois, segundo a lenda, foi nessa hora que Nyt surgiu.

**Humanos:** Vieram das estrelas após uma batalha com os koltranos.

**Império Galáctico:** Antiga lenda humana sobre suas origens.

**Insectóides:** Insetos gigantes. São os habitantes originais de Damocles.

**Koltranina:** Substância presente no interior dos olhos dos koltranos que gera, com o calor, uma iluminação natural avermelhada. Serve, nos koltranos, para permitir o sentido da visão. Os olhos koltranos emitem uma luz vermelha de maior ou menor intensidade conforme a necessidade, ou a excitação ou depressão dos mesmos. Eles só enxergam enquanto emitirem essa luz.

**Koltranos:** Os koltranos são uma raça que, desde os tempos antigos, guerreia contra os humanos. Eles chegaram a Damocles mais ou menos na mesma época e estabeleceram seus próprios reinos na parte sul do continente. Eles possuem a pele verde e olhos iluminados em vermelho. Se forem submetidos a *flashes* muito intensos de luz, seus olhos ficam temporariamente cegos. Eles podem ver no escuro muito melhor do que os humanos e podem, com seus olhos iluminados, enxergar mesmo na ausência total de luz. Mas esses mesmos olhos tornam-nos alvos no escuro. Eles se reproduzem por ovos. A fecundação desses ovos se dá no interior do corpo da fêmea, que guia o órgão reprodutor do macho koltrano para que, com a espícula inseminatória (um espinho grande como uma agulha hipodérmica, que, porém, fica oculto, mostrando-se apenas no momento da inseminação), possa perfurar a casca do ovo e combinar o material genético.

**Lich:** Morto-vivo extremamente poderoso, é criado quando um mago transfere a sua alma para um objeto inanimado (phylactery), encantando o seu próprio corpo como morto vivo subordinado a essa alma. A única maneira de se destruir um lich é pela destruição de sua phylactery.

**Malignos:** Ou parasitas. Ou malditos. São uma força das trevas em

Damocles. Seus objetivos são desconhecidos. Seu verdadeiro nome é desconhecido. Por enquanto...

**Mana:** Energia mística que permeia o mundo. Não está ligada a nenhum deus. Os clérigos de Zaaldor a utilizam como santidade para efetuar seus prodígios. Em Damocles, é muito simples realizar magias ligadas às trevas e forças malignas. Sendo as outras muito mais difíceis de se realizar. Aqueles que usam mana para realizar feitos místicos são chamados de magos. São muito poucos os magos do mundo. Os clérigos de Zaaldor chamam-se de monges.

**Natureza indestrutível dos artefatos dos milagres:** Os artefatos da época dos milagres remanescentes são em sua maioria feitos de material onymariano (ver: paredes onymarianas e Onymar) e, portanto, indestrutíveis quando se considera dano físico comum. Na verdade, não chegam a ser indestrutíveis, mas são extremamente resistentes a dano, a ponto de praticamente não poderem ser destruídas.

**Necromantes:** Magos que se especializam em magias das trevas e reanimação de cadáveres. Não seguem Plutônium, tampouco são clérigos dele, embora alguns necromantes o sigam secretamente. Durante muitos anos, foram perseguidos e hostilizados pelo horror que sua arte causa às pessoas. No entanto, após a detonação do Canhão do Inferno (ver: Canhão do Inferno) em Império, acabaram por ser reconhecidos oficialmente, tendo em vista que sua arte cria servos incansáveis. Os escravagistas fazem campanha contra eles, mas os zumbis e esqueletos criados a partir dos mortos são utilizados nas atividades mais insalubres, e, mesmo um escravo, por mais mal cuidado que seja, tem de comer.

**Órion, o caçador:** Personagem da religião de Helion (Ver Helion), ou local onde a estrela Barnard (ver: Barnard) foi destruída. Os detalhes estão perdidos no tempo.

**Phylactery:** Objeto mágico que abriga a alma de um lich.

**Pithanoitômetro:** Parte do instrumental ancestral utilizado em estabelecer, com certeza, coordenadas espaço-temporais.

**Portas Semiabertas:** Local de peregrinação dos clérigos

onymarianos onde, no passado, durante uma quase invasão koltrana, uma das portas invencíveis foi danificada por uma arma ancestral koltrana, permanecendo semiabertas, demonstrando o poder de Onymar.

**Psiquismo:** Poderes mentais que algumas pessoas possuem. Eles variam enormemente de características e intensidade. Os mais comuns são os poderes de leitura da mente e transmissão de pensamentos, sendo conhecidos como telepatia (ver: telepatia). Há ainda os psiônicos (Ver: psiônicos) capazes de mover objetos com o pensamento, poder esse com o nome de telecinese (ver: telecinese). Há aqueles que podem se comunicar diretamente com os artefatos milagrosos dos antigos, possuindo a eletrocinese (ver Eletrocinese). E outros poderes mais ou menos comuns entre a gama de poderes psíquicos.. No caso dos humanos, esses poderes são estudados no Instituto Dayton (ver: Dayton). E no caso dos koltranos são estudados no instituto do desenvolvimento mental de Kalanor (ver: Kalanor).

**Relva Rubra:** Ou grama vermelha. Ou grama de sangue. É um tipo de vegetação remanescente da cobertura vegetal original de Damocles. Apresenta-se como uma trama vermelha no chão, tendo um cheiro muito ruim. Se algum animal dormir sobre ela, ela vai anestesiando esse animal enquanto o cobre com suas fibras, levando à morte por sufocamento e posterior absorção do corpo.

**Santidade:** Energia mística que permeia o mundo e objetos santificados. É específica de cada deus, podendo ser alta ou baixa em locais ou objetos. O clérigo não consegue realizar feitos místicos caso esteja sem santidade. Quanto mais difícil for a prece pretendida, ou seja, quanto mais complicado for o pedido, mais santidade o clérigo gasta, devendo orar, ou jejuar, ou o que a sua fé prescrever, para recuperar seus poderes.

**Sol Brilhante:** O sol que se apresenta como uma estrela normal luminosa amarela. É chamado pelos habitantes humanos de Sol de Helion. Dá luz e calor para os mundos gêmeos.

**Sol Sombrio:** O sol se apresenta como uma estrela escura. Não é um buraco negro. Não se sabe o que ele é realmente. Ele parece contrabalançar a influência do sol brilhante de maneira desconhecida, irradiando "raios de escuridão". É conhecido pelos humanos como o Sol de Plutônium.

**Tempo dos Milagres:** Tempo antigo, quando os homens ainda tinham o domínio da ciência.

**Terraformação:** Processo ancestral pelo qual o terreno, antes adaptado aos insectóides, foi modificado para a habitação de humanos e koltranos. Hoje, muitos séculos depois desse processo, os terrenos mostram-se colonizados por animais e plantas que vieram ou foram criados pelos humanos e koltranos originais. Assim: nos territórios predominantemente humanos, encontram-se vegetais e animais predominantemente de origem comum aos humanos, nos territórios koltranos esses vegetais e animais seguem um padrão koltrano, já nos locais onde as fronteiras se encontram, o padrão se caracteriza pela mistura. Os vegetais e animais dos insectóides quase não se encontram nos territórios dos humanos e koltranos, aparecendo somente com mais vigor no extremo norte e extremo sul do continente. Nos mares, observa-se um padrão semelhante. Porém, pela própria natureza dos oceanos, tanto a fauna quanto a flora dos mares é bem diversificada. Os navegadores dizem que existe outro continente para o oeste, mas muito poucos o viram e menos ainda retornaram.

**Unidade de sintetização de alimentos:** Artefato ancestral que existe em Dayton, que permite a criação de refeições para os membros de seu instituto. Danificou-se recentemente e não se conseguiu repará-lo.

**Xurba:** Chapéu cerimonial utilizado pelos clérigos em Damocles. O formato e o uso variam de acordo com o deus seguido.

## Contagem dos anos:

Os reinos de Damocles contam os anos de maneira diferente:

Império conta os anos desde a chegada dos humanos a Damocles. A história se passa durante o ano de 10999, pela contagem Imperial.

Bragança conta os anos desde sua independência de Império, estando hoje no ano de 1912.

Upanishads conseguiu a sua independência cinco anos depois e, pelo seu calendário inicial, o ano seria o de 1907. Mas a cidade agora usa alternativamente o calendário Bragantino, o que muito irrita o xá.

## Moedas:

**Moedas dos humanos:**

**Discos de Onymar:** Moeda de maior valor individual, são feitas de discos de material onymariano, indestrutíveis e valem cerca de mil sóis dourados cada (ver: sóis dourados).

**Sóis dourados:** Moeda de grande valor, feita de ouro, tem aproximadamente dois centímetros de diâmetro. Correspondem a mil ciclos escuros (ver ciclos escuros).

**Ciclos escuros (ou discos escuros):** Moeda de valor menor, feitas de uma liga de aço escura, têm aproximadamente quatro centímetros de diâmetro e correspondem a cem centavos cada uma (ver: centavos).

**Centavos:** Moeda de valor ínfimo: são feitas de lata, e quase não são usadas.

Nas transações comerciais de Damocles, é comum, quando as somas são muito elevadas, o uso de comprovadores de crédito onymariano. Esses artefatos ancestrais gravam em si um número que corresponde a uma quantia de sóis dourados e podem ser usados para transações de grande monta. São os únicos artefatos que, por lei, são liberados ao uso de não nobres.

**Moedas Koltranas:**

**Kims:** São pequenas notas de papel impresso pelo governo de Koltron. Variando em valor, de acordo com o número impresso.

## SOBRE O AUTOR:

Vinicius é médico oftalmologista e há muitos anos gosta de jogar RPG com seus amigos. Durante a faculdade começou a imaginar os mundos em conflito e, recentemente, escreveu a sua história. Mora no Rio de Janeiro com a esposa e as filhas. Este é o seu primeiro livro. Em breve outros virão.